Anne Prettin

Die vier Gezeiten

AF643721

Über die Autorin:

Anne Prettin ist eine Hamburger Autorin und schreibt Reden für Auftraggeber aus Politik, Wirtschaft und Wissenschaft. Sie studierte Politikwissenschaften und Soziologie in Freiburg, Hamburg und Bordeaux und arbeitete als freie Journalistin für verschiedene Tageszeitungen. Sie ist verheiratet und lebte mit ihrer Familie in Neuseeland, als dieser Roman entstand.

Anne Prettin

Die vier Gezeiten

Roman

lübbe

Dieser Titel ist auch als Hörbuch und E-Book erschienen

Die Bastei Lübbe AG verfolgt eine nachhaltige Buchproduktion.
Wir verwenden Papiere aus nachhaltiger Forstwirtschaft und verzichten darauf,
Bücher einzeln in Folie zu verpacken. Wir stellen unsere Bücher
in Deutschland und Europa (EU) her und arbeiten mit den Druckereien
kontinuierlich an einer positiven Ökobilanz.

FSC® www.fsc.org MIX Papier aus verantwortungsvollen Quellen FSC® C014496

Vollständige Taschenbuchausgabe
der bei Bastei Lübbe erschienenen Hardcoverausgabe

Copyright © 2022 by Bastei Lübbe AG, Köln
Textredaktion: Dr. Ann-Catherine Geuder, Lübeck
Einband-/Umschlagmotive: © plainpicture/Hartmann + Beese;
© www.buersosued.de
Umschlaggestaltung: www.buerosued.de
Satz: Dörlemann Satz, Lemförde
Gesetzt aus der Adobe Caslon
Druck und Verarbeitung: GGP Media GmbH, Pößneck
Printed in Germany
ISBN 978-3-404-18803-1

2 4 5 3 1

Sie finden uns im Internet unter luebbe.de
Bitte beachten Sie auch: lesejury.de

In Erinnerung an Uda Albers (1946–1977)

Juist, 28. September 1978

Liebes Tagebuch,
in 90 Minuten werde ich tot sein. Die Flut ist immer pünktlich. Erst wird das Wasser meine Knöchel, dann meine Knie und Oberschenkel umspülen. Während es unaufhörlich bis zur Hüfte steigt und mich dann vielleicht doch die Angst packt, werde ich einen Punkt am Horizont fixieren, als würde ich nach einem Freund Ausschau halten. Das wird mir helfen. Wenn ich erst einmal brusttief in den Fluten stehe, werde ich auf der sicheren Seite sein. Die Strömung zerrt dann bereits so an meinem Körper, dass die Kraft des Wassers mich entweder erdrückt oder langsam verschlingt. Ich weiß nicht, was mir lieber wäre. In letzterem Falle wird es zunächst etwas in der Brust brennen. Das hat mein Pathologieprofessor gesagt und auch, dass der Tod durch Ertrinken überraschend schnell erfolgt. Von ihm habe ich gelernt, dass eine wissenschaftliche Betrachtung hilft, den Tod zu verstehen.

Ich werde also reflexartig den Atem anhalten, mich verschlucken, husten und erneut Salzwasser schlucken. Ein Teil davon wird durch die Luftröhre in die Lunge gelangen, die daraufhin ihre Pforten schließt. Dumm nur, dass der Würgreflex alles noch verschlimmern wird. Meine Lunge wird sich aufgrund dessen nämlich weiter füllen, weil sie nun dem umliegenden Gewebe Flüssigkeit entzieht. Mit der Folge, dass die Lungenbläschen zusammenfallen und dem Blut keinen Sauerstoff mehr zuführen können. Mein Gehirn wird unterversorgt, mein Kreislauf fährt herunter, und ich werde anfangen zu zittern. Davon bekomme ich aber nichts mehr mit, denn zu diesem Zeitpunkt wird sich bereits ein Gefühl der Ruhe und Gelassenheit in mir ausgebreitet haben. Ich werde bewusstlos sein, aufhören zu atmen, und mein Herz wird seinen letzten Schlag tun. Dann ist es geschafft.

Ich frage mich, wie es sich anfühlen wird, wenn mein Geist meinen Körper für immer verlässt. Werde ich ein helles Licht sehen, in einen langen Tunnel gesaugt werden und einem strahlenden Stern entgegenschweben?

Die endgültige Antwort darauf bekomme ich bald, sehr bald. Nur berichten kann ich Dir dann nicht mehr davon.

Sie klappte ihr Tagebuch zu, strich über den roten Samteinband und setzte sich an ihren Schminktisch, einen alten Sekretär aus Mahagoniholz. Die Idee mit dem Tagebuch stammte von Onno. *Schreib auf, was du hörst, was du siehst, was du erlebst. Was du willst und fühlst. Vieles wird klarer durchs Schreiben.* Hätte er geahnt, wie klar sie nun sah, er hätte ihr einen anderen Rat gegeben.

Sie blickte durch das kleine Dachfenster ihrer Kammer hinaus auf die schmale Mondsichel am Himmel. In wenigen Stunden würde die Sonne aufgehen und der erste Tag ihres Todes beginnen. Ihr Kopf fühlte sich an, als sei er mit Watte gefüllt.

Selbst wenn sie es sich anders überlegen sollte, würde sie, sobald sie erst einmal im Wasser stand, keine Chance mehr haben, ihre Entscheidung rückgängig zu machen. Dann, wenn sich die harmlosen Priele in breite, reißende Flüsse verwandelt und jeden Rückweg abgeschnitten hätten. Sofort war ihr mulmiges Gefühl wieder da. Aber es half nichts. Wie sollte sie mit der Lüge weiterleben?

Sie tröstete sich damit, in guter Gesellschaft zu sein. Schon viele vor ihr waren »ins Watt gegangen«, wie man auf der Insel sagte.

Langsam öffnete sie die Lade, hob die Sperrholzplatte an,

unter der sich der Hohlraum befand, und schob das Buch bis nach hinten durch.

Sie drückte den Türgriff herunter, und als sie sich umdrehte, kamen ihr zum ersten Mal die Tränen. Nur der Abschiedsschmerz, dachte sie, wischte die Wangen mit dem Handrücken trocken und schlich die Treppen hinunter, vorbei an den Zimmern ihrer Schwestern, ihrer Mutter. Würden sie sie vermissen? Kein Laut war zu hören, bestimmt schliefen alle tief und fest. Sie holte ihr Fahrrad aus dem Schuppen, schwang sich auf den Sattel und radelte die Uferstraße hinunter, an den Häusern im Loog vorbei in Richtung Domäne Bill, raus aus dem Dorf. Das gedämpfte Licht des Mondes leuchtete ihr den Weg. Das Wasser lief auf, und ihr blieb nicht mehr viel Zeit. Schon jetzt kroch die Kälte von den Fußsohlen in ihre Beine. Mit voller Kraft stemmte sie sich gegen den pfeifenden Nordwind. Er blies noch heftiger als am Vortag. Sie liebte den Wind, dieses traurige Heulen, auch wenn es klang wie die Sterbelaute eines Fuchses.

Sie fuhr bis zu der Stelle, die sie sich in Gedanken bereits ausgesucht hatte, einen langen einsamen Schotterweg entlang, auf dessen rechter Seite die Dünen lagen, linker Hand, zur Landseite hin, die graugrünen Salzwiesen, wo das Wattenmeer begann. Auf Höhe des Hammersees war sie am Ziel. Um diese Zeit verirrte sich keine Menschenseele hierher. Nur die Möwen ließen ihr Kreischen hören.

Der Himmel war sternenklar. Sie hörte vom Strand hinter den Dünen die Brandung tosen. Der Leuchtturm von Memmert durchbrach das ebene Panorama in der Ferne als dunkle Senkrechte. Sie stieg vom Fahrrad und schob es über die Wiese. Der Geruch von Salz stieg ihr in die Nase. Jetzt war es also so weit.

Sie zog die festen braunen Lederschuhe aus und stellte sie in den Fahrradkorb. Es sei gut, den Blick vom Gezeitentümpel zu den Sternen schweifen zu lassen und dann wieder zurück, hatte John Steinbeck geschrieben. Also blickte sie zu den Sternen, wieder zurück zum Watt, ohne zu wissen, wofür es gut sein mochte, und marschierte im Tempo der auflaufenden Flut zur nächsten vorgelagerten Plaat. Dann wartete sie.

1. Kapitel

Juist 2008, Adda

Adda wusste, wie sehr ihr Mann sich um eine gute Wirkung bemühte. Es lag nicht allein an der Auswahl seiner Kleidungsstücke, dem dunkelgrauen Nadelstreifenanzug mit der frischen gelben Nelke im Reversknopfloch, dem blau-weißen Einstecktuch und den handgefertigten Budapestern. Die trug Eduard jeden Tag – ein Hauch Exzentrik, den er sich gönnte. Es war vor allem sein Habitus, die Art, wie er jedes einzelne Wort seiner Rede kraftvoll betonte, während er mit ausgebreiteten Armen und federndem Gang die Bühne des großen Festsaals abschritt, von einem Ende zum anderen, als wollte er sie beschlagnahmen. Der Testlauf für seine Ordensverleihung in vier Tagen verlief reibungslos. Man hätte meinen können, der Saal sei bereits proppenvoll mit Gästen, so wie Eduard aus sich herausging. Mit achtzig Jahren war er noch voll da.

»Ich bin nicht der Erste, der sich für das Überleben unseres schönen Wattenmeers eingesetzt hat. Aber der Erste in der Geschichte Juists, der dafür von der Bundesrepublik Deutschland ausgezeichnet wird«, sagte Eduard jetzt mit tönender Stimme.

Er hatte über jedem einzelnen Satz seiner Rede gebrütet, Formulierungen verworfen, neu verfasst. Adda hatte ihn überzeugt, den Verdienstorden, den es in verschiedenen Abstufungen gab, in seiner Rede nicht explizit zu benennen. Sie wollte vermeiden, dass ihr Mann andere Ordensträger von der Insel degradierte. Es wussten ohnehin alle, dass ihm das Große Bundesverdienstkreuz verliehen werden würde, die höchste Ordensstufe, die jemals Einzug in ein Juister Haus gehalten hatte. Zu ihrer Überraschung hatte Eduard ihr zugestimmt. Bei der Planung der Feierlichkeiten ließ er sich jedoch nicht hineinreden, die würden die Ausmaße eines Staatsbanketts annehmen.

Eduard bestand darauf, die Feier im familieneigenen Hotel de Tiden auszurichten. Von Adda verlangte er, das Haus herauszuputzen, als sei es eine Braut vor der Vermählung. Allerdings ohne ihr dabei freie Hand zu lassen. Ständig änderte er seine Wünsche für die Gestaltung der Tischkarten, die Farbe der Blumenarrangements oder die Zusammensetzung des Dessertbuffets. Adda, die der Meinung war, dass es auch Tee und Rosinenstuten getan hätten, wusste nicht mehr, wo ihr der Kopf stand.

Die Generalprobe hatte Eduard im Kreise der engsten Familie und im Festsaal angesetzt, dort, wo sonst Hochzeiten oder goldene Konfirmationen ausgerichtet wurden. Das dunkle Holz der Deckenvertäfelung und das Fischgrät des Parkettbodens hatten etwas Erdrückendes, dachte Adda nicht zum ersten Mal. Eigens für die Feier hatte sie die Dielen wienern, die vergilbten hellbraunen Spitzenvorhänge durch moderne weiße Gardinen ersetzen und auf Geheiß Eduards alle zweihundert Stühle aufpolstern und mit weißem Stoff beziehen lassen. Wer nicht gut säße, hatte er gesagt, blase keine guten Töne. Die Sitzordnung hatte ihr Mann so arrangiert, dass in der ersten Reihe mittig der Ministerpräsident Platz nehmen würde, zu ihrer Rechten und Linken Johanne, Adda und ihre drei gemeinsamen Töchter.

Die jüngste der Schwestern war noch nicht aufgetaucht, die beiden älteren, Frauke und Theda, saßen schon auf ihren Plätzen, zwischen und neben ihnen leere Stühle. Adda hatte sich für die Probe einen Hocker neben den Rollstuhl ihrer Mutter gestellt, die mal wieder in einer Art Dämmerschlaf versunken war. Was beneidete Adda sie jetzt darum!

Für einen Moment war nichts zu hören außer dem vertrauten Klappern der Pferdehufe auf den Pflastersteinen des Weges, der am Hotel vorbeiführte, dann fuhr Eduard fort:

»Dabei bin ich nicht einmal ein echter Juister, sondern – in aller Bescheidenheit – nichts weiter als ein Badegast, ein Zugereister, ein Binnenländer. Das ist mal sicher – oder, wie wir Ostfriesen sagen, gebürtig oder eingemeindet: Daar kannst up an!«

Frauke und Theda zwinkerten ihm zu und applaudierten, woraufhin ihr Vater lächelnd eine Verbeugung andeutete.

Adda konnte nicht anders, sie ärgerte sich über seine Koketterie. Als würde ihm, »dem Inselmacher«, noch irgendwer die Nichteingesessenheit vorwerfen. Mehr Juister als Eduard ging doch gar nicht.

Sie fächelte sich Luft zu. Seit Wochen nicht ein Tropfen Regen, kein Hauch Wind. Nichts als Sonnenschein, fast unbarmherzig, der den dunklen Raum mit gleißendem Licht erhellte und aufheizte. Jetzt, wo die Strahlen ungebremst durch die frisch geputzten Fenster fielen, sah sie, wie der Staub im Licht wirbelte und auf den Deckenlampen schimmerte. Hübsch anzusehen zwar, aber die Zimmermädchen würden mit dem Mikrofasertuch nacharbeiten müssen. Gleich im Anschluss an die Probe wollte Adda sie anweisen.

Eduard hustete, räusperte sich, hielt sich die Hand vor den Mund.

»Trockene Luft hier drinnen«, sagte er mit rauer Stimme und setzte sich auf einen Schemel. Wie auf Kommando sprang Theda auf und brachte ihrem Vater ein Glas Wasser. Adda öffnete derweil ein Fenster. Salziger, leicht fischiger Geruch vom Meer stieg ihr in die Nase. Eine Möwe, die sich auf dem Fenstersims niedergelassen hatte, flog laut schreiend auf. Erschrocken trat Adda einen Schritt zurück, doch Eduard nahm keinerlei Notiz davon.

Er hob das Glas, bevor er es mit einem Schluck leerte.

»Theda!«, erinnerte er seine Tochter mit strenger Miene, als sie keine Anstalten machte, es ihm wieder abzunehmen. »Das Glas!«

Theda zuckte zusammen und lief rot an, wie jedes Mal, wenn ihr Vater sie anfuhr. Wie sehr Theda sich von ihrer Jüngsten unterschied, dachte Adda. Marijke scherte sich nicht um Eduards Befindlichkeiten. Gestern Abend war sie mit der Fähre angereist, aus New York, Rio oder Sydney, jede Woche ein neuer Ort – Adda hatte längst die Übersicht verloren. Seit dem Zubettgehen war sie nicht wieder aufgetaucht, dabei war ihr der Termin für den Probelauf wohlbekannt – wie auch das Wesen ihres Vaters.

Auf die Minute pünktlich wollte er sie alle auf ihren festen Plätzen sitzen sehen, damit Schlag dreizehn Uhr angerichtet werden konnte. Nicht einmal während der großen Sturmflut von 1962 hatte er sein Mittagessen verschoben. Was soll's, dachte Adda. Marijke hatte ein bisschen Ruhe verdient.

Seit einem Jahr war sie nicht mehr zuhause gewesen, zu viele Ausstellungen in zu vielen Ländern. Momentan lebte sie in Kalifornien. Adda freute sich darauf, mit ihrer Tochter ins Watt zu spazieren, wie früher, und Strandkrebse zu fangen. Mit Weißwein, Knoblauch und Kabeljau zubereitet, würden sie eine Fischsuppe kochen, so wie Marijke sie liebte. Kaum hatte sie diesen Gedanken gefasst, tauchte ihre Tochter in der Tür zum Saal auf und warf ihrer Mutter und den Schwestern einen Handkuss zu. Sie blieb stehen, als wollte sie den Anwesenden genügend Zeit geben, ihrer gewahr zu werden.

»Dieser furchtbare Jetlag«, sagte Marijke. »Je älter ich werde, desto schlimmer wird es.«

Mit ihrer Größe von 1,80 Meter überragte sie Adda und Eduard um Kopfeslänge. In den engen blauen Jeans, der cremefarbenen Seidenbluse unter dem blauen Blazer und mit den dunklen, schulterlangen Locken sah sie aus wie ein junges Mädchen, das schmale Gesicht immer noch faltenlos, die Lippen voll und rot. Nur die feinen Linien zwischen Nasenflügel und Mundwinkel ließen erahnen, dass sie mit ihren Mitte vierzig die Jugend bereits hinter sich gelassen hatte.

Während die zwei älteren Töchter Äußerlichkeiten nicht viel Bedeutung beimaßen, hatte Adda, chic gekleidet wie ihre Jüngste, dem Pragmatismus der Allwettertauglichkeit noch nie viel abgewinnen können. Frauke und Theda trugen das typische Sommer-Inseloutfit: graue Dreiviertelhosen zu karierten kurzärmeligen Blusen, die dunkelblonden Köpfe von wetterfesten Kurzhaarschnitten gerahmt. Wären Augenfarbe und Körperbau nicht unterschiedlich gewesen, man hätte die beiden kaum auseinanderhalten können. Theda war noch immer sehr schlank, Frauke dagegen hatte die überschüssigen Kilos nach der Geburt ihres Sohnes vor knapp dreißig Jahren bis heute nicht loswerden können. *Mein Sohn hat mich meine Schönheit gekostet*, sagte sie gern, *und mein Ex-Mann meine inneren Werte.* Die Scharfzüngigkeit hatte sie von Addas Mutter Johanne geerbt.

»Was kann wichtiger sein«, bemerkte Frauke nun ohne eine Spur von Ironie, »als Vaters Proberede für die Entgegennahme seines Verdienstkreuzes?«

Marijke strich Frauke über die Wange, bevor sie auf die Bühne stürmte und ihren Vater anlächelte. »Die Rede für die Entgegennahme seines Verdienstkreuzes!«

Adda schüttelte belustigt den Kopf. Und auch Eduard musste lächeln.

»Dann lass hören, wie der Retter des Wattenmeers den Bundespräsidenten an die Wand redet«, forderte Marijke ihren Vater auf, ohne zu wissen, dass sie damit einen wunden Punkt traf.

Adda warf Eduard einen schnellen Blick zu. Hoffentlich regte er sich jetzt nicht wieder auf! Dann würde die ganze Litanei von Neuem beginnen. Seit er erfahren hatte, dass er nicht auf den ersten Mann im Staate zählen konnte, hatte Eduards

Freude über seinen Triumph einen empfindlichen Dämpfer erfahren. Es wurmte ihn, mit dem Rangniederen vorliebnehmen zu müssen, selbst wenn er in derselben Partei war.

Das Beste war dann, ihn klagen zu lassen, Zustimmung zu nicken und auf Durchzug zu stellen. Doch half das nur bedingt gegen sein Lamento, wie stiefmütterlich die Natur selbst, aber auch ihre Geschöpfe von der Politik behandelt wurden. Was müsse er denn noch alles tun, um eine Einladung nach Bellevue zu ergattern? Reiche es nicht, den Lebensraum für Millionen von Fischen, Muscheln, Krabben, Kegelrobben und Seehunden gerettet zu haben, dazu den Urlaub von Hunderttausenden Touristen?

Deutschland ist des Deutschen liebstes Urlaubsland, würde es doch immer heißen. Habe auch nur einer von diesen Deutschen denn Lust, in einer verdreckten Brühe neben toten Seerobben zu planschen und sich danach einen Ölfilm vom Körper zu schrubben? Adda hatte ihn schließlich gebeten, den Orden als das zu nehmen, was er war: eine der höchsten, wenn nicht die höchste Ehrung, die einem engagierten Bürger in diesem Land zuteilwerden konnte.

Zu Addas Erleichterung hatte er sich daraufhin wieder beruhigt. Es gab ohnehin nur wenig, das ihn aus der Ruhe bringen konnte. Denn die Welt gehörte ihm; zumindest die Welt, die er sich erschaffen hatte, sein Königreich, die Insel Juist, die beliebteste Ferieninsel im ganzen Wattenmeer, dessen inoffizieller Herrscher er noch immer war: Dr. Eduard Kießling, Hotelier, Großgrundbesitzer, Bürgermeister a.D., Aktionär der Fährlinie Juista, erster Vorsitzender des Segelclubs und Gründungsmitglied des Flughafenvereins.

»Alle Wege führen nach Juist, aber nur über mich«, witzelte er gern. Und er hatte nicht ganz unrecht: Als Adda mit ihrer Mutter ein paar Jahre nach dem Krieg auf die Insel gekommen war, war Juist von der Welt noch so gut wie abgeschnitten gewesen. Nur unregelmäßig hatte ein Schiff die Insel angefahren – allein die Idee eines von Kurgästen frequentierten Flughafens war abwegig –, und die Pensionen und Hotels waren gerade erst die Besatzer losgeworden. Samt Mobiliar.

Eduard erhob sich schwungvoll, betrat erneut das Rednerpult, als sei es ein Siegerpodest, und riss dem kleinlauten Tontechniker, der eigentlich Kutscher war, grob das Mikrofon aus der Hand. Er blickte in die erste Stuhlreihe, in der Marijke inzwischen ihren Platz eingenommen hatte, lachte den Anflug von Verärgerung weg und griff die Bemerkung seiner Tochter auf:

»Wenn der Bundespräsident also dringendere Termine hat«, wich er von seinem Redemanuskript ab und machte mit seiner freien Hand eine bedauernde Geste, »dann nehme ich das hübsche Stück Blech gerne auch aus Ihren werten Händen in Empfang, Herr Ministerpräsident. Wer einen Landesvater nicht ehrt, ist des Verdienstkreuzes nicht wert.«

Eduard zwinkerte in Richtung des leeren Stuhls, auf dem der Landesvater Platz nehmen würde, und lachte spitz. Offenbar zufrieden mit seiner neuen Formulierung, drehte er den Kopf zu Adda. »Besser?«

Adda nickte stumm und hoffte, dass sich der Scherz dem Publikum erschließen würde. Sie hatte nie verstanden, warum Eduard so begierig auf ihren Zuspruch war. Wo er doch eigentlich meinte, sein Bauch sei der beste Berater.

»Das Gleiche gilt für die Familie, ohne die ich heute nicht hier wäre.«

Er bedachte Adda mit einem zärtlichen Blick. Sie seufzte leise.

»Da wäre zuallererst meine Tochter Frauke, der ich meinen einzigen Enkel Arne verdanke.«

Ehrliche Rührung stand in Fraukes blassblauen Augen.

Seit sie sich hatte scheiden lassen, hatte sie Eduards Meinung nach ihm nicht mehr viel Anlass zu stolzgeschwängerten Äußerungen gegeben. War da jetzt ein Anflug von Triumph in ihrem Blick, mit dem sie ihre kinderlosen Schwestern bedachte? Adda war sich nicht sicher. Marijke schüttelte unmerklich den Kopf, während Theda sich um ein Lächeln bemühte. Doch ihr Kinn zuckte, und Adda wusste genau, mit welchen Gefühlen ihre Tochter in diesem Moment zu kämpfen hatte. Warum musste Eduard nur bei jeder Gelegenheit darauf herumhacken, dass Theda nie geheiratet und keine Kinder bekommen hatte? Hatte sie nicht auch um ihrer Eltern willen auf all das verzichtet? Um ihnen den Rücken freizuhalten, als sich das Unglück über die Familie gelegt hatte?

Eduards Blick wanderte zu Theda. In wohlwollendem Ton fuhr er fort:

»Nicht zu vergessen meine liebe Theda, die immer um mein Wohl bemüht ist. Du hättest eine wunderbare Ehefrau abgegeben.«

Theda sah ihren Vater unbewegt an und senkte den Kopf, während Marijke sich aufrichtete, in Erwartung der ihr zugedachten Worte.

»Und meine Jüngste, Marijke«, fuhr er fort und schnalzte mit der Zunge, »von der keiner jemals gedacht hätte, dass aus ihr eine so bekannte Fotografin werden würde, so erfolgreich, dass sie sogar unsere Kanzlerin ablichten durfte.«

An dieser Stelle warf Eduard erneut einen provokativen Blick auf den leeren Stuhl des Ministerpräsidenten. Dann schaute er auf Johanne, die noch immer schlief.

»Nicht zuletzt danke ich Johanne, meiner lieben Schwiegermutter, die mit ihrer herzlichen und fürsorglichen Art Tausende von Gästen glücklich gemacht hat.«

Marijke lachte laut auf. »Wem willst du das denn weismachen, Vati?«, fragte sie. In dem Moment klingelte ihr Handy. »Da muss ich ran«, sagte sie achselzuckend und verschwand durch den schmalen Spalt der Ziehharmonikatür in den angrenzenden Raum.

Das Klingeln hatte Johanne aus ihrem Schlummer geweckt, und sofort polterte sie los: »Zum Teufel nochmal, ist hier jetzt mal Ruhe mit dem Geschwätz!«

Alle kicherten. Nur Eduard wartete mit steifer Miene, bis seine Familie sich beruhigt hatte, und sprach nach einem ausgedehnten Moment der Stille weiter: »Du, liebe Johanne, hast mir den allergrößten Schatz anvertraut: meine geliebte Adda, der ich mein zweites Leben verdanke.« Eduard hielt inne, sah Adda an und fuhr dann fort: »Seit dem Moment, als ich dich das erste Mal sah, habe ich dich nicht mehr aus meinem Herzen gelassen.« Er nestelte an seiner Boutonnière, wie er die Einsteckblume nannte, die er in Erinnerung an ihre erste Begegnung täglich trug. Damals hatte Adda einen Strauß Nelken in der Hand gehalten und ihm aus Versehen vor die Füße geworfen. Seit ihrer Heirat legte er großen Wert darauf, stets ein Exemplar ihrer Lieblingsblume am Revers zu tragen, *immer frisch, wie meine Liebe zu dir*. Bis heute hatte er keine Ahnung, dass Adda Nelken hasste.

»Mit deinen langen braunen Haaren und den veilchenblauen Augen, in diesem blau gepunkteten Kleid sahst du aus wie das Mädchen meiner Träume.«

Sie wusste nicht, wo sie hinschauen sollte. Unwillkürlich strich sie sich über ihren dunkel getönten Bob, nahm die Brille ab und drehte sie hin und her. Eduard irrte sich. Adda erinnerte sich zwar daran, einmal ein blau gepunktetes Kleid besessen zu haben, aber da war sie noch ein Kind. Träume sind etwas für die Nacht, dachte sie, als es an der Tür klopfte. Eduard rief ungehalten: »Herein!« Die Tür wurde schwungvoll geöffnet. Im Rahmen stand eine junge Frau, die genauso aussah, wie Eduard Adda soeben beschrieben hatte, nur dass sie statt eines Sommerkleides Shorts und Top trug und statt eines Blumenstraußes ein Handy in der Hand hielt.

»Entschuldigen Sie die Störung«, sagte sie mit einem leicht englischen Akzent. »Ich bin Helen.«

Adda sah die Fremde mit unverwandtem Blick an und spürte, wie ihr Herz einen Augenblick lang aussetzte. Auch ihre Töchter starrten die junge Frau mit offenen Mündern an.

»Zieh dir was Anständiges an, Adda!«, keifte Johanne in das Schweigen hinein und sah Helen verärgert an. »Wir Locks kommen aus einem guten Stall und kleiden uns nicht wie Dirnen.«

2. Kapitel

Juist 2008, Helen

Helen stand einen Moment einfach nur da, wie festgefroren, mitten auf der Türschwelle. Die Menschen im Raum starrten sie an, als sei sie ein seltenes Reptil. Sie fühlte, wie sich ihr Puls beschleunigte, und wich einen Schritt zurück. Am liebsten hätte sie auf der Stelle kehrtgemacht, wäre direkt wieder abgehauen, ohne Erklärung, ohne Entschuldigung. Doch sie blieb. Jetzt erst recht. »Adda« hatte sie die alte Dame im Rollstuhl genannt – das war der Name, der auf dem Foto stand. Sie war auf der richtigen Spur.

Eine herrische Stimme erklang. »Was kann ich für Sie tun?« Der alte drahtige Mann stieg von der Bühne und kam langsam auf sie zu, vorbei an etlichen Stuhlreihen. Von seiner Stirn tropften Schweißperlen und rannen ihm über die Nase. Ihre Blicke kreuzten sich für einen kurzen Augenblick, er runzelte die Stirn. Irritiert. Schwer atmend ließ er sich auf einen Stuhl fallen. Eine schlanke kurzhaarige Frau mittleren Alters trat schnell zu ihm und fasste ihn an der Schulter.

»Lass das, Theda!« Er schüttelte ihren Arm ab und erhob sich schwungvoll.

»Mein Name ist Helen Burns«, beantwortete sie hastig seine Frage. »Ich suche eine Adda.«

Hastig kramte sie in ihrem Rucksack nach dem Foto. Ihre Adoptivmutter hatte es ihr gegeben, kurz vor ihrem Abflug. Das Einzige, was Helen von ihrer richtigen Familie besaß, und der einzige Hinweis auf ihre leibliche Mutter. Es zeigte ein kleines Mädchen auf einem hölzernen Umkleidewagen am Strand. Im

Hintergrund sah man das Meer. Das Mädchen trug ein dunkles Kleid, helle Kniestrümpfe und Sandalen, hatte dunkle Zöpfe und lachte in die Kamera. Auf der Rückseite des Bildes hatte jemand in sperriger Schrift *Adda, Juist 1943* notiert.

»Diese Frau«, sagte Helen und reichte der Frau namens Theda das Foto, während alle Anwesenden neugierig näher kamen. Auf einmal fühlte Helen sich wie eingekesselt.

»Das ist unsere Mutter …«, setzte Theda an, als plötzlich die ältere, gut gekleidete Frau um Mitte sechzig mit zitternder Hand nach dem Foto griff.

»Diese Ähnlichkeit«, sagte sie leise. Als sie den Blick hob, sah Helen in die gleichen veilchenblauen Augen, die ihr jeden Morgen im Spiegel entgegenblickten. Helen hatte das Gefühl, ihren eigenen Atem zu hören. Es war, als würden sie einander erkennen, ohne sich zu kennen, und im selben Moment schossen ihr Tränen in die Augen. Rasch wandte sie den Kopf zur Tür. Sie holte tief Luft, und das Gefühl der Erschütterung verging glücklicherweise so schnell, wie es gekommen war.

»Das bin ich«, sagte die Frau endlich. Sie streckte dem Mann das Foto hin. »Schau doch, Eduard.«

»Unsinn, Adda«, blaffte der, ohne auch nur einen Blick darauf zu werfen.

Helens Herz schlug wie wild. Adda. Das war tatsächlich Adda, die Frau, vielmehr das Mädchen auf dem Foto.

Eine dritte Frau mit kurzen Haaren riss Adda das Bild aus der Hand und warf einen flüchtigen Blick darauf. »Woher haben Sie das?«, fragte sie und musterte Helen aus zusammengekniffenen Augen.

Helen holte tief Luft. »Dieses Foto lag bei den Dingen, die man mir als Säugling mitgegeben hat. Ich komme aus Neuseeland, bin dort aufgewachsen. Und nun …« Sie stockte. »… will ich meine leiblichen Eltern finden.«

Die Frau lachte spöttisch auf. »Lass gut sein, Frauke«, sagte Adda mit brüchiger Stimme, doch die rief: »Und Sie glauben nun, nur aufgrund eines uralten, unscharfen Bildes, dass Sie ausgerechnet von unserem kleinen Juist ans andere Ende der Welt wegadoptiert wurden, weil man in Deutschland nicht weiß, wohin mit den ganzen Babys? Erscheint Ihnen das nicht selbst ein wenig absurd?«

Helens Halsschlagader pochte. Himmel, was sollte sie darauf antworten?

Ein Gong ertönte. Theda trat einen Schritt nach vorne und fragte mit leiser Stimme: »Vati, was hältst du davon, wenn wir den Dorsch ausnahmsweise ein paar Minuten länger in seiner Suppe schwimmen lassen? Mutti ist ganz fahl!«

Mit einem Mal bäumte sich die alte Frau im Rollstuhl auf. »Die Mittagsstille verschieben? Doch nicht Eduard. Der ist so flexibel wie das Holz einer Dresdner Eiche!«

»Red' nicht so einen Unsinn, Johanne«, sagte Eduard, Helen noch immer fest im Blick. »Etwas im Magen wird Adda guttun. Wir gehen«, sagte er. »Und Sie bitte auch.«

Ohne von der Aufforderung ihres Mannes Notiz zu nehmen, murmelte Adda: »Ich kenne das Bild nicht, aber ich erinnere mich an den Tag, als es aufgenommen wurde.« Theda legte ihr eine Hand auf die Schulter, und Adda fuhr fort: »Es war im Krieg, der Strand war menschenleer. Morgens haben wir meinen Großvater beerdigt, und abends sind wir wieder zurück nach Dresden.«

Im gleichen Moment begann die Großmutter laut zu singen. Ihr Blick flackerte dabei ruhelos zwischen Adda und Helen hin und her, als könnte er sich nicht entscheiden, welche von beiden er festhalten sollte.

»Hausmeister Ehlers ist jeden Abend blau, und wenn der nicht betrunken ist, dann haut er seine Frau. Und jetzt ist er so tot wie sein Sargnagel.«

Sie ließ den Kopf genauso überraschend wieder sinken und verstummte. Für einen Moment hatte sie ganz klar gewirkt, dann, im nächsten, war es, als würde sich ein Schleier über ihre Augen legen und sie im Nebel ihrer Vergangenheit entschwinden.

»Tja, wo es etwas zu holen gibt, kreisen die Möwen«, sagte Frauke in sachlichem Ton. »Warum tauchen Sie gerade jetzt auf, ausgerechnet zur großen Feier, wo alle Zeitungen über unsere Familie berichten?«

Helen merkte, wie sie rot anlief. Sie war doch nicht gekommen, um alles auf den Kopf zu stellen, sondern nur, um dem einzigen Hinweis nachzugehen, den sie hatte!

»Und durch Zufall landen Sie im Hotel de Tiden?«, fuhr Eduard dazwischen und ging mit finsterer Miene zur Tür, die Pfeife in der Hand.

»Mich hat kein Zufall hierhergebracht«, sagte Helen. »Ich wohne in diesem Hotel.«

Die Anwesenden wechselten Blicke – erschrockene, ungläubige, irritierte.

»Da bin ich wieder«, ertönte plötzlich eine kräftige Stimme. Helen drehte ihren Kopf und sah, wie eine große, schlanke Frau mit einem fast gemeißelt schönen Gesicht aus einer Zwischentür trat.

»Wir haben Nachwuchs bekommen, Marijke«, sagte Frauke und trat einen Schritt zur Seite, um den Blick auf sie freizugeben. »Das ist Helen, die behauptet, mit uns verwandt zu sein. Bist du zufällig ihre Mutter?« Sie lachte höhnisch.

Marijke blieb stehen, starrte sie an wie ein Gespenst und schüttelte den Kopf. Auch sie sah offenbar die Ähnlichkeit sofort, dachte Helen, auf einmal hoffnungsvoll.

»Bist nicht tot, meine kleine Adda! Bist nicht tot, mein Gustav!« Johannes schrille Stimme riss sie aus den Gedanken. Sie sah, wie die alte Frau sie anstarrte und am ganzen Körper zuckte wie bei einem epileptischen Anfall. Ihr Gesicht verzog sich vor Schmerz, und sie fasste sich an den Bauch.

Adda eilte Johanne zu Hilfe. Leise redete sie auf sie ein und streichelte ihre Hand, bis sie sich wieder beruhigt hatte. Dann drehte Adda sich zu Helen und sagte: »Es tut mir leid, meiner Mutter geht es nicht gut.« Helen schluckte den Kloß in der Kehle hinunter und nickte.

Frauke öffnete die Tür. »Wir gehen!«, rief sie und marschierte voran, gefolgt von den anderen. Marijke blieb kurz in der Türschwelle stehen und sagte: »Ich bin übrigens Marijke.« Dann verschwand auch sie, und Helen blieb zurück.

Einen Augenblick stand Helen nur da und spürte schmerzhaft den Schlag ihres Herzens. Nach ein paar Minuten wurde ihr Atem langsam ruhiger. Was sollte sie jetzt machen? Ihre Mutter hatte ihr über eine Internetplattform ein Zimmer in diesem Hotel reserviert. Sie mochte es, aber unter den gegebenen Umständen hielt sie es für besser, etwas auf Abstand zu gehen oder einfach wieder abzureisen. Zuerst einmal brauchte sie aber frische Luft und ein paar Schritte Bewegung, eine kurze Flucht von dieser Familie und allem, was mit ihr zusammenhing. Sie musste ihren Kopf freikriegen.

An der Hoteltür kam ihr der Wattführer Onno entgegen und blieb kurz stehen. »Nicht so gut gelaufen, was?«, sagte er mit sanfter Stimme und blickte ihr in die Augen. Prompt kamen ihr die Tränen. Sie schüttelte den Kopf und rannte ohne ein weiteres Wort davon.

Er hatte sie vor nicht einmal einer halben Stunde zu den Kießlings geführt.

Gleich nach dem späten Aufstehen hatte sie Gisela von der Rezeption nach jemandem gefragt, der viele Leute kannte – offiziell, weil sie eine Geschichte über die Insel schreiben wollte.

Nachdem sie in den ersten Tagen nach ihrer Ankunft mit dem Jetlag zu kämpfen und ihr Zimmer nicht ein einziges Mal verlassen hatte – selbst das Essen hatte sie sich aufs Zimmer bringen lassen –, fühlte sie sich an diesem Morgen endlich bereit, sich um den eigentlichen Grund ihres Kommens zu kümmern. »Ach wat, hier kennt jeder jeden«, hatte die dralle Blondine hinterm Tresen gesagt. »Aber wenn Sie jemanden brauchen, der alle kennt, denn gehen Sie zu Wattführer Onno.«

Sie war die Strandstraße an roten Backsteinhäusern entlanggeschlendert. Das Geklapper der Pferdehufe und Kutschenräder hallte auf dem holprigen, vor Hitze dampfenden Kopfsteinpflaster. Vor dem Eingang eines großen Eckgebäudes, an dessen Hauswand Glaskästen mit den Nachrichten der Insel angebracht waren, hatte sich eine längere Schlange gebildet. Über der Tür stand in grünen, verblassten Buchstaben *Rathaus*. Die Menschen, die davor warteten, wirkten entspannt und zufrieden. Sie lachten und schwatzten miteinander wie bei ihr zuhause. Vielleicht weil auch dieser Tag wieder so sonnig begonnen hatte und man bei jedem Atemzug die Weite der See fühlte.

Schnurstracks setzte sie ihren Weg zum Nationalpark-Haus fort. Hinter dem Schiffchenteich, auf dem ein paar Kinder ihre kleine Segelbötchen fahren ließen, und dem Kurplatz, in dessen Mitte in einer Konzertmuschel eine Handvoll Musiker in grauen Hosen, weißen Hemden und quer gestreiften Krawatten zum Vormittagskonzert mit Operettenmelodien aufspielten, bog sie rechts ein.

Sie passte den Wattführer ab, als er gerade die Tür zuschloss. Auch er sah sie an, als würde er einen Geist sehen.

»Komm mit, min Deern«, hatte er mit einem Blick auf das Foto von Adda gemurmelt, und sie zu ihrer Verwunderung mit seinem Fahrrad zurück zum Hotel de Tiden gebracht. An der

Tür zum Festsaal hatte er sie verabschiedet mit den Worten: »Hier bist du richtig.«

Doch anscheinend sah nur er das so.

Die abweisende Kälte der Familie schockierte sie. So weit weg von ihrem Zuhause fühlte sie sich allein, *mutterseelenallein*. Ein Wort, das es auf Englisch so nicht gab, dachte sie.

An einem Fischwagen bestellte sie bei einem grimmig dreinblickenden Verkäufer in Matrosenhemd ein Matjesbrötchen. Er hatte kein Lächeln und Wort für sie übrig. Stattdessen musterte er sie mit solch finsterem Blick, als hätte sie ihn nach seinem Angelschein gefragt. Sie wollte gerade gehen, da knallte er ihr stumm das Brötchen auf die Theke und sagte: »Macht zwei Euro fünfzig.«

Mit dem Brötchen in der Hand setzte sich auf eine Bank mit Blick auf das Meer und das Strandhotel Kurhaus. Die Sonne brannte auf sie nieder. Verwirrt bemerkte sie, dass sie ihren Hut vergessen hatte. Doch bevor sie in diesem Zustand zurück ins Hotel kehrte, würde sie lieber noch zehn Fischbrötchen bei diesem Miesepeter kaufen.

Was in ihrer Heimat als unhöflich galt, ging hier offenbar als spröder Charme durch, dachte sie, während sie das Kurhaus betrachtete.

Es sah aus wie ein Schloss und passte mit seiner imposanten Glaskuppel gar nicht so richtig zum Rest der Insel, zumindest zu dem Teil, den sie bisher gesehen hatte. So wie sie. Aber sie hatte ja auch gar nicht vor, hierher zu passen – oder ihre Eltern durch passendere zu ersetzen. Sie wollte einzig und allein wissen, warum sie war, wie sie war. Warum sie auf so wackligen Beinen stand.

Ihren Anfang genommen hatte die Reise vor drei Wochen. Mit einem Picknick am Stadtstrand ihrer Heimatstadt Napier, bei dem sie kurzerhand ihren Freund nach zwei Jahren Beziehung aus einer spontanen Regung heraus verlassen hatte – wie schon all die anderen Freunde davor. Gefolgt von dem Entschluss noch am selben Tag, ihren Job als Bloggerin hinzuschmeißen. Wie schon zuvor eine Vielzahl an Jobs in diversen anderen Medienfirmen.

Helen wusste sich keinen besseren Rat, als bei ihren Eltern Zuflucht zu suchen. In Alex' und ihrer gemeinsamen Wohnung konnte sie nicht bleiben. Ja, so hart es auch war, sich das einzugestehen: Außer ihren Eltern gab es keine Konstante mehr in ihrem Leben. Nicht mal ein eigenes Zimmer. Und so stand sie mit sechsundzwanzig Jahren am Nachmittag ihrer frischen Trennungen in der Küche ihrer Eltern – ohne Job, ohne Freund, ohne Wohnung und nur mit zwei großen Taschen beladen. Ihr Blick wanderte nach draußen. Von jedem Fenster sah man das Wasser, das an diesem Tag in herrlichen Grün- und Türkistönen schimmerte. Dieser sich ständig ändernde Ausdruck hatte wie immer eine beruhigende Wirkung auf sie. Das weiß gestrichene Holzhaus auf dem größten Hügel der Stadt, der sanft zum Meer auslief, hatten ihre Eltern vor zwanzig Jahren gekauft. Auf dem Tisch brannte eine Kerze.

»Ist jemand da?«, rief sie.

Von oben hörte sie das Rauschen des Wasserhahns. Helen warf einen Blick auf die gerahmten Fotos an der Wand. Sie als Baby im Tragetuch vor dem Bauch ihrer Mum Vera; sie als Siebenjährige, die einem Pinguinbaby die Flasche gab, ihre Eltern und sie am Tag ihrer letzten Uniprüfung in Auckland, wie sie auf der Kaimauer saßen, nah beieinander. Helen hörte ihre Mum die Treppe hinunterkommen. Schon am Geräusch ihres Gangs wusste sie, dass sie es war, das leichte Schlurfen auf den Hacken. Für Helen hörte sich das Geräusch nach Zuhause an.

Nun saßen sie sich gegenüber, tranken eine Kanne Kräutertee, und ihre Mum ließ sie erzählen. In Veras Blick lag etwas Forschendes. Als sie fertig war, beugte sie sich vor und nahm Helens Hände: »Kann es sein, dass du verlässt, damit du nicht verlassen wirst?« Helen sah sie an wie vom Donner gerührt. »Das ist nichts weiter als eine kleine Sinnkrise«, protestierte sie. Aber ein Teil von ihr ahnte, dass ihre Mutter recht haben könnte. »Du sitzt dir selbst viel zu sehr im Nacken. Du musst vor nichts im Leben Angst haben.« Sie zögerte. »Aber vielleicht musst du erst alles verstehen.« Sie stand auf, verließ den Raum und kam wenig später mit einem Bild zurück, diesem uralten Schwarzweißfoto der kleinen Adda, das sie Helen wie ein kostbares Fabergé-Ei überreichte.

Sie sieht aus wie ich früher, dachte Helen sofort.

»Mehr kann ich dir leider nicht geben«, sagte ihre Mum. Helen sah sie erstaunt an. Es war viel mehr, als sie zu hoffen gewagt hatte. Das Einzige, was sie bislang gewusst hatte, war, dass Vera und James sie in Auckland adoptiert hatten und ihnen gesagt wurde, dass ihre Mutter Deutsche war. Bisher waren Helens Versuche, etwas über ihre leiblichen Eltern zu erfahren, alle erfolglos verlaufen: Bei einer Inkognito-Adoption, wie ihre es gewesen war, erfuhr man auf offiziellem Weg weder den Namen der Eltern noch den Geburtsort.

Adda, Juist 1943, las sie auf der Rückseite des Fotos. Endlich eine Information. Ein Anfang.

Sie begann noch am selben Abend mit ihren Recherchen und erfuhr durch das Internet, dass Juist eine kleine autofreie Insel in der deutschen Nordsee war, eingeklemmt zwischen Borkum und Norderney, gerade einmal siebzehn Kilometer lang und fünfhundert Meter breit, eine ehemalige Sandbank. Ebbe und Flut, die zweimal am Tag wechselten, bestimmten das Leben der weniger als 1800 Inselbewohner, die zumeist seit Generationen dort zuhause waren. Die Wahrscheinlichkeit, dort einen Verwandten aufzuspüren, dürfte nicht gering sein, dachte Helen und spürte, wie Hoffnung in ihr aufkeimte. Zumal die Insel während des Krieges, als das Foto aufgenommen wurde, offenbar für Nichtinsulaner gesperrt gewesen war. Das Mädchen auf dem Foto musste demnach von Juist stammen. Ihre Mum hatte recht: Es war an der Zeit herauszufinden, wer sie damals verlassen hatte und warum.

Keine Woche später stand Helen am Flughafen von Napier, um einmal halb um den Globus zu fliegen. Zum Abschied legte ihre Mutter ihr eine Halskette mit einem maorischen Jadestein um, die sie auf der Reise beschützen sollte. »Du wirst deinen Platz in der Welt schon finden«, rief sie ihr mit fester Stimme nach, bevor Helen durchs Gate verschwand. Doch Helen ließ sich von dieser betonten Gelassenheit nicht täuschen: Sie hatte die Tränen in den Augen ihrer Mutter gesehen.

Helen war noch nie in Deutschland gewesen, nicht einmal in Europa. Und als sie nach zwei Tagen Schlaflosigkeit, in denen sie drei Kontinente überflogen hatte, völlig benommen aus der Fähre gestiegen war, hatte sie das entrückte Gefühl gehabt, tatsächlich in der Vergangenheit gelandet zu sein. Es war neun Uhr morgens gewesen, und mit ihr hatten Hunderte anderer Passagiere den Hafen von Juist verlassen. Einige von ihnen waren in Pferdekutschen gestiegen, andere hatten einen Bollerwagen für ihr Gepäck genommen, kein Auto weit und breit, nur Fahrräder, egal, wohin sie auch geblickt hatte.

Links neben dem Strandaufgang stand der Platz auch jetzt voller Fahrräder. Kaum eines war abgeschlossen, dachte sie, als ihr Telefon vibrierte. Sie holte das Handy aus der Tasche. Eine Textnachricht von ihrer Mum. In Neuseeland musste es gerade drei Uhr morgens sein. *Hast du schon mein Päckchen geöffnet, mein Schatz?*, las sie. *Wenn du mich brauchst, ich bin immer ganz in deiner Nähe.* Helen schluckte. Ihre Mum hatte die Angewohnheit, ihr Tim Tams, ihre Lieblingsschokolade, oder andere kleine Präsente mit auf Reisen zu geben, für den Fall, dass sie das Heimweh packte. Am Flughafen hatte sie ihr ein Päckchen in die Hand gedrückt, das sie sofort in der Seitentasche ihres Rucksacks verstaut und tatsächlich vergessen hatte. Wie gut sie jetzt ein Stück Trostschokolade gebrauchen könnte, dachte Helen und nahm stattdessen das Brötchen aus der Tüte. Aus dem Nichts kam eine Möwe angeflogen und klaute es ihr aus der Hand. Sie merkte, wie wieder Tränen in ihr aufstiegen.

Helen blickte der Möwe hinterher und dachte an Fraukes Worte. *Wo es etwas zu holen gibt, kreisen die Möwen.* Als wäre Helen nur darauf aus, der Familie das Beste vom Teller zu klauen. *Aber Fräulein Aber!*, hörte sie plötzlich die Stimme ihrer Mum im Ohr. Sie kannte sie besser als irgendwer sonst und wusste, dass sie nicht so schnell klein beigab. Helen atmete tief ein und blickte zum Himmel. Ihr waren Möwen lieber, die höher flogen. Denn die sahen nicht nur das, was ihnen schmeckte. Sondern das große Ganze, und das sollte sie auch tun. Vielleicht war es leicht gewesen, sie als Säugling wegzugeben; aber als Erwachsene würde sie sich nicht so einfach fortjagen lassen.

3. Kapitel

Juist 2008, Adda

Wenn es nach Adda gegangen wäre, sie hätte mit dem Essen gern noch etwas gewartet. Aber ihrem Mann konnte man das fremde Mädchen erst mal nur in kleinen Dosen servieren. So kurz vor seinem Ehrentag flatterten seine Nerven, und er zog sein Kriegsbein auffällig nach, wie oft, wenn ihm etwas die Laune verhagelt hatte. Das »Beinbarometer«, wie sie es hinter Eduards Rücken nannten, war so zuverlässig wie die Abfolge von Ebbe und Flut, und hinkte er, dann war es klüger, in Deckung zu gehen. Adda hat ihre eigenen Methoden, Eduard wiederaufzurichten. Ein voller Magen war schon mal ein Anfang.

Sie strich Eduards Weste glatt und klingelte nach Auguste, die seit vierzig Jahren im Dienst der Familie stand, damit sie servierte. »Was steht ihr hier herum wie bestellt und nicht abgeholt«, blaffte Eduard ungeduldig und ließ sich auf einen Stuhl sinken. »Unverfroren, so hereinzuplatzen!«, murmelte er und schüttelte den Kopf.

Die anderen setzten sich ebenfalls an den dunkelroten Mahagonitisch. Sie befanden sich im Wintergarten des Familientraktes, einem Anbau aus den sechziger Jahren, zu dem die Hotelgäste keinen Zutritt hatten. An der schmalen Seitenwand hing ein großformatiges gerahmtes Bild vom Watt, die Fensterbänke hatte Adda mit Muscheln, Strandgut und Sand dekoriert. Von der Decke hing eine englische Tiffany-Leuchte, deren bunte Glasornamente geometrische Muster auf den Tisch warfen, wenn das Sonnenlicht sie traf. Adda liebte diese wechselnden Lichtspiele, die wie ein Sonnengruß den Raum immer wieder neu arrangierten.

Der Schock steckte ihr noch in den Gliedern. Helen zu sehen war, wie in den Spiegel ihrer eigenen Jugend zu blicken. Da war nichts Fremdes gewesen, nichts, was sie nicht schon einmal gesehen hatte. Die ovale Gesichtsform, die glänzenden langen dunklen Haare, die schlanke Silhouette. Selbst Helens Art, ihre Augenbrauen hochzuziehen, erschien ihr vertraut.

Geklirr riss Adda aus ihren Gedanken. Auguste, rund, rotgesichtig und sommersprossig, schwenkte mit dem Hintern voran durch die Tür, in den Händen eine riesige Porzellanschüssel, in der zahlreiche Fischstücke schwammen, und tat jedem von ihnen schweigend auf. Sie trug einen schwarzen Rock, eine gestärkte weiße Bluse und eine grüne Weste mit Namensschild. Eduard legte Wert auf Etikette, und dazu gehörte, dass das Personal, ob Zimmermädchen, Kellner oder Koch, selbst die Kießling'schen Privaträume nur in makellos gepflegter Hoteluniform betrat.

Adda nickte ihr abwesend zu. Nie war ihr in den Sinn gekommen, dass es noch jemanden geben könnte, der zu ihrer Familie gehörte, zu ihr. Woher kam Helen, und warum tauchte sie gerade jetzt auf? Wer waren ihre Eltern? Lebten sie noch? Und warum hatten sie ihr Kind zur Adoption freigegeben? In Addas Kopf hämmerte es so stark, dass sie ihre Schläfen massieren musste.

Adda besann sich, setzte ein Lächeln auf und klatschte in die Hände. »Sieht ja köstlich aus«, sagte sie. »Auf dich und deinen Ehrentag, Eduard.« Sie hob ihr Glas. Eduards Bedeutung hervorzuheben bewährte sich auch dieses Mal. Sein Mund, eben noch zu einem engen Schlitz verzogen, entspannte sich augenblicklich. In den Gläsern war ein Riesling, den Marijke ihnen aus Napa Valley mitgebracht hatte. Frauke kostete und spitzte die Lippen. »Hätte es nicht auch ein einfacher Riesling von der Mosel getan?«

Marijke sah ihre Schwester ausdruckslos an, nippte an dem Wein und erwiderte versöhnlich: »Du hast recht, Frauke, mein Fall ist der auch nicht. Nächstes Mal teste ich ihn vorher.«

Es war alles wie immer. Adda staunte, wie wenig sich mit den Jahren geändert hatte. Noch immer fühlte Frauke sich durch alles, was ihre Schwester sagte oder nicht sagte, verletzt und stichelte auf altgewohnte Weise. Woher Marijke plötzlich diese Besonnenheit nahm, wusste Frauke nicht, aber mit ihr schien sie Frauke nur noch mehr gegen sich aufzubringen. Sie verzog das Gesicht, als hätte Marijke ihr eine Ohrfeige verpasst. An Thedas Schweigen in diesen Situationen war man gewöhnt.

»Hast du deine Tablette genommen, Eduard?«, fragte Adda, um das Thema zu wechseln. Eduard nickte, und viel mehr gab es dazu nicht zu sagen. Adda wandte sich an ihre Jüngste.

»Ich freue mich so, dass du hier bist, Marijchen«, sagte sie, auch wenn ihr das einen verschnupften Blick von Frauke einbrachte. Aber sie wollte unbedingt vermeiden, dass wieder über das fremde Mädchen gesprochen wurde. Sie hatte keine Lust, sich die wilden Verschwörungstheorien ihrer Töchter und ihres Mannes anzuhören; lieber würde sie erst einmal selbst in aller Ruhe über diese Helen nachdenken.

»Wann dann, wenn nicht zu so einem Anlass, stimmt's, meine Lütte!«, ergänzte Eduard lächelnd, trank einen Schluck und fischte mit seinem Löffel im Topf nach einem großen Stück Dorsch, das er zufrieden auf seinen Teller beförderte. »Wie weit ist dein Freund eigentlich mit der Festchronik?«, fragte er. »Sollte ich sie nicht gestern schon auf dem Schreibtisch haben?«

»Das hat er mir auch versprochen«, sagte Marijke rasch. »Ich kümmere mich darum. Aber es ist gerade ein bisschen schwierig mit ihm.«

»Wann ist es das nicht?«, meinte Frauke augenrollend und setzte ihr Glas wieder ab. Ihre Suppe hatte sie noch nicht angerührt. »Wie lange beehrst du uns diesmal?«

»So lange …« Marijke stockte. »So lange es sich richtig anfühlt«, sagte sie dann und prostete den anderen zu. »Nehmen wir die Dinge, wie sie kommen.«

»Also dann: Auf die verlorene Tochter«, sagte Theda freundlich und nahm einen Schluck. Adda zuckte zusammen.

»Na, das bezweifle ich aber stark«, sagte Frauke barsch und zog die Augenbrauen zusammen. »So eine Unverschämtheit, hier einfach …«

»Ich meinte Marijke«, versuchte Theda sich zu rechtfertigen.

Eduard tat, als würde ihn das alles nichts angehen. Vermutlich hörte er gar nicht mehr zu. Wenn er aß, dann aß er, und wenn er früher bei der kleinsten Unstimmigkeit ausgerastet war, ließ er sich heute nicht mehr so leicht aus der Ruhe und um das Vergnügen eines guten Mittagessens bringen.

Frauke machte noch immer keine Anstalten, etwas zu sich zu nehmen. Adda bemerkte den Blick, den Theda und Marijke tauschten, ohne eine Miene zu verziehen. Sie kannten ihre Schwester und wussten, dass sich mit der Kostverweigerung meist eine längere, aufreibende Verstimmtheit ankündigte.

»Iss doch, bevor die Suppe noch kalt wird«, sagte Theda in der Hoffnung, das Erwartete noch abwenden zu können, und lächelte ihrer Schwester aufmunternd zu. Doch Frauke verschränkte die Arme, drehte den Oberkörper leicht zur Seite und läutete damit die nächste Stufe der Auseinandersetzung ein. Um des lieben Friedens willen knickten an diesem Punkt meist alle ein und gaben in angespanntem Schweigen nach.

Doch Marijke war anders, und sie war jetzt hier.

»Sie sieht dir so ähnlich, Mutti«, sagte sie und legte den Löffel beiseite.

Frauke schlug die Hände über den Kopf zusammen. »Dein Ernst?«, woraufhin Theda laut seufzte.

»So viele Zufälle gibt's doch gar nicht. Wollt ihr denn nicht wissen, was hier los ist? Es geht doch auch um unsere Familie!«

Als hätte Frauke auf dieses Stichwort gewartet, richtete sie sich ruckartig auf. »Vom bösen Mädchen zur Klassensprecherin, wie?« Die Anklage in ihrer Stimme ließ Adda jedes Mal zusammenzucken. »Willst du etwa auf einmal auf Familie machen, oder was? Wo warst du denn, als Mattes mich betrogen hat oder Papa mit einem Herzinfarkt ins Krankenhaus nach Norden ausgeflogen werden musste?« Frauke presste die Lippen fest zusammen und begann, viereckige Fischstückchen akribisch auf ihrem Tellerrand zu stapeln.

»Verdacht auf Herzinfarkt«, protestierte Eduard und tunkte sein Brot in die Suppe.

»Frauke«, versuchte es Theda in ihrer sanften Therapeutinnenstimme. »Wir waren immer für dich da. Und ich kann verstehen, dass du dich so aufregst. Wir stehen alle unter Schock.« Doch Frauke quittierte Thedas Einwand nur mit einem Stöhnen.

Adda war der Appetit vergangen, sie schob ihren Teller weg. Sie hatte es satt, dass alle wie auf Eierschalen um Frauke herumschlichen, und sie hätte ihre Tochter gerne gefragt, wie lange sie diesmal die Beleidigte spielen wollte. Stattdessen bemühte sie sich nun, Johanne zu wecken, die in ihrem Rollstuhl neben ihr saß und leise schnarchte.

»Mutter, du musst was essen«, flüsterte sie leise. Doch Johanne träumte stur weiter.

Wie oft hatte sie Frauke gebeten, es mit Antidepressiva

zu versuchen, wenn sie schon keinen Therapeuten aufsuchen wollte. Doch an ihrer fortlaufend schlechten Laune waren, soweit es Frauke betraf, meist die anderen schuld, und den Rest ihrer Probleme, ihre außergewöhnlich hohe Sensibilität, das Übergewicht und die trockene Haut begründete sie mit einer Schilddrüsenproblematik, ohne je einen Arzt zu ihrem Verdacht konsultiert zu haben. Fraukes Ausflüchte vernebelten langsam Addas Verstand. Mit den Jahren waren ihr Mitgefühl und ihre Gelassenheit schlicht aufgebraucht. Dabei war ihr nur zu bewusst, welchen Anteil sie an Fraukes Unglück hatte. Wie konnte sie es ihr also verübeln, wenn Marijkes oder Helens Auftauchen sie aus der Bahn warfen? Frauke reagierte ja lediglich so, wie sie es immer tat, wenn sie das Gefühl hatte, jemand würde ihr etwas wegnehmen, das ihr zustand.

»Wovor genau hast du Angst? Dass es doch eine heimliche Tochter gibt?«, fragte Marijke nun ganz direkt und sah Frauke in die Augen. »Wäre das so schlimm?«

»So weit kommt es noch«, knurrte Eduard.

Marijke lachte laut auf. »Ach Vati!«

Bei Frauke öffneten sich plötzlich alle Schleusen. Das hatte Adda zum letzten Mal erlebt, als ihre Tochter sich von Mattes getrennt hatte.

»Ich kann einfach nicht mehr«, presste sie heftig schluchzend hervor. »Lasst mich doch alle in Ruhe.« Theda sprang auf und nahm sie tröstend in den Arm. Von einem Tag auf den anderen hatte Fraukes Sohn Arne einen Posten in der Reederei Juista in Norden angenommen. Bis dahin hatte der fast Dreißigjährige den Kronprinzen seines Großvaters gespielt. Adda glaubte allerdings, dass ihr Mann sein kleines Reich nicht länger teilen wollte und ihren Enkel ohne sein Einverständnis aufs Festland abkommandiert hatte. Das dürfte auch Frauke nicht entgangen sein.

Eduard schüttelte den Kopf. »Bist du denn von allen guten

Geistern verlassen?« Er knüllte die Serviette zusammen. »Reiß dich zusammen, Kind!« Er tätschelte kurz Fraukes Arm, wie um seinen Worten die Schärfe zu nehmen. Dann wandte er sich an Auguste, die in der Tür stand. »Dann bring uns mal einen Dornkaat.«

Ein Dornkaat wie ein Ausrufezeichen. Adda wusste, dass Eduard damit das Thema zu beenden gedachte. Jedes weitere Wort würde verpuffen. In Eduards Welt setzte der Schnaps einen Strich unter Vertragsverhandlungen, unliebsame Themen und Ehen. Als Frauke vor zwei Jahren weinend in ihrem Wohnzimmer gestanden hatte, nachdem sie Mattes mit einem russischen Zimmermädchen erwischt hatte, hatte Eduard seinen Schwiegersohn zu sich gerufen, ihm in aller Ruhe einen Schnaps angeboten und ihm dann in zwei knappen Sätzen die Ehe mit seiner Tochter und den Job im Familienunternehmen aufgekündigt. Und jetzt auch noch Arne!

Frauke stierte stumm auf ihren Teller, Tränen rannen ihr über die Wangen. Für einen Augenblick herrschte Stille. In dieses Schweigen hinein trat Auguste mit einem Tablett gefüllter Gläser und reichte es herum.

»Soll ich dir deinen Stock holen?«, flüsterte Theda Eduard zu, nachdem er seinen Schnaps heruntergekippt hatte und Anstalten machte aufzustehen.

»Pah!«, schnaubte er und ließ seine Serviette fallen. »Zeit für die Mittagsstille.«

Marijke ging zu ihm und gab ihm ein Küsschen auf die Wange. »Ruh dich schön aus, Vati!« Sie grinste ihn an. »Und träume von deiner heimlichen Enkeltochter!«

»Du nun wieder«, sagte er kopfschüttelnd und verließ das Esszimmer mit festem Schritt.

Theda und die noch immer lautlos schluchzende Frauke folgten ihm.

Adda rührte sich nicht von ihrem Stuhl. »Ich bleibe noch. Johanne hat noch nichts gegessen.« Bei dem Klang ihres Namens schlug Johanne die Augen auf.

Marijke hob die Serviette vom Boden auf und musterte ihre Mutter. »Kann ich was für dich tun?«, fragte sie.

Adda winkte ab. »Nein, lass mal. Das schaffe ich allein.«

Bevor Adda ihrer Mutter einen Löffel Suppe in den Mund schob, pustete sie darauf und testete die Temperatur mit gespitzten Lippen. Wie bei meinen Töchtern, als sie klein waren, dachte sie. Ob Johanne, die immer so selbstständig und stark gewesen war, sich gedemütigt fühlte, von ihrer Tochter gefüttert zu werden?

Ihre Mutter hatte gute Tage, klare Tage, an denen sie Messer und Gabel wie eine Dame aus der besseren Gesellschaft führte und sich selbst an unwichtigste Details aus ihrem Leben erinnerte, die sie, immer noch ganz die Alte, dann nur zensiert mit ihnen teilte. Es war eher die Gegenwart, die sie vergaß, was Adda nur zu gut verstehen konnte. Warum sich an die eigene Vergänglichkeit erinnern, wenn man sich auch an den Momenten erfreuen konnte, als man das Leben noch vorwärts lebte? Wer so alt wurde, musste über eine robuste Abwehr verfügen, in jeder Hinsicht, und über die Fähigkeit, die Gesetze der Zeit zu unterlaufen.

Adda wünschte sich oft, wie ihre Mutter nur an bessere Zeiten denken zu können. Doch es gelang ihr nicht. Für Adda war Vergessen schon immer ein ungeheurer Kraftakt gewesen, für den ihr inzwischen schlicht die Kraft fehlte. Es schien so verlockend, einen farbigen Schleier über ihre düsteren Gedanken zu legen, und sie versuchte es wirklich. Am Ende jedoch waren die Episoden, in denen sie die Protagonistin in einer von ihr selbst konstruierten Erzählung war, rar gesät und das Erwachen aus der Fantasievorstellung schlimmer. Die Erinnerung ließ sich nicht austricksen. Da genügte ein Blick auf einen tapsigen Neufundländer, eine Zimtschnecke oder auf eine zerzauste Puppe, der der kleine Finger an der linken Hand fehlte, und der Schmerz war zurück. Als würde man einer Hydra den Kopf abschlagen, nur um sogleich zwei neue Köpfe präsentiert zu bekommen, die einem mit einem Lächeln im Gesicht sogar das Unsagbare ins Gedächtnis riefen.

Vor dem Fenster hörte Adda spielende Kinder. Adda strich Johanne über den Kopf.

»Mama, wer ist Gustav?«

Ein zartes Lächeln erhellte Johannes Gesicht. Sie blieb stumm, während sich ihr Lächeln langsam im Nirgendwo verlor. Ihre rechte Hand begann zu zittern. Adda streichelte die dünnen Finger, bis das Zittern nachließ.

»Wer ist Gustav?«, versuchte sie es noch einmal. Johanne sagte nichts, aber die Knöchel an ihren Händen waren weiß vor Anspannung.

Das bleiche Gesicht ihrer Mutter verzog sich, sie stöhnte. Dann versank sie wieder in Teilnahmslosigkeit.

»Willst du mir nicht sagen, was dich so quält?«, fragte Adda sie leise. Als Johanne nicht reagierte, wollte Adda sie gerade hinausschieben, da wandte diese ihr ruckartig den Kopf zu, sah sie mit klarem Blick an und erwiderte mit fester Stimme: »Ja, das kann ich dir sagen!«

4. Kapitel

Juist 1934, Johanne

»Schau dich nur an«, sagte ihr Vater mit heiserer Stimme und ließ seinen Blick an Johanne hinabgleiten. »Wir Ehlers' sind eine anständige Familie. Also benimm dich auch entsprechend und zieh dich um. Du siehst aus wie eine Dirne.«

Ebbo Ehlers, ein hagerer, blasser Mann in zerbeultem Anzug, schien angesichts ihres neuen Kleides mit einem Mal nüchtern zu sein. Wie immer, wenn ihr Vater sie herunterputzte, biss Johanne sich auf die Nägel und verfluchte die Worte, die ihr in der Kehle hingen, aber nicht hinauskonnten. Jahrelange Erfahrung hatte sie gelehrt, dass Protest oder Tränen nichts bewirkten. Warum konnte er ihr seine Schimpfereien nicht einmal an ihrem sechzehnten Geburtstag ersparen? Nächtelang hatte sie an der alten Singer-Nähmaschine ihrer Mutter gesessen und an diesem Kleid gearbeitet, wie es gerade in Berlin oder Paris getragen wurde. Sie hatte es aus hellgrünen Stoffresten nach einem Muster aus der *Praktischen Mode* geschneidert: schmal geschnitten, wadenlang, mit Taillengürtel und Puffärmeln. Das Kleid war ein Geschenk an sie selbst. Im Grunde war es das erste feine Kleid, das sie besaß. Die dunkle Kittelschürze, die sie gewöhnlich trug, war nicht mehr als die Uniform eines Dienstmädchens. Ebbo lachte bitter, er war noch nicht fertig mit ihr. »Ganz die Mutter.«

Ohne ein weiteres Wort verschwand er, das rechte Bein hinter sich herziehend, hinter der Tür des Diesseits. So hieß das Hauptgebäude der Schule am Meer, an der er als Hausmeister arbeitete. Johanne blieb allein auf dem Schulhof zurück. Ihre

Lippen zitterten. Sie presste sie fest aufeinander und warf ihrem Vater einen wütenden Blick hinterher. Am liebsten hätte sie ihn in dem trockengefallenen Schiff verrotten lassen, in dem sie ihn heute am frühen Morgen nach einer durchzechten Nacht im »Alten Seehund« gefunden hatte. Besser noch, er wäre von der auflaufenden Flut weit aufs Meer hinausgetrieben worden und für immer verschollen. Jede Woche dasselbe Spektakel: Sobald ihr Vater am Freitag seine gelbe Lohntüte nach Hause brachte, marschierte er in den Alten Seehund, schmetterte mit seinen Trinkkumpanen das Horst-Wessel-Lied und versoff sein Geld schneller, als er es verdient hatte.

Wie ein Toter hatte Ebbo auf dem von Moos und Algen überwucherten Kahn gelegen. Sein rechtes Bein ragte steif über die Reling. Angewidert hatte sie ihn an der Schulter gepackt und wachgerüttelt. Sie hatte es so satt, seinem Zorn, seinen Saufeskapaden und seiner gelegentlichen Gnade ausgeliefert zu sein.

»Auf unseren Führer«, hatte er seiner Tochter mit einem imaginären Glas zugeprostet; sein Atem aus Dornkaat und Kautabak ließ Johanne würgen.

»Unser Führer, Adolf Hitler, trinkt keinen Alkohol und raucht nicht«, hatte sie leise das Propagandaschild der NSDAP zitiert, das an der Bahnhofshalle vor dem Kurplatz prangte. Aber Ebbo war schon wieder weggedämmert.

Ohne sie würde er längst auf der Straße sitzen und Badegäste um Pfennige anbetteln. Ständig musste Johanne ihm aus der Patsche helfen. Kaum hatte sie Feierabend im Hotel de Tiden, wo sie seit zwei Jahren für 30 Mark im Monat als Dienstmädchen arbeitete, harkte sie an seiner statt den Schulhof, fegte die Klassenräume aus und fütterte die Hühner oder das Pony Lottchen.

Durch die bodentiefen Fenster sah sie ihn nun umständlich die Stühle für das Frühstück herunterstellen. Der Gong riss sie aus ihren Gedanken. Wie jeden Morgen um sechs Uhr schlug Schulleiter Martin Luserke gegen seine burmesische Kupferschale.

Gleich darauf sang Lu, wie er von allen genannt wurde, nach alter Seefahrerart »Reise, Reise, aufstehen« durch seine Flüstertüte, während er Schlaftrakt um Schlaftrakt abschritt.

Lu war ein schriftstellernder Pädagoge mit dem Herzen eines Poeten. Als kleines Mädchen hatte sie auf seinem Schoß gesessen, während ihre Mutter in der Schulküche Kaffee und heiße Schokolade für sie kochte. Wenn er von der *Krake* erzählte, seinem Segelboot, dann stand an dessen Steuer Johanne und bereiste die Weltmeere, um sie von Seeungeheuern und bösen Piraten zu befreien. Jedes Mal eine andere Geschichte, immer mit gutem Ausgang.

»Und ich habe das ganz allein geschafft?«, fragte sie ihn ein ums andere Mal. Er strich ihr mit dem Finger über die Nase und versicherte: »Mein kleines Inselmädchen kann alles schaffen, alles, was es will, weil es viel schlauer und stärker ist, als sein hübsches Näschen verrät.«

Johannes Wut verwandelte sich in Traurigkeit ob all der Versprechen und vergeblichen Hoffnungen. Ihre Mutter war schon lange fort und würde auch nicht wiederkommen. Noch vor ein paar Jahren hatte sich dieser Ort nicht retten können vor Schülern aus ganz Deutschland; die Eltern hatten Lu geglaubt, dass er ihre Kinder »in der poetisch anmutenden Verlassenheit und Kargheit der Insel, auf diesem aus der Zeit gefallenen Stück Paradies, weit weg von den großen Krisen der Welt« zu freien und selbstständig denkenden Persönlichkeiten erziehen würde.

Jetzt steckten immer mehr Schüler in lächerlichen HJ-Uniformen und marschierten stramm wie Soldaten über die Insel. Fast alle jüdischen Schüler und Lehrer hatten das Weite gesucht. Am schwarzen Brett der Kurhalle hingen antisemitische

Gedichte, am Strand flatterten schwarz-weiß-rote Flaggen, und auf den Sandburgen prangte das Hakenkreuz wie in Granit gemeißelt. Lus Stimme unterbrach ihre Gedanken. »Windstärke 3, Hoch über England, drei Dampfer querab. In fünf Minuten auf dem Schulhof!«

Tatsächlich wehte von Osten ein warmer Wind. Das Watt roch nach Fisch und Algen, und das Tuten des Juista-Dampfers kündigte neue Badegäste an. Juist war abhängig von der Tide, und je früher das Hochwasser einsetzte, desto zeitiger kamen die Festländer. Johanne wusste, was das bedeutete. In einer halben Stunde musste sie im Hotel sein und vorher noch die Aale aus der Reuse holen. Es war schon zu spät, um unbemerkt in ihr Zimmer zu gelangen. Gleich würden sich die Ersten auf dem Schulhof versammeln. Eilig ging sie im Stall gegenüber vom Hauptgebäude in Deckung, wobei sie ein Huhn aufschreckte, das flatternd an ihr vorbeirannte und nach draußen entwischte.

Nach und nach fanden sich Lu und die Schüler auf dem Hof ein, um ein paar Minuten später gemeinsam zum Strand zu marschieren, für die allmorgendlichen Leibesübungen.

Als die Luft endlich rein war, trat Johanne ins Freie. Instinktiv blickte sie hoch zu den Fenstern der Schlafsäle. Im Jenseits, wie dieser Gebäudetrakt hieß, waren die Oberprimaner untergebracht. Sie erblickte Hein Heinsen, der auf dem Fenstersims seines Zimmers saß und sein linkes Bein über einer Hakenkreuzfahne heraushängen ließ. Bevor sie ihren Blick abwenden konnte, hob er die Hand zum Hitlergruß. »Lust auf einen Spaziergang zum Hammer?«, fragte er mit einem breiten Grinsen auf dem Gesicht. Jeder hier verstand diese schuleigene Beschreibung für ein Stelldichein an dem kleinen See, der die Insel in zwei Hälften teilte.

Seit Johanne mit Hein die Volksschule besucht hatte, hasste sie ihn.

»Fünf Pfennige für denjenigen, der fünf Krebse an seinen Fingern baumeln lässt, und zehn für den von euch, der seine Ohrläppchen zur Verfügung stellt«, hatte er in den Pausen zwischen den Stunden gerufen und dabei die Münzen in seiner Hand klappern lassen, so als befände er sich auf dem Jahrmarkt und nicht hinterm Schülerpult. Fast alle Kinder machten mit, trotz der schmerzhaften Kniffe, die ihnen die Scheren der Krebse zufügten – und gingen am Ende doch leer aus. »Mein Vater kann es nicht leiden, wenn man uns bestiehlt«, hatte Hein grienend gesagt.

Heins Vater gehörte das Hotel Heinsen, das zweitgrößte auf der Insel, und als Vorsitzender der Fischereigenossenschaft entschied er darüber, wer wie viel Fisch ans Festland verkaufen durfte. Hein war der einzige Insulaner, der nach der Volksschule auf die Schule am Meer wechseln konnte, denn das Schulgeld war beträchtlich. Inmitten der Industriellen- und Diplomatenkinder war er zunächst klein mit Hut gewesen. Doch inzwischen führte sich HJ-Schulführer Heinsen auf wie das inoffizielle Haupt des gesamten Jungvolks; er verwarnte jeden, der nicht sofort den Arm zum Hitlergruß hob, und warb kleinere Schüler für Spitzeldienste an. Rückendeckung erhielt er von seinem Vater, der ein Jahr zuvor auf Weisung des Gauleiters Weser Ems als Bürgermeister und Leiter der Badeverwaltung eingesetzt worden war. In Johanne stieg kalte Wut auf.

»Eher gehe ich ins Watt als mit dir zum Hammersee«, erwiderte sie barsch.

Hein beugte sich weiter vor.

»Ich bin die fesche Lola«, begann er zu singen, *»mich liebt ein jeder Mann, nur welchen lass ich ran?«* Dabei sah er sie durchdringend an und machte eine zweideutige Geste – Kampfansage und Unverständnis zugleich. Johanne schüttelte angewidert den Kopf.

In der Stille des Morgens klangen seine Worte überlaut. Mit einem Mal empfand Johanne ihren Aufzug als lächerlich, als sei sie tatsächlich die Lola aus dem *Blauen Engel*, das verdorbene, aufgetakelte Mädchen des Tingeltangels, das vom Aufstieg träumte und dabei ins Bodenlose stürzte. Jeder an der Schule hatte den Film mit Marlene Dietrich und Emil Jennings gesehen. Lu hatte ihn für alle Juister im großen Theatersaal aufführen lassen. Das Bild von Marlene Dietrich hatte sich tief in Johannes Gedächtnis eingebrannt. Noch am selben Abend hatte sie sich mit klopfendem Herzen die Augenbrauen rasiert und sie mit einem dünnen, gebogenen Kohlestrich nachgezeichnet. Auch ihre Haare trug sie seitdem offen, die dunkelbraunen Naturwellen weich auf die Schulter fallend.

Das kurze Glücksgefühl, das sie am Morgen beim Blick in den Spiegel empfunden hatte, wich nun vollends der Scham.

»Kleinhein – HJ-Schwein!«, erwiderte sie, lauter als beabsichtigt, doch ihr Satz ging zum Glück im Getöse des ruckelnden Ponywagens unter, der gerade auf dem Weg vom Loog zu Bauer Petersen vorbeizog, um die Milch für das Frühstück zu holen. Abrupt drehte sie sich um, um wegzulaufen.

Und rannte in Gustav und Wilhelm hinein. Beide trugen weiße Hemden und Turnhosen. Gustav war Abiturient, Anwaltssohn aus Dresden und der schönste Junge, den Johanne je gesehen hatte. Ebenmäßige Gesichtszüge, ein Kinn wie Hans Albers, eine schmale, gerade Nase und dunkelblondes kurzes Haar, das an den Seiten rasiert war. Seine Augen waren von einem tiefen Grün, und wenn sie sie betrachtete, dann sah sie das Meer, wie es schimmerte, wenn die Wellen sich schäumend am Strand brachen. Die Mädchen umkreisten ihn wie die Möwen den Kutter. Neben ihm wirkte sein Klassenkamerad Wilhelm eher blässlich, obwohl er durchaus attraktiv war. Groß gewachsen, tiefblaue Augen, umrandet von einer kleinen runden Brille, schwarzes Haar. Die beiden waren unzertrennlich. Unter anderen Umständen hätte Johanne sich vielleicht gefreut, Gustav so dicht vor sich zu sehen, aber heute vergrößerte seine Gegenwart nur ihre Qual.

»Um so ein schönes Fräulein rumzukriegen, Heini, musst du noch ein paar Zentimeter wachsen!«, rief Gustav nach oben.

Johanne lief rot an, wohingegen Hein blass wurde und seinen rechten Arm wie eine Keule schwang, bevor er das Fenster zuknallte.

Johanne konnte der Versuchung nicht widerstehen, die beiden Jungen anzulächeln. Zum ersten Mal an diesem Tag spürte sie die Freude in ihrem Bauch flattern.

»Danke!«

»Das Kleid steht dir übrigens ganz wunderbar.« Gustav sah ihr tief in die Augen. »Genau richtig für unsere Theatervorstellung am Sonntag«, ergänzte Wilhelm. »Ich hoffe, du kommst.«

Johanne sah sie beide ungläubig an. Ihr Herz schlug schneller.

Wilhelm trat einen Schritt vor.

»Dann bekommst du den schönsten Hamlet zu sehen, der je auf einer Theaterbühne sterben durfte.« Er wies auf Gustav, der ihm darauf mit der flachen Hand einen Klaps auf den Kopf gab und die Augen verdrehte.

»Was erlauben Sie sich«, sagte Wilhelm, »in Anwesenheit einer so hübschen Dame die Hand zu erheben?«

Johanne lachte. Ihr Geburtstag hatte doch noch eine gute Wendung genommen.

Johanne stand am Hafenbecken und zog die selbstgeknüpfte Reuse aus dem Wasser.

»Darf ich helfen?«, fragte eine Stimme hinter ihr.

Sie drehte sich um und blickte Wilhelm ins Gesicht. Anders als noch vor einer halben Stunde trug er jetzt seine Schuluniform: eine Schiebermütze, graue Knickerbocker und einen dunkelblauen Blazer.

Sie blickte hinter ihn und wischte sich die Hände an ihrer braunen Kittelschürze ab. Wilhelm grinste.

»Ich bin allein«, sagte er und deutete auf seinen schwarzen Geigenkasten. »Ich spiele bei der Ankunft der Volksgenossen.«

Irritiert wandte Johanne den Blick ab und nahm den Deckel von der Reuse.

»Kraft durch Freude – heute kommt wieder ein Schiff mit den Blassen. Und die erwartet nicht nur jede Menge Dornkaat, sondern auch ein zünftiges Konzert. Alles für den neuen Volksgemeinschaftsgeist.«

Jetzt lächelte Johanne, auch wenn Wilhelm ihr mit seinen Worten wieder in Erinnerung rief, wie viel Arbeit auf sie wartete. Das de Tiden war restlos ausgebucht mit Parteiurlaubern, wie alle Pensions- und Logierhäuser auf der Insel. Und die Saison hat gerade erst begonnen, dachte sie, während sie zusah, wie ein Aal versuchte, aus der Reuse zu entwischen.

»Darf ich dir helfen?«

Johanne schüttelte den Kopf. »Das ist nichts für deine musikalischen Hände«, sagte sie und griff in das glitschige Gewimmel.

Wilhelm stemmte die Hände in die Seite. »Ein Geigenstock ist auch nichts anderes als ein Aal. Der will mal hierhin, mal dahin. Nur wer weiß, wie man ihn bändigt, wird sich der Sinnesfreude hingeben können. Ob musikalisch oder kulinarisch, ist doch einerlei.«

Johanne lachte. »Also, dann zeig mir, wie virtuos du diese widerborstigen Dinger zähmst«, forderte sie ihn auf.

Wilhelm bekam einen Aal zu fassen und versuchte, ihn mit beiden Händen zu packen. Doch der Fisch entwand sich und sprang auf den Boden, wo er verzweifelt zappelte. Wilhelm machte einen Satz zurück. Reflexartig stellte Johanne ihren Fuß auf das zuckende Knäuel, bückte sich, nahm den Aal zwischen Daumen und Zeigefinger und schlug ihn fest gegen die Kaimauer. Dasselbe machte sie mit den fünf anderen. Beim Anblick von Wilhelms Gesicht, das bei ihren geübten Handgriffen blass geworden war, musste sie grinsen. »Zu viel für dein sensibles Seelchen, wie?« Lachend nahm sie den Eimer und ging zu ihrem Fahrrad.

»Einen Aal zu essen ist das eine, ihm dabei zuzusehen, wie er das Zeitliche segnet, das andere. Darf ich dich ein Stück begleiten?«

Wilhelm stapfte neben ihr den körnigen Weg am Watt entlang ins Dorf, den Eimer mit den toten Aalen in der rechten Hand, den Geigenkasten in der linken. Auf dem Weg erzählte er Johanne, dass er und Gustav nach den Abiturprüfungen in einem Monat *eigentlich* gemeinsam eine Segelreise auf Lus *Krake* unternehmen wollten.

»Bevor der Ernst des Lebens beginnt und ich studiere.«

Johanne warf ihm einen neugierigen Blick zu, während sie versuchte, ihr Fahrrad auf Kurs zu halten.

»Und wieso *eigentlich?*«, sagte sie und dachte an die vielen Abenteuer, die sie in Lus Fantasie auf der *Krake* erlebt hatte.

Wilhelm druckste herum.

»Du weißt, dass Gustav Jude ist, oder?«

5. Kapitel

Juist 1934, Johanne

Johanne saß auf dem Abhang der höchsten Düne des Weststrands und blickte über das breite Sandmeer hinweg auf ein Boot, das weit draußen im Meer schaukelte. Vermutlich ein Fischer. So früh am Morgen war sonst kaum jemand unterwegs, nur die Kutter, die um diese Jahreszeit vor allem auf Scholle und Seezunge gingen. Diese Stunde gehörte ihr, niemand war weit und breit zu sehen oder zu hören, nur ein paar weiß-graue Alpenstrandläufer flatterten über die Dünengräser hinweg, die im Morgenwind flüsterten. Sie liebte diese Momente, wenn im weichen Morgenlicht Himmel und Meer am Horizont ganz für sie allein zusammenwuchsen. Der frische salzige Geruch zog ihr in die Nase.

Johanne lauschte dem leisen Schwappen der Wellen. Sollte sie heute Abend zur Premiere das selbstgenähte Kleid anziehen? Gustav hatte gesagt, dass sie darin schön ausgesehen habe. Seit ihrem Geburtstag hatte sie es nicht mehr getragen, aber jeden Abend, bevor sie ins Bett ging, zog sie es über und holte sich in Gedanken den Moment zurück, in dem Gustav sie darin betrachtet hatte. Gestern hatte sie ihn das erste Mal seitdem wiedergesehen. Auf dem Rückweg vom Dorf, wo sie für ihren Vater Zigarren holen war, kam plötzlich ein Hase aus den Dünen geschossen und schlug Haken vor ihrem Fahrrad. Sie bremste scharf, wobei die Zigarren in hohem Bogen vom Gepäckträger flogen. Ihr Herz machte einen Satz, als Gustav wie aus dem Nichts auftauchte und ihr half, das Fahrrad aufzurichten. Sie senkte den Blick und glättete die Falten ihres Kleides. Wortlos bückte er sich, roch daran und reichte ihr die Zigarren wie einen Strauß Blumen. »Für das süßeste Fräulein der Insel.« Sie gab sich große Mühe, ihn nicht anzustarren. Als sie nichts erwiderte, deutete er eine Verbeugung an und entfernte sich genauso plötzlich, wie er gekommen war. Für *ihn* würde sie das Kleid anziehen – es wäre ein Zeichen. Er musste sonst den Eindruck haben, er sei ihr gleichgültig.

Ein Nebelhorn, das irgendwo auf dem Meer tutete, riss sie aus ihren Gedanken. Sie stützte sich auf dem weichen Sandboden ab und erhob sich. Sachte schüttelte sie sich die Körner vom Kleid und band ein Tuch um ihr Haar, damit der Wind es nicht zerzauste. Nach der Arbeit würde sie keine Zeit mehr haben, sich ordentlich zu frisieren. Für den Frühstückstisch der Gäste pflückte sie noch rasch wilde Stiefmütterchen und Dünenröschen, die den hügeligen Sandpfad säumten, dann stieg sie unten, wo der befestigte Weg begann, aufs Fahrrad. Sie fuhr vorbei an ein paar alten Hütten und der Milchbar, passierte Bäcker Jannsen am Ortseingang und das neue protzige Klinkerhaus von Bürgermeister Heinsen und erreichte den Kurplatz. Vom Bahnhof dröhnte ein grelles Tuten zu ihr herüber. Sie drehte sich um und schaute der Inselbahn nach, die zischend zum Schiffsanleger dampfte, weit draußen im überfluteten Watt an der Fahrrinne. Pferdekutschen, die Gepäck und Gäste abgeliefert hatten, ratterten an ihr vorbei und wirbelten so viel Staub auf, dass sie die Augen zusammenkneifen musste. Als sie sie wieder öffnete, entdeckte sie Okke, der ihr vom Deich entgegenkam. Sie stieg vom Rad und wartete auf ihn.

»Chef, was machen Sie hier? Müssten Sie nicht im de Tiden sein?«

»Abendessen holen für unsere Gäste, mein Dünenröschen.« Er stellte einen Eimer ab, der bis oben hin mit Miesmuscheln gefüllt war. Er lächelte Johanne an, und die Fältchen um seine Augen vertieften sich.

Einträchtig standen sie nun vor dem kleinen oval angelegten Teich und sahen Bojenkopp, wie Piet wegen seines missgebildeten Kopfes genannt wurde, dabei zu, wie er mit mechanischen Bewegungen den Weg zwischen den Rasenflächen fegte. Als er sie entdeckte, hielt er inne und starrte Johanne an, als hätte er sie noch nie zuvor gesehen. Es hieß, der Teufel habe ihn vor zwanzig Jahren seiner ledigen Mutter untergeschoben, und als Wechselbalg trüge er nun das Böse in sich. Das erzählten sich zumindest die Kinder, die Angst vor ihm hatten und wegliefen, wenn er nur in ihre Nähe kam.

Als er selbst noch ein Kind gewesen war, waren die anderen Kinder hinter ihm hergerannt, hatten ihn mit Steinen beworfen und mit Stöcken verprügelt, so zumindest hatte ihre Mutter ihr das einmal erzählt. Seitdem war Johanne nett zu ihm, so wie früher ihre Mutter, die ihm immer einen Teller Suppe gegeben hatte, wenn er summend und hungrig in löchrigen Hosen bei ihr auftauchte. Piet lebte bei seiner Tante in einer kleinen heruntergekommenen Hütte am Rande des Loogs. Seit Heinsen senior Ortsgruppenleiter und Bürgermeister war, half er ihm, die Stadt sauber zu halten.

Obwohl Piet sie unentwegt anstierte, schenkte Johanne ihm ein freundliches Lächeln, bevor sie sich wieder Okke zuwandte. »Miesmuscheln? Die hat es ja noch nie gegeben.«

»Die freudlosen Kräftigen glauben sich im Grandhotel und haben sich bei der KdF-Dienststelle in Norden beschwert, dass es so selten Meeresfrüchte gäbe, wenn sie nun schon einmal an der See seien«, schnaufte er verächtlich und drehte die Augen gen Himmel. »Muss man sich mal vorstellen, die erste richtige Ferienreise, die sie sich leisten können, und Ansprüche bis nach dorthinaus.« In den Genuss der billigen Sommerfrische kamen nur die besonders Überzeugten. Die Zeche aber zahlten die Juister Wirte, die von der staatlichen »Kraft durch Freude«-Organisation angewiesen worden waren, die Volksgenossen zu einem lächerlich niedrigen Betrag einzuquartieren, der kaum die Kosten deckte.

Erschrocken sah Johanne ihn an und wies mit dem Kinn auf Piet.

»Nicht so laut, Chef«, sagte sie. »Auch wenn ihr Vetter Bürgermeister ist, solche Scherze können Sie nicht mehr öffentlich machen.« Sie zog Okke am Arm in Richtung Hotel. »Ich möchte nicht, dass Sie Schwierigkeiten bekommen.« Schon die Verballhornung des Namens »Kraft durch Freude« konnte ihm Schutzhaft einbringen.

»*Du* bekommst bald Schwierigkeiten, liebes Fräulein, wenn du fast jeden Morgen zwei Stunden zu früh bei der Arbeit auftauchst«, erwiderte Okke gelassen.

Aus dem Augenwinkel sah sie, wie Bojenkopp ihnen hinterherblickte, und sagte: »Ich kann Sie doch nicht allein lassen mit diesen …«

»Puutjes, die das de Tiden zu einem Nazibordell machen mit ihren selbstgeschneiderten Hakenkreuzfahnen, in die sie sich einwickeln wie in das Kleid einer ollen Matrone«, fiel Okke mit gesenkter Stimme ein und verzog den Mund, als hätte er eine Handvoll frischer Sanddornbeeren verschluckt. Erneut verdrehte er die Augen. Dann lächelte er, zum ersten Mal seit Tagen, dachte Johanne.

»Sollen sie ihre Meeresfrüchte bekommen. Nach Okke-Art«, sagte er und hob seinen vollen Muscheleimer an. »Gemästet, gepäppelt und gefiltert mit dem Einzigen, was diese Büxenschieter zu bieten haben: ihrem eigenen braunen Schiet!«

Johanne sah ihn fragend an.

»Du weißt ja«, fügte er hinzu, »wie gerne Muscheln alles

fressen, was ihnen zwischen die Kiemen kommt. Ein kleines Bad in Nazi-Exkrementen über den Tag, und die Muscheln sind zum Abendessen groß, fleischig und gut bekömmlich.« Johanne starrte ihn entsetzt an, und Okke lachte laut.

»Mein Gott, Chef. Wenn das rauskommt!«, flüsterte sie.

Er stupste sie an. »Du wirst sehen, mein Dünenröschen, sie werden nichts anderes mehr essen wollen. Mussel is good Fisk, wenn d'r anners nix is. Ich hab es selbst ausprobiert …«

Johanne wurde blass.

»Keine Sorge, nur an Onkel Hinnerk vor fünfzig Jahren. Seitdem hat er mir immer fünf Pfennige gegeben, wenn ich ihm die Fleischigen brachte.«

»Der arme Mann!«, raunte Johanne.

»Der konnte das gut vertragen, der war noch schofeliger und charakterloser als sein Sohn, mein verehrter Herr Cousin Ortsgruppenleiter.«

Pferdehufe klapperten an ihnen vorbei.

»Achtung, da kommt Goebbels«, flüsterte Okke und lachte noch herzhafter. Das Pferd zog ein Bein nach wie der Propagandaminister seinen Klumpfuß. Johanne musste grinsen. Okke spielte mit dem Feuer, das wusste sie, aber er wehrte sich auf seine Art, und sie konnte ihm vertrauen.

Während sie die Strandstraße hoch in Richtung de Tiden liefen, passierten sie die Fleischerei, neuerdings Arische Fleischerei. Der Wind hatte zugelegt, aber Johanne bemerkte es kaum. Sie blickte ins Schaufenster und betrachtete das Schild, das dort prangte: *Israeliten nicht erwünscht*. Wo waren sie überhaupt noch erwünscht? Gerade auf dem Festland schlug die Stimmung immer mehr gegen die Juden um, mit jedem Tag nahmen die brutalen Übergriffe der SA, die Plünderungen und Schikanen zu, raunten manche Gäste hinter vorgehaltener Hand.

Sie dachte daran, was Wilhelm ihr über Gustavs Vater erzählt hatte. Ihm war vor einem Jahr die Zulassung als Rechtsanwalt entzogen worden. Nachdem SA-Männer sein Haus durchsucht und die Konten enteignet hatten, war er mit seiner Frau vor ein paar Monaten nach Argentinien emigriert. Gustav bestand darauf, zuerst sein Abitur zu machen, ehe er ihnen folgen würde.

Bei dem Gedanken, dass er gehen würde, spürte sie wieder dieses schmerzhaft vertraute Ziehen im Magen, das sich bis in jede Faser ihres Körpers ausbreitete. Seit ihre Mutter vor fünf Jahren mit dem Geografielehrer fortgerannt und Johanne mit ihrem Vater zurückgelassen hatte, rebellierte ihr Körper bei Abschieden auf die immer gleiche Weise. Ihre sanfte und gütige Mutter war ihr Ein und Alles gewesen, und als sie gegangen war und Johanne nicht hatte mitnehmen können, wie sie ihr in einem kurzen Abschiedsbrief bedauernd erklärt hatte, hatte Johanne sich wochenlang übergeben müssen. Nie, nie würde sie verstehen können, wie die Mutter sie hatte zurücklassen können.

Okke grüßte beiläufig Pastor Petersen, der gerade aus dem Haus Carola ins Freie trat und an seinen Hut tippte. »So früh, hoffentlich nicht die Letzte Ölung vom Senior.«

Johanne musste lächeln. Der Senior war hundertunddrei, und jedes Mal, wenn man den Pastor oder Kurarzt hineingehen sah und dachte, nun habe es der gute Mann endlich hinter sich, rollte er wie ein junger Knabe mit seinem Rollstuhl aus der Tür, lächelte galant und verbeugte sich vor jeder Dame, die vorbeilief, so tief, dass sein Kopf fast die Knie berührte.

»Es gibt da diesen Jungen an der Schule«, sagte Johanne unvermittelt.

Okke blieb stehen und betrachtete sie eingehend. »Gütiger Himmel, es ist ein Junge!« Er schlug die Hände vor dem Gesicht zusammen und schaute in gespielter Verzückung in die Wolken. »Mein Dünenröschen ist verliebt.«

»Nein, nein«, versuchte Johanne abzuwehren. Doch Okke unterbrach sie und deutete auf ihre Augen.

»Glühender als die Sonne, mein Dünenröschen, deine Augen sind voll jenen Fiebers, wie es nur die erste Liebe mit sich bringt.«

Johanne spürte Röte in ihrem Gesicht aufsteigen.

»Wer ist er?«

»Gustav heißt er.«

Okke lächelte. »Liebe ist die einzig vernünftige Antwort auf das, was um uns herum passiert.«

Schweigend gingen sie weiter nebeneinanderher, bis sie vor dem Portal des Hotel de Tiden ankamen, das Okke seit dem Tod seiner Eltern allein führte. Johanne liebte alles an diesem Ort, besonders die zweite Etage, auf der sich die schönsten Fremdenzimmer der Insel befanden. Okke hatte ein Händchen für die Komposition der antiken Möbel, die er von seinen Reisen nach Berlin und Paris mitgebracht hatte. Und erst die Aussicht! Vom Eckfenster des langen Flurs hatte man sowohl Blick auf das Watt wie auf das Meer. Aus roten Ziegelsteinen erbaut, hatte das Pensionshaus nach vorne raus eine weiße, verglaste Holzveranda, in der zu dieser frühen Stunde bereits ein schnauzbärtiger Mann saß und die Zeitung von vorgestern las. Presseerzeugnisse kamen immer ein bis zwei Tage später auf der Insel an, wie überhaupt alles mit Verspätung dieses entlegene Eiland erreichte. Die Insulaner lebten im Rhythmus der Gezeiten, untrennbar mit ihnen verbunden, und wenn sich das Wasser zurückzog, holten Wattenmeer und Juister gleichermaßen Atem, abgeschnitten vom Rest der Welt. Warum riss das Wasser nicht einfach diese neue »Volksgemeinschaft« samt ihrer Volksgenossen mit, dachte Johanne, und ließ ihr stattdessen Gustav da.

»Und nun glaubst du, weil du nur ein einfaches Zimmermädchen bist, könnt ihr nicht zusammen sein?«

Sie blickte ihn an. »Er ist Jude.«

Okke musste husten. Als er sich beruhigt hatte, sagte er wie zu sich selbst: »Ich war einmal verliebt, in einen wunderbaren Menschen. Wir waren jung, und alles sprach dagegen.« Er machte eine Pause. »Es war damals unmöglich für uns, zusammen zu sein. Heute weiß ich, dass ich das Wichtigste in meinem Leben verloren habe.«

Es war das erste Mal, dass Johanne ihn davon sprechen hörte. Bis dahin hatte sie geglaubt, dass Okke, dieser schrullige, liebenswerte Junggeselle, der unter den Juistern den Spitznamen »der olle Hagestolz« weghatte, nur mit seinem Hotel verheiratet sein wollte. Sie blinzelte in die Sonne, dann schaute sie Okke an und dachte, dass die Dinge auch anders aussehen könnten.

»Wenn ich etwas aus dieser verpassten Chance gelernt habe, dann, dass jeder versuchen sollte, in seinem Leben genau das zu tun, was er wirklich tun will.« Er zuckte die Achseln und lächelte. »Und wenn es nur im Schatten der Dunkelheit geht. Du siehst, ich bleibe ein hoffnungsloser, der Liebe verfallener Romantiker.«

Okke wandte sich Richtung Eingangshalle, drehte sich aber noch einmal zu ihr um und flüsterte ihr ins Ohr: »Wer Angst hat, der verpasst das Leben.«

Nach ihrer Schicht, auf dem Weg zurück zur Schule am Meer, kam Johanne auf der Billstraße ein langer Zug von Hitlerjungen, BDM-Mädchen und SA-Leuten mit ruhigem, festem Schritt entgegen, an der Spitze der Spielmannszug mit Trommeln, Pfeifen und Fanfaren. Sie sangen *»Die Fahne hoch, die Reihen fest geschlossen …!«* und rissen zwischendurch den rechten Arm hoch. Für den späten Nachmittag war es ungewöhnlich heiß, die Luft flirrte. An ein Durchkommen war nicht zu denken. Vermutlich waren sie alle im Seeferienheim an der Billstraße untergebracht;

seit einigen Monaten war das eine bei Parteigenossen beliebte Unterkunft.

Johanne bremste. Die Zeit drängte, in einer halben Stunde würde die Vorstellung beginnen. Sie fragte eine alte Dame mit Kopftuch, die aus ihrem Haus gekommen war: »Was machen die alle hier?«

Die Frau blinzelte sie an. »Morgen ist Sonnwendfeier, dafür sind sie alle in unser Seebad gekommen. Herrlich, nicht wahr?«

Johanne schaute unruhig auf ihre Armbanduhr. Erst als die Nachhut endlich an ihr vorbeimarschiert war, schwang sie sich wieder aufs Rad. Kurz vor der Schule am Meer kamen ihr Gustav und Wilhelm entgegen. »Müsstet ihr nicht längst umgezogen sein?«, fragte Johanne und spürte Gustavs sanften Blick auf sich. Sie wurde rot.

»*Hamlet* fällt aus.«

Fragend zog Johanne die Augenbrauen hoch.

»Heins Vater und eine Horde offizieller Genossen waren heute Nachmittag hier«, sagte Wilhelm mit Bitterkeit in der Stimme. »Um das Theaterstück abzusagen.«

Johanne riss die Augen auf. »Warum?«

Gustav zögerte. »Weil nordische Prinzen nun mal nicht von Juden gespielt werden.« Er sah verärgert aus. Am liebsten hätte sie ihn in den Arm genommen.

»Wegen der Sonnwendfeier«, erklärte Wilhelm, »sind so viele Parteibonzen und SA-Leute hier, dass die Insel sich die negative Propaganda nicht leisten will.«

»Und Lu konnte nichts dagegen unternehmen?«, fragte Johanne.

»Nee, der lässt es geschehen. Vermutlich will er lieber taktieren, solange er nicht weiß, was mit der Schule passiert.« Wilhelm zuckte mit den Schultern. »Heinsen und seine Vasallen scharren doch schon lange mit den Hufen, die ›Jöödenschool‹ zu schließen und aus ihr eine nationalpolitische Erziehungsanstalt zu machen.« Dabei betonte er das Wort so übertrieben plattdeutsch, dass Johanne fast grinsen musste.

Wie schlimm es wohl tatsächlich um die Schule steht?, dachte sie. Gerüchte, dass Lu das Geld ausging, kursierten schon länger. Der Bau der Theaterhalle war teuer gewesen, nun fehlte es an Schulgebühren und Spenden. Fast alle jüdischen Schüler waren abgegangen und ausgewandert.

»Auch wenn Lu ein begnadeter Geschichtenerzähler ist: Das Kapitel Schule ist auserzählt, wenn ihr mich fragt«, fuhr Wilhelm ernst fort. »In einem Monat schreiben wir Abitur. Bis dahin wird Heinsen die Penne doch kaum schließen wollen. Schon allein wegen Hein, oder?«

Johanne schluckte leise. Wo sollte sie dann hin? Vielleicht würde sie Okkes Angebot annehmen und eine Kammer im de Tiden beziehen. Und ihr Vater? Eigentlich war es ihr herzlich egal, was aus ihm wurde.

»Genug davon. Wenn wir schon so angenehme Gesellschaft haben, sollten wir uns amüsieren, statt Trübsal zu blasen. Lasst uns ins Dorf gehen. Hast du Lust mitzukommen?«, fragte Gustav sie lächelnd.

Für einen Moment stand Johanne unschlüssig da. Schließlich erwiderte sie sein Lächeln. »Seid ihr euch sicher?«

»Wir bestehen darauf«, erwiderten die beiden wie aus einem Mund. Und mit einem Mal war es, als würde ihr das Interesse der Jungen Kraft verleihen und ihre Schüchternheit vertreiben. Sie begann sich in der Gegenwart der beiden wohlzufühlen, obgleich sie sich keinen Reim darauf machen konnte, warum sie sich überhaupt mit ihr abgaben. Im Vergleich mit Gustav und Wilhelm war sie ein unbeholfener Niemand. Sie wirkten so viel interessanter und weltmännischer, als sie es war.

Aber seit ihrem Geburtstag hatte sich etwas verändert. Als

würden sie sie mit anderen Augen sehen, sie vielleicht zum ersten Mal überhaupt sehen. Ob es das Kleid oder die unerwartete Verbrüderung gegen Hein gewesen war, vermochte sie nicht zu sagen. Aber was spielte das auch für eine Rolle? Einfach tun, was man wollte, hatte Okke ihr geraten. Warum eigentlich nicht?

Bevor sie losmarschierten, stieg sie rasch in ihre Dachkammer. Sie wusch sich flüchtig und tauschte ihr Kittelkleid, das nach einem Tag voller Putzarbeiten fleckig war, gegen einen lindgrünen wadenlangen Faltenrock aus den Reststoffen ihres Kleides und eine schlichte weiße Bluse.

Wilhelm und Gustav machten eine Verbeugung, als sie herunterkam. »Es ist uns eine Ehre«, sagte Wilhelm, und Gustav nickte dazu. Und als wäre es nie anders gewesen, nahmen die beiden sie in ihre Mitte, und das Trio schlenderte plaudernd vom Hof. Wer ihnen begegnete, wäre nie auf die Idee gekommen, dass Johanne nicht dazugehörte. Sie beschloss, für diesen Abend das Gefühl, Teil ihrer Kameradschaft zu sein, einfach zu genießen.

Als sie auf die Billstraße einbogen, blieb Gustav stehen und ließ den Blick über die Salzwiesen zum Watt schweifen. »Ist euch mal aufgefallen, wie kräftig die Farben schillern, wenn der Himmel sich im nassen Watt spiegelt?« Johanne und Wilhelm folgten seinem Blick. »Ja«, sagte Johanne leise und warf Gustav einen verstohlenen Blick von der Seite zu.

Wie ähnlich sie doch fühlten. Sie wusste genau, was Gustav meinte. An den immer unterschiedlichen Farben und Gerüchen konnte sie sich nicht sattsehen und -riechen, und sie verbrachte häufig Stunden am Watt oder in den Dünen, staunend über diese Wunder. Zwei Austernfischer stocherten mit ihren langen roten Schnäbeln nach Muscheln und Würmern. Den Kopf wieder in der Luft, ließen sie ihren kurzen meckernden Ruf hören, als hätten sie sich mehr von der heutigen Menükarte erwartet.

»Jeden Tag, wenn wir diesen Weg ins Dorf gehen, sehen wir das Gleiche«, sagte Gustav. »Die grünen Salzwiesen, das sanft gewellte, graubraun gefärbte, von den Auswürfen der Würmer schwarz gesprenkelte Watt. Und dennoch sieht es jeden Tag anders aus.«

»Aber was willst du uns damit sagen? Verhexte Insel, diese?«, fragte Wilhelm und zog eine Grimasse. Johanne dachte an Lu, der Juist immer so nannte.

»Grün ist nie gleich Grün und Braun nicht immer gleich Braun. Die Schattierungen ändern sich in einem fort, je nach Sonnenstand, Tages- und Jahreszeit«, sinnierte Gustav.

»Bist du naturtrunken, oder arbeitest du an einem Gedicht über die schöpferische Kraft der Natur?« Wilhelm boxte Gustav lachend in die Seite.

»Mensch, Wilhelm, morgen kann die Welt schon wieder anders aussehen. Nur weil sie jetzt, heute, hier und in diesem Moment in einem erdigen Braun leuchtet, kann sie morgen schon eine andere sein.«

Wilhelm verdrehte die Augen. »Du hoffst wider alle Vernunft auf ein Wunder – und bis dahin erduldest du die Schikanen. Wir haben es hier nicht mit irgendeinem Spuk zu tun, der vorübergeht«, presste er hervor.

Sie passierten die Hauswand des verfallenen Kolonialwarengeschäfts Behring. Mit schwarzem Filzstift musste erst kürzlich jemand *Juda verrecke!* an die Hauswand gekritzelt haben. Am Morgen auf dem Weg zur Arbeit war die Wand noch unversehrt gewesen.

Johanne rang um Fassung. »Wer bitte tut nur so etwas?«

Wilhelms Miene verdunkelte sich. »Gestern war es die Aufforderung, nicht bei Juden zu kaufen, heute schon, sie verrecken zu lassen. Mensch, Gustav, du musst weg von hier, das hier ist zählebiger als alles, was wir kennen!«

Gustav legte ihm fest die Hand auf die Schulter, wie um sich selbst Mut zu machen. »An das bisschen Judenulk bin ich doch gewöhnt. Einen Monat noch, Wilhelm, dann sehen wir weiter.«

Wilhelm schüttelte den Kopf. Er atmete tief aus.

»Judenulk? Dein Vater wurde verprügelt und bedroht. Wie kann ich dich bloß überzeugen?« Seine Stimme zitterte.

»Lu sagt doch selbst, dass wir den Geist der Freiheit hochhalten müssen! Es ist auch mein Land.« Gustav wirkte aufgewühlt, und Johanne unterdrückte den Impuls, tröstend nach seinem Arm zu greifen. Wieder schüttelte Wilhelm den Kopf und hob die Schultern.

»Mensch, Gustav, nicht mal der Schulgeist ist mehr frei, seit diese Hein'sche HJ-Truppe alles zerstört, was das Wesen unserer Schule ausmacht.« Er nahm seine Brille ab und rieb sich den Nasenrücken. »Kritisch und selbstständig denken tut doch kaum jemand mehr öffentlich. Die Insel ist längst gleichgeschaltet. Siehst du das nicht?«

Johanne schaute von einem zum anderen und wusste, dass Wilhelm recht hatte. Wer nicht aus Überzeugung im Gleichschritt marschierte, schlüpfte schon allein aus Angst vor Benachteiligung in die braunen Kleider.

Gustav sagte mit einem Ausdruck tiefer Niedergeschlagenheit: »Wenn wir uns schon mit so einer Zeit abfinden müssen …«

»Dann sollten wir doch wenigstens dafür sorgen, unsere Seele nicht zu verkaufen«, fuhr Wilhelm heftig dazwischen.

Johanne zuckte zusammen. Irgendwie wirkte Wilhelm manchmal noch so weich und kindlich, dann wieder ungestüm und weise. Hinter seinem Humor und seiner Hitzköpfigkeit verbarg er eine empfindsame Seele. Man sah ihm an, wie sehr er unter der Ungerechtigkeit litt, die seinem besten Freund widerfuhr.

»Und wie sollen wir das tun?«, unterbrach Gustav ihre Gedanken. »Uns mit dem Teufel anlegen?«

Wilhelm runzelte die Stirn. »Nicht ganz. Aber vielleicht mit seinen Gehilfen.«

Bevor sie beim großen, neu angelegten Kurplatz um die Ecke bogen, blieb Gustav vor dem kleinen Teich stehen, um den sich sonst die Kinder drängten und ihre kleinen Holzboote fahren ließen. Lächelnd drehte er sich zu Johanne und Wilhelm um, dann beugte er seinen Kopf über den Rand und tauchte eine Hand in das Wasser. »Dann fange ich gleich mal damit an.«

»Womit?«, fragte Wilhelm.

Gustav zuckte kaum merklich die Schultern. »Den Teufel und seine Höllenwesen zu vertreiben«, sagte er nüchtern und schöpfte Wasser aus dem Becken. In glitzernden kleinen Tropfen träufelte er es sich auf die Stirn. »Macht man das nicht bei einer Taufe?«

Wilhelm, der hinter ihm stand, tauchte den Kopf seines Freundes ganz ins Wasser. Sein Lachen klang verzweifelt. »Du bist ein Idiot.«

»Weil ich mich von der Erbsünde befreie und mich bei der Gelegenheit gleich protestantisch entjude?«, antwortete Gustav und spritzte Wilhelm von unten nass. Johanne genoss ihre Fopperei und dankte dem Himmel dafür, dass sich ihre Stimmung aufgehellt hatte. Eine Möwe landete auf dem Beckenrand.

»Da haben wir noch jemanden, der den Teufel verjagen will«, sagte Wilhelm und schnippte Wasser in ihre Richtung. Jetzt lachten sie alle drei und machten sich wieder auf den Weg.

Er führte sie die gerade Achse entlang einmal mitten über die Insel, die an ihrer schmalsten Stelle nicht breiter war als dreihundert Meter. Fest eingehakt schlenderten sie die Strandstraße entlang zu den Dünen hinauf, vorbei an bunten Verkaufsständen, Läden, großen Hotels, dem neuen Rathaus aus rotem Backstein und dem de Tiden.

Wilhelm blieb stehen und sah Johanne durch seine Brillengläser in die Augen. »Lu hat uns einmal erzählt, wie beharrlich er die Idee der Schule am Meer verfolgt hat, wie hartnäckig er Eltern, Lehrer und auch die Gemeinde überzeugen musste, die SaM auf Juist zu gründen.«

Gustav nickte. »Ich erinnere mich. Um mich als Schüler zu gewinnen, hat er sich so lange mit meinem Vater betrunken, bis der ihm meine hundertjährige Großmutter samt ihrer Einrichtung fast mitverkauft hätte. Als Inventar für die Reptiliensammlung.« Wilhelm grinste ihn an. »Mein Vater hatte noch eine Woche später einen Kater.« Die beiden Freunde tauschten ein wissendes Lächeln.

»Aber das meine ich nicht«, fuhr Wilhelm ernst fort.

»Sondern?«, hakte Johanne nach.

»Als wir ihn fragten, warum er so dafür gekämpft hat, obwohl so viel dagegensprach, sagte er: Viele kleine Leute, an vielen kleinen Orten, die viele kleine Dinge tun. So verändert man die Welt.« Er machte eine Pause. »Egal, was aus der Schule wird: Ich glaube fest daran, dass er die Welt verändert hat, zumindest unsere Welt. Und ich glaube, dass auch wir irgendetwas tun müssen, etwas Kleines, auf dieser kleinen Insel. Und sei es nur, ein paar kleine Nadelstiche in das dicke, braune, klebrige Fell dieser Herrenmenschen zu setzen.« Dabei setzte er eine geheimnisvolle Miene auf.

Johanne starrte ihn erschrocken an.

»Du brauchst keine Angst zu haben«, sagte Wilhelm. »Es kann überhaupt nichts passieren.«

Der kleine Ausrufer kam ihnen entgegen und klingelte mit seiner Schelle. Im Nu versammelte sich ein Kreis von Menschen um ihn, um zu erfahren, was sich die Kurverwaltung und verschiedenen Vergnügungsstätten zur Erheiterung der Kurgäste für den heutigen Abend ausgedacht hatten. »Tanz, Musik, Essen und Ehrengäste am Kurhaus!«

Und wie immer nach seiner Bekanntgabe schrien die Kinder im Chor: »Darum heute Abend alles auf zum Kurhaus!«

Gustav, der währenddessen eine Tüte Krabben von einem vorbeifahrenden Wägelchen erstanden hatte, drehte sich zu den beiden und hielt ihnen die Tüte entgegen: »Also erst das Fressen, dann die Moral? Oder wie heißt es in der *Dreigroschenoper?*«, fragte er, und die anderen beiden nickten.

»Einverstanden, dann lasst uns zuerst die Krabben pulen und uns amüsieren gehen – auch wenn ein Brecht ja dieser Tage auch nicht mehr zitiert werden darf«, sagte Wilhelm.

Der Platz vor dem Kurhaus, das auf der Spitze der Dünen stand, war voller Menschen. Auf den Stufen der riesigen weißen Villa, dem ersten Haus am Platze, das wirkte, als stünde es am falschen, trugen Dutzende weißbefrackter Kellner Tabletts mit Tellern und Schüsseln durch die Gegend. Johanne erhaschte einen Blick auf Taubenpastete und gefüllte Kalbsbrust. Erlesene Speisen, die genauso wenig zu den Juistern passten wie dieses imposante Gebäude zu den meist winzigen, an den Boden geduckten Häusern der Insulaner. Verwundert blickte Johanne zu Gustav und Wilhelm. Eine leichte Brise wehte ihr ins Gesicht. Wenn Saison war, spielte vor dem Kurhaus oder auf der Kurpromenade häufig eine Kapelle zum Tanz. Die Gäste liebten es, nach dem Strandbesuch unter blauem Himmel in frischer Luft zu tanzen, ohne die förmliche Abendgarderobe und steife Geselligkeit anderer Veranstaltungen. Okke erzählte immer, dass viele seiner Gäste allein anreisten, doch zu zweit wieder abreisten, wenn sie sich nach ein paar Tagen verblödenden Insellebens und des Genusses nördlicher Getränke erst einmal entschlossen hatten, das Tanzbein zu schwingen. Es dämmerte bereits, und die Tanzfläche war gefüllt mit Paaren.

»Was ist denn hier los? Kommt der Führer?«, fragte Wilhelm und lächelte dann zweideutig. »Oder prämieren sie den braunsten Kurgast?« Johanne schüttelte belustigt den Kopf über seine Zweideutigkeit. Irgendwas prämierten die Veranstalter immer, den schönsten Strandanzug, den kürzesten Zeigefinger oder den Kurgast mit dem gebräuntesten Gesicht. Johanne hatte nie verstanden, wie wenig die Gäste brauchten, um sich in Karnevalsstimmung zu versetzen.

»Nicht ganz«, ertönte es hinter ihr. Grete, eine Mitschülerin der beiden Jungs, hatte Wilhelms Worte gehört und gesellte sich zu ihnen. Johanne fand, dass sie in ihrem cremefarbenen Leinenkleid und den dazu passenden Seidenstrümpfen umwerfend aussah.

Grete schlug die Hacken zusammen. »Kreisleiter Folkerts gibt sich die Ehre.« Hinter ihr, an einem dünnen Fahnenmast, flatterte die Hakenkreuzfahne. Grete versuchte nicht einmal, die Ironie in ihrer Stimme zu verbergen. Offenbar gehörte sie ebenso wenig zu den Gleichgeschalteten wie die beiden Jungen.

»Sag ich doch«, erwiderte Wilhelm schelmisch, und alle lachten.

»Bist du nicht die Tochter von Hausmeister Ehlers?«, fragte Grete und musterte Johannes abgetretene Leinensandalen. In der Schule würdigte Grete sie keines Blickes. Johanne nickte. Auf einmal fühlte sich wie eine Bettlerin.

Die Kapelle wechselte zu einem neuen Stück, und noch mehr Menschen strömten auf die Tanzfläche. Wilhelm zwinkerte Gustav zu, reichte Grete den Arm und sagte in perfekter Nachahmung von Lus sonorem Tonfall: »Sie schulden mir noch einen Tanz, Fräulein Grete.« Jetzt würde sie gleich allein sein mit Gustav, dachte Johanne bang. Was sollten sie reden, so zu zweit? Grete zuckte die Achseln, warf Gustav einen kurzen Blick zu und ließ sich von Wilhelm durch die Menge führen.

Unschlüssig traten Gustav und Johanne von einem Bein aufs andere. Ein Sänger mit hohen Wangenknochen und großen traurigen Augen trat ans Mikrofon und hauchte *»Schön ist jeder Tag, den du mir schenkst, Marie Luise«* hinein, als wäre es sein letzter. Johanne mochte die langsame und melancholische Melodie.

»Erst mal brauchen wir was zu trinken!«, beschloss Gustav.

Jemand hatte eine große Tafel neben der Kapelle aufgestellt. *Eine deutsche Frau tanzt nicht mit einem Juden,* stand darauf. Verstohlen sah Johanne Gustav an, der zu einem Ober ging und für sie beide ein Glas Wein orderte. Hatte er das Schild gesehen? Als sie die vielen Kurgäste beobachtete, die zu den Klängen des Schlagers übers Parkett schwebten, dachte sie an Okkes Warnung. Würde sie Gustav wirklich in Gefahr bringen, wenn sie mit ihm tanzte? Wie musste es sich für ihn anfühlen, nach einem bis dahin unbekümmerten Dasein auf einmal überall unerwünscht zu sein? Johanne betrachtete Gustav. Ob er erriet, was sie dachte?

»Ich weiß nicht«, sagte sie, als Gustav zurückkam und ihr das Glas reichte. »Für das süßeste Fräulein«, sagte er und lächelte breit. Seine gute Laune war ansteckend. Sie nahm das Glas und einige Schlucke. Der Alkohol machte sich sofort bemerkbar. Während Gustav Johanne unverwandt ansah, stieg ihr die Hitze in die Wangen.

Galant verbeugte er sich. »Darf ich bitten?«

Johanne beschloss, sich nicht länger von ihren Zweifeln zurückhalten zu lassen. Als Gustav ihr galant seinen Arm bot, hakte sie sich unter und folgte ihm auf die Tanzfläche, wo er leicht ihre Hüfte umfasste und sie beide in eine gleitende Bewegung brachte.

Es war seltsam, ihm so nah zu sein. Johanne pochte das Herz bis zum Hals. Das weiche Licht der Fackeln warf flackernde Schatten auf den Boden. Es sah aus, als würde sich jedes Paar auf seiner eigenen kleinen, dunklen Insel drehen. Die Luft war schwer von süßlichem Parfum. Sie blickte zu Wilhelm, der mit Grete elegant neben ihr tanzte. Die tat, als würde sie sie nicht sehen, und schwebte lauthals lachend an ihnen vorbei. Als sie erneut auf einer Höhe waren, neigte sie wie zufällig den Kopf zur Seite und bedachte Gustav mit einem eindringlichen Blick. Johanne verspürte einen Stich.

Fand Gustav ihre Bewegungen linkisch? Nahm er wahr, wie wenig anmutig sie war, verglichen mit Grete? Die Worte ihres Vaters, nachdem er sie auf dem Juister Turnfest im Hotel Claasen mit einem Jungen von Borkum hatte tanzen sehen, verfolgten sie noch immer. *Stakst wie ein Kalb auf dem Eis.* Johanne sah Gustav ins Gesicht. Was hatten sie hier verloren? Außenseiter waren sie, alle beide, verachtet, gemieden von allen um sie herum. Sie gehörte nicht dazu. Nicht an die Schule am Meer, wo sie nichts weiter als ein einfaches Mädchen war, nicht zu den Juistern, die ihrer Mutter nicht verziehen hatten, dass sie mit einem Lehrer der Schule, ausgerechnet einem Engländer, davongerannt war. Wie anders Johanne war, bekam sie jeden Tag zu spüren.

Die Kapelle spielte nun den bekannten Schlager »Womit kann man glücklich machen«, und Gustav zog sie an sich. Schon spürte sie, wie ihr Körper seinen Bewegungen folgte und den Rhythmus der Musik aufnahm. Sie schloss ihre Augen und schmiegte sich an ihn. Als sie seine Hände auf ihrem Rücken herunterwandern spürte, ließ sie ihn gewähren. In seinen Armen fühlte sie sich sicher und ruhig. Sie ertappte sich bei dem Gedanken, mit ihm fortzulaufen. Zwei vergessene Königskinder, vereint in ihrem Anderssein. Sie stellte sich vor, wie ihr Leben sein könnte, sie beide aufs Lus *Krake*, mit der sie bis nach Amerika segelten, wo all das Trennende keine Rolle spielen würde.

Gustav nahm eine Hand von ihrem Rücken und hob ihr Kinn an. »Und womit kann man *dich* glücklich machen?« In seinem Blick lag ein Verstehen, als hätte er ihre Gedanken gelesen. Johanne errötete. Wie schön seine Augen waren.

»Damit …« Ihre Stimme brach ein wenig, und sie sagte leise: »Damit, von hier wegzugehen.«

Gustav lachte und wirbelte sie herum. »Dann bist du mutiger als ich.«

Der Zauber des Augenblicks war dahin. Johanne fasste sich und blieb stehen. »Sollten wir nicht alle in unserem Leben versuchen, genau das zu tun, was wir tun wollen?«, wiederholte sie Okkes Satz und hätte ihn am liebsten gleich wieder zurückgenommen. Wie beschränkt sie doch war. Was galt dieser Satz für jemanden wie Gustav, dessen Familie in diesem Land nichts zu wollen hatte. Betreten blickte sie zu Boden.

»Entschuldige, das war dumm«, sagte sie bekümmert. Doch er hob sanft ihr Kinn an, so dass sie ihn ansehen musste. Sein Blick war voller Wärme.

»Nichts, was du sagst, ist dumm.«

Er sagte das so ruhig und bestimmt, dass sie keinen Zweifel an seinen Worten hatte. Ja, er mochte sie wirklich. Allein der Gedanke ließ ihr Herz schneller schlagen. Sie spürte Blut in ihren Kopf schießen und senkte rasch die Augen. Da verlosch abrupt die Musik. Die Tanzfläche lichtete sich, vor der Bühne kam es zu einigem Aufruhr. Braun- und schwarzfarbig uniformierte Nazis stellten sich am Rand des Podestes auf.

Plötzlich erhellte Begeisterung die Gesichter in der Menge. Ortsgruppenleiter und Bürgermeister Jupp Heinsen, groß und speckig, mit strohgelben Haaren und akkuratem Seitenscheitel, bestieg gemeinsam mit Kreisleiter Folkerts, der aus Norden gekommen war, das Rednerpult. Applaus donnerte los, noch bevor die Menge sie mit »Heil« begrüßte. »Heil Hitler«, erwiderte Heinsen mit schnarrender Stimme und wartete einen Moment, ehe er das Wort an den Kreisleiter übergab.

»Juist hat sich für den Nationalsozialismus entschieden!«, schmetterte der den Zuhörern ohne einleitendes Brimborium entgegen. »Und gegen den jüdischen Bolschewismus!«

Die Menschen trampelten mit den Füßen auf den Boden und johlten. Johanne konnte ihren Blick nur mit Mühe von Folkerts starrem Gesicht lösen, das aussah wie frisch gewichst. Über dem Mund ein dünnes, schmales Bärtchen, wie aufgemalt. Sie sah unruhig durch die Menge. Wer waren diese Leute, die jeden seiner Sätze aufsogen wie das Wort des Allmächtigen? Mit einem Mal entdeckte sie ihren aufgedunsenen Vater, der mit hochgestrecktem Arm versuchte, der Rede zu folgen, dabei aber so bedrohlich schwankte, dass er beinahe das Gleichgewicht verlor. Natürlich war er da, und natürlich war er sternhagelvoll. Wie sie ihn verachtete für sein braunes Gejohle! Sie verzog das Gesicht. Jetzt bemerkte sie auch Lu, der sich suchend umsah. Kaum hatte er sie entdeckt, zwinkerte er ihnen zu, als teilte er die Abneigung mit ihnen.

Folkerts setzte ein paarmal an, schließlich verebbte der Applaus, und er konnte seine Rede fortsetzen. »Nie zuvor sah Juist ein solches Flaggenmeer aus Nationalismus, Volksverbundenheit und Rassenreinheit!«, brüllte er, woraufhin alle wie zur Bestätigung ihre Fähnchen hochrissen. Johanne schüttelte angewidert den Kopf. Waren die denn alle wahnsinnig?

»Wir, die wir eines Blutes sind, wir wollen sein ein einig, ewig Volk!«, fuhr Folkerts fort. Johanne entdeckte Hein in der Menge. Er starrte sie unverwandt an, ein Lächeln umspielte seine Lippen, und Johanne zuckte unwillkürlich zusammen.

»Wir sollten gehen!«, schrie sie Gustav ins Ohr.

Doch da drängte sich Hein schon durch die Menge und trat zwischen sie. »Schön, euch so vertraut nebeneinander zu sehen«, sagte er und grinste. Nicht zu fassen, dass dieses Scheusal mit Okke verwandt war.

Johanne zupfte Gustav hektisch am Arm, um ihn zum Gehen zu bewegen. Doch der beachtete Hein gar nicht, sondern winkte Wilhelm, der gerade auf sie zugeschlendert kam – ohne Grete, wie Johanne erleichtert bemerkte.

»Nicht so eilig«, sagte Hein und reckte prüfend die Nase in die Luft. »Stinkt es hier nicht nach Jud?« Er wedelte mit der Hand.

Jetzt wandte Gustav sich ihm doch zu. Er wollte gerade zu einer Antwort ansetzen, als Wilhelm ihn am Arm fasste, zurückzog und an seiner statt antwortete.

»Ja, du hast recht, es stinkt, Zwergnase«, sagte er. »Verschwinde, Hein.«

Hein dachte nicht daran. Als die Kapelle sich bereitmachte, das Horst-Wessel-Lied zu spielen, baute er sich direkt vor Johanne auf, ohne Wilhelm und Gustav eines Blickes zu würdigen. »Eine Schande bist du. Ein deutsches Fräulein tanzt nicht mit einem Semiten.« Er ließ sie keine Sekunde aus den Augen. Erst als sich die Arme des Publikums Richtung Bühne reckten, riss er sich los und reckte seine Hand nach oben, bevor er in den Gesang einstimmte.

Johanne ballte die Faust. Sie wusste, dass ihr stummer Protest nichts bewirken würde. Also spuckte sie vor Hein auf den Boden, erstaunt über ihren Mut, und hob die Stimme: »Kannst den Arm nicht hoch genug reißen, was? Schade nur, dass es keiner sieht bei deiner Größe. Da stellt sich mir die Frage, wie lange Kleinwüchsige wie du noch mit deutschen Fräuleins tanzen dürfen.«

Hein hörte augenblicklich auf zu singen. Hochrot im Gesicht verpasste er ihr eine Ohrfeige. »Judenschlampe!« Seine Stimme klang gepresst. Johanne berührte ihre Wange mit den Fingerspitzen. Ihre Haut brannte, Tränen schossen ihr in die Augen.

Gustavs Bewegung kam so blitzartig und unerwartet, dass Johanne sie durch den Schleier vor ihren Augen nur als verschwommenen Strich wahrnahm. Er holte aus und schlug zu, so fest, dass Hein taumelte und zu Boden ging. Ein paar Sekunden lag er still da. Dann rappelte er sich mühevoll auf und stierte Gustav an.

Johanne zitterte am ganzen Leib. In Heins Blick war etwas Irres. Wie ein waidwundes Tier, dachte sie, gefährlich und unberechenbar. Sie sah Gustav und Wilhelm Blicke tauschen. Dann beugte Wilhelm sich über Hein, vermutlich um ihn von seinem Kameraden abzuschirmen.

»Schnell weg!« Gustav griff Johannes Hand und zog sie durch die Menschenmenge, die Treppen hinunter zum Nordstrand, weg von den Lichtern Richtung Loog. Erst letzte Woche hatten ein paar Juister ohne Stellung diese große breite Freitreppe beim Kurhaus, die vollständig unter Sand begraben gewesen war, in Notstandsarbeit freigelegt. Während sie rannten, versuchte Johanne durch Blinzeln ihre Augen schneller an die Dunkelheit zu gewöhnen. Erst nach einer gefühlten Ewigkeit wurde Gustav langsamer. Je weiter sie sich entfernten, desto sicherer fühlte sich Johanne. Sie fuhr sich mit der Zunge über die Lippen, um das Salz zu spüren. Nie zuvor hat es so intensiv geschmeckt. Die Zeit schien sich auszudehnen.

Als sie längst alle Strandzelte hinter sich gelassen hatten, blieb Gustav stehen. Für einen Moment standen sie einfach nur nebeneinander da und atmeten.

Dann räusperte sich Gustav. »Das, was du vorhin zu Hein gesagt hast, war sehr leichtsinnig. Das wird er nicht vergessen«, sagte er leise ins Dunkel. »Aber ich werde es dir auch nicht vergessen. Danke.«

Sie setzten sich in den Sand und lauschten dem vertrauten Rauschen der Wellen. Johannes Puls beruhigte sich. Auf einmal ließen kleine Lichtblitze das Wasser wie von Zauberhand blaugrün erstrahlen. Es war magisch. Das Meer leuchtete nur für sie beide, dachte Johanne. Als würde es mit einem Feuerwerk eine neue Zeit einläuten.

»Gustav, schau, das Meer …«, wollte Johanne rufen, aber Gustav legte ihr eine Hand auf den Mund. Dann küsste er sie und streichelte sie zärtlich.

Sie lenkte ihr Fahrrad auf dem menschenleeren, staubigen Schotterweg zum Bahnhof. Die aufgehende Sonne tauchte den Himmel in goldenes Rot. Kühler Wind blies ihr ins Gesicht. Auf den Gepäckträger hatte sie einen kleinen Eimer geklemmt, in dem eine Bürste und ein Schwamm lagen. *Juda verrecke* – sie würde diese Schmiererei an der Wand entfernen, allein um diese düstere Ahnung zu vertreiben, die sie die halbe Nacht wach gehalten hatte. Worte, die für sie nun klangen wie eine Prophezeiung. Was war nur los mit ihr? Gestern war sie der glücklichste Mensch der Welt gewesen, zumindest für einen Moment, beziehungsweise eine ganze Reihe an Momenten. Und jetzt verlor sie den Kampf gegen die schweren grauen Wetterwolken, die sich über sie legten. Sie schauderte. War das die Kehrseite der Liebe, die apokalyptische Angst, das gerade entdeckte Glück wieder zu verlieren? Ging es allen Menschen so, die liebten? Sie trat in die Pedale, als käme es auf jede Sekunde an, und hatte dennoch das Gefühl, auf der Stelle zu verharren. Als sie endlich vor dem Gebäude stand, erschrak sie. Über die ganze Wand, dazu noch für sie in unerreichbarer Höhe, verlief der Schriftzug. Wie sollte sie die Farbe dort jemals abbekommen? Sie lief an die Wattkante, schöpfte Wasser aus einem Priel und trug den Eimer vorsichtig zurück. Dann baute sie sich aus mehreren Kisten, die gegenüber an der Hauswand des Milchgeschäftes Raditz gestapelt waren, einen Tritt und stieg hinauf.

Ein Gefühl von Wut mischte sich in ihren Kummer und ließ sie unbeirrt und kräftig schrubben, bis nichts mehr von der Schrift zu sehen war. Dem Sonnenstand nach zu urteilen musste eine gute Stunde vergangen sein. Erschöpft legte sie sich auf eine Holzbank gegenüber, ohne Erleichterung zu verspüren. In der Ferne rief ein Kiebitz. Johanne schloss die Augen und schlief augenblicklich ein.

Ein durchdringender Ruf, gefolgt von einem lautstarken Tumult, weckte sie. Johanne öffnete die Augen, richtete sich auf und sah vor dem Bahnhof von allen Seiten Menschen herbeiströmen, darunter viele in brauner SA-Uniform. Sie schienen aufgebracht zu sein und liefen gestikulierend hin und her. Im nächsten Augenblick schellte die Glocke, und es bildete sich eine Menschentraube um den kleinen Ausrufer. Johanne spürte, wie sich etwas Dunkles, Kaltes in ihrer Magengrube sammelte. Was war das los? Betont langsam schlenderte sie hinüber. Nachdem der Ausrufer um Ruhe gebeten hatte, verkündete er feierlich: »Heute Nacht wurden eine Sandburg und ein aus Sand kunstvoll geformtes Hoheitszeichen eines Kurgastes aus München zerstört. Außerdem wurden mehrere Hakenkreuzfahnen auf verschiedenen anderen Burgen entwendet oder zerrissen. Der Bürgermeister hat angeordnet, dass sämtliche der jüdischen Rasse angehörende Kurgäste und Bewohner die Insel sofort zu verlassen haben.«

Wie Barbaren schrien auf einmal alle wütend durcheinander. »Juist wird judenfrei!«, brüllten einige. »Schlagt die Juden tot!« Johanne sah, wie neben ihr ein junger Mann auf das Dach eines Schuppens stieg und von oben herunterrief: »Volksgenossen, wider den undeutschen Geist! Hängt den Säuen Schilder um und treibt sie durchs Dorf! Bespuckt sie und bewerft sie so lange mit Steinen, bis sie bei sich selbst Shiva sitzen können!«

Johanne schloss für eine Sekunde die Augen, als könnte sie so das Bild verscheuchen, das sich ihr bot. Aber sie hatte eine Ahnung, dass es sich tief in ihre Seele einbrennen und nicht mehr weggehen würde. Angst schnürte ihr die Kehle zu, und ihr Körper bibberte wie im Fieberwahn. Sie stützte sich an einer Litfaßsäule ab, um das Zittern unter Kontrolle zu bringen.

6. Kapitel

Juist 2008, Adda

Johannes Stimme war rau geworden. Sie räusperte sich, und Adda gab ihr einen Schluck Wasser gegen die trockene Kehle.

Aus Angst, ihre Mutter könnte die kleine Pause zurück in die Stille katapultieren, fasste sie ihren Arm. »Was ist mit Gustav geschehen?« Johanne sah sie stumm an, dann verschwamm ihr Blick, und sie schloss die Augen. Über Addas Stirn rannen Schweißperlen. Sie fächerte sich mit dem *Ostfriesenkurier* von gestern Luft zu, dessen Titelseite ihr Mann zierte. *Große Ehre für Dr. Eduard Kießling* stand unter dem Konterfei. *Juist feiert seinen Ehrenmann.* Im ganzen Haus lagen Exemplare herum. Eduard hatte Theda losgeschickt, um in jedem Pressegeschäft mindestens ein Dutzend Ausgaben zu kaufen – als könnte er durch künstliche Verknappung des Angebots die Nachfrage nach seiner Person noch steigern. Ganz wie Mutter, dachte Adda, die kaum je etwas von sich preisgegeben hatte und so die Neugier an ihr, wenn auch ungewollt, am Köcheln hielt. Es war Adda immer vorgekommen, als gäbe es etwas in Johannes Vergangenheit, das man besser nicht ansprach, als gäbe es eine ungeschriebene Regel, nicht zu neugierig zu sein. Auf einmal stürmten so viele Fragen gleichzeitig auf Adda ein. Sie konnte kaum einen klaren Gedanken fassen. Warum öffnete ihre Mutter sich nun, nach jahrzehntelangem Schweigen? Hatte Helens Erscheinen, ihre Ähnlichkeit mit Adda, unbeabsichtigt die Schleusen zu ihrer Vergangenheit geöffnet? Wollte das Alte, das Verdrängte am Ende ihres Lebens doch noch bewältigt werden?

Wie gut konnte Adda den Schmerz des jungen Mädchens nachempfinden, das von ihrer Mutter verlassen worden und zurückgeblieben war mit einem boshaften, trinkenden Vater! Das sich verliebt hatte in Gustav, einen Juden, und irgendwann seinen besten Freund Wilhelm geheiratet hatte. Und das in einem Alter Witwe geworden war, in dem die meisten noch nicht einmal ans Heiraten dachten.

Sie strich Johanne über die Wange und nahm ihre Hand. Aber Mitleid war vermutlich das Letzte, was ihre Mutter wollte. *Neid, kein Mitleid müsst ihr erregen!*, hatte sie Joost und ihr stets gepredigt und hatte bis zum Umfallen geschuftet, im steten Kampf mit allem, was sie bremsen könnte. Mit dieser Einstellung hatte sie das de Tiden zu einer der ersten Adressen Juists gemacht und die Missgunst der anderen Hoteliers geweckt.

Adda war es immer ein Rätsel gewesen, wie Menschen ihre Herkunft abstreifen konnten wie eine Schlangenhaut und alles verachteten, vermieden und verlachten, was ihre Welt einmal ausgemacht hatte. Hatte Johanne ihren Vater nur geheiratet, weil seine Eltern eine florierende Möbelfabrik besessen hatten?

Wie selbstverständlich war sie davon ausgegangen, dass Wilhelm, ihr Vater, der einzige Mann in Johannes Leben gewesen war. Sie wusste nicht viel über ihn, weil er kurz nach ihrer Geburt im Krieg gefallen war und ihre Mutter kaum je über ihn geredet hatte. Genauso wenig wie über ihre, Johannes, Kindheit. Sie wusste zwar, dass Johanne ohne ihre Mutter bei ihrem kriegsversehrten Vater aufgewachsen war, aber mehr als ein paar missbilligende Sätze hatte ihre Mutter nie über ihn verlauten lassen. Ihr war neu, dass er Hausmeister an der Schule am Meer gewesen war, dass sie dort aufgewachsen und ihren Vater Wilhelm kennengelernt hatte. Allein der Gedanke, Johanne könnte einen anderen als ihn geliebt haben, tat weh. Adda stiegen Tränen in die Augen, und sie seufzte erschöpft.

»War mein Vater nur ein Lückenfüller?«

Doch Johanne hielt die Augen weiterhin geschlossen und hielt sich den Bauch, als hätte sie wieder Schmerzen. Niedergeschlagen betrachtete Adda die Rillen in der Tischplatte. Selbst dieses antike Mahagonistück wusste mehr als sie. Sie blickte aus dem Fenster auf das Meer, spiegelglatt lag es da, kein Boot weit und breit. Dann musterte sie ihre Mutter, die jetzt gleichmäßig ein- und ausatmete, ansonsten aber keine Regung zeigte. Den Kopf in den Wolken, mit den Gedanken auf und davon. So war es schon zu Addas Kindertagen gewesen. Aus der Küche hörte Adda Gläser klirren. Auguste summte vergnügt, während sie die Spülmaschine einräumte. Adda merkte, dass ihr Magen knurrte. Von der Suppe hatte sie kaum gekostet. Sie nahm sich eine Orange aus dem Holzkorb und begann sie zu schälen, und das, obwohl ihre Mutter direkt neben ihr saß. Plötzlich musste sie kichern über diesen Akt der Rebellion und begriff, dass auch die Abneigung gegen diese Frucht ein Teil von Johannes Vergangenheit war, der sich ihr nie erschlossen hatte. In ihrer Gegenwart durfte niemand Orangen schälen. »Wie könnt ihr nur diesen Geruch ertragen!«

Alles an ihrer Mutter war rätselhaft. Adda fragte sich, ob sie Johanne überhaupt kannte. Wenn sie ehrlich war, war sie ihr fremd, immer schon fremd gewesen. Wirkliche Nähe hatte es nie gegeben. Sie konnte sich nicht entsinnen, jemals länger auf ihrem Schoß gesessen zu haben, und wenn sie sich das Knie aufgeschlagen hatte, dann wurde sie zwar von ihrer Mutter in den Arm genommen und mit einem Pflaster versorgt, aber auf eine so unbeholfene Weise, dass Adda sich wünschte, nicht gestürzt zu sein. *Ein Lockmädchen kennt keinen Schmerz!*, hatte Johanne in solchen Situationen kopfschüttelnd gemurmelt und ihr flüchtig übers Haar gestrichen.

Früher hatte Adda sich immer vorgestellt, in ihre Mutter hineinzukrabbeln und durch die Mauer aus Stoff und Haut direkt in das Herz ihrer Gefühle zu gelangen, wo es warm und friedlich wäre. Aber Johanne war verschlossen wie eine Miesmuschel im Watt.

Durch das Milchglas der Flurtür sah Adda die Umrisse von Auguste, die im Begriff war, die Türklinke herunterzudrücken, während sie fröhlich mit dem neuen Lehrlingsmädchen Birte über die Hitze plapperte. Vermutlich wollten sie die Teller abräumen.

Plötzlich richtete Johanne sich auf. »Weißt du, Adda«, sagte sie, »manchmal fliegt um uns herum die Welt in die Luft, und wir können nur zuschauen.«

Als hätte dieser Satz sie die letzte Kraft gekostet, sank Johanne wieder in sich zusammen, ihr Kopf kippte leicht zur Seite.

Adda seufzte.

7. Kapitel

Dresden 1945, Adda

Adda wartet, bis ihre Großmutter Anni in dem dunklen Ohrensessel eingeschlafen ist, dann setzt sie die Krone auf und drückt mit beiden Händen die schwere Türklinke herunter. Sie lauscht noch einen Moment, und als sie keinen Laut hört, tritt sie vor die Tür. Behutsam streicht sie das Prinzessinnenkleid glatt. Damit kann ihr nichts passieren, hat ihr Bruder Joost gesagt.

Bis in die frühen Morgenstunden hat sie im Keller gehockt. Am Anfang fand sie es spannend, vor den Regalen mit den Einweckgläsern und Fruchtsäften ihren ersten richtigen Fliegeralarm zu erleben, umgeben von Familie, Nachbarn und irgendwelchen fremden Flüchtlingen, die alle ihre Decken und Taschen mitgebracht hatten, als würden sie am Bahnsteig auf den Zug in die Ferien warten. Sie spielte »Ich packe meinen Koffer« mit ihrem Bruder und beobachtete neugierig zwei blonde Kinder in der Ecke, die rhythmisch ihre Hände gegeneinanderklatschten und sangen. *»Eine kleine Dickmadam fuhr mal mit der Eisenbahn.«* Dann erlosch auf einmal das Licht, und jemand schaltete die Notbeleuchtung ein. Die Kinder verstummten. Als das Brummen, Sausen und Donnern immer lauter und lauter wurde, tastete Adda ängstlich nach der Hand ihrer Mutter. Sie konnte sie nicht finden. Auf einmal schrie ihre Großmutter: »Alle tot, alle tot!«, immer und immer wieder, bis eine fremde Frau mit einem seltsamen Dialekt ins Halbdunkle kreischte, jemand sollte der Alten doch endlich den Mund stopfen. Addas Mutter fluchte zurück: »Ein Wort noch, und Sie können auf der Straße krepieren!« Johannes Stimme überschlug sich dabei, und Adda zuckte zusammen. Joost flüsterte ihr zu: »Oma denkt gerade an Opa und ihre Kinder, und das darf ihr niemand verbieten.« Adda schüttelte entsetzt den Kopf. Selbst wenn ihr Mann und ihre Söhne tot waren, musste Großmutter Anni trotzdem nicht so laut an sie denken. Normalerweise dachte sie ja auch leise an sie. Wenn sie stundenlang mit diesen leeren Augen an die Decke starrte und schwieg.

In diesem Moment ließ ein ohrenbetäubendes Krachen ganz in der Nähe die Einweckgläser und Flaschen zerspringen. Der Putz kam von den Wänden. Eine Frau brüllte, weil sie sich geschnitten hatte. Addas Mutter stand auf, verband die Wunde mit einem Küchenhandtuch und fegte die Scherben unter das Regal. Addas kleiner Körper begann zu beben. Ein Mann gegenüber betete, wimmerte und bekreuzigte sich, immer abwechselnd, immer hastiger. Es stank plötzlich nach Urin. »Kleinen Prinzessinnen passiert nichts«, flüsterte Joost ihr ins Ohr, nahm sie in den Arm und zeigte ihr durch einen kleinen Schlitz des verbarrikadierten Kellerfensters den Himmel, von dem unzählige, silberleuchtende Christbäume hinabfielen. Adda hatte noch nie etwas so Wunderschönes gesehen. »Schau, der Himmel glitzert wie deine Krone! Es wird alles gut, kleine Prinzessin.« In Addas Magen tanzten Horden von Schmetterlingen. Ihre Angst hatte sich in einen Zauber verwandelt.

In den frühen Morgenstunden war es vorbei, und sie durfte zurück in ihr Zimmer gehen. Mit zwei Fingern nahm sie das neue Prinzessinnenkleid vom Bügel, das sie am Nachmittag zum Karnevalsumzug getragen hatte, und zog es wieder an. Ihre Mutter hatte es extra für sie genäht. Müde legte sie sich aufs Bett und fiel in einen tiefen Schlaf. Als sie nach ein paar Stunden die Augen wieder aufschlug, saß ihre Mutter bei ihr und fuhr ihr kurz übers Haar. »Joost und ich fahren mit dem Fahrrad in die Fabrik und schauen, ob alles in Ordnung ist. Du bleibst hier und gibst auf deine Großmutter acht!«

Adda musste an die letzte Nacht denken und richtete sich abrupt auf. »Ich will mitkommen, Mutti, ich will nicht allein bleiben, bitte!«, protestierte sie.

Doch Johanne schüttelte den Kopf. »Stell dich nicht so an. Du bist schon fast sechs!«

Adda weinte und klammerte sich an sie. »Ich fürchte mich allein mit Großmutter Anni.«

»Keine Widerrede«, sagte Johanne ungeduldig und machte sich los. »Wir sind gleich wieder zurück.«

Die Zeit wollte nicht vergehen. Als die beiden Stunden später noch immer nicht heimgekehrt waren, beschloss Adda, sie zu suchen.

Ein süßlich-fauliger Geruch liegt in der Luft, als Adda die Tür hinter sich zuzieht. Sie läuft die lange Auffahrt hoch zur Straße. Ihre Beine sind steif von der Nacht, und ihr Gang ist ganz wacklig. Sie streckt sich und hüpft mit großen Sprüngen bis zum schmiedeeisernen Tor, das offen steht. Am Himmel ziehen schwarzgraue Rußwolken vorbei. Es dampft, wummert und bröckelt, aber die Flugzeuge und ihr lautes Brummen und Krachen sind verschwunden. Fensterglas und Steinbrocken liegen auf ihrem Weg, sie passiert immer mehr rauchende Trümmer und ausgebrannte Ruinen. Sie weiß nicht, ob sie sich schon auf der Tiergartenstraße befindet, so fremd sieht auf einmal alles aus. Eine lange Karawane von Menschen mit versteinerten Mienen schleppt sich an ihr vorbei, in den Händen Gepäckstücke, Vogelkäfige, zusammengeschnürte Bündel. Ein Harlekin humpelt und wimmert wie ein verletztes Tier, und einer Königin, deren Gewand ganz zerlöchert und rußgeschwärzt ist, laufen dunkle Tränen übers Gesicht. Vielleicht weil ihr die Krone fehlt, überlegt Adda, wie dem Baum neben ihr, der nur noch als verkohlter Stiel aus der Erde ragt. Sie tastet nach ihrer eigenen Krone und stellt erleichtert fest, dass sie noch fest auf dem Kopf sitzt. Beim Karnevalsumzug gestern sahen die Kostümierten fröhlicher aus. Adda fragt sich, warum sie so traurig sind. Da sieht sie es. Vor ihr liegen, auf einem Haufen gestapelt, einzelne Körper, merkwürdig klein und zusammengeschrumpft wie Schmorhühner. Einige sind halb verkohlt oder verschmiert mit Blut, anderen fehlen Arme oder Beine. Sie regen sich nicht, so wie ihr Großvater damals auf dem Boden in der Eingangshalle, bevor man ihn zugedeckt und weggetragen hatte. Aus einem Schutthaufen gleich daneben wächst ein blonder geflochtener Zopf, der von einer Staubschicht überzogen ist. Ihr Herzschlag beschleunigt sich, pocht in ihrer Brust, und sie reißt sich von dem Anblick los. Ohne sich noch einmal umzublicken, beginnt sie zu rennen, geradeaus und zweimal rechts bis zum Fabriktor, so wie sie es schon viele Male gemacht hat. Da, wo das Tor einst stand, ist aber nichts mehr, nur ein riesiger, tiefer Krater, aus dem Papier wirbelt. Wenn sie ehrlich ist, hat sie keine Ahnung, ob sie hier überhaupt richtig ist. Vor lauter Geröll und rauchigem Staub erkennt sie noch nicht einmal die Straße, auf der sie steht. Sie ist ganz aus der Puste und bleibt stehen.

»Mutti, bis du da?«, keucht sie. Keine Antwort. »Mutti!«, schreit sie, so laut sie kann. Auf dem Platz ist niemand außer ihr. »Wo bist du, Joost?«, jammert sie nun. Und wo ist die Fabrik? Da weiß sie schon, dass sie falsch ist, das rote Backsteinhaus zu ihrer Rechten hat sie nie zuvor gesehen. Tränen laufen ihr die Wangen hinunter, sie zittert, fängt an zu schluchzen. Dann macht sie kehrt. Hastig klettert sie über Steine und Schutt. Weiter kommt sie nicht. Aus dem Haus neben ihr schlagen die Flammen mitten auf den Weg, als würde ein Drache Feuer spucken. Ihr wird ganz heiß. Am liebsten würde sie sich auf den warmen Boden legen und schlafen. Da taucht auf einmal ein Zebra vor ihr auf. Sie muss träumen. Rasch schließt sie die Augen. Als sie sie wieder öffnet, steht das Tier noch immer vor ihr. Es ist Gunda. Mit ihrer Oma besucht sie das Zebra oft im Zoo, wenn ihre Mutter in der Fabrik ist. Vorsichtig nähert Adda sich, versucht das ängstliche Tier zu streicheln, wie sonst auch, aber plötzlich ertönt das Summen eines Flugzeugs über ihnen, und Gunda galoppiert davon. An Adda vorbei stürzen schreiende Menschen, sie kriechen, schmeißen sich auf den Boden, die Hände schützend um den Kopf gelegt. Sie weiß nicht, was sie tun soll, und bleibt einfach stehen. Sie ist ganz allein. Auf einmal wird sie von hinten gegriffen und zu Boden geworfen. Schon kracht es neben ihr, und sie spürt, wie etwas knisternd auf sie hinabrieselt. Im nächsten Moment hört sie eine Frau schreien: »Los, lauf, wir müssen in den Keller!« Eine Hand zieht sie zitternd, aber mit hartem Griff hoch und hinter sich her. Nach ein paar Schritten erreichen sie den Eingang zu einer dunklen Treppe und stolpern hinab. Sie kauern sich in eine Mauerecke unter dem Dröhnen und Krachen von oben. Die Stufen vor ihnen beben, einzelne Mauerbrocken lösen sich. Vom Staub bekommt sie heftige Hustenanfälle, und ihre Augen brennen. »Mutti!«, weint sie, und ihre Zähne schlagen klappernd aufeinander. »Mutti!« Die Frau streicht ihr übers Haar, und ihre Stimme klingt fest, als sie sagt: »Ist ja gut, meine Kleine. Hannah ist bei dir.« Da ist etwas in der Art, wie sie spricht. Adda drückt sich fest an sie. Eine Weile später fragt die Frau sie nach ihren Eltern. Adda, die eigentlich nicht mit Fremden reden darf, erzählt gegen das Getöse an, in abgehackten Sätzen. Von ihrem Papa und Onkel Karl, die im Krieg gefallen sind, von der Möbelfabrik, die Mutti führt, seit alle tot sind, und davon, dass sie ausgebüxt ist aus der großen Villa, um Mutti und Joost zu suchen, weg von der Großmutter, weg von der Stille, die ihr unheimlich war. Sie beginnt zu schluchzen. Das Donnern will nicht aufhören. Irgendwann schläft sie wimmernd in den Armen der unbekannten Frau ein.

Als sie wieder aufwacht, liegt sie auf einem Kohlewagen, um sie herum lauter fremde Kinder. Es ruckelt gewaltig. Sie richtet sich auf, sieht Felder vorbeiziehen, die von einer dünnen Eisschicht überzogen sind, und die Stimme aus dem Keller bekommt nun ein Gesicht. »Wir sind in Sicherheit, mein Mädchen.«

»Wohin fahren wir?«, fragt sie ängstlich und dreht den Kopf zu ihr. Hannah hat ihre kastanienbraunen Locken mit einem Kopftuch aus dem Gesicht gebunden und schaut sie mit warmen, dunklen Augen an.

»In ein kleines Dorf aufs Land. Weißt du, Kinder ohne Eltern werden evakuiert«, erklärt sie und setzt Adda auf ihren Schoß. »Da wird es dir gut gehen.«

»Ich will nach Hause.« Adda weint jetzt fürchterlich. »Zu meinem Bruder und meiner Mutter.«

Die Frau mit der vertrauten Stimme hält sie von hinten ganz fest umschlungen: »Mein Mädchen, alles rund um den Tiergarten ist nur noch Schutt und Asche.« Sie streichelt ihr sanft übers Haar, als könnte sie so den Schrecken fortwischen. »Ich fürchte, deine Familie hat nicht überlebt.«

Zwei Monate lebt Adda mit der Gewissheit, dass das nicht die Wahrheit sein kann.

8. Kapitel

Juist 2008, Adda

Hier hatte Johanne damals an ihrem Geburtstag mit Gustav und Wilhelm gestanden, vielleicht an exakt derselben Stelle, dachte Adda.

Sie stellte ihr Fahrrad im Hof ab und blickte hoch zu den Fenstern. Die Nachmittagssonne spiegelte sich in den Scheiben. War dieses rotgeklinkerte Gebäude das ehemalige Jenseits, in dem die Jungen ihren Schlafsaal gehabt hatten, von wo aus Hein Johanne so beleidigt hatte? Zwei Jungen und ein Mädchen in kurzer Kleidung standen vor dem Gebäude der Jugendherberge und beratschlagten, zu welchem Strand sie gehen sollten.

Ein Mann trat zu ihr, offenbar der Jugendherbergsvater, wie ein kleines Schild an seiner Brust verriet. »Kann ich Ihnen helfen?«

»Ich suche das Jenseits.«

Der Mann sah sie erschrocken an.

»Die Schule am Meer, wo genau standen die Trakte Jenseits und Diesseits?«

Der Mann lachte. »Natürlich«, erwiderte er. »Dieser Teil der alten Schule wurde Anfang der Fünfziger abgerissen, wegen Baufälligkeit. Die Gebäude sind neu, aber die Anordnung um den Rasenplatz ist noch wie früher.«

Adda war enttäuscht. Aber was hatte sie sich erhofft? Dass sie den alten Schlafsaal ihres Vaters besichtigen könnte und dort irgendwo seinen Namen oder den ihrer Mutter eingeritzt finden würde, im Holzrahmen seines Bettes vielleicht?

Sie nickte. »Wissen Sie, wann die Schule geschlossen wurde?«

»Soweit ich weiß, irgendwann 1934. Ich kann Ihnen ein bisschen was erzählen, aber wenn Sie mehr wissen wollen: Nebenan im Küstenmuseum ist eine interessante Ausstellung zur Schule. Das Museumsgebäude war ebenfalls einmal Teil der Schule.«

Obwohl Adda fast ihr ganzes Leben auf der Insel verbracht hatte, hatte sie sich für die Schule nie sonderlich interessiert. Als sie auf die Insel gekommen war, war hier bereits ein Kinderheim untergebracht gewesen, bevor es zur Jugendherberge wurde.

»Aber der alte Theatertrakt steht noch«, fuhr er fort. »Damals war es das einzige freistehende Theater einer deutschen Schule, heute befindet sich hier das Hauptgebäude unserer Jugendherberge. Wollen Sie einen Blick hineinwerfen?« Dankbar lächelte sie ihn an und folgte ihm. Als sie durch die Tür gingen, kam ihnen eine Gruppe Teenager mit Bierdosen entgegen. Einer hielt einen Ghettoblaster in der Hand, aus dem laute Musik wummerte. »Kein Alkohol auf dem Gelände, ist das klar?«, rief er den Jungen hinterher. »Und macht die Musik leiser!«

Er drehte sich lächelnd zu ihr. »Kann man glauben, dass hier vor siebzig Jahren noch Jugendliche lebten, die *kulturell auf dem deutschen Höchstniveau* waren?« Er lachte. »Das jedenfalls hat Carl Zuckmayer einmal über die Schulgemeinde behauptet, sein Bruder Eduard war hier Musiklehrer.«

Sie erinnerte sich daran, wie viel Wert ihre Mutter immer darauf gelegt hatte, dass sie Klavier und ihr Bruder Joost Geige übten. Jeden Tag mindestens eine Stunde, selbst in schwersten Zeiten. Wenn auch nicht auf deutschem Höchstniveau, spielten sie *kulturell* damit wenigstens *auf Juister Höchstniveau*, überlegte sie schmunzelnd. Und dachte an ihre Tochter Theda, deren musikalische Begabung die ihrige noch bei weitem übertraf. All das hatte seinen Anfang hier, in der Schule am Meer, gefunden, fast wie eine Hommage an ihren Vater Wilhelm oder an Gustav.

Nachdem der Mann sie herumgeführt und ihr gezeigt hatte, wo sich die Hausmeisterwohnung befunden hatte, die alte Küche, die Gärten, machte sie sich auf den Weg zum Museum. Sie hoffte, dort auf alte Fotografien zu stoßen, die ihren Vater, ihre Mutter oder auch die Großeltern zeigten. Doch sie stand vor verschlossenen Türen.

Also fuhr sie zurück ins Dorf, stellte ihr Fahrrad ab und ging über die Düne. Sie brauchte noch ein paar Minuten für sich. Eine sanfte Brise streichelte über Sträucher und Gräser. Obwohl es mittlerweile Nachmittag war, stand die Sonne noch so hoch, dass es selbst in den Dünen kaum Schatten gab. In den vielen bunten Strandkörben, die den Küstenstreifen wie kleine Trutzburgen vor Handtuchliegern schützten, sonnten sich die Badegäste, die Köpfe der brennenden Sonne zugewandt. Viele von ihnen waren krebsrot. Kinder spielten in Sandburgen. Über den blauen Himmel zogen bauschige weiße Kumuluswolken, die weiterhin gutes Wetter versprachen. Adda spazierte hinunter an den Strand, der sich so lang, breit und hell wie eine Wüste vor ihr ausbreitete. Als sie zwischen zwei Strandkörben ihre Schuhe ausgezogen hatte, entdeckte sie Helen am Wasser, barfuß und mit einer Sonnenbrille auf der Nase. Ein kleiner Rotschopf buddelte einen Kanal. Helen schaute ihm dabei zu. Im Sonnenlicht sah sie wunderschön aus. Addas Hände begannen plötzlich zu zittern, ihr Atem ging schneller. Es war schon so viel passiert. Was, wenn sie etwas herausfinden würde, das ihrer aller Leben auf den Kopf stellen würde, noch einmal? Würde sie das aushalten? Sie hatte doch ihren Preis schon bezahlt.

Einen Augenblick stand sie nur da, die Arme auf einen leeren Strandkorb gestützt, und spürte schmerzhaft den Schlag ihres Herzens. Plötzlich drehte Helen sich um und sah Adda direkt an. Ihr junges Gesicht verzog sich zu einem breiten, freundlichen Lächeln. Augenblicklich beruhigte sich Addas Atem.

»Hallo«, sagte Helen, als sie neben ihr stand, und nahm die Sonnenbrille ab. Adda sah an der rötlichen Schwellung unter ihren Augen, dass sie geweint hatte.

»Hallo«, sagte Adda und wusste einen Moment lang nicht, wohin mit ihren Händen.

»Wollen wir uns einen Moment setzen?«, fragte Helen vorsichtig und deutete auf den Sand. Adda zögerte einen Moment, dann nahm sie das Angebot hat. Helen setzte sich ebenfalls und schlang die Arme um ihre angezogenen Beine.

»Es ist wunderschön hier.« Sie ließ Sand durch die Finger rieseln. »Keine Autos, keine Hektik, es wirkt, als komme die Welt hier zur Ruhe.« Obwohl beinahe jeder Korb belegt war, wirkte der Strand nicht überlaufen.

»Ob die Welt zur Ruhe kommt, weiß ich nicht. Die eigene vielleicht, die dort draußen leider nicht.«

»Wie meinen Sie das?«, fragte Helen verblüfft.

Die Sonne schien Adda mitten ins Gesicht. Sie zog ihren Sonnenhut tiefer und seufzte. »Dass von der Welt draußen wenig über das Wasser dringt«, sagte sie und dachte plötzlich an ihre Mutter. »Aber nur weil sie uns fremd ist und wir die Welt im wahrsten Sinne außen vor lassen, heißt es nicht, dass sie stehen bleibt oder sich nicht auf uns auswirkt.«

»Vielleicht ist das ein Überbleibsel aus früheren Zeiten, wo es eine Frage der Überlebensfähigkeit war, sich abzuschotten.« Helen zuckte die Achseln. »Auch über uns Neuseeländer sagt man, dass wir gegenüber Neuem abwartend seien. Aber ich muss zugeben, dass einem die Menschen bei uns freundlicher und aufgeschlossener begegnen.«

Adda zog ihre Schuhe aus und vergrub die Füße im warmen Sand. »Das kann man über meine Familie nicht unbedingt sagen, oder?«, sagte sie und dachte, dass ihre Worte wie eine Entschuldigung klangen, obwohl sie gar nicht so gemeint waren.

Helen zuckte die Achseln. »Es ist ja auch seltsam, wenn da plötzlich einer steht und sagt, er gehört vielleicht zur Familie.«

Überrascht sah Adda sie an. Sie lächelte. »Ja, das ist es wohl.«

Sie schwiegen eine Weile, dann fragte Adda: »Warum sprechen Sie so gut Deutsch?«

»Meine Adoptivmutter kommt aus Deutschland. Ihre Eltern sind früh verstorben, und nachdem sie in Neuseeland meinen Vater kennengelernt hatte, ist sie einfach geblieben.« Helen betrachtete einen Moment lang eine kleine Muschel in ihrer Hand. Dann erzählte sie von sich, von ihrer Schulzeit auf der Mädchenschule, davon, wie sie als Kind jeden einzelnen Tag mit ihren Eltern zum Strand gegangen und im Meer geschwommen war. Im Sommer wie im Winter, egal bei welchem Wetter. Von ihrer Mum, die nicht schwimmen konnte, aber aufpasste wie ein Luchs, dass sie nicht zu weit hinausschwamm, und von ihrem Vater, der sie jedes Mal mit einem Handtuch, einer heißen Tasse Tee aus der Thermoskanne und einem Sandwich am Strand in Empfang genommen hatte. Von ihrem Studium der Germanistik und Journalistik, erst in Auckland, dann in Melbourne, von ihren ersten Jobs beim Fernsehen, bei einer Zeitung, beim Radio, dann bei einer Werbefirma und zuletzt als Bloggerin bei einer Internetagentur in ihrer Heimatstadt.

»Wenn ich zu lange in einem Job bin, an einem Ort lebe oder bei einem Mann bleibe, überfällt mich eine so starke Unruhe, dass ich flüchten muss«, schloss Helen.

Adda dachte an ihre Tochter Marijke, bei der es ganz genau so war. Zumindest die Sache mit dem Job hatte sich bei ihrer Tochter inzwischen verstetigt; bei der Zahl ihrer Männer und Wohnorte blieb sie ihrem Rhythmus jedoch treu. Ihrer Unrast.

»Aber meine Eltern haben jede Entscheidung akzeptiert, mir nie Vorwürfe gemacht und mich einfach immer wieder ermutigt, danach zu suchen, wofür mein Herz brennt. Sie sind großartig«, ergänzte Helen. »Ich hätte mir keine besseren Eltern vorstellen können.«

Sie wurde beschützt und geliebt, dachte Adda. Das ist gut.

Helen fixierte einen Surfer mit buntem Segel, der versuchte, der Flaute zu trotzen, und wie auf einem Gemälde an einem Fleck verharrte. »Von meinen Eltern wusste ich von Anfang an, dass meine leiblichen Eltern aus Deutschland stammen. Und ich habe mich immer gefragt: Warum so weit weg, warum Neuseeland? Wie verbannt ans andere Ende der Welt, als hätten sie nicht genug Abstand zwischen sich und mich bringen können.«

Adda konnte nicht anders, sie legte kurz die Hand auf Helens Schulter.

»Lassen Sie uns ein Stück gehen.«

»Sie können mich ruhig duzen«, sagte Helen, als sich beide erhoben hatten. »Das *Sie* ist mir ein bisschen fremd. Bei uns gibt es das nicht.«

Adda zögerte. Und als Helen sie anlächelte, reichte sie ihr schließlich die Hand. »Ich bin Adda!«

»Und ich Helen!«

»Es tut mir leid, dass es deiner Mutter so schlecht ging nach meinem Besuch. Das wollte ich nicht«, sagte Helen. Sie hob einen Fußball auf, der vor ihren Füßen gelandet war, und warf ihn einem Jungen zu, der auf sie zugelaufen kam.

»Muss es nicht. Sie haben …« Sie schüttelte den Kopf. »Du hast unwissentlich die Büchse der Pandora geöffnet.«

Helen sah sie fragend an. Adda bemühte sich, die richtigen Worte zu finden.

»Meine Mutter ist verschwiegen wie ein Grab, wenn es um ihre Vergangenheit geht. Nun erinnert sie sich, redet endlich – und dafür hast du möglicherweise den Anstoß gegeben.«

Ein Jogger kam ihnen entgegen. »Moin, Claas«, grüßte Adda ihn, der Mann grüßte zurück.

Helen blickte auf den Boden und kniete sich hin, um einen angespülten Seestern aufzuheben. »Weißt du, dass sie die Arme abwerfen, sobald sie in Gefahr geraten?« Sie schob ihn sanft zurück ins Wasser.

Adda antwortete mit einem Lachen. »Und aus dem Arm kann ein neuer Körper wachsen. Ich weiß.«

9. Kapitel

Juist 1952, Adda

Adda fiebert seit Tagen der Hoteleröffnung entgegen. Ihre Mutter hat ihr erlaubt, Onno zum Sektempfang einzuladen. Gleich trifft sie sich mit ihm am Schiffchenteich, um ihn abzuholen. Sie verlässt ihre Kammer im Dachgeschoss, steigt die Treppe hinab und tritt an die Rezeption. An der Wand klebt eine zartrosa Tapete mit einem Muster aus Weidenzweigen in Ranken. Davor steht Fritz mit durchgedrücktem Rücken, stolz wie ein Pfau, und nickt nonchalant. Was bildet der sich nur ein, denkt Adda.

»Dit kleene Sachsenfräulein, die Mutti sucht dich schon. Sie ist im Speisesaal.«

Sie mag Fritz nicht besonders, ständig macht er sich über ihren Dialekt lustig, dabei ist er selbst Flüchtling, aus Ostberlin, und nur mit Glück im Hotel de Tiden gelandet, als Kutscher, Gepäckträger, Kellner und Empfangschef.

Adda nickt ihm wortlos zu und läuft in den Speisesaal, vorbei an ein paar Handwerkern, ebenfalls Heimatvertriebene, die letzte Handgriffe verrichten, bevor am Nachmittag die ersten Gäste eintrudeln werden.

In den vergangenen Wochen haben sie das gesamte alte, kaputte Mobiliar, das die Tommies nicht beschlagnahmt hatten, hinausgewuchtet, um dann Zimmer für Zimmer mit neuen Tapeten und Möbeln auszustatten, Bäder auf jeder Etage und eine neue Zentralheizung einzubauen. Die Hälfte ist inzwischen renoviert und ab heute mit Feriengästen belegt. Nach und nach sollen auch die übrigen Zimmer auf Vordermann gebracht werden. Noch wohnen Flüchtlinge darin.

Adda öffnet die Tür zum Speiseraum und wirft einen Blick hinein. Der Raum ist wunderbar geworden. In drei Reihen stehen Tische, die mit Leinentischdecken, weißem Porzellan, Kristallgläsern und silbernen Armleuchtern gedeckt sind. Vor der Wand prangt ein schwarzes Klavier.

In der verglasten Veranda dahinter sieht sie die Büchervitrinen aus Eschenholz vor einer floralen Tapete, kleine Sitzgruppen aus roten Samtsesseln mit abgerundeten Formen und zierlichen Füßen vor den großen Panaromafenstern. Dagegen sind die Fremdenzimmer eher schlicht und schmucklos. Johanne mag es funktional und hat sich auf dem Festland die Möbel dafür nach ihren eigenen Wünschen bauen lassen. Sie kennt sich mit Möbeln aus. Nach dem Tod des Schwiegervaters 1943 hat sie die im Krieg unversehrt gebliebenen Möbelwerke Lock in Dresden gut zehn Jahre lang allein geleitet, bevor der Betrieb verstaatlicht wurde und sie Hals über Kopf in den Westen geflüchtet waren. »Der letzte Schrei«, hat sie stolz verkündet, als die Möbel eingetroffen sind. »Alles flexible Module, die man immer wieder erweitern und verändern kann, ohne dass gleich die komplette Einrichtung ausgetauscht werden muss.«

Adda tritt in die Küche und wird von der Küchenhilfe Magda begrüßt, einer alten Dame aus Ostpreußen. Gemeinsam mit Fritz, den zwei Hausmädchen und der Hausdame gehört sie zum Personalstamm. Johanne, die gerade dabei ist, Rote Beete für das Labskaus kleinzuschneiden, nickt Adda zu. Sie wischt sich die Hände an der Schürze ab. »Joost kommt mit der Fähre um 15 Uhr, wie unsere Gäste. Holst du ihn vom Bahnhof ab?«

Adda springt vor Freude in die Luft und ruft laut: »Joost kommt? Heute schon?« Joost war zuvor nur einmal auf Juist gewesen, zur Beerdigung ihres Großvaters.

Johanne, die unter ihrem Kopftuch Lockenwickler verbirgt, blickt sie streng an und legt einen Finger auf die Lippen. »Kein Grund, die Wände zum Wackeln zu bringen.«

Entschuldigend hebt Adda die Schultern, schließt leise die Küchentür hinter sich und stürmt aus dem Hotel. Sie kann es nicht erwarten, ihrem neuen Freund Onno von Joosts Ankunft zu erzählen.

Vor einem Monat hat sie ihn kennengelernt, als sie Muscheln gesammelt hat für den neuen Speisesaal. Sie bückte sich gerade nach einem Seestern, der ans Ufer gespült wurde, als ein Blondschopf neben ihr auftauchte. »Seesterne sind die einzigen Lebewesen, die sich einen Arm ausreißen für dich.« Adda hatte die Augenbrauen gehoben. »Aber nur im wahrsten Sinne des Wortes«, hatte er lächelnd ergänzt. Noch bevor sie verstanden hatte, was er meinte, hielt sie schon einen Arm des Seesterns in der Hand. Der Rest des Tiers stürzte sich ins Wasser und machte sich eilig davon. Adda schrie auf vor Schreck, schleuderte das abgerissene Glied von sich und traf dabei versehentlich Onno, der es reflexartig auffing.

Sie stammelte eine Entschuldigung, und Onno grinste übers ganze Gesicht. »Gruselig, nicht wahr?«, sagte er und schüttelte in gespielter Panik den fremden Arm. »Aus diesem Stück kann sogar ein kompletter neuer Seestern wachsen.« Dann ließ er den körperlosen Arm in den Sand fallen und gab ihr die Hand.

»Ich bin übrigens Onno. Onno Olsen. Aber keine Sorge, meine Hand behalte ich.«

»Da bin ich ja beruhigt«, erwiderte Adda lachend.

»Und meine Mutter erst. Die Vorstellung, dass daraus noch einer von meiner Sorte wächst« – er schmunzelte und winkte mit der Hand –, »würde ihr gar nicht behagen.« Neugierig blickte er sie an. »Du wohnst im de Tiden, nicht? Ich habe dich ein paarmal hinausgehen sehen.«

Adda nickte. »Meine Mutter ist die Wirtin. Ich heiße Adda.«

»Darf ich dir zeigen, wo du die schönsten und größten Muscheln der Insel findest?« Er deutete auf ihren kleinen Beutel, der gefüllt war mit Herzmuscheln. »Allerdings muss ich dich warnen: Wir haben eine steife Brise voraus.« Der Wind hatte aufgefrischt. Es blies heftig aus Ost, schäumende Wellen donnerten wuchtig auf den Strand.

»Also dann: Ahoi, Käpt'n«, antwortete sie. »So ein bisschen Wind macht mir nichts.«

Adda hatte wie Onno ihr Fahrrad am Dünenweg abgestellt. Gemeinsam strampelten sie auf dem unebenen Sandweg zu den Kalfamer Muschelfeldern, ans karge Ostende der Insel, wo die Nordsee und das Wattenmeer aufeinandertrafen. Auf der einen Seite grüne Salzwiesen und das Watt, das in der Sonne glitzerte; auf der anderen Seite langgestreckte Dünen.

Ohne aus der Puste zu kommen, erzählte Adda ihm, dass sie vor zwei Monaten von Dresden auf die Insel gezogen seien. Nach den Ferien würde sie die Inselschule besuchen.

»Wie alt bist du denn?«, fragte Onno unvermittelt.

»Bald vierzehn Jahre«, erwiderte sie nicht ohne Stolz.

»Schon vierzehn«, antwortete er ernst. »Was nach alter Juister Tradition bedeutet, dass ich als der Ältere ab jetzt die Verantwortung für dich trage. In den Ferien, Schule mache ich nämlich auf dem Festland.« Adda dachte an ihren Bruder, der, obwohl drei Jahre älter als Onno, gegen ihn ein solcher Kindskopf war.

Wieder entgegnete sie »Aye, aye, Käpt'n!« und fuhr ihm so schnell davon, dass er der sich selbst auferlegten Aufsichtspflicht nur unter Aufbringung seiner letzten Kräfte Genüge leisten konnte.

Seitdem hatten sie sich jeden Tag gesehen. Morgens putzte Adda die Fenster der hölzernen Veranda, nähte mit der Nähmaschine Vorhänge für die Fremdenzimmer oder half ihrer Mutter beim Saubermachen. Nachmittags, wenn Johanne ihr freigab, streifte sie mit Onno durchs Bill-Wäldchen, durch die Dünentäler und das Watt. Sie sammelten Treibgut am Strand, ganze Handwagen voll mit Kaminfutter für den Winter, Holzbretter, Bohlen und Kisten, und sie verdienten sich ein paar Pfennige durch den Verkauf von selbstgefangenen Krabben und Schollen und anderen Leckereien aus dem Watt. Die Münzen gaben sie meist schnell wieder aus, am liebsten für Dickmilch mit zerbröseltem Schwarzbrot und Zucker oder Sanddornsaft. Die Beste gab es bei Familie Jansen in der Domäne Bill am anderen Ende der Insel. Statt den weiten Weg zu laufen, segelten sie bei hohem Wasserstand mit Onnos Jolle, der Windspeel, am Juister Watt entlang und legten sich im Windschatten der Westdünen vor Anker.

»Seit ich laufen kann, bin ich mit meinem Vater ins Watt gegangen«, hatte er ihr an einem solchen Tag erzählt, als sie bereits die zweite Portion vertilgten.

»Er war Seehundjäger und kannte jeden verborgenen Weg von hier bis nach Norddeich, also jeden, der sonst dem Wasser gehört.«

»Warum ›kannte‹?«, hatte Adda gefragt.

»Weil er in Kriegsgefangenschaft gestorben ist«, hatte er geantwortet und rasch das Thema gewechselt. »Viele fürchten sich, finden es hier langweilig oder ekeln sich vor dem glibberigen Gefühl unter den Füßen.«

Sie wusste, wovon er sprach. Bevor sie nach Juist gezogen war, hatte Johanne ihr Schauermärchen von arglosen Wanderern erzählt, die, von der Flut überrascht und von den tiefen Wasserarmen in die nasse Falle gelockt, im Watt für immer verloren gegangen waren. Am schauerlichsten fand sie die Geschichte von Tjark Honken Evers. Der wollte kurz vor Weihnachten seine Eltern überraschen und bestieg, weil abends kein Schiff mehr fuhr, das Ruderboot von irgendwelchen Zollfahrern. Es herrschte dichter Nebel über dem Wattenmeer, als sie ihn am Strand von Baltrum aussteigen ließen. Doch als er nach ein paar Schritten vor einem breiten Priel stand, wurde ihm der Irrtum klar. Das, was sie im Nebel alle für den Strand gehalten hatten, war in Wahrheit nur eine Plate, eine vorgelagerte Sandbank. Er wusste sofort, dass er verloren war. Während der Pegel unerbittlich stieg, schrieb er einen so traurigen und erschütternden Abschiedsbrief in sein Notizbuch, dass sie ihn noch immer auswendig kannte: Liebe Mutter! Gott tröste Dich, denn Dein Sohn ist nicht mehr. Ich habe das Wasser jetzt bis an die Knie, ich stehe hier auf einer Plat und muss ertrinken, ich bekomme Euch nicht wieder zu sehen und Ihr mich nicht. Ich stecke dieses Buch in eine Zigarrenkiste. Ich grüße Euch zum letzten Mal. Gott, vergebe mir meine Sünden und nehme mich zu sich in sein Himmelreich. Amen. Ich bin Tjark Evers von Baltrum.

Die Zigarrenkiste wurde später auf Wangerooge angeschwemmt. Tjark Evers aber wurde nie gefunden.

Statt Adda damit vor Leichtsinn zu bewahren, impfte ihr die Geschichte eine so große Angst ein, dass sie, bevor sie Onno mit seinem angeborenen Wattkompass kennenlernte, keinen Fuß freiwillig ins Wasser gesetzt hatte. Kaum ein anderer Ort sei für ihn so voller Gegensätze, meinte er. Ebbe und Flut, Licht und Schatten, Leben und Tod.

»Für mich ist das Watt darum der schönste Platz der Welt«, fuhr er fort. »Der einzige, wo sich Zeit, Raum und Gedanken auflösen und ich …« Er brach ab. Adda fand, dass er ein wenig altklug tat für sein Alter. Doch nach einer kurzen Pause ergänzte Onno: »Und ich meinem Vater wieder nah sein kann.«

Der Gedanke, einen Platz zu haben, wo man den Verstorbenen nahe sein konnte, war schön. Aber Adda hatte keinen solchen Ort. Sie hatte den Toten gegenüber nicht einmal mehr ein Gefühl.

In Gedanken versunken geht Adda die Strandstraße hoch, vorbei an Häusern, deren Farbe von den Wänden und Holzveranden blättert wie die Erinnerung an die Verstorbenen. Das Hotel de Tiden ist im Gegensatz zum Hotel Worch, an dem sie gerade vorbeischlendert, verschont geblieben von den Bombenangriffen. Mit seiner frisch gestrichenen Holzveranda sieht es aus wie neu.

Adda hört ein Maunzen aus einem alten, verfallenen Schuppen, von dem sie nicht weiß, ob der Krieg ihn so zugerichtet hat oder er einfach nicht instand gehalten wurde, und bleibt stehen. Wieder hört sie es. Jämmerlich, ängstlich. Sie tritt einen Schritt näher und hält ihr Ohr an die schwere Holztür. Ein schlaksiger dunkelhaariger Junge, der ihre Mutter und sie schon im Kolonialwarenladen Behring bedient hat, stellt sich neben sie. »Hast du das auch gehört? Kommt aus der Baracke. Sollen wir nachschauen?« Adda zögert. Seit dem Krieg meidet sie Orte, die dunkel sind. Selbst in der Nacht brennt immer eine Lampe an ihrem Bett. Aber das Maunzen wird immer kläglicher. Sie nickt, und der Junge stößt die Holztür auf. Nacheinander treten sie ein. Mit einem lauten Rums fällt die Tür hinter ihnen zu. Adda erschrickt. Panik steigt in ihr auf. »Öffne die Tür, bitte«, stößt sie hervor, einmal, zweimal, dreimal. Da legt der Junge einen Arm um sie. »Besser so?«, fragt er. Sie windet sich aus seiner Umarmung. Doch er hält ihre Hand fest, zieht sie an sich heran und versucht sie zu küssen. Heftig stößt sie ihn von sich. Er spuckt vor ihr auf den Boden und presst heraus: »Stell dich nicht so an. Jeder weiß, dass die Frauen in deiner Familie Huren sind!« Dann reißt er die Tür auf, geht hastig hinaus und lässt sie hinter sich zufallen.

Ein kleiner Lichtstrahl fällt auf die Katze. Sie ist braun und ausgemergelt und kauert zitternd in einer Ecke. Adda fängt an zu schwitzen, ihr Puls rast, ihr Atem geht so schnell, dass das Tier neben ihr plötzlich ganz ruhig wird und sich tröstend an ihr Bein schmiegt. Adda beginnt zu husten. Ein bellender Husten, der ihren ganzen Körper schüttelt und ihr die Luft zum Atmen nimmt. Im Dunklen gewinnen die alten Schatten an Kraft. Bilder aus dem zerbombten Dresden. Die langen Kellerstunden im Arm einer Fremden, die surrenden Flugzeuge über ihnen, ohrenbetäubende Einschläge ganz in der Nähe, verkohlte Tote, das furchterregende Schreien, sie mit nichts als den versengten Kleidern am Leib auf dem Wagen, raus aus Dresden, auf dem Weg zum Bauernhof, wo sie mit anderen Kriegswaisen einquartiert wurde, weg von Mutti und Joost, ohne Lebenszeichen von ihnen. Sie konnte nicht mehr sprechen, kein Wort. Dafür saß sie Tag für Tag auf einem kleinen Hügel vor dem Haus und hielt Ausschau nach ihrer Familie, die alle bis auf Adda für tot hielten und von der sie, wie sie annehmen musste, für tot gehalten wurde. Die Villa war nur noch ein Trümmerhaufen, hatte Hannah gesagt, die noch einmal in Dresden gewesen war, um Vermisstenanzeigen für die fünfzehn Kinder aufzugeben, die ohne Eltern aufgelesen worden waren. Nach zwei Monaten auf ihrem einsamen Sandturm, ohne ein einziges Wort, ein kleiner Punkt, der größer wurde und mit ihm ihre Hoffnung. Sie wartete, bis sie mit geschlossenen Augen bis hundert gezählt hatte, stand auf, und dann erkannte sie ihn. Joost!

»Prinzessin«, rief er von weitem. Sie rannte auf ihn zu und warf sich in seine Arme. »Joost«, sagte sie heiser und rau, dann laut und deutlich, wieder und wieder. Später, auf dem Weg zu ihrem neuen Zuhause, erzählte er ihr von Großmutter, die in den Trümmern gestorben war. Wegen mir, dachte Adda und schwieg. Er erzählte von Mutti, die wegen ihres Magens seit

Wochen im Krankenhaus lag. Wegen mir, dachte Adda wieder. Und davon, wie er jeden Tag in dem Schutt der Villa gegraben hatte, um einen Beweis zu finden, dass sie nicht da unten lag. Wegen mir!, dachte sie und schaute ihn erleichtert an. Schließlich berichtete er von dem Moment, dem schönsten seines Lebens, der erlösenden Nachricht, dass seine Prinzessin lebte und in Sicherheit war. Er hatte sie gerettet.

»Joost«, schreit sie nun, immer lauter, bis ihre Stimme nur noch ein Krächzen ist. »Joost!«

Da öffnet sich die Tür, Licht erhellt den Raum, und Onno steht vor ihr.

10. Kapitel

Juist 2008, Adda

Adda radelte nach dem Frühstück die Billstraße hinunter. Sie hatte die Tischkarten aus der kleinen Druckerei im Loog abgeholt. Einem spontanen Impuls folgend, stieg sie vom Fahrrad, lief ein Stück und schlug den Weg nach rechts über den Deich ein. Je vertrauter ihr der Geruch vom Watt erschien, das immer ein bisschen nach faulen Eiern roch, desto klarer hatte sie Onnos Gesicht vor Augen. Es war bereits auflaufendes Wasser, vielleicht hatte sie Glück und Onno kehrte gerade mit einer Gruppe Wattwanderern zurück.

Adda wandte sich Richtung Meeresgrund und beschirmte die Augen mit den Händen, um nach ihm Ausschau zu halten. Es herrschte klare Sicht, und Norddeich wirkte nur einen Steinwurf entfernt.

Sie sah ihn sofort. Ausgestattet mit Schiffermütze, Seemannspullover und Spaten lief er voran in Richtung Marsch, gefolgt von einer Handvoll Wanderer. Wie beim Slalom schlängelten sie sich um die Priele, als wären es orange-weiße Pylonen. Es war kein Durchwaten mehr möglich. Das Wasser strömte bereits mit voller Wucht in die Rinnen, die den Meeresgrund durchzogen wie Adern den Körper. Nicht ungefährlich, wenn man keinen erfahrenen Wattführer dabeihatte. Sie hatte selbst erlebt, wie kleine Rinnsale in Sekunden zu reißenden Prielen wurden und einen umzingelten wie ein Rudel Wölfe ein Schaf. Bei dem Gedanken bekam sie eine Gänsehaut.

Mit Onno waren sie sicher. Er war ein Besessener. Wie ein

Kartograph notierte er penibel jede Veränderung des Meeresbodens und konnte den großen und kleinen Wasserwegen blind folgen.

Plötzlich blieb er stehen, gestikulierte wild und schwang seinen Spaten wie einen Degen, bevor er ihn in den Schlamm bohrte. Adda musste lächeln.

Nun hatte er sie auch gesehen und winkte ihr mit der Schaufel zu. Schon sein Äußeres zeigte, dass er die Nase im Wind trug. Das leicht gebräunte Gesicht war wettergegerbt und kantig, das blonde, noch immer volle Haar zerzaust. Adda winkte lächelnd zurück und wartete ein paar Minuten. Wenn Onno keine Touristen herumführte, arbeitete er an drei Tagen in der Woche mit ihr im Nationalparkhaus Kießling, das sie zusammen aufgebaut hatten. Oder sie gingen ins Watt, wateten barfuß durch den warmen Schlick und ließen sich die Fußsohlen von den welligen Rillen des dunklen Bodens massieren, wie sie es schon als Kinder getan hatten. Das Olsen'sche Reflexzonenwasserwattwandern, wie er es nannte, nicht ohne jedes Mal hinzuzufügen, dass dadurch fast alle in seiner Familie über hundert geworden seien. Dass ihr der Boden im Winter manchmal zu kalt war, um ohne Gummistiefel zu wandern, ließ er nicht gelten.

»Komm schon, ich brauche dich noch!«, sagte er dann und schielte aus den Augenwinkeln zu ihr herüber. »Einen Schritt für die Niere, noch einen für die Leber und den größten für dein Herz.« Adda ließ das letzte Wort lieber in der Luft hängen, Onnos Metaphern machten nur alles unnötig kompliziert. Stattdessen folgte sie brav seinen Anweisungen, auch wenn sie glaubte, dass die Langlebigkeit der Olsens eher dem selbstgebrannten Sanddornschnaps seiner Mutter geschuldet war, die mit über neunzig noch immer allein ihren großen Garten bestellte.

Manche Tage, wenn ihnen nach festerem Untergrund war, radelten sie zur Domäne Bill ans Westende der Insel, aßen ein Stück Rosinenstuten und besprachen neue Projekte für das Nationalparkhaus.

Onno war nie um einen Witz oder guten Ratschlag verlegen, und alles in ihm war Freundlichkeit und Wohlwollen. Aber tief in ihm drin war diese Leidenschaft, der Drang, etwas zu bewegen, vor allem sie, dachte sie manchmal, und nicht nur physisch. Sie dankte dem lieben Gott jeden Tag dafür, dass es die Arbeit mit ihm, dass es ihn in ihrem Leben gab. Ohne Onno hätte sie das späte Glück nie gefunden.

Als sie einander nun erreicht hatten, strahlte er sie aus seinen sanften, dunklen Augen an. »Ich habe mir schon gedacht, dass du kommst.«

Er ging in die Hocke und zog seine Schuhe an, während ein kleiner Blondhaariger fragte: »Stirbt hier die Flut auch bald aus wie der Stechrochen?«

»Nicht, wenn Erde und Mond weiter so schön miteinander tanzen, kleiner Mann.« Schwungvoll erhob Onno sich und fasste ihn an den Händen, um ihn einmal herumzuwirbeln.

Manchmal dachte Adda, dass Onno inzwischen selbst etwas von Ebbe und Flut hatte. Auf eine ganz besonders lässige Art strahlte er eine innere Ruhe und Lebendigkeit aus, die ansteckend wirkte. Wenn er mit Händen und Füßen von seinen Kieselalgen, Krebsen, Muscheln und Würmern erzählte, hingen seine Zuhörer stumm an seinen Lippen. Es gab nicht viele Badegäste auf Juist, die sich das vergnügliche Erlebnis eines Wattausflugs mit Onno entgehen ließen, und wohl keiner von ihnen verschwand von der Insel, ohne eine Prise Wattbegeisterung aufgesaugt zu haben. Dann wieder ging Onno ganz und gar in der friedlichen Endlosigkeit des Watts auf. Selbst wenn er erkältet war, setzten sich seine Füße in Bewegung und gingen die vertrauten Wege durchs Watt. Denn er brauchte die Stille wie sie das Licht.

Onno winkte seinen Teilnehmern nun zum Abschied zu und hakte sich bei Adda unter. Kaum waren sie ein Stück gegangen, sprudelte es bereits aus ihr heraus. Das mit ihrer Mutter und das mit Helen. Onno, der Helen bereits kennengelernt und auf Anhieb gemocht hatte, hörte aufmerksam zu.

Mit einem Seufzen hob Adda schließlich die Arme und ließ sie wieder fallen.

Onno blieb stehen und nahm ihre Hände.

»Wir sind die, für die uns die Leute halten, aber manchmal eben nicht. Als Johanne jung war, war sie arm und arbeitete im de Tiden als Mädchen für alles«, sagte er zu ihr.

Adda zuckte mit den Schultern und schaute zum Watt. Wo eben noch feste, ebene Fläche gewesen war, war jetzt alles blau. Nur ein kleiner Streifen an der Wattkante war noch trocken.

»Und jetzt ist sie eine erfolgreiche Hotelbesitzerin«, fuhr Onno fort. »Wir entscheiden selbst, wer wir sind, wer wir sein wollen. Wann wir wollen, wie lange und für wen. Ist es nicht für uns alle manchmal verlockend, uns neu zu erfinden?« Er kickte mit dem Schuh einen Stein weg. »Johanne hat sich entschieden, kein Opfer ihrer Verhältnisse zu sein und euch eine Zukunft zu bieten. Was ist verkehrt daran?«

Adda sagte lange nichts, ging schweigend neben ihm her.

»Hey, alles in Ordnung?«, fragte Onno zaghaft.

Adda nickte. »Aber warum hat sie mich belogen?« Ihre Kopfschmerzen kehrten zurück. Sie massierte sich die Stirn.

»Hat sie gelogen oder dir Dinge verschwiegen?«

Adda hob einen Stein auf und drückte ihn.

Onno nahm ihre Hand. »Du hast deinen Kindern doch auch Dinge verschwiegen, um sie zu schützen«, sagte er zögernd.

Musste er sie jetzt daran erinnern? Sie wollte protestieren, doch Onno winkte schon ab. »Tut mir leid. Du hattest jedes Recht dazu.«

Es stimmte. Sie hatte ihren Kindern vieles verschwiegen, hatte ihnen Lügen aufgetischt, um die Welt erträglicher zu machen, für die Kinder, aber auch für sich selbst. Aber was wäre die Alternative gewesen? Alle unglücklich zu machen und vielleicht sogar zu riskieren, ihre Kinder zu verlieren? Sie lachte bitter auf. Was für eine Ironie. Wie war sie nur der Selbsttäuschung erlegen, dass sie auch nur ein Stück besser war als ihre Mutter! Seufzend blickte sie auf die frischen Fußabdrücke im Watt und fragte sich, ob Johannes Vergangenheit Spuren in ihr hinterlassen hatte. War sie, Adda, ihrer Mutter vielleicht viel ähnlicher, als sie es sich eingestehen wollte?

Onno deutete auf das Watt, das nun vollständig im Wasser verschwunden war. »Schau dir das an: Geht eine Welt unter, geht eine andere wieder auf, mit vielen neuen Geheimnissen …«

Sie lachte jetzt. »Und unter Geheimnis verstehst du einen anderen Mann als meinen Vater oder irgendeine geheimnisvolle Person, die vielleicht mit mir und Helen verwandt ist, oder doch nur jede Menge neuer Segmente, Schlick und Schutt …«

»… die den Meeresboden jedes Mal auf faszinierende Weise verändern, wie Helens oder Johannes Geheimnisse möglicherweise dich«, fiel Onno ihr ins Wort. »Es gibt sie nicht, die immer gleiche, ewige Matschwüste. Oder etwas philosophischer ausgedrückt: Niemand steigt zweimal in denselben Fluss.«

Sie zuckte mit den Schultern. »Du meinst, um philosophisch zu bleiben, dass das sich Verändernde in Wahrheit das Bleibende ist?«

Onno nickte anerkennend. »Ganz genau! Helen ist ein reizendes Mädchen. Ich finde, sie verdient es, dass man sie unterstützt und nicht allein lässt bei der Suche.«

»Du hast ja recht. Und letztlich geht es auch um meine Familie, nicht wahr?«

Er nickte und drückte ihre Hand.

»Und was kann denn im schlimmsten Fall passieren? Dass eine deiner Töchter ihre Mutter ist?«

»Völlig ausgeschlossen, das wüsste ich. Aber warum kommt sie von so weit weg? Aus Neuseeland?«

Sie überlegte, ob er denselben Gedanken hatte wie sie, aber dann fuhr er fort:

»Was ist mit deinem Onkel Karl? Hat er Kinder, die als Eltern in Frage kämen?«

Sie atmete erleichtert aus. Lieber nicht daran rühren, besser, die Vergangenheit ruhen lassen, das hatten sie sich geschworen.

»Onkel Karl, daran habe ich auch schon gedacht!«, sagte sie.

Der Bruder von Addas Vaters war in den fünfziger Jahren aus der Kriegsgefangenschaft zurückgekehrt und hatte nach der Wende überraschend vor der Tür des de Tiden gestanden. Sie waren bis dahin davon ausgegangen, dass er im Krieg gefallen war. Soweit sie sich erinnerte, hatte er eine Tochter, die deutlich jünger als sie gewesen war, damals so um die dreißig. Von einem Enkelkind hatte er nichts erzählt.

»Das muss ich herausfinden. Wir haben seit zwanzig Jahren keinen Kontakt mehr.« Was ihr im Gedächtnis geblieben war, war sein seltsames Verhalten am Abend seiner Ankunft gewesen, als sie ihn durchs Hotel geführt hatte. Johanne und Eduard waren irgendwo auf dem Festland auf einer Messe gewesen, und so hatte sie ihm selbst von den Kriegs- und Nachkriegsjahren in Dresden und von Johannes Arbeit in den Möbelwerken und der Flucht 1952 erzählt. Von einem Augenblick auf den anderen war er ganz einsilbig geworden und hatte sich abrupt zu Bett verabschiedet. Am nächsten Morgen war er weg, ohne ein Wort des Abschieds oder einer Erklärung, und blieb auch danach unerreichbar für sie. Bis heute wusste Adda nicht, was ihn so verstimmt haben konnte.

»Und Joost, was ist mit ihm?«, riss Onno sie aus ihren Gedanken. »Ist es nicht vielleicht doch möglich?«

Adda stutzte. »Das glaubst du doch selbst nicht, oder?«

11. Kapitel

Juist 1952, Adda

Adda sieht prüfend zum Himmel. Über ihr ist alles grau in grau, aber von Osten schimmern schon blaue Streifen durch. Das Wetter wird besser. Erleichtert atmet sie aus. Sie hat Joost so gerne und will, dass alles perfekt ist für ihn.

Vor dem Inselbahnhof stehen Kutscher neben ihren Gespannen und unterhalten sich. Kofferträger mit schwarzen Uniformmützen stehen etwas abseits und warten ebenso auf Arbeit.

Am Gleis drängen sich Freunde, Vermieter und der Assistent von Foto Brunke, der die ersten Aufnahmen machen will, und warten auf ankommende Gäste.

»Danke, dass du mich vorhin gerettet hast«, sagt Adda in das Pfeifen der einfahrenden Lok hinein. »Ich kriege Panik im Dunkeln.«

Onno sieht sie lächelnd an. »Wer nicht?«

Kaum strömen die ersten Neuankömmlinge aus dem Zug, werden sie in alter Tradition von der johlenden Menge mit »Oh, wie blass …« oder »Hut ab!« empfangen. Schon morgen würden die Blassen selbst Spalier stehen und sich rotgesichtig über die noch Blasseren mokieren. Aufgeregt tritt Adda von einem Fuß auf den anderen. Im letzten Waggon entdeckt sie ihn endlich. Freude durchrieselt sie. Sie zupft Onno am Ärmel. »Schau«, sagt sie. »Das ist mein Bruder.«

Joost ist gerade dabei, einen Handkoffer von der Gepäckablage zu nehmen und einer jungen Frau zu überreichen, die ihn unverhohlen anstarrt. So ist es immer. Joost gehört zu der

Sorte Mann, die Damen jeden Alters um den Finger wickelt. Er sieht zweifellos gut aus, älter als seine knapp siebzehn Jahre, mit wachen grünen Augen und edlen Gesichtszügen, zum Sterben schön, wie die von Gregory Peck. Das sagen ihre Freundinnen aus Dresden über ihn. Doch Joost ist ein hoffnungsloser Fall. Wie ein flatternder Vogel umkreist er eine Frau, bis ihr ganz schwindelig wird, nur, um direkt zum nächsten Ast zu hüpfen.

Adda wippt auf den Zehen, sie winkt ihm zu, aber Joost sieht sie nicht. Er steigt vor seiner Reisebekanntschaft aus, lässt sich den Handkoffer von dem Mädchen reichen und hilft ihr dann die Trittstufen hinunter. Sie kichert und verschwindet in der Menge. Lange blickt er ihr hinterher, dann sieht er Adda, die wie wild mit den Armen wedelt. Ein Strahlen geht über sein Gesicht. Er läuft auf sie zu und drückt sie fest an seine Brust.

»Meine kleine Prinzessin! So rosig«, ruft er lachend aus, als er sie von sich wegschiebt und ihr in die Wangen kneift. »Zu viele Krabben oder nur die gute Nordseeluft?«

Es stimmt, sie hat ein paar Kilo zugenommen, seit sie auf Juist leben, und der schlimme Husten, der sie so ausgezehrt hatte, meldet sich dank des lungenfreundlichen Klimas nur noch selten.

Überschwänglich küsst Joost sie auf beide Wangen. »Wunderbar siehst du aus.« Er riecht nach dem Rauch der Lokomotive.

»Und bei dir scheint alles wie immer«, antwortet Adda lachend, als ein Mädchen sich nach ihm umdreht. »Ein Schwarm Fräuleins hinter dir, egal, wohin du schwimmst«, sagt sie.

Joost stupst sie in die Seite. »Du kennst mich doch.« Er seufzt. »Ich suche die Liebe nicht, sie überfällt mich.«

Adda rollt mit den Augen und dreht ihren Kopf zu Onno, der neben ihr steht.

Onno tritt einen Schritt vor und grinst. »Ich wünschte, ich könnte irgendwann dasselbe über mich sagen.«

»Mein Freund Onno«, stellt Adda ihn vor, und die beiden

geben sich die Hand, »der so viel Zeit im Watt verbringt, dass ihn wohl eher eine Horde Krebse überfällt als die Liebe.«

»Oder Seesternenarme«, erwidert Onno. »Je nachdem, was deine Schwester gerade in der Hand hält, um mich damit zu überfallen oder abzuwerfen.« Joost klopft ihm kameradschaftlich auf die Schulter und sagt ohne Ironie in der Stimme: »Ich freue mich, dass Adda jemanden gefunden hat, der sich von ihrer Spottlust nicht ins Bockshorn jagen lässt.«

Adda streckt beiden die Zunge raus: »Ihr habt euch aber schnell gegen mich verbündet!«

»Wir wollen unseren Fratz doch gar nicht anders haben, oder, Onno?«, witzelt Joost und gibt seiner Schwester einen Kuss auf die Wange.

Kopfschüttelnd lachen die beiden sich an und nehmen Adda in die Mitte. An ihnen vorbei rattert die Kutsche des de Tiden, beladen mit neuen Gästen. Auf dem Bock sitzt Fritz, der sich an die Mütze tippt, als er sie sieht. »Das sächsische Fräulein mit Entourage«, sagt er und imitiert dabei Addas Akzent. Dann berlinert er: »Soll ik die Herrschaften mitnehmen?«

Adda guckt ihn böse an, und Joost antwortet an ihrer statt: »Die Herrschaften«, erwidert er in gestochenem Hochdeutsch, »ziehen es vor, den Weg per pedes apostolorum zurückzulegen.«

Zu ihrer Überraschung sieht sie, wie Fritz anfängt zu lachen und ihren Bruder mit einem interessierten Blick mustert. »Fac quod vis.«

»Tu was du willst!«, übersetzt Joost und lächelt Fritz an. »Der Berliner quasselt Latein.«

Als sie wenig später im Hotel eintreffen, ist der Sektempfang bereits in vollem Gange. Im Foyer stehen die gerade eingetroffenen Hotelgäste sowie andere Hoteliers und Juister Granden, trinken ein Gläschen Sekt und warten darauf, dass Johanne ein paar Worte an sie richtet. Adda denkt, dass Johanne nicht hierherpasst. Sie sieht so anders aus als die anderen Frauen, so schick und schön in ihrem roten plissierten Cocktailkleid und mit ihren kunstvoll hochgesteckten Haaren wie aus einem Pariser Friseursalon. Und sie scheint nicht zu merken, wie alle Blicke, die begehrlichen und neidischen, auf sie gerichtet sind. Kurz nickt sie ihren Kindern zu und klopft dann mit einem Messer gegen ihr Glas.

»Bei uns auf Juist«, beginnt sie ihre kurze Rede, »dreht sich alles um Watt, Wasser, Wind und Wohlbefinden. Jeder, der schon einmal hier war, will zurück auf die Insel – besonders nach den langen Jahren des Krieges, des Hungers und der Armut. Und die Juister Hoteliers machen sich bereit für den Ansturm. Ich freue mich sehr, dass auch das Hotel de Tiden mit zweiundvierzig Zimmern, von denen bereits die Hälfte renoviert ist, nach mehr als zehn Jahren Pause sein Scherflein dazu beitragen kann. Darauf, dass sich alle Gäste stets willkommen und wohl bei uns fühlen, möchte ich mit Ihnen anstoßen. Auf unser schönes Juist, auf das Hotel de Tiden, auf unsere Gäste, die ich herzlich willkommen heiße.« Sie streckt ihr Sektglas nach vorne. »Zum Wohl.«

»Zum Wohl«, pflichtet die Menge ihr bei. Adda beobachtet ihre Mutter und sieht bei ihren Worten nicht das erwartete Aufblitzen von etwas wie Stolz, sondern eher von Traurigkeit.

Erst nachdem Johanne jeden einzelnen Gast persönlich begrüßt hat, geht sie auf Joost zu und streckt ihm förmlich die Hand hin. Ihre Augen glänzen. »Mein lieber Junge, schön, dass du da bist.«

Joost strahlt seine Mutter an und geht einen Schritt auf sie zu. »Toll, was du hier geschafft hast, Mutti!« Er nimmt ihr das Glas aus der Hand. »Auf das de Tiden!«, sagt er und leert es mit einem Zug.

Kurz legt sie ihm eine Hand auf die Schulter. Dann bedeutet sie Adda und Onno, ihr zu folgen, und drückt beiden ein Tablett mit Sektgläsern in die Hand. »Verschüttet nichts, der Sekt hat mich ein Vermögen gekostet.«

Johanne verstummt, als ihr Blick auf Joost fällt. Neben ihm steht Fritz mit einer Flasche in der Hand, aus der er sich und Joost großzügig nachschenkt.

Adda reicht einem grauhaarigen Herrn ein Glas. »Erstaunlich, was deine Mutter aus der Bretterbude gemacht hat. Wenn das der alte Okke sehen könnte.«

»Wer ist Okke?«, fragt Adda neugierig. Der Herr schüttelt bedauernd den Kopf. »Der ist von einem auf den anderen Tag verschwunden.« Bevor sie weiterfragen kann, steht ihre Mutter neben ihr und zieht sie weg. »Setz dich bitte ans Klavier und zeig den Insulanern, dass ihnen etwas Kultur nicht schaden wird!«, sagt sie und zwinkert ihr zu.

Dann klopft sie wieder an ihr Glas und bittet die Gäste in den Speiseraum.

Als Adda ihren kleinen Auftritt unter lautem Beifall hinter sich gebracht und sich die Versammlung aufgelöst hat, gehen Joost und Adda in die Küche zum Essen. Ein schwarz gekleidetes junges Hausmädchen mit weißer Spitzenschürze und einer in Wellen gelegten Frisur schüttet heißes Wasser in eine blumige Teekanne. Aus dem Fenster sehen sie, wie Onno aufs Fahrrad steigt und wegradelt.

»Er ist nett«, sagt Joost und grinst. »Ihr solltet heiraten, wenn ihr groß seid.«

Adda schaut ihn an. »Bist du verrückt? Ich will nicht heiraten, niemals. Ich will arbeiten wie Mutti und irgendwann mit dir zusammen das Hotel führen.«

»Das sagst du jetzt.«

Erbost schüttelt sie den Kopf.

»Ich will doch nicht, dass jemand über mich bestimmt und ich bei allem um Erlaubnis fragen muss!«, erwidert Adda trotzig.

Joost tritt langsam zur Seite, um das Hausmädchen mit dem Teetablett vorbeizulassen, lächelt sie an und macht einen Diener. »Bitte, schönes Fräulein.« Das Mädchen ist so in Joosts Blick versunken, dass sie den Tee verschüttet. Joost nimmt ein Tuch und wischt die Flüssigkeit vom Tablett, ohne die Augen von ihr zu nehmen. Sie wird rot und verlässt eilig den Raum.

Adda schmunzelt. »Genau das meine ich. Entweder Beruf oder Mann, beides geht nicht. Mutti hat schließlich auch keinen Mann.«

Von den Fenstern fällt Licht auf das neue Küchenbuffet. Joost stellt sich davor und betrachtet ein gerahmtes Foto, das auf der Anrichte steht – vermutlich erst seit kurzem. Adda ist es jedenfalls noch nicht aufgefallen. Jetzt folgt sie Joosts Blick.

Eine Gruppe junger Menschen steht vor einem großen kastenförmigen Gebäude. Die Jungen tragen Baskenmützen, Knickerbocker und blaue Blazer, die Mädchen graue Röcke. »Aber das war sicher nicht immer so.« Joost deutet auf einen Jungen in der Mitte des Bildes. »Das ist Vater.«

Adda reißt ungläubig die Augen auf. Noch nie hat sie ein Foto ihres Vaters gesehen. Sie war davon ausgegangen, dass alle Familienfotos in den Trümmern der alten Villa verbrannt sind. Sie sieht genau hin. Ihr Vater sieht gut aus. Er hat dieselbe Frisur wie Joost und sieht ihm auch sonst ähnlich, findet sie. Ihr läuft ein Schauer über den Rücken. Das ist er also. Sie hat ihn sich viel schnittiger vorgestellt, merkt sie, in Uniform und irgendwie erwachsener.

In diesem Moment öffnet sich die Tür, und Johanne tritt ein. »Endlich sind wir wieder zusammen«, sagt sie und strahlt Joost an.

Sie essen Labskaus, Joosts Leibspeise, die Mutti manchmal in Dresden gekocht hat, als es ihnen wieder besser ging. Auch Adda liebt dieses Gericht aus Roter Beete, Rollmöpsen und Pökelfleisch.

»Schling nicht so, mein Fräulein«, sagt Johanne streng, »und iss manierlich. Die Gabel zum Mund, nicht den Mund in den Teller.«

Adda zuckt zusammen. Obwohl sie nicht mehr hungern muss, stopft sie das Essen noch immer in sich hinein, als hänge ihr Leben davon ab. »Entschuldige, Mutti«, sagt sie und setzt sich aufrecht hin.

Je mehr sie nach dem Krieg hatten Not leiden müssen, desto mehr Wert hatte Johanne auf gutes Benehmen gelegt. *Unser Anstand ist das Einzige, was man uns nicht nehmen kann*, wiederholte sie gebetsmühlenartig. Adda fand, sie vergaß dabei, dass Anstand das Erste war, das auf der Strecke blieb, wenn man hungerte, fror oder mit Fremden auf engstem Raum zusammengepfercht wurde. Gleich nach dem Krieg zogen sie zum verwitweten kahlköpfigen Wehrmachtsoffizier Lubick und seinen beiden Töchtern in die Südstadt. Fünf Zimmer hatte die Wohnung im dritten Stock; die beiden zur Straße bewohnten die Lubicks, die anderen zum Hof die Eberts mit ihrem zehnjährigen Sohn Peter sowie Berta Jahnke mit Baby und ihrer alten Mutter Gertrud aus Schlesien. Den kleinsten Raum bewohnten Johanne, Adda und Joost. Aus der Firma, die den Krieg unversehrt überstanden hatte, brachte ihre Mutter Regale und ein Holzgestell mit, auf das sie zwei Matratzen legten. Sie besaßen nicht viel, um die Regale zu füllen, nur ein paar Kleider, die Johanne aus alten Stoffproben aus der Firma genäht hatte, und ein paar Bücher mit versengten Seiten, die sie in irgendwelchen Trümmern gefunden hatten. Die Stimmung unter den Bewohnern war angespannt. Dem Ebertsohn trauten sie nicht über den

Weg. Sie hatten ihn im Verdacht zu klauen, denn immer wieder verschwanden Sachen, Knöpfe oder Seifen, so dass sie begannen, ihr Zimmer zu verbarrikadieren. Berta Jahnke umwehte eine stille Traurigkeit, die Adda Angst machte. Sie sprach kaum je ein Wort und schwebte wie ein einsamer Geist durch die Wohnung. Nur wenn sie Russisch hörte, im Radio oder auf der Straße, zuckte sie und krümmte sich zusammen wie ein Kind. Um ihren kleinen Sohn kümmerten sich die anderen; meist lag er in der Küche vor dem Ofen und schlief. Und der Lubick, der brüllte ständig, als befehligte er noch immer eine Kompanie. Er brüllte, wenn die Kinder tobten, wenn die schwerhörige Frau Jahnke zu laut Grammofon hörte oder wenn kein Wasser für den Abwasch da war. Das Einzige, was ihn bei Laune hielt, war der wechselnde Damenbesuch. Dann schickte er seine Töchter Sabine und Hilde zu Adda und schloss die Tür ab. Johanne ließ ihn ihre Verachtung spüren: »Schamlos, vor den eigenen Kindern!«, zischte sie ihm immer wieder zu. Die Wasserleitungen waren kaputt, für jeden Tropfen Wasser mussten sie in den Keller laufen, zum Kochen, zum Spülen von Geschirr oder Toilette. Adda wollte lieber sterben, als einen Schritt in das dunkle Verlies zu setzen, und blieb stur, egal, wie böse der Lubick mit ihr wurde. Manchmal wartete sie mit dem Toilettengang einen ganzen Tag auf Joost, bis er ihr Wasser holte.

Schon der erste gemeinsame Winter war bitterkalt. Es gab nur einen kleinen Kanonenofen, der in der Küche stand und um den sich alle drängten. Von dem, was es für die Essensmarken gab, wurde niemand satt. Die Bewohner ernährten sich von Kartoffelschalen, Mehlsuppe oder Milchgrütze und tranken Muckefuck aus Pflanzenwurzeln, und wenn Adda Glück hatte, warf die alte Frau Jahnke ihr ein Stück Zuckerrübenschale zu, auf dem sie so lange herumkaute, bis sie Blut auf den Lippen schmeckte. Die Alte hatte eine geheimnisvolle Quelle, schnitt jeden Tag eine Handvoll Zuckerrüben in dicke Scheiben und kochte sie zu Rübenmus für ihr Enkelkind. Einmal war die Elbe voll toter Fische. In Scharen kamen die Leute ans Ufer gerannt, mit großen Körben, und sammelten so viele der stinkenden Kadaver ein, wie sie packen konnten. Auch Johanne brachte einen großen Eimer und lud alle Familien zum Festessen ein. »Der Hunger wird's schon reintreiben«, sagte sie, als sich der Lubick über den Gestank beschwerte, und schob seinen Teller dem jungen Ebert hin, der sie glücklich anlächelte.

Mit gewohnter Zähigkeit ging Johanne jeden Tag in die Möbelwerke Lock und ließ wieder Möbel statt Munitionskisten bauen. Es war so vieles kaputtgebombt worden, dass die Menschen irgendwann preiswerte Schränke, Tische und Betten brauchen würden, davon war Johanne überzeugt. Da es aber kaum noch Schreiner, geschweige denn überhaupt Männer gab, heuerte und lernte sie die Eberts, Berta Jahnke und ein paar andere Frauen an, denen sie Lohn in Aussicht stellte für den Moment, in dem die ersten Bestellungen und Zahlungen eingegangen sein würden.

Währenddessen schlichen Adda und Joost in Schrebergärten, statt in die Schule zu gehen, und klauten Äpfel, Kürbisse oder Kartoffeln. Oder sie »besorgten« Kohle. Während ihr Bruder auf die Kohlenwaggons sprang und die Brocken hinunterwarf, stand Adda mit dem Kinderwagen von Frau Jahnke unten und sammelte die Kohle auf, über die sie anschließend eine schwere Decke drapierte. Als Tarnung legte sie eine Puppe darauf und spazierte seelenruhig nach Hause, mitten durch das riesige Trümmerfeld der Altstadt. Ihre Mutter hatte keine Ahnung, was Joost und sie trieben. Hätte sie es gewusst, sie hätte ihnen den Hintern versohlt, und Adda fragte sich einmal mehr, wie man von Anstand satt werden sollte.

Einmal erwischte Adda die ältere Tochter Hilde vom Lubick

in ihrem Zimmer, wie sie gerade den Silberkamm ihrer Mutter in ihrer Tasche verschwinden lassen wollte. Hilde flehte sie an, ihrem Vater nichts zu sagen, und Adda hielt still.

Dann kam der zweite Nachkriegswinter. Überall türmte sich der Schnee, die Elbe war zugefroren, und es war zeitweise so bitterkalt in der Wohnung, dass ein Glas Wasser in einer halben Stunde zu Eis gefror. In diesen Wochen hatten sie oft gar nichts zu essen und froren sich fast zu Tode, weil sie das Haus nicht verlassen konnten und die Kohle viel zu schnell aufgebraucht war.

Sie schliefen zu dritt in einem Bett, in mehrere Lagen Kleider und Decken gehüllt. Irgendwann ging es Adda so schlecht, dass sie nicht mehr aufhören konnte zu frieren und zu husten. Das Fieber stieg, und sie kam wegen Tuberkulose ins Krankenhaus. Das Letzte, an das sie sich erinnerte, bevor sie in einen langen, heilenden Schlaf fiel, war das traurige Gesicht von Johanne, ihre Silhouette am Türrahmen.

Danach ging es aufwärts.

Sie zogen um. Johanne hatte einen Bauernhof in Radebeul mit neuen Möbeln ausgestattet und im Gegenzug eine kleine Kate bekommen, die auf dem gleichen Grundstück stand. Weil Geld keinen Pfifferling wert war, begann Johanne auf Bestellung Tische, Betten und Schränke zu bauen und gegen Schinken, Kartoffeln, Milch, Holz und später gegen Schmuck zu tauschen. Und endlich wieder ein Klavier, auf dem Adda von einem ausgebombten Pianisten aus Ostpreußen unterrichtet wurde – für eine warme Mahlzeit.

Mit dem jungen Schneider hatte Johanne einen neuen Vorarbeiter gefunden, der Holzspäne zu Gold spinnen konnte, wie sie schwärmte, und sie genoss den neuen Wohlstand. Die Möbelwerke Lock florierten wieder. Adda war neugierig auf das Rumpelstilzchen. Doch wie schon früher verbot Johanne ihr den Zutritt zur Firma. »Arbeit ist nichts für Mädchen.«

Eines Tages war Joost weg, in einem Internat im Odenwald. Adda erfuhr später, dass ihre Mutter herausgefunden hatte, dass sie beide gestohlen hatten. Hilde hatte sie verraten. Für ein paar Eier.

Joost schiebt sich einen Bissen in den Mund.

»Das Buffet, Mutti«, sagt er, nachdem er heruntergeschluckt hat, »sieht aus wie das, was in unserer Kate stand.« Er steht auf und wischt mit dem Finger über die weiße Kachelwand der Anrichte. »Selbst die Kacheln sind identisch.«

Adda betrachtet das Möbelstück genauer und muss Joost recht geben. Sogar der geschliffene Stern in der Glasscheibe der mittleren Tür ist der gleiche. Adda ist das bisher gar nicht aufgefallen, sie freut sich über die Entdeckung. Nachdem sie bis auf ein paar Klamotten alles auf ihrer Flucht hatten zurücklassen müssen, fühlt sich dieses Stück Dresden in der Küche fast ein bisschen wie Heimat an.

»Darum solltest du Architektur studieren«, erwidert Johanne. »Der Schrank ist eine exakte Nachbildung. Du hast ein gutes Auge für Formen, Proportionen und Details. Was mich zu der Frage führt, was das Abitur macht. Du hast nur noch ein Jahr, wie ist dein Zeugnis ausgefallen?«

Ohne darauf einzugehen, nimmt Joost das Foto von der Anrichte und hält es Johanne hin.

»Ich habe Adda Vater gezeigt«, sagt er und schaut die Mutter provozierend an. Er stellt das Foto wieder hin und nimmt sich ein Bier aus dem Kühlschrank. Johanne ist stolz, dass das de Tiden als einziges Hotel auf der Insel einen besitzt, alle anderen müssen ihr Eis im Winter in den kleinen tiefgefrorenen Seen in den Dünen schlagen, um ihren Gästen auch im Sommer Unverdorbenes anzubieten.

»Mutti, warum hast du mir nie von ihm erzählt?«, fragt

Adda. Sie versucht, ihrer Mutter in die Augen zu blicken, um ihr eine Antwort zu entlocken.

Aber Johanne starrt regungslos auf ihren Teller und erwidert scharf: »Es gibt nichts zu erzählen. Er ist tot. Wem nützt es, zurückzublicken.« Sie steckt sich eine Zigarette an, obwohl ihr Teller noch halb gefüllt ist. Dann räuspert sie sich. »Nun wollen wir es aber wieder schön haben, nicht wahr?«

Adda weiß, dass es besser ist, es dabei bewenden zu lassen. Doch übermannt von Neugier und Mut, fragt sie dennoch weiter. »Hast du noch mehr Fotos von Vati?«

Ein paar Augenblicke vergehen, bevor ihre Mutter reagiert.

»Was sollen die ollen Kamellen, Adda?«, fragt sie gereizt. »Warum quälst du mich so?«

Sie starrt aus dem Fenster, nimmt einen tiefen Zug und fasst sich theatralisch an den Bauch, wie immer, wenn ihr etwas nicht schmeckt.

Bei Adda rührt sich sofort das schlechte Gewissen. Ein Dunstschleier hängt unter der Decke, und Adda versucht, den Rauch vor ihren brennenden Augen wegzuwedeln.

»Entschuldige, Mutti.«

Eine Zeitlang schweigen sie sich an. Vielleicht hilft der Witz, den Onno Joost und ihr vorhin erzählt hat, um die Stimmung aufzulockern?

»Weißt du eigentlich, Mutti, warum es Ebbe und Flut gibt?«

Johanne reagiert nicht und schaut weiter aus dem Fenster.

»Weil das Wasser Reißaus genommen hat, als es den kleinen Ausrufer zum ersten Mal gehört hat.«

Der kleine Ausrufer, der gleichzeitig Wattführer ist, ist eine Institution auf Juist, nicht nur wegen seines seltsamen Aussehens. Inzwischen steinalt, verkündet er noch immer laut schreiend die neuesten Nachrichten und Veranstaltungen. Und wenn er einmal in der Saison in Frack und Zylinder, mit einem Röschen im Knopfloch, auf einem Schimmel die Strandstraße entlangreitet und sein Jubiläum feiert, stehen Kurgäste und Insulaner laut klatschend Spalier.

Wieder verzieht Johanne keine Miene. Joost räuspert sich, und ihre Mutter wendet sich ihm zu.

»Und nun schaut das Wasser einmal am Tag nach, ob der kleine Schreihals immer noch da ist«, beendet er den Witz, ohne zu lächeln, und nimmt einen Schluck Bier.

Johanne lacht plötzlich. »Nicht mehr lange, Joost. Alfred Behring übernimmt nächste Woche sein Amt.« Sie drückt ihre Zigarette im Aschenbecher aus.

Wie so oft fragt sich Adda, was an Joosts Worten und Gedanken so viel interessanter ist als an ihren.

Joost schaut hoch. »Ist der mit dem Kolonialwarenheini Behring verwandt?«, fragt er. Seine Aussprache ist etwas undeutlich. Er wirkt angetrunken.

Johanne schüttelt den Kopf.

Dann sagt Joost etwas, das Adda ihm anvertraut hat. »Sein Sohn hat Adda geküsst.« Ist er noch bei Sinnen?

Johanne reißt den Kopf herum und schaut Adda böse an: »Bist du wirklich so dumm?«

Sie holt sich zitternd eine weitere Zigarette aus der Packung.

»Adda hat ihn weggestoßen«, beschwichtigt Joost und fischt sich ebenfalls eine Zigarette heraus. Er gibt seiner Mutter und sich Feuer. Dann betrachtet er Johanne seltsam prüfend, als er einen tiefen Zug nimmt: »Alle Frauen in der Familie sind Huren, hat er gesagt, und dass das jeder auf der Insel weiß.«

Johanne wird kreidebleich, lässt ihre Zigarette fallen und verschwindet ohne ein Wort aus der Tür.

12. Kapitel

Juist 2008, Helen

Helen setzte sich auf die Kaimauer des Hafens und ließ den Blick schweifen. Das Meer war trüber, dunkler als zuhause, die Wolken hingen zusammen wie eine verschneite Bergkette aus Watte. Selbst die Luft war ungewohnt kräftig, viel trockener und salziger, ein bisschen wie das Heilwasser, das sie als Kind bei verstopfter Nase hatte inhalieren müssen. Sie atmete tief ein und merkte, wie gut es ihrem leicht dröhnenden Kopf tat. Langsam gewöhnte Helen sich an das Klima der Insel und das der Menschen hier. Sie blickte auf die Uhr. Es war fünf vor zwölf, gleich Mittag. Rasch tippte sie eine Nachricht an ihre Mum, bevor es in Neuseeland mitten in der Nacht sein würde. Bisher hatte sie nur die Mailbox erreicht. Als sie aufblickte, sah sie Marijke ein paar Meter von ihr entfernt stehen. Sie blickte durch das lange Teleobjektiv ihrer Kamera und machte Aufnahmen von einer jungen Frau, die an der Kaimauer lehnte, während ihr ein gleichaltriger Mann über die Wange strich.

Helen überlegte, ob sie einfach auf sie zugehen sollte. Was hatte sie zu verlieren? *Take a chance on me …*, ging es ihr durch den Kopf. Dieser verdammte Song! Als ob es so einfach wäre. Doch sie wurde diesen Ohrwurm einfach nicht mehr los.

Gestern auf dem Weg vom Strand zurück ins de Tiden war sie an einem Kinoplakat vorbeigekommen: Im Inselkino lief *Mamma Mia* mit Meryl Streep. Aus einer spontanen Regung heraus hatte sie sich ein Ticket gekauft, ohne zu wissen, um was es bei dem Film ging. Sie mochte die Schauspielerin. Schon nach den ersten Minuten hatte sie fluchtartig den Saal verlassen. Zwischen ABBA-Songs und schlichten Dialogen versuchte eine hübsche Blondine gut gelaunt zu klären, welcher der zu ihrer Hochzeit angereisten Männer sie gezeugt hatte. Als wäre das mit der Elternsuche eine Riesenparty, dachte Helen und beobachtete, wie sich Marijke nun mit einigem Abstand hinter eine Bank stellte, auf der ein älteres Paar saß und Zeitung las. Sie kniete sich hin, wartete einen Moment und drückte auf den Auslöser. Der Moment wirkte intim, aber gleichzeitig wahrte Marijke eine respektvolle Distanz. Und genau so sahen auch die Fotografien aus, die Helen gestern von ihr entdeckt hatte, als sie auf ihrem Zimmer im de Tiden noch ein wenig vor dem Schlafengehen im Internet gesurft hatte. Was die Kießlings davon hielten, dass sie hier wohnte, war ihr inzwischen egal. Sie hatte Adda auf ihrer Seite. Außerdem war sie neben dem Hauptgebäude untergebracht, in einer kleinen Backsteinvilla, die früher mal ein eigenes Hotel gewesen war. Das de Tiden war so weitläufig, dass man sich problemlos aus dem Weg gehen konnte, und trotzdem klein genug, um mehr über die Familie herauszufinden.

Während sie das Familienporträt betrachtete, das sie auf der Internetseite des Hotels gefunden hatte, lief ein Mix aus alten Indie-Folksongs, den Alex ihr zusammengestellt hatte. Sie vergrößerte jedes einzelne Gesicht. Die kleine, gerade Nase von Theda entsprach ihrer am ehesten; das Grübchen im Kinn bei Marijke, das hatte sie auch, wenn sie lächelte, und die Art, die Lippen zu schürzen, teilte sie mit Frauke. Eigentlich aber erkannte sie sich in keiner von ihnen. Sie stellte die Musik leiser und stand auf. Dann lief sie in ihrem Zimmer auf und ab. Ob trotzdem eine der drei Schwestern ihre Mutter war? Wieso gab sie sich dann nicht zu erkennen? Sie schob die Frage beiseite. Um das Warum könnte sie sich später noch Gedanken machen, jetzt musste sie erst einmal jede Chance nutzen, um ihrer Mutter auf die Spur zu kommen, pragmatisch und rational. Sie seufzte tief. Mal angenommen, es war eine der drei Schwestern – welche war lange genug fort gewesen von der Insel, von der Familie, dass ihre Schwangerschaft und Helens Geburt verborgen geblieben sein könnte? Sie setzte sich wieder hin und gab einen Namen nach dem anderen ein. Zuerst versuchte sie es mit Theda. Aber das Einzige, was sie fand, war ein Foto im *Ostfriesenkurier* von ihr und dem Juister Shantychor bei einem Auftritt auf dem Gallimarkt in Leer vor zwei Jahren. Dann probierte sie es mit Frauke. Kein Eintrag. Der Gedanke, dass die Insel oder besser die Insulaner selbst für das Internet mehr oder weniger ein weißer Fleck waren, ließ Helen schmunzeln. Sie fühlte sich an zuhause erinnert, wo man sich halb selbstironisch, halb verzweifelt darüber mokierte, dass Neuseeland auf vielen Weltkarten schlicht vergessen wurde.

Als sie Marijkes Namen eintippte, waren plötzlich Hunderte von Einträgen aufgeploppt. Offenbar war sie eine international erfolgreiche Fotografin. Einige der Motive kannte Helen tatsächlich schon – Porträts berühmter Schauspieler oder Politiker –, andere waren ihr neu. Die Bilder wirkten kraftvoll und geheimnisvoll. Fast als würde man sie durch einen halbdurchsichtigen Spiegel betrachten, der einem zwar den Blick auf die fotografierte Person ermöglichte, aber auch immer sein eigenes Bild zurückwarf – als würde man sich in der Betrachtung eines anderen immer auch die Frage nach der eigenen Identität stellen.

So wie jetzt, dachte sie, als sie Marijke gebannt beim Fotografieren zusah. Helen seufzte. Ihr selbst schien diese Hingabe abzugehen. Nach der Korrektur eines ihrer Artikel hatte ihr Journalistik-Professor Helen einmal gesagt, dass sie zwar über Talent verfüge, aber mit Tinte statt mit Herzblut schreiben würde. Und dass sich dies nicht ändern ließe, solange man sich selbst fremd bliebe. *Take a chance on me*, summte es wieder durch ihren Kopf. Warum nicht? Sie löste sich aus ihrer Erstarrung und ging mit entschlossenen Schritten auf Marijke zu.

Als sie sie gerade von hinten antippen wollte, drehte Marijke sich zu ihr um, als habe sie ihren Blick gespürt, und drückte auf den Auslöser. »Hallo, Helen«, sagte sie, ohne die Kamera runterzunehmen. »Darf ich?«

Helen fühlte sich überrumpelt und hielt sich die Hand vors Gesicht. »Eigentlich nicht«, antwortete sie unsicher.

Marijke ließ rasch die Kamera sinken. »Entschuldige, ich wollte dir nicht zu nahe treten.«

»Alles gut«, erwiderte Helen. »Wollen wir uns kurz setzen?«

Sie ließen sich auf einer freien Bank nieder, und Helen fragte sich bang, was sie als Nächstes sagen sollte. Doch Marijke schien eine solche Scheu nicht zu kennen.

»Was machst du hier?«

»Ich treffe gleich deine Mutter.« Helen deutete auf ein Fahrrad. »Sie will mir die Insel zeigen.«

»Mit dem Fahrrad? Bei dem Wind?«, fragte Marijke stirnrunzelnd. »Das wäre nichts für mich.« Windig fand Helen es eigentlich nicht.

Ein Stück neben ihnen küsste sich leidenschaftlich das junge Paar, das Marijke eben noch abgelichtet hatte. Erneut nahm sie die Kamera hoch und drückte genau in dem Moment auf den Auslöser, als die Frau sich ruckartig von ihrem Freund löste.

»Ich gebe den Turteltauben keine Woche mehr.« Marijke zog eine Grimasse.

»Meinst du?«, fragte Helen erstaunt.

»Leider sieht man die Menschen durch die Linse klarer und schärfer, als einem lieb ist.«

»So wie durch eine Lupe?«, fragte sie. »Das ist doch sicher

manchmal beklemmend, den Menschen so in die Seele zu schauen?«

Marijke holte tief Luft. »Da sagst du was. Aber gottlob liegt zwischen mir und ihnen ja immer noch die Linse. Es …« Ein Klingelton unterbrach sie. Marijke sah auf ihr Handy und stand auf. »Ich muss da ran«, meinte sie und lächelte Helen an. Als sie auflegte, war das Lächeln verschwunden. »Nicht sein Ernst.« Rasch tippte sie eine Nummer. »Ich bin's, Theda«, redete sie laut in den Hörer. »Ein bisschen Text und ein Haufen halbfertiger Sätze, mehr hat er nicht zustande gebracht. Was soll er machen, meinte er, wenn seine Muse ihn nicht mehr küsst … Ja, natürlich meint er mich. … Vergiss es, das Thema ist durch. … Kannst du vielleicht …« Sie sah zu Helen herüber. »Eine Minute«, formten ihre Lippen. »Verstehe!«, sagte sie schließlich und legte auf.

»Die Festchronik«, erklärte sie. »Ist noch nicht ganz rund. Meinem … Dem Autor ist zum Ende hin leider die Tinte ausgegangen. Und Vati scharrt schon mit den Hufen! In drei Tagen ist sein persönlicher Heiliger Abend. Da sollen alle Kerzen brennen!«

»Das tut mir leid.«

»Ach, ich finde schon eine Lösung«, erwiderte Marijke und schnaubte. »Auch wenn uns die Zeit allmählich davonläuft!«

Helen überlegte. War das ein Wink des Schicksals? Eigentlich traf es sich doch bestens, dachte sie. Vielleicht kam sie der Familie auf diese Art etwas näher. »Ich bin Journalistin«, sagte sie schnell. »Wenn du willst, schaue ich mir gerne an, was ihr habt … Vielleicht sind es ja nur ein paar Sätze, die man umstellen oder neu schreiben muss. Ich mache so was jeden Tag.«

»Ich weiß nicht.« Marijke klang zweifelnd.

Jetzt nicht lockerlassen, dachte Helen. »Es macht wirklich keine Umstände, wirklich. Lass mich euch helfen.«

Marijke blickte sie an. »Vielleicht hast du recht«, sagte sie und lächelte belustigt. »Bleibt ja irgendwie in der Familie.«

Helens Herz schlug schneller. Sie wollte gerade etwas erwidern, als die junge Frau laut zu zetern begann:

»Glaubst du, ich merke nicht, dass du an eine andere denkst?«

Ihr Freund stöhnte laut und wich zurück. »Du wieder mit deiner Eifersucht! Immer dieselbe Leier!« Mit einem Mal wirkte er angespannt. »Ich kann das einfach nicht mehr«, presste er hervor und machte sich Richtung Fähre davon, ohne sich noch einmal umzudrehen.

»Schau an, nicht mal eine Woche«, sagte Marijke trocken. »Man sieht das Glück gehen. Sag ich doch!«

Marijke und Helen sahen sich in einem seltsam vertrauten Einverständnis an.

»Die richtige Dosis Nähe – Distanz macht's halt«, stellte Helen fest.

»Dreht es sich nicht immer darum?«, erwiderte Marijke und spielte mit dem Objektiv ihrer Kamera. Sie seufzte und zeigte zum Meer: »Wie bei Ebbe und Flut. Meine Mutter nannte uns Schwestern immer ›ihre Gezeiten‹. Vermutlich weil wir kamen und gingen, wie es uns passte. Vor allem wohl ich!«

»Wo warst du denn überall?«

»Sydney, Madrid, London … Jetzt komme ich gerade aus San Francisco. Ich bleibe immer gerade so lange, bis mir langweilig wird.«

Helen musterte sie von der Seite. Ob sie mich weggegeben hat, dachte sie, weil sie die Nähe zu einem Kind nicht ertragen konnte? Das Grübchen und diese kurze feine Linie zwischen Mund und Nase. Denkbar wäre es. Aber es stellte sich kein Gefühl dazu ein. Als Heranwachsende hatte sie geglaubt, man würde fühlen, wenn einer aus der Familie plötzlich vor einem stünde, man würde sich am Gang, an Gesten, an Blicken oder

Angewohnheiten erkennen. Wenn sie auf der Straße jemanden Deutsch sprechen hörte, drehte sie sich noch heute immer abrupt um und forschte in den fremden Gesichtern nach Vertrautem. Wenn in den Nachrichten oder in anderen TV-Beiträgen etwas über Deutschland berichtet wurde, setzte sie sich dicht vor den Fernseher und versuchte im Heuhaufen der vielen Gesichter die Nadel zu finden, das Gesicht, das dem ihren glich. Das konnte sie nicht abstellen.

»Du überlegst, ob ich als deine Mutter in Frage komme, nicht wahr?«, sagte Marijke plötzlich und fuhr sich mit der Hand übers Gesicht, vom Scheitel runter zum Kinn. Genau so, wie sie selbst es immer tat, dachte Helen sofort. Erneut beschleunigte sich ihr Herzschlag. »Es ist nur …« Sie brach ab. »Entschuldige«, begann sie noch einmal. »Dieses Anstarren ist so eine Art Adoptiertenkrankheit. Egal, wo ich bin oder wem ich begegne, ich suche nach Ähnlichkeiten, nach dem …« Sie stockte. »… vertrauten Fremden.«

Marijke nickte. »Und findest du es in mir, das vertraute Fremde?«

»Das finde ich in jedem, sogar in Filmfiguren, Prominenten oder skandinavischen Hoheiten. Es gibt kein Entkommen vor mir.« Sie verzog belustigt ihr Gesicht. »Nur Reißaus oder umgekehrt die Adoption durch mich.«

»Und wenn man dir gar nicht entkommen will?«, fragte Marijke lächelnd.

»Das willst du, glaub mir. Kennst du *Lola rennt?*«

»Der Film von Tom Tykwer, in dem Lola den immer gleichen Tag wiedererlebt, nur mit unterschiedlichen Wendungen?«

Helen nickte. »Von dem Moment, als Lola den Telefonhörer abgenommen hat, wollte ich sie adoptieren. Ich wusste sofort, dass wir verwandt sein müssen.«

»An den roten Haaren lag es aber nicht, oder?« Marijke grinste.

»Ich weiß gar nicht genau, was es war. Ich spürte es einfach. Am selben Abend habe ich einen Brief an Franka Potente geschrieben, an ihre Agentur, und sie aufgefordert, ihre Eltern und alle anderen Verwandten nach einer verschollenen oder weggegebenen Schwester zu befragen, die in Neuseeland wohnt. Als sie nicht reagierte, schrieb ich nochmal und nochmal. Mindestens zwanzig Briefe habe ich losgeschickt, mit Fotos, Bildern und Gedichten von mir. Ich warte bis heute auf Nachricht«, sagte sie und rollte mit den Augen.

»Du hast nicht mal eine Autogrammkarte bekommen?«

»Nicht mal das. Wahrscheinlich war das Porto nach Neuseeland zu teuer. Jedenfalls habe ich mir den Film zehn Jahre später noch einmal angeschaut und mit der Reife einer Zwanzigjährigen analysiert, dass es vielleicht weniger an Lola, sondern eher am Thema des Films lag.«

»Du meinst die Möglichkeit, den Lauf der Dinge beeinflussen zu können und nochmal zurück auf Los zu dürfen?«

»Ganz genau. Und die für mich bahnbrechende Erkenntnis, dass es manchmal nur Sekunden sind, die im Leben alles ändern.«

Marijke blickte hinaus aufs Wasser. »Ich glaube, ich weiß, wovon du sprichst.« Helen sah sie fragend an. Doch einen Moment lang herrschte Stille. »Die sekundenschnelle Entscheidung« – Marijke räusperte sich –, »mit achtzehn einen Sugardaddy zu heiraten, nur um ihn zwei Monate später von einer Sekunde auf die andere wieder zu verlassen, zum Beispiel. Und das alles nur, um von dieser öden Insel hier wegzukommen, die aus der Entfernung betrachtet wohlgemerkt auch ihren Reiz hat.«

Helen schmunzelte. »Aber nur aus der Entfernung betrachtet?« Sie blickte zu Marijke, und über ihr Gesicht glitt ein Lächeln.

»Sugardaddy«, sagte sie kopfschüttelnd. »Dann weißt du ja, wie es ist, die Weichen falsch zu stellen.«

»Und ob ich das weiß«, entgegnete Marijke und drückte die Kamera an ihre Brust. »Wer nicht?«

»Und wie oft man im Leben den richtigen Moment verpasst.« Sie dachte an Alex.

»Den Moment wofür?«, fragte Marijke, als der junge Mann wie aus dem Nichts wieder auftauchte. Mit ausdrucklosem Gesichtsausdruck reichte er seiner Freundin wortlos einen Schlüsselbund, ehe er ihr den Rücken zukehrte und wieder verschwand. Die sah ihm verdutzt nach, dann rannte sie ihm hinterher.

Helen zuckte die Achseln. »Für eine zweite Chance, eine Entschuldigung oder einen Neuanfang, egal was.«

»Eigentlich mochte ich die Idee des Films.« Marijke hob die Kamera an ihr Auge. »Dass man im Leben eine zweite – und manchmal sogar eine dritte – Chance bekommt.«

»Manche Menschen verdienen keine zweite Chance.«

»Wen meinst du?« Marijke senkte die Kamera und sah Helen geradewegs in die Augen. »Die arme Frau oder deine Mutter?« Bevor sie antworten konnte, stand Marijke auf und fotografierte einen Schwarm Vögel, der tief über das Wasser flog.

»Meine Mutter. Vielleicht«, antwortete Helen.

Marijke versuchte, das Objektiv abzunehmen, aber der Verschluss klemmte. »Manche können vielleicht keine Mutter sein«, sagte sie.

»Dann sollten sie besser verhüten!«, entgegnete Helen mit bitterem Lachen. »Oder um das Kind und gegen die eigene Angst kämpfen.« Sie atmete tief aus. »Entschuldige, ich bin einfach wütend, dass ich ans andere Ende der Welt reisen muss, nur um zu erfahren, dass hier keiner auf mich gewartet hat.«

»Klar, das verstehe ich«, sagte Marijke und drehte den Deckel auf das Objektiv. »Entschuldige, aber irgendetwas ist mit dem Ding. Ich muss ins Hotel, die andere Kamera holen.« Sie lächelte sie an. »Wir sehen uns, ja? Und ich spreche mit Frauke und Theda wegen der Chronik.«

Helen trat durch die weiße Tür ins Küstenmuseum. In der Eingangshalle herrschte reger Betrieb. An der Kasse hatte sich eine lange Schlange gebildet, und während sie anstand und auf Adda wartete, die vor der Tür noch schnell ein Telefonat führte, beobachtete sie ein Paar mit drei Kindern, das sich gerade auf den Weg nach draußen machte. Die Mutter blickte sich noch einmal um. Helen betrachtete sie und überlegte, wo sie herkamen und wen die Frau suchte. Und fragte postwendend sich selbst, wen sie suchte und ob Adda ihr gleich eine Antwort darauf geben würde. Im selben Moment tippte ihr jemand von hinten unsanft auf die Schulter. »Haben Sie was an den Augen?« Erschrocken bemerkte sie, dass sie schon an der Reihe war. Auch die Kassiererin blickte sie vorwurfsvoll an. Sie murmelte eine Entschuldigung und orderte zwei Karten.

Da, wo sie herkam, war Höflichkeit so etwas wie ein Grundrecht. Hier schien mitunter das Gegenteil der Fall zu sein. Schon bei ihrer Ankunft in Norddeich hatte sie Bekanntschaft mit den deutschen Ellenbogen gemacht. Kaum war die Gangway auf die Fähre geöffnet, stürmten die ersten Passagiere los und drängelten sich rücksichtslos an ihr vorbei, um vor ihr aufs Schiff zu gelangen. Als sie keinen Sitzplatz bekam, stellte sie sich an die Reling. Aus dem Nichts stand plötzlich ein Reedereimitarbeiter neben ihr, deutete auf ein Warnschild und herrschte sie an. »Können Sie nicht lesen? Betreten verboten!« Vermutlich musste sie sich einfach erst an den rauen Inselton gewöhnen.

»Ich habe leider nur Karls Mitbewohnerin erreicht«, sagte Adda, nachdem Helen sie kurz darauf mit den Eintrittskarten zu sich gewunken hatte. »Eine Plaudertasche, sag ich dir. Jedenfalls ist mein Onkel Karl mit einer Seniorengruppe wandern. Unglaublich, der Mann ist fast neunzig! Aber vielleicht haben wir ja dennoch eine winzige Spur«, sagte sie und blickte sie an.

Helens Herz begann zu pochen. »Erzähl!«, forderte sie sie ungeduldig auf.

»Seine Tochter Monika saß Anfang der Achtziger in Bautzen ein, einem großen DDR-Gefängnis, weil sie versucht hatte, aus der DDR zu türmen. Schwanger.«

Helen sah sie fragend an.

Adda klatschte in die Hände. »Weißt du, was das bedeuten könnte?« Ohne die Antwort abzuwarten, fuhr sie fort: »Damals wurden Tausende Kinder in der DDR gegen den Willen ihrer Eltern, meist Häftlinge, zur Adoption freigegeben. Ihnen wurde erzählt, dass ihre Kinder kurz nach der Geburt gestorben seien. Vielleicht ist Monika eine von ihnen.«

Helen verzog skeptisch das Gesicht. »Hat das seine Mitbewohnerin vermutet?«

Adda zuckte die Achseln. »So genau wollte ich nicht nachfragen«, sagte sie. »Ich weiß, es ist unwahrscheinlich, aber doch immerhin etwas. In ein paar Tagen ist Karl zurück, und mit ein bisschen Glück wissen wir dann mehr.«

Im Lärm einer wild durcheinanderplappernden Schulklasse, die sich an ihnen vorbeiquetschte, ging der letzte Satz fast unter.

»Hier entlang«, hob Adda daraufhin ihre Stimme und steuerte hinter den Schülern auf die Tür zum ersten Ausstellungsraum zu. Helen folgte. »Das gefällt mir«, flüsterte sie und deutete auf zwei lebensgroße Puppen, die in alter Juister Tracht in einer Stube um einen Tisch saßen und Tee aus dem gleichen Geschirr mit der Friesenrose tranken, aus dem sie eben erst in der Domäne Bill ein Kännchen zum Rosinenstuten serviert bekommen hatten. Ihr war Kaffee eindeutig lieber, auch wenn sie das Teetrinken als Zeremonie mochte, besonders in so schönem Ambiente. Schon die Radtour mit Adda ans andere Ende der Insel war ein Erlebnis für sich gewesen. Nach und nach durchquerten sie jetzt die Räume; die Abteilungen mit der Inselgeschichte und der Schifffahrt gefielen ihr besonders. Im letzten Ausstellungsraum blieb sie vor einem hölzernen Umkleidewagen stehen. Während sie die beiden Puppen davor in ihren altmodischen blau-weißen Badekleidern fotografierte, ging Adda schon mal weiter. Helen war so vertieft, dass sie den blonden Hünen erst bemerkte, als er direkt neben ihr stand.

»Fiete Paulsen«, stellte er sich vor. »Ich bin der Museumsleiter. War das eben nicht Adda Kießling, mit der Sie zusammenstanden?«, fragte er.

Helen nickte.

»Verwandt, verschwägert oder verfeindet?« Er lachte laut auf und wurde dann etwas ernster. Er musterte Helen eingehend. »Ihr Gesicht kommt mir bekannt vor.«

Sie schüttelte den Kopf. »Nicht möglich. Ich bin das erste Mal auf Juist.«

»Angereist zu Prinz Eduards Krönung?« Der Spott in seiner Stimme war nicht zu überhören. Er schob den Unterkiefer vor: »Ich kenne die Sippe gut. Meinem Großvater gehörte das Hotel nebenan, mein Cousin Mattes war mit der mittleren der vier Töchter verheiratet, und mit der ältesten, Wanda, bin ich aufs Internat nach Esens gegangen.«

»Wanda?«, fragte Helen. Wovon redete der Mann?

Er deutete mit einer Kopfbewegung zurück zum vorherigen Raum, der sich der Seenotrettung widmete. »Dreißig Jahre muss die schon tot sein, bei einem Badeunfall ertrunken. Dabei war sie eine Wasserratte, die beste Schwimmerin der Insel. Aber die ist bei Wind und Wetter da rein, völlig verrückt, und dann war's das irgendwann gewesen mit ihr. Weiß ja jeder, wie gefährlich das ist mit der Strömung und der Flut.«

»Das ist ja furchtbar. Das wusste ich nicht«, sagte Helen erschüttert.

»Ist lange her«, wiegelte er ab und blickte ihr tief in die Augen. »Darf ich Ihnen eine persönliche Besichtigungstour anbieten? Ich kenne das Museum wie meine eigene Westentasche!« Er lachte dröhnend.

»Vielen Dank«, sagte sie. »Aber ich sehe erst mal nach meiner Begleitung.« Sie lächelte ihm zu und hielt Ausschau nach Adda. Also gab es noch eine Tochter. Eine tote Tochter, dachte Helen. Aber wenn es stimmte, dass sie schon vor dreißig Jahren gestorben war, schied sie als Mutter definitiv aus.

Schließlich entdeckte sie Adda. Inmitten einer Gruppe von Touristen in Fahrradhosen betrachtete sie Fotografien, die auf eine große Plakatwand geklebt waren. Helen trat nicht gleich zu ihr, sondern beobachtete sie. Wie verkraftete man einen so schrecklichen Verlust? Das eigene Kind. Adda war so warm, so mitteilsam, und doch hatte Helen sofort auch eine gewisse Verschlossenheit in ihr gespürt.

»Was sind das für Leute?«, fragte sie, als sie neben ihr stand und auf die Köpfe in Schwarzweiß deutete.

»Lehrer von der Schule am Meer«, antwortete Adda, den Blick auf ein Foto gerichtet, das offenbar das Schulgebäude war. »Mein Vater Wilhelm ging auf diese Schule«, fuhr sie mit leiser Stimme fort, »und meine Mutter ist hier aufgewachsen. Du wirst es nicht glauben, aber bis gestern wusste ich davon nichts.« Helen stutzte und sah sie an.

»Wann war das?«

»Mein Vater hat 1934 Abitur gemacht, kurz darauf schloss die Schule.«

»Erkennst du ihn oder deine Mutter auf den Fotos?«, fragte Helen und deutete auf ein paar Bilder von Schülern beim Speerwerfen, Segeln, Betrachten von Seewasseraquarien oder beim mystischen Tauchbad in der Nordsee.

Adda schüttelte den Kopf. »Leider nicht. Ich habe mir jedes Bild mehrfach angeschaut. Vaters besten Freund Gustav sehe ich auch nicht.«

Bei dem Namen klingelte es. »Hat deine Mutter ihn nicht erwähnt, als ich …?«

Adda nickte. »Das Einzige, was ich weiß, ist, dass er Jude war, was offenbar vielen Juistern nicht gefiel.«

»Oje«, murmelte Helen. »Was ist mit ihm geschehen?«

Adda schüttelte den Kopf. »Da wüsste ich auch gern.«

Plötzlich stand der Museumsleiter hinter ihnen.

»Moin, Adda«, sagte er.

Adda drehte sich um. »Moin, Fiete«, erwiderte sie.

Er verschränkte die Arme hinter dem Rücken. »Interessante Ausstellung, nicht wahr?«

»Da sagst du was. Da lebt man so lange auf der Insel und weiß so wenig über diesen Ort. Faszinierend, und das auf Juist!«

»Nicht wahr? Und das hier ist nur ein kleiner Ausschnitt.«

Sie zog eine Augenbraue in die Höhe. »Was meinst du?«

Er deutete auf eine Tür. »Dahinten lagert mein Baby, das Archiv der Reformschule mit allem, was ich zu ihr auftreiben konnte. Briefe, die mir von den Angehörigen zur Verfügung gestellt wurden, Memoiren von Schülern und Lehrern, unzählige Fotos, weit über fünfhundert Seiten Logbücher vom Schulgründer.«

»Oh, tatsächlich?«, fragte Helen. »Das klingt sehr spannend.«

Adda fasste ihr an den Arm. »Helen ist Journalistin und immer auf der Suche nach tollen Geschichten!«

Überrascht sah er Helen an. »Für wen arbeiten Sie denn?«

»Für alle möglichen Medien«, sagte sie so beiläufig wie

möglich, und Adda ergänzte: »Hauptsächlich für internationale Zeitungen!« Das war natürlich glatt gelogen.

»Wollt ihr euch mal im Archiv umsehen?«, fragte er prompt.

»Das wollen wir sehr gerne«, sagte Adda und zwinkerte Helen zu.

Fiete zog einen Schlüsselbund aus der Tasche. »Dann kommt mal mit!« Er ging mit schnellen Schritten voraus und schloss den Raum gegenüber vom Empfang auf.

An der Tür sagte er zu Helen: »Das sind alles Dokumente der Zeitgeschichte.« Hinter den Satz hängte er eine bedeutungsschwangere Pause, ehe er fortfuhr: »Wissen Sie, die Schule mit ihrer liberalen Geisteshaltung hat ja gerade erst neun Jahre existiert, als die Nazis sie in die Knie gezwungen haben.«

»Unglaublich«, erwiderte sie beeindruckt, während er in zwei Schritten einen großen braunen Schrank erreichte. Nach und nach zog er morsche, lederne Bände, Bücher, Fotoalben und gebundene Mappen heraus und breitete sie mit wenigen Handgriffen auf dem länglichen Holztisch aus.

»Das ist nur ein kleiner Teil dessen, was wir zur Schule am Meer haben. Der Rest lagert noch in den Schränken«, erklärte er. »Ihr könnt mich gerne fragen!«

Adda lächelte. »Lass gut sein, Fiete, den *Rest* schaffen wir allein.«

Fiete guckte etwas eingeschnappt, besann sich dann aber. »Ruft, wenn ihr Hilfe braucht.« Mit diesen Worten verschwand er aus dem Raum.

»Waschweib«, formte Adda mit den Lippen. Helen musste grinsen.

Während Helen sich eine Examensarbeit über die Schule vornahm, durchkämmte Adda die Logbücher, die Schulleiter Luserke geführt hatte, und erzählte der Jüngeren nebenbei, was sie von Johanne erfahren hatte.

»Hör mal, Helen, was Lu im Oktober 1925 notiert hat: ›*Schön Wetter. Mit dem Schiff kamen Herr Zuckmayer und sein Hund Waldi. Nachmittags Besprechung über das Musikprogramm, das gleich von morgen an beginnen soll.*‹ Zuck, so nannten sie ihn, war Musiker und lange Jahre Lehrer hier.«

Helens journalistische Neugier war geweckt. Sie griff sich ebenfalls ein Logbuch. Wie in einem Tagebuch hatte der Schulleiter darin in kurzen Sätzen notiert, was jeder einzelne Tag gebracht hatte – kräftiger Westwind, Schiffszwieback –, aber auch seine Vision von einer idealen Schülerwelt festgehalten. Es schien, als hätte er sich auf diesem Fleckchen unberührter Natur sein kleines Atlantis geschaffen, zumindest für knapp zehn Jahre.

Helen nahm einen Stapel Fotografien aus einer Klarsichthülle und blätterte sie durch. Alle Bilder waren schwarzweiß, die meisten zeigten junge Gesichter im Freien, beim Lernen im Halbkreis oder beim Sport. Darunter waren die Namen der Schüler notiert. Sie wirkten tatsächlich zufrieden, frei und ungezwungen. Helens Blick blieb an einem Foto hängen. Ein junges, hübsches Mädchen mit nach hinten gesteckten Haaren in einer Kittelschürze war darauf zu sehen. Sie stand neben einem älteren Mann, der einen Besen in der Hand hielt.

»Ist das nicht …?« Helen schob das Foto quer über den Tisch.

»Tatsächlich, das ist meine Mutter«, sagte Adda, nachdem sie es lange betrachtet hatte. »Der Hausmeister war mein Großvater«, sagte sie und gab Helen das Bild zurück. »Wie grimmig der ausschaut.«

Helen nahm ihr Handy und fotografierte das Foto ab.

»Danke«, raunte Adda ihr zu, und Helen blätterte weiter. Ihr Blick fiel auf einen gutaussehenden dunkelhaarigen Jungen beim Speerwerfen am Strand.

Im selben Moment rief Adda, die inzwischen dabei war, die Schülerlisten nach Gustavs durchzugehen: »Ich hab's! *Gustav Goldstein, geboren 1916*. Er ist der einzige Gustav, der in den Jahren 1933 und 1934 die Schule besucht hat.«

»Und ich«, sagte Helen, »habe ein Foto von ihm.« Sie reichte Adda das Bild, unter dem derselbe Name stand.

Adda beugte sich darüber und zog die Brauen zusammen.

»Das muss ein Irrtum sein«, sagte sie mit hohler Stimme und blinzelte.

»Ist was nicht in Ordnung?«

»Das ist nicht Gustav. Das ist mein Vater!« Adda massierte sich heftig die Schläfen.

Helen blickte sie ungläubig an. Sie sah, wie sämtliche Farbe aus Addas Gesicht floss.

»Dein Vater?«

Schweißperlen standen auf Addas Stirn.

Sie sahen sich an.

»Seltsam«, sagte Helen. »Vielleicht liegt eine Verwechslung vor.«

Rasch zog sie einen neuen Stapel aus einer Klarsichtfolie und nahm ihn in Angriff. Ganz unten entdeckte sie ein Klassenfoto des Abiturjahrgangs 1934, aufgenommen Ende 1933. Sie zog es heraus und betrachtete es genau. Jungen, die Baskenmützen, graue Knickerbocker und dunkelblaue Blazer trugen, neben Mädchen in grauen Röcken und weißen Blusen standen vor dem großen Bau, in dem Helen das Hauptgebäude der Jugendherberge erkannte. In der Mitte der vorderen Reihe fand sie sofort den Jungen mit dem Speer. *Gustav Goldstein* stand darunter. Neben ihm stand ein etwas kleinerer Schüler, der eine runde Brille trug. Sein Name: Wilhelm Lock. Helen hielt es Adda hin. »Ich habe etwas.«

Adda sprang auf und griff hastig nach dem Bild.

»Das ist unmöglich«, sagte sie mit heiserer Stimme. »Joost kann sich nicht geirrt haben.«

Sie erzählte Helen von dem Tag, als sie das erste Mal ihren Vater gesehen hat, auf einem Foto, kurz nach ihrer Ankunft auf Juist.

»Gleich am nächsten Morgen war das Bild verschwunden. Jahre später habe ich es in dem alten Sekretär meiner Mutter gefunden, der jetzt in der Dachkammer steht, in einem Geheimversteck, per Zufall.« Sie öffnete ihre Tasche, zog eine Brieftasche heraus und öffnete sie. »Hier ist es«, sagte sie und reichte Helen dieselbe Aufnahme, nur ohne Namen.

Dann zog sie ein weiteres Foto hervor, das einen jungen Mann vor einem VW Käfer zeigte. »Und das ist mein Bruder Joost!«

Helen schluckte. Die Ähnlichkeit zu Gustav war verblüffend.

Adda blickte an ihr vorbei. Sie schien sich an etwas zu erinnern. »Joost wusste es, ich bin mir jetzt ganz sicher. Joost wusste, dass Gustav sein Vater ist. Darum ist alles so gekommen mit ihm!« Tränen rannen über ihr Gesicht.

Helen fehlten die Worte. Sie trat neben Adda und nahm sie stumm in den Arm.

13. Kapitel

Kochel am See 1956, Adda

»Gutes Essen, ausreichend Bewegung und gesunde Luft – damit stutzen wir unserem Mycobacterium tuberculosis schon die Flügel.«

Der glatzköpfige Professor nimmt einen tiefen Zug aus seiner Zigarette und stößt den Rauch durch die Nase über Addas Bett aus. Sie muss husten.

Rasch reicht der Assistent ihr ein Tuch, das sie sich vor den Mund hält. Dabei zwinkert er ihr zu, ohne dass der Professor es bemerkt.

Adda klopft das Herz bis zum Hals.

»Kein Auswurf, Herr Professor«, sagt der Assistent beflissen, nachdem er das Tuch inspiziert hat, und reicht es weiter an den Professor. »Und keine Fleckelung auf dem Röntgenbild.«

Er zieht das Bild aus der Akte und hält es seinem Chef zur Begutachtung unter die Nase.

Der schiebt seine Brille herunter und blickt Adda über die Gläser hinweg an.

»Sehr erfreulich, unser kleiner Freund schlummert wieder«, sagt er und drückt seinem Assistenten die halbgerauchte Zigarette in die Hand. »Wenn Sie Glück haben, junges Fräulein, für immer.« Er dreht auf dem Absatz um. »Ordnen Sie die Entlassung des Fräuleins an!«, ruft er durch die offene Tür.

Adda sieht Jan erschrocken an. »Schon?«, flüstert sie. Angst kriecht in ihr hoch. »Was machen wir denn jetzt?«

»Sie haben den Professor gehört«, flüstert Jan in gespielter

Strenge und erhebt sich, um seinem Chef auf der weiteren Visite zu folgen. »Aber vorher sollten Sie noch einen langen Spaziergang bei gesunder Luft machen, das ist Teil des Genesungsprozesses.«

Adda bemüht sich um ein Lächeln und nickt. Sie blickt in Jans wunderbare hellbraune Augen und denkt, dass sie noch nie einen hübscheren Mann gesehen hat. Auf seiner Wange prangt eine Narbe, die seinem ansonsten makellosen Aussehen etwas Verwegenes gibt. Sie sei so etwas wie sein Tapferkeitsausweis als Mitglied einer schlagenden Studentenverbindung, hat er ihr lachend erklärt, und dass er für sie und ihre Ehre jederzeit bei einem Duell den Kopf hinhalten würde.

Seit drei Monaten ist sie nun im Sanatorium, seit zwei Monaten geht sie jeden Nachmittag mit Jan spazieren, seit vier Wochen halten sie verstohlen Händchen. Und jetzt will er sie zum Essen ausführen und vielleicht … Wenn er sie heute Abend zu küssen versucht, wird sie es ihm gestatten.

Achtzehn Jahre und noch ungeküsst – sie ist rettungslos in diesen Medizinstudenten verliebt. Er ist acht Jahre älter als sie und so ganz anders als die Kerle auf der Insel, die nach Dornkaat und kaltem Rauch stanken und *Die Hochzeit des Figaro* nur deshalb nicht besuchten, weil sie den Figaro für einen Kurgast hielten. Außerdem liebt er wie Onno die Natur, kennt jeden Vogel, jeden Baum, jede Pflanze und jeden Planeten beim Namen, als hätte er nicht nur den Menschen, sondern das ganze Universum studiert.

Hätte ihr irgendjemand vor ihrer Abfahrt nach Bayern erzählt, dass sie sich dort verlieben würde, hätte sie ihn für verrückt erklärt. Es hatte zwar schon vorher Schwärmereien und unbeholfene Flirtversuche in ihrem Leben gegeben, aber sie waren allesamt belanglos gewesen, die jungen Männer, die im Hotel de Tiden abstiegen oder in der Tanzhalle mit ihr schwoften. Und natürlich gab es da Onno; bei ihm verboten sich romantische Gefühle allerdings schon aus bester Freundschaft. Zwar hat sie sich dann und wann gefragt, ob das, was sie für Onno empfand, Verliebtsein war; immer dann, wenn sie es nicht hatte erwarten können, ihn wiederzusehen nach den Schulferien, oder todtraurig gewesen war, wenn er sie zum Schiffsanleger begleitet hatte, wo sie sich an der Fähre für drei endlose Monate Schule verabschiedeten. Aber diese Gedanken hatten sich meist genauso schnell verflüchtigt, wie sie gekommen waren. Denn Onno war eben Onno und immer da, er war so etwas wie ihre Heimat, der Anker in den ruhelosen Gewässern ihres Daseins.

Allerdings hatte sich doch etwas verändert zwischen ihnen, seit sie nach Ende der Haushaltungsschule wieder ganz auf die Insel gezogen war. Und sie wusste nicht, warum. Am Anfang war es ihr nicht mal aufgefallen. Die Saison hatte begonnen, und Adda arbeitete den ganzen Tag im Hotel, während Onno nach der Seemannsschule in Elsfleth als Leichtmatrose auf der Fähre zwischen Norddeich und Juist hin- und herfuhr.

Adda war glücklich, endlich das tun zu dürfen, was sie schon als Vierzehnjährige gewollt hatte: an der Seite ihrer Mutter im Hotel mitzuarbeiten.

Johannes Angestellter Fritz war zu Beginn der Saison plötzlich verschwunden, ohne dass jemand wusste, warum und wohin. Er war zwar arrogant gewesen, aber auch schlau und tüchtig, und er hinterließ nicht nur offene Fragen, sondern auch eine Lücke, die zu füllen mitten in der Saison ein hoffnungsloses Unterfangen war. Mehr aus Not denn aus Überzeugung hatte Johanne ihrer Tochter deshalb erlaubt einzuspringen. Natürlich verlor sie kein Wort des Lobes über Addas Arbeit. Aber sie ließ sie machen, und Adda schwor sich, sich zu beweisen und ihrer Mutter nicht den geringfügigsten Anlass zu geben, ihre Entscheidung zu bereuen. Meist saß sie am Empfang und gab die Schlüssel aus, machte die Buchhaltung und nahm telefonisch Reservierungen entgegen. Vor allem aber dachte sie darüber nach, wie man mehr und zahlungskräftigere Gäste anlocken könnte. Denn auch wenn das de Tiden seit zwei Jahren sehr gut belegt war: Die frisch renovierten Zimmer, die über einen kleinen Salon und nicht nur über fließend Wasser, sondern auch über ein eigenes Wannenbad verfügten, waren in der Saison kaum gebucht. Zu teuer.

Ohne Johannes Wissen ließ Adda sich Telefonbücher aus mehreren norddeutschen Städten zuschicken. Seite für Seite durchkämmte sie sie nach Ärzten und Anwälten und schrieb die Adressen heraus. Sie dachte sich einen hübschen Text aus, ließ heimlich Fotografien von Zimmern, Hotel und Strand anfertigen und schickte Werbebriefe los. Dann wartete sie.

Nach einer Woche kamen die ersten Anrufe. Zwei Wochen später war tatsächlich das komplette Hotel für die kommende Saison ausgebucht, und sogar für die laufende konnte sie ein paar bislang nicht besetzte Zimmer vergeben. Ihre Mutter, die mit Lob so sparsam war wie mit Freigetränken für Gäste, schlug die Hände über dem Kopf zusammen, als Adda ihr davon erzählte, in der sicheren Erwartung, für ihre Eigenmächtigkeit Ärger zu bekommen.

»Wer hätte das gedacht! In dir steckt ja ein richtiger Hotelier.«

Und vielleicht noch mehr, dachte Adda. Wie gern hätte sie Abitur gemacht, um das herauszufinden. Aber Johanne war dagegen und ließ sie nach dem Realschulabschluss ein Jahr lang eine Haushaltungsschule auf Norderney besuchen. Dennoch freute sich Adda und machte sich, beflügelt von so viel ungewohntem Lob, sogleich daran, eine weitere Idee umzusetzen.

Onno und sie hatten in den vergangenen Jahren nach Saisonende Sanddorn geerntet für die kleine Schnapsbrennerei seiner Mutter, die den besten Geist der Nordseeküste brannte. Schon im Krieg hatte Mutter Olsen, wie sie überall genannt wurde, heimlich einen Teil der Beeren abgezweigt, die Frauen und Kinder für die Herstellung von Vitaminpräparaten für die Soldaten sammeln mussten, und schwarz gebrannt. Dass man sie, wenn das herausgekommen wäre, als Volksschädling zum Tode verurteilt hätte, hatte sie bewusst in Kauf genommen. Für Schnaps war auf dem Schwarzmarkt nun mal fast alles zu bekommen, und da sie schon ihren Mann nicht retten konnte, der sich in russischer Kriegsgefangenschaft zu Tode hungerte, tat sie alles, um zumindest ihren Sohn durchzubringen. Dank des süßen, verbotenen Sanddornschnapses überlebten sie auch die harten Winter der Nachkriegszeit. »Sanddorn muss man trinken, nicht essen«, sagte sie immer. Inzwischen betrieb Mutter Olsen, eine füllige, herzliche Frau, die immer ein Kopftuch und Holzpantoffeln trug, die Brennerei ganz legal, und gegen ein paar Mark melkten Adda und Onno jeden Herbst Sanddornbeeren für sie. Durch die geschlossene Faust ihrer Rosenhandschuhe pressten sie dann die orangefarbenen Beeren an den stacheligen Sträuchern aus und ließen den Saft in große Bottiche fließen. Und wenn Mutter Olsen ihnen dann an der Destille zeigte, mit welchen Geheimzutaten sie den Sanddorngeist veredelte, sah Adda sehr aufmerksam hin.

Vor zwei Jahren mopsten sie sich eine Flasche und nahmen sie mit zum Angeln bei den Landungsbrücken. »Damit können wir die Schollen schon beim Köderbeißen sedieren«, hatte Onno gemeint. Sie tunkten die gepulten Krabben in Schnaps, bevor sie sie auf den Angelhaken spießten. Als auch nach Stunden noch keiner angebissen hatte, wollten sie sich selbst von der Qualität des Schnapses überzeugen – und waren irgendwann, mit dem Hals bereits im Wasser, wieder aufgewacht. Die Flut hatte eingesetzt! Seitdem hat sie nie wieder einen Tropfen Olsengeist angerührt.

Im vergangenen Herbst hatten die Sträucher in den Dünen so gut getragen wie nie. Adda hatte etliche Eimer mit ins de Tiden gebracht und sie mit Magdas Hilfe zu Sanddorngelee und -saft eingekocht. Die Gäste liebten das Frühstück mit der Juister Frucht, dem »Geschmack der Insel«. Adda war überzeugt, dass sie ihn nur zu gerne als Mitbringsel mit nach Hause nehmen würden. Also besorgte sie sich von Mutter Olsen ein paar Kisten Sanddorngeist, entwarf hübsche Etiketten und beklebte damit Saft- und Schnapsflaschen sowie Marmeladengläser. Anschließend befüllte sie kleine Weidenkörbe mit Sand und Muscheln und ihren Erzeugnissen und band beschriftete Schildchen daran: *Dreierlei vom Juister Sanddornglück*. In der Glasvitrine neben der Rezeption machten sie sich gut, und schon am Mittag waren alle zehn Präsentkörbe verkauft. Auch ihre Produktion der Folgetage fand reißenden Absatz. Alle wollten sich ein Stück vom Juister Glück mit in den Alltag nehmen, und so kauften auch Gäste aus anderen Häusern, um sich die Zeit bis zum nächsten Inselurlaub mit flüssigen Erinnerungen zu versüßen. Schnell musste Nachschub her, und Adda bastelte und klebte fleißig weiter. Niemals hätte sie mit so viel Interesse gerechnet. In zwei Tagen hatte sie hundert DM eingenommen!

Noch dazu erlebte sie Johanne vielleicht zum ersten Mal sprachlos. Ihre Mutter erkannte die Möglichkeiten, die der Markt für Andenken bot, nicht nur auf Juist, sondern auf allen ostfriesischen Inseln, und kaufte spontan ein günstiges großes Grundstück am Dünenrand, auf dem großen Mengen wilder Sanddornsträucher wuchsen. Dafür verkaufte sie den letzten Schmuck, den sie aus der DDR herausgeschmuggelt hatte.

Das Wirtschaftswunder hatte die Inseln erreicht, und das Geld saß bei den Gästen lockerer als noch vor einem Jahr. Johanne, die eine Gelegenheit erkannte, wenn sie eine vor sich hatte, fackelte nicht lange, besorgte sich eine Erntegenehmigung und ließ Dreißig-Liter-Glasballons und eine gebrauchte Rübenpresse vom Festland kommen. Seitdem saßen Adda und Johanne manchmal bis spätabends bei einer Kanne Tee in der Küche und diskutierten über Rezepturen, Verschlüsse, Flaschenformen und Absatzmöglichkeiten. Für Adda waren es kostbare Stunden, in denen sie sich ein wenig fühlte wie in den Dresdner Kindheitstagen. Denn ihre Mutter hörte ihr zu und nahm sie ernst, wie sie es damals getan hatte, als Adda krank gewesen war. Und sie hatte sie ganz für sich.

Eigentlich hätte sie zufrieden sein können – wenn Onno sich nur nicht so rar gemacht hätte. Wie oft hatte sie in den vergangenen Wochen versucht, ihn zu treffen! Aber anscheinend verbrachte Onno seine freie Zeit lieber mit dem alten Behring und seinen Wanderern im Watt. Adda nahm er nicht mehr mit. Wenn sie ihn zum Schwimmen oder Muschelsammeln treffen wollte, servierte er ihr Ausreden, und auch sonst beschränkte er ihre gemeinsame Zeit auf die Begegnungen, die unvermeidbar waren: ihr Klaviervorspiel in der Kurhalle, Geburtstage in der Giftbude, Schwofabende, Misswahlen oder Modenschauen in der Strandhalle. Nie waren sie allein, immer umgeben von Kurgästen oder Einheimischen.

Wer sich darüber freute, war Johanne. »Es ist gut so, ihr seid keine Kinder mehr. Es schickt sich nicht, mit Jungs zu poussieren. Die Leute reden schon.«

Einmal sprach Adda Onno darauf an und fragte ihn, warum er ihr aus dem Weg gehe. Sein Gesicht war ausdruckslos. »Die Arbeit auf der Fähre und die Wattwanderungen …«, winkte er ab. Sie schaute ihm tief in die Augen und versuchte, an seiner Miene abzulesen, was in ihm vor sich gehen mochte. Doch sie sah nichts. Also bohrte sie nach. »Das ist es nicht, das wissen wir beide.«

Er sah sie lange an, mit diesen Augen, denen nichts verborgen blieb und die nur zu gut zu verbergen wussten. »Es ist nur, du und ich … Wenn ich dich sehe, dann …«, druckste er herum. Irgendetwas in ihr hoffte, er würde weitersprechen, das aussprechen, was unausgesprochen und ungedacht in ihrem Herzen schlummerte. Doch das tat er nicht.

Stattdessen richtete er sich auf und wiederholte beinahe wortgleich, was Johanne zu Adda gesagt hatte: »Wir sind keine Kinder mehr. Die Leute reden schon über uns. Das muss aufhören.« Ohne ein weiteres Wort drehte er sich um und ging. Vielleicht hatte Johanne ihn ins Gebet genommen, dachte sie.

Ein paar Tage später sah sie ihn in der Kirche mit Insa Meyert, der Tochter des Pastors. Sie steckten die Köpfe zusammen und lachten, so wie Adda und Onno immer zusammen gelacht hatten. Schlagartig wurde ihr klar, dass ihre Kindheit vorüber war. Die gemeinsamen Erlebnisse, die Pläne und Träume, ja Onno selbst hatten sich in Luft aufgelöst, und sie hustete erst vorsichtig, dann immer bellender, als könnte sie den stillen Schmerz, allein gelassen worden zu sein, mit dem Rasseln ihres Hustens übertönen.

Der Kurarzt diagnostizierte kurz darauf ein Wiederaufflammen ihrer Tbc aus Kriegstagen. Einmal hörte sie Onno unter ihrem geöffneten Fenster murmeln und Johannes Antwort, dass sie keinen Besuch empfangen dürfe. Wenig später schickte ihre Mutter sie in ein Sanatorium nach Bayern.

Am Tag ihrer Abfahrt hatte Onno an der Fähre gestanden, wie früher, und ihr gewunken. Sie wusste nicht, wer ihm von ihrer Abreise erzählt hatte, doch sein Winken war wie ein Versprechen gewesen, dass alles wieder gut werden würde zwischen ihnen.

Wenn sie nun Jan ansieht, weiß sie, dass ihre Gefühle für ihn nichts gemein haben mit der kindlichen Schwärmerei oder albernen Eifersucht eines jungen Mädchens. Es muss Liebe sein, so tief wie das Meer und so lebendig wie das Watt, denkt sie. Und so kitschig wie in einem Liebesroman.

Es ist eine warme Nacht Ende September. Adda trägt ihre Strickjacke über ihrem Arm. Unsicher blickt sie auf die Uhr. Doch pünktlich auf die Sekunde steht Jan vor ihr. Ihr Magen zieht sich bei seinem Anblick zusammen.

Wie James Dean, denkt sie, die Haare nach hinten gestriegelt, weißes T-Shirt und schwarze Lederjacke. Einen Augenblick lang steht er einfach nur vor ihr und betrachtet sie. Sie weiß, dass sie ein schönes Paar abgeben. Nur für ihn hat sie ihr bestes Kleid angezogen, ein gelbes, schwingendes mit Petticoat, das gut zu ihrem dunklen Teint und ihrem schulterlangen dunklen Haar passt, das sie zu leichten Wellen eingedreht und mit einem rot-weiß gepunkteten Tuch gebändigt hat.

»Darf ich bitten, schönes Fräulein?«, fragt Jan und reicht ihr seinen Arm.

Im Gasthaus am Rande von Kochel bestellen sie zwei Gläser Bier und Schweinebraten mit Klößen. Zum Nachtisch teilen sie sich einen großen Eisbecher mit Sahne. Jan probiert und verzieht angewidert das Gesicht.

»Da fehlt etwas!«, sagt er kopfschüttelnd.

Er zieht ein Tütchen Ahoj-Brause aus seiner Jackentasche, reißt es auf und streut den Inhalt über die Sahne. Sie hat ihm einmal erzählt, dass sie für den prickelnden Geschmack von Sahne, Vanille und Waldmeisterbrause morden könnte.

Mit der Zunge fährt Jan sich nun über die Lippen und seufzt: »Wie das prickelt! Wenn ich nicht so eine Angst vorm Sterben hätte, würde ich das Eis allein essen.« Er grinst und schiebt den Eisbecher zu ihr hinüber.

Adda wirft den Kopf zurück und lacht. Ihre blauen Augen füllen sich mit Tränen, ihr Brustkorb bebt, als wollte er zerspringen.

»Mein Gott, was für ein tolles Lachen du hast«, sagt Jan beeindruckt und legt sich theatralisch eine Hand über die Augen. »Wie eine Infusion, ohne die ich nicht leben kann.«

Adda beruhigt sich und lächelt.

»Das wirst du müssen«, entgegnet sie kokett und nimmt einen großen Löffel Eis. »Ich nehme es mit zurück nach Juist.«

»Du weißt schon, dass unerwiderte Liebe mehr Menschen tötet als Tuberkulose«, sagt er und verzieht den Mund.

»Wer sagt, dass sie unerwidert ist?« Wie zum Beweis schiebt sie den Eisbecher zurück.

In Jans Gesicht kehrt das Grinsen zurück. Er klatscht in die Hände. »Ich wusste es«, sagt er und beugt sich vor. »Dann heirate mich!«

Adda blickt überrascht auf. Sie greift nach ihrem Bier und nimmt einen hastigen Schluck.

»Im Ernst, Adda. Heirate mich«, bekräftigt Jan. Im Hintergrund läuft leise Blasmusik.

Addas Hände verkrampfen sich, sie rutscht unbehaglich auf ihrem Stuhl hin und her. Da sie nicht weiß, was sie sagen soll, schweigt sie.

Er runzelt die Stirn und sieht sie erwartungsvoll an.

»Du kennst mich doch kaum«, flüstert sie nach einer Weile, bemüht, ihre Gedanken zu ordnen.

»Lange genug, um zu wissen, dass ich dich liebe«, sagt Jan weich.

Adda antwortet nicht gleich. Sie starrt das Hirschgeweih an, das an der grün tapezierten Wand hängt, und denkt angestrengt über einen Ausweg nach.

»Was ist, Adda?«, fragt Jan nun mit zitternder Stimme. Seine

Augen zucken unruhig, und Adda wird von einer Woge der Zuneigung erfasst. Sie will nicht, dass ihre Zweifel sich zwischen sie schieben.

»Ich will dir nicht wehtun, aber … ich habe Angst davor«, sagt sie und reibt sich die Schläfen.

»Wovor?«, fragte er.

»Zu heiraten.« Sie muss an die Rubrik »Welt der Frau« im *Ostfriesischen Kurier* denken, die sie regelmäßig mit bangem Schrecken liest.

»Ich möchte keine Ehefrau sein«, sagt sie, plötzlich heftig. »Ich möchte nicht mit sanfter Stimme sprechen und dir die Schuhe ausziehen, wenn du heimkommst, und ich möchte mir ›mein hübsches Köpfchen‹ zerbrechen, selbst wenn ich tiefe Stirnfalten davon bekomme«, sprudelt es schrill aus ihr heraus. Die Leute an den anderen Tischen drehen sich nach ihr um.

Adda legt den Kopf zwischen ihre Hände, bevor sie wieder aufschaut, mit angespanntem Lächeln.

Sie sieht an Jans Blick, dass sich seine Sorgen verflüchtigt haben. Er wirkt gleichzeitig erleichtert und belustigt. Sie schaut ihn irritiert an.

»Du willst deinem Mann nicht untertan sein? Willst keinen Haustyrannen, dem du die Pantoffeln vorwärmst? Ist das alles?«, fragt er und schüttelt liebevoll den Kopf. »Dann musst du keine Ehefrau sein. Aber heirate mich!«

Er beugt sich vor und ergreift ihre Hände.

»Glaub' mir«, sagt er nach ein paar Sekunden der Stille. »Mein Vater hat meine Mutter sein lassen, wie sie war. Sie waren beide Ärzte und damit glücklich bis zu ihrem Tod.«

Adda stutzt und fragt sich, ob das mit ihm vielleicht wirklich möglich sein könnte.

»Du hast ein Anrecht auf deine Zweifel«, nimmt Jan den Faden wieder auf, als könne er ihre Gedanken lesen. »Also frag mich alles, was du wissen musst. Und ich schwöre dir, aufrichtig zu antworten.«

In Adda löst sich ein Knoten. Alles, was sie sieht, ist sein offenes und ehrliches Gesicht.

Einen Augenblick schweigen sie einträchtig.

»Was, wenn ich den Führerschein machen möchte?«, fragt Adda dann.

»Dann übe ich mit dir in meinem roten VW Käfer.«

»Und wenn ich studieren möchte?«

»Dann trete ich dir so lange auf die Füße, bis du genug gelernt hast«, sagt Jan und lacht.

»Und wenn ich arbeiten möchte?«

Jan zieht amüsiert die Brauen hoch. »Dann wärme ich dir abends die Pantoffeln vor, bevor du nach Hause kommst.«

Adda muss grinsen.

»Und wenn ich keine Kinder haben möchte?«, fragt sie, um ihn auf die Probe zu stellen.

»Dann haben wir keine Kinder. Aber einen großen, flauschigen Hund, den wir Steuermann nennen«, antwortet er und sieht sie mit Hundeaugen an.

Adda lacht und nickt.

»Und wenn ich schlechte Laune habe oder stur bin?«

»Dann liebe ich dich!«

»Aber mein Bruder sagt, ich habe immer das letzte Wort!«, unternimmt sie einen letzten Versuch.

»Du sollst deinen eigenen Kopf und das letzte Wort behalten, bis dass der Tod uns scheidet«, sagt Jan mit tiefer, fast pastoraler Stimme, die ihr Tränen in die Augen treibt.

Natürlich will sie ihn heiraten, denkt sie. Er ist der Richtige, der Einzige, der Wahre.

»Dann frag mich noch einmal«, sagt sie schließlich.

Er kniet vor ihrem Stuhl nieder und nimmt ihre Hand.

»Willst du *nicht* meine Ehefrau sein und mich dafür heiraten?«

Sie fällt ihm um den Hals. Die Gäste an den langen Tischen applaudieren und erheben das Glas auf die frisch Verlobten.

Wenig später verlassen sie Arm in Arm den Gasthof, nachdem sie mit jedem einzelnen der ihnen fremden Menschen angestoßen haben. Als sie das Ufer des Kochelsees erreichen, bleibt Jan stehen. Sie schauen in den Himmel.

»Wir treffen uns jede Nacht bei unserem Stern«, sagt er und deutet auf den Polarstern. »Du von Juist, ich von München aus, bis ich komme und dich hole.«

Er fasst eine Haarsträhne, die sich aus Addas Tuch gelöst hat, und spielt mit ihr. Im Schein einer Lampe studiert er ihr Gesicht, fährt mit dem Finger sanft über ihre Stirn, die Nase herunter, ihre Schläfen entlang, ertastet ihren Mund, ihr Kinn, ihr Schlüsselbein. Sie wagt kaum zu atmen. Etwas in ihrem Kopf dreht sich, ihre Hände zittern.

»Wie schön du bist«, flüstert er ihr ins Haar und umgreift ihr Handgelenk, um sie zu sich heranzuziehen. Sein Geruch ist ihr so vertraut, und sie fragt sich, wie das möglich ist, warum es so ist, als wäre es schon immer so gewesen, und warum sie diese ungewohnte Nähe nicht verstört, sondern beruhigt. Einen Augenblick lang stehen sie sich dicht gegenüber, ohne sich zu berühren. Als sein Gesicht näher kommt, spürt sie seinen Atem auf ihren Wangen.

Er küsst sie auf die Nasenspitze und streichelt ihren Nacken, bevor er seine Lippen auf ihre legt, erst vorsichtig, dann ungestüm. Sein Mund ist weich und warm, seine Lippen, seine Zunge schmecken nach Waldmeisterbrause.

Sie schließt die Augen und überlässt sich dem Gefühl, dass Liebe nicht nur das Herz, sondern den ganzen Körper fluten kann, wenn man es zulässt.

Die nächsten Tage, jede einzelne Minute mit Jan verfliegt wie im Rausch. Sie tanzen Rock 'n' Roll zu Bill Haley, machen Pläne, geben ihrer Tochter einen Namen, streiten über den Berufswunsch ihres Sohnes, feiern Addas Examen als Lehrerin mit Sekt und entscheiden, dass sie, sobald Johanne ihre Einwilligung gegeben hat und sie verheiratet sind, in München leben wollen.

Wie durch ein Prisma der Liebe betrachten sie die Welt. Sie genießen die orangegelben, braunen, roten Farben des Herbstlaubs, den Geschmack von karamellisiertem Zucker in jedem Bissen Kaiserschmarren, den Anblick der Bergspitzen, die sich im Grün des Sees spiegeln. Weil sie wissen, dass selbst das Alltägliche schön und das Schöne magisch wird, wenn man liebt und geliebt wird.

»Das Fieber schwindet, die Krankheit vergeht, die Liebe bleibt«, sagt Jan, als sie am Tag ihrer Abreise auf der Wiese liegen, sich halten und küssen und sich lieben. Kurz bevor der Zug einfährt, überreicht er Adda ein Geschenk.

»Mach es auf, sobald du daheim bist«, sagt er. Adda kann ihre Tränen nicht zurückhalten. Niemals zuvor war sie so glücklich und so traurig im selben Augenblick.

Zu Hause angekommen, wartet bereits der Sanddorn auf sie. Es ist Anfang Oktober und die Saison für Gäste vorüber. Die Strandzelte sind im Winterschuppen verstaut, die Tanzkapellen abgebaut und die Sträucher auf dem neuen Feld voll mit reifen Früchten. Sie ist vermutlich die einzige Juisterin, die noch jeden Tag im Meer schwimmt, egal bei welchem Wetter.

In den ersten vier Wochen ist Adda mit fünf anderen Helfern beschäftigt, die Ernte einzufahren. Der Boden ist sandig und wegen des warmen Sommers karger als sonst. Und auch die Temperaturen sind für diese Jahreszeit angenehm warm zum Arbeiten. Jeder nimmt sich eine Sträucherreihe vor und schneidet vorsichtig die voll behangenen Zweige ab. Für diese Massen an Beeren eignet sich die aufwändige Melkmethode nicht. Einfacher ist es, die Zweige eine Nacht im Tiefkühlraum zu lagern und dann die gefrosteten Beeren herunterzuschütteln.

Adda mag diese eintönige Tätigkeit, bei der die Zeit zu verschwimmen scheint. Ihre innere Uhr schlägt ohnehin nur noch im Takt von Ebbe und Flut und der Ankunft der Fähre. Der alte Hinnerk, der als Postbote in seinem Leben häufig Amor zwischen Kurgästen und Einheimischen spielen durfte, freut sich über das jüngste Glück und Addas glühende Wangen, wenn sie jeden Tag unruhig vor ihm steht, von einem auf den anderen Fuß tritt und ihn fragend ansieht. Um sie nicht länger als nötig auf die Folter zu spannen, sortiert er die frisch von der Fähre eingetroffenen Briefe vor und hält Jans Umschlag, noch bevor er aus dem Postgebäude tritt, in der Hand.

Onno hatte sie gleich nach ihrer Rückkehr besucht. Überschwänglich hatte sie ihn begrüßt und ihm, kaum dass sie sich auf der Holzbank vor seinem Backsteinhaus niedergelassen hatten, von Jan erzählt. »Behalte es für dich, aber wir sind heimlich verlobt.«

Onno sah sie seltsam an und fragte, warum sie es so eilig habe.

»Weil wir füreinander bestimmt sind«, antwortete sie ihm lächelnd. Seine Reaktion hatte sie sich anders vorgestellt, gehofft, er würde sich für sie freuen. Stattdessen schaute er, als hätte sie ihm von einer unheilbaren Krankheit erzählt.

»Siehst du nicht, dass wir wieder zusammen sein können wie früher? Niemand wird mehr reden, wenn sie erst wissen, dass ich einem anderen versprochen bin.«

Er nahm sie kurz in den Arm, stand auf und ging ohne ein Wort ins Haus zurück.

Es ist ein kalter Oktobertag. Adda hat sich warm angezogen. Im Glanz der herbstlichen Morgensonne leuchten die Sanddornbeeren tieforange. Addas Hände stecken in dicken Lederhandschuhen. Sie schneidet mit der Rosenschere einen dornigen Ast ab, der sich unter der Last der Beeren bis auf den Boden beugt. Von hinten hört sie Johannes Stimme.

»Man munkelt, du bekommst regelmäßig Post aus Deutschland.«

So nennen die Juister abfällig das Festland. Es gehört zu Johannes Geheimnissen, dass sie alles weiß, was in ihrer eigenen Inselwelt vor sich geht.

Überrascht dreht Adda sich um. Sie kann sie nicht anlügen. Zaghaft erzählt sie ihrer Mutter von dem hübschen Assistenzarzt, der bei seinem Professor hoch im Kurs steht, von seinen braunen Augen, von seiner Leidenschaft für Vögel und den menschlichen Körper.

»Ich hoffe, er hat diese Leidenschaft bei dir im Zaum gehalten und dir keine unschicklichen Avancen gemacht?«, sagt Johanne kühl und fixiert ihre Tochter über die Gläser ihrer neuen Schmetterlingsbrille hinweg.

Johanne, immerhin schon fast vierzig, sieht nach wie vor gut aus. Heute trägt sie ein grünes Twinset mit rotem Halstuch, dazu einen geblümten wadenlangen Rock, der ihre schlanke Taille betont. Nie hat Adda erlebt, dass ihre Mutter sich gehen lässt. Stets duftet sie nach Dior und weiter Welt.

Energisch schüttelt Adda den Kopf. Wie nahe sie sich gekommen sind, verschweigt sie der Mutter mit ihrem unerbittlichen Anstand.

»Mutti, er kommt in zwei Wochen auf die Insel, um dich kennenzulernen.«

»Das warten wir erst mal ab, Kind«, sagt sie tonlos. »Kurbekanntschaften sind so kurzlebig wie Strohfeuer.«

Adda muss schlucken. Um zu beweisen, wie ernst es Jan ist, würde sie ihr am liebsten den Kalender zeigen, den er ihr zum Abschied geschenkt hat und den sie in der Geheimschublade ihres Schminktisches aufbewahrt. Auf jedes der neunundfünfzig Blätter, die bis zu ihrem Wiedersehen abzureißen sind, hat er kleine Illustrationen gemalt, die Geschichten erzählen: den Kuss einer Blaumeise, die von Juist zu ihm fliegt und ihm einen Krumen von Addas geliebtem Rosinenstuten zum Kosten bringt, »Steuermann«, einen haarigen, wuscheligen Berner Sennenhund, der lachend einen Kinderwagen schiebt, oder eine Maus, die Addas Brausepulvereis verschlingt und dafür von einem Kater ins Watt gejagt wird.

»Es ist anders bei uns, Mutti. Wir lieben uns.«

Johanne sieht sie kopfschüttelnd an. »Herrje, Liebe nennst du das«, sagt sie und fuchtelt mit der Rosenschere in der Luft herum. »Wenn ich so was Albernes hören möchte, lese ich einen Lore-Roman.« Dann dreht sie sich auf dem Absatz um und geht.

Wie vom Donner gerührt schaut Adda ihr hinterher und denkt, dass ihre Mutter anders über ihre Verbindung zu Jan denken wird, wenn sie ihn erst einmal kennengelernt hat.

»Weißt du«, sagt Johanne eines Abends, als sie gemeinsam mit Magda in der Küche stehen und den Sanddorn pressen, »dass diese Frucht schon in tausend Jahre alten tibetischen Medizinwerken für seine Nähr- und Heilkraft gepriesen wurde?«

Adda schüttelt den Kopf, während sie eine Handvoll Beeren in die Presse steckt.

Als Hausmittel steht Sanddorn als Saft oder Öl in jedem Juister Arzneischrank, auch der Kurarzt verschreibt es statt Lebertran, vor allem gegen Sodbrennen und Schmerzen. Aber dass die Pflanze eine so alte Heilgeschichte hat, wusste Adda nicht.

»Während du auf Kur warst, hat ein Pharmazeut bei uns gewohnt, der gerade ein Buch über Heilpflanzenkunde schreibt«, fährt Johanne fort. »Er hat erzählt, dass immer mehr Heilmittelhersteller auf die Kraft der Sanddornbeere schwören, und versprochen, mir einen Kontakt zu machen.« Sie zieht einen Zettel aus ihrer Schürze und strahlt plötzlich übers ganze Gesicht; eine Regung, die Adda an ihrer Mutter selten sieht. »In einer Woche habe ich einen Termin bei Weleda in der Nähe von Stuttgart.« Johanne reicht Adda den Zettel, als wüsste ihre Tochter nicht, um welche Firma es sich handelt.

Ungläubig hebt Adda die Brauen. Sie selbst hat Johanne vor ihrer Abreise zur Kur darauf hingewiesen, dass das Unternehmen einer der größten Hersteller für Arzneimittel und Naturkosmetik ist und ein Sanddorn-Elixier herstellt. Sie hatte sogar angeboten, nach ihrer Kur in Kochel direkt ins von dort nur wenige Stunden entfernte Schwäbisch Gmünd zu fahren, um Weleda einen Besuch abzustatten, mit ein paar Flaschen ihres Juister Sanddornsafts im Gepäck. »Vielleicht sind die an unseren Beeren interessiert. Einen Versuch wäre es wert!«, hatte sie gesagt. Aber ihre Mutter hatte die Idee als abwegig abgetan.

»Alles Humbug«, hatte sie ihr entgegnet. »Wir konzentrieren uns auf Mitbringsel.«

Nun schien ihre Mutter sich nicht einmal an Addas Vorschlag zu erinnern, geschweige denn in Betracht zu ziehen, sie zu diesem Termin mitzunehmen.

»Mit einer Zusage kann ich die Bank überzeugen, mir endlich einen Kredit zu gewähren«, fährt Johanne fort.

Sie braucht Geld, um die ehemalige Pension Kumulus nebenan zu erwerben, bevor es der Paulsen auf der anderen Seite tut. Von Jahr zu Jahr kommen mehr Gäste auf die Insel, und Johanne will, dass sie die schönsten Wochen des Jahres im de Tiden und nicht in Paulsens Juister Hof verbringen. Und schon gar nicht im Hotel Heinsen.

»Zwanzig weitere Zimmer, Adda. Damit wären wir das drittgrößte Hotel und fast dran an Heinsen, diesem falschen Fuffziger.« Seit kurzem ist Jupp Heinsen wieder Bürgermeister und Johanne außer sich. Was genau ihre Mutter an ihm so missfällt, weiß Adda nicht, nur dass er bereits unter den Nationalsozialisten erster Mann auf Juist war. Doch er gibt sich geläutert. Auf einer öffentlichen Veranstaltung, die sie gemeinsam mit Onno besuchte, hat er sehr glaubhaft beteuert, dass er damals nur seine Pflicht erfüllt habe und an erster Stelle für ihn immer nur seine Juister stünden. Abschließend stellte er die Frage, welche Wahl man denn überhaupt gehabt habe in einer Zeit, in der jeder Zweifel als Verrat gewertet wurde. Außer Johanne scheint sich aber ohnehin keiner auf der Insel für seine Vergangenheit zu interessieren. Nie hatte sie ihre Mutter so zornig erlebt. Am Tag seiner Wahl verfluchte sie die Juister bei offenem Fenster so lautstark als dumm, kleingeistig, braun und gestrig, dass Magda nacheinander zwei teure Gläser herunterfallen ließ, um sie wieder zur Räson zu bringen. Nach einem doppelten Dornkaat fuhr sie etwas gefasster fort: »Den schicke ich auch noch in die Wüste, wie den Junior, das glaubt mal!« Was sie damit meinte, wollte sie nicht erklären. Adda bekam auf ihre Nachfrage keine Antwort, nur Johannes Lebensweisheit zu hören, mit der sie jede Diskussion beendete: *Glücklich ist, wer vergisst!* So richtig nimmt sie ihrer Mutter nicht ab, dass sie vergisst. Glücklich sieht anders aus.

»Drittgrößtes Hotel, Mutti! Das wäre wunderbar«, sagt Adda jetzt tonlos und sieht durch das Fenster zwei Jungen dabei zu, wie sie auf dem Boden raufen.

»Nur wer sät, kann auch ernten, Adda«, doziert Johanne und führt ihre Hände zusammen wie zu einem Gebet, bevor sie die Handkurbel der Presse kräftig anzieht.

Am liebsten würde Adda ihrer Mutter sagen, dass sie lediglich erntet, was Adda gesät hat. Aber sie sind eine Familie, und vielleicht ist es gut, ein paar ungestörte Tage mit Jan zu haben, ohne Johannes prüfenden Blick. Beim Gedanken daran umspielt ein Lächeln ihren Mund.

Magda, die bislang geschwiegen hat, schaut sie belustigt an, während die Beeren als Saft aus der Rübenpresse in den großen Waschzuber fließen.

»Addas Augen leuchten wie die Sanddornbeeren, bevor sie in der Presse landen. Ist sie verliebt?«

Johanne fährt sie an: »Magda, setz dem Mädchen keine Flausen in den Kopf! Sie schwärmt wie ein dummer Backfisch und weiß doch gar nichts.«

In Addas Ohren rauscht das Blut. Wie abscheulich von ihrer Mutter. Warum muss sie sie immer dann, wenn alles gut zu sein scheint, so vor den Kopf stoßen. Sie schwört sich, ihre Gefühle, ja überhaupt alles, was sie bewegt, in Zukunft für sich zu behalten. Ungeduldig wartet sie auf die Dunkelheit, wenn der Polarstern nur für Jan und sie leuchtet.

Das Wummern der Lok ist wie Musik in Addas Ohren. Es ist das Lied zu Jans Ankunft, die sie so herbeigesehnt hat. Die letzten Tage waren lang, viel zu lang. Jede Sekunde schien sich zu einer Stunde, jeder Tag zu einem Jahr auszudehnen. Mehr als genug Zeit, um sich ausreichend auf diesen Moment vorzubereiten. Sie hat Jan ein Zimmer im Juister Hof besorgt, das einzige Hotel, das außerhalb der Saison geöffnet hat, und eine private Wattwanderung beim alten Behring gebucht. Von Neckermann hat sie sich von ihrem Ersparten Hosen, Kleider und Strickjacken schicken lassen und jetzt den ganzen Morgen überlegt, was sie davon anziehen sollte, während sie ihre schwarzen Haare mit dem Lockenstab zu großen Wellen eindrehte. Schließlich entschied sie sich für eine grüne Caprihose, schwarze Riemchen-Pumps und eine Karobluse, die sie hochknotete.

Ungeduldig tritt Adda nun von einem Fuß auf den anderen, reckt den Kopf nach vorne, um den Zug einfahren zu sehen. Es ist keine Saison, das Gleis menschenleer. Ehe sie den Zug erblickt, spürt sie schon seinen Wind, der ihr Haar durcheinanderwirbelt. Schnell bindet sie sich ein Tuch um den Kopf. In ihrer Aufregung hat sie vergessen, einen Schirm mitzunehmen. Sie kann den Regen riechen, noch bevor er fällt. Hoffentlich hat Jan nicht so viel Gepäck dabei, es steht kein Kutscher vor dem Bahnhof, und der Karren vom Hotel hat keine Regenplane.

Da sieht sie die Lok, aus ihrem Schornstein dampft es noch, als sie quietschend zum Stehen kommt. Addas Herz klopft so laut, dass sie das Tuten kaum wahrnimmt. Gleich wird sie Jan in die Arme fallen, seinen Duft riechen, den Klang seiner Stimme hören. Sie schaut in die Fenster. Der Zug ist fast leer. Jemand streckt sich nach seinem Gepäck auf der Ablage. Plötzlich glaubt sie, es könnte Jan sein. Als der Mann sich umdreht, sieht sie, dass es ein Herr ist, elegant und mittelgroß, ganz und gar nicht so wie Jan. Beim Aussteigen blickt er sie interessiert an und lüftet seinen Hut.

»Guten Tag«, sagt er und starrt sie weiter an. Sie nickt ihm zu und macht einen Schritt zur Seite, um ihn vorbeizulassen.

Jan ist nicht zu sehen.

Prüfend sieht sie sich um. Nichts. Sie geht den Bahnsteig entlang, schaut in jedes Abteil. Nichts. Vereinzelt steigen noch Leute aus, dann niemand mehr. Ihre Hände zittern, ihr Magen zieht sich zusammen. Wo ist er? Als sich die Türen schließen, fühlt sie sich elend.

Warum ist er nicht gekommen? Vielleicht hat er das Schiff verpasst oder die Bahn? Seit zwei Tagen kommen keine Briefe mehr, was sie nicht gewundert hat, schließlich ist er schon auf dem Weg zu ihr. Trotzdem, ihr wird ganz mulmig, und sie verspürt Angst. Wegen der Tide fährt nur ein Schiff am Tag, und sie weiß, dass er heute nicht mehr kommen wird.

Sie tritt vor den Bahnhof und überquert die Straße. Es beginnt zu regnen. Wie ein dichter Schleier fällt der Regen herab und durchweicht ihre Kleidung. Eine Kutsche donnert an ihr vorbei und spritzt ihr einen Schwall Pfützenwasser in die Schuhe. Es ist ihr egal. Sie schlägt den Mantelkragen hoch, zieht die Schuhe aus und rennt zurück. Kaum im Hotel angekommen, eilt sie in die Küche zu Magda. Das Wasser tropft an ihr herunter.

»Hat es einen Anruf für mich gegeben?«, fragt sie außer Atem. Außer Magda ist derzeit niemand im Hotel.

»Deine Mutter«, antwortet Magda und lächelt Adda an. »Die Gespräche bei Weleda waren ganz fantastisch. Soll sie dir einen Erkältungstee von dort mitbringen, so durchnässt, wie du bist?«

Doch Johanne, der Sanddorn oder ihr Zustand interessieren Adda gerade überhaupt nicht. »Ein junger Mann. Jan«, sagt sie ungeduldig. »Hat er angerufen?«

Magda schüttelt den Kopf. »Tut mir leid.«

Ohne ein Wort verlässt Adda die Küche und rennt klitschnass, wie sie ist, zur Post. Kein Brief, nur ein betrübt dreinschauender Hinnerk, der mit den Schultern zuckt.

Sie schaut auf dem Plan nach, wann die nächste Fähre kommt. Morgen um diese Zeit. Adda ist überzeugt, dass er unter den Passagieren sein wird. Er ist nicht der Erste, der das Schiff verpasst hat, beruhigt sie sich. In der Nacht wälzt sie sich unruhig hin und her, ein ungutes Gefühl überkommt sie, ohne dass sie den Grund dafür benennen kann.

Am nächsten Tag steht sie wieder am Bahnhof und blickt in die Gesichter, und auch am übernächsten Tag und an jedem weiteren Tag in dieser quälend langsam vergehenden Woche. Sie hofft und wartet und hält die Luft an, bis sie bis hundert gezählt hat. Es hat doch schon einmal geholfen, damals in Dresden. Aber er kommt nicht und auch kein Brief oder Telegramm. In der Woche darauf wird es zur bestürzenden Gewissheit: Er wird nicht mehr kommen.

Sie kann sich doch nicht so in ihm getäuscht haben. Er muss verunglückt sein, im Krankenhaus liegen, entführt worden sein. Vielleicht hat er sein Examen nicht geschafft und traut sich nicht zu ihr. Adda fühlt sich wie tot, schreibt an das Sanatorium, schreibt an die Münchner Adresse seines Pensionszimmers und an die Universität. Er sei wie vom Erdboden verschwunden, heißt es, und habe keine Adresse hinterlassen. Es ist, als hätte er nie existiert, nur in seinen Briefen und ihrer Erinnerung. Sie ist verzweifelt, vermisst ihn, vermisst sein Lächeln, bei dem sich sein linker und rechter Mundwinkel mit einer klitzekleinen Verzögerung nach oben ziehen. Sie vermisst München, ohne jemals dort gewesen zu sein, vermisst den roten VW Käfer, den sie nie gesehen hat. Irgendwann schlägt dieses Gefühl in Wut um. Wenn wenigstens Joost da wäre. Aber der reist seit einem halben Jahr durch Südamerika, um »als Heimatloser der provinziellen Enge der Bundesrepublik und der Klemme von Juist zu entkommen«. So stand es in dem Brief, mit dem er Johanne und sie von seiner Reise in Kenntnis gesetzt hat.

Was wusste sie schon über Jan? Gab es diesen Käfer überhaupt, ihn oder den Polarstern? Sie geht ins Watt, allein, und schreit, so laut sie kann, gegen den Wind, gegen Jans Abwesenheit an, ohne etwas gegen die betäubende Stille in ihr auszurichten.

»Er hat dich also sitzen lassen«, ist Johannes einziger Kommentar, als sie von ihrer Geschäftsreise zurückkommt. Ansonsten sagt sie nichts, zu sehr ist sie mit den Überlegungen beschäftigt, wie sie den Umbau der Pension nebenan finanzieren soll, die sie mit dem bewilligten Bankkredit kurz nach ihrer Rückkehr gekauft hat. »Ein Hotel in Betrieb ist mehr wert als ein Hotel ohne Betrieb. Auf Norderney bleiben immer mehr Hotels ganzjährig geöffnet. Mit ein bisschen Reklame kriegen wir das de Tiden zwischen den Weihnachtstagen voll. Warum sonst haben wir die teure Zentralheizung in den Fremdenzimmern einbauen lassen?«

Adda hört ihr kaum zu, verlässt das Haus nicht mehr und immer seltener das Bett. Sie hält die Augen meist geschlossen. Denn dann ist sie bei Jan. Sie fahren mit dem roten Käfer nach Italien oder Spanien, Hauptsache zusammen, Hauptsache weg von Juist. Wenn sie nicht in Wachträumen liegt, grübelt sie. Alles hat sich echt angefühlt mit Jan, jeder Blick, jede Berührung, jedes Wort von ihm. Sie schafft es nicht, seine Briefe, den Kalender oder die Schallplatte von Bill Haley wegzuschmeißen, die er ihr geschenkt hat.

Einmal setzt Johanne sich zu ihr ans Bett. Ihre Stimme ist ungewohnt zärtlich.

»*Mit den Flügeln der Zeit fliegt die Traurigkeit davon*, hat einmal jemand geschrieben«, sagt sie und streicht ihrer Tochter eine Haarsträhne aus dem Gesicht. »Es ist wahr, Adda, du musst nur Geduld haben.«

Geduld haben? Warten? Adda will nie wieder warten, auf nichts und niemanden.

14. Kapitel

Juist 2008, Helen

Helen hatte gerade das Foyer betreten, als sie eine schneidende Stimme hörte.

»Helen! Da bist du ja! Ich habe schon auf dich gewartet.«

Sie wandte sich suchend um und erblickte Frauke, die hinter dem Empfang hervorkam. Oh nein, ausgerechnet jetzt! Wo sie doch nach Adda suchen wollte. Sie hatte sie seit gestern Nachmittag nicht mehr gesehen und machte sich Sorgen um sie, wollte sich vergewissern, dass es ihr gut ging. Kreidebleich und ohne ein Wort war Adda nach der Entdeckung des Fotos aus dem Museum gestürmt, vorbei am verdutzt dreinblickenden Fiete Paulsen. Helen hatte noch rasch die Bilder und das letzte Logbuch abfotografiert und wieder eingepackt, als schon Fiete in der Tür stand, mit einer Mischung aus Neugier und Sorge im Gesicht.

»Was ist denn mit Adda los?«, fragte er.

»Nichts weiter, nur ein Anruf«, hatte Helen knapp geantwortet und in Gedanken hinzugefügt: Und dass sie soeben erfahren hat, dass ihr Bruder nicht den gleichen Vater hat wie sie. Denn nur so ließen sich die Bilder erklären, oder?

Fiete konnte seine Skepsis nicht verbergen – und auch nicht seine Enttäuschung, dass hier kein neuer Stoff zum Tratschen zu holen war. »Ach! Sie sah aus, als hätte sie eine schlimme Nachricht bekommen.«

Ohne weiter darauf einzugehen, schmeichelte Helen: »In Ihrem Archiv schlummern ja wahre Fundstücke!«

»Hier drin auch.« Fiete tippte sich an den Kopf.

»Dann wissen Sie vielleicht«, nahm Helen den Ball auf, »wann der letzte jüdische Schüler die Insel verlassen hat und wie es dazu kam?«

Fiete überlegte einen Augenblick. »Es gab da diesen Vorfall, es ging um die Schändung von Nazisymbolen am Strand. Alle Juden mussten auf Geheiß des Bürgermeisters sofort die Insel verlassen. Angeblich wurden sie von der aufgebrachten Meute durchs Dorf gejagt. In diesem Chaos ist ein Schüler verschwunden und auch der ehemalige Besitzer vom de Tiden, Okke Schäfer. Es heißt, der Okke sei verhaftet worden.«

Helen stutzte. Adda hatte ihr eben noch von Johannes ehemaligem Chef erzählt und von seiner kritischen Haltung gegenüber den Nazis.

»Aber sie sind doch bestimmt irgendwann wieder aufgetaucht?«, fragte sie.

»Soweit ich weiß, sind sie spurlos verschwunden.«

»Wurde die Sache denn nach dem Krieg nicht ordentlich aufgeklärt?«

Fiete lachte schief und schüttelte den Kopf. »Aufgeklärt! Einer Insel, die 1956 ihren alten Nazibürgermeister ohne Proteste wiederwählt, ist sicher nicht sehr an Aufklärung gelegen.«

Helen stutzte abermals. Heinsen war nach dem Krieg noch einmal Bürgermeister gewesen? Merkwürdig. Und auch ansonsten hatte der Museumsbesuch mehr Fragen geweckt, als beantwortet worden waren. Warum hatte Johanne zum Beispiel Wilhelm geheiratet, wenn sie von Gustav schwanger gewesen war? Und wie war sie in den Besitz des de Tiden gekommen, ein paar Jahre vor Heinsens Wiederwahl? Überhaupt: *Wo* waren Gustav und Okke abgeblieben? Sie seufzte. Das waren einfach zu viele Fragen. Und die Antworten kannte vermutlich nur die alte Johanne. Ach, wenn Adda sie nur zum Reden bringen könnte, solange noch Zeit war!

Und jetzt stand Frauke vor ihr und wollte mit ihr reden. Darauf hatte sie gerade nun wirklich keine Lust. Das erste Treffen war unangenehm genug gewesen. Warte!, mahnte sie sich selbst. Auch Frauke war eine von Addas Töchtern, auch Frauke könnte ihre, Helens, Mutter sein. Und dass sie so eine unterkühlte, hysterische Art hatte, mochte durchaus seine Gründe haben. Vielleicht war ihr ja vor langer Zeit etwas zugestoßen? Eine unglückliche Liebe, eine ungewollte Schwangerschaft?

Ein Räuspern riss sie aus ihren Gedanken. »Die Unterlagen liegen bei mir zuhause«, sagte Frauke mit unverhohlener Ungeduld. »Wenn Sie mitkommen, gebe ich sie Ihnen.«

Helen bemühte sich um ein Lächeln. Nachdem die Schwestern den halbfertigen Artikel von Marijkes Freund gelesen hatten, waren sie sich einig gewesen, dass Helen ihn zu Ende schreiben sollte. Es fehlten wichtige Stationen aus Eduards Leben, und ein wenig mehr Emotionen könne der Text durchaus auch noch vertragen, ließ Marijke Helen über Adda ausrichten, als die beiden gestern in der Domäne Bill zusammengesessen hatten. Sie hatte sich gefragt, warum sie ihr das nicht selbst mitgeteilt hatte und Adda zwischenschalten musste.

»Sehr gerne, Frauke«, sagte Helen und versuchte, ihrer Stimme etwas Unbefangenes zu geben.

»Ist ja nicht so, als hätte ich nicht alle Papiere schon an diesen Heini von Marijke gefaxt. Also los!« Die letzten Worte stieß Frauke wie einen Befehl aus. Helen spürte die Wut in sich aufwallen. Sie hasste diesen ruppigen Ton. Aber noch mehr hasste sie es, klein beizugeben. Aber es half ja alles nichts. Das hier war *die* Gelegenheit, mehr herauszufinden. Über Addas Familie, vor allem aber über Frauke. Sie wandte sich zur Tür.

»Na dann los.«

Auf dem Weg nach draußen stieß sie beinahe mit Theda zusammen, die gerade ins Hotel stürmte, eine Postkarte in der Hand. »Hallo, Helen!« Theda lächelte sie an – ein freundliches Lächeln, in dem auch eine Spur Vorsicht lag, fand Helen. »Danke, dass du uns aus der Patsche hilfst. Gefällt es dir bei uns, hast du dich eingelebt im de Tiden?«

Helen nickte. Ihr gefiel der bröslige Charme des Hotels, auch wenn das Mobiliar etwas angestaubt wirkte. Adda hatte ihr erzählt, dass sämtliche Zimmer dringend renoviert und neu eingerichtet werden müssten, Eduard sich aber, seit er die Hotelgeschäfte von Johanne übernommen hatte, vor größeren Investitionen scheute. Sie hatte das so erzählt, als wäre mit dem Rückzug der Chefin in die Stille auch das Hotel in einen Dornröschenschlaf gefallen. Helen hatte an ihrem Zimmer eigentlich nichts auszusetzen: zwei kleine, etwas altmodische Sessel unter einer Stehlampe, ein Schreibtisch, unter dem ein kleiner Kühlschrank stand, ein Einzelbett und Nachtschränkchen aus Nussbaum auf einem etwas fleckigen Teppich. Aber dafür ein Blick aus dem Fenster, der bis zum Hafen reichte.

Während Helen und Theda sich weiter höflich lächelnd aneinander vorbeischoben, fragte Frauke: »Hast du Marijke gesehen? Ich muss sie wegen unserer Chorprobe heute Abend sprechen.«

»Ach, hast du es noch nicht gehört?«, erwiderte Theda. »Sie muss nochmal für eine Nacht nach Berlin, Vati bringt sie nach dem Mittagessen zum Flughafen.«

Frauke blieb abrupt stehen. »Machst du Witze? Und was ist mit der Chorprobe?«

»Die muss leider ohne sie stattfinden. Wichtiger Termin. Wenn sie könnte, hätte sie den sicher verschoben.«

»Das glaubst du doch selbst nicht«, murmelte Frauke säuerlich. Helen musterte sie verstohlen. »Gott, ich bin es so leid. So leid«, fügte sie hinzu und ging mit strammen Schritten weiter. Helen hastete ihr hinterher. Je mehr sie über die Kießlings erfuhr, umso weniger begriff sie, wie die Familie tickte und was sie zusammenhielt. Auf den ersten Blick wäre kaum einer auf die Idee gekommen, dass hier etwas nicht stimmte. Doch bei genauerem Hinsehen war all das Unausgesprochene schier mit den Händen greifbar, zwischen den Geschwistern herrschte eine unterschwellige Spannung, die sich jedem offenbarte, der nur ein paar Minuten mit ihnen verbrachte. Fast als wären sie unschuldig zu lebenslanger Sippenhaft verdammt. Sie ließ das Wort, das es so nur im Deutschen gab, in sich nachklingen und dachte daran, wie gerne sie als junges Mädchen in Haft einer eigenen Sippe genommen worden wäre. Zum Beispiel, wenn sie mitbekommen hatte, wie ihre Freunde und deren Geschwister seitens ihrer Eltern Ärger bekamen und eine Bastion gegen sie bildeten oder wenn sie sich untereinander bis aufs Messer stritten. So unsinnig es sein mochte, sie sehnte sich geradezu nach so einem lauten, erbarmungslosen Streit, allein um zu erleben, wie es war, Teil einer normalen Familie zu sein, einer Blutsbande. Aber ihre eigene Sippe bestand nur aus ihren Adoptiveltern und ihr.

Auf der Straße angelangt, stieß Frauke einen tiefen Seufzer aus. Sie deutete auf das gegenüberliegende Haus, vor dem eine Reihe mickriger Stockrosen die Köpfe hängen ließ. »Nordseite, wen wundert's.«

Helen folgte Frauke auf die andere Straßenseite, um die traurigen Blüten in Augenschein zu nehmen. »Die brauchen Sonne, oder?«

Frauke machte eine wegwerfende Handbewegung. »Was sonst?«

Schweigend liefen sie weiter die Strandstraße hinunter Richtung Meer, vorbei an ein paar reetgedeckten Häusern, bevor sie rechts in die Dünen einbogen. Sofort ließ der leichte Wind nach, und Helen fächelte sich Luft zu. Die Sonne brannte ihr auf den Schultern, sie ärgerte sich, dass sie sich nicht eingecremt hatte.

»Heiß heute!« Vielleicht würde ein bisschen Smalltalk helfen. Aber der Versuch der Annäherung verlief wie ihr Weg durch die Dünen, von einem Tal ins nächste. Frauke zeigte keine Regung, obwohl der Schweiß an ihr heruntertropfte, als würde ihr das Missfallen aus allen Poren fließen.

Hinter einer hohen Dünenwand duckten sich mehrere Reihen rotverklinkerter, exakt baugleicher Häuser, lieblos in die hügelige Landschaft hineingebaut. Die Gärten waren durch Thujen voneinander getrennt, und auf jeder Terrasse stand die gleiche weiße Sitzgarnitur aus Plastik, dazwischen grüne Rasenstücke. Auf dem mittleren knatterte ein Mann auf seinem Aufsatzmäher. »Moin, Frauke!«, rief er.

»Moin, Fokke.« Frauke blieb ein paar Meter weiter vor einem roten Holztor stehen, hinter dem sich zu Helens Überraschung ein wunderschön angelegter Garten befand.

»Da wären wir«, sagte Frauke und öffnete die Pforte.

Zögernd folgte Helen ihr in den Garten. Überall blühten Sommerastern, Kornblumen und Hortensien, rosafarbene Clematis kletterte den Holzzaun hinauf, Sanddornbüsche, Holunder und purpurrote Dünenröschen säumten die sandigen Hänge des Grundstücks. Ein Blütenduft, süß wie Honig, mischte sich mit der salzigen Meeresluft und erfüllte Helens Nase. Für einen Moment schloss sie die Augen. Wenn sie das Rasenmähergeräusch ausblendete, hörte sie die See branden; das Haus war nur durch eine Düne vom langen, breiten Strand getrennt.

»Was für ein schöner Flecken Erde. Das hast du alles allein bepflanzt?« Helens Bewunderung war nicht gespielt.

Frauke lächelte spröde und nickte. Wer etwas so Schönes erschuf, konnte kein so übler Mensch sein, dachte Helen. Höchstens einsam. Vielleicht führte der Weg zu Fraukes Herz durch ihren Garten. Kurzentschlossen entschied Helen sich für Diplomatie: selbst zu schrumpfen, um das Gegenüber wachsen zu lassen. Das war eine der ersten Lektionen, die man in Seminaren zur Interviewführung lernte. Langsam und aufmerksam, wie eine gelehrige Schülerin, schritt sie hinter Frauke her durch das Grün und begutachtete jede Pflanze einzeln.

»Bei mir geht leider alles ein, obwohl ich gieße, dünge und sogar mit meinen Pflanzen rede«, klagte Helen. »Wie machst du das bloß?«

Während sie sprach, sah sie plötzlich ihre Mum vor sich, wie sie vor einem großen Oleanderbusch kniete und die Pflanze in sanftem Ton fragte, ob sie gewässert werden wolle, während sie einen Finger in die Erde des Topfes steckte, wie um festzustellen, ob das Gewächs auch die Wahrheit sagte. Das Gleiche tat sie mit Helen, wenn diese sich fiebrig fühlte. »Bist du heiß?«, erkundigte sie sich dann, doch egal, wie Helens Antwort ausfiel, sie gab sich nie zufrieden damit und fühlte lieber selbst.

»Alles eine Frage der Erfahrung«, sagte Frauke und lächelte verhalten. Immerhin. Helen meinte zu spüren, wie ihre abweisende Haltung zu bröckeln begann.

Ermutigt fragte sie: »Wie das Bauen auf Sand?«

Frauke hob die Hand, um Helen am Weitersprechen zu hindern. »Entschuldigung? Was soll das heißen?« Sie kniff die Augen zusammen. »Ich baue also auf Sand, ja? Mein Leben, oder was?«

Helen verstand nicht. »Oh, nein, das meinte ich nicht, ich meinte, das Anbauen von Pflanzen im Sand …« Sie brach ab und hob seufzend die Arme. Und sagte dann, ohne groß nachzudenken: »Hör zu, Frauke. Es tut mir leid, dass ich ohne Ankündigung in deine Familie hineingestolpert bin. Ausgerechnet jetzt, kurz vor dem großen Tag deines Vaters. Du hast sicher gerade anderes im Sinn, als mir Unterlagen für die Firmenchronik herauszusuchen oder mir zu erklären, warum bei dir alles so schön blüht. Falscher Zeitpunkt, falscher Ort – mein Timing ist einfach miserabel.«

Ohne sich von Fraukes finsterem Blick verunsichern zu lassen, fügte sie hinzu: »Ich kann gut verstehen, dass du mich so schnell wie möglich wieder loswerden willst. Aber jetzt bin ich hier, und ich will wissen, warum ich aussehe, wie ich aussehe, und wer mich nicht wollte … oder nicht will!«

Nach einem quälend langen Moment der Stille, in der tatsächlich nur noch der Rasenmäher des Nachbarn und das Rauschen des Windes zu hören war, deutete Frauke auf den Sanddorn. »Um auf deine Frage zurückzukommen: Pflanzen, die in den Dünen wachsen wollen, müssen widerstandsfähig sein. Gegenüber Salz, Sandboden, Schädlingen und starkem Wind. Im Grunde bin ich wie sie, unempfindlich gegenüber Gegenwind oder rastenden Vögeln, die ohnehin bald weiterfliegen oder mir nur Sand in die Augen streuen wollen.«

Helen hielt den Atem an, unsicher, ob es sich um eine versteckte Kriegserklärung, einen kurzfristigen Waffenstillstand oder doch um ein Friedensangebot handelte. Sie wagte nicht, Frauke zu unterbrechen.

Die bückte sich nun, zupfte ein welkes Blatt von einer Dünenrose und verharrte in der knienden Position. »Mich haut so schnell nichts um«, sagte sie, ohne den Kopf zu heben. »Und mit ein bisschen Pflege und liebevoller Ansprache bin sogar ich ganz gut verträglich.«

Als sie sich wieder aufrichtete, hatte sich die Ablehnung aus ihrem Blick verflüchtigt. »Hier stand früher alles voller Sanddornbüsche«, fuhr sie fort, als hätte es die Spannung zwischen ihnen nicht gegeben. »Bevor mein Vater die Pflanzen und das Geschäft mit den Beeren einstampfen und diese Feriensiedlung bauen ließ.« Sie schüttelte den Kopf. »Mit dem Garten wollte ich« – sie ließ ihren Blick über die Blumen schweifen – »der Trostlosigkeit dieser Ferienkasernen ein wenig trotzen.«

»Wer hat dir das Gärtnern beigebracht?«, fragte sie vorsichtig.

»Die Mutter unseres Wattführers! Sie hat den schönsten Garten Ostfrieslands, und sie beackert ihn noch immer allein, mit über neunzig!«

»Die Mutter von Onno?«, fragte Helen erstaunt.

Frauke nickte, während sie Richtung Haus ging. »Mutter Olsen hat einen grünen und einen blauen Daumen. Da sie keine eigenen Enkel hat, hat sie uns Mädchen mehr oder weniger adoptiert und uns bei heißer Schokolade alles über Blumen beigebracht. Und später, als wir alt genug waren, auch alles übers Schnapsbrennen … bei Olsengeist!«

Frauke lachte, zum ersten Mal, und Helen fand, dass sie richtig hübsch aussah, wenn sie nicht so miesepetrig dreinschaute. »Lass uns einen Sanddorngeist nach ihrem Rezept trinken«, schlug sie vor.

Helen schöpfte Hoffnung. »Unbedingt«, sagte sie, obwohl sie es etwas früh dafür fand. Es war nicht mal Mittag. Doch um den wackligen Frieden nicht wieder zu gefährden, hätte sie sogar noch Höherprozentiges getrunken.

Frauke öffnete die Tür.

Das Haus war klein, aber gemütlich eingerichtet, maritim, in blauen und weißen Tönen. Eine Schrankwand, vollgestopft mit Büchern, stand an der Stirnseite des Raumes, und eine lederne Sofaecke, auf der sich eine braune Katze lümmelte, war einladend vor einem großen Kamin platziert. An der Wand hingen mit Muscheln verzierte Bilderrahmen, die Meeresfotografien zeigten; hölzerne Möwen und Apothekergläser mit Muschelsammlungen in Gläsern schmückten die Fensterbretter. Die Luft im Haus war angenehm kühl.

Frauke bat Helen, sich schon mal zu setzen, während sie den Olsengeist und die Unterlagen holte. Die Katze fauchte Helen an, als sie neben ihr Platz nehmen wollte, also setzte sie sich in den Sessel. Da haben sich ja zwei gefunden, dachte Helen. Ihr Blick fiel auf ein bräunliches Foto, das gerahmt auf dem kleinen Couchtisch zwischen Sessel und Sofa stand. Es zeigte drei kleine Mädchen am Strand, die die Arme umeinandergelegt hatten und lächelten. Hinter ihnen standen ein Mann und eine dunkelhaarige Frau mit einem Baby auf dem Arm, die einander unbeschwert anlachten. So sieht eine glückliche Familie aus, dachte Helen, als Frauke ein Tablett vor ihr abstellte und sich neben ihrer Katze niederließ, die sofort zu schnurren begann.

Frauke folgte Helens Blick, griff nach dem Rahmen und betrachtete abwechselnd ihren Gast und das Foto.

»Als hätte man dich aus Mutters Rippe geschnitten!«, sagte sie zu Helens Überraschung.

Sie hatte recht. Adda, auf dem Bild ungefähr in Helens Alter, war ihr Ebenbild.

»Man muss mit Blindheit geschlagen sein«, fuhr Frauke fort, »um eure Ähnlichkeit nicht zu bemerken.«

Helen warf ihr einen dankbaren Blick zu. »Wann war das?«, fragte sie.

»Im Sommer 1962.« Frauke lachte leise und hielt Helen das Bild hin. »Links, das ist Wanda, in der Mitte ich als Dreijährige, und die kleine Verdruckste rechts ist unsere Theda.«

Wanda. Helen musterte das kleine Mädchen. Blonde Flechtzöpfe, der Rücken durchgedrückt, fehlende Schneidezähne unten und ein durchdringender Blick, der sie an ihre Mum erinnerte, wenn diese sich konzentrierte.

Frauke stellte das Bild zurück auf den Couchtisch. »Dieses Bild ist im Grunde alles, was von ihr übrig ist.«

Sie schien keine Probleme zu haben, über ihre verstorbene Schwester zu reden.

»Sie ist ertrunken, nicht wahr?« Sie nahm das Glas, das Frauke ihr reichte, und nippte daran.

»An Vatis fünfzigstem Geburtstag.«

Helen musste ein Husten unterdrücken. Sie wusste nicht, ob ihr der Likör oder der Gedanke an einen Tod durch Ertrinken die Kehle zuschnürte.

»Sie war verliebt in Mattes, meinen Ex-Mann. Ihn an mich zu verlieren, dass ich ihn geheiratet und ein Kind von ihm bekommen habe, das muss ein harter Schlag für sie gewesen sein. Und es war niemand mehr da, bei dem sie sich ausheulen konnte. Ihre beste Freundin Mette war auf und davon. Vielleicht ist sie darum so leichtsinnig, so unvorsichtig gewesen.«

Während Helen überlegte, wie sie angemessen auf diese Informationen reagieren konnte, kippte Frauke den Inhalt ihres Glases in einem Zug hinunter.

»Wie geht man bloß mit so einem Schicksalsschlag um?«, sagte Helen wie zu sich selbst

»Wie?«, fragte Frauke und zog die Augenbrauen hoch. »Meine Eltern hatten da eine Lösung. Sie haben nicht mehr über Wanda geredet, alle Fotos abgehängt und versucht, den Schmerz und die Erinnerungen aus unserem Familiengedächtnis zu tilgen, als hätte meine Schwester nie existiert.«

»Das ist grausam«, kommentierte Helen leise und nahm einen weiteren Schluck aus ihrem Glas. Die Wärme, die sie in ihrem Magen spürte, war bei dieser Hitze nicht unbedingt wohltuend. Sie hustete.

»Tja, zäh wie Leder und hart wie Kruppstahl«, fuhr Frauke fort, nachdem Helen sich beruhigt hatte. »Dazu sind meine Eltern erzogen worden. Gefühle ließen sie sich nicht anmerken. Und dasselbe haben sie von uns erwartet.« Sie blickte Helen an. »Brennt ganz schön, oder?«, sagte sie. »Dagegen hilft nur Weitertrinken!«

Helen nickte abwesend. Sie kriegte das Bild nicht zusammen mit der Adda, die sie kennengelernt hatte. »Schweißt einen so ein Unglück denn gar nicht zusammen?«

Frauke lachte bitter. »Nach außen vielleicht. Nach innen kämpfte bei uns jeder für sich allein, mit sich und seinem Platz.« Sie goss ihnen beiden nach und leerte ihr Glas erneut, bevor sie weitersprach. »Nicht einmal mein Sohn, das erste und einzige Enkelkind, schaffte es, meine Eltern irgendwie aufzumuntern.« Frauke rieb sich die Augen, als könnte sie so die schmerzhaften Erinnerungen wegwischen. Groll mischte sich in ihre Stimme, als sie hinzufügte: »Und ich schon gar nicht!«

Helen schüttelte den Kopf, während sie sich ein weiteres Mal das Foto besah. Sie stellte sich das Bild ohne Wanda vor und wie jedes der verbleibenden Familienmitglieder um seinen neuen Platz rang. Aber egal, wie sie sich in Helens Gedanken auch aufstellten, wie sie sich hin- und herschoben und verrückten, es blieb eine Lücke. Sie wirkten auseinandergerissen, verloren.

»Wie war sie?«, fragte Helen schließlich.

Frauke musterte sie. »Getrieben von Unruhe. Ein wenig zu ungestüm, mitreißend. Wie die Flut.« Sie seufzte. »Die vier Gezeiten. So hat meine Mutter uns immer genannt.«

»Und was bist du? Ebbe oder Flut?«

Frauke sah sie nachdenklich an. »Ebbe«, sagte sie dann. »Wie Theda: ruhig, ein wenig misstrauisch, zurückgezogen, sesshaft.«

Helen betrachtete sie von der Seite und dachte, dass Frauke vielleicht ruhig war, aber mitnichten wehrlos. Sie stand im Zentrum.

»Ich kann mir zum Beispiel nicht vorstellen, woanders zu wohnen«, fuhr sie fort.

»Das verstehe ich gut«, sagte Helen. »Diese Weite, die Wiederkehr des immer Gleichen, die Abgeschiedenheit, das hat seinen eigenen Reiz, und das prägt einen, nicht wahr?«

»Und das Raue der Insel«, stimmte Frauke zu und schlug die Mappe mit den Unterlagen auf. Vorsichtig nahm sie einige Zeitungsblätter heraus und breitete sie auf dem Tisch aus. Sie seufzte. »Man muss sich auch anpassen können. Wir wissen ja, wo es hinführen kann, wenn man der Insel trotzt.«

Sie deutete aus dem Fenster. Helen folgte ihrem Blick. »Da drüben ist Norderney«, sagte sie. »Ich stand häufig am Anleger in Norddeich Mole, von wo es rechts nach Juist und links nach Norderney geht. Wie oft habe ich mir gesagt, ich müsste jetzt nur einmal nach links gehen.« Sie schüttelte den Kopf und zog einen Artikel zu sich heran. »Bin ich aber nicht«, fuhr sie fort. »Bis heute war ich noch nicht auf Norderney! Mir fehlt vermutlich Marijkes und Wandas Flutgen, die Abenteuerlust im Blut!«

Helen war nicht überrascht. Wie Frauke sich das Neue vom Leib hielt, hatte sie selbst erlebt.

Frauke tippte auf einen Artikel und las vor: *»Februar 1962: Sturmflut erreicht Juist.«* Darunter: *»Der Mann der Stunde: Dr. Eduard Kießling. Dank seines beherzten Zupackens sind keine größeren Schäden entstanden!«* Sie lächelte. »Wie eine Vorhersehung: In der Nacht wurde Marijke geboren, trotz oder wegen der Sturmflut. Mein Vater legte unterdessen den Grundstein für seine politische Karriere. Er wurde als Retter Juists Bürgermeister und schickte Omas Erzfeind Heinsen in die Bedeutungslosigkeit. Auch in den Tod, irgendwie. Er ist ein paar Tage später an einem geplatzten Aneurysma gestorben.«

So lange hatte Heinsen also noch das Sagen, und ausgerechnet Eduard löste ihn ab. Helen konnte sich nach Addas Schilderungen lebhaft vorstellen, was für ein großer Tag seine Niederlage für Johanne gewesen sein musste. Während Frauke nach und nach die Artikel und Eduards handgeschriebenen

Aufzeichnungen überflog und die wichtigsten Stationen von Eduards politischer und unternehmerischer Karriere aufzählte, machte sich Helen Notizen. Da war die Einweihung des Hallenschwimmbades, der Neubau des Deiches, der Erwerb des Juister Hofes von Fietes und Mattes' Großvater, die Gründung des Flughafenvereins.

»Und hier, im März, 1982«, sagte Frauke und hielt Helen einen ganzseitigen Artikel aus dem *Ostfriesenkurier* unter die Nase. »Vatis ganzer Stolz. Die Bahn fährt zum letzten Mal, und der Hafen mitten im Dorf wird in Betrieb genommen.«

Helen merkte, wie sie vor Aufregung zu zittern begann. Zur Beruhigung kippte sie den Rest vom Glas hinunter. Im Juni desselben Jahres war sie geboren worden. Sie nahm die Zeitungsseite an sich und betrachtete das Foto eingehend. Dr. Kießling, mit graumeliertem Haar und im schwarzen Dreiteiler, neben einem fremden Mann, Frauke und einem kleinen, etwa drei Jahre alten Jungen.

Frauke schüttelte fast ungläubig den Kopf.

»Da waren wir noch glücklich, mein Ex-Mann Mattes, unser Sohn Arne und mein stolzer Vater.«

Frauke trug auf dem Bild ein enganliegendes Kostüm, das ihren damals noch schlankeren Körper betonte. Unmöglich, dass Frauke ihre Mutter war.

Helen wusste nicht, ob sie sich freuen oder erleichtert sein sollte. Kurz schloss sie die Augen und lehnte sich zurück. Wenn der Tag so bedeutsam gewesen war, wo waren dann Johanne, Adda, Theda oder Marijke abgeblieben?

»Und die anderen?«, fragte sie und richtete sich auf.

Frauke schüttelte wieder den Kopf, diesmal mit einem Ausdruck von Missbilligung im Gesicht. »Marijke reiste zu der Zeit als Model durch die Welt, und Theda war auf Konzertreise in den USA.«

Helen verspürte ein plötzliches Frösteln. Theda? Die verdruckste Theda? Konnte sie ihre Mutter sein?

»Wie lange war Theda denn weg?«, fragte sie so beiläufig wie möglich.

»Über ein Jahr. Ich glaube, sie war verliebt in den irischen Geiger.«

Helens Herz pochte, als wolle es ihr eine Nachricht überbringen.

Frauke runzelt sie die Stirn. »Du bist sechsundzwanzig, oder?«, fragte sie, als hätte sie ihre Gedanken erraten. Sie erhob sich und blickte aus dem Fenster.

»Theda … Verschwiegen wie ein Goldfisch und undurchsichtig wie ein Heilbutt«, sagte sie. »Nicht auszuschließen, dass sie in dieser Zeit ein Kind auf die Welt gebracht hat. Und was ist überhaupt mit Marijke?« Sie setzte sich wieder. »Wer weiß, was sie alles so getrieben hat in der Ferne. Sie stellt ihre Promiskuität ja mehr als deutlich auf ihren pornografischen Fotos zur Schau.« Offensichtlich spielte sie auf den gerade erschienenen Bildband an, für den Marijke perfekt unperfekte Promifrauen von hinten fotografiert hatte, hüllenlos.

Als Helen gerade einwenden wollte, dass die Fotos als große Kunst anerkannt waren, tauchte der Kopf eines jungen Mannes am Treppengeländer auf. Mit hochgezogenen Augenbrauen blickte er Helen aus stahlblauen Augen an, die sie sofort an Alex erinnerten. »Du bist doch sicher Helen. Ich hab schon von dir gehört!«

Helen rang sich ein Lächeln ab und stand auf, als er ihr mit ausgestreckter Hand entgegenkam. »Siehst tatsächlich aus wie Adda in jung!«

»So sagt man«, erwiderte sie und gab ihm die Hand. »Und du musst Arne sein!«

Er grinste schief und quetschte sich neben seine Mutter auf

die Sofakante. Er musste um die dreißig sein, trug einen ungepflegten Dreitagebart im gleichen Farbton wie sein Haar, das unter einer Baseballmütze hervorlugte, und ein zerbeultes T-Shirt, das aussah, als hätte er darin geschlafen.

»Was machst du denn hier?«, fragte Frauke und wandte ihm den Kopf zu. »Musst du nicht arbeiten?«

Arne stöhnte und goss sich einen Likör in Fraukes Glas.

»Ich habe gekündigt!« Er runzelte die Stirn. »Zwölf-Stunden-Tage, unbezahlte Überstunden, Großraumbüro? Ehrlich?« Seine Stimme troff vor Selbstmitleid.

»Tja, ich hab's kommen sehen«, sagte Frauke knapp.

Er hob das Glas an den Mund. Kaum hatte er es geleert und auf dem Tisch abgestellt, griff er nach dem Zeitungsartikel, den sie sich gerade angesehen hatten. *»Hafen in Betrieb«*, las er und setzte ein spöttisches Lächeln auf. »Wie selbstzufrieden Großvater da schaut. Als ob nicht jeder wüsste, was er der Insel damit eingebrockt hat.«

Fraukes Augenbrauen zogen sich zusammen. »Was redest du denn da?«, sagte sie. »Niemand konnte damals ahnen, dass der Hafen so verschlicken würde …«

Ihr Sohn lehnte sich etwas zurück und betrachtete seine Mutter mit überheblichem Grinsen. »Dann frag mal Onno und Konsorten. Die haben schon vorher davor gewarnt.«

»Das ist blanker Unsinn, und das weißt du!«, stieß Frauke hervor. »Die Instandsetzungskosten für den rotten Anleger und die olle Bahn standen in keinem Verhältnis mehr.«

Helen blickte zu Boden. Am liebsten hätte sie sich davongemacht, um Theda auf den Zahn zu fühlen, anstatt Zeuge des Streits zu sein, der sich da gerade anbahnte. Doch Arne schien in ihr das perfekte Publikum zu sehen.

»Weißt du, Helen«, begann er, »es war einmal eine schöne hellblaue Inselbahn, unser nostalgisches Wahrzeichen, das von allen geliebt wurde, von den Touristen, den Juistern und selbst den Möwen, die Carl, die Lok, höchstselbst am Sonntag zum Bahnhof eskortierten.«

Er machte eine kurze Pause. »Bis ein paar mächtige Männer, hier und in der Reederei, auf die Idee kamen, auf der Wattseite mitten im Dorf einen Inselhafen auszubaggern, für mehr Touristen, mehr Geld und ein wenig Unsterblichkeit.« Er hielt einen Augenblick inne, ließ seine Worte wirken. »Blöd nur, dass die Rechnung nicht aufgegangen ist.« Er trommelte mit den Fingern auf die Holzlehne und sah Helen erwartungsvoll an.

Sie zuckte nur mit den Schultern.

»Sei nicht so ungerecht«, herrschte Frauke ihn an. Sie hatte rote Flecken im Gesicht bekommen. »Dein Großvater hat alles nach bestem Wissen und Gewissen abgewogen. Er wollte immer nur das Beste für die Insel, das weißt du. Nicht er, sondern die Tide bringt neuen Schlick!«

»Hört, hört!«, sagte Arne betont ruhig. »Und warum schafft der große Dr. Kießling die Gezeiten nicht einfach ab? Er kann doch sonst alles!«

Helen sah, wie Fraukes Schläfenader pulsierte. Es gefiel ihr nicht, wie hoch Arne seine Nase trug und wie er seine Mutter behandelte.

»Du bist immer noch wütend«, erwiderte Frauke, »dass Großvater dich nicht als seinen Nachfolger will. Das verstehe ich. Aber du kannst aus Enttäuschung nicht sein ganzes Lebenswerk zerreden!«

Arne strich sich über seinen stoppeligen Bart. »Sein *Lebenswerk?*«, fragte er spöttisch. »Sein mit fremden Federn geschmücktes, frisiertes und mit Sahne verziertes Lebenswerk?«

»Wage es nicht, so über deinen Großvater zu reden!« Fraukes Lider zitterten vor Anspannung.

Arnes Blick glitt kühl über sie hinweg zu Helen. »Majestätsbeleidigung«, formte er lautlos mit dem Mund und sagte dann für alle hörbar: »Sein ganzer Besitz, die Hotels und Immobilien, der Baugrund, das hat er doch alles Urgroßmutter zu verdanken. Und die ganze Sache mit dem Nationalpark, für den er jetzt geadelt wird, ist in Wahrheit das Lebenswerk von Oma Adda und Onno!«

Frauke schwieg lange, dann sagte sie mühsam beherrscht: »Wir wissen beide, dass dein lieber Vater dir diesen Floh ins Ohr gesetzt hat, aus Rache, weil dein Großvater ihn nach seinen ganzen Affären gefeuert hat. Keine Insel ist so grün wie Juist, und das ist vor allem Vaters Verdienst.«

Während sie sprach, führte Arne demonstrativ eine Hand zum Mund und gähnte laut. Helen überlegte fieberhaft, wie sie sich aus dieser unangenehmen Situation befreien konnte, ohne Position zu beziehen.

»Das Einzige, was an diesem Hochstapler grün ist, ist der Rotz in seiner Nase. Frag doch mal Omas geliebten Onno!«

»Nun reicht es aber!« Frauke schlug mit der geballten Faust auf den Tisch. »Jetzt bewirfst du auch noch Mutter und Onno mit Dreck!«

Helen stockte der Atem. Ihr reichte es auch. »Ich muss mich leider jetzt verabschieden«, sagte sie und stand abrupt auf.

»Liegt es an mir?«, fragte Arne mit unerwarteter Unsicherheit in der Stimme.

Was glaubte dieser Kindskopf? »Nein«, sagte Helen. Mehr brachte sie nicht heraus.

Frauke folgte ihr. An der Tür drehte Helen sich kurz zu Arne um, der ihr hinterherschaute wie ein verwundetes Reh. In seiner leichten Kränkbarkeit war er seiner Mutter durchaus ähnlich, dachte Helen.

Sie schwiegen einen Augenblick lang, dann flüsterte Frauke: »Du darfst nicht alles glauben, was mein Sohn sagt. Seit Mattes die Insel verlassen hat, ist Arne neben der Spur und projiziert die Wut auf seinen Vater auf alle, die es gut mit ihm meinen, auf Adda, auf die Juister, auf mich und besonders auf meinen Vater. Morgen wird es ihm wieder leidtun.« Aber es klang weder überzeugend noch überzeugt.

»Glaub mir, ich kenne niemanden, der so verantwortungsvoll, fleißig und integer ist wie mein Vater.« Sie seufzte. »Nicht weniger als das erwartet er von meinem Sohn, wenn er in seine Fußstapfen treten möchte. Nur tut er sich etwas schwer damit, wie du siehst.«

Frauke deutete auf ein Hochzeitsfoto ihrer Eltern, das an der Flurwand hing.

»Fünfzig Jahre ist das jetzt her. Und er trägt meine Mutter immer noch auf Händen«, sagte sie leise. Es war offensichtlich, dass sie an Mattes dachte. Unter ihrem Schild aus Härte und Pragmatismus schimmerte eine Verlorenheit, die Helen anrührte. Nach einem Moment des Schweigens fuhr Frauke fort:

»Es war Liebe auf den ersten Blick.« Sie lächelte. »Mutter hat ihm bei seinem Anblick die Blumen eines anderen vor die Füße geworfen.«

15. Kapitel

Juist, Jahreswende 1956/57, Adda

Die Zeit drängt, morgen ist schon Heiligabend. Adda lehnt sich an die Leiter, auf der Onno schwankend versucht, den Weihnachtsstern an der drei Meter hohen Decke der Hotelhalle anzubringen, und blickt verärgert auf die Uhr. Ob der neue Betriebsleiter mit der heutigen Fähre kommt? Weihnachten ist keine gute Zeit für zu wenig Personal.

»Halt richtig fest, Adda, die Leiter wackelt!«, sagt Onno mit besorgter Stimme.

»Soll ich dir ein Sprungtuch spannen?«, fragt sie belustigt und schaut erneut auf die Uhr.

»Es geht auch so«, sagt Onno kopfschüttelnd. »Vorausgesetzt, du hältst die Leiter mit beiden Händen fest und schaust nicht alle zwei Sekunden auf die Uhr. Er wird schon noch kommen.«

Um das Hotel voll zu kriegen, hat Johanne die Werbetrommel gerührt. Sie hat jeden ehemaligen Gast persönlich angeschrieben, Annoncen in großen Tageszeitungen geschaltet und mit der frischen salzigen Winterluft, den leeren Stränden und der Möglichkeit zur Selbstbesinnung in der stillen Zeit geworben. Und sie hat als Ersatz für Fritz endlich einen neuen Betriebsleiter eingestellt, der in einem großen Hotel in Köln gelernt hat und schon vor drei Tagen hätte eintreffen sollen. Am Telefon tischt er ihnen täglich eine andere Erklärung auf, Zugausfall wegen Bombenentschärfung, Koffer verloren oder Fähre verpasst. Keiner weiß, was ihn wirklich aufhält.

An der Tür herrscht Gedränge. Die Sonne scheint, und die warm eingepackten Gäste wollen der Kälte trotzen und nach dem Frühstück durch den Ort oder am Strand spazieren. Ein kleiner Junge mit dunkelblonden Locken löst sich von seinen Eltern und stellt sich direkt vor Adda, eine Hand in der Hosentasche vergraben, in der anderen einen kleinen Strauß Nelken, den er Adda entgegenstreckt.

»Vom Knecht Ruprecht«, murmelt er und schaut verlegen zu Boden. Adda nimmt die Blumen entgegen und will ihm danken, aber da flitzt er schon aus der Tür und seinen Eltern hinterher, vom eigenen Mut beschämt.

»Lass das nicht den Sünnerklaas hören«, ruft Onno lachend von der Leiter hinunter. »Juist ist sein Revier, nicht das vom Ruprecht!«

Magda, die gute Fee des de Tiden, kommt aus dem Speisezimmer, wo sie das Parkett gebohnert hat, und lächelt Onno an. »Dunnerlittchen! Die Konkurrenz schläft nicht, egal, wo sie sich bettet!«

Magda, Johanne, Adda und drei Hotelhilfen haben die vergangenen Tage durchgeschuftet – die Gästezimmer auf Vordermann gebracht, ein Dutzend Gänse ausgenommen, Rotkohl und Suppen für achtzig Gäste vorgekocht, Gemüse eingelegt, Strohsterne gebastelt und das Hotel geschmückt. Überall stehen Porzellanengel, in den Fenstern leuchten Kerzen, und an den Treppen hängt Tannengrün, mit roten Schleifen befestigt. Es ist, als ob Juist, als ob sie alle eine Pause vom Winterschlaf machten.

Adda kommt das gerade recht. Nur wenn sie sich rund um die Uhr beschäftigt, kann sie sich von der Sehnsucht nach Jan ablenken. Und wenn sie mit Onno zusammen ist. Der lässt ihr den Kummer nicht durchgehen und schleppt sie bei jedem Wetter ins Watt, um sie auf andere Gedanken zu bringen.

»Liebeskummer ist eine Krankheit, und die kennt nur eine Medizin: Watt und Witze.«

Obwohl ihr nicht oft zum Lachen zumute ist, schafft Onno es immer wieder, sie für ein, zwei Augenblicke in die Unbeschwertheit vergangener Tage zurückzuversetzen, als sie noch nicht wusste, wie sich Herzschmerz anfühlt. Es ist, als hätte ihr Kummer Onno an sein Versprechen erinnert, das er ihr am Tag ihrer ersten Begegnung gegeben hatte: als der Ältere dafür zu sorgen, dass sie nicht untergeht. Nun, da er in ihr Leben zurückgekehrt ist, wird sie ihn nicht mehr fortlassen.

Mit der freien Hand greift Adda nach einer Leitersprosse und hält sie fest umschlossen.

»Ohne den Neuen können wir die Tanne jedenfalls nicht aufstellen«, sagt sie.

Kaum baumelt der Stern frei vom Deckenhaken, steigt Onno langsam die Leiter hinunter. »Zur Not stellen wir einen Julbaum auf. Den trage ich dir mit meinem linken Zeigefinger«, sagt er und wedelt mit der Hand vor ihrer Nase herum.

»Julbaum, Sünnerklaas! Onno, unsere Gäste wollen ein echtes Weihnachten mit Tanne und Knecht Ruprecht und keine ostfriesische Folklore«, entgegnet sie. Sie kann dem mit Tannengrün geschmückten Holzgerippe genauso wenig abgewinnen wie ihre Mutter.

Onno grinst sie an und deutet durchs Fenster auf die Straße. »Na dann, Knecht Ruprecht, alter Gesell, hebe die Beine und spute dich schnell!«, zitiert er. »Da geht Paulsen junior. Wenn er uns hilft, kriegst du dein richtiges Weihnachten.«

Adda lacht. »Schon verstanden«, sagt sie und eilt zur Tür. Eike, der Sohn vom Juister Hof, hat ein Auge auf sie geworfen, auf sie und alle anderen Mädchen.

»So ist es recht.« Onno verbeugt sich tief. »So geh mit Gott, mein treuer Knecht!«

In der Tür stößt Adda beinahe mit einem Mann im Anzug zusammen, der eine Reisetasche in der einen und einen Aktenkoffer in der anderen Hand hält. Vor Schreck lässt sie die Nelken fallen. Hastig stellt der Fremde sein Gepäck ab, bückt sich und hebt die Blumen für sie auf.

Adda sammelt sich. »Da sind Sie ja endlich!«, sagt sie und nimmt die Nelken entgegen. »Woher kommen Sie so spät?«

»Von draußen«, antwortet der Mann.

Onno fragt lächelnd: »Vom Walde?«

Der künftige Betriebsleiter schüttelt den Kopf. »Nein, von der Fähre!«, antwortet er verwirrt.

Onno und sie können nur mit Mühe verhindern, laut loszuprusten.

Der Neue, um die dreißig, drahtig, nicht besonders groß, dunkelhaarig, blauäugig, alles in allem recht gutaussehend, sieht sie an wie vom Donner gerührt. Ein paar Schweißperlen laufen an seinen Schläfen herunter. Dann ruft er mit Blick auf den roten Weihnachtsstern aus: »Wie wunderbar, ein original Herrnhuter Adventsstern mit fünfundzwanzig Zacken!«

»Ach tatsächlich?« Adda schüttelt verärgert den Kopf. »Während Sie Zacken zählen, haben wir die Fähren gezählt, die Sie verpasst haben«, sagt sie, die letzten beiden Worte betonend, und steckt sich eine Zigarette an. Sie inhaliert und schüttelt sich. Nicht mal die schmecken ihr mehr.

»Ich, ich …«, stottert der Mann.

Onno geht einen Schritt auf ihn zu und unterbricht ihn.

»Wenn Sie das Fräulein Adda nicht noch mehr verärgern wollen, dann helfen Sie uns schnell, die Tanne in den Wintergarten zu tragen und aufzustellen.« Mit einer Kopfbewegung fordert Onno ihn auf, ihm vor die Tür zu folgen.

Ein paar Minuten später – der Anzugträger hat sein Jackett ausgezogen und seine Hemdsärmel hochgekrempelt –

wuchten die beiden Männer die Tanne von draußen durch die Halle an den gedeckten Tischen des Speiseraums vorbei in den freigeräumten Wintergarten. Vor der Fensterwand steht ein Christbaumständer, daneben eine große Kiste mit Weihnachtsschmuck. Die beiden versuchen, das Stammende in die Öffnung zu manövrieren. Am liebsten würde sie selbst Hand anlegen, aber mit ihrem roten, engen Hemdblusenkleid kann sie sich ohnehin kaum bewegen.

»In den Ständer, nicht daneben«, schnauzt Adda, als der Baum hin- und herschwankt wie eine Fahne. Mit viel Mühe schaffen sie es schließlich, den Baum aufzurichten.

»Vergesst nicht, die Schrauben festzuziehen«, mahnt Adda, »bevor die Tanne noch durchs Fenster kippt!«

Onno streckt ihr die Zunge heraus und bemerkt zu seinem Helfer gewandt: »Wenn Sie glauben, dass das Arbeiten unter Fräulein Adda anstrengend ist, dann sollten Sie erst ihre Frau Mutter kennenlernen.«

Kaum hat er den Satz ausgesprochen, steht Johanne vor ihnen. »Kinder, der Baum ist ja noch nicht mal geschmückt«, faucht sie. Und erstarrt, als sie den zweiten Mann sieht, der hinter der Tanne hervortritt.

Der Fremde und Johanne sehen sich an.

»Dr. Eduard Kießling mein Name«, ergreift er als Erster das Wort, während er auf sie zugeht. »Ich freue mich, endlich im de Tiden zu sein.« Er streckt Johanne die Hand entgegen. »Ich habe schon so viel von Ihrer legendären Gastfreundschaft gehört.«

Adda schießt das Blut in den Kopf. Auch ihre Mutter scheint diese peinliche Situation nicht kaltzulassen; Adda hat sie selten so sprachlos erlebt. Es dauert einen langen Moment, ehe Johanne ihm die Hand gibt.

»Ich weiß nicht, ob mich das beruhigt«, sagt sie, und ihre

Stimme zittert ein wenig, als wäre sie erschöpft von den Anstrengungen der vergangenen Tage. »Zu unserer Gastfreundschaft gehört jedenfalls nicht, unsere Gäste zum Arbeiten zu verdonnern, glauben Sie mir.« Sie wirft Adda einen strengen Blick zu.

»Sie sind Arzt, nicht Betriebsleiter!«, stellt Adda fest, nachdem sie den ersten Schreck überwunden hat.

»Vielmehr Advokat«, entgegnet er.

Adda lacht etwas verlegen.

»Verzeihen Sie die Verwechslung«, sagt sie. »Wir haben den neuen Betriebsleiter erwartet, aber der scheint sich gegen den Job entschieden zu haben.«

»Kann man es ihm verdenken?«, erwidert Dr. Kießling schmunzelnd und schüttelt sich Tannennadeln von Haaren und Hemd.

Nachdem sie silbernes Lametta, bunte Kugeln und Strohsterne aufgehängt haben, zeigt Adda ihm sein Zimmer. Er wolle sich nach der Pflicht die Kür nicht nehmen lassen, hat er gesagt und darauf bestanden, Adda beim Schmücken des Tannenbaums zur Hand zu gehen.

»Kommen Sie aus Dresden?«, fragt Adda nun, während sie die Tür zum Badezimmer öffnet.

Ruckartig bleibt er stehen und sieht sie verwundert an. »Keineswegs. Ich komme aus Freiburg«, sagt er etwas steif.

»Und woher wissen Sie dann, dass der Stern ein Herrnhuter Original ist?« Adda lächelt. »Das wissen sonst nur Leute aus der Gegend.«

Für einen Moment scheint Dr. Kießling wie geistesabwesend. Dann sagt er langsam: »Mein Großvater kam aus Dresden.«

Adda lächelt. »So ein Zufall. Meine Familie auch!«

Es ist Heiligabend. Johanne läutet die Glocke, und Dr. Kießling, der an ihrer Seite steht, öffnet die Flügeltüren zum Speisesaal, als wären sie beide die Gastgeber. Die Tanne erstrahlt im Kerzenlicht, und die Gäste strömen herein. Alle sind festlich gekleidet, tragen lange Kleider und Smoking.

»Wollen wir Dr. Kießling an unseren Tisch einladen?«, fragt Johanne, als Adda neben sie tritt. »Das sind wir ihm wohl schuldig nach dieser unangenehmen Verwechslung.«

»Natürlich«, erwidert Adda und nickt dem unverbindlich dreinblickenden Dr. Kießling freundlich zu. Zu dritt schreiten sie an ihren Tisch, und Dr. Kießling rückt den beiden Frauen den Stuhl zurecht. »Möchten Sie etwas trinken? Einen Sekt zum Anstoßen vielleicht?«, fragt er, als das Mädchen die Teller mit Gänsebraten, Rotkohl und Kartoffelklößen serviert hat.

Ihre Mutter lächelt ihn dankbar an, und sobald er die Gläser gefüllt hat, prosten sie einander zu und wünschen sich frohe Weihnachten.

Adda nippt an ihrem Glas, während sie den Blick durch den Raum schweifen lässt und teilnahmslos die zufriedenen, lächelnden Gesichter betrachtet. Das Gefühl, nicht dazuzugehören, lässt sie nicht los. Ihr Kopf dröhnt, und sie ist froh, dass Johanne und ihr Gast das Reden übernehmen. Sie sind inzwischen zu Riesling übergegangen, ganz vertieft in ihr Gespräch, und lachen viel. Adda folgt ihrer Unterhaltung apathisch und sagt kein Wort, was niemandem aufzufallen scheint. Sie fühlt sich wie hinter einer dicken Glaswand. Abwechselnd wird ihr heiß und kalt, und sie kämpft mit dem strengen Geruch der vor Fett triefenden Gans, von Dr. Kießling als »außen kross und innen so zart« gelobt. Sie rührt das Essen kaum an.

Beim Nachtisch beugt Dr. Kießling sich zu ihr und flüstert: »Sie sehen aus wie ein Weihnachtsengel.«

Adda bemüht sich um ein freundliches Lächeln.

Sie trägt das weiße Chiffonkleid, das sie zum letzten Mal bei einem Tanzabend mit Jan in Kochel am See getragen hat, dazu ein passendes Haarband. Sie muss alle Kräfte aufbieten, um nicht in Tränen auszubrechen. Ohne dem Gast zu antworten, springt sie plötzlich auf, setzt sich ans Klavier und greift in die Tasten.

»Vom Himmel hoch, da komm' ich her«, singt sie inbrünstig, und die Gäste fallen nach und nach ein. Nach ein paar Liedern ruft Johanne zur Bescherung.

Onno, mit schwarzem Mantel und Zipfelmütze als Knecht Ruprecht verkleidet, betritt mit einem Sack über der Schulter den Raum. »Habt guten Abend, Alt und Jung! Bin allen wohl bekannt genug«, ruft er mit dunkler Stimme. »Von drauß' vom Walde komm ich her; ich muss euch sagen, es weihnachtet sehr!«

Ein Raunen erfüllt den Raum.

Onno geht herum und lässt die Gäste in seinen Jutesack greifen, in dem sich Gläschen mit Sanddornkonfitüre, selbstgebackene Stutenkerle mit Tonpfeife und von Adda am Strand gesammelte Bernsteine befinden.

Als die Gäste geschlossen zum Weihnachtsgottesdienst in die Kirche pilgern, nutzt Adda das Gewimmel und stiehlt sich unbemerkt davon. Zurück in ihrem Zimmer, nimmt sie Joosts gestern eingetroffenen Brief vom Nachttisch.

Meine kleine Prinzessin, es tut mir leid zu hören, dass Jan nicht gekommen ist. Gib nicht auf. Die Liebe wird Dich finden, vielleicht nur noch nicht jetzt. Fritz und ich sind in Rio und genießen die Sonne. Warum packst Du nicht Deine Sachen und kommst her?

Fritz? Dahin ist er also verschwunden. Aber warum mit Joost? Sie ist zu müde, um sich darüber den Kopf zu zerbrechen.

Die Kälte hält die Insel fest im Griff, Eiszapfen hängen von den Dächern, die Salzwiesen leuchten hell, wie unter einer krustigen Schicht verborgen, und die Tage zwischen den Jahren vergehen vor lauter Geschäftigkeit wie im Flug. Es gibt kaum eine Minute, in der Adda nichts zu tun hat. Und sogar Dr. Kießling, der inzwischen freiwillig in die Rolle des Betriebsleiters geschlüpft ist, unterstützt Johanne für die Dauer seines Aufenthalts bei den Büroarbeiten. Der Müßiggang, hatte er ihre Mutter überzeugt, sei nichts für ihn, und er sei glücklich zu helfen.

Am Silvestermorgen gönnt Adda sich eine kleine Auszeit am Klavier; sie spielt das Eingangsstück aus Schumanns Kinderszenen »Von fremden Ländern und Menschen«, um den Dunst in ihrem Kopf zu vertreiben. Sobald sie die ersten Töne zum Klingen gebracht hat, nimmt sie das Geplapper der Gäste nicht mehr wahr, die sich in der Halle sammeln, um zum Silvesterschwimmen aufzubrechen. Sie taucht ein in die Klänge, die wie eine frische Brise ihren Kopf freipusten, und merkt, wie sehr ihr diese Leichtigkeit gefehlt hat.

Im Winter verbringen die Gäste anders als in der Sommersaison viel Zeit im Hotel, im Speiseraum und im Wintergarten, wo sie knobeln, Rommee oder Skat spielen. Bei aller Besinnlichkeit, findet Johanne, soll der Urlaub im de Tiden vor allem vergnügliche Zerstreuung bieten. Im Klartext bedeutet das: Erholung vor Juists Naturkulisse ja, aber keine Langeweile. »Die richtige Mischung aus Ruhe und Rummel macht's!«

Und so hat Johanne mit Addas Hilfe zwischen den Feiertagen einen Boßelwettbewerb veranstaltet, bei dem die Gäste mit Bollerwagen ins Watt gezogen sind und schwere Kugeln um die Wette geworfen haben, sich zwischendurch Dornkaat in Eierbechern genehmigt und ihn, zurück im Hotel, mit deftigem Grünkohl wieder neutralisiert haben. Sie haben einen Eislaufwettbewerb auf dem Hammersee durchgeführt und eine Wahl zur Miss und zum Mister de Tiden. Und jeden Abend spielt eine Drei-Mann-Kapelle auf, und es wird geschwoft: Foxtrott und Rock 'n' Roll.

Heute steht nun das Silvesterschwimmen auf dem Programm, bei dem die Gäste ins eisige Meer hüpfen und sich danach in Bademäntel gehüllt mit Grog aus großen Behältern aufwärmen, bevor sie der Kutscher am frühen Nachmittag zurück ins de Tiden fahren wird.

Obwohl auch Adda bei Wind und Wetter in die Nordsee steigt, will sie jetzt lieber allein sein. Doch sie ist es nicht. Die Tür geht auf, und Dr. Kießling steht im Raum. »Darf ich?«, fragt er und tritt zögernd näher.

Adda nickt stumm und spielt konzentriert weiter.

»Was für eine Klarheit!«, sagt er, nachdem sie das Stück beendet hat. »Wenn ich Schumann höre, verstehe ich, was die Welt zusammenhält und wo ...« Er überlegt einen Moment. »... wo das Rettende verborgen liegt: genau zwischen diesen Tönen!«

Überrascht blickt sie ihn an. Das sind ein wenig zu große Worte, denkt sie, aber es ist schön, wie nah er der Musik kommt. Er hat etwas Verschlossenes, etwas Förmliches an sich, als verberge er hinter seiner Aktentasche, die er immer mit sich herumschleppt, den Teil seiner Geschichte, der nichts mit Paragraphen und Gesetzen zu tun hat. Außer dass er aus Freiburg kommt, Rechtsanwalt ist und Musik liebt, weiß sie nach wie vor kaum etwas über ihn.

Eine Weile sitzen sie nebeneinander in unerwartetem, stillem Verständnis füreinander. Sie spielt, und er lauscht mit geschlossenen Augen, die Züge entspannt und weicher als sonst, die Lippen leicht geöffnet.

In den vergangenen Tagen haben sie sich ein wenig angefreundet. Wenn er nicht gerade Johanne bei den Abrechnungen oder bei der Kostenaufstellung für den Umbau der Pension nebenan hilft, nimmt er sich Zeit für ein Gespräch mit Adda oder einen kleinen gemeinsamen Gang zum Watt. Auf ihre Fragen, warum er sich nicht dem Gästeprogramm anschließt, frotzelt er stets: »Als Betriebsleiter kann ich mir keine Pausen erlauben!«

Gerade weil er scheu ist und keine Versuche macht, ihr näherzukommen und mehr von ihr zu erfahren, kann sie seine Gesellschaft genießen. Sie mag, dass er die Oper liebt. Und zuzuhören, wenn er erzählt, wie er die Callas in der Mailänder Scala gehört hat, ist so wohltuend und anregend, dass sie sich wünscht, dabei gewesen zu sein.

Als sie jetzt ihre Finger von den Tasten nimmt und aufsieht, sagt er: »Wissen Sie, dass Schumann Italien, Puccini und die Frauen dort liebte?«

Sie schüttelt den Kopf und sieht ihn neugierig an.

»In einem Brief an seine Mutter bat er sie um Geld, um endlich die ›weißen glänzenden Städte, die Orangendüfte, südlichen Blumen und die Italienerinnen mit den feurig-schmachtenden Augen‹ kennenlernen zu können.« Er schmunzelt. »Das hat er dann auch getan und sehr genossen.«

Er berührt leicht Addas Arm und fügt hinzu: »Geheiratet hat er trotzdem eine Deutsche, Clara Wieck. Eine überragende Pianistin wie Sie, Fräulein Adda!«

Sie weiß nicht, was sie darauf erwidern soll, und fragt rasch: »Wie ist Italien wirklich?«

Er seufzt. »Vortrefflich. All diese Farben, Düfte und Klänge. Und erst der Espresso!«»

Wie gerne würde sie sich davon selbst überzeugen. Von Espresso hat sie bereits gehört, ein kleiner starker Kaffee.

Lautes Geschepper reißt sie aus ihren Gedanken. In der Halle hört sie Kinder singen und lärmen: »Rummel, rummel, rum, de Rummelpott geiht um.«

Dr. Kießling reicht ihr seinen Arm, und sie treten hinaus. Vor der Rezeption steht eine Handvoll verkleideter Kinder, die mit einem Stock auf mit Schweinsblasen überzogene Tontöpfe schlagen und so viel Krach machen, dass Dr. Kießling sich die Ohren zuhält und verstimmt den Kopf schüttelt. Magda kommt aus der Küche gelaufen und verteilt Äpfel, Mandarinen aus der Dose und Süßes.

Als die Kinder zufrieden abgezogen sind, fragt Dr. Kießling: »Was ist das für eine schöne Tradition?«

Adda muss grinsen.

»Rummelpottlaufen«, erwidert sie. »Damit werden die Wintergeister vertrieben.«

»Bei uns gibt es das nicht.«

»Was?«, fragt sie schmunzelnd. »Wintergeister oder laute Kinder?«

Sein Blick versteinert augenblicklich. Addas Neugierde wird davon umso mehr angestachelt. »Warum sind Sie allein an Weihnachten?«, fragt sie. »Haben Sie keine Kinder, keine Familie oder Frau?«

Seine Miene wird noch frostiger. Nach einer Weile sagt er: »Ich bin nicht allein, ich bin bei Ihnen.«

Ein Schatten geht über sein Gesicht, und Adda fragt sich, was er erlebt haben muss, dass er so verwundet wirkt. Sie erkennt ihren Schmerz in seinem und hakt nicht weiter nach. Magda, die die Kinder nach draußen geleitet hat, reicht ihr ein paar Mandarinenscheiben. Der säuerliche Geruch steigt ihr in die Nase. Plötzlich hat Adda das Gefühl, sich übergeben zu müssen, und rennt vor die Tür.

Am Mittag steht Magda an der Anrichte und knetet den Teig für die Knedewaffeln, während Johanne und Adda am Tisch sitzen und aufgewärmten Grünkohl essen.

»Wir haben gut verdient, und trotzdem reicht es hinten und

vorne nicht, um die neue Pension zu renovieren«, klagt Johanne. »Was nützen mir mehr Zimmer, wenn ich keine Betten, nicht einmal Tapeten für sie bezahlen kann.«

Sie lässt ihr Besteck auf den Teller fallen. Adda hat ihre Mutter noch nie so ratlos erlebt. »Bevor ich an Paulsen oder Heinsen verkaufe, sammle ich lieber Pferdeäpfel von der Straße und tapeziere damit die Wände«, schnauft Johanne.

Magda will den Topf abräumen, aber Adda hält ihr den Teller hin, um sich noch einmal nachgeben zu lassen.

»Darf ich?«, fragt sie.

»Sie ist fertig«, sagt Johanne. »Du kannst abräumen.«

Sie wendet sich Adda zu. »Du isst wie ein Scheunendrescher! Vielleicht solltest du …«

Sie verstummt mitten im Satz. Dann starrt sie ihre Tochter an, als wäre sie ein seltsames Tier. Und schlägt aus heiterem Himmel die Hände über dem Kopf zusammen. »Herrje, du bist schwanger!«

Adda verbirgt ihr Gesicht, als hätte sie einen Schlag von Johanne zu erwarten. Stille senkt sich über den Raum.

»Natürlich, du bist schwanger!«

Johanne erhebt sich schwankend, lehnt sich kurz gebückt an den Türrahmen, die Hände auf den Knien, und atmet laut.

»Ich habe dir vertraut! Und du? Hast du denn kein Fünkchen Ehre im Leib?«

Schon kracht die Tür hinter ihr zu.

Adda ist versucht, aufzuspringen und hinterherzulaufen.

Doch da legen sich von hinten die knochigen Arme von Magda um sie.

»Darum bist du immer so blass, mein Kind!«

Was soll sie Magda darauf antworten? Was ihrer Mutter? Sie müssen sich irren.

»Es kann nicht sein. Ich hätte es doch bemerkt.«

»Wie die Luft, mein Kind: Unbemerkt vielleicht, aber doch unausweichlich«, sagt Magda und streicht ihr übers Haar. »Und eines Tages auch unvorstellbar«, prophezeit sie, deren einzige Tochter und Enkeltochter auf der Flucht starben, nun ganz traurig.

»Ich bin nicht bereit, Magda.« Addas Stimme zittert.

Magda legt ihre Wange an Addas. »Für die Wahrheit oder für das Kind, mein Mädelchen? Es wird nicht einfach, weißt du. Es ist schmerzlich. Aber du kannst mehr, als du denkst.«

Später sitzt Adda am Klavier und spielt eine Schubert-Sonate. Sie ist allein und kann einen Augenblick so tun, als gäbe es nichts als die Musik. Doch die Klänge können die Gedanken, die ihr durch den Kopf jagen, nicht übertönen. Es ergibt keinen Sinn. Nichts ergibt einen Sinn, nicht einmal ein Baby zu bekommen. Jan hat gesagt, dass nichts passieren könne. Und sie hat ihm vertraut. Nicht nur einmal. Sie versucht, in sich hineinzuhorchen, tief in ihr Innerstes. In ihr rührt sich nichts, kein Schrecken, kein schlechtes Gewissen und erst recht kein Kind. Müsste sie es nicht spüren, wenn wirklich ein Mensch in ihr heranwüchse, wenn sich Körper und Kopf formen würden, Arme und Beine, Mund, Nase, Ohren und Augen? Andererseits lässt sich nicht leugnen, dass ihr der Geruch von aufgebrühtem Kaffee, Mandarinenscheiben und vielem mehr Übelkeit bereitet, dass ihre Brüste spannen, ihr die Zigaretten nicht mehr schmecken und ihre Periode noch immer auf sich warten lässt. In dem Kummer über Jan hatte sie alldem keine Bedeutung beigemessen, es als körperliche Folgen ihres tiefsitzenden Schmerzes abgetan. Was ist, wenn Johanne und Magda recht haben und sie ein Kind bekommt?

Gerade als sie die Sonate beendet hat und ihre Stirn auf die Tasten legt, hört sie das Klappern von Johannes Absätzen auf dem Parkett. Sie hebt den Kopf und dreht sich um.

Johannes Blick ist leer. Adda schämt sich für den Kummer, den sie ihr bereitet, und lässt müde ihre Hände auf die Tasten sinken. Ihr graut vor dem bevorstehenden Gespräch. Ihre Mutter sieht sie starr an und kommt immer näher. Als sie ganz dicht vor ihr steht, holt sie aus und gibt ihr eine schallende Ohrfeige.

Adda erstarrt, ihre linke Wange glüht.

»Das ist dafür, dass du dich wie ein Flittchen benommen hast.«

»So ist es nicht, Mutti!« Adda fühlt sich schuldig an Johannes Kummer, aber für Reue liebt sie Jan viel zu sehr.

Johanne schweigt einen Augenblick. Dann spannen sich ihre Züge. »Vom Kuren wird man wohl kaum schwanger. Wohl eher vom Huren!« Ihre Stimme ist rau von Wut und Verletzung.

»Es tut mir leid«, sagt Adda, den Tränen nah, und hält ihre Hand an die Wange. Mehr bekommt sie nicht heraus.

»Weißt du, was du mir antust?« Johanne stützt sich mit beiden Händen auf dem Schemel ab, ohne den Blick auch nur für einen Moment von Adda abzuwenden. Bevor diese antworten kann, fährt Johanne fort: »Was sollen die anderen von uns denken, wenn das bekannt wird? Kein Gast wird mehr hier übernachten.« Sie setzt sich an einen Tisch und bedeutet Adda, ebenfalls Platz zu nehmen. Zusammengesunken sitzt ihre Mutter da und blickt sie aus traurigen Augen an. »Ich dachte, aus dir wird mal was Anständiges.«

»Aber Mutti, das kann ich doch immer noch werden. Du hast es doch auch mit zwei Kindern geschafft und führst dein eigenes Leben, ohne Mann.«

»Ich habe aber kein Kuckuckskind, das ist ein Unterschied.« Johanne hebt drohend den Zeigefinger. »Du wirst keine Schande über die Familie bringen!« Sie stockt. »Du bist minderjährig, und darum hast du zwei Möglichkeiten, wenn du nicht willst, dass ein Amtsvormund darüber entscheidet, was mit dir und dem Kind passiert. Entweder gehst du in ein Magdalenenhaus …«

»Ein Magdalenenhaus?«, unterbricht Adda sie.

»Ein Entbindungsheim für Mädchen wie dich, wo du bis zur Geburt bleibst und das Kind dann zur Adoption freigibst.« Johanne macht eine Pause. »Oder wir finden einen Dummen, der dich heiratet.« Sie faltet die Hände wie zum Gebet und sieht Adda unumwunden an.

Adda zuckt zusammen und wendet den Blick zu Boden. In ihr dreht sich alles. Es ist eine große Versuchung, ihrer Mutter einfach zuzustimmen, um sie zum Schweigen zu bringen. Aber nichts von dem, was sie sagt, ergibt Sinn. Einen Fremden zu heiraten, wo sie Jan ihre Liebe geschworen hat, oder ein Kind zu bekommen, für jemand anderen. Das kommt nicht in Frage.

»Ich will kein Kind.« Adda schlägt die Hände über dem Kopf zusammen und beginnt zu schluchzen. Alles in ihr wehrt sich gegen das Baby in ihrem Bauch, das sie auf ewig an Jan erinnern wird und an das Gefühl, das Wertvollste in ihrem Leben verloren zu haben. Zum Glück fällt ihr ein, was ihre Schulfreundin ihr einmal erzählt hat.

»Es gibt eine Frau in Norddeich, eine Engelmacherin, die eine Schwangerschaft beenden kann«, sagt sie weinend. »Ein Mädchen aus der Haushaltungsschule hat mir davon erzählt. Bitte, Mutti.«

»Nichts dergleichen wirst du tun!« Johanne drischt mit der Faust auf den Tisch. »Verflucht, du wirst nicht zu irgendeinem Kurpfuscher oder zu so einer Kräuterhexe gehen und verbluten wie die Lütte vom Ebert!«

Adda zuckt zusammen. Sie weiß, dass die Tochter des Kurarztes gestorben ist. Aber so? Sie starrt ihre Mutter mit offenem Mund an. Deren Gesicht ist zornverzerrt.

Auf einmal fühlt Adda sich innerlich so wund, als hätte man

ihr das Baby bereits herausgeschabt mit einem rostigen Löffel. Dieses Bild steigt in solcher Deutlichkeit in ihr auf, dass ihr schwarz wird vor Augen. Sie weiß nicht, was als Nächstes passieren wird, sie weiß nur, dass sie allein sein muss. Hastig springt sie auf, so dass ihr Stuhl nach hinten fällt. Sie lässt ihn liegen, und als sie zur Tür rennt und sie aufreißt, stößt sie fast mit Dr. Kießling zusammen. Ohne ein Wort stürmt sie an ihm vorbei auf die Straße.

Es ist ein trüber Januartag, der Wind peitscht ihr Schneeregen ins Gesicht. Sie bemerkt es kaum. Wie blind rennt sie die Strandstraße hoch bis zum Kurhaus und auf der anderen Seite die Treppen wieder hinunter zum Strand Richtung Osten. Sie hat keine Lust, Gästen zu begegnen. Am Wasser angelangt, krümmt sie sich vor Erschöpfung zusammen und stemmt dann die Hände in die Hüften, um Luft zu bekommen. Keine Leute, keine Laute bis auf Wind und Wellen. Doch diesmal schenken sie ihr keine Geborgenheit.

So schnell kann sich ein Leben, *ihr* Leben, doch nicht ändern! Oder doch? Sie muss sich eingestehen, dass sie nicht weiß, wie es weitergehen soll, nachdem alles derart aus den Fugen geraten ist. Die Eisschollen am Strand türmen sich zu hohen Mauern, als würden sie absichtlich den Blick auf die richtige Antwort versperren. Was, wenn sie einfach ins Wasser ginge, bis sie vor Kälte erstarren würde? Vielleicht würde das Kind dann gehen. Sie bleibt wie angewurzelt stehen. Was, wenn sie ihre Mutter um Geld bitten und einen Flug nach Rio buchen würde, zu Joost? Vielleicht käme ihr da eine Idee – oder ihm.

Der Schneefall wird stärker, und die eisige Nässe kriecht vom Nacken bis unter ihr Kleid. Erst jetzt merkt sie, dass sie nicht einmal eine Jacke trägt.

Jemand ruft ihren Namen. Einmal, zweimal. Sie erkennt die Stimme und dreht sich um.

»Adda!«, ruft Onno, außer Puste, und sieht ihr besorgt ins Gesicht. »Du holst dir ja den Tod!«

Er zieht seinen Mantel aus und legt ihn ihr um die Schultern.

»Was ist mit dir?«, fragt er und setzt ihr zusätzlich seine Mütze auf. »Du bist an mir vorbeigerannt, als wäre der Leibhaftige hinter dir her!«

Aus seinem Mund steigen Atemwölkchen auf wie Seifenblasen.

»Na, dann man los«, fordert er sie auf, als ihm klar wird, dass aus Adda jetzt nichts herauszubekommen ist. »Du brauchst einen Rum und trockene Klamotten.«

»Ich kann nicht nach Hause«, flüstert Adda, und Tränen rinnen über ihr blasses Gesicht.

»Musst du ja auch nicht. Den besten Rum gibt's sowieso in der Friesenstraße!«

Er hakt sich bei ihr ein und führt sie die Düne hinauf. Der Eisregen hat den Sand fest wie Beton gegossen.

Einen Augenblick bleiben sie oben auf der hohen, von einer Schneeschicht überzogenen Düne stehen, von wo aus sie einen Blick sowohl zum Nordstrand als auch zum Watt haben. Die tosende Brandung und die Weite des Ausblicks nehmen ihr für einen Moment den Atem. Ihre Ergriffenheit verwandelt sich jedoch sofort in Niedergeschlagenheit. Denn was davon bleibt am Ende? Nichts ist für die Ewigkeit, schon gar nicht auf der Insel, wo der Rhythmus von Werden und Vergehen kürzer ist als anderswo, denkt sie und fasst sich an den Bauch.

Mitten in ihre Gedanken hinein huscht plötzlich ein Kaninchen. Triefend vor Nässe hoppelt es an ihnen vorbei.

»Wie ist bloß das erste Kaninchen auf die Insel gekommen?«, versucht Onno sie aufzumuntern. »Die können doch gar nicht schwimmen.«

Onno und sie amüsieren sich immer mit unnützen Fragen

und überflüssigem Wissen. Wo haben sich die Vögel hingehockt, als es noch keine Oberleitungen gab? Was bleibt vom Tintenfisch übrig, wenn er sich selbst auffrisst? Und warum sind die meisten Störche Linksfüßer?

»Übers Watt bei Eis?«, fragt sie und muss unwillkürlich lächeln.

Ein paar Minuten später sitzen sie in der gemütlichen Küche von Mutter Olsen. Sie hat Adda abgerubbelt wie ein kleines Mädchen, ihr ein Handtuch um den Kopf und einen Hausmantel um den Körper gewickelt.

Vor ihnen auf dem Tisch stehen eine Porzellankanne Schwarztee mit hausgemachtem Rum auf einem Stövchen und ein Teller mit frisch gebackenen Neujahrswaffeln. Der Duft steigt ihr in die Nase. Ihr wird ganz flau. Adda betrachtet den bunten Nelkenstrauß auf der Anrichte, dessen Blüten im Begriff sind, sich zu öffnen. Das ganze Jahr stehen bei Mutter Olsen frische Blumen, entweder aus ihrem Garten, dem schönsten der ganzen Insel, oder im Winter aus ihrem Gewächshaus. Mutter Olsen folgt Addas Blick. »Ein bekannter Theologe hat einmal gesagt«, beginnt sie, während sie Adda und Onno abwechselnd ansieht, »dass jedes Werden in der Natur, im Menschen, in der Liebe abwarten und geduldig sein muss, bis seine Zeit zum Blühen kommt.« Dann streicht sie Adda liebevoll über die Wange, und für einen Moment ist alle Furcht wie weggeblasen.

»Dann lass ich euch mal allein, was?«, sagt sie, dreht sich um und klackert mit ihren Holzpantoffeln aus dem Raum.

Der Ofen bullert, und Adda wird augenblicklich wärmer. Für einen Moment ist es sehr still. Nur das Knacken des Holzes ist zu hören.

»Du bist meine beste Freundin«, sagt Onno nach einer Weile. »Wir sind füreinander da, oder nicht?«

Adda sieht ihn an und nickt.

»Was ist los? Hast du Nachricht von Jan?«, fragt er sanft.

Sie schüttelt den Kopf. »Er ist weg, verschwunden, so gut wie tot.« Adda hat die Hoffnung aufgegeben, ihn jemals wiederzusehen.

Er runzelt die Stirn. »Von Joost?«

Wieder schüttelt sie den Kopf. »Ihm geht's gut. Er ist gerade in Rio de Janeiro und aalt sich am Strand.« Mit Fritz, fügt sie in Gedanken hinzu und wundert sich einmal mehr, was die beiden miteinander zu schaffen haben.

Vorsichtig legt sie ein Stück Kandis in die rosenverzierte Tasse und gießt heißen Tee darauf. Sie liebt diesen Moment, wenn der weiße Kristall leise knisternd zerspringt. Wenn die Sahne langsam den Tassenrand hinunterläuft, bevor sie in Tropfen wieder aufsteigt und zu einer Wolke heranwächst. Immer in anderer Gestalt, mal als Kutsche, die über den goldenen Himmel fliegt, mal als Schmetterling mit weit geöffneten Flügeln. Jetzt meint sie, ein Kaninchen in der Falle zu sehen, und fragt sich, ob diese Art ostfriesischer Kaffeesatzleserei in ihrer Lage dazu geeignet ist, ihre Stimmung aufzuhellen. Sonst betrachtet sie die Teewolken, um sich aus der Realität wegzuträumen, und nicht, um an das Schwierigste an ihr erinnert zu werden. Entgegen jeder guten Sitte packt sie rasch den Löffel und rührt so lange in der Sahnewolke, bis der Tee von gleichmäßiger, hellbrauner Farbe ist. Onno schaut sie mit gespieltem Entsetzen an, als könne er nicht glauben, dass sie das erste Gebot des ostfriesischen Teezeremoniells gebrochen hat: Es darf nicht umgerührt werden. Sie hat keine Lust für Erklärungen und noch weniger, über diese engstirnigen Inseleier und Teeprediger nachzudenken, die sich über die korrekte Reihenfolge von Geschmackslagen ereifern: sahnig-mild, bitter, süß. Sonst noch was?

»Ich hasse den Januar«, sagt sie nun, den Tränen nah. »Warum kann ich nicht zu Joost fliegen, wo ich doch ein Kuckuck bin?«

»Du bist ein Kuckuck?« Onno schüttelt verwirrt den Kopf.

Was macht es schon, ihm die Wahrheit zu sagen. Hastig und in knappen Worten erzählt sie ihm von ihrer Schwangerschaft, von Johannes Wut und ihrer eigenen Scham. Während er ihr zuhört, wird seine Miene ernster. Als ihr die Worte ausgehen, beugt er sich vor und drückt ihre Hand.

»Und jetzt?«, fragt er.

»… soll ich heiraten«, antwortet sie schluchzend. »Um zu vertuschen, dass ich ein Kuckuckskind kriege.«

Ihr Mund ist so trocken, dass sie nicht weitersprechen kann. Sie nimmt einen großen Schluck Tee. Der Rum darin steigt ihr sofort in Wangen und Kopf.

Onno atmet tief durch. »Wen?«

»Einen Dummen, hat Mutti gesagt. Um das Problem vom Hals zu haben«.

Lange sagt Onno nichts.

Und dann, unvermittelt: »Lass mich dich heiraten.«

Überrascht blickt sie auf. Dann schüttelt sie den Kopf.

»Warum nicht?«

»Weil du mein Freund bist!«, sagt sie und fügt nach einem Augenblick leise hinzu: »Und nicht dumm.«

Die Farbe weicht aus seinem Gesicht. Er sieht sie traurig an.

»Du weißt, dass ich es tun würde«, sagt er. »Und nicht aus Dummheit oder Mitleid.«

»Aber was ist mit Insa? Ich dachte, ihr würdet heiraten, später.«

»Wie kommst du bloß darauf? Adda, liebste Adda!«

Addas Herz pocht wie wild. Ihre Anspannung ist so groß, dass sie aufspringt und einen Holzscheit nachlegt.

Was so lange unausgesprochen zwischen ihnen in der Luft hing, ist nun gesagt, unwiderruflich: Onno liebt sie.

Langsam dreht sie sich zu ihm um, nimmt seine Hand und

betrachtet ihn. Sie kann sein Gesicht nachzeichnen, jede einzelne Linie, die braunen Augen mit der im Licht gesprenkelten Iris und die blonden Haare, die immer so aussehen, als stünde der Wind drauf. Die Vertrautheit erfüllt sie mit Wärme. Nur: Selbst wenn es eine Möglichkeit für sie gäbe, wie könnte sie Jan und ihre Liebe verraten? Und wie könnte sie ihren Onno, so unbekümmert und durch nichts zu erschüttern, in ihr verkorkstes Leben hineinziehen?

»Danke, Onno. Aber es geht nicht, niemals!«

Eine Weile schweigen sie. Dann sagt er, seine Augen aufs Feuer gerichtet:

»Ich habe bei einer Husumer Reederei angeheuert und gehe auf große Fahrt. Nächste Woche steche ich in See.«

Sie spürt einen Stich.

Nicht ein einziges Mal ist ihr in den Sinn gekommen, dass Onno die Insel verlassen könnte. Er gehört nach Juist wie das Watt, wie Mutter Olsens Sanddornschnaps und der kleine Ausrufer. Er gehört zu ihr.

»Meinetwegen?«

»Es ist nicht deine Schuld.«

»Wie lange wirst du wegbleiben?«

»Erst mal zwei Jahre.«

Adda sitzt an ihrem Pult und kämmt sich die langen schwarzen Haare. Äußerlich ist ihr weiterhin nichts anzusehen. Innerlich jedoch leidet sie mit jedem Tag mehr unter der Vorstellung, Mutter zu werden. Wenn Johanne Adda nicht aus dem Weg geht, sieht sie durch sie hindurch. Selbst wenn sie mit ihr spricht, kann sie sie nicht ansehen. Als trüge Adda die Schwangerschaft als Makel mitten im Gesicht.

Nachts findet sie kaum Schlaf, durch die Tage treibt sie wie benommen. Ihre Kammer verlässt sie nur, wenn es sein muss.

Der Januar ist in seiner zweiten Woche, und die Gäste sind abgereist, mit Ausnahme von Dr. Kießling und einem blässlichen Ornithologen. Von Mutter Olsen weiß sie, dass auch Onno weg ist. Sie hat es nicht übers Herz gebracht, sich von ihm zu verabschieden. Eine Frage geht ihr seitdem nicht aus dem Kopf: Ist er ihretwegen gegangen, wegen Jan oder dem Kind?

Nie hätte sie gedacht, dass sich auf ihren Schmerz noch ein weiterer draufsetzen ließe. Die Schmerzen summieren sich, überlagern sich, lassen sie ganz trübsinnig werden. Sie vermisst ihn. Und Jan. Und die Möglichkeit eines anderen Lebens.

Ihr einziger Vertrauter auf der Insel ist ein Fremder, der nichts von ihr weiß und ihr genau deshalb guttut. Ein paarmal ist sie mit Dr. Kießling spazieren gegangen. Sie ist ihm dankbar, dass er ihr ihre Schweigsamkeit nicht übelnimmt und sie mit Anekdoten von irgendwelchen Künstlern ablenkt. Er ist ein Mann von Welt, und auch wenn er für Rock 'n' Roll und Jazz nichts übrighat: Immerhin teilt er ihre Liebe zur Klassik. Außerdem verehrt er Heinz Rühmann und hat sie zu einer Filmvorführung eingeladen. *Der Hauptmann von Köpenick* mit seinem Idol in der Hauptrolle war im Kino gelaufen. Während des Films hat sie kurz gedacht, dass sie gerne mehr wie der Schuster wäre, der als Hauptmann verkleidet das Rathaus besetzt und mit der Stadtkasse türmt. Mit dem Geld wären viele ihrer Probleme gelöst.

»Du hast mehr Glück als Verstand.«

Johanne tritt ein, ohne anzuklopfen. In der Hand hält sie eine brennende Zigarette.

»Ich weiß nicht, warum«, sagt sie und lehnt sich in den Türrahmen, »aber er hat einen Narren an dir gefressen.«

Adda dreht sich herum.

»Wer?«, fragt sie verdutzt und legt die Haarbürste ab.

»Dr. Kießling«, antwortet Johanne und schließt die Tür hinter sich. »Wenn du dich nicht dumm anstellst, dann hast du einen Ring am Finger, noch bevor sich dein Bäuchlein wölbt.«

»Ich … ich … das geht nicht«, stottert Adda.

Johanne sieht sie scharf an, während sie einen tiefen Zug ihrer Zigarette nimmt.

»Unsinn. Eine weitere Chance bekommst du nicht.«

»Aber ich liebe ihn nicht …«, wehrt Adda matt ab.

»Pah! Du bist wohl kaum in der Position, wählerisch zu sein. Sieh doch nur, wohin dich dein Irrflug durch diese Zuckerwattewolken geführt hat.« Hastig zieht Johanne wieder an ihrer Zigarette. »Es geht nicht um dich. Sondern um dein Kind, das einen Vater braucht – und nicht als Kursouvenir oder Wechselbalg verspottet werden will, wie das Kleine von Hansens Tochter.«

Inga, die minderjährige Tochter von Metzger Hansen, hat sich von einem verheirateten Kurgast schwängern lassen, der hinterher alles abgestritten hat. Ihr Ruf ist ruiniert, und selbst Pastor Meyert wechselt die Straßenseite, wenn sie mit ihrem kleinen Sohn vorbeigeht.

Johanne drückt die Zigarette auf einem Unterteller aus und nimmt die Bürste vom Schminktisch. Behutsam kämmt sie Adda die Haare, wie sie es schon getan hat, als Adda noch ein Kind war. Einen Moment lang schweigen sie.

»Mein Mädchen«, sagt Johanne dann versöhnlich. »Es gibt kein vollkommenes Glück und keine vollkommene Ehe. Es gibt nur Momente, winzige Fragmente von Glück, die flüchtig sind.« Sie seufzt. »Wie die Männer, die unser Herz berühren und es dann brechen.«

Sanft nimmt sie mehrere Büschel von Addas Haar in die Hand und steckt sie zu einem Knoten hoch, während sie ihre Tochter im Spiegel anlächelt.

»Du bist ein Inselmädchen. Und die überstehen Stürme und Flutwellen, weil sie härter und tapferer sind als andere«, sagt sie überraschend sanft, während sie vorsichtig eine Nadel auseinanderbiegt und in den Dutt steckt. »Du wirst das überleben. Aber dafür musst du zur Vernunft kommen.«

Sie fasst Adda an den Schultern und schenkt ihr ein aufmunterndes Lächeln. »Tadellos vom Scheitel bis zur Sohle. Denk doch nur, mein Mädchen, du kannst auf dem Standesamt promovieren!«

Addas Zunge ist ganz schwer, sie bekommt kein Wort heraus.

»Frau Dr. Kießling, wie das klingt«, sagt Johanne betont ehrfurchtsvoll. »Wirf dich in Schale, mach ihm schöne Augen, streichle ihm den Bart. Und das mit der Schwangerschaft, das bleibt schön unser kleines Geheimnis!«

In diesem Moment klopft es an der Tür. Nach Johannes »Herein!« tritt Dr. Kießling ins Zimmer, ohne zu zögern und mit einem Strauß Nelken in der Hand.

»Ich möchte mit Ihnen reden, Fräulein Adda!«, sagt er ohne Umschweife.

Johanne nickt ihm aufmunternd zu und verlässt das Zimmer.

Adda fühlt sich wie gelähmt, wie eine Zuschauerin. Dr. Kießlings plötzliches Erscheinen direkt nach dem Besuch ihrer Mutter ist wohl kaum ein Zufall. Offenbar ist ihr Schicksal längst besiegelt.

Sie steht langsam auf, nimmt ihm die Blumen aus der Hand und legt sie achtlos auf den Schminktisch.

»Wollen wir ein Stück laufen?«, fragt sie und greift sich ihren blauen Mantel vom Haken.

»Bis ans Ende der Welt«, sagt Dr. Kießling und zieht seinen Hut.

Adda bringt mühsam ein Lächeln hervor. Ihr Blick fällt auf seine feinen Lederschuhe.

»Mit diesen Schuhen?«, fragt sie.

Er lächelt scheu zurück. Wie üblich sieht er aus wie aus dem Ei gepellt, trägt unter seinem grauen, bodenlangen Mantel aus Tweed einen dunklen dreiteiligen Anzug. Sie mag diese Unbeholfenheit, die er hinter seiner tadellosen Garderobe zu verstecken versucht.

Als sie vor dem de Tiden stehen, bietet er ihr seinen Arm. Es ist früher Nachmittag, niemand ist auf der Straße unterwegs. Draußen ist es knapp über null Grad, der Schnee vom Vortag ist geschmolzen oder in kleinen Haufen an den Wegrand geschoben, der Himmel wie zu jeder Tageszeit von einem tonlosen Grau, und der Wind pfeift ihr um die Ohren. Sie gehen zur Mole und beobachten Möwen, die auf dem Treibeis rutschen, als würden sie Pirouetten drehen.

Dr. Kießling redet und redet, er redet Adda deutlich zu viel, wird auf einmal persönlich und erzählt von seiner behüteten Kindheit als Anwaltssohn in Berlin, seinem Studium der Jurisprudenz und seinem Leben in Freiburg, von wo aus es nicht weit nach Mailand ist, der wunderbarsten Stadt auf dem Planeten, wo aus jeder Ecke Musik ertönt und wo selbst die Domglocken wie hundert Ave-Marias klingen.

»Wie gerne würde ich Ihnen das zeigen, Fräulein Adda.«

Er preist sich und die Welt, in der er lebt, an wie eine Ware. Vielleicht hat Johanne recht, und er mag sie wirklich.

Irgendwo in der Ferne tutet ein Schiff. Vom Meer strömt die Flut herein; das Wasser plätschert gegen die Steine. Keine Menschenseele ist zu sehen. Wen wundert's, bei dem Schietwetter, denkt Adda und würde in diesem Moment viel dafür geben, in ihrem warmen Bett zu liegen und das Gesicht tief in den Kissen zu vergraben. Ihr ist nicht zumute nach Plaudern und schon gar nicht nach Bartstreicheln oder Schöneaugenmachen.

»Das war so ein wunderbares, warmes und friedliches Weihnachtsfest mit Ihrer Frau Mutter und Ihnen. Nie hätte ich gedacht, dass ich dieses Fest noch einmal würde so genießen können!« Dr. Kießlings Stimme ist zunehmend von Heiterkeit durchdrungen, was Adda aggressiv macht. Sie nickt nur.

Dann, urplötzlich, verfinstert sich seine Miene, und er schweigt eine Weile, bevor er leise wieder ansetzt zu sprechen.

»Es war Weihnachten vor vier Jahren, als meine Eltern, mein Bruder und meine Verlobte Marianne …«

Mitten im Satz kippt seine Stimme, er räuspert sich.

»Ihr Auto wurde von einem Zug erfasst. Sie waren auf der Stelle tot, allesamt.«

Entsetzt bleibt Adda stehen. Bevor ihr etwas Tröstendes einfällt, fährt er fort zu erzählen, wie er als Anwalt und Opfer in einer Person vergeblich versucht hat, vor Gericht die Schuld des alkoholisierten Zugführers, eines SED-Mitglieds der ersten Stunde, feststellen zu lassen, wie er schließlich vor drei Jahren aus Ostberlin in den Westen, nach Freiburg, flüchtete. Für einen kurzen Augenblick wundert sie sich, dass er aus der Ostzone kommt. Wenn er von Freiburg erzählte, klang es nach alter, nicht nach neuer Heimat. Aber seine schrecklichen Erlebnisse erklären vermutlich seine Verschwiegenheit.

Adda fehlen die Worte.

»Es tut mir so leid«, sagt sie schließlich und berührt seinen Arm. Sie schämt sich, dass sie sich gerade eben noch weit weg von ihm und seinem ungebremsten Redefluss gewünscht hat. Er ist immer so galant und aufmerksam im Umgang mit ihr, und was er an Schmerz hat erfahren müssen, steht dem ihrigen in nichts nach. Im Gegenteil. Adda fühlt sich ungerecht und dumm.

Dr. Kießling steht einen Augenblick stumm da, während er an ihr vorbei aufs Meer blickt. Dann wendet er sich ihr wieder zu. »Ich habe Menschen verteidigt, die schlussendlich für einen kleinen Fehler mit dem Leben bezahlen mussten. Und ich habe

Menschen aus dem Gerichtssaal gehen sehen, die dank ihrer Parteimitgliedschaft für große Fehler nicht mal einen Pfennig blechen mussten. Die Wut bringt einen irgendwann um.« Er seufzt, tief und lange.

»Das hat mir mein Herz dafür geöffnet«, fährt er fort, »dass nur da, wo Vergebung für unsere Sünden ist, auch Friede und Ruhe zu finden sind.« Er sieht ihr unverwandt in die Augen und geht einen Schritt auf sie zu. Sie hat plötzlich den Eindruck, er würde das linke Bein nachziehen.

»Sie sind schwanger, nicht wahr?«, fragt er.

Es trifft sie wie ein Schlag in die Magengrube. Er weiß es? Was soll sie nun sagen?

»Entschuldigen Sie meine Indiskretion. Ich wurde unfreiwillig Zeuge des Gesprächs zwischen Ihnen und Ihrer Frau Mutter an Silvester.«

Sie räuspert sich, und er greift nach ihrer Hand.

»Mich hat eine Bäuerin gerettet. Sie hat mich auf ihrem Heuwagen versteckt über die Grenze gebracht.«

Er macht eine Pause und drückt ihre Hand so fest, dass sie sie ihm unwillkürlich entzieht.

»Lassen Sie mich nun Sie retten«, sagt er. »Ihnen ist meine Zuneigung doch sicherlich nicht verborgen geblieben.«

Er hebt einen flachen Stein auf und lässt ihn gekonnt übers Wasser springen.

»Ich habe mit Ihrer Frau Mutter gesprochen, und sie ist einverstanden.«

Einverstanden mit was? Dass Adda ihn zur Heirat verführt, die er bereits mit ihrer Mutter vereinbart hat, und ihm ein Kind unterjubelt, von dem er längst weiß? Fast muss sie auflachen, so vollkommen absurd ist diese Situation. Wie sein Adamsapfel, der bei jedem Wort den Versuch zu unternehmen scheint, davonzuhüpfen.

»Können Sie sich vorstellen, dass Sie mit der Zeit lernen werden, mich zu mögen? Als Ihren Ehemann?«

Adda senkt den Blick. Nein!, schreit alles in ihr. Denn ein Ja würde einen Schlusspunkt unter jede Alternative setzen und aus ihren Träumen endgültig traurige Erinnerungen, Hirngespinste werden lassen. Nie wieder ein Kuss mit Jan unter dem Polarstern, nicht ein einziges Weihnachten zusammen mit ihm und dem gemeinsamen Sohn in den verschneiten Bergen Bayerns, keine stolzen Vateraugen beim ersten Schritt der Tochter und nie wieder dieses unvergleichliche Knistern beim gemeinsamen Verzehr von Vanilleeis unter Waldmeisterbrause. Auf den Schmerz, der sie bei diesen Gedanken überfällt, ist sie nicht vorbereitet.

Aber was wäre die Alternative? Magdalenenhaus und Adoption?

Das Baby ist die letzte verbliebene Verbindung zu Jan. Niemals würde sie es weggeben können, das weiß sie nun. Doch ohne die Unterstützung ihrer Mutter, als ledige, minderjährige und mittellose Frau, wird sie das Kind nicht durchbringen und auch nicht behalten können.

Sie ahnt, dass sie keine andere Wahl hat und ihr Leben nicht mehr ihr gehört. Nichts wird werden, wie es für einen schönen Augenblick einmal hätte werden können. Und darum wird sich alles, was nun kommt, falsch anfühlen: das Leben, der Mann, selbst Juist.

Welchen Unterschied macht es da, Dr. Kießling zu heiraten? Es ist ihr gleichgültig. Er ist ihr gleichgültig, zumindest als Ehemann. Verlassen von allen guten Geistern, von Jan, Onno und sich selbst, spürt sie ohnehin nichts mehr. Und da es für diese Wunde kein Heilmittel gibt, kann sie zumindest Johanne zufrieden machen und irgendwann auch das Kind, wenn sie ihm einen anständigen, ehrlichen und freundlichen Vater schenkt.

Der sie zur Frau nimmt, obwohl er von der Schwangerschaft weiß. Mit ihm könnte sie vielleicht endlich fort von hier. Denn das Gefühl der Fremdheit hat sich für sie längst auf die gesamte Insel ausgedehnt. Sie hasst den Eiswind, der ihr Gesicht schneidet wie eine Klinge.

Adda schlägt den Mantelkragen hoch. Vielleicht löst sich ihre Erstarrung, wenn sie, weit weg von allem, was sie an ihr altes Ich erinnert, einen anderen Menschen mimt, eine Juristengattin, Hausfrau und Mutter, die Opern und Konzerte besucht, schöne Kleider trägt, Gesellschaften gibt und Reisen nach Mailand, Paris und Wien macht. Sie kennt Freiburg nicht, aber es ist wenigstens weit genug weg von Juist.

Also nickt sie. An seinem Blick merkt Adda, dass er verstanden hat, dass sie seinen Heiratsantrag annimmt. Der weiche Zug, der in sein Gesicht tritt, zeigt deutlich, was er fühlt. Und Adda spürt genauso deutlich, welche Abscheu das in ihr auslöst. Wäre sein Ausdruck wenigstens unbeteiligt wie bei einem Geschäft oder selbstzufrieden wie bei einem Akt der Wohltätigkeit. Aber gerührt, weinerlich? Sie mag ihn, ja, aber als Ehefrau? Niemals.

»Versprich mir, Adda«, duzt er sie nun, »dass du ihn eines Tages vergisst. Und ich will dir versprechen, dem Kind ein guter Vater zu sein.«

Wieder nickt sie mechanisch. Und weiß dabei, dass sie Jan im Herzen immer treu bleiben wird. Niemals mehr wird sie einen anderen lieben können.

Dr. Kießling fasst wieder ihre Handgelenke und führt sie an seine Brust.

»Dann ist es beschlossen. Wenn deine Mutter ihr Einverständnis gibt, heiraten wir nächste Woche.«

Sein Ton ist so bestimmt, dass es ihr schwerfällt, sich seiner Entschlossenheit entgegenzustellen. Als er Anstalten macht, sie zu küssen, dreht sie sich schnell weg, löst erneut ihre Hände aus seinem Griff und schaut in den Himmel. Egal, wohin sie blickt: Überall stehen dunkle Wolken.

»Dieser schneidende Wind macht mich noch verrückt«, sagt sie wahrheitsgemäß. »Lass uns nach Hause gehen … Eduard.«

»Ja, nach Hause«, sagt er lächelnd und nimmt sie fest an der Hand.

16. Kapitel

Juist 2008, Adda

»Lass uns mal an die frische Luft gehen«, sagte Adda statt einer Begrüßung zu ihrer Mutter, die eingehüllt in eine braune Kaschmirdecke unter einem Fenster im Aufenthaltsraum saß und ein Kreuzworträtsel löste.

Johanne hatte einen guten Tag. Sie saß aufrecht, und ihre Augen waren klar und wachsam, als sie zu ihrer Tochter hochblickte. Ohne ihre Antwort abzuwarten, setzte Adda den Rollstuhl in Bewegung und schob ihn durch den Hoteleingang ins Freie.

Es war nicht mal neun Uhr und schon so schwül wie sonst nur am Mittag.

Kaum waren sie um die Hausecke gebogen, schlug ihnen der Wind entgegen und lüftete Johannes Rock. Rasch bändigte Adda den Stoff und zog das Kopftuch ihrer Mutter fester.

Auf dem Deich platzte es aus Adda heraus. »Joost ist der Sohn von Gustav.« Ihre Stimme zitterte. »Und er wusste es!«

Adda merkte, dass sie schwankte, und ließ sich auf einer Bank mit Blick aufs Watt nieder. Weit, weich und trocken lag es vor ihr, der Sog der Ebbe hatte das Wasser schon vor Stunden hinausgezogen und wunderschön gemaserten Boden zurückgelassen. Doch Adda stand gerade nicht der Sinn nach verwunschener Nordsee-Idylle. Sie schlang die Arme um ihre Schultern und wandte den Blick zu ihrer Mutter, deren Rollstuhl sie links neben sich geparkt hatte.

»Hast du eine Ahnung, was dieses Wissen mit ihm gemacht

hat?« Sie hatte die halbe Nacht wach gelegen und ausführlich darüber nachgedacht.

Johanne schwieg und starrte in die Ferne.

Adda wiederholte die Frage, etwas lauter nun, und fasste ihre Mutter am Arm. Johannes Gesicht verdüsterte sich. Sie strich über ihren Bauch und krümmte sich.

Ganz kurz regte sich in Adda das schlechte Gewissen.

Johannes Stimme klang gebrechlich, als sie schließlich antwortete. »Natürlich weiß ich das.« Mit plötzlicher Verbitterung fuhr sie fort: »Er hat es mir erzählt, kurz bevor er starb. Deine Großmutter hat es ihm in einem Anfall von Verwirrung gesagt. Weiß der Himmel, woher sie es wusste.«

»Woher sie es wusste?« Adda schnaubte. »Weil er exakt so aussah wie Vaters Jugendfreund Gustav, nehme ich an.« Die Heiserkeit verlieh ihrer Stimme etwas Grobes. »Die Familien kannten sich doch schon seit Ewigkeiten!«

Adda schloss erschöpft die Augen und rieb sich mit zusammengekniffenem Daumen und Zeigefinger die Nasenwurzel.

Was tat ein Zehnjähriger mit einem solchen Wissen? Das Schlimmste sei, ein uneheliches Kind zu sein, hatte Johanne einmal gesagt. Joost war somit das Schlimmste, und er wusste es. Und doch hatte ihre Mutter ihn liebevoller als irgendjemanden sonst behandelt. Die Nähe zwischen den beiden war für jedermann spürbar gewesen.

Zu einer von Addas frühesten Erinnerungen gehörte das Bild, wie Johanne und Joost eng umschlungen auf dem Sofa vor dem Kamin in der Villa in Dresden saßen und ins Feuer blickten. Adda war damals vielleicht vier Jahre alt gewesen und hatte sich in diesem Moment inbrünstig gewünscht, Joost wäre tot, wie ihr Vater. Was hätte sie dafür gegeben, nur ein einziges Mal so innig von ihrer Mutter umarmt zu werden!

Wie war es Joost möglich gewesen, diese Unsicherheit, die

Geheimnisse und die Zweifel auszuhalten, ohne daran zugrunde zu gehen? Womöglich bestand sein Geheimnis darin, dass er die Widersprüche nicht nur ertrug, sondern von Anfang an mit ihnen spielte. Vielleicht aber auch darin, dass er rechtzeitig die Insel verlassen hatte, dachte Adda bitter. Sie erinnerte sich, wie sie ihren Bruder kurz nach Ende des Krieges einmal dabei beobachtet hatte, wie er in Dresden an einem Bahnübergang mit dem rauchenden Zug mitlief und die Türriegel des Waggons mit einer langen Holzlatte aufstemmte. Kaum waren die Briketts hinausgepurzelt, pfiff er so lange scharf mit seiner Trillerpfeife, bis der Lokomotivführer aus dem Fenster guckte. Da verbeugte sich Joost und tippte dankend an seine Schiebermütze, steckte die Kohlestücke auf dem Bahndamm in seine Tasche und spazierte in aller Seelenruhe über den Acker nach Hause. Ihm reichte es nicht, einfach nur Kohlen zu klauen; er wollte Publikum. Und dieses war ihm stets gewiss. Er war einer jener Menschen, die sofort jeden Raum ausfüllten und die Aufmerksamkeit aller auf sich zogen.

Kurz nach Wandas Geburt war er aus Südamerika zurückgekehrt und hatte für einige Monate gemeinsam mit Eduard und Johanne das Hotel geführt. Ihr Bruder mochte ihren Mann nicht, hielt ihn für einen Pfau, dessen schönes Federkleid nicht darüber hinwegtäuschte, dass er tiefer flog als seine Artgenossen, wie er ihr lachend erklärte. Eduard wiederum störte sich an Joosts ungebügelten Hemden, an dem jovialen Ton, den er gegenüber Gästen anschlug, und seinen langen Kneipenbesuchen, die erst zur Sperrstunde endeten. Eines Tages war Joost, ohne ihr eine richtige Begründung zu geben, nach Westberlin verschwunden, wo er eine Schauspielausbildung beginnen wollte. Was vorgefallen war und zwischen wem genau – vermutlich zwischen ihm, ihrer Mutter und Eduard –, erfuhr Adda erst mal nicht. Sie wusste nur, dass Johanne trauerte, als wäre Joost für immer von ihnen gegangen. Sie zog die schweren Vorhänge zu, um das Licht auszusperren, und blieb tagelang in ihrem Zimmer. Als sie wieder herauskam, sagte sie nur diesen einen Satz: »Die schönsten Menschen haben die defektesten Seelen!«

Aber das stimmte nicht. Joost war nicht kaputt. Er ließ sich nur nicht in eine Form pressen, nicht von all den Vorschriften und Regeln der Gesellschaft bestimmen. Er wollte Dinge, und er bekam sie auch, und dann würfelte er sie durcheinander, weil er keine klaren Verhältnisse, keine Eindeutigkeit brauchte, ja sie sogar ablehnte.

Als Adda ihren Bruder im Sommer 1962, ein paar Monate nach der Geburt ihrer jüngsten Tochter Marijke, in Berlin besucht hatte, stand die Mauer seit einem Jahr. In der *Schaubühne*, deren Ensemble Joost von Beginn an angehörte, beendete man gerade die erste Spielzeit.

In seiner aktuellen Rolle spielte er einen Rebellen, und während Adda ihm zusah, wie er sich zusammen mit dem zweiten Hauptdarsteller in einen Rausch spielte und eine eigene Realität erschuf, fühlte sie, dass er dort oben etwas fand, eine Art von Unabhängigkeit, die man nicht schauspielern konnte. Ihren Bruder so in seinem Element zu erleben und ihn zugleich als jemand völlig Fremden wahrzunehmen war überwältigend. *Er* war überwältigend.

Als der Vorhang unter donnerndem Applaus fiel, kam jemand vom Theaterpersonal zu ihr und führte sie durch eine kleine Tür neben der Bühne in die Katakomben. Dort hatten sich die Schauspieler versammelt und ließen Sekt aus der Flasche kreisen. Ihr Bruder küsste seinen Schauspielkollegen auf den Mund, lange, mit geschlossenen Augen, und während ihr beinahe der Atem stehenblieb, plauderten die anderen Leute weiter, als wäre nichts geschehen. Addas Herz klopfte bis zum Zerspringen. Was ihr Bruder da tat, war nicht nur anstößig, sondern konnte ihn ins Gefängnis bringen. Doch das schien niemanden und schon gar nicht ihn selbst anzufechten, wie auch nichts von dem, was andere Menschen je über ihn sagten.

»Im Theater finde ich die Freiheit, nach der ich suche«, raunte er ihr zwinkernd zu, als er sich nicht lange nach dem Kuss zu ihr gesellte und ihr die Flasche Sekt reichte. »Auf Juist landet man für so etwas in der Verbannung!« Er lächelte. »Oder in der Freiheit. Eduard hat mich mit Heinz, dem hübschen Sohn von den Müllers aus Zimmer 11, erwischt …«

Sie starrte ihn an. Das war also der Grund für seine Flucht, und Johanne und Eduard wussten davon. Eigentlich trank sie selten, aber jetzt schien ein Schluck gegen das ungute Gefühl in ihrer Magengrube eine geradezu sinnvolle Maßnahme zu sein.

Freiheit. Joost verstand darunter offensichtlich etwas anderes als die meisten. Adda setzte den Flaschenhals an und überlegte, wann sie selbst sich zum letzten Mal frei gefühlt hatte. Ja, ob sie überhaupt sagen konnte, was das Wort für sie bedeutete. Auf der Fähre, auf der Reise weg von der Insel, dachte sie dann, als sich Meter um Meter zwischen sie und ihren Mann legte, *das* fühlte sich nach Freiheit ein. Eine Freiheit, um die sie von ihrem Mann betrogen worden war: Sie hatte kurz nacheinander vier Kinder auf die Welt gebracht; Marijke, die Jüngste, war noch nicht einmal ein halbes Jahr alt. Und das Leben, das Eduard ihr vor der Hochzeit zugesichert hatte – Mailand, Paris, Wien –, schien ferner zu liegen denn je. Sie waren auch nicht nach Freiburg gezogen. Sondern auf Juist geblieben, ohne dass er viele Worte darum gemacht hätte.

Inzwischen schien ihr Mann auf der Insel verwachsener zu sein als der Strandhafer in den Dünen. Obwohl seit ihrer überstürzten Heirat inzwischen gut sechs Jahre vergangen waren, hatte Eduard nicht ein einziges Mal einen Fuß von der Insel gesetzt, nicht einmal, um seine Wohnung aufzulösen. »Wir haben hier doch alles, was wir brauchen«, hatte er ihr auf ihre Frage nach der versprochenen Hochzeitsreise hin bedeutet und dabei auf das Meer gezeigt, als gehöre es ihm. Es schien ihm rein gar nichts auszumachen, dass seine Welt auf sechzehn Quadratkilometer geschrumpft war. Addas Sehnsucht und Fernweh hingegen wuchsen. Und schmerzten.

»Warum hast du kein Heimweh nach der Nordsee?«, fragte sie Joost, die Sektflasche fest in der Hand.

»Ich bin ein Flüchtling geblieben und habe nur Heimweh nach mir selbst.« Er lächelte. »Und Sehnsucht nach dem blanken Hannes vielleicht«, sagte er zwinkernd, um über ihr entsetztes Gesicht lachen zu können. Blanker Hannes, so nannten die Juister die Nordsee. Schon als Kind hatte Joost Adda mit seinen doppeldeutigen Witzen zur Weißglut getrieben. »Aber sicher nicht nach dieser Insel der Unseligen, wo jeder auf seiner eigenen kleinen Düne abwartet, dass der Nachbar von seiner hinunterfällt«, fuhr er fort. »Nur um ihm dann mit vermeintlicher Großzügigkeit wieder auf die Beine zu helfen!« Er schüttelte verächtlich den Kopf.

Adda wusste, was er meinte. Sie dachte wieder an Eduard, der die Gesetze der Insel offenbar intuitiv verstanden hatte und nach ihnen zu spielen verstand. Es lief bestens für ihn. Er arbeitete wie ein Besessener an der Erweiterung des Hotels, auch wenn Johanne stets das letzte Wort hatte. Dafür hatte er den Juister Hof neben dem de Tiden und ein großes Grundstück zwischen Hafen und Mülldeponie erworben, noch dazu Häuser im Loog und im Dorf. Nebenbei hatte er sich bei der Juista-Reederei eingekauft und kümmerte sich um die Sanddornproduktion, die mit jedem Jahr wuchs. Da war es kein Zufall gewesen, dass er nach der großen Sturmflut im Februar Bürgermeister geworden war. Er wusste, dass auf geben nehmen folgte. Langsam hatte er sein Netz gespannt, hatte segeln, boßeln und Platt gelernt, ging sonntags in die Kirche, danach zum Frühschoppen in die Bahnhofswirtschaft, wo er aus erster Hand erfuhr, wo es klemmte. »Wäre doch gelacht, wenn wir das nicht hinkriegen!«, sagte er gern, reichte dann seine Hand und den Dornkaat, und Petersen bekam einen günstigen Kredit für die Zentralheizung, Witwe Schuster den teuren Eichensarg für ihren Gatten und der Segelverein eine Jolle für die Jugend. Er tat alles, um einer von ihnen zu werden, und das hieß auch, im de Tiden für Recht und Ordnung zu sorgen.

Gleich zu Beginn ihrer Ehe hatte er Adda gesagt, dass so einfühlsame Frauen wie sie am besten zum Muttersein geeignet seien. »Eine Frau Dr. Kießling macht sich ihre hübschen Hände nicht schmutzig«, sagte er, als sie einmal in der Küche aushelfen wollte.

Und ja, Adda liebte ihre Töchter. Jedes ihrer Mädchen war so anders, so einzigartig. Wanda, der Ältesten – Jans Tochter –, schenkte sie besonders viel Beachtung. Sie war temperamentvoll, wild und unabhängig, und wenn sie ihre Mutter mit ihren großen hellbraunen Augen anlächelte und dabei ihre Nase kräuselte, dann erkannte Adda in ihr ihren leiblichen Vater. Und wenn der kleine Wildfang stundenlang im kühlen Wasser tollte, als hätte er eine Fischhaut, dann sah Adda sich selbst. Wie sie liebte Wanda die Stille unter Wasser. »Mutti, da kann ich meine Gedanken hören!« Mit ihren fünf Jahren schwamm und tauchte sie mit der Leichtigkeit einer Robbe, und wie eine Robbe zappelte sie auch an Land ständig mit den Händen, als wären sie Flossen. Ihr Mädchen platzte nur so vor Einfällen und verwandelte alles, auf das ihr waches Auge fiel, in Magie. Mit ausgebreiteten Armen und fliegenden Locken jagte sie Wolkendrachen hinterher, vergrub Blumen im Sand, so dass daraus ein Blumenmeer wachsen möge, oder legte sich bäuchlings auf den matschigen Wattboden, um wasserdichte Schlösser aus Muscheln für die Krebse zu bauen. »Damit sie nicht nass werden, wenn die Flut kommt!« Sie fasste jeden Moment neue Pläne und plapperte ohne Punkt und Komma. Einmal, da war sie drei Jahre alt, schaute sie dem Lauf der Wolken hinterher, die die Insel Richtung Festland verließen, und sagte mit piepsiger Stimme, dass sie nun endlich wisse, was sie werden wolle, wenn sie groß sei: eine bekannte Wolkenforscherin. Am liebsten stromerte sie allein über die Insel und kehrte von ihren Streifzügen häufig mit einem blutigen Schienbein oder einer Schürfwunde am Ellenbogen zurück. Aber anstatt zu weinen, präsentierte sie ihre Kratzer wie Trophäen eines Jagdausflugs. »Ist unser liebes Kind wieder über seine eigenen Gedanken gestolpert«, sagte Johanne dann liebevoll, verband Wandas Wunden und machte ihr eine heiße Schokolade. Ihre Mutter liebte Wanda.

Frauke, knapp zwei Jahre jünger als Wanda und anders als ihre große Schwester bei Ebbe geboren, blickte deutlich nüchterner auf die Welt. Mit ihrem rundlichen Kopf und den blassblauen Augen ähnelte sie ihrem Vater Eduard, und so wenig wie er liebte sie das Gefühl von Schlick, Sand oder Salzwasser auf der Haut. Sobald sie den Strand betrat, schüttelte Frauke sich mit einem Ekel, als wäre ein Schwarm Fliegen auf ihrem Gesicht gelandet. Adda hatte es darum aufgegeben, sie mit ans Meer zu nehmen. Am liebsten blieb Frauke zuhause, spielte mit Holzklötzen auf dem Boden oder ordnete verbissen Puzzle-Würfel bei Magda am Küchentisch. Funktionierte etwas nicht so, wie sie es sich vorstellte, verdüsterte sich im Handumdrehen der Himmel über ihr, und sie fegte, heftig wie eine Aprilböe, wutschnaubend das gesamte Puzzle vom Tisch.

Ihre Gegensätzlichkeit stand wie eine Mauer zwischen den beiden älteren Schwestern, und insbesondere Frauke schien sie ein ums andere Mal befestigen zu wollen. Einmal zeichnete Wanda staunend Eisblumen am Fenster nach. Da drängte

Frauke sie beiseite und wischte mit ihrem Ellenbogen so lange über die Glasscheibe, bis keine Blume mehr zu sehen war. »Jetzt kann man wieder durchschauen!«, sagte sie zufrieden.

Die äußerliche Entsprechung der Grenze verlief entlang der Hotelmauern. Das de Tiden war Fraukes Revier, der Rest gehörte Wanda. Theda, die etwas später hinzustieß, suchte sich einen ruhigen, sicheren Platz zwischen den Gräben. Sie schien bei ihrer Geburt genügend Aufregungen erlebt zu haben, da brauchte sie keine weiteren Scharmützel.

Addas Muttermund war während der Flut weit offen gewesen. Aber egal, was die Clemensschwestern im Josefsheim auch versuchten, Theda hatte sich keinen Zentimeter Richtung Ausgang bewegt, als traute sie der Draußenwelt nicht. Am Ende, als längst die Ebbe eingesetzt hatte, holte der Kurarzt sie mit der Geburtszange. Er quetschte ihren kleinen Kopf zwischen die Zangenblätter und zog sie brutal heraus. Theda war bereits blau angelaufen und ließ kein Lebenszeichen erkennen. Erst, als der Arzt ihr einen Klaps aufs Hinterteil gegeben hatte, ließ das blutige Baby ein zaghaftes Krächzen hören. Thedas Kopf war voller Abschürfungen, die rechte Gesichtshälfte noch Tage später gelähmt. Eduard, der währenddessen mit den Männern aus dem Segelverein eine Flasche Dornkaat geleert und schon auf einen Jungen angestoßen hatte, trat mit einer ordentlichen Fahne mitten in der Nacht an Addas Bett. Er hatte Mühe, seine Enttäuschung zu verbergen. »Wer sich nicht ins Leben kämpft, hat keine Neugier und keinen Biss«, sagte er, nachdem er einen flüchtigen Blick auf das Baby geworfen hatte. »Sie ist keine Kießling, keine Kämpferin.«

Adda wusste, wie sehr er sich einen Junior gewünscht hatte. Sein Blick ging ihr trotzdem lange nicht aus dem Kopf.

In ihren ersten Lebenswochen sah Theda fast genauso aus wie ihre ältere Schwester Frauke als Baby. Nur war sie weder so pausbäckig noch so zäh, wie Frauke es gewesen war. Sobald Adda oder Magda einen Schritt aus dem Zimmer machten, begann Theda leise zu wimmern. Ansonsten war sie mucksmäuschenstill, zuckte zusammen, wenn die Wanduhr schlug oder etwas zu Boden polterte, und bewegte sich später fast lautlos durch die Räume, erst krabbelnd, dann unsicher auf zwei dünnen Beinchen, immer an ihrer Seite ein kleiner zerfledderter Stoffbär.

Als sie mit zwei Jahren noch immer nicht begonnen hatte zu sprechen, nahm Eduard das als Bestätigung seiner ersten Einschätzung. »Siehst du, sie ist nicht wie die anderen, sie hat bei der Geburt einen mitbekommen!« Adda jedoch wusste, dass er im Unrecht war. Ein Blick auf Theda genügte, um zu sehen, dass das Mädchen völlig gesund war. Ihre Tochter war nicht zurückgeblieben. Sie war lediglich sprachlos, noch immer. Adda sorgte sich, dass, wer so barbarisch aus dem Mutterleib gezerrt worden war, die Angst vor dem Leben womöglich nie ganz verlieren würde.

Als Adda eineinhalb Jahre nach der Geburt festgestellt hatte, dass sie schon wieder schwanger war, war sie außer sich gewesen. Es reichte! Sie wollte nicht noch einmal eine solche Geburt erleben, nicht noch einmal derartige Ängste ausstehen und erst recht nicht Eduards Gesicht sehen, wenn es wieder ein Mädchen werden würde. Doch es kam anders. Vom ersten ohrenbetäubenden Schrei Marijkes an, inmitten der schlimmsten Sturmflut, die Juist seit langem erlebt hatte, hatte Adda das kleine Wesen geliebt.

Es war der 16. Februar 1962, und das Seewetteramt kündigte keine außergewöhnliche Wetterlage an, obwohl schon seit Tagen heftige Sturmböen aus Westen über die Insel fegten. Am Vormittag maß man schon Windstärke 9, und nachmittags bei Niedrigwasser war der Pegel bereits so hoch wie bei Hochwasser. Die Fähren fuhren nicht mehr, die Flugzeuge blieben am Boden. Noch ahnte keiner, welch vernichtende Orkanflut sich auf sie zubewegte. Trotzdem sorgte sich Eduard um die hochschwangere Adda und schickte sie gegen Mittag zu Bett. »Du übernimmst dich, meine Liebe. Ich möchte, dass du dich in deinem Zimmer ausruhst, bis der Sturm vorüber ist.«

Aber seit einiger Zeit regte sich Widerstand in ihr, sobald er ihr mit dieser pastoralen Stimme kam. Kurzerhand widersetzte sie sich seinem Wunsch und bestellte, als bereits die Dämmerung einsetzte und Eduard sich irgendwo im Dorf als Krisenmanager inszenierte, den Kutscher. Adda hatte Ursula, der kleinen Tochter von Pastor Bode, versprochen, ein paar Stücke mit ihr einzuüben, bevor sie in zwei Tagen ihren ersten Auftritt an der Kirchenorgel absolvieren würde. Bis zum Geburtstermin waren es zwar noch drei Wochen hin, aber den Weg ins Loog mit dem Fahrrad zu fahren wäre mit ihrem Bauch zu beschwerlich gewesen, und gegen den heftig blasenden Wind war ohnehin kein Ankommen. Kaum hatte sie in der Kutsche Platz genommen, setzte sich Wanda neben sie und strich ihr über den Bauch. »Ich passe auf das Baby auf!«

Gegen den Willen ihrer Ältesten war kein Kraut gewachsen. Schon auf dem Weg ins Loog zogen beachtliche Böen über die offene Kutsche hinweg. In den Fenstern und Türen der Häuser rechts und links des Weges heulte der Wind, und ein paar Augenblicke später auf der Billstraße zerrten die Böen an den Zweigen der Büsche, als wollten sie sie ernten. Auf der Wattseite überschwemmte das Wasser bereits die Salzwiesen, und das Meer hinter den Dünen tobte und grollte wie Donner. Die Menschen auf der Straße konnten sich kaum auf den Beinen halten und klammerten sich aneinander, um nicht umgeworfen zu werden.

Wanda war ganz hibbelig und erhob sich während der Fahrt

mehrmals, um sich mit ausgebreiteten Armen gegen den Wind fallen zu lassen. Adda konnte sie nur mit Mühe überzeugen, sich wieder hinzusetzen. »Ich bin Onnos Bumerang und fliege zurück zu dir«, erklärte Wanda im Brustton der Überzeugung. Adda musste schlucken. Sie konnte nicht wie sonst über Wandas Spinnereien lachen. Ein ungutes Gefühl hatte von ihr Besitz ergriffen, und sie war erleichtert, als sie endlich am Haus des Pastors angelangt waren. Eine Stunde später, nachdem Wanda und sie mit dem Pastor und Ursula eine Kanne Tee getrunken hatten, setzte sie sich mit Ursula ans Klavier. Der Pastor, ein Schrank von einem Mann, der erst wenige Monate zuvor aus Wuppertal nach Juist gekommen war, war noch blasser als sonst, stellte sich ans Fenster und betrachtete sorgenvoll den zerrissenen Himmel. Adda versicherte ihm, dass sie schon viele Sturmfluten erlebt habe und kein Grund zur Sorge bestünde. Mit gerunzelter Stirn verließ er schließlich den Raum, und Adda konnte sich der kleinen Ursula widmen.

Während Ursula die ersten Töne der *Kleinen Nachtmusik* spielte, platzte Addas Fruchtblase. Warme Flüssigkeit lief an ihren Beinen hinunter. War es erst einmal so weit, ließ sich die Geburt meist nicht mehr aufhalten, das wusste Adda nur zu gut. Bei den bisherigen Geburten waren rasch die ersten Wehen gefolgt.

Nun war sie doch etwas beunruhigt und versuchte erst, jemanden im de Tiden zu erreichen, dann im Josefsheim, wo sie ihre drei Töchter zur Welt gebracht hatte. Aber das Fernsprechnetz war offenbar so überlastet, dass die Leitung tot war. Ursula brachte ihr ein Glas Wasser, was Adda mit einem Zug austrank. Pastor Bode bot ihr an, sie solle sich auf einer Chaiselongue ausruhen, während Wanda und Ursula in ihrem Zimmer spielen würden. Dankbar nahm sie sein Angebot an. Sie musste eine Weile geschlafen haben, als ein lautes Klopfen sie weckte.

Atemlos berichtete der Milchmann von großen Wassermassen, die über den Deich eingebrochen waren, vom Hotel Seeblick an der Billstraße, das völlig überflutet worden war, und den Dünen, deren Kuppen nun im Meer schwammen. Der Weg ins Dorf war nicht mehr passierbar. In diesem Moment spürte Adda einen heftigen Stich im Bauch und dachte, dass sich die Schwere eines Sturms anscheinend ebenso wenig vorhersagen ließ wie Beginn und Verlauf einer Geburt. Sie hatte sich gleich zweimal geirrt.

So gewaltig die Natur die Insel mit Wind und Wellen überrollte, so gewaltig überrollte sie Adda nun mit immer neuen Wogen von Schmerzen. Als hätte sie einen großen, schweren Findling im Bauch, den jemand mit beiden Händen kraftvoll nach unten drückte. Gleichzeitig hörte sie, wie die Sturmböen die Schindeln des Dachs klappern und die Fenster und Türen rasseln ließen wie die dramatische Begleitmusik zu ihrem eigenen Film.

Der Orkan kam mit Hagelkörnern so groß wie Tennisbällen, mit Gewitter und Finsternis, und Pfarrer Bode glaubte, die Sintflut sei angebrochen. »Juist wird wie Buise in den Fluten versinken«, prophezeite er düster, während die kleine Ursula mit Schumanns *Fröhlichem Landmann* gegen seine Grabesstimmung anzuspielen versuchte. Die Insel Buise hatte sich einst östlich von Juist befunden und war im 14. Jahrhundert während einer gewaltigen Flut in zwei Teile geteilt worden – ein Schreckensgespenst, das bei jeder Sturmflut erneut heraufbeschworen wurde und das offenbar selbst dem neu angekommenen Pastor bekannt war.

Der lief aufgeregt umher, bellte seine Tochter an, sie solle gefälligst mit dem Geklimper aufhören, und schickte abwechselnd Stoßgebete und Moses-Zitate gen Himmel: »Da ging alles Fleisch unter, das auf Erden kriecht, an Vögeln, an Vieh, an Tieren und an allem, was sich regt auf Erden, und alle Menschen.«

All das half Adda nicht gerade, sich zu beruhigen. Ihr Körper krampfte. »Ich brauche eine Hebamme und keine Gebete!«, presste sie schwer atmend zwischen zwei Wehen hervor. Die Schmerzen kannte sie von den anderen Geburten, aber ein Kind ganz allein auf die Welt zu bringen war selbst für eine erfahrene Gebärende eine ungebetene Herausforderung, schon gar, wenn der einzige Erwachsene in Rufweite nichts anderes tat, als wortgewaltig die Apokalypse heraufzubeschwören. Adda bereute es zutiefst, Eduards pastorale Sorge gegen des Pastors Lebensuntüchtigkeit eingetauscht zu haben.

Wanda, die neben Adda kniete, schien genau zu wissen, wie ernst die Lage war. Wie es gehen solle, dass das Baby da ganz allein rauskäme, fragte sie den Pastor. Der antwortete, dass Gott dem Baby den Weg erhellen und so dafür sorgen werde, dass es den Weg schon fände.

»Aber wenn Gott sich doch gerade um den Sturm kümmern muss!«, wandte Wanda aufgebracht ein und erhob sich. »Jemand muss sich doch um meine Mutti kümmern!«

Wanda verließ den Raum, und Adda konzentrierte sich nur noch auf Ebbe und Flut ihres Körpers, versuchte, so ruhig und gleichmäßig wie möglich weiterzuatmen. Doch kurze Zeit später hörte sie wie durch einen Nebel von Schmerzen eine Tür knallen.

»Wo ist Wanda?«, fragte sie den Pastor beunruhigt. Der faselte etwas von Evas Schuld daran, dass die Menschheit aus dem Paradies vertrieben worden war. »Und zum Weibe sprach er«, flüsterte er ihr zu: »Ich will dir viel Schmerzen schaffen, wenn du schwanger wirst; du sollst mit Schmerzen Kinder gebären; und dein Verlangen soll nach deinem Manne sein, und er soll dein Herr sein.« Er redete und redete, und ihr wurde endgültig klar, dass sie von diesem Mann nicht die geringste Hilfe zu erwarten hatte. Sie sammelte all ihre Kraft, richtete sich auf und blickte ihn so durchdringend wie möglich an. »Wo ist Wanda?«, wiederholte sie. Doch da hatte er schon den Raum verlassen. Vermutlich spielte ihre Tochter mit Ursula, und es war nur der Wind, der eine Tür aufgestoßen hatte, sagte sie sich und schloss erschöpft die Augen. Sie musste sich ausruhen, um Kraft zu sparen. Doch die Wehen kamen und gingen in immer kürzeren Abständen. Adda schrie und erbrach sich abwechselnd in den leeren Kohleeimer, der beim Ofen stand.

Eine gefühlte Ewigkeit verging, bis ein lauter Knall sie aufschrecken ließ. Wanda stand in der Tür, in Begleitung von Mutter Olsen, die frische Tücher in der Hand hielt. Erleichtert ließ sich Adda in die Kissen sinken, bäumte sich aber sogleich wieder vor Schmerzen auf. Ihre Tochter stürmte zu ihr und drückte ganz fest ihre Hand. Die Presswehen kamen nun ohne fühlbare Pause.

»Gleich hast du es geschafft«, sagte Mutter Olsen, nachdem sie Adda untersucht hatte. »Der Kopf ist schon zu sehen.«

Adda presste und presste mit letzter Kraft. Und dann war das Baby draußen, ein rosiges, gesundes Baby, und schrie, wie sie noch nie ein Baby hatte schreien hören. Und Adda weinte, wie sie noch nie geweint hatte, vor Erschöpfung, vor Erleichterung, vor Dankbarkeit für Wandas Mut und vor Glück über das Wunder in Gestalt ihres vierten Kindes.

Eduard kam erst am nächsten Morgen, nachdem man ihn endlich erreicht hatte. Ohne zu wissen, dass er erneut Vater geworden war, hatte er die ganze Nacht am Bahnhof einen Wall aus Sandsäcken gegen die andrängenden Fluten errichten lassen, das Hotel Seeblick vom Wasser befreit und eine Bestandsaufnahme der abgebrochenen Dünen und anderer Schäden vorgenommen. Auch er schien sofort einen Narren an seiner jüngsten Tochter gefressen zu haben. Noch in der Tür stehend sagte er über Marijkes lautes Kreischen hinweg: »Ein Mädchen, was sonst. Und so temperamentvoll und hübsch wie ihre Mutter!«

Äußerlich war Marijke die Zarteste der vier Mädchen, aber ihre Stimme konnte Wände zum Einstürzen bringen. »Adda«, stellte Mutter Olsen fest, als diese sie um Kräuter gegen Marijkes Brüllattacken bat, »Flut bringt Mut und Sturmflut Übermut. Die Lütte weiß, was sie will, das glaub man.« Ihre Prophezeiung sollte sich bewahrheiten. Es war, als würde die jüngste Schwester mit ihrem Geschrei gegen die Tatsache protestieren, dass sie noch nicht konnte, wie sie wollte. Und das war etwas, das Marijke auch heute noch immer wieder mal zur Weißglut trieb.

Eduard war nach der stürmischen Geburt seiner vierten Tochter indes zur Überzeugung gelangt, dass es nur zwei Arten von Kindern gab: Entweder holten sie sich nasse Füße, waren tollkühn und forsch, oder sie mieden das Risiko wie der Teufel das Weihwasser und verhielten sich zögerlich und vorsichtig. »Wie Ebbe und Flut eben!«, hatte Adda ihm geantwortet, ihren Gedanken dann aber nicht ausgeführt. Was verstand er schon von den Gezeiten.

Doch sie konnte Eduard nicht vorwerfen, dass er kein guter Vater oder Ehemann wäre. Er tat alles für seine Familie, was ihm zu tun geboten schien, spielte mit den Mädchen, wenn seine begrenzte Zeit es zuließ, und bemühte sich, Adda jeden Wunsch von den Augen abzulesen. Jeden Morgen ritzte er ihr ein liebes Wort oder eine Blume auf die Butter und stellte sie vor ihren Teller. Und seit der Hochzeit trug er stets eine Nelke im Knopfloch, als Erinnerung an ihre erste Begegnung.

Und doch war Adda müde. Als sie jetzt in den Katakomben des Theaters ein weiteres Mal die Flasche ansetzte, war das Gefühl, in dieser Ehe, in der bedrückenden Enge der Insel gefangen zu sein, so stark und so schlimm wie nie zuvor. Zwar war Berlin ebenso eine Insel, von Mauern umgeben und von Scharfschützen auf der anderen Seite misstrauisch beäugt, und doch schien hier alles möglich, sogar das Undenkbare. Der Gedanke schoss ihr in den Kopf, dass ihr »Undenkbares« Onno war.

»Ich werde Eduard verlassen«, sagte sie zu ihrer eigenen Überraschung, mutig geworden angesichts des flirrenden und selbstbewussten Auftretens der Theaterleute, vielleicht auch durch die ungewohnte Menge an Alkohol. Berauscht von der Vorstellung eines neuen Lebens, küsste sie ihren Bruder auf die Wange. Doch der schüttelte nur den Kopf und nahm ihr die Flasche Sekt aus der Hand, aus der sie gerade noch getrunken hatte. Adda spürte, wie ihr Gesicht heiß wurde.

»Wenn du ungestraft Männer küssen darfst, dann darf ich ja wohl meinen Mann verlassen«, lallte sie empört. Joost stützte sein Kinn in die Hand und blickte sie nachdenklich an. »Du darfst alles, meine Prinzessin. Aber willst du es auch?«

Adda rückte mit einer trotzigen Bewegung von ihm ab. Einen Moment lang starrte sie schweigend auf den Fußboden. Ihr war klar, dass sie verwirrt auf ihn wirken musste, und sie wollte ihm erklären, was sie bewegte, ihn von ihrer Entschlossenheit überzeugen, von der Richtigkeit eines Lebens mit Onno. Schließlich war Joost es gewesen, der schon bei seiner ersten Begegnung mit ihrem Freund erkannt hatte, dass Adda und Onno füreinander bestimmt waren.

Fünf Jahre lang war Onno fort gewesen, auf großer Fahrt. Vor ein paar Monaten hatte er dann überraschend vor ihr gestanden, in der Küche von Mutter Olsen, bei der Adda sich getrocknete Brennnesseln gegen das Wasser in ihren Schwangerschaftsbeinen holen wollte. Marijke war da noch nicht auf der Welt. Adda hatte zuerst an eine Erscheinung geglaubt. Onno stand ruhig da, sagte nichts, sah sie nur an. So dass ihr, nachdem ihr seine Echtheit bewusst geworden war, ein paar Sekunden blieben, ihn ebenso eingehend zu betrachten. Er trug Jeans und ein kariertes Hemd. Sein Gesicht war braungebrannt, die ausgeblichenen Haare standen in alle Richtungen ab. Gut sah er aus. Er war drahtig und irgendwie erwachsen geworden. Warum waren ihr nie zuvor die hübschen Grübchen in seinen Wangen aufgefallen? Sie war so vertieft in seinen vertrauten und doch so veränderten Anblick, dass sie keine Sekunde an das Bild dachte, das sie darbieten musste: im sechsten Monat schwanger, ein Walross, die Beine unter ihrem kurzen Rock zu Baumstämmen angeschwollen, rote Flecken auf Nase und Wangen.

Bevor sie ein Wort herausbrachte, ging er auf sie zu, legte eine Hand auf ihre Wange und lächelte sie an. »Ich bin wieder da«, sagte er überflüssigerweise. Und Adda war glücklich, das erste Mal seit Jahren einfach nur glücklich. Sein Duft. Wie hatte sie diesen Duft vergessen können, wie hatte sie es ohne ihn ausgehalten?

»Wer ist der Mann?«, fragte Wanda, die sie zu Mutter Olsen begleitet hatte und die sich nun auf die Zehenspitzen stellte, als ob sie das Objekt ihrer Neugier so besser in Augenschein nehmen könnte.

Adda hatte Mühe, ihre Stimme zu finden. »Das ist … Das ist mein alter Freund Onno. Er … war lange auf See.« Zu Onno gewandt, murmelte sie: »Und das ist Wanda, meine älteste Tochter.«

»Ein richtiger Seefahrer?« Wanda war verzückt. »Wie Sindbad?« Sie staunte Onno mit offenem Mund an und entblößte dabei ihre Zahnlücken. Im Kino hatte sie erst vor einigen Wochen *Sindbads siebente Reise* gesehen. Daraufhin hatte sie beschlossen, nach Persien aufzubrechen und die Wunderlampe zu finden, wenn nicht jetzt sofort, dann sobald sie alt genug sein würde, also in sehr naher Zukunft.

Onno kniete sich vor sie und lächelte sie an. »Nicht ganz«, sagte er. »Ich bin zum Glück nie gekentert, gestrandet oder gefangen genommen worden. Nur einmal, da habe ich einen lauten, klatschenden Aufprall gehört und geglaubt, dass ein fliegender Teppich auf dem Meer gelandet ist. Aber es war nur riesengroßer Wal, der aus dem Wasser gesprungen war.«

Wanda klatschte begeistert in die Hände und strahlte ihre Mutter, dann Onno an. »Ein Blauwal?«

Onno nickte ernst und setzte sich an den Tisch. Wanda kletterte geradewegs auf seinen Schoß und sah zu ihm auf. »Hast du denn einen echten Kalifen oder Sultan getroffen?«

»Jetzt frag Onno doch keine Löcher in den Bauch«, sagte Adda sanft, setzte sich jedoch neben die beiden.

Onno winkte ab und fuhr fort: »Einen Kalifen nicht, auch keinen Sultan. Aber einen echten Maharadscha, der mit so viel Gold und Edelsteinen behangen war, dass er nicht mehr laufen konnte und in einer goldenen Sänfte von einem dicken Elefanten getragen werden musste.« Wanda gluckste.

Mutter Olsen stellte eine Kanne Tee, Gebäck und eine Flasche Sanddorngeist auf ihren runden Holztisch. Wie in alten Zeiten. Sie sah Adda und Onno, die einander zugewandt saßen, abwechselnd an, und über ihr Gesicht huschte ein Lächeln.

»Was hast du noch erlebt?«, forschte Wanda. Onno ließ sich nicht lange bitten, kippte den Inhalt seines Seesacks auf den Tisch und erzählte anhand der Andenken mit Händen und Füßen von Indien, vom Persischen Golf, von der britischen Kronkolonie Hongkong, von Neuseeland. Adda hatte ganz vergessen, wie wunderbar Onno erzählen konnte.

»Und wo war es am schönsten?«, fragte Wanda, als Onno eine Pause machte und einen Schluck Tee nahm.

»Eindeutig in Neuseeland«, antwortete er. »Da gibt es rauchende Vulkane, blaue Gletscher, Regenwälder, sprudelnde

Geysire und Schneeberge, die ins grüntürkisfarbene Meer fallen! Und alles leuchtet in sattem Grün.« Er zog eine Halskette unter seinem Hemd hervor, an der als Anhänger ein milchig grüner Stein hing, und ließ sie über den Tisch baumeln. »Wie dieser neuseeländische Jadestein.«

Wanda rutschte nach vorne, um den Stein besser betrachten zu können, machte zu Addas Erstaunen aber keine Anstalten, ihn zu berühren.

»Sieht aus wie Vatis Angelhaken!«, sprudelte es aus Wanda heraus.

»Das ist auch ein Angelhaken«, bestätigte Onno. »Die Ureinwohner nennen ihn auch *Hei Matau*, weil er an den Halbgott Māui erinnert, der die Nordinsel Neuseelands mit einer selbstgebauten Angel aus dem Ozean gefischt hat.«

Wanda riss die Augen auf. »Der konnte eine ganze Insel angeln? So wie Juist?«

»Größer als Juist«, entgegnete Onno. »Damals war die Insel noch ein riesiger Fisch, und Māui hat ihn mit dem knochigen Kiefer seiner Großmutter, der an einer Angelschnur befestigt war, herausgefischt.«

»Oha.« Wanda stutzte. »Die arme Großmutter!«

Beim Anblick des verblüfften Gesichts ihrer Tochter konnte Adda sich ein Lachen nicht verkneifen. Mutter Olsen knuffte ihrem Sohn in die Seite und schenkte Tee nach. »Was macht man mit so 'nem großen Fisch?«, fragte Wanda.

»Besiedeln«, fuhr Onno lächelnd fort. »Bevor die Engländer kamen, haben die Maoris, die Ureinwohner, auf dem Rücken des Fisches Hütten gebaut, Gemüse angepflanzt und Vögel und Pinguine gejagt.«

Wanda nickte mit wissender Miene. »Dann war Juist auch mal ein Fisch«, erklärte sie nüchtern.

Adda grinste, als sie an die schlanke Form des Eilands unter ihren Füßen dachte, die sich zur Körpermitte etwas ausdehnte. »Vielleicht ein Aal, der zu viel zu Mittag gegessen hatte!«

»Oder ein Regenwurm«, schlug Onno vor und grinste ebenfalls, »der auf die kleine Insel Memmert spuckt!«

Ihre Blicke trafen sich, in Erinnerung an alte Tage.

Wanda wandte ihre Aufmerksamkeit unterdessen wieder dem Stein zu. »Darf ich ihn berühren?« Sie senkte die Stimme wie zum Gebet, als hätte sie Sorge, den Jadestein zu entweihen.

Onno nickte, nahm die Kette ab und drückte sie ihr in die Hand. Vorsichtig ließ das Mädchen ihre Finger über die glatten, glänzenden und sich überkreuzenden Stränge gleiten und umschloss den Stein schließlich mit der Faust. »Er wird ganz warm!«, stieß sie hervor. »Gleich spuckt er Feuer!«

»Das ist die geistige Kraft des Steines, sein *Mana*«, erklärte Onno, und Wanda nickte heftig, als wüsste sie genau, wovon er redete.

»Für die Maoris haben die Steine etwas Magisches«, setzte Onno nach. »Sie sehen in ihnen eine Verbindung der Kräfte von Erde und Himmel, von Sternen und Wasser. Für sie ist ein Grünstein darum auch ein ganz besonderes Geschenk, um eine Freundschaft zu besiegeln.« Er lächelte, den Blick auf den Stein geheftet. »Darf ich ihn dir schenken?«

Wanda sagte nichts, setzte eine ernste Miene auf und sah ihn lange an. Dann schlang sie die Arme um Onnos Hals. »Ja«, antwortete sie in einem feierlichen Ton, und Onno legte ihr die Kette um.

»Wer einen *Hei Matau* wie diesen trägt, wird mit Glück, Stärke und einer allzeit sicheren Reise über das Wasser belohnt. Tangaroa, der Gott des Meeres, passt ab jetzt auf dich auf, vergiss das nie!«

»Danke!«, jauchzte Wanda, küsste den Stein, rutschte von Onnos Schoß und bestaunte ihr Spiegelbild in der Fensterscheibe.

In Adda kroch Rührung hoch. Ohne Wanda zu kennen, hatte Onno ihrer kleinen Robbe das wunderbarste Geschenk gemacht. Der Stein an der Brust ihrer Tochter leuchtete mit ihren Augen um die Wette.

Onno legte ein kleines Geschenk vor Adda. Sie wickelte es langsam aus. Es war ein Windspiel, ein kleiner Vogel aus Bambus. »Ich habe es dir aus China mitgebracht«, erklärte Onno. »Im Feng-Shui symbolisiert der Vogel die Ankunft guter Nachrichten.« Er setzte dieses schelmische Grinsen auf, das sie so gut kannte.

»Lass mich raten: Die gute Nachricht bist du?«, fragte Adda, um einen lockeren Tonfall bemüht. Doch ihr Hals schnürte sich auf einmal zu. Sie wusste nicht, was Feng-Shui war, aber das Gefühl, das sie beim Anblick des Vögelchens so überraschend überfiel, es kam mit Wucht. Es war, als würde sie erst jetzt bemerken, wie sehr Onno ihr gefehlt hatte, welch große Lücke er in ihrem Leben hinterlassen hatte. Dabei hatte sie all die Jahre kaum an ihn gedacht. Und doch war es da gewesen, das Gefühl des Vermissens. Es hatte sich nur hinter ihren Augen versteckt und still darauf gewartet, sich Jahre später angesichts des kleinen Vogels in einem nicht aufzuhaltenden Strom an Tränen Bahn zu brechen. Adda weinte geräuschlos. Und in diesem Moment wusste sie es; die Erkenntnis wurde von der Tränenflüssigkeit förmlich aus ihrem Inneren herausgespült: Sie liebte Onno. Sie liebte ihn so sehr, dass sich ihr Herz augenblicklich krampfartig zusammenzog. Seine Gabe, wie ein Kind zu staunen, sein großes Herz, seine Fürsorge und der Schalk, der ihm aus den großen braunen Augen blitzte, das alles und noch viel mehr liebte sie, hatte sie schon immer geliebt. Die Tränen ließen vielleicht ihren Blick verschwimmen, nicht aber ihre innere Gewissheit. Die stürmische Liebe zu Jan, die sie im Innersten für unerreichbar gehalten hatte, war in Wahrheit schon lange vorher übertroffen worden. Oder nein, nicht übertroffen: Sie war einfach ganz anders gewesen. Ihrer Sache sicher, war die Liebe zwischen Onno und Adda ruhig und stetig herangewachsen wie sie beide selbst und hatte auf den einen Moment gewartet, in dem sie nicht mehr zu übersehen sein würde.

Wanda schmiegte sich an sie, und Mutter Olsen reichte ihr ein Taschentuch. Sicher schob sie Addas Weinkrampf darauf, dass bei jeder Frau in ihrem Zustand die Gefühle verrücktspielten. Aber Adda wusste es besser: Für Liebe gab es keine Erklärung.

Das alles wollte sie Joost nun erzählen, aber der musterte sie skeptisch.

»Willst du, dass deine Kinder bei Eduard bleiben?«, fragte er und legte ihr die Hand auf die Schulter. Er hatte recht, natürlich wollte sie das nicht. Auf Ehebruch stand bis zu sechs Monate Gefängnis, und sie kannte ihren Mann gut genug, um zu wissen, dass er nicht tatenlos dabei zusehen würde, wie Adda seine Liebe und Ehre verletzte.

Warum nur war alles so kompliziert? Lebte sie im Wolkenkuckucksheim, nur weil sie glaubte, dass es da, wo das Schicksal seine Finger im Spiel hatte, einen Weg geben musste, wie geschlängelt er auch war? Resigniert ließ sie den Kopf hängen.

Im Hintergrund sang Conni Francis lauthals *Schöner fremder Mann*, und die Theatermenschen tanzten dazu. Joost bugsierte Adda in eine Sofaecke und drückte ihr einen starken Kaffee in die Hand.

»Meine Prinzessin, du gehörst nach Juist und zu deinen Kindern«, sagte er sanft.

Sie trank einen Schluck. Selbst der Kaffee schmeckte hier nach Andersartigkeit.

»Du hast doch selbst gesagt, dass die Juister Idylle die Hölle sein kann«, hörte sie sich sagen.

»Für mich! Aber ich bin doch in einer ganz anderen Lage. Du warst doch immer so glücklich dort mit Onno, dem Watt und dem Wasser.«

Adda spürte, wie ihr Atem schneller ging. Jetzt erwähnte er ja Onno selbst! Ach, hätte sie doch damals seinen Antrag angenommen, dann wäre alles gut geworden. Er wäre Wanda und auch ihren gemeinsamen Kindern ein wunderbarer Vater geworden, und seine Nähe, seine Liebe wären ihr niemals unerträglich geworden. Manchmal dachte sie, dass die Insel sich mehr und mehr eintrübte, der Himmel, das Watt, die Salzwiesen. Selbst die Dünen leuchteten inzwischen nur noch matt, und wenn sie beim Schwimmen auf den Meeresgrund blickte, in das dunkle, kalte, stille Nichts, dann fühlte sie ein bedrohliches Kribbeln in den Fingerspitzen, wie eine böse Vorahnung. Nur, wenn sie mit ihren Mädchen zusammen war, war ihre Welt in Ordnung. Juist war nichts weiter als ein Gefängnis, dessen Tore einmal am Tag aufgingen, wenn die Fähre bei Gezeitenwechsel Richtung Festland ablegte. Doch diese Freiheit war trügerisch, dachte Adda: Die Flut drückte einen immer wieder zurück in den prüden Muff. Umzukehren war unmöglich; und die meisten wollten das auch gar nicht. Begrenzt durch die unveränderlichen Barrieren der Natur, fühlte sich der Juister ganz bei sich, als könne ihn die Insel bewahren vor der Unbill des Lebens. Durch die Weite von Meer und Himmel, so behauptete er, könnte man ohnehin weiter blicken als die Festländer, die ihre Städte vor lauter Menschen nicht mehr sahen. Und so hielt man Neues aus Deutschland, wie sie das Festland nannten, besser fern und versuchte, den Rest der Welt möglichst zu ignorieren. Johanne nannte das abschätzig den »Inselblick«.

Doch innerhalb ihrer Welt, da waren die Juister nachsichtig mit sich und anderen, sofern sie nicht zu sehr aus der Reihe tanzten. Von Lappalien ließen sie sich nicht aus der Ruhe bringen: zu viel Dornkaat, zu wenig Gäste, versäumte Kirchgänge oder geraubtes Strandgut – wird schon. Wer Fluten überlebte, der wusste schließlich, wie man Stürmen standhielt an diesem Ort der Gegensätze. Doch wehe, eine Welle Wildwuchs schwappte von Deutschland herüber. Dann wurde man fünsch. Der Kurarzt sträubte sich beharrlich, Adda die Antibabypille zu verschreiben, die seit einem Jahr erhältlich war; unter Verweis auf den Kuppeleiparagraphen verweigerten die Juister Wirte es Unverheirateten, ein Zimmer zu teilen; und selbst das Turteln von Flitterwöchlern am Frühstückstisch galt als unschicklich und wurde auch im de Tiden nicht geduldet. Was Andersdenkenden blieb, war die Flucht nach vorne oder aufs Festland. Um den Preis des Verlusts der Heimat.

»So dumm as en Bodgast«, sagte man über Inselmädchen, die sich mit »denen da draußen« einließen. Und »Untreue, das möge Gott verhüten«, hatte Pastor Bode gerade erst während seiner Predigt zu Marijkes Taufe von der Kanzel gerufen, worauf der frisch gebackene Bürgermeister mit Johanne einen einvernehmlichen Blick wechselte, als würde er der Untreue kraft seines Amtes nun offiziell die Stirn bieten.

Johanne, immer wieder Johanne, dachte Adda. Wenn sie schon einzeln nicht gegen ihre Mutter und ihren Mann ankam – was sollte sie gegen sie gemeinsam ausrichten?

Adda ließ sich tiefer in den Sessel sinken und sah dem Unvermeidlichen ins Auge. Sie würde Eduard nicht verlassen können. Ihr blieb keine Wahl. Sie konnte nicht wie Joost alles Gewohnte hinter sich lassen und ins große Ungewisse aufbrechen. Er war ein Mann. Und sie verheiratet, bis dass der Tod sie scheiden würde. Sie hob den Blick, die Augen voller Tränen, und Joost hatte verstanden.

Johannes Husten holte Adda zurück in die Gegenwart. Doch das Gefühl des Ausgeliefertseins, der Machtlosigkeit, die sie spürte, war das gleiche wie damals.

»Weißt du, was ich mich frage?« Sie sah ihre Mutter aus dem Augenwinkel an.

Johanne wich ihrem Blick aus.

»Warum du mir keine Wahl gelassen hast.«

»Wie meinst du das?« Johannes Gesichtsausdruck bekam einen ängstlichen Zug.

»Selbst zu entscheiden, was das Richtige gewesen wäre.« Adda musste sich räuspern, ehe sie weitersprechen konnte. »Wie konntest du mir nur das Gefühl geben, deine Ehre beschmutzt zu haben, wenn du deine doch lange vorher selbst beschmutzt hast? Wie konntest du mich in die Ehe mit Eduard drängen, obwohl du wusstest, dass ich ihn nicht liebte?« Adda konnte nichts dagegen tun, ihr liefen die Tränen herunter. »Und wieso hast du zugelassen, dass ich bei ihm geblieben bin?«

»Ich weiß, es ist schwer für dich zu verstehen«, entgegnete Johanne. »Aber ich wollte dich immer nur beschützen!«

»Beschützen?« Adda malte Muster in den Sand auf der Bank. »Dich selbst vor deinen eigenen Erinnerungen? Davor, was du getan hast, was du einmal gehabt, verloren oder weggeworfen hast?«

Adda stand auf und stützte die Hände auf die Griffe des Rollstuhls.

»Du hast ja keine Ahnung«, sagte ihre Mutter leise.

Aufgelöst setzte Adda den Rollstuhl in Bewegung, wendete ihn und schob ihn den Deich entlang. Mit dem Handrücken wischte sie sich die Tränen ab. »Ich kann einfach nicht glauben, wie du mich in dem Gefühl lassen konntest, Schande über die so *ehrenwerte* Familie gebracht zu haben. Weißt du, dass ich bis heute Schuldgefühle deswegen habe?«

»Das wollte ich nicht. Ich wollte dich nur vor dir selbst retten«, sagte Johanne. »Ich war immer auf deiner Seite.«

Als sie an dem kleinen Segelhafen angelangt waren, in dem noch immer die *Windspeel* lag, Onnos kleine Holzjolle, ließ Adda die Griffe des Rollstuhls los.

»Dir ging es immer nur um deinen guten Ruf!«

»Und dafür habe ich dir mein Glück geopfert«, wollte sie noch hinzufügen, ließ es aber. In die Stille hinein rumpelte ein Junge mit einem Fahrradanhänger an ihnen vorbei. Er transportierte eine Kiste Bier, vermutlich zum Strand, wo seine Freunde auf ihn warteten.

»Warst du jemals glücklich, Mutter?«, fragte Adda nach einer Weile.

»Doch, ja, ich habe Glück empfunden, flüchtiges Glück und große Zufriedenheit.«

»Und mein Vater war der Dumme, den du geheiratest hast, nachdem dein flüchtiges Glück geflohen ist?« Addas Kinn zitterte leicht.

Johanne stöhnte, doch Adda ließ sich nicht verunsichern.

»Und als mein Vater gestorben ist, hast du von seinem Geld das de Tiden gekauft und renoviert? Nach dem Motto: Dem einen sein Tod ist dem anderen sein Brot?«

Johanne schüttelte den Kopf.

»So ist es nicht gewesen.«

»Wie dann, Mutti? Wie ist es dann gewesen?«

17. Kapitel

Juist 1934, Johanne

Johanne warf einen Blick auf die Uhr am rotgeklinkerten, rechteckigen Bahnhofsturm. Das langsame, aber stetige Kreisen des Sekundenzeigers beschleunigte ihren Puls weiter. Die Zeit wollte nicht stillstehen.

Es war acht Uhr, ihre Schicht im de Tiden hatte bereits vor einer Stunde begonnen. Vor dem Bahnhof, der in Hakenkreuzfahnen eingewickelt war wie in ein kriegerisches Festkleid, standen grölende Menschen, und immer mehr eilten herbei, um zu sehen, was da vor sich ging. Die lauten Stimmen und Geräusche wirkten wie Gewitter in ihrem Kopf, sie übertönten jeden klaren Gedanken. Wie war es möglich, dass ein paar zerstörte Sandburgen und Fahnen so einen Aufruhr und Hass verursachten? Alle Juden sollten per Bürgermeisterdekret noch am heutigen Tag die Insel verlassen. Wenn dieser wütende Mob sie nicht vorher in Stücke riss, dachte Johanne von Angst gelähmt, und Gustavs Gesicht schob sich vor diesen Gedanken. Fieberhaft versuchte sie dennoch, einen Plan zu fassen. Es war unmöglich, jetzt ins de Tiden zu gehen; trotzdem wollte sie Okke nicht im Stich lassen. Aber sie musste Gustav finden, bevor es diese Menschen tun würden. Vermutlich saß er gerade beim Frühstück in der Schule am Meer, ohne zu ahnen, in welcher Gefahr er sich befand. Die Erinnerungen an die vergangene Nacht überfluteten sie erneut wie eine Woge. Sein Geruch, seine Berührungen, der salzige, sandige Geschmack seiner Haut. Verwundert betrachtete sie das Glück, das sie dabei empfand. Vor ein paar Tagen noch war er für Johanne nur eine kleine Schwärmerei gewesen; nun war er alles für sie. Sosehr sie jedoch versuchte, sich ein Leben mit ihm vorzustellen, es gelang ihr nicht. Nur wieder sein Gesicht konnte sie sehen, sein scharfes, vorspringendes Kinn, ganz eingefallen, die klaren grünen Augen, grau und milchig, sein Gang gebeugt, weit entfernt von ihr, und ein heftiger Schmerz fuhr in ihren Magen, so dass sie sich an der Litfaßsäule abstützen musste.

Ein hagerer blonder Mann mit wässrigen, leicht verhangenen Augen löste sich aus dem Getümmel und trat zu ihr. Er trug die braune Uniform der SA.

»Gestatten Sie, SA-Sturmführer Martens«, stellte er sich vor und tippte an den Schirm seine Mütze. »Kann ich Ihnen helfen, junges Fräulein?«

Seine Stimme war viel zu tief und zu dunkel für sein Alter, dachte sie. Er konnte nicht viel älter sein als zwanzig.

»Danke«, entgegnete sie knapp und hielt den Kopf gesenkt mit Blick auf seine polierten Stiefel. »Es geht mir gut.«

Sie drehte sich weg, als sie seine Hand auf ihrem Arm spürte.

»Nicht so schnell!«, sagte er bestimmt und fragte nach ihrem Namen. Dabei sah er sie aus schmalen Augen an.

Johanne versuchte, sich ihre Angst nicht anmerken zu lassen. Hatte er sie dabei beobachtet, wie sie das Geschmiere von der Wand geschrubbt oder am Vorabend mit Gustav getanzt hatte?

Sie sagte ihren Namen. »Alles in Ordnung mit mir«, murmelte sie dann. »Ich muss zur Arbeit!« Der Druck in ihrem Magen wuchs ins Unerträgliche.

»Sie sind ganz blass. So lass ich sie nirgendwohin!«, entgegnete ihr selbsternannter Beschützer und sah ihr in die Augen.

Sie erwiderte seinen Blick. »Wirklich, es geht schon.«

Aber er reichte ihr seinen Arm. »Keine Widerrede, ich begleite Sie!« Auffordernd blinzelte er ihr zu.

Sie zögerte einen Moment. Doch die Hartnäckigkeit, mit der er sie bestürmte, ließ ihr keine Wahl, und sie hakte sich bei ihm ein. Eine Weigerung würde sie womöglich verdächtig machen.

Aus dem Augenwinkel sah sie ihr an der Wand lehnendes Fahrrad mit Eimer und Schrubber im Korb, mit dem sie schon längst auf dem Weg zu Gustav sein wollte. Es war schon schlimm genug, Seite an Seite mit diesem Uniformierten spazieren zu gehen. Viel schlimmer war aber, dass ihr die Zeit davonlief. Aber vielleicht konnte sie mit Hilfe ihres ungebetenen Galans zumindest etwas mehr herausfinden über das, was geschehen war.

Sie sah den Mann mit unschuldiger Miene an. »Was war denn da eben los?« Mühsam unterdrückte sie das Zittern in ihrer Stimme.

Nach einem Moment des Schweigens sagte er mit plötzlicher Härte: »Was los war? Eine kleine fremdstämmige Minderheit glaubt, ungestraft unseren Volksgeist unterminieren zu können, indem sie Flaggen zerstört und Hoheitsabzeichen auf Sandburgen schändet!«

Johanne machte ein erschrockenes Gesicht. »Das ist ja furchtbar. Könnten es nicht Kinder gewesen sein?«

Er schüttelte den Kopf.

»Ein Sturm? Es war sehr windig heute Nacht.«

Er legte ihr die freie Hand auf die Schulter. »Ach, Sie dummes Kleines!«

»Kommunisten?«

Wieder schüttelte er den Kopf, ohne dabei eine Miene zu verziehen.

»Die Juden also?«

»Jawohl«, antwortete er knapp. »Doch ihnen sei in aller Deutlichkeit gesagt«, polterte er dann los, als probe er für höhere Aufgaben, »dass, wer unser Volk und Vaterland verrät, von der

SA mit aller Schärfe hinweggefegt wird!« Sein Mund verengte sich zu einem Strich.

Johannes Knie wurden weich. SA. Schon der Name verursachte ihr Gänsehaut. Nach dem Reichstagsbrand im Jahr zuvor wusste jeder, dass diese brutalen Schlägerkommandos mit Gummiknüppeln auf alles eindroschen, was sie als kommunistisch oder jüdisch identifizierten, und Leute nach Belieben in Schutzhaft nahmen oder sogar ermordeten. Diese Unberechenbaren versetzten die Menschen in Angst und Schrecken, wo sie auch auftauchten. Und dieser Mann tat nichts, um ihr diese Angst zu nehmen.

Er schnalzte mit der Zunge. »Es ist unsere Pflicht gegenüber der Volksgemeinschaft, dafür zu sorgen, dass Juist nicht länger verseucht ist von Fremden!«

Vertauschte Fremde, dachte sie. Bis eben noch galt der Festländer auf Sommerfrische als Fremder, nun waren es allein die Juden. Hieß das im Umkehrschluss, dass der einstige Fremde, der Kurgast, nun Insulaner war, und umgekehrt der Juister ein Gast auf der eigenen Insel? Für Johanne fühlte es sich so an. Seit die Braunhemden die Insel in Besitz genommen hatten wie erobertes Land und langjährige Bewohner wie Gustav dazu zwangen, ihre Heimat zu verlassen, fühlte sie sich fremd. Sie gehörte nicht mehr hierher.

Sie blickte ins Leere. »Die Insel hat viele heftige Sturmfluten überlebt, dann überlebt sie sicher auch einen kleinen SA-Sturm«, entfuhr es ihr und bereute ihre Worte schon im Moment des Aussprechens. Ängstlich blickte sie ihm von der Seite ins Gesicht.

Einen Moment lang betrachtete er sie skeptisch, als wüsste er nicht, wie er das Gesagte einordnen sollte. Aber dann lachte er, laut und kehlig. »Die Insel schon, aber sicher nicht die Juden!« Er schnaufte zufrieden. »Sie gefallen mir, Fräulein Johanne, Sie haben Humor!« Amüsiert sah er sie an. »Was macht ein so hübsches Fräulein wie Sie auf einer so gottverlassenen Insel?«, fragte er lächelnd.

»Gottverlassen vielleicht, aber doch wohl kaum Führerverlassen.« Johanne schluckte beim Gedanken an den Heiligenstatus des kleinen Mannes, dessen braune Riesenwelle seine Jünger auf die Insel geschwemmt hatte, und nötigte sich ein Lächeln ab. »So viele schicke Uniformierte hat Juist jedenfalls noch nie gesehen«, fuhr sie honigsüß fort und dachte dabei an ihren Chef Okke, der die Kunst des doppeldeutigen Schmeichelns perfekt beherrschte. »Es scheint, als leuchte unsere Insel dank der vielen glühenden Nationalsozialisten wenigstens einmal heller als der Rest des Reiches!«

Anerkennend wiegte er den Kopf. Wie empfänglich diese Menschen doch für hohle Phrasen waren.

»Besonders wenn heute Abend überall am Weststrand mächtige Sonnwendfeuer lodern, in denen Liebe und Treue zum Führer ihren höchsten gesammelten Ausdruck finden!«, antwortete er kriecherisch.

Sie versuchte, sich nicht anmerken zu lassen, wie angewidert sie war. »Haben Sie vielleicht eine Zigarette für mich?«, fragte sie mit einem Lächeln.

Er holte ein silbernes Etui heraus, gab ihr eine Zigarette und nahm sich selber eine. Sie ließ sich Feuer geben, dankbar, ihre Nervosität im Rauch etwas verschleiern zu können.

»Ich würde mich sehr freuen, Sie heute Abend zu sehen, wenn wir bei Einbruch der Dunkelheit ein Bekenntnis zu Führer, Volk und Reich ablegen«, meinte er.

Sie konnte sich sein Gesicht beim heiligen Gelöbnis, das nichts als Barbarei beschwören würde, genau ausmalen. Und sagte nichts.

Während sie an Häusern, Gaststätten, am Kaufmann Behring und eiligen Menschen vorbeigingen, hoffte Johanne, dass sie von Okke ein Fahrrad bekommen konnte, damit sie nicht noch mehr kostbare Zeit verlor.

»Haben Sie gehört, Fräulein Johanne? Wenn ich Sie dort nicht sehe, dann doch später zum Tanz in der Strandhalle, nicht wahr?«

»Wenn nichts dazwischenkommt«, sagte sie.

»Was sollte dazwischenkommen, wenn der Führer zum Tanz ruft?«

Er blies den Rauch in die Luft, als bestünde der Führer höchstselbst darauf, dass sie seine Einladung annahm. Für einen Moment dachte sie an den Tanz mit Gustav und lächelte. Er wertete ihr Lächeln offenbar als ein Ja und fasste sie noch fester am Arm.

Als sie endlich vor dem de Tiden angelangt waren, stieß sie im Stillen einen Stoßseufzer aus. Durch das Verandafenster sah sie, dass der Frühstückraum voll mit Gästen war, die aßen, Kaffee tranken und Zeitung lasen. Der Mann ließ es sich nicht nehmen, sie hineinzubegleiten.

»Da bist du ja!«, sagte das Zimmermädchen Klara sauertöpfisch, die gerade den schweren Wäschewagen aus der Kammer schob, in der Bettbezüge und Handtücher aufbewahrt wurden.

Als sie den SA-Mann sah, legte sich ein Lächeln über ihr Gesicht, und sie warf den rechten Arm in die Luft. »Heil Hitler!«, rief sie und fuhr dann betont arbeitsam fort, das schmutzige Bettzeug in den Wäschesack zu stopfen.

»Heil Hitler!«, rief der SA-Mann zurück.

In diesem Moment trat Okke aus seinem Büro. Er sah Johannes Begleiter ins Gesicht und sagte: »Guten Tag!«

Der runzelte die Stirn, wandte sich aber Johanne zu und

sagte: »Ich sehe Sie dann nachher, nicht wahr? Oder muss ich Sie etwa holen?«

Johanne versuchte ein Lächeln und gab ihm die Hand.

Kaum war er außer Sichtweite, sackte Johanne auf die unterste Treppenstufe und atmete tief ein und aus.

Klara, die dem SA-Mann sehnsuchtsvoll hinterhergeblickt hatte, sagte ernst: »Todschick!«

Okke blickte auf die Uhr und schüttelte den Kopf. »Ist der todschicke Uniformierte der Grund für deine Verspätung?«, fragte er.

Johanne musste sich beherrschen, um nicht in Tränen auszubrechen.

Er machte eine ausholende Bewegung. »Auf ein Wort in mein Büro!«, sagte er in barschem Ton und zwinkerte Johanne dabei zu.

»Was hast du mit diesem Nazipöbel am Hut, mein Dünenröschen?«, fragte er, nachdem er die Tür geschlossen hatte.

Nun konnte Johanne ihr Schluchzen nicht mehr zurückhalten. Bebend erzählte sie ihm von der Sandburgschändung, dem wütenden Mob, von Heins Drohung und ihrer Angst um Gustav.

»Sie bringen ihn um, Chef, sie bringen ihn um!«, flüsterte sie.

Er legte ihr eine Hand auf die Schulter. »Lass den Pöbel wüten und mich mal machen. Wir bringen deinen Gustav hier raus. Meinem lieben Neffen Hein und seinem Vater wird schon noch das Lachen vergehen«, sagte er beruhigend und kniff die Augen wie ein Geheimagent zu zwei Strichen zusammen, bevor er ohne ein weiteres Wort den Raum verließ. Johanne blieb kraftlos auf ihrem Stuhl sitzen.

Nach einer gefühlten Ewigkeit kam Okke zurück.

»Mein Dünenröschen, sorge dich nicht«, sagte er leise. »Mein Freund Geerd legt sich am späten Nachmittag draußen im Watt vor Anker und schifft Gustav, sobald es dunkel wird, raus nach Holland.«

Johanne begann wieder zu weinen. Aus Dankbarkeit, dass Okke die Dinge in die Hand genommen hatte. Aber auch aus Angst. Sie hatte Okkes holländischen Freund von der kleinen westfriesischen Insel Schiermonnikoog ein paarmal im de Tiden getroffen und war sich nicht sicher, ob man ihm trauen konnte. Wenn Geerd Okke besuchte, brachte er immer jede Menge Bohnenkaffee mit, und ihr Chef revanchierte sich mit Dornkaat und Onno Behrends Tee aus Norden. Bohnenkaffee war schwer zu bekommen und Okkes zollfreie Quelle bei seinen Stammgästen sehr beliebt.

»Chef, wenn Sie erwischt werden!«, mahnte Johanne ein ums andere Mal, obwohl sie wusste, dass es zwecklos war. Okke war eigenwillig und liebte es, gegen den Strich zu bürsten.

»Das Leben ist zu kurz, um es mit Getreideplörre zu verschwenden. Kaffee aus Korn?«, fragte er und verzog angewidert den Mund. »Das Einzige aus Korn, was ich trinke, ist glückliches Wasser!«, womit er den Dornkaat meinte.

»Können wir deinem Freund denn auch in dieser Angelegenheit vertrauen?«, fragte sie deshalb.

Okke nickte. »Geerd schafft ganz andere Dinge raus«, flüsterte er. »Seit die Kontrollen an den Grenzen schärfer werden, hilft er, das Barvermögen von jüdischen Emigranten von Norderney auf dem Seeweg nach Holland zu schmuggeln, damit es nicht den Nazis in die Hände fällt.«

Sie wusste, dass Norderney eine große jüdische Gemeinde hatte. Die Kurverwaltung hatte jedoch schon vor einem Jahr in sämtlichen Zeitungen verkündet, dass jüdische Kurgäste auf

Norderney nicht mehr erwünscht seien, und vor unerfreulichen Konsequenzen gewarnt, sollten sie trotzdem erscheinen. In einem von einem Gast auf dem Zimmer zurückgelassenen Exemplar der *Norderneyer Badezeitung* hatte Johanne gelesen, dass man sogar Konzentrationslager und Todesstrafe für diejenigen forderte, die sich der Rassenschändung schuldig machten. Seitdem blieben auf Norderney nicht nur die Gäste aus. In Scharen verließen auch jüdische Hoteliers und Geschäftsleute die Insel. Dass die Nazis selbst aus der Vertreibung Profit schlagen wollten, überraschte Johanne nicht.

»Ein Devisenschmuggler?«

Okke nickte. »Aus hehrer Überzeugung«, sagte er. »Glaub mir, es wird ihm eine Freude sein, etwas wirklich Kostbares zu schmuggeln.«

Johanne hatte immer gewusst, dass sie auf Okke bauen konnte. Dass seine Hilfsbereitschaft aber so weit ging, dass er sich selbst und seinen Freund in Gefahr bringen würde, überwältigte sie.

»Warum tun Sie das, Chef?«, fragte sie unter neuen Tränen. »Sie kennen Gustav doch gar nicht!«

»Ich könnte er sein, und er könnte du sein«, erwiderte Okke. So einfach war sein Prinzip der Mitmenschlichkeit.

Eine Stunde später saß Johanne in einer der hinteren Bänke der leeren Kirche und wartete. Als einer der wenigen einheimischen Katholiken verfügte Okke über einen Schlüssel für das Gotteshaus an der Dünenstraße, das einst von Touristen erbaut worden war. Die Minuten zogen sich und ließen Johanne Zeit zum Nachdenken. *Zu den heiligen Schutzengeln* lautete der Name der dunklen Kirche. Johanne betete, dass sich die hier stationierten Himmelsmächte nicht allein den katholisch Getauften verpflichtet fühlten, sondern auch über Gustav wachten.

Es war Montag, und da Okke ohnehin an diesem Wochentag Milch vom Bauern im Loog holte, wollte er Gustav, sobald er ihn gefunden hatte, unter der Plane seines Wagens verstecken und unbemerkt zur Kirche bringen, wo er bis zum Sonnwendfeuer Unterschlupf finden sollte. Johanne hatte bezweifelt, ob sie an diesem Ort sicher sein würden, aber Okke hatte sie beruhigt: »Keine Sorge, da suchen nur Menschen Zuflucht, die noch an den alten Messias glauben. Also so gut wie niemand mehr.«

Bislang hatte er recht behalten: Außer ihr betete hier keine Menschenseele. Aber hätten Okke und Gustav nicht längst zurück sein müssen? Der Weg war mit dem Pferdewagen leicht in einer Viertelstunde zu machen. Was, wenn die Naziherde zum Loog marschiert war und sich Gustav vorgeknöpft hatte? Der Gedanke machte Johanne so nervös, dass sie sich an die Orgel setzte und ein Stück von Bach zu spielen begann, dessen Noten aufgeschlagen auf dem Pult standen. Ihre Mutter hatte Wert darauf gelegt, dass sie das Klavierspiel erlernte, und hatte den Musiklehrer überredet, Johanne Unterricht zu geben. Die Stunden bei Zuck zählten zu den schönsten, die sie an der Schule am Meer erlebt hatte.

Als sie gerade eine Seite umschlug, klopfte ihr jemand von hinten auf die Schulter. Sie erschrak und ließ das Notenheft auf die Tasten fallen.

»Sieh, wen ich dabeihabe«, sagte Okke fröhlich und gab den Blick auf Gustav frei. Sie war so erleichtert, dass sie aufsprang und erst Gustav, dann ihrem Chef in die Arme fiel.

»Mein Dünenröschen, etwas mehr Haltung bitte.« Er schob sie sanft von sich. Sie lächelte über seinen Widerwillen, berührt zu werden, und dachte, dass er den Spitznahmen »oller Hagestolz« nicht umsonst trug.

»Okke hat mich in der Theaterhalle aufgespürt«, sagte

Gustav, »wo Wilhelm und ich die Requisiten für den *Hamlet* wegräumen mussten.« Er lächelte traurig. »Die Neuigkeiten von der Judenverbannung haben sich offenbar noch nicht bis ins Loog herumgesprochen.«

Zum ersten Mal war Johanne froh, dass die Schule so weit ab vom Schuss lag.

»Wer hätte gedacht, dass ich so überstürzt abreisen muss!«, sagte Gustav, nachdem Okke gegangen war.

Abreisen, wiederholte Johanne innerlich. Als würde er einen Urlaub etwas früher antreten als geplant.

»Ohne Abitur und ohne Zukunft«, fügte er hinzu. Er klang heiser, als hätte sich die Trübnis seiner Gedanken auf seine Stimmbänder gelegt.

Die bunten Fenster der Kirche ließen kaum Licht herein. Johanne und Gustav liefen den Gang hinunter und setzen sich in die vorderste Kirchenbank, ganz dicht nebeneinander.

Gustav seufzte. »Es mag verrückt klingen. Dumm. Verbohrt. Aber ich möchte meine Welt nicht verlieren.« Er schloss die Augen, als müsste er Tränen unterdrücken. »Wie kann man einfach so, von jetzt auf gleich, seine Heimat verlieren? Ohne richtigen Abschied!«

Johannes Miene war angespannt. Nur zu gut verstand sie, wovon er sprach. Die eigene Welt zu verlieren, plötzlich und ohne Abschied – das hatte sie erlebt, als ihre Mutter die Insel verlassen hatte, verstohlen wie ein Dieb.

Sie suchte seinen Blick, aber sie fand ihn nicht, denn er hielt die Augen weiter geschlossen. Stattdessen nahm sie seine Hand und umklammerte sie; ein hilfloser Versuch, ihn und eine Zukunft mit ihm festzuhalten. Immerhin wurden ihre Finger dabei warm.

Sie schwiegen eine Weile.

»Wie lange dauert die Überfahrt nach Argentinien?«, fragte Johanne dann leise.

Gustav öffnete die Augen.

»Einen Monat«, sagte er und sah sie von der Seite an.

»Sprichst du Spanisch?«

»Das lerne ich schon.«

»Aber da gibt es Wilde und Affen!«

Er hob eine Augenbraue. »Hier etwa nicht?«, fragte er.

Johanne beobachtete Gustav dabei, wie er eine Apfelsine schälte. Okke hatte ihnen eine Thermoskanne mit Bohnenkaffee, belegte Graubrote und Obst dagelassen.

»Alles hat seine Vor- und Nachteile. Auf Juist haben wir nur selten das Vergnügen mit der Zitrusfrucht. Zumindest davon gibt es in Argentinien reichlich«, sagte er und reichte ihr ein Stück.

Sie war gerührt. Noch in der tiefsten Niedergeschlagenheit versuchte er, sie zum Lachen zu bringen.

Der süße Geruch der Apfelsine erfüllte die Kirche. Johanne fühlte einen brennenden Schmerz in ihren Eingeweiden. Ohne hungrig zu sein, aß sie. Der Geschmack erinnerte sie an ein Erlebnis aus ihrer Schulzeit. Jemand hatte von draußen laut gerufen: »Schipp op Strand! Schipp op Strand!« Mit dem Einverständnis des Lehrers war sie mit den anderen Kindern zum Meer gerannt und hatte ein riesiges Schiff gesehen, das gleich hinter dem Hammersee im Sand lag. Die Fracht bestand aus Zucker, Tabak, Rum und Früchten, darunter Apfelsinen, die in großen Mengen an den Strand gerollt waren. Johanne hatte noch nie zuvor eine Apfelsine gegessen. Sie tat es ihren Mitschülern nach, pulte die Schale von den orangefarbenen Kammern und stopfte so viele der saftigen Stücke in sich hinein, wie sie konnte. Der Rest der Ladung war geborgen und später in der Bahnhofswirtschaft versteigert worden. Ihr Vater war mit drei Flaschen Rum nach Hause gekommen.

»Dein Chef ist ein besonderer Mensch«, flüsterte Gustav jetzt. »So wie du!«

Er nahm ihre Hand. »Du bist nicht wie die anderen«, fuhr er fort. »Du hast vor nichts Angst, bist ganz du. Denk nur, es gibt Mädchen an unserer Schule, die nicht mitsegeln wollen, wenn die Planken an Bord aus Eichenholz sind.«

»Und warum?«

»Sie haben Angst vor dem Klabautermann.«

Sie stutzte. »Vor dem Klabautermann?«

»Der Geist eines Kindes, der von seiner Mutter ermordet und unter einer Eiche vergraben wurde«, erklärte Gustav. »Wenn es an Bord poltert, klirrt und ächzt, dann sagt man, der Klabautermann ist an Bord.«

»Und, ist er wirklich so schlimm? Oder lässt er mit sich reden?«, fragte sie lächelnd.

»Ganz vortrefflich sogar«, entgegnete Gustav. »Stell ihm ein Glas Milch und Rum hin, dann setzt sich der kleine Mann mit seiner blauen Waisenuniform auf das dreieckige Segel, raucht Tonpfeife und schaut, ob vom Meer her Gefahr droht! Ärgerst du ihn aber oder fürchtest dich vor ihm, dann bringt er Teller, Tassen, vor allem aber die Frisuren der Mädchen so durcheinander, dass sie sich weigern, je wieder an Bord zu gehen.«

»Und ihr habt damit rein gar nichts zu tun, richtig?« Sie konnte sich lebhaft vorstellen, wie die Jungen sich alle auf einer Seite des Decks versammelten und damit das Schiff in eine solche Schieflage brachten, dass unten, wo die Mädchen sich aufhielten, kein Teller auf dem anderen blieb.

»Absolut gar nichts!« Lachend stupste er sie in die Seite. »Ach du.« Er seufzte. »Alle müssten sehen, wie du bist. Nicht so geziert und affig wie die anderen Mädchen.«

Johanne zuckte innerlich zusammen. Seine Worte weckten in ihr den Wunsch, sich nicht mehr zu verstecken oder zu verstellen. In Gustavs Augen war sie nicht die Außenseiterin, die Tochter einer Hure und eines Säufers, das einfache Mädchen ohne Bildung. Sie war mutig, klug, hübsch, sie war wie die anderen, sogar besser als sie, und er war der Einzige, der das sah. Sie wollte, dass er alles, wirklich alles von ihr wusste. Und in der Dunkelheit der Kirche begann sie zu erzählen. Von ihrem Vater, der dauernd zitterte, wütete, trank und dessen Schreie selbst im Schlaf finster klangen. Von ihrer Mutter, die gesagt hatte, man müsse nachsichtig sein mit ihm, all das käme vom Krieg; deren eigene Nachsicht aber bald aufgebraucht gewesen war. So dass sie den Vater verließ für einen Lehrer, noch dazu einen Engländer, und Johanne bei ihm zurückließ, obwohl sie niemandem so nahe war wie ihrer Mutter. Von der sie alles gelernt hatte, was sie wusste. Dass die Insel im Februar 1917 von Eis eingeschlossen gewesen war und die fliegende Zigarre, *der Zeppelin 16*, mit Lebensmitteln und Medikamenten an Bord am Kalfamer von ihrem Vater und hundert anderen Männern an Tauen hinuntergezogen und befestigt worden war; wie man aus alten Vorhängen elegante Kleider nähte und wie man Granat mit einem Gliep fing. Unzählige Male war sie mit ihrer Mutter barfuß bei auflaufend Wasser durchs Watt gewatet, in den Prielen hatten sie ihre kescherartigen Schiebenetze ausgerollt, sie vor sich hergeschoben und mit ihnen so lange am Grund des Meeresbodens entlanggestreift, bis der Granat ins Netz gehüpft war. Wenn der Weidenkorb dann voll war oder die Flut einsetzte, setzten sie sich ans Ufer und pulten die Krabben, und ihre Mutter erzählte Geschichten des Großvaters Tamme, der Fischer gewesen war und sie mit so viel Seemannsgarn eingewickelt hatte, dass ihre Mutter über einen unbegrenzten Vorrat davon zu verfügen schien. Sie erzählte Gustav, wie sie diese Stunden mit ihr geliebt hatte, wie alles, was sie mit der Mutter teilte, nicht nur die Liebe zu den Geschichten, auch die zum Meer und besonders zur Musik. Dass sie monatelang gehofft hatte, ihre Mutter würde zurückkommen und sie holen, dass sie bei Ankunft jeder Fähre am Bahnhof gestanden, auf Zehenspitzen in die Abteile gelugt hatte. Die Mutter aber kam nicht und auch keine Briefe, die ließ ihr Vater nicht durch zu ihr, und ebenso wenig duldete er es, dass der Name ihrer Mutter, der Hure, jemals wieder laut ausgesprochen wurde. Obwohl sie nichts lieber gewollt hätte, als zurück unter die mütterliche Schürze zu kriechen, wo sie ihren Vater nicht hätte sehen, hören oder riechen müssen. Von ihren Unterleibsschmerzen, die in dieser Zeit begonnen hatten.

Sie erzählte auch von Lu, der ihre quälende Traurigkeit erkannt und ihr Mut gemacht hatte, fortzugehen von der Insel und ihren Erinnerungen, sobald sie alt genug dafür wäre. Und von ihrem Traum, von dem sie noch niemandem erzählt hatte, dem Traum von einem Leben als Schneiderin, weit weg von ihrem Vater und dem neuen deutschen Geist. Ihre Stimme überschlug sich, so schnell redete sie, sie redete an gegen die Schwere ihrer Erinnerungen, gegen die Angst und gegen die Traurigkeit, gegen die ablaufende Zeit, als könne sie sie mit ihren Worten überlisten.

Und Gustav saß einfach da, die Arme übereinandergelegt, und sah sie an. Zog sie sanft an sich, nachdem sie geendet hatte. Flüsterte ihr Liebkosungen ins Ohr, küsste sie. So dass Johanne sich frei fühlte von allen Sorgen. Was konnte Gott in diesen Zeiten gegen die Liebe haben?

Viel später, als es draußen bereits dämmerte, vergrub sie den Kopf an seinem Hals, und er sagte: »Was für ein Glück, dass ich dich getroffen habe.«

»Dann verlass mich nicht. Nimm mich mit nach Argentinien.«

Er umfasste ihr Gesicht. »Du bist sechzehn Jahre alt, Johanne. Wie soll das gehen?«

»Muss Glück nicht ewig halten?«, erwiderte sie trotzig.

»Nicht, wenn es nur geklaut ist.«

»Wirst du mich vergessen?«, fragte sie mit zitternder Stimme.

Er küsste sie sanft. »Wie kann man die Liebe vergessen?«

Ihre Augen füllten sich mit Tränen. Es gab keine Zukunft für sie beide, diese Gewissheit spürte sie nun in jeder Faser ihres Körpers. Die Zeit war stärker als die Liebe, und nichts konnte etwas daran ändern.

Sie hatte nichts mehr zu sagen. Auch Gustav schwieg.

Da sprang das Kirchenportal auf, und Okkes Stimme war zu hören.

»Es geht los!«

Als sie ins Freie traten, zeigte Okke auf eine zerzauste schwarze Wolke über ihnen, die bis ins Meer hineinhing.

»Der Wind dreht auf Nordwest«, sagte er.

Wilhelm wartete im Wagen, der von zwei Pferden gezogen wurde. Er reichte Gustav einen kleinen Rucksack, in dem er das Nötigste für seinen Freund zusammengepackt hatte. Er habe sich nach dem Schulmittagessen davongestohlen und bis eben am Strand ausgeharrt, berichtete er leise. Johanne sah die Angst in ihren Gesichtern, als die Freunde einander umarmten.

»Wir müssen uns beeilen«, unterbrach Okke die Jungen. »Nicht, dass sich die *unehrenwerte* Gesellschaft auflöst, weil es Sturm und Regen gibt.« Er stieg auf den Kutschbock. »Also auf in Richtung Kalfamer, wo Himmel, Meer und Sand zu einem glitzernden Miteinander werden.«

Der Kalfamer lag an der östlichen Spitze der Insel, also am entgegengesetzten Ende, weit genug weg von der Prozession und der jubelnden Menge an ihrem Rand.

Wilhelm zog rasch die Plane hoch, und Johanne und Gustav

kletterten in den Wagen und versteckten sich mit ihm darunter, während Okke auf den Kutschbock stieg.

Das Gespann ruckelte los, während sie Seite an Seite lagen und stumm dem Wind lauschten, der immer lauter pfiff und die Plane wie einen Ballon aufblies. Derweil, das wussten sie, passierten sie den Rettungsschuppen, ließen die letzten Häuser des Dorfes und die Schäferhütte hinter sich, von wo aus sich die Landschaft auf die grüne Außenweide und das Watt weitete, und fuhren entlang der Dünenkette, die parallel zum Nordstrand lag. Irgendwo auf dem Weg, kurz vor der Schäferhütte, bog ein schmaler Fußweg zwischen hohen dichtbewachsenen Dünen nach Nordosten ab, wo sich inmitten von Weiden, Sanddornbüschen, Pappelsträuchern, Holunder, Pirola und Wacholder die Goldfischteiche versteckten. Johanne war oft mit ihrer Mutter hier gewesen, wenn sie genug vom Strandbetrieb, vom Wind, von den Fremden und vom Vater hatten, sie hatten sich hierher zurückgezogen und die Einsamkeit genossen, hatten von einer windgeschützten Bank aus die Rebhühner, Fasane und Sumpfohreulen beobachtet oder den durcheinanderzwitschernden Vögeln zugehört. Noch heute, wenn sie zu den Goldfischteichen spazierte, lauschte sie dem Ruf der Kampfläufer und dachte an ihre Mutter. Doch sie hatte die Insel verlassen und die Insel sie. Ihre Mutter, die Hure, war hier nicht mehr willkommen.

Während sie Gustavs Hand hielt, wunderte sich Johanne einmal mehr, dass diese, ihre Insel, die sie besser kannte als sich selbst, so abweisend sein konnte. Wie zum Beweis knallte der Donner über dem Meer.

Ihrem Gefühl nach mussten sie sich jetzt kurz vor dem Café Wilhelmshöhe befinden. Sie hatte recht: Als die Plane sich plötzlich aus der Verankerung riss und den verwirbelten Himmel über ihnen preisgab, hob sie den Kopf und sah das Café auf der Erhebung. Da begann es in Strömen zu regnen. Das Wasser prasselte mit solcher Wucht vom Himmel herunter, dass die Pferde unruhig die Hufe in den Boden schlugen und schließlich schnaubend stehen blieben. Kein Antreiben half.

Schon vollkommen durchnässt, sprangen die vier vom Wagen. Es pfiff so heftig, dass die Männer ihre Hüte festhalten mussten, damit sie nicht wegfegten. Alle rangen um ihr Gleichgewicht, als sie sich mühsam die Treppen zur Wilhelmshöhe hochkämpften und sich unter das Dach der Veranda retteten. Der schneidende Wind trieb Johanne die Tränen in die Augen. Wegen des Festumzugs war das Café, das bei Ausflüglern für seinen Rundumblick beliebt war, heute geschlossen. Dafür knallten die roten Fahnen, die den Eingang säumten, im Sturm wie die zusammengeschlagenen Hacken der Braunen.

Johanne schaute aufs aufgeraute Meer hinaus, auf dem der Sturmwind toste. Zwei Kormorane flatterten kreischend auf, schäumende Wellen donnerten an den breiten Strand, und weiße Gischtkronen leuchteten wie kleine Blitze in der Dämmerung. Sie drehte sich um und blickte aufs Watt, das unter dem Windschutz der Insel still und düster dalag. Der kleine Kutter war kaum zu erkennen.

»Dahinten, das ist Geerd«, sagte Okke, der ihrem Blick gefolgt war und seinem Freund nun mit einer Taschenlampe Lichtzeichen gab.

Gustav und Wilhelm drehten sich ebenfalls um.

»Ich fürchte, er muss noch etwas warten auf sein glückliches Wasser«, sagte Okke und holte eine Flasche aus seiner Umhängetasche. »So lange genehmigen wir uns schon mal ein Schlückchen.«

Zuerst bot er Wilhelm die Flasche an, der neben ihm stand und sie dankbar entgegennahm. Bevor er einen Schluck trank, deutete er auf die Blätter, die im Wind ein rauschendes Rasseln ertönen ließen.

»Singt wie die Blätter im Wind!«, sagte er. »Das sagte Zuck immer zu uns, wenn wir zu laut sangen. Jetzt verstehe ich, was er damit meinte.«

Gustav lächelte traurig und streifte Johanne mit einem Blick.

»Wenn der Wind weht über das Meer«, begann er mit heiserer Stimme zu singen. *»Trägt er mein Lied in die Heimat.«* Er griff Johanne, zog sie an sich und sang weiter. *»Trägt es zu dir, fragt dich von mir, wie es dir geht in der Heimat?«*

Ein Schauer lief ihr über den Rücken. Zuck hatte sie dieses Lied von den Comedian Harmonists auf dem Klavier einüben lassen, doch sie hatte es so traurig gefunden, dass sie ihn gebeten hatte, etwas anderes spielen zu dürfen. Nun schloss sie die Augen, um nicht in Tränen auszubrechen. Als Gustav sie herumwirbelte, war sie sich plötzlich sicher, dass er sterben würde, wie auch der einzige andere Junge, mit dem sie je getanzt hatte. Zwei Jahre war es her, dass sie auf dem Turnfest im Hotel Claasen von dem Borkumer Hinrich aufgefordert worden war. Blonde Haare, schlaksig, mit einem schiefen Lächeln. »Stakst wie ein Kalb auf dem Eis«, hatte ihr Vater ihr zugeraunt, woraufhin sie den Tanz abgebrochen hatte und weggelaufen war. Am nächsten Morgen auf dem Rückweg geriet die Turnertruppe nördlich von Memmert in die Brandung. Das Boot lief auf, schlug leck und wurde durch die gewaltigen Brecher zerschlagen. Hinrich und vierzehn andere Borkumer starben.

Sie riss sich los.

»Was, wenn du untergehst?«, rief sie atemlos und sah Gustav vor ihrem inneren Auge am Juister Riff zerschellen wie eine Porzellanpuppe auf den Küchenfliesen. »Weil ich dich mit Unglück anstecke?« Sie packte ihn am Ärmel.

Ihre Stimme vibrierte.

Gustav nahm ihre Hand und zog sie wieder an sich.

»Mir wird nichts passieren«, wisperte er ihr ins Ohr. »Weil du keine Unheilbringerin bist, sondern meine Rettung!«

Sie hätte am liebsten geweint, doch sie hielt blinzelnd die Tränen zurück.

Auch Okke versuchte, ihr Mut zu machen. »Gustav hat recht, mein Dünenröschen«, sagte er, während er an Zwirbelbart und Frisur herumzupfte, die durch Wind und Wasser aus der Form geraten waren. »Geerd kennt jede Sandbank, jede Strömung und Brandung von Texel bis nach Helgoland. Wenn jemand der Nacht und dem Sturm trotzt, dann er.«

Während er sprach, schlug das Wetter unvermittelt um, als wäre nichts gewesen. Die Wolkendecke riss auf, Wind und Regen ließen nach, die Wellen plätscherten gegen den Strand, als hätte man ihnen den Motor abgestellt. Doch selbst in der Stille ließ Johannes ungutes Gefühl nicht nach. Sie zitterte noch immer.

»Seht ihr!«, sagte Okke. »Nichts weiter als ein Sturm im Wasserglas.« Er tätschelte unbeholfen ihre Hand.

»Wenn man nur dasselbe über dieses Pack sagen könnte«, meinte Wilhelm.

Johanne schwieg.

»Warum nur musstest du so ein trauriges Lied singen?«, fragte sie Gustav, als sie Hand in Hand zum Pferdewagen zurückgingen.

Der Regen hatte inzwischen ganz aufgehört, der Wind schmeckte salziger und frischer als zuvor.

Okke hatte sie zu zweit vorgeschickt, damit sie noch ein paar Minuten Zeit haben würden, um sich in Ruhe voneinander zu verabschieden.

»Weil du wissen sollst, dass ich immer, wenn dir der Wind um die Ohren pfeift, an dich denken werde«, antwortete er und drückte ihre Hand.

»Also immer?« Sie lächelte traurig.

»Immer!«

»Wirst du eines Tages zurückkehren?«

»Wenn der Spuk vorüber ist«, sagte er.

Würde der Spuk je vorübergehen? Der Schmerz über den nahenden Abschied kletterte Johanne bis tief in ihre Körpermitte. Ihr Magen krampfte sich zusammen. Sie presste ihre Hände auf die Stelle, wo sie den vertrauten Druck am meisten fühlte, und atmete langsam ein und aus.

Das Klingeln einer Fahrradglocke ließ sie aufschrecken. Sie drehten sich um, und da sahen sie ihn. Augenblicklich brach Johanne der Angstschweiß aus.

Hein. Er radelte geradewegs auf sie zu, in Uniform. Hinter ihm erschien Bojenkopp.

»Wen haben wir denn da?«, rief Hein und stieg vom Fahrrad. »Den Itzig und seine Hure!«

Er legte den Zeigefinger ans Kinn. »Laufen kann er ja nicht mehr gut, dein alter Vater. Aber die Augen sind noch gut.« Bojenkopp reichte ihm einen Schlagstock. »War es doch tatsächlich Onkel Okkes Wagen, den unser aufmerksamer Herr Hausmeister an der Schule gesehen hat. Wie schön sich doch alles fügt!« Er verzog keine Miene.

Hilfesuchend blickte Johanne zu Gustav. Doch bevor dieser etwas erwidern konnte, war Hein schon auf ihn zugerannt und hatte mit dem Knüppel auf seine Schulter und seinen Kopf eingeschlagen. Johanne musste zusehen, wie er dem taumelnden Gustav mit seinem Stiefel einen so heftigen Tritt in den Bauch verpasste, dass er mit einem Krach auf den sandigen Boden fiel wie ein gefällter Baum.

»Wie geht's denn den Turteltauben?«, fragte Hein mit Blick auf Gustav und fuhr mit beißendem Spott in der Stimme fort: »Nicht mehr so gut, nehme ich an. Und es wird leider nicht besser!« Dann trat er Gustav mit dem Absatz ins Gesicht.

Gustav stöhnte leise. Sein gepeinigter Körper zuckte. Johanne stand da wie erstarrt. Ihr Herz schlug so heftig, dass sie sich nicht rühren konnte. Erst jetzt, als sie Heins niederträchtiges, selbstgefälliges Grinsen sah, verstand sie vollends, wozu er fähig war. Sie zweifelte keinen Moment daran, dass er vorhatte, Gustav zu töten. Sie starrte auf ihren Freund und auf das Blut, das wie eine Fontäne aus seiner Nase spritzte, und ihr wurde so flau im Magen, dass sie sich übergeben musste.

Hein machte ein angewidertes Gesicht und trat einen Schritt zur Seite. »Ich habe die Ehre, nachher die Festrede zu halten«, sagte er und wischte mit einem Tuch angeekelt ein paar Spritzer Erbrochenes von seiner Uniform. »Darum musst du leider den Dreck, äh, Rest erledigen, Bojenkopp«, fuhr er ungerührt fort und trat Gustav noch einmal mit voller Wucht in die Seite. »Hau drauf, bis er sich nicht mehr rührt!«

Er stieg auf sein Fahrrad und sagte mit einem verächtlichen Seitenblick auf Johanne: »Und mit der Judenhure mach, was du willst!«

Johanne konnte nicht klar denken. Sie wusste nur, dass ihre innere Stimme recht behalten hatte. Es war vorbei. Gustav würde sterben, und es war ihre Schuld. Statt ihn zu retten, hatte sie ihn Hein ausgeliefert, und Bojenkopp, von dem sie bis dahin geglaubt hatte, dass er keiner Fliege etwas zuleide tun konnte. Der zögerte einen Moment und warf immer wieder flackernde Blicke zu Hein, der seinen Helfershelfer siegessicher beobachtete.

Erst als Bojenkopp sich auf Gustav fallen ließ und ihm seine Knie in die Schulterblätter rammte wie einen Pickel ins Eis, woraufhin der einen markerschütternden Schrei ausstieß, kam Johanne zur Besinnung. Sie stürzte sich auf Bojenkopp und hämmerte mit ihren Fäusten wie von Sinnen auf seinen Rücken.

»Piet, hör auf«, stöhnte sie. »Hör doch bitte auf, Piet!«

Als Bojenkopp seinen Namen hörte, ließ er von Gustav ab und drehte sich langsam zu ihr um.

»Piet, so heiße ich«, sagte er zerstreut, als müsste er sich vergewissern, dass dies sein richtiger Name war.

Johanne holte tief Luft. »Und Piet ist so ein schöner Name, das hat meine Mutter immer gesagt«, krächzte sie. »Und dass du so ein anständiger Kerl bist. Nicht so eine Bestie wie Hein!«

Bojenkopps Gesicht war bleich und verzweifelt. Er schien etwas einwenden zu wollen, fuhr sich stattdessen mit der Zunge über den Mund, als würde er an die *warme Suppe, die von Herzen kommt* denken, die ihre Mutter ihm mit diesen Worten stets hingestellt hatte, wenn er hungrig und zerlumpt zu ihr gekommen war. Einmal, kurz nachdem die Mutter die Insel verlassen hatte, war er summend angelaufen gekommen und hatte ihr mit Tränen in den Augen einen wunderschönen Bernstein in die Hand gedrückt. »Für die Mutter«, hatte er gesagt und war weggerannt.

»Gustav ist mein Freund. Du bist mein Freund«, sagte sie und hob die Brauen. »Hätte meine Mutter gewollt, dass meine Freunde sich wehtun?«

Traurig ließ er den Kopf sinken, wie ein Kind, das man beim Stehlen erwischt hatte.

Ein Schluchzen entrang sich Johanne. Bojenkopp starrte sie mit verstörtem Blick an. Sie barg das Gesicht in ihren Händen und flüsterte: »Geh nach Hause, Piet, bitte geh nach Hause, und wir vergessen das Ganze.«

Unsicher schaute er zu Hein hinüber, der den Kopf in den Nacken warf und brüllte: »Lass dich nicht einlullen von dieser Hure, du Schwachkopp!«

Bojenkopp seufzte laut, und ohne zu antworten, erhob er sich und rannte davon. Sein Fahrrad ließ er stehen.

»Dann bring ich es eben zu Ende, du Idiot!«, schrie Hein

Bojenkopp nach und stieg vom Sattel. Er kniete sich auf Gustav, ballte die Faust und holte aus zum Schlag.

Eine Hand packte ihn von hinten am Kragen und riss ihn zu Boden. Sie gehörte Wilhelm. Es war ein groteskes Bild, wie Gustav und Hein nebeneinander auf dem matschigen Sand lagen wie zwei Sonnenbadende am Strand.

Blindwütiger Hass ergriff Johanne, Hass auf Hein, auf ihren Vater, der sie verraten hatte, Hass auf das Schicksal, das Gustav derart übel mitspielte.

»Sie wollten ihn umbringen!« Ihre Stimme klang schrill. »Er wollte, dass Bojenkopp ihn umbringt!« Sie hob den Schlagstock auf, der Hein aus der Hand gefallen war. Ein paar entschlossene Schritte, und sie war über ihm und starrte einen ausgedehnten Moment lang schweigend auf ihn herunter. Dann holte sie aus und schlug den Knüppel mit voller Wucht ein paarmal in den Boden, nur ein paar Zentimeter von seinem Kopf entfernt.

Hein zuckte zusammen und rang nach Luft. »Schaff sie mir vom Hals!«, schrie er zitternd. »Sie will mich erschlagen!« Er vermied es, Johanne anzusehen.

Wilhelm nahm Johanne den Schlagstock aus der Hand, packte Hein am Kragen und zog ihn hoch. »Was bist du nur für ein Mensch?«, sagte er. »Deinen eigenen Klassenkameraden!«

»Geschieht ihm recht«, zischte Hein. »Und wenn ich es nicht erledige, dann bringt es hoffentlich ein anderer zu Ende!«

Wilhelm packte ihn fester.

Gustav sah schrecklich aus. Sein Auge war rotblau unterlaufen, ein Bluterguss von der Größe eines Eis bildete sich auf seiner Wange, und aus den Striemen im Gesicht und aus seiner Nase tropfte Blut. Johanne setzte sich neben ihn und drückte ihm sanft ein Taschentuch auf die Nase. Gustav versuchte sich aufzurichten, ließ sich aber ächzend zurückfallen. Dann fasste er an seine linke Schulter.

»Irgendwas ist damit!«, keuchte er.

Okke, der inzwischen angerannt gekommen war, half ihm vorsichtig auf und stellte sich neben ihn. »Ausgekugelt, fürchte ich«, sagte er. »Schau mich an!«

Mit einem Ruck drückte er die Schulterknochen zurück ins Gelenk. Gustav stöhnte auf. Doch er konnte den Arm wieder heben und ohne Stütze auf zwei Beinen stehen, wenn auch etwas krumm. Es war ein Wunder, dachte Johanne.

»Einem Juden zu helfen bringt dich ins Zuchthaus, Onkel Okke«, sagte Hein.

»Und dich ein versuchter Mord, mein lieber Neffe. Besonders wenn man den Plan hat, ihn hinterher den eigenen Kameraden in die Schuhe zu schieben, nicht wahr?«

Allen war klar, dass Hein eine persönliche Rechnung mit Gustav begleichen und die aufgeheizte Stimmung gegen die Juden nach dem Sandburgenvorfall hatte nutzen wollen, um den Verdacht auf die aufgeheizte Bande zu lenken.

»Trink erst mal einen ordentlichen Schluck Doppelkorn, min Jung«, sagte er. »Dann siehst du auch *klarer*.«

Aus seiner Tasche förderte er eine Flasche zutage, die er zuvor auf der Wilhelmshöhe hatte kreisen lassen, und reichte sie Hein.

Der warf ihm einen zornigen Blick zu. »Mit Volksfeinden trinke ich nicht.«

»Tünkram. Dann lass uns auf Gustavs baldige Genesung trinken, Neffe!«

»Pah«, schnaubte Hein und verschränkte die Arme. »Auf Rassenschänder schon gar nicht!«

»Wir wollen dich ungern zu deinem Glück zwingen«, sagte Wilhelm und schwang den Schlagstock dicht vor seiner Nase. »Aber du hast noch einen wichtigen Termin, und wir würden dich ungern Gustav und seinen verletzten Gefühlen überlassen. Nach dem, wie du ihn zugerichtet hast.«

Sie sahen zu Gustav, der mit seinem demolierten Gesicht wie ein Preisboxer aussah und Hein ebenfalls finster anblickte. Aus dessen Gesicht wich sämtliche Farbe.

»Gut«, sagte er, »einen Schluck!« Und setzte die Flasche an den Mund.

»Bei der Gelegenheit trinken wir auch gleich auf die Gesundheit von Alfred und Anneliese Rubensohn und Franz Kirschbaum, die die Insel nach dem Aufruf deines Vaters heute verlassen mussten, hoffentlich unversehrt«, sagte Okke und blickte Hein aufmunternd an.

Wilhelm malte derweil mit dem Schlagstock Achten vor Heins Nase.

Widerwillig nahm Hein einen weiteren Schluck und blickte unruhig auf die Uhr.

»In einer halben Stunde werden die Sonnwendfeuer entzündet«, sagte er. »Ich halte die Rede. Wenn ich da nicht auftauche, bin ich erledigt.«

»Keine Sorge, der Schnaps löst alle Probleme«, sagte Wilhelm.

»Ihr könnt mich doch nicht zwingen, mich …!«, jammerte Hein.

»… dich bis zur *Gesinnungslosigkeit* zu betrinken?«, unterbrach Okke ihn belustigt. »Das wäre doch ganz wunderbar.«

»Pack seid ihr, Pack sag ich, ihr gehört alle in eine Zelle«, schnaufte Hein.

»Gutes Stichwort! Wir sollten auch auf die Gesundheit von Direktor Hannes Reimann trinken. Du kennst ja den Schulleiter der Inselschule, der sitzt dank deines Vaters als Sozialist noch immer in Schutzhaft.«

Hein trank.

»Und was ist mit dem Kutscher Malte Petersen? Kommunist und spurlos verschwunden seit dem Reichstagsbrand?

Wir sollten auch auf seine Unversehrtheit trinken, nicht wahr, Hein?«

Und Hein trank.

»Und auf die Juden, Kommunisten, Sozialdemokraten und Gewerkschafter im Allgemeinen, die von den Nazis gedemütigt, gefoltert, eingesperrt oder vertrieben werden. Trinken wir einen ordentlichen Schluck oder besser zwei oder drei darauf, dass sie uns eines Tages vergeben können, was wir ihnen angetan haben.«

Und Hein trank. Er trank erst widerwillig, dann immer gieriger, bis er so betrunken war, dass er zu grunzen und zu torkeln begann, bis er den Arm zum Hitlergruß hochstreckte, vornüberkippte und mit dem Gesicht im Schlamm landete. Einen Moment lang blieb er reglos liegen, die Flasche fest in der Hand. Dann stemmte er sich hoch, hockte sich auf die Knie und stierte sie alle mit blutunterlaufenen Augen an. Sein Gesicht war vom braunen Matsch ganz verklebt.

»Liebe Volksgenossen«, krähte er. Es war deutlich zu hören, dass er versuchte, Hitlers Sprechweise nachzuahmen. »Haltet unser deutsches Blut rein, und trinkt mehr von diesem Klaren …« Er fiel zur Seite und machte keinen Mucks mehr.

Okke schüttelte den Kopf und sagte nüchtern: »Kurz ist der Weg von der Bräune zur Bläue und wieder zurück.«

Mit vereinten Kräften hievten sie den schnarchenden Hein auf den Wagen.

»Ich weiß nicht, ob das seinem Führer gefallen wird«, sagte Wilhelm.

»Mir jedenfalls würde es gefallen«, ergänzte Gustav mit schwacher Stimme, »die Gesichter seiner Kameraden zu sehen, wenn sie sehen, wie er das heilige Gebot zur Rassenreinhaltung derart durch den Schnaps zieht.«

Wenig später, als Okke die Kutsche ins Watt lenkte, kamen Lichtzeichen vom Kutter, der inzwischen zu erkennen war.

»Nun aber hurtig, das Wasser läuft uns weg!«

Okke blinkte zurück, und sie sahen, dass ein kleines Beiboot zu Wasser gelassen wurde und jemand auf sie zuruderte. Sie fuhren noch ein Stück ins Watt hinein bis zur Wasserkante. Als der Wagen über eine kleine Muschelerhebung rumpelte, zuckte Gustav zusammen. Johanne sah ihm an, dass ihn jede Bewegung, jeder Atemzug schmerzte. Sie musste die Tränen unterdrücken. Doch ihn weit weg in Sicherheit zu wissen, auch wenn er einem ungewissen Schicksal entgegensah, war ein kleineres Unglück, als unter den Verrückten auf dieser Insel fortwährend um sein Leben bangen zu müssen. Überhaupt erschien ihr ihr eigener Kummer neben seinen Sorgen mit einem Mal unangenehm nichtig.

Johanne zog die Herzmuschel aus ihrer Tasche, die sie nach ihrer gemeinsamen Nacht vom Strand mitgenommen hatte.

»Für dich«, flüsterte sie. »Wenn du sie ans Ohr hältst, hörst du mein Lied aus der Heimat.«

Ihre Stimme wurde brüchig und heiser, Tränen rollten ihr nun doch über die Wangen.

Gustav drückte sie so fest an sich, wie sein geschundener Körper es zuließ, und sagte: »Und sie fragt mich dann von dir, wie es mir geht in der neuen Heimat?«

Er nahm ihr Gesicht in die Hände und gab ihr einen langen Kuss. »Leb wohl, du mutiges Mädchen!«

Kurze Zeit später sahen Wilhelm und Johanne auf die Stelle im Meer, an der sie den Kutter zuletzt hatten sehen können, mit Gustav an Bord. Okke stand etwas abseits am Pferdewagen und versuchte, die Plane zu befestigen, unter der sich der schnarchende Hein befand. Wo eben noch ein Lichtstrahl über dem Horizont zu sehen gewesen war, war nun nur noch Finsternis.

Beide standen stumm da. Plötzlich griff Wilhelm nach Johannes Hand und begann zu wimmern. Dann schluchzte er laut und konnte minutenlang nicht aufhören.

Johanne, selbst völlig geschwächt von den letzten Stunden, fühlte sich machtloser denn je. Sie legte Wilhelm eine Hand auf den zuckenden Rücken. Er murmelte Unverständliches.

»Schuld«, hörte Johanne. Und »Gustav«.

»Was sagst du, Wilhelm?«, fragte sie leise. Und der wiederholte, nun laut und deutlich:

»Das alles. Das alles ist meine Schuld!«

18. Kapitel

Juist 2008, Adda

»*Wenn der Wind weht über das Meer. Trägt er mein Lied in die Heimat. Trägt es zu dir, fragt dich von mir, wie es dir geht in der Heimat?*«, summte Johanne leise. »Bis heute denke ich an Gustav, wenn der Wind über dem Meer pfeift.«

Inzwischen waren Adda und Johanne beim Flugplatz angelangt und hatten unter einer gestreiften Marquise an einem Tisch des dort angeschlossenen Restaurants Platz genommen. Abgesehen von ein paar Touristen auf Fahrrädern und einer Handvoll Pferdetaxis, waren sie auf dem Weg niemandem begegnet. Die meisten Gäste sonnten sich vormittags am Strand.

Adda sah auf ihre Armbanduhr. Sie hatte die Zeit vergessen; es war beinahe zwei Uhr. Ihr Mann dürfte nicht glücklich darüber gewesen sein, dass sie unentschuldigt dem rituellen Familienmittagessen ferngeblieben waren. Was sie gerade erfahren hatte, rechtfertigte jedoch wohl allemal, seine tägliche Routine durcheinanderzuwirbeln. Sie bestellte für ihre Mutter und sich eine Pizza und zwei Gläser Mineralwasser.

Adda forschte in Johannes Gesicht. Sie sah keinen Schmerz. »Und was antwortest du Gustav dann?«, fragte sie sanft.

Ihre Mutter schwieg einen Moment, bevor sie antwortete. »Dass es mir gut geht. Dass es mir mit Joost und dir, dass es mir mit Wilhelm gut ergangen ist.«

Adda war immer wieder beeindruckt davon, wie bildhaft Johanne erzählen konnte. Gustav, Okke und besonders ihren Vater hatte sie so anschaulich beschrieben, dass sie sie auf einmal in

Lebensgröße vor sich stehen sah. Sie hatte sich sogar vorstellen können, wie sie sprachen, rochen, lachten. Dennoch war es schwer, diese Bilder zu ertragen, die auf dem Weg zum Flughafen in ihr hochgekommen waren, als sie all diese Orte passiert hatten, die zu einem wichtigen Teil Johannes und auch ihrer eigenen Geschichte geworden waren: wie etwa Johanne und ihre Großmutter an den Goldfischteichen, die beim Anblick der Ostdünen vor ihrem inneren Auge erschienen waren. Wie sehr hatte sie sich selbst nach solch innigen Momenten mit ihrer Mutter gesehnt? Nie war sie mit ihr bei den Goldfischteichen gewesen, nicht zum Schlittschuhlaufen, nicht zum Vögelbeobachten, nicht für Mutter-Tochter-Gespräche. Dafür war nie Zeit gewesen. Als junges Mädchen hatte sie ihre Mutter danach gefragt, alle waren sie mit ihren Eltern im Winter dort gewesen, mit heißem Tee und Stuten. Da war Johanne wütend geworden und hatte sie angebrüllt, sie solle sie mit den Goldfischteichen in Ruhe lassen. Das sei ein verfluchter Ort. Weiß der Himmel, warum.

Ein paar Augenblicke später hatten sie die Wilhelmshöhe und die ins Watt übergehenden Salzwiesen passiert, und augenblicklich waren Bilder von Gustav, der um sein Leben fürchtete, und von ihrem verzweifelten Vater in Adda aufgestiegen. Er hatte seinen besten Freund verloren und sich schuldig gefühlt. Aber warum?

»Darf ich?«, sagte der Ober und riss Adda aus ihren Gedanken. Sie nickte. Während er ihnen die Getränke servierte, beobachtete sie einen Inselflieger beim Start und dachte kurz an Eduard, der vor Stolz beinahe platzte, weil seine Insel den kürzesten Flug Deutschlands von Norddeich nach Juist anbot. »Nach Norderney dauert es doppelt so lange«, erklärte er, der Problemlöser, oft und gerne, als wäre alles, was Juist dem Rest der Republik vorausghatte, sein Verdienst. »Selbst schuld, wenn da drüben nur Pfeifen in der Gemeinde regieren!«

Was Eduard bei seinen Monologen über die Juister Luftfahrt nicht erwähnte, war, dass die fünf Kilometer Transfer vom Dorf zum Flughafen mit dem Pferdetaxi eine Stunde dauerten, auf der motorisierten Nachbarinsel mit dem Auto dagegen nicht mal zehn Minuten. Jede Insel wie auch jeder Mensch hat seine eigene Geschwindigkeit, dachte Adda. Eduard hatte mit den Wahlkampfbotschaften »Pferde, nicht Pferdestärken!« und »Oase ohne Kraftfahrzeuglärm« mehrere Wahlen in Folge gewonnen, und ja, er hatte tatsächlich dafür gesorgt, dass auf Juist bis heute der Fuß vom Gaspedal blieb. Alles dem Ruhebedürfnis der Gäste zuliebe. Selbst den Pferden hatte er eine Geschwindigkeitsbegrenzung verordnet, sie gingen nur im Schritt voran. »Wer auf Juist urlaubt, will einen Gang herunterschalten, den Sand knirschen und den Granat hüpfen hören«, begründete er dieses Tempolimit. Viele Gäste kamen genau wegen dieser Ruhe, sie schätzten die Einfachheit, die der äußere Inselrahmen ihnen bot. Manche schienen geradezu hierherzuflüchten, vor den inneren und äußeren Tumulten in ihrem Leben. Adda fragte sich, ob das auch für Eduard galt, der die Insel so gut wie nie verließ.

Sie schüttelte verärgert den Kopf. Sie hatte keine Lust, weiter über Eduard nachzudenken, und wandte ihre Gedanken bewusst wieder Johanne zu und dem, was sie in den vergangenen Tagen alles über sie erfahren hatte. Schreckliche Dinge waren damals geschehen. Sie begann zu begreifen, warum ihre Mutter so verhärtet war, empfand Mitleid mit ihr. Wie lange hatte Johanne wohl gebraucht, um über den Verlust von Gustav hinwegzukommen? Vielleicht war sie Adda gegenüber ja immer so distanziert gewesen, weil sie nicht Gustavs Tochter war, sondern Wilhelms, der zweiten Wahl, und sie spürte wieder diese Art Fernweh nach ihrer Mutter, die die Liebe auf Distanz mit sich brachte.

Adda kamen die Tränen, doch sie schluckte sie entschlossen

hinunter. Jetzt war nicht der Moment, sich den eigenen Schmerzen hinzugeben, der Trauer um eine Mutter, die nie richtig für sie da gewesen war. Sie musste mehr erfahren, solange es noch ging, solange Johanne so wach und offen war.

»Du sagst, dass du ein gutes Leben mit uns hattest«, begann sie. »Aber nur, weil du in Gedanken woanders warst. Immer warst du abwesend und beschäftigt – die Momente, die du mit mir im Watt oder am Strand verbracht hast, kann ich an einer Hand abzählen!«

Sie hielt inne. Jetzt kamen die Vorwürfe doch heraus. Aber wie sehr hatte sie sich damals, in der ersten Zeit auf Juist, gewünscht, von ihrer Mutter beachtet zu werden! Johanne hatte nur das de Tiden gesehen, das einzig Beständige nach der Flucht, wie sie immer sagte. Wenn Adda nicht im Hotel half, verbrachte sie die meiste Zeit allein, denn Joost war weit weg im Internat. Das änderte sich erst, als sie Onno kennenlernte. Die Einsamkeit, die sie in dieser Zeit erlebte, war zutiefst schmerzhaft gewesen. Eine solche Erfahrung hatte sie ihren Töchtern ersparen wollen. Sie verbrachte gerne Zeit mit ihnen, nahm sie sich, wann immer sie konnte. Sie wurden doch ohnehin so schnell größer, und als Adda aufhörte, den Mädchen Geschichten vorzulesen, und sich stattdessen ihre Geschichten anhörte, war das mindestens genauso schön gewesen.

Umso weniger verstand sie Johannes Bedürfnis nach Abstand.

»Ich war nicht abwesend, Adda«, entgegnete Johanne. Ihr vom Alter gebeugter Rücken schien Adda mit einem Mal noch krümmer. »Ich musste mich um das Hotel kümmern, damit dein Bruder und du sorgloser aufwachsen konntet als ich. Damit ihr ein Zuhause hattet, es mal besser haben würdet. Es waren die Aufbaujahre in Deutschland, da war keine Zeit für faules Herumsitzen oder Wattpartien.«

Adda war hin- und hergerissen zwischen Verärgerung und Mitgefühl. Ja, ihre Mutter hatte nicht gewollt, dass Joost und sie Not litten wie sie selbst als Kind eines durch den Krieg traumatisierten Vaters, und das verstand sie auch. Aber Adda bezweifelte, dass dies allein der Grund für ihr Verhalten gewesen war. Sie dachte darüber nach, ob ihr unermüdlicher Eifer womöglich auch Johannes Art gewesen war, die Schatten ihrer Kindheit zu vertreiben. Nie hat sie ihre Mutter eine Träne vergießen sehen. Ihre Trauer saß offensichtlich weiter unten, im Magen. Der krümmte sich bei jedem Sturm, und auf Juist gab es viele davon, jedenfalls mehr als in Dresden. Adda fragte sich oft, warum Johanne überhaupt zurückgekehrt war auf diese Insel, die sie nach der Flucht ihrer Mutter wie eine Aussätzige behandelt hatte. Sicher, sie hatte aus dem Osten fliehen müssen. Aber warum ausgerechnet zurück in die Vergangenheit, als würde sie einem Schatten nachjagen? Hatte sie den Makel loswerden und sich ihren Stolz zurückerobern wollen, indem sie dem alten Hotel, das Wind, Wetter und Nazis ausgesetzt gewesen war, zu neuer Blüte verhalf? In nur wenigen Jahren war sie zu einer der vermögendsten Insulanerinnen geworden. Doch ihr größter Erfolg hatte nichts mit Geld zu tun, auch wenn sie damit eine offene Rechnung beglich. Sie hatte die Heinsens in die Versenkung geschickt: erst Hein, später seinen Vater, der von Eduard aus dem Bürgermeisteramt gejagt worden war. Und doch war ihre Beziehung zu den Einheimischen seltsam kühl geblieben. Man respektierte sie, betrachtete sie aber nicht als eine der ihren. Johanne konnte ihr Mistrauen nie ganz abschütteln, und genauso wenig konnten es die Juister. Traf man ihre Mutter, grüßte man sie freundlich, blieb aber weder stehen, um Klatsch und Tratsch auszutauschen, noch lud man sie ein zu Konfirmationen, goldenen Hochzeiten und Polterabenden. Wenn Johanne davon erfuhr, führte sie sich auf wie eine betrogene Geliebte und beschimpfte die Insulaner lautstark als unzivilisiertes Volk von ehemaligen Fischern, Schmugglern und Strandräubern. Dass ihr Großvater selbst Fischer gewesen war, unterschlug sie dabei. Nach außen gab sie die Kultivierte, die sich nicht darum scherte, was die Leute um sie herum über sie dachten. Erst als Eduard, das unbeschriebene Blatt, auf die Insel kam, drehte sich der Wind etwas. Er schaffte, was Johanne verwehrt geblieben war: dazuzugehören. In seinem Kielwasser bekam sie endlich die Anerkennung und Einladungen, die sie sich wünschte. Vom ersten Tag an verstanden sie und Eduard sich blind, als ob sie sich schon eine Ewigkeit gekannt hätten. Gemeinsam hatten sie angebaut, umgebaut und ausgebaut, erst nur das Hotel, später ihren Einfluss. Eduard stets akkurat im dunklen Maßanzug, den er wie eine Uniform trug und nur zum Schlafen auszog, Johanne an seiner Seite, in wechselnden eleganten Kostümen mit Hut und Halstuch, sobald sie das Hotel verließ. Mehr als dreißig Jahre regierten sie wie ein Königspaar und hielten zum Wohl von Inselvolk und Familie die Fäden in der Hand. Eifersucht verspürte Adda nicht, im Gegenteil: eher Erleichterung darüber, dass sie in der zweiten Reihe stand und so zumindest zeitweise aus Eduards Blickfeld verschwinden konnte. Nur manchmal, wenn ihr Ideen kamen, wie man zum Beispiel mehr Veranstaltungen ins de Tiden holen oder die Räume mit mehr Licht oder Farbe ausstatten könnte, erinnerte sie sich an ihren Kindheitstraum, im Hotel mitzuarbeiten. Doch eine Einmischung ihrerseits in seinen Herrschaftsbereich duldete Eduard nicht. Wenn sie mit einem derartigen Anliegen sein Büro betrat, verwandelte er sie ohne Zögern in eine Untergebene. Sie wusste nur zu gut, dass er sie auf diese Weise dafür bestrafte, dass ihm ihre Schlafzimmertür seit der Schwangerschaft mit Marijke versperrt geblieben war. Den Kopf in den Akten, ließ er sie in solchen Momenten zunächst vor seinem dicken Eichenschreibtisch warten, bis er schließlich aufsah und sie mit einer ausholenden Handbewegung aufforderte, sich zu setzen. Dann beugte er sich über den schweren Tisch, legte seine Hand auf ihre, presste sie fest auf die Tischplatte.

»Adda«, seufzte er schließlich, wobei er das A langzog, als wollte er sagen: »Zerbrich dir doch dein hübsches Köpfchen nicht.« Ohne auf ihren Vorschlag mit nur einem Wort einzugehen, wandte er sich stattdessen einem völlig anderen Thema zu.

»Wilhelm wurde als Kind sehr verzärtelt«, unterbrach Johanne ihre Gedanken und lächelte dem italienischen Ober zu, der ihr die Pizza mit großer Geste in kleine Stücke schnitt und sich mit einem *»Prego!«* charmant zurückzog. »Meine Schwiegermutter hat ihn zu weich gemacht. Erst nahm sie ihn von der Schule in Dresden, weil er so unter dem Drill litt, dass er krank wurde. Dann schickte sie ihn ausgerechnet an die Schule am Meer, wo er zwar frei denken und handeln lernte, aber dafür nicht mehr wusste, wie man sich anpasst. Wer sich aber nicht anpasste, war dem Untergang geweiht. Wilhelm verweigerte standhaft den Hitlergruß und wurde deshalb mehrfach verwarnt. Er meldete sich schließlich freiwillig zur Wehrmacht, um einer Verhaftung durch die Gestapo zu entgehen.«

Johanne hielt inne und rieb sich die müden Augen. Ein Ausdruck der Verzweiflung trat in ihr Gesicht.

»Es genügte nicht, gut zu sein. Er hätte besser, weniger blauäugig und härter sein müssen, dann wäre er vielleicht noch hier. Aber wie sollte dieser weiche Kerl eine Waffe auf den Feind richten, wenn der wahre Feind dieselbe Uniform trug wie er.«

Adda nickte stumm. Lieber hatte er sich erschießen lassen, als selbst zu schießen. Auf diese Weise blieb er im wahrsten Sinne aufrecht bis zum Schluss.

Und dennoch … Wieso nannte ihre Mutter ihn bloß schwach? Zu ihren wenigen Erinnerungen an ihren Vater gehörte ein Streit, den Adda heimlich belauscht hatte. Wilhelm war damals schon seit ein paar Jahren tot gewesen, und zwischen seiner Mutter und Johanne knirschte es immer wieder heftig im Gebälk. Bei diesem speziellen Streit ging es darum, dass Großmutter Anni Johanne vorwarf, die Familie ausgenutzt zu haben.

»Du hast ihn reingelegt, weil sein Name eine bessere Zukunft versprochen hat!«

»Das stimmt nicht!«, hatte Johanne herausgepresst. »Er wusste genau, worauf er sich einließ. Und außerdem …« Ihre Stimme brach, dann sagte sie mit neuer Härte: »Er war es mir schuldig. Schließlich hat er mir meine Zukunft zerstört.«

Adda hatte sich damals keinen Reim darauf machen können. Heute verstand sie, was ihre Großmutter damit gemeint hatte. Aber was hatte ihre Mutter damit sagen wollen, dass Wilhelm ihre Zukunft zerstört hatte?

»An was war Wilhelm schuld?«, fragte sie jetzt und lächelte, um ihre Angst zu verbergen.

Johanne sah sie lange und nachdenklich an, dann wandte sie den Blick ab. Adda fürchtete, dass sie zu erschöpft war und nicht weitererzählen wollte.

»Mutti, wessen hat Vater sich schuldig gemacht?«, wiederholte sie die Frage. »Was hatte er mit Gustavs Flucht zu tun?«

Johanne fächelte sich Luft zu, während Adda ihre Pizza in fünf Teile schnitt, ohne kaum den Blick von ihrer Mutter zu nehmen.

»Noch im Watt«, begann Johanne, während sie ins Leere schaute, »als Geerds Kutter mit Gustav an Bord wegfuhr, hat er mir gebeichtet, dass er es war, Grete und er, die die Sandburgen und Fahnen zerstört haben.«

Ihre Stimme zitterte, und sie schloss die Augen.

Adda starrte sie an. »Ernsthaft?«, fragte sie verwundert. »Er war es?«

Diese Information traf sie wie ein Schlag ins Gesicht. Sie hatte keine Vorstellung davon, wie es für ihren Vater gewesen sein musste, diese Last mit sich herumzutragen. Dafür verantwortlich zu sein, dass die Juden an jenem Tag von der Insel geworfen worden waren und Gustav von Hein fast totgeprügelt worden war.

Als hätte Johanne ihre Gedanken erraten, fuhr sie fort: »Damals hatte er nicht ahnen können, was diese kleine Übeltat für Konsequenzen haben würde«, sagte sie. »Trotzdem konnte er sich das nie verzeihen. Wir trauerten gemeinsam, verbrachten viel Zeit zusammen, und als ich gemerkt habe, dass ich von Gustav schwanger bin, hat er keine Sekunde gezögert und um meine Hand angehalten. Kurz darauf haben wir die Insel verlassen und sind nach Dresden gezogen. Seine Eltern waren alles andere als begeistert, dass er ein Mädchen aus einfachen Verhältnissen heiratete, dazu noch in anderen Umständen. Aber sie wussten ja nicht, dass Wilhelm nicht der Vater war.« Bis die Ähnlichkeit Joosts zum jungen Gustav für Großmutter Anni nicht mehr zu übersehen gewesen war, dachte Adda. Sie sah kauend zum Watt hinaus. Auf den Salzwiesen begann gerade der Strandflieder zu blühen, der die Weiden in ein lilafarbenes Meer verwandelte. Die Salzkristalle auf den Blättern funkelten wie kleine Diamanten. Onno schwärmte immer vom blumigen, leicht herben, salzigen Geschmack des Strandfliederhonigs und hatte sich gemeinsam mit seinem Imkervater ein Dutzend Bienenvölker angeschafft. Die bunten Kästen standen nun übereinandergestapelt und windgeschützt in den Dünen – und die Bienen kurz vor ihrem ersten Einsatz, denn sie sammelten ihren Nektar nur in den ersten zwei Wochen der Blüte.

»Stell dir vor«, hatte Neuimker Onno ihr begeistert erzählt. »Die einzige Funktion der Drohnen ist es, sich fortzupflanzen. Gleich nachdem sie die Königin während des Hochzeitsflugs begattet haben, sterben sie, noch in der Luft. Ich frage mich, ob sie wissen, was sie erwartet.«

Sie dachte an Gustav und Jan, die zwar nicht tot vom Himmel gefallen, aber doch verschwunden waren, kaum dass sie ihre Mutter und sie geschwängert hatten. Wie parallel ihre Leben doch verlaufen waren. Beide hatten sie einen Mann heiraten müssen, den sie nicht liebten, und beide hatten sie das Geheimnis eines unehelichen Kindes mit sich herumgetragen. Als bestünde das Leben aus einer Kette von Wiederholungen. Und nun sah es so aus, als würde Generation für Generation das gleiche Schicksal ereilen.

Sie atmete einmal tief ein, als sie merkte, wie viel Scham und Trauer sie selbst beim Gedanken an das »große Geheimnis« empfand, und fasste sich an den Hals. Es nahm ihr buchstäblich die Luft. Ja, es gab Dinge, die man besser sogar vor sich selbst verbarg, die niemals ans Licht kommen durften. Sie hatte sich damals geschworen zu schweigen, in einer Situation, in der sie ohnehin keine Worte gefunden hätte. Später dann, als sie herausfand, dass alles doch ganz anders gewesen war, hätte sie die Wahrheit enthüllen können. Stattdessen hatte sie gelogen und versteckt, was unaussprechlich war: dass sie erst die eine verraten hatte, um die andere zu schützen, und dann umgekehrt. Allein durch ihr Zutun und ihre Unterlassen war aus einem Geheimnis ein noch größeres geworden, und das Einzige, was zu hoffen blieb, war, dass niemand je daran rühren würde.

Falls also die Mitglieder ihrer Familie untereinander zu Fremden geworden waren, die einander nicht vertrauten und nicht miteinander sprachen, dann trug vermutlich sie die größte Schuld daran.

»Wie hast du dieses lange Leben ohne Liebe ausgehalten?«, fragte sie, wie zu sich selbst sprechend.

»Es gibt viele Formen der Liebe«, entgegnete Johanne. »Am Anfang, ja, da gab es keine Liebe. Da führte ich ein Leben im Konjunktiv. Pausenlos fragte ich mich nach dem Hätte. Hätte ich Hein nicht so provoziert, wäre Gustav nicht auf ihn losgegangen. Hätte Hein Gustav nicht gedroht, hätte Wilhelm am Strand womöglich nicht die Sandburgen zerstört und Hein keinen Anlass gegeben, Jagd auf seinen Freund zu machen. Immerzu fragte ich mich, ob Gustav und ich zusammen glücklich geworden wären. Auch dein Vater kam lange nicht darüber hinweg, dass er zusammen mit Grete seinen besten Freund ins Verderben gestürzt hatte.«

Sie machte eine Pause und blickte einem kleinen Jungen hinterher, der auf einem Tretroller am Restaurant vorbeisauste. Gleich dahinter kam der Vater angerannt und versuchte lachend, ihn einzuholen.

»Vielleicht brachten uns unsere Schuldgefühle einander näher«, sagte Johanne. »Jedenfalls haben wir, statt einzeln im Elend zu versinken, bald ein tiefes Verständnis füreinander entwickelt. Und aus der anfänglichen Zuneigung wurde bald mehr.«

Adda sah sie überrascht an. »Mehr?« Da Johanne nichts erwiderte, berührte Adda über den Tisch hinweg ihre faltige Hand.

»Wir haben uns verliebt, richtig verliebt«, fuhr Johanne fort. »Und ein Leben als ganz normales Ehepaar geführt. Wir gingen ins Filmtheater, in die Semperoper oder ins Sächsische Staatstheater. Bis dahin kannte ich ja nur das Theater der Schule am Meer. Wilhelm spielte Geige in einem kleinen Orchester. Und er liebte Joost, baute mit ihm richtige kleine Häuser, Boote und eine Krippe aus dem guten Eichenholz, das er aus den Möbelwerken mitbrachte. Am Wochenende gingen wir mit Joost in den Zoo, und als du unterwegs warst, war dein Vater der glücklichste Mann der Welt.«

Sie holte tief Luft und fügte mit leiser, verwundeter Stimme hinzu: »Als er ein Jahr nach deiner Geburt starb, brach eine Welt für mich zusammen. Wieder!« Ihre Augen wurden glasig.

Mit offenem Mund sah Adda Johanne an.

»Wie konntest du das nur zweimal durchstehen?«

Johannes Gesicht verzog sich zu einem so traurigen Lächeln, dass es Adda fast das Herz brach.

»Liebe und Tod, mein Mädchen, sind wie Ebbe und Flut«, sagte Johanne in die Stille hinein. »In dem Moment, in dem die Liebe beginnt, wartet auch schon der Tod. Das eine geht nicht ohne das andere, weil die Urgewalten sich gegenseitig bedingen.«

»Das ist doch grausam«, erwiderte Adda schwach und fragte sich, ob sie zufriedener wäre, wenn sie dieses Wechselspiel akzeptieren würde, den Umstand, dass zu allem, was das Leben schön oder traurig machte, immer auch das Gegenteil gehörte. Sie legte Messer und Gabel auf die Pizza, die sie kaum angerührt hatte, und bestellte zwei Tassen Kaffee.

»Wir wissen doch aus bitterer Erfahrung, dass die Strömung so stark sein kann, dass sie alles mit sich mitreißt«, sagte Joanne. Adda schluckte. Sie beide sprachen nie direkt über Wanda. »Mit der Liebe ist es genauso«, fuhr ihre Mutter fort. »Entweder steigst du gar nicht erst ins Wasser, oder du riskierst, unterzugehen. Wenn man das begriffen hat, verliert man die Angst vor der Liebe und vor dem Tod. Und das behaupte ich mit dem sicheren Wissen, dass ich nicht mehr viel Zeit auf dieser Welt habe.«

Adda war froh, dass Johanne heute so klar war, und fragte sich, ob das Gehirn, so müde es auch sein mochte, Restkapazitäten für Lebensbeichten mobilisieren konnte.

Johanne schwieg einen Augenblick, bevor sie erneut das

Wort ergriff: »Man sagt, dass es zwei Lieben im Leben gäbe: eine, mit der man alles zum ersten Mal erlebt, und eine, die man nicht kommen sieht. Bei mir war es genauso.«

Als Adda darüber nachdachte, wurde ihr klar, dass das auch auf sie zutraf. Mit Jan hatte sie alles zum ersten Mal erlebt, den ersten Kuss, das erste Herzrasen und den ersten Herzschmerz. Das mit Onno hatte sie nicht kommen sehen. Doch statt sich wie Johanne in die Fluten zu stürzen, war sie bei der Vorstellung eines erneuten Verlustes eher zögerlich geblieben – bis es zu spät gewesen war.

»Aber die Wunde des Verlassenwerdens heilt diese Erkenntnis nicht«, sagte Adda bestimmt. »Gustav war fort, es war vorbei!«

»Mein Mädchen« – Johanne schüttelte langsam den Kopf –, »es war für mich doch nicht zu Ende, nur weil er weg war. Auf andere Weise hat es mit uns fortgedauert. Durch Joost, durch meine Erinnerungen.«

»Hat er überlebt? Ist Gustav sicher in Argentinien gelandet?«, wollte Adda nun wissen.

Johanne nickte stumm.

Adda spürte, dass ihre Mutter eine kleine Pause brauchte. Dieses Gespräch erschöpfte sie sehr – sich wieder so mit den Schrecken der Vergangenheit auseinanderzusetzen. Sie durfte nicht riskieren, dass Johanne wieder in einen Zustand verfiel, in dem sie unerreichbar war für ihre Fragen. Sie musste ihr Zeit lassen, behutsam vorgehen.

Doch die Neugier war stärker. »Und Hein?«, fragte sie nach einer Weile.

Johanne schreckte hoch und sah sie an, als müsse sie sich erst einmal wieder erinnern, wo sie war. »Ah ja …« Sie seufzte. »Später an dem Abend bin ich, um keine Aufmerksamkeit zu erregen, wie versprochen zu meiner Verabredung in die Strandhalle gegangen. Der SA-Mann erzählte mir, dass Hein sturzbetrunken in die Feier geplatzt war, um seine Rede zu halten. Noch am selben Abend wurde er mit Schimpf und Schande aus der HJ geworfen.«

Ihr Blick schweifte kurz ab, dann fuhr sie fort: »Wenn wir damals geahnt hätten, was das für Folgen hatte, hätten wir sicher anders gehandelt.«

»Wie meinst du das?«, fragte Adda.

Ein gehetzter Ausdruck trat auf Johannes Gesicht. »Dass wir unterschätzt haben, wie viel Hass dadurch gesät wurde …«

Mitten im Satz brach sie ab, als hätte sie plötzlich ein ganz anderer Gedanke übermannt. »Manchmal ist das Vergessen ein Segen«, sagte sie bekümmert. »Aber leider kann ich mir nicht mehr aussuchen, woran ich mich erinnere.« Sie seufzte. »Aber auch wenn sich das Vergessen gegen mich entschieden hat«, fügte sie hinzu, »kann man sich, solange man bei Verstand ist, gegen das Vergessen entscheiden und trotzdem glücklich weiterleben. Ich habe Gustav nie vergessen, und trotzdem oder gerade deshalb konnte die Liebe mit Wilhelm kommen.«

Adda verspürte einen Stich. Es schmerzte, Johanne derart liebevoll reden zu hören. Vermutlich weil sie sie nicht mit der Person zusammenbrachte, die sie so gut kannte, eine Mutter, die mit Gefühlen noch sparsamer umging als mit Geld. War ihre Liebe aufgebraucht worden zwischen Gustav, Wilhelm und Joost?

Johanne räusperte sich. »Dasselbe habe ich mir für dich gewünscht mit Eduard. Dass die Liebe mit der Zeit kommt«, sagte sie.

»Ist sie aber nicht, Mutter!«, platzte es aus Adda heraus.

Sie lebte ein Leben, das sie nicht wollte. War es die Sehnsucht nach der Liebe zu Onno, die sie am Leben hielt? Was wäre gewesen, wenn sie seinen Heiratsantrag angenommen hätte? Was, wenn sie Eduard für Onno verlassen hätte? Hätten sie glücklich werden können, selbst um den Preis, dass ihre Familie entzweigebrochen wäre? Wie oft hatte sie sich diese Frage schon gestellt. Auch wenn es irgendwann selbst für diese Gedankenspiele zu spät gewesen war. Denn Onno hatte sich für Mette entschieden, für die schöne, kluge, freundliche Mette aus Hamburg.

»Warum verstehst du nicht, dass mir damit die Chance auf ein anderes Leben genommen wurde?«, sagte Adda bitter.

»Warum auf ein anderes Leben? Du hast die Chance verpasst auf dieses Leben – mit Eduard!«

»Man kann doch Liebe nicht erzwingen!«, erwiderte Adda mit Heftigkeit. »Man kann sie ja noch nicht einmal erklären!« Sie liebte ihren Mann nicht, doch sie hasste ihn auch nicht. Er war noch immer genauso aufmerksam und großzügig wie am ersten Tag, aber auf sie hatte das alles schon immer zu bemüht gewirkt, diese übertriebene Zuschaustellung seiner großen Gefühle für sie. Meistens war sie von seinem Gehabe um sie genervt.

Johanne hatte schon immer ein Talent dafür gehabt, Addas Gedanken zu erraten. »Von Anfang an hast du dafür gesorgt, dass die Beziehung scheitert. Dabei verbindet euch so viel. Nicht nur die Kinder!«

Adda schüttelte den Kopf.

»Dein Mann liebt dich, er hat dich immer geliebt.«

»Als Trophäe!«

»Das stimmt nicht, und das weißt du. Wenn er manchmal schwierig ist, dann, weil du ihn unentwegt zurückstößt. Außerdem hast du dich doch aus freien Stücken für ihn entschieden«, versetzte Johanne.

Adda wischte sich mit dem Ärmel über die Stirn. Ihr war unerträglich heiß, und ihr Puls schlug heftig. »Ich habe mich nicht für Eduard entschieden, Mutter. Ich habe mich gegen ein Leben als Ausgestoßene entschieden. Hättest du mich etwa nicht fortgejagt, wenn ich ihm einen Korb gegeben hätte oder wenn ich mich später von ihm hätte scheiden lassen?«

»Um Gottes willen nein, Adda, niemals! Aber du weißt nicht, wie es ist, wenn sich die Leute nach dir umdrehen, wenn das Geflüster verstummt, sobald du den Kopf wendest.«

Johannes Blick begann zu flackern. Adda wusste, was nun kommen würde. Das war meistens der Moment, in dem ihre Mutter in die andere Welt abglitt. Johanne schwieg lange.

»Diese dummen, einfältigen Menschen, die sich alle blenden lassen von Titeln, Anzügen und einer geschliffenen Sprache«, sagte sie dann rätselhaft und fegte mit einer schnellen Handbewegung die Speisekarte vom Tisch. »Das tapfere Schneiderlein kann Späne zu Gold spinnen!«

Wovon redete sie bloß? Adda ließ den Blick schweifen und fragte sich, ob das alles nur wieder irgendein Blödsinn war, ersonnen von Johannes Demenz. Wie im Traum mischte sich bei ihrer Mutter manchmal Fantasie und Erlebtes, und wenn man ihr zuhörte, wusste man selbst nicht, was stimmte und was nicht.

»Adda, pass bloß auf, er braucht nur in den Himmel zu schauen und webt aus den Wolken die dollsten Hirngespinste!«

WANDAS TAGEBUCH

Juist, 18. Juli 1969, mein Geburtstag

Liebes Tagebuch,
jetzt bin ich endlich zwölf! Ich war heute Morgen so aufgeregt, dass ich gleich nach unten gerannt bin, um nachzuschauen, ob der Tisch schon für meine Bescherung gedeckt war. Aber außer Magda, die schon halb blind und taub ist, war niemand in der Küche. Ich wollte gerade enttäuscht wieder nach oben, da standen sie alle in der offenen Tür zum Speisesaal: Mutti, die eine Waldmeistertorte mit brennenden Kerzen in der Hand hielt, Vati, der mir zuzwinkerte, Oma Johanne und meine drei Schwestern, dazu noch Onno und Mette. Sie haben mich in den Wintergarten geführt, vorbei an den frühstückenden Gästen. Als sie mir ein Ständchen sangen, stimmten alle Gäste mit ein. Ich bin ganz rot geworden, und Frauke fing an zu weinen. Sie weint bei jedem Geburtstag, sogar an ihrem eigenen. Ich glaube, sie mag es nicht, wenn andere im Mittelpunkt stehen, ist aber genauso enttäuscht, wenn selbst im Zentrum zu stehen auch nicht so aufregend ist, wie sie es erwartet hat. Ich habe sie dann gefragt, ob wir zusammen die Kerzen auspusten sollen. Das hat sie ein wenig getröstet, und vielleicht auch, dass ich kein richtiges Geschenk von Mutti und Vati bekommen habe, jedenfalls noch nicht. Es kommt erst mit der Fähre um siebzehn Uhr. Ich bin so was von gespannt!

Dann ging es ans Geschenkeverteilen. Zuerst war meine kleine Schwester Marijke dran, die ich als Einzige Miejke nenne. Sie ist sieben und hat mir ein Lied auf der Blockflöte geschenkt, das gruselig schief klang, aber großen Beifall bekam. Danach packte ich Fraukes Geschenk aus, »eine Haarbürste, weil du deine immer kaputt knibbelst und dann einfach meine nimmst«, und Theda eine Taschenlampe, »weil du doch Höhlenforscher werden willst«.

Aber das schönste Geschenk warst Du mit Deinem roten Samtbezug. Onno und Mette haben Dich mir geschenkt und gesagt, von nun an könnte ich Dir alle meine Erlebnisse und Träume anvertrauen. Ich habe zwar eine beste Freundin, die heißt Julia, sie sitzt in der Schule neben mir, aber ich mag sie eigentlich nicht mehr so. Sie erzählt alles weiter, findet immer irgendwas doof und liebt es, zu tratschen und Sachen weiterzuerzählen, zum Beispiel, dass der Strandkorbvermieter betrunken vom Pferd gefallen und in einer Pfütze ertrunken ist, oder dass die zickige Frau vom Inselbahnführer Julias Vater schöne Augen gemacht hat. Ihren Bruder Mattes kann ich schon gar nicht leiden. Der reißt immer einen dummen Spruch nach dem anderen. Jungs halt.

Mette hat behauptet, wer sein Tagebuch mit dem Tag der schönsten Erinnerung beginnt, sammelt sein Leben lang schöne Erinnerungen. Das war zumindest bei ihr so, hat sie gesagt und Onno einen langen Kuss gegeben. Mutti lächelte auf einmal gar nicht mehr. Mit zwanzig Jahren könne Mette doch noch nicht von einem langen Leben sprechen, meinte sie. Vielleicht hat sie ihr eigenes Tagebuch ja mit einer traurigen Erinnerung begonnen?

Bevor ich Dir aber mein aufregendstes und schönstes Erlebnis erzähle, sollst Du mich erst mal besser kennenlernen: Ich habe braune Augen und schulterlange, gewellte, straßenköterblonde Haare und eine hohe Stirn, die meine Mutti immer als Denkerstirn bezeichnet. Denken tue ich gerne, aber noch lieber träume ich. Oft träume ich auch beim Denken, dann schimpft Vati mit mir, dass ich mich besser konzentrieren soll, oder ich denke beim Träumen, dann kommt nur Unsinn dabei heraus, findet er.

Wie neulich, als ich ein Rohr in den Dünen entdeckt habe. Theda watschelte mal wieder wie ein Entenküken hinter mir her. Sie ist immer so still, dass ich sie manchmal erst bemerke, wenn ich über sie stolpere. Und dann grinst sie einen stumm zufrieden an, was Mutti »Thedas anspruchslose Schweigsamkeit« nennt.

Die ersten drei Jahre hat Theda kein einziges Wort geredet, doch dann hat sie mit dünner Stimme gleich wie eine Erwachsene losgequakt. Ihre ersten Worte waren ein verschachtelter Satz, und der lautete ungefähr so: »Die Hemmersams aus Zimmer 21, die vorgestern angereist sind, bevorzugen zum Frühstück Sauerteigbrot statt des unbekömmlichen Schwarzbrots!« Wir mussten alle richtig losprusten.

Jedenfalls hüpfte mein Herz wie verrückt, als ich das Dünenrohr entdeckte und überlegte, was sich am anderen Ende des Tunnels befinden könnte. Im ersten Moment hoffte ich, er würde unterm Watt zum Festland nach Norddeich führen, was ich formidabel gefunden hätte. Stell Dir vor, man müsste nicht auf die Fähre warten und ich könnte jederzeit im Café Remmers Bananensplit essen, nicht nur einmal im Sommer (wer ist auf diese blöde Idee gekommen, dass man im Winter kein Eis isst?). Ich könnte in ein echtes Freibad gehen und auf einer richtigen Schwimmbahn kraulen üben. Himmlisch! Das Rohr lief aber leider in die verkehrte Richtung, was mir erst aufgefallen ist, als ich schon sämtliche Pläne gemacht hatte. Nach ein bisschen Weiterüberlegen war ich mir sofort sicher, dass ich eine Schmugglerhöhle finden würde. Jeder weiß, dass es auf Juist früher viele Schmuggler gab, und ich habe mich immer gefragt, wo sie ihre Beute versteckt hielten. Ich bekam weiche Knie bei dem Gedanken, dass ich die Erste sein würde, die die Schätze heben würde. Dann dachte ich plötzlich, dass das Rohr eher Teil eines Weltkriegsbunkers war, der vergraben unter dem Sand liegt. Und war mir mit einem Mal sicher, dass da noch Tote drinsteckten, die durch Bomben verschüttet worden und nicht mehr rechtzeitig hinausgekommen waren – wie die siebzig Strandleichen aus Dünkirchen, die 1940 zusammen mit allerlei Zeug bei uns angeschwemmt wurden. Davon hat mir Mutter Olsen erzählt und davon, dass sie, obwohl es sich überwiegend um ausländische Soldaten handelte, ein anständiges Begräbnis auf dem Inselfriedhof kriegten.

Während Theda unruhig auf der Stelle hopste und gehen wollte, brauchte ich Gewissheit. Ich sagte ihr, dass Vati böse werden würde, wenn ich nicht herausfände, was sich dahinter verbarg, schließlich ist er Bürgermeister und muss wissen, was sich für dunkle Geheimnisse auf seiner Insel befinden. Und das sah sie ein. Das Rohr schien ziemlich eng zu sein. Ich überredete sie, es als die Kleinere zuerst zu versuchen. Mit dem Kopf zwischen den Armen schob sie sich also mit den Füßen hinein und robbte auf allen vieren vorwärts, bis ich sie nicht mehr sehen konnte. Plötzlich hörte ich sie wimmern, erst leise, dann immer lauter, bis sie schließlich schrie, richtig laut. Sie brüllte, dass sie ihre Schultern eingeklemmt hätte und weder vor- noch zurückkommen würde. Es war das erste Mal, dass ich sie überhaupt schreien hörte. Bis dahin dachte ich, dass ihre Stimmbänder nicht mehr als krächzen konnten, und als mir das einfiel, wurde mir dann doch ganz mulmig. Ich rannte wie der Teufel nach Hause, um Hilfe zu holen. Ein Trupp von der freiwilligen Feuerwehr kam dann, buddelte das Rohr vom Sand frei und zersägte es am Ende. Als sie Theda befreit hatten, nahm Mutti sie lange auf den Arm, wobei ihr die ganze Zeit lauter dicke Tränen über die Wangen gelaufen sind. Irgendwann hat sie meine Schwester dann abgesetzt, sich zu mir umgedreht und mir eine knallende Ohrfeige gegeben. Theda hat die Arme um mich geschlungen, um mich zu trösten. Mutti hatte mich noch nie zuvor geschlagen, und ich war ganz unglücklich. Am Ende stellte sich heraus, dass es nur ein altes Rohr aus dem Krieg war, dass in die Dünensenke führte und vom Wasser freigespült wurde. Vati brüllte mich an, als wir nach Hause kamen, ich sollte endlich aufhören mit diesen Räuberpistolen. Aber Oma strich mir einfach nur über den Kopf und steckte mir heimlich ein Trostnougat zu, wie immer, wenn ich traurig bin. Selbst bei dem größten Unfug, den ich anstelle, ist sie irgendwie immer auf meiner Seite oder zumindest still an meiner Seite, wie eine heimliche Verbündete.

Jetzt klopft es. Ich muss runter zur Fähre, mein Geschenk in Empfang nehmen!

PS: Ich habe das beste Geschenk der Welt bekommen, einen echten HUND, einen süßen, kleinen Neufundländerwelpen, mit dem wir gerade am Strand waren!!! Er hat sich die ganze Zeit im Sand gewälzt, bis er ganz golden gesprenkelt war. Ich liebe ihn und taufe ihn hiermit offiziell Strandmann!!!

Juist, 19. Juli 1969

Liebes Tagebuch,
mit Onno, Mette und ein paar Schülern aus dem Landschulheim, die ein paar Jahre jünger sind als ich, habe ich gestern eine Nachtwanderung zum Strand gemacht. Ich liebe es, nachts wachzuliegen, um der Brandung zuzuhören, das Meer zu riechen, das Seeleute verschlingt und am Strand wieder ausspuckt. Zu spüren, wann die Ebbe kommt und das Leben im Watt erwacht, und dabei durch die kleine Luke zu linsen, hinauf zu den Sternen und dem Mond, der auf Juist so wichtig ist, weil er die Gezeiten macht. Noch mehr liebe ich es aber, am Meer zu sein, nachts. Am liebsten natürlich allein mit Onno und nicht mit lauter plappernden Kindern. Zum Glück hat Strandmann uns begleitet. Er war so süß, wie er neben mir an der Wasserlinie entlangtrabte und jedes Mal bellte, sobald das Wasser unter seinen Tatzen hochspritzte!

Der Himmel war sternenklar, der Horizont unmittelbar über dem Meer schimmerte silberfarben, und als die Wellen sich nach und nach von uns entfernten, waren die Stadtkinder plötzlich ganz leise. Sie zeichneten mit den Füßen die langen, geschwungenen Linien im Sand nach, wohin bis eben noch die Wellen geklatscht waren, und fragten, warum das Wasser zweimal am Tag abhaut, nur um dann nach und nach wieder zurückzukehren.

Das ist normal, das sind Ebbe und Flut, hat Onno ihnen geantwortet und ihnen was über das Prinzip der Gezeiten erzählt. Als ich noch kleiner war, habe ich mich auch immer gefragt, wohin bei Ebbe das Wasser verschwindet, und ich habe mir vorgestellt, dass es im Meerboden ein riesengroßes Kraterloch gibt, in das die Flut die toten Seeleute und toten Fische, die gesunkenen Schiffe und ihr vieles Gold spült. Den Ferienkindern hat Onno eine andere Version erzählt, die zwar irgendwie stimmt, aber irgendwie auch nicht: nämlich, dass das Meer sich nach dem Mond sehnt. Denn der Mond, so sagt Onno, ist so himmlisch schön und leuchtet so bezaubernd, dass überall da, wo er gerade steht, die hübsche Ebbe zu ihm hinaufsteigen will. Sie türmt daher das ganze Wasser vom Strand an einem Ort entfernt von der Küste auf zu einem hohen Wasserberg, um sich dem Mond anzunähern. Aber der Mond fühlt leider nicht so wie sie. Er zeigt dem Wasser die kalte Schulter und dreht sich einfach weg von ihm, so dass die Ebbe weinend in sich zusammenfällt und die Ströme von Tränen als Flut zurück an den Strand fließen. Die Ferienkinder haben ihm mit offenem Mund zugehört.

Ach, der Mond! Ich kann das Meer verstehen, denn ich würde auch gern mal zum Mond hinaufsteigen, um zu sehen, wie es da aussieht. Heute Nacht wollen es drei Männer versuchen: Neil Armstrong, Buzz Aldrin und Michael Collins. Alle sind schon ganz aufgeregt, schon seit Wochen wird über nichts anderes mehr geredet. Es soll im Fernsehen übertragen werden, und Vati hat extra dafür ein größeres Fernsehgerät angeschafft. Ist ja gerade Badesaison und das de Tiden voll bis unters Dach. Jetzt muss ich nur noch gucken, wie ich meine Eltern überrede, dass ich mitgucken darf.

Juist, 22. Juli 1969

Liebes Tagebuch,
ich hatte heute die Idee, die Mondlandung nachzuspielen. Dafür wollte ich zuerst wissen, wie es sich im All anfühlt. Bei Hochwasser bin

ich auf den Bahnschienen entlanggelaufen, die auf hohen Holzpfählen verlegt sind, um nach einer einsamen Stelle zu suchen, weit genug weg vom Ufer. Das Schiff war für den Tag schon ausgelaufen, und das Inselbähnchen parkte gemütlich im Bahnhof. Mitten im Watt habe ich meine Taucherbrille aufgesetzt und bin mit flatternden Armen ein paarmal vom Bahndamm gesprungen, um das Gefühl von Schwerelosigkeit zu bekommen oder zumindest so was Ähnliches, weil so richtiges Schweben ja eigentlich nur im Weltall funktioniert. Plötzlich stand Mattes da und guckte blöd. Im ersten Moment hatte ich gedacht, dass Strandmann hinter mir hergewatschelt kam, aber es war tatsächlich dieser dämliche Mattes. Die Pocken auf seiner Haut erinnern mich an die Oberfläche des Mondes.

»Was machst du da?«, hat er gefragt.

»Die Gesetze der Gravitation austesten«, habe ich geantwortet und zum nächsten Sprung angesetzt. Das Mondgesicht hat nur dumm geglotzt. »Wenn du Perry Rhodan gelesen hättest, wüsstest du, wovon ich rede!«, habe ich gerufen. Aber Mattes ist selbst zum Lesen zu doof. »Kenn ich nicht!«, hat er gesagt und den Kopf geschüttelt.

»Und weißt du wenigstens, wer Neil Armstrong ist?«

»Der Typ vom Mond?«, hat er gefragt.

Ich habe ihm dann nicht mehr geantwortet und bin hinuntergesprungen. Was soll man da auch sagen. Wahrscheinlich hat er noch nicht mal persönlich gesehen, wie Apollo 11 auf dem Mond gelandet ist, wie aufregend das war, als sich die Luke der Mondfähre öffnete und Neil Armstrong seinen Fuß auf den Mond setzte. Als erster Mensch der Welt!

So einer wie Mattes wird nie verstehen, was es bedeutet, Grenzen zu überwinden und die Welt, das ganze Universum zu verändern! Schon als Armstrong mit dieser komischen Stimme wie aus einem Blecheimer sagte: »That's one small step for man, one giant leap for mankind«, wusste ich, dass das ein weltbewegender Satz war, und ich habe mir vorgenommen, richtig gut Englisch zu lernen. Als dann die Übersetzung kam, blieb mir direkt das Herz stehen. »Dies ist ein kleiner Schritt für einen Menschen, aber ein riesiger Sprung für die Menschheit.« In diesem Moment habe ich ganz deutlich gespürt, dass dieser Sprung nicht nur die Menschheit, sondern mein Leben verändern wird. Vom Mond aus betrachtet ist Juist nicht mal ein Milliardstel Staubkorn. Unfassbar! Bei den Bildern im Fernsehen wurde mir mit einem Mal klar, dass wir Menschen nur ein kleiner Teil des Universums sind und wir hier auf der Insel ein noch viel unbedeutenderer Teil eines minikleinen Teils eines gigantischen Universums. Wenn man meinen Vati reden hört, dann klingt das immer, als wäre Juist selbst das Universum und als gäbe es sonst weiter nichts. Vielleicht muss er das auch sagen, er ist ja schließlich der Bürgermeister.

Nur: Die Welt ist viel, viel größer! Und ich bin mir sicher, da draußen wartet etwas ganz Wunderbares auf mich, eine Welt voller Abenteuer und Geheimnisse! Vielleicht kann ich ja später mit Hilfe von Wissenschaft und Technik ferne Planeten besuchen und mit außerirdischen Zivilisationen Kontakt aufnehmen ... Darum werde ich aufs Internat nach Esens gehen, das steht mal fest. Hier auf Juist kann ich kein Abitur machen, und ohne Abitur kann ich nicht studieren.

Das Blöde ist nur, dass Vati das nicht will. Er meint, ich soll auf Juist die Mittelschule fertig machen und eine Ausbildung als Hotelfachfrau beginnen. Aber das will ich nicht. Auf keinen Fall!

Vielleicht kann Mutti ja Vati überzeugen. Also muss ich zuerst sie überzeugen. Ha, das wird kein Problem! Schließlich sagt sie immer: »Wanda, du fragst mir noch Löcher in den Bauch. Wenn dir deine vielen Bücher keine Antworten geben, dann frag Vati oder deinen Lehrer.«

Vati ist zwar sehr klug, aber er antwortet auf fast jedes »Warum?« mit »Darum!«, als wäre Fragen etwas Schlechtes. Und wenn ich dann sage: »Darum ist keine Antwort, sondern ein Adverbium«, dann schimpft er, ich solle nicht immer so vorwitzig sein, worauf Mutti wiederum mit ihm schimpft: »Wissensdurst sollte gefördert, nicht un-

terdrückt werden.« Oma hält sich meist lächelnd raus. Ich wüsste zu gern, was sie dann denkt.

Wenn Mutti es nicht schafft, Vati zu überreden, dann ganz sicher Miejke. Ihr kann Vati nämlich noch weniger abschlagen. Sie sieht zwar aus wie ein Engel mit ihren blonden Locken, aber ist mindestens so störrisch wie ihre Haare. Wenn Vati überhaupt mal mit ihr schimpft, dann schüttelt sie ihre Locken, die sich wie ihr Mundwerk nicht bändigen lassen, funkelt ihn aus schmalen Augen an und sagt: »Du meckerst wie ein altes Schaf!«

Würden wir anderen drei so etwas zu ihm sagen, es gäbe ein Donnerwetter, das Du bis nach Hamburg hören könntest! Aber bei Miejke wird Vati zum Lamm. Für Frauke und Theda tut es mir manchmal leid, weil sie so gerne an ihrer Stelle wären. Ich frage mich natürlich auch, was an mir so anders ist, dass Vatis Augen nicht glänzen, wenn ich etwas Tolles mache oder etwas Kluges sage. Und dann bin ich auch ein bisschen traurig.

Frauke ist die ganze Zeit genervt von unserer kleinen Schwester und versucht sie bei jeder Gelegenheit bei Vati anzuschwärzen. »Hast du wieder deinen Regenmantel und deine Brotdose in der Schule vergessen?« Oder: »Wo sind deine Haarklammern, schau dir nur deine Mähne an! Wenn das die Gäste sehen!«, und so was. Frauke muss es immer sehr ordentlich haben. Mutti sagt, sie braucht klare Strukturen. Und Theda zuckt zusammen, sobald sich ein Krach ankündigt, und flechtet rasch Miejkes Haare. Ich glaube, Theda braucht Ruhe und Frieden. Aber egal, wie die beiden sich darum bemühen, Vatis Gunst zu ergattern, sie kriegen sie nicht. »Frauke, sei nicht so eine Petze«, sagt Vati dann immer zu ihr. Und wenn Theda ihn beruhigen will, ist er auch nicht viel netter: »Wer für andere immer die Kartoffeln aus dem Feuer holt, verbrennt sich irgendwann die Finger daran.«

Alles, was ich tue, ist für Vati sowieso nie gut genug. Ich bemühe mich darum gar nicht mehr so, ihm zu gefallen. Denn egal, was ich mache oder wie ich mich anstrenge, er findet mich eh »zu« irgendwas.

Zu verträumt, zu eigensinnig, zu laut, zu wild, zu zappelig, zu vorlaut, zu unordentlich, zu frech, zu unkonzentriert, zu maßlos, zu verwöhnt, zu eitel, zu unbeherrscht. Vielleicht wird er ja stolz auf mich sein, wenn ich eines Tages eine berühmte Wissenschaftlerin bin.

Juist, 23. Juli 1969

Liebes Tagebuch,
heute habe ich Onno wieder auf einer seiner Wattwanderungen begleitet. Eigentlich wollte ich Strandmann mitnehmen, aber Onno sagte, er könne sich die Welpentatzen an den scharfen Muscheln verletzen oder im Watt einsinken. Ich glaube ihm. Auch wenn Onno kein studierter Wissenschaftler ist, ist er der weltbeste Tier- und Wattenmeerkundler, den man sich vorstellen kann. Weil er jeden einzelnen Tag draußen ist und jede Muschel, Schnecke, jeden Krebs im Watt, jeden Vogel in der Luft, jede Pflanze auf den Salzwiesen oder Dünen beim Namen kennt und alle seine Beobachtungen fein säuberlich in einem seiner Bücher notiert.

Seit den Sommerferien darf ich ihm bei Wattwanderungen mit den Kurgästen assistieren und unter anderem Krebse für die Gäste einfangen, damit sie sich die mal genauer angucken können. Die Festländer machen sich dabei fast in die Hose vor Angst, aber ich erkläre ihnen dann, dass sie die Krebse einfach von hinten seitlich am Panzer greifen müssen, damit die Scheren sie nicht zu fassen kriegen, und zeige ihnen, wie das geht. Heute hat mir einer dafür eine Mark geschenkt. Das ist mehr, als ich verdiene, wenn ich mit dem Bollerwagen am Bahnhof stehe und das Gepäck von den Gästen in ihre Unterkünfte schiebe.

Heute war unser Ausflug allerdings nicht so lustig, sondern ganz schön traurig. Onno zeigte uns Fische mit Wucherungen auf den Kiemen und schimpfte, dass die Nordsee keine Abfallgrube ist, in die wahllos industrielles Gift hineingekippt werden könnte. Es war ein schrecklicher Anblick! Ich bin immer noch ganz fassungslos. Onno sagt, die Chemiekonzerne leiten Dünnsäure, Schwermetalle und irgendwelche anderen dummen Chemikalien in die Flüsse und in die Nordsee. Und das dürfen die auch noch! So vergiften sie Fische, Plankton und dadurch auch die Zugvögel. Dazu musst Du wissen, dass Millionen von Vögeln auf ihren Zügen in und von den Brutgebieten im Watt zwischenlanden. Das Wattenmeer ist so eine Art Raststätte für sie, wo sie sich sozusagen Speck für den Weiterflug anfuttern. Die Pfuhlschnepfe zum Beispiel kommt den ganzen Weg aus Sibirien und verbringt ihre Sommerfrische hier, bevor sie gut gemästet weiterfliegt nach Westafrika. Ohne Pause ist sie dann mehrere Tage am Stück unterwegs. Ich frage mich, wie sie beim Fliegen schläft, ohne gegen Strommasten oder Flugzeuge zu knallen. Bei Ebbe pulen sie sich Würmer und Krabben aus dem Watt, und bei Flut rasten sie auf den Salzwiesen.

Wer weiß, wie lange noch und wie viele von ihnen beim Weiterflug abstürzen, weil das Metall in ihrem Körper bleischwer ist. Die Pfuhlschnepfen müssen ja sowieso auf jedes Gramm achten, so dass sie schon freiwillig ihre Organe verkleinern, um ans Ziel zu kommen.

Die Wattgäste waren ganz schön schockiert, als Onno losgelegt hat. Sie wussten nicht besonders viel über die Natur bei uns und konnten nicht mal die allerleichtesten Fragen beantworten, die er ihnen gestellt hat. Umso wichtiger finde ich Onnos Arbeit. Keiner erklärt so gut wie er, was es mit dem Watt, den Gezeiten und Dünen auf sich hat.

Heute ist Onno allerdings ganz schön ärgerlich geworden, zum ersten Mal. Da hat ihn so ein dicker Schnauzbart gefragt, warum er als Sohn des bekannten Seehundjägers Olsen denn so gegen die Seehundjagd sei. Und ob sich sein Vater nicht im Grabe umdrehen würde, wenn er wüsste, dass Onno sich so lautstark für ein Verbot einsetzt. Dazu muss man wissen, dass es kaum noch Seehunde im Wattenmeer gibt. Ich glaube, Onno blieb erst mal die Spucke weg. Noch bevor er antworten konnte, erzählte der Badegast ganz stolz, dass er am Vortag das Vergnügen gehabt habe, für 200 Mark einen ganz prächtigen Seehund mitsamt Baby zu erlegen. »Denen habe ich vielleicht das Fell über die Ohren gezogen, kann ich Ihnen sagen!«, hat er über sein mörderisches Treiben auch noch gelacht. Am liebsten hätte ich ihm seinen Schnauzbart über die eigenen Ohren gezogen! Und Onno hat gesagt, nur Barbaren würden so etwas Scheußliches tun und damit auch noch prahlen. Da ist der Typ wütend abgezogen. Besser so!

Ich habe Onno dann vorgeschlagen, eine Art Warnlampe für die Seehunde zu entwickeln. Ein langanhaltender Pfeifton oder ein Lichtsignal, das sie warnt, wenn die Jäger im Anmarsch sind, damit sie rechtzeitig verschwinden können. Er fand die Idee großartig und erklärte, dass manche Vögel im Watt schon von Geburt mit so einer Art Menetekel ausgestattet sind und, wenn sie schwere Stürme heranziehen spüren, schon Tage vorher verschwinden. Wenn er sie länger am Stück nicht gesehen hat, sagte er, dann weiß er immer, dass ein Unwetter droht, und kann entsprechende Vorsichtsmaßnahmen ergreifen.

Gerade denke ich, dass so ein Menetekel auch für mich gut wäre. Dann könnte ich jedem Schlamassel rechtzeitig aus dem Weg gehen und würde nicht immer so viel Ärger bekommen.

19. Kapitel

Juist 2008, Helen

Nach einem kurzen Mittagsschlaf und einer Dusche schlüpfte Helen in ein weißes kurzes Kleid, band das Haar zu einem Knoten und legte ihre Grünsteinkette um. Dann machte sie sich schnurstracks auf den Weg zu Theda, die ein Zimmer im Familientrakt des Hotels bewohnte. Wenn Theda in dem Jahr ihrer Geburt in den USA gelebt hatte, dann war das die erste heiße Spur seit ihrer Ankunft auf der Insel. Sie war vorhin schon einmal bei ihr gewesen, hatte sie aber nicht angetroffen. Und wo steckte Adda überhaupt? Sie waren beide wie vom Erdboden verschluckt. Vermutlich irgendwelche Vorbereitungen fürs Fest. Hoffentlich hatte sie jetzt mehr Glück. Sie klopfte.

Das blasse Gesicht errötete bei Helens Anblick. Theda trug ein gelbes T-Shirt über einer beigefarbenen kurzen Hose, dazu graue Filzpantoffeln.

»Du bist es, Helen«, sagte sie. Sie schien nervös, trat von einem Fuß auf den anderen.

»Darf ich reinkommen?«, fragte Helen.

Zunächst blieb Theda zögernd auf der Stelle stehen und machte keine Anstalten, sie hereinzubitten. Auf ihren Wangen bildeten sich rote Flecken, die seitlich den Hals hinunterwanderten. Schließlich jedoch schüttelte sie den Kopf. »Entschuldige.« Sie trat zurück, um Helen eintreten zu lassen. »Ich habe gehofft, es wäre Marijke, die es sich anders überlegt hat.«

»Anders überlegt?«, fragte Helen. »Was meinst du?«

»Berlin«, sagte sie und eilte zu einer Bettcouch, um die gesteppte graue Überdecke glattzustreichen und die Kissen aufzuschütteln. »Wegen der Generalprobe mit dem Shantychor, ich dachte, Frauke hätte sie vielleicht überzeugen können zu bleiben.« Sie seufzte. »Was soll's. So ist sie nun mal, schon immer gewesen. Sie macht ihr Ding, warum auch nicht?« Sie verzog den Mund zu einem Lächeln. »Es ist nicht verkehrt, sich manchmal ein wenig abzugrenzen, um seinen eigenen Weg zu gehen, nicht wahr?«

Das echte Wohlwollen in Thedas Stimme überraschte Helen. Da war nichts zu spüren von dem Spott, den Frauke an den Tag legte, Frauke, die einem kalten Windstoß glich, zumindest, wenn sie zum Angriff blies.

Helen schüttelte den Kopf. »Das versuche ich jeden Tag.« Sie seufzte.

Etwas blitzte auf in Thedas Augen. Erstaunen, ein leichter Schmerz vielleicht. Rasch wandte sie den Blick ab, und Helen betrachtete den Raum. Er war nicht groß. Durch die beiden kleinen Fenster kam nur wenig Licht. Gegenüber vom Bett stand ein weißer Schreibtisch, zwischen den Fenstern ein grüner Sessel, auf dem eine flauschige Decke lag. Auf dem Beistelltisch daneben stapelten sich Bücher.

Die Wand über dem Bett war tapeziert mit Postkarten und Fotos, die mit bunten Reißzwecken angeheftet waren. Helen näherte sich. Ihr Blick blieb an einem Bild der etwa zwanzigjährigen Theda hängen, die auf einer Bühne an einem Klavier saß, dem Publikum zugewandt, und sich leicht verbeugte mit einem unbekümmerten Lächeln. Ihre Haltung ließ keinen Blick auf ihre Körpermitte zu. Es war nicht zu erkennen, ob sie ein Kind erwartete.

Theda stellte sich neben sie und lächelte wie das junge Mädchen auf dem Foto. »Bis heute schicken mir die ehemaligen Orchesterkollegen Karten von Häusern, in denen sie auftreten«, sagte sie mit Stolz in der Stimme.

Helen hatte nie alte Briefe aufbewahrt, Souvenirs aus Urlauben mitgenommen oder wehmütig zurückgeblickt auf vergangene Lieben, ehemalige Jobs oder besondere Momente. Sie konnte sich nicht einmal erinnern, wann sie zum letzten Mal die Fotos auf ihrem Handy betrachtet hatte. Sie schaute nach vorne, und wenn ihre Freunde nostalgisch wurden, die Schulzeit wiederaufleben und Fotoalben kreisen ließen, war das in der Regel der Moment, in dem sie die Party verließ.

Es war, dachte Helen, als würde Theda ihr Zimmer – und vielleicht auch ihr Inneres – mit Erinnerungen auskleiden, um sich auf diese Weise ihre Vergangenheit am Leben zu erhalten. Sich ihrer zu bemächtigen. Hatte sie aufgehört, ihr eigenes Leben zu leben, als sie einen entscheidenden Teil von sich aufgegeben hatte? Das Klavierspiel vor Publikum und womöglich auch ihr Kind?

Helen ließ den Blick weiter über die Bildercollage wandern. Sie sah eine Gruppe junger Menschen vor dem Eiffelturm, beim Essen oder beim Einsteigen in einen Reisebus. Oder Motive von irgendwelchen Spielstätten. Ging sie zu weit, wenn sie sich Thedas Sammlung zum Beweis für eine verdrängte Mutterschaft zurechtzimmerte?

Seit sie diese Reise angetreten hatte, maß sie allem, was sie tat oder unterließ, eine Bedeutung bei. Schlimmer noch war, wie sie inzwischen alle um sie herum durchpsychologisierte. Alex und sie hatten sich immer lustig gemacht über ihre hyperreflektierten und übersensiblen Freunde, die noch hinter der Art, wie irgendwelche Leute ihre Nase kräuselten, ein Kindheitstrauma vermuteten, ohne sich je in gleicher Intensität an die eigene zu fassen. Es wurmte sie, dass sie keinen Deut besser war.

»Es ist schön, Erinnerungen zu haben«, sagte sie und registrierte erleichtert, wie wenig dieser Satz für sie selbst stimmig sein musste, ohne falsch zu klingen.

Sie blickte sich in Thedas Reich um. Auf einem kleinen Schränkchen neben der Tür lag eine alte Geige.

Theda bemerkte es. »Die habe ich von meinem Onkel Joost geerbt.« Aus der Art, wie sie das sagte, klang Kummer. »Er ist ein paar Jahre nach Wanda gestorben.« Thedas Blick ruhte auf ihren Händen.

Helen wusste nicht viel über Joost, außer dass er in Berlin gewohnt und offensichtlich einen anderen Vater als Adda gehabt hatte. »Woran ist er gestorben?«

Theda schwieg einen Moment.

»An … an einer schweren Lungenentzündung, nachdem er bald ein Jahr im Krankenhaus lag«, erwiderte sie. »Er war Schauspieler in Berlin, und so turbulent, wie das klingt, war auch sein Leben.«

»Hatte er Familie?«, fragte Helen mit plötzlichem Herzklopfen. An diese Möglichkeit hatte sie bislang nicht gedacht.

Theda blickte auf und schüttelte den Kopf. »Er hatte für Frauen nichts übrig, nicht in dieser Hinsicht. Solange ich ihn kannte, war er mit Männern liiert.«

Das erklärte, warum Adda ihn als potenziellen Vater oder Großvater nicht in Betracht gezogen hatte. Aber hätte er nicht trotzdem ein Kind gezeugt haben können?

»Hast du dir jemals Kinder gewünscht?«, wollte sie Theda fragen. Stattdessen fragte sie, während sie eine Postkarte aufhob, die auf den Boden gesegelt war: »Warum hast du das Orchester verlassen?«

Theda warf ihr einen hastigen Blick zu. »Worauf willst du hinaus?«

»Ich finde, du siehst glücklich aus auf den Bildern von früher, und ich frage mich, warum du freiwillig den Rückzug angetreten hast.« Sie hielt ihr die Karte, auf der die Freiheitsstatue abgebildet war, entgegen.

»Freiwillig?« Thedas Lachen klang bitter. »Eher unfreiwillig freiwillig.«

»Das verstehe ich nicht.«

»Den Mutigen gehört die Welt, den Ängstlichen Juist!« sagte Theda ungewohnt heftig und fuhr sich über ihr kurzes blondes Haar. Sie machte eine Pause.

»Das hat Callahan gesagt.« Sie deutete auf ein Foto, das einen sympathischen Mann zeigte, der mit einem breiten Grinsen im Gesicht vor einem Bus stand, einen Geigenkasten in der Hand. »Als ich unsere dritte gemeinsame Tournee abgebrochen habe und endgültig zurück nach Juist gegangen bin.«

Helen spürte, wie ihr Herz zu klopfen begann. Sie sah Theda fragend an. »Dein Freund?«

Sie nickte. »Bis ich das Orchester verlassen habe. Dann war Schluss … Er war verletzt, sicher, aber er hatte letztendlich recht. Und auch wieder nicht.« Ihr undurchdringlicher Blick ließ Helen ratlos zurück.

»Wie meinst du das?«, fragte sie und besah sich den Geiger genauer. Könnte das ihr Vater sein? Ein Mann mit roten Locken und rotem Bart, ein Engländer oder, dem Namen und der Optik nach zu schließen, eher ein Ire?

Sie sah Theda an. In ihr machte sich eine seltsame Unruhe breit.

»Ist … ist er …«, begann sie stotternd und spielte nervös mit dem Kettenanhänger, den sie unter ihrem Kleid hervorholte.

Thedas Blick wanderte zu ihrer Kette. Sie riss die Augen auf, wirkte plötzlich ganz verängstigt. »Das ist … das ist doch Wandas Kette? Woher hast du die?«

Helen war noch in Gedanken, bei Callahan, seinen wunderschönen roten Locken und der Frage, ob er ihr Vater sein könnte, als Thedas Satz langsam zu ihr durchdrang. Verdutzt blickte Helen sie an. »Die gehört mir.«

Theda schüttelte den Kopf. »Das ist doch nicht möglich«, flüsterte sie schwer atmend. »Ich muss … ich habe … ich erkläre es dir später … gleich … im Garten.«

Auf dem Weg nach draußen fragte sie sich, was plötzlich in Theda gefahren war. Diese maorischen Anhänger trugen in Neuseeland viele, ohne dass sich irgendwer dafür interessierte. Oder wollte sie nur das Thema wechseln – und wusste nicht, wie?

Als sie ins Freie trat, fiel ihr Blick auf zwei am Gartentor stehende Möbel, eine schwarze Ottomane mit dazugehörigem Ledersessel, der aussah wie ein Eames Chair, nur dass der sternförmige, drehbare Fuß nicht aus Chrom, sondern aus dunklem Holz bestand und die Armlehnen ausgestellter waren. Die Möbel sollten vermutlich aussortiert und auf den Anhänger verfrachtet werden, den sie vor dem Hotel gesehen hatte.

Der Sessel war ein wunderschönes Stück, das Alex' Augen sicher zum Leuchten gebracht hätte. Neben seinem Beruf als Architekt handelte er mit Möbeln und war ständig auf der Suche nach solchen Stücken mit dem gewissen Etwas. Seine Liebe zu alten Klassikern, besonders solchen im Bauhausstil, hatte Helen angesteckt. Sie hatte es sehr gemocht, mit ihm über die Märkte zu schlendern, auf Auktionen zu gehen und sich von ihm erklären zu lassen, auf was sie zu achten hatte, um mehr über die Herkunft und das Alter zu erfahren und Originale von Fälschungen unterscheiden zu können. Neugierig trat sie etwas näher und untersuchte den Sessel genauer. Dieser Stuhl, das konnte sie mit Sicherheit sagen, stammte aus den fünfziger Jahren. Das verrieten ihr Holz, Leder und Form. Und tatsächlich, auf der Unterseite war ein Aufkleber befestigt: *VEB Sozialistische Werkstätten Dresden, 1952* stand darauf.

Auguste in ihrer strengen Hoteluniform kam ums Eck und blieb neben Helen stehen. »Das kommt alles weg, auf Weisung vom Chef. Den Plunder will er hier nicht rumstehen haben, wenn die feinen Herrschaften vom Festland kommen.«

Am liebsten hätte Helen ihn direkt nach Neuseeland verschiffen lassen. »Ich liebe diesen Sessel! Meinen Sie, ich kann ihn in mein Zimmer bringen lassen, bis ich mit Adda gesprochen habe, ob ich ihn behalten kann?«

Auguste riss erstaunt die Augen auf. »Das olle Stück?«, fragte sie lachend, während sie weiterging. »Sagen Sie das nicht dem Chef, der ist froh, dass der Trödel entsorgt wird!« Dann gesellte sie sich zu drei Hotelmitarbeitern, die Stehtische aufbauten, vermutlich für Dr. Kießlings Feier.

Ein mit Steinen gepflasterter Weg führte an blühenden Rosenbüschen und üppigen lilafarbenen Hortensien vorbei. Die Luft war von Rosenduft erfüllt, der Garten stand in voller Blüte. Er war Fraukes Werk, das wusste sie. Sosehr sie Adda und Marijke mochte, hier spürte sie eine Mütterlichkeit und Beständigkeit, nach der sie sich im Moment besonders sehnte. Die Blumen brauchten Frauke, und sie war da für sie. Hinter Helens Augen prickelte es. Wie gerne würde sie sich jetzt in die starken Arme ihrer Mum kuscheln, sich von ihr trösten lassen. Aber Vera war weit weg und leider auch telefonisch gerade nicht erreichbar. Helen hatte es am Vorabend und am Morgen bei ihr versucht. Wahrscheinlich schnallte ihre Mutter gerade den blauen Pinguinen auf der Südinsel Neuseelands Peilsender und Camcorder auf die Rücken, um sie bei Tagesanbruch zum Jagen ins Meer zu entlassen. Sie untersuchte das Verhalten der Tiere in freier Wildbahn, um zu verstehen, wie sie mit den sich verändernden Umweltbedingungen klarkamen. Sie war für die Vögel da wie eine Mutter, so war das schon immer gewesen, jedenfalls, solange Helen denken konnte. Während andere Familien in den Urlaub gefahren waren, hatten Vera, James und Helen zusammen die Küsten abgeklappert, um kranke und ölverschmierte Pinguine aufzulesen oder sichere Nistplätze für sie zu bauen. Früher hatte sie manchmal gedacht, dass sie selbst der erste Pinguin gewesen war, den ihre Mutter gerettet hatte, nachdem er, erschöpft von der langen Reise übers Meer, in Neuseeland gestrandet war. Ihre leiblichen Eltern schienen keinen Wert auf einen sicheren Nistplatz gelegt zu haben, hatten sie ja offensichtlich überhaupt nicht aufziehen wollen.

Seufzend sah Helen sich um. Sie war so müde, als hätte sie mit einem Mal alle Kraft verloren. Thedas überstürzte Flucht war auch nicht gerade ermutigend. Sie suchte nach einem Platz, an dem sie mit Theda in Ruhe weiterreden konnte, falls sie überhaupt zurückkam. An den Sitzecken, die im Schatten der Laubbäume angeordnet waren, saßen Gäste des Hotels bei Tee und Kuchen. Sie ließ sich am letzten freien Tisch unter einem großen Nussbaum nieder und beobachtete ein junges Paar, das sich vom Nebentisch erhob. Eng umschlungen schlenderte es an ihr vorbei. Bei ihrem Anblick spürte Helen eine unerwartete Sehnsucht nach Alex aufsteigen. Von wegen sie schaute nach vorne. Aber so vieles an Alex war einzigartig – sein Humor, sein Geruch, sein Lachen, das keins war, kein richtiges jedenfalls, seine Art, das Gesicht zu verziehen, wenn er auf etwas Saures biss.

Ja, dachte sie, während sie dem Pärchen hinterherschaute, sie waren glücklich miteinander gewesen, und sie hatten gut zusammengepasst. Sie lasen dieselben Bücher, liebten es, mit Rucksack von Hütte zu Hütte zu wandern oder mit dem Kajak durch die Einöde zu paddeln. Und doch hatte irgendetwas gefehlt. Während sich im Leben ihrer Freunde etwas tat und sie stolz Hochzeiten, Eigenheime und die ersten Kinder verkündeten, überkam sie selbst zunehmend das Gefühl, auf der Stelle zu treten. Es war ein Fehler gewesen, mit Alex zusammenzuziehen. Irgendwann fing er an, sich zu beschweren, weil sie kurzfristig dem Abendessen fernblieb oder irgendwelche neuen Bekannten mitbrachte und sie fand, er sollte sich locker machen. Es kam ihr vor, als würde sich ein Ertrinkender an einen klammern und herunterziehen, und irgendwann musste sie ihn loslassen, um nicht selbst unterzugehen. Der Gedanke an den verletzten Ausdruck in seinen Augen erfüllte sie mit Schuldbewusstsein. Bei ihrer Trennung hatte er ihr zum Vorwurf gemacht, dass sie sich selbst sabotierte, weil sie Angst davor habe, erneut verlassen zu werden. Sie hatte damit wenig anfangen können, und noch weniger mit der Behauptung, sie würde ihren Mangel an innerer Freiheit auf ihn übertragen.

Mit einer Sache hatte er allerdings recht behalten: Sie fühlte sich kein Stück freier, nur weil sie vor ihm geflüchtet war. Das lag jedoch nicht an ihm, sondern an der Situation, in die sie sich in der Zwischenzeit hineinmanövriert hatte. Der Wunsch, endlich Antworten zu finden, wurde immer mehr zu einer fixen Idee, die ihr langsam, aber sicher den Blick vernebelte. Helen wusste nicht mehr, was sie denken sollte. War Theda tatsächlich ihre Mutter? War sie diejenige, die sie retten, ihre tiefste Wunde schließen konnte? Sie hatte keinen richtigen Draht zu ihr, und nach Jahren des unbestimmten Fernwehs, in denen sie sich sehnsüchtig an die Idee geklammert hatte, dass sie sich ganz fühlen könnte, sobald sie erst ihre Eltern kannte, frustrierte sie dieser Gedanke. Aber ob Theda nun ihre Mutter war oder nicht und ob Helen das wollte oder nicht, sie war dabei, einen Teil ihrer Familiengeschichte zu erschließen, und das war immerhin etwas.

Auguste brachte ihr ein Teeservice an den Tisch und stellte auch noch zwei Gläser Wasser dazu. Beim Eingießen schenkte sie Helen ein wissendes Lächeln. Der Tee schmeckte nach alten

Bucheckern. Helen unterdrückte den Impuls, ihn wieder auszuspucken.

»Sie müssen ihn mit Kluntjes und Sahne trinken, sonst ist er viel zu bitter.« Auguste sah sie an, als wäre sie durch eine Prüfung gefallen.

In diesem Moment gesellte sich Theda zu ihnen. »Du magst keinen schwarzen Tee, oder?« Sie nahm ihr gegenüber Platz.

Helen schüttelte den Kopf. »Darf ich das hier überhaupt laut sagen?« Sie stellte die Tasse ab.

»Mindestens drei Tassen, das ist ostfriesisches Recht – oder vielmehr ostfriesische Pflicht!«, erklärte Auguste in gespielter Strenge und entfernte sich mit einem Lächeln.

Kaum waren sie allein, durchwühlte Theda ihre Handtasche und holte einen grünen Stein an einer ledernen Kette hervor

Helen sah sie fragend an. »Ich verstehe nicht …«

»Das ist der Stein, er sieht genauso aus wie deiner«, sagte sie schließlich. »Oder nicht?«

Helen nahm den Stein in die Hand und drehte ihn hin und her. »Ja, schon. Das ist ein maorischer Jadestein, ein Hei Matau«, sagte Helen. »Bei uns tragen ihn viele.«

»Ein Hei Matau?«, fragte Theda.

»Unter Fischern, Seefahrern und Surfern gilt er als Glücksbringer, weil er nach maorischer Überzeugung eine sichere Reise über Wasser garantiert.«

»Das ist der Sinn?« Ein gequälter Ausdruck trat auf Thedas Gesicht. Sie trank durstig aus ihrem Wasserglas.

»Woher hast du ihn?«, bohrte Helen nach.

Ohne ihre Frage zu beantworten, sagte Theda: »Das habe ich mir gedacht. All die Jahre habe ich mich immer wieder gefragt, was er bedeutet. Ich erinnere mich, dass ich Wanda einmal bat, ihn umlegen zu dürfen. Da wurde sie wütend und sagte, dass es Pech brächte, ihn jemals abzulegen.«

Sie machte eine Pause und schenkte sich Tee nach.

»Und darum machte es noch weniger Sinn, dass sie ihn ausgerechnet dann ablegt, wenn sie bei so schlechten Wetterbedingungen schwimmen geht.«

Sie nahm einen Schluck und machte eine Pause. »Außer … Außer …« Ein tiefer Seufzer entrang sich ihr. »Sie muss es mit Absicht getan haben. Und ich bin schuld.«

Helen hatte ein flaues Gefühl im Magen. »Wovon redest du?«

Theda schwieg einen Moment. Dann berichtete sie, fast flüsternd: »Am Abend, bevor sie starb, sah ich sie weinend aus Vatis Büro kommen. Sie weinte sonst nie. Sie rannte aus dem Haus und ich hinter ihr her. Da sah ich sie mit Mattes in einem Hauseingang stehen. Sie versuchte, ihn zu umarmen, doch er schob sie weg und lief davon. Sie schrie hinter ihm her, er dürfe sie nicht allein lassen. Ich war fassungslos. Wie konnte sie nur versuchen, meiner Schwester den Mann auszuspannen, noch dazu, wo die ein Kind von ihm erwartete? Als sie sich umdrehte und mich entdeckte, kam sie zu mir und wollte mit mir reden. Ich aber nicht mit ihr.« Theda kniff die Augen zusammen. »Da fing sie hysterisch an, sich, mich, alle zu verfluchen. Weißt du, sie war immer so viel von allem. Wenn man nicht so wollte wie sie, dann …« Sie presste die Hände auf die geschlossenen Augen. »Als Vati sie einmal erwischt hatte, wie sie heimlich rauchte, ließ er sie in seinem Büro antanzen. Sie sagte kein Wort, doch anschließend lief sie geradewegs in sein Gewächshaus und hieb jeder einzelnen seiner geliebten Nelken den Kopf ab. Wenn sie sauer war und nicht bekam, was sie wollte, konnte sie zu drastischen Methoden greifen. Wie bei Mattes. Ich wollte mir ihre Entschuldigungen einfach nicht anhören.« Thedas Stimme war kaum mehr ein Flüstern. »Am nächsten Tag war sie tot.« Ihre Lippen zitterten, doch sie räusperte sich und fuhr fort:

»Als sie starb, brach alles zusammen, bei allen. Vati hat wochenlang kaum ein Wort geredet, er war nicht ansprechbar, weder für uns noch für seine Kollegen. Die Regierungsgeschäfte, wenn man so will, ruhten. Ich habe ihn noch nie so traurig gesehen.«

Helen berührte kurz Thedas Hand.

»Beim ersten Weihnachtsfest ohne sie, als wir alle auf den leeren Platz schauten, fing Vati plötzlich an zu weinen, das erste und letzte Mal, das ich ihn je habe weinen sehen. Das war so unendlich traurig, dass wir dann alle weinten. Unter Tränen meinte er irgendwann: Eigentlich waren wir doch glücklich!«

Theda stand die Qual ins Gesicht geschrieben. Helen schluckte und dachte an Dantes Worte: »Kein größerer Schmerz, als sich erinnern glücklich heiterer Zeit im Unglück.«

»Jede Minute tat weh. Es war, als wäre ein Stück aus mir herausgerissen worden. Als ich das Angebot bekam, mit dem Orchester zu touren, nahm ich an. Es war das erste Mal, dass ich von zuhause wegging. Und so komisch es klingt, ich fühlte mich ihr, die es immer weggezogen hatte von Juist, da draußen näher. Es tat weniger weh.« Sie hielt inne und sah Helen in die Augen.

»Am Tag von Joosts Urnenbestattung, drei Jahre nach Wandas Tod, bin ich für ein paar Tage zurückgekommen. Ich wohnte in ihrem alten Zimmer, das inzwischen leer stand, weil auch Marijke ausgezogen war. Da habe ich über der Schublade vom Sekretär nachgeschaut. Da ist eine kleine Ausbuchtung, die Wanda mir mal gezeigt hat, und dort lag dieser Stein …« Sie atmete tief ein. »Sie hatte mit mir reden wollen«, fuhr Theda fort, »und ich habe sie im Stich gelassen. Aber ich konnte niemandem etwas sagen, weil ich dann Wandas Andenken beschmutzt hätte.«

Sie nahm die Kette und ließ sie in ihrer Tasche verschwinden.

Helen versuchte ihre Worte sorgsam abzuwägen. »Bist du darum zurückgekommen?«, fragte sie vorsichtig.

»Als meine Mutter auch noch ihren Bruder verloren hatte, habe ich mich für die Familie entschieden«, sagte Theda bestimmt. »Gegen die Musik und …«

Helen fragte sich, ob eine eigene Familie der Preis gewesen war, den Theda dafür hatte zahlen müssen.

»Und Callahan?«, fragte sie laut und fügte in Gedanken hinzu: »Und mich?«

Theda ließ sich keine Antwort entlocken. Sie legte ein Kluntje in die Tasse, goss Tee darüber und ließ die Sahne langsam hineinfließen.

»Weißt du, mit dem richtigen Schwarztee ist es wie mit der Liebe. Der Tee ist bitter, das Kluntje darin süß, die Sahne cremig. Es braucht das richtige Timing, Geduld und Mühe, ihn zu vollem Geschmack zu bringen.« Sie seufzte. »Leider war das Timing nie wirklich auf Wandas oder meiner Seite. In dieser Beziehung zumindest waren wir uns ähnlich.«

»Und was wurde aus Callahan?«

WANDAS TAGEBUCH

Juist, 1. Juli 1975

Liebes Tagebuch,
ich habe meine Unschuld verloren! Eine Woche Abiturfahrt und nichts ist mehr wie zuvor. Ich bin verliebt, in Westberlin, ein bisschen in Sartre und in die Vorstellung einer Zukunft dort, obwohl das Leben dort völlig anders ist als in Ostfriesland – laut, schmutzig und einfach fabelhaft! Mitten durch die Stadt verläuft eine Mauer, überall hupen Autos, Kneipen stehen zwischen Kriegsruinen, Musik spielt bis in den Morgen, weil es in dieser Stadt keine Sperrstunde gibt, die Menschen schlafen nicht. Ich kann nicht beschreiben, wie es sich anfühlt, dort zu sein! Als wärst Du die Heldin in einem Roman, die den freien Geist aus der Flasche lässt und den bürgerlichen Zwang abschafft. Es sollte Pflicht sein für jeden Juister, einmal nach Berlin zu reisen, um mit eigenen Augen zu sehen, dass die Welt und das Universum nicht hinterm Watt aufhören. Vati schicke ich als Ersten dorthin.

Die Menschen in Berlin sind so anders! Hier siehst du kaum Spießer, jeder kann sein, was er will, und jeder tritt für seine Überzeugungen ein. Wie die Bundeswehrflüchtlinge, vor denen mich nicht nur Vati, sondern auch Herr Clausen, unser Pauker, vor unserer Klassenfahrt eindringlich gewarnt haben. »Kein Funken Ehre im Leib, diese Herren Verweigerer und Vaterlandsverräter«, meinte er.

Was unsere Neugier natürlich nur angestachelt hat. An unserem freien Nachmittag machten wir uns prompt auf, uns die Herren Verweigerer mal näher anzusehen. In einem Kaffee in Kreuzberg lernten wir tatsächlich ein paar von ihnen kennen – allesamt Studenten –, die uns fragten, ob wir uns nicht später noch im Sound in der Genthiner Straße mit ihnen treffen wollten. Also schlichen wir uns gegen 22 Uhr aus der Jugendherberge und tranken mit den Jungs ein paar Bier. Irgendwann stieß zu unserem fröhlichen Haufen ein Typ mit kahlrasiertem Kopf dazu. Wie der seine Gitanes ohne Filter hielt, das hatte was Existenzialistisches. Da passte es auch, dass er sich als »Sartre, der Stadtguerillero« vorstellte und erzählte, dass er gerade aus Wyhl zurückgekommen sei, wo er mit dreißigtausend anderen Atomkraftgegnern ein Anti-AKW-Camp gegründet habe.

Irgendwie haben wir uns ziemlich gut unterhalten, und dann hat er mich gefragt, ob ich nicht noch mit ihm kommen wolle. Wollte ich natürlich.

Ich wusste gar nicht, dass man so wohnen kann! Es war irre! Die Wände waren komplett schwarz gestrichen und standen im krassen Gegensatz zu den weißen Kutten eines Paars, das wortlos an uns vorbei in ein Zimmer schlurfte und von Sartre als »unser maoistisches WG-Pärchen« bezeichnet wurde. Als ich auf die Toilette musste, sah ich, dass ein ziemlich großes Guckloch in die Tür gesägt worden war. Dein Privatestes ist politisch, erklärte Sartre lachend, als ich ihn irritiert darauf ansprach.

Jedenfalls, wir sind dann rauf aufs Dach und haben Rotwein getrunken, Gitanes geraucht und uns den Sonnenaufgang angeschaut. Wir unterhielten uns ein bisschen darüber, was wir so machten und wo wir herkamen, und ich hatte das Gefühl, dass er mich ein bisschen belächelte, als ich ihm von meinem Leben auf Juist erzählte, von wegen beschaulich und so. Also erzählte ich ihm, während er Rauchwolken in die Luft blies und ihnen hinterherblickte, wie Onno und ich als Umweltkämpfer auf das Verbrennungsschiff Vulcanus *aufmerksam machten, das Tausende von Tonnen giftiger Chemieabfälle vor unseren Küsten verbrennt. Er guckte mich halbwegs interessiert an, was mich zum Weitersprechen ermutigte. Was in die Luft geht, dozierte ich, kommt wieder herunter und vergiftet die gesamte maritime*

Nahrungskette. Ich wollte ihm das gerade am Beispiel der Seehunde verdeutlichen, als er mich unterbrach.

Wenn ich mir schon über ein paar deformierte Fische solche Gedanken machte, wie würde ich dann die deformierten Babys in Vietnam einordnen? Ich wusste nicht, wovon er sprach, und sagte ihm das auch. Da stand er auf und kam mit einer Mappe seiner Sponti-Gruppe zurück. Er zeigte mir Bilder von vietnamesischen Kindern mit Köpfen wie von Hunden und Büffeln, manche von ihnen ohne Augen und Ohren, ohne Glieder oder mit offenen Kratern im Gesicht. Es war so entsetzlich, dass ich losheulen musste. Er legte einen Arm um mich und sagte, dass es allen so ginge, die der Wahrheit ins Auge sehen. Ob ich denn noch nie vom Giftgenozid an Generationen von Vietnamesen durch Agent Orange gehört hätte? Das war schrecklich grausig, und nein, ich wusste bisher nichts davon! Nur wieso nicht? Wieso habe ich noch nie etwas von den Verbrechen der Amerikaner gehört?!

Sartre sagte, dass jeder gute Mensch irgendwann so einen Moment der Erkenntnis habe wie ich gerade. Und dass er sich geehrt fühle, diesen Moment mit mir zu teilen, in dem auch aus mir eine Wahrheitssuchende werden würde.

Währenddessen wanderten seine Hände zu den Knöpfen meiner Bluse, die er rasch öffnete. Ich war inzwischen so verwirrt, dass ich ihn einfach machen ließ. Erstens, um meine Wissenslücken (auch in diesem Bereich) zu kaschieren, zweitens, weil ich ihn einfach umwerfend fand mit seiner Glatze und seinem übergroßen orangefarbenen Shirt, in dem er aussah wie ein buddhistischer Mönch, und drittens, weil ich mittlerweile einen ziemlichen Schwips hatte. Und dann, ja, dann ist es passiert, oben auf einem Dach in Kreuzberg, Westberlin auf einer etwas kratzigen Wolldecke! Es war gut, zwar anders, als ich mir das erste Mal vorgestellt habe, irgendwie mehr politisch als romantisch, aber gut. Trotzdem musste ich weinen, und Sartre, der weinte einfach mit, warum auch immer, was ich dann doch wieder ganz romantisch fand. Später hat er mich auf seinem Roller zurück in die Jugendher-

berge gefahren. Der Abschied fiel wieder politisch aus: Sartre ballte die Faust zum sozialistischen Gruß und sagte, wenn ich mal wieder in Berlin sei, sollte ich einfach klingeln, für verlorene Seelen gebe es immer eine Matratze bei ihm.

Ja, und am nächsten Tag bin ich dann noch meinen Onkel Joost besuchen gefahren. Aber dazu vielleicht später mehr, mir tut die Hand schon von vielem Schreiben weh!

Die Wohnung von Onkel Joost ist ganz anders als die von Sartre, sehr hell und chic eingerichtet. Er versteckt es nicht einmal, dass er mit einem Mann zusammenlebt, und redet darüber, als sei es die normalste Sache der Welt. Vielleicht ist es das ja auch, zumindest hier in Westberlin. Keiner aus der Familie hat jemals ein Wort darüber verloren, und selbst als ich Joost mit Mutti und meinen Schwestern ein paarmal in Hamburg getroffen habe, wo er einige Jahre lang am Thalia Theater engagiert war, hat Mutti weder vorher noch nachher etwas in der Richtung angedeutet. Aber vielleicht weiß sie es auch nicht.

Ich fragte Onkel Joost, warum er hierhergezogen ist, und da sagte er: »Berlin ist eine Insel der Glückseligkeit, wo all die Heimatlosen auf der Welt ein Zuhause finden.« So eine Scholle wie Berlin will ich auch finden, habe ich gesagt, weit weg von Juist. Weil ich mich von der Insel bedrängt, begrenzt fühle, auch wenn ich ihr doch gleichzeitig näher bin als jedem anderen Ort.

»Ich glaube«, hat Onkel Joost mir geantwortet, »dich machen die inneren Grenzen unfrei, nicht die äußeren. Finde erst heraus, was dich begrenzt, bevor du deine Scholle suchst.« Dann küsste er Henning, als könnte eine Scholle auch etwas anderes als ein Ort sein.

Irgendwann fragte Joost mich nach Mutti, die er »seine Prinzessin« nennt, ob sie glücklich sei. Mir fiel auf, dass ich noch nie darüber nachgedacht habe, ob Mutti ein gutes, zufriedenes Leben hat. Woran merkt man, ob jemand glücklich ist? In der Schule haben wir Hermann Hesse gelesen. Ein Satz ist mir in Erinnerung geblieben: »Glück ist

Liebe, nichts anderes. Wer lieben kann, ist glücklich.« Mutti kann lieben, sie liebt uns, ich sehe es an ihrem Blick, wenn sie unsere Wunden versorgt, wie sie uns in den Arm nimmt, wenn wir weinen, wie geduldig sie uns zuhört, wenn wir etwas loswerden wollen, wie sie über das ganze Gesicht strahlt, wenn wir etwas Komisches sagen, oder kichert wie ein kleines Mädchen, wenn wir zusammen herumalbern und uns mit Kissen bewerfen. In Momenten wie diesen kann ich fühlen, dass sie glücklich ist. Ganz anders als Vati, der seine steife Haltung nie so recht ablegt. Man kann ihn nicht so leicht zum Lachen bringen, und manchmal beobachte ich Mutti, wie sie richtig zurückweicht von seinen Worten, seinen Blicken und erst recht von seinen Berührungen, als würde sie ihre ganze Liebe für uns aufbrauchen.

Ist sie also auch sonst glücklich, wenn sie nicht Mutter ist, sondern nur Adda?

20. Kapitel

Juist 2008, Adda

»Was macht ihr denn hier?«, fragte Adda, als Marijke und Eduard an Johannes und ihrem Tisch auftauchten. Ein Flugzeug startete gerade am Ende der Rollbahn.

»Wir haben mit dem Essen auf euch gewartet«, sagte Eduard, als wäre das eine Antwort auf ihre Frage, und verschränkte die Arme abwehrend vor der Brust.

Adda hatte keine Lust, sich zu entschuldigen, und ignorierte seinen verständnislosen Blick auf Johannes fast vollen Pizzateller. Sie hatte genug von diesen unterschwelligen Vorwürfen in beinahe jeder seiner Gesten und jedem Satz, den er an sie richtete.

»Was macht ihr hier?«, wiederholte sie ungerührt ihre Frage.

»Ich bringe unsere Lütte zum Flieger.« Eduard gab ihr mit einem tiefen Seufzer einen halbverzeihenden Kuss auf die Wange.

Eduards Küsse waren immer von einem Seufzer begleitet, und Adda wusste, dass sie die alleinige Schuld daran trug. Ihre Mutter hatte recht, Eduard hatte nie eine Chance bei ihr gehabt.

»Ein wichtiger Auftrag in Berlin«, erklärte Marijke nun. »Aber ich bin rechtzeitig wieder zurück.«

Johanne musterte sie mit zusammengekniffenen Augen. »Du bist schneller weg, als ein Pferd lügen kann! Oder wer lügt hier, Marijchen?«

Marijke schüttelte lachend den Kopf.

»Der französische Präsident ist in der Hauptstadt«, ergänzte

Eduard ehrfurchtsvoll. »Im Kanzleramt. Marijke soll ihn porträtieren!«

Eduard hatte vor kurzem seine Liebe zu den Franzosen entdeckt. »Die wissen, wie man lebt und genießt«, dozierte er gerne und hatte für seine Verdienstkreuz-Feier extra Ziegenkäse aus Sancerre, Blauschimmelkäse aus Roquefort-sur-Soulzon und Comté aus dem Burgund kommen lassen, dazu einen elsässischen Dessertwein. Ihm lag viel daran, jeden Anschein von Hinterweltlertum zu vermeiden. Dass die Gäste es ihm danken würden, bezweifelte Adda. Offenbar kam auf seine alten Tage wieder das Weltläufige in Eduard durch, mit dem er sie in der Zeit ihres Kennenlernens so beeindruckt hatte. Adda zuckte zusammen, als Marijkes Handy klingelte. Ihre Tochter blickte aufs Display und entfernte sich ein paar Schritte zur Seite.

Adda hörte sie in ungewohnt sanftem Ton sagen: »Aber das wollte ich doch. Ja, ich weiß. Natürlich komme ich.« Dann war sie außer Hörweite. Adda beobachtete ihre Tochter, wie sie beim Telefonieren aufgeregt gestikulierte. Konnte es sein, dass Marijke weinte?

»Ein bisschen mehr Wind heute als in den letzten Wochen, nicht wahr, meine Liebe?«, hörte sie Eduard fragen. Sie wandte sich ihm zu.

»Der Kaffee ist sehr gut«, entgegnete sie steif.

»Darf ich dir noch einen bestellen?«, fragte er.

»Eine Kugel Vanilleeis«, antwortete sie. »Ich muss Blumen Meier anrufen wegen der Gestecke.«

Er lächelte. »Die übernimmt ein Florist aus Oldenburg.«

Sie erwiderte sein Lächeln nicht.

Marijke ließ sich auf einen Stuhl fallen. »Zur Feier bin ich wieder zurück«, sagte sie und griff nach einem kalten Pizzastück. Wenn sie geweint hatte, dann waren die Tränen bereits versiegt und getrocknet.

Johanne begann zu wimmern. Eduard zog die Mundwinkel runter. »Mutti braucht unbedingt Ruhe«, sagte er vorwurfsvoll. »Ich nehme euch in der Kutsche mit zurück. Kommst du bitte, Adda!«

Sie schüttelte den Kopf. »Ich warte mit Marijke und laufe.«

Während Eduard Johanne zur Kutsche schob, starrten Adda und Marijke in den Himmel über dem Flughafen hinauf. Sie standen vor der Abflughalle und beobachteten ein Motorflugzeug, das im Begriff war, einen Segelflieger abzukoppeln.

Marijke griff nach ihrer Kamera und begann zu knipsen. Adda folgte ihrem Blick. Sie liebte es, ihre Tochter dabei zu beobachten, wie sie ein Objekt fixierte, die Kamera drehte, anwinkelte und dann durch den Sucher blickte, als befühlte sie das Objekt mit den Augen.

»Weißt du, dass ich seit dreißig Jahren nicht mehr selbst geflogen bin?«, sagte Marijke.

Adda schüttelte erstaunt den Kopf. »Das wusste ich nicht. Warum denn nicht?« Marijke hatte ihren Segelflugschein gemacht, kaum dass sie vierzehn Jahre alt gewesen war, und alle Ferien auf dem Flugplatz verbracht.

»Weil ich nach dem Unglück mit Wanda Angst hatte abzustürzen«, sagte sie zweideutig und zuckte mit den Schultern. »Wie auch immer. Mich gruselt es da oben allein.« Eine Stewardess kam auf Marijke zu und nahm ihr den Koffer ab.

Adda hatte lange Zeit gedacht, Marijke würde sich vor nichts fürchten. Aber dann war ihr klar geworden, dass das nicht stimmte. »Erinnerst du dich noch an deine nächtlichen Friedhofsbesuche?«

Kurz nach Wandas Verschwinden hatte Marijke begonnen, Schwarz zu tragen. Nicht auf die Art von Trauernden, sondern wie die eines Gruftis. Sie hatte sich mit Ketten, Nieten und

Kreuzen dekoriert, ihre Haare schwarz gefärbt und toupiert, ihre Augen mit dunklem Kajal umrandet und in den Ferien auf dem Friedhof herumgelungert.

Marijke musste lachen. »Habe ich das wirklich getan?«, fragte sie mit Unschuldsmiene.

»Wie könnte ich das je vergessen, wo auf Juist noch Jahre später die Angst vor dem ›schwarzen Geist‹ umging?«

Marijke schnitt eine Grimasse. »Kein Wunder, dass die mich immer noch so seltsam ansehen.«

»Das liegt eher an der Phase danach, als du dir eine Glatze hast scheren lassen und behauptetest, du würdest bald sterben.«

Eine rundliche Frau mit einem Rollkoffer lief eilig an ihnen vorbei in die Wartezone. Adda blickte auf die Uhr. In zehn Minuten würde Marijkes Flieger starten.

»Halleluja.« Marijke hob eine Braue. »Als Vati mir daraufhin drohte, mich im Internat abzumelden, habe ich mir Einstichstellen auf den Unterarm geschminkt und bin mit Omas Insulinspritze ins Rathaus gestapft, wo er gerade mit irgendwelchen Landespolitikern wegen des neuen Hafens verhandelte.«

Adda schüttelte den Kopf. »Du hast ihn vor die Tür zitiert und gesagt, dass du dir vor seinen Parteifreunden einen Schuss setzen würdest, wenn er seine Drohung wahrmachen würde.«

»Der Hafen war ihm wichtiger«, schnaubte Marijke. »Ich durfte weiter zur Schule gehen. Auf Abitur hatte ich dann doch keine Lust. Das war der Unterschied zwischen Wanda und mir: Mir ging es immer um mich selbst, Wanda um die große Sache. Sie hätte den Hafen verhindert, da bin ich mir sicher.« Sie ließ den Koffer zwischen ihren Händen pendeln.

Adda musste lächeln. »Das hätte sie.« Sie runzelte die Stirn. »Einfallsreich und entschlossen genug war sie jedenfalls.«

Sie blickte sich um und betrachtete das Watt, das sich in der Ferne weit und weich vor ihnen ausstreckte und im Licht der

Sonne fast silbern glitzerte. Am Horizont zogen Segelboote vorbei. Zeit und Raum schienen sich in dieser Szenerie aufzulösen.

Ihre jüngste Tochter hatte der Verlust der großen Schwester hart getroffen, und die Art und Weise, wie Wanda von ihnen gegangen war, hatte es noch verschlimmert. Wie hätte Marijke mit diesem Entsetzen umgehen sollen, mit gerade einmal sechzehn Jahren? Die beiden waren sich so ähnlich gewesen, und Marijke, die zu niemandem sonst aufschaute, hatte Wanda bewundert und sich von ihr zeigen lassen, wie sie eine Welt allein durch ihre Vorstellungskraft erschaffen konnte. Wanda hatte ihr alles beigebracht: welcher Baum sich zum Klettern eignete, wo die schlingernden Priele verliefen, welche Bücher es sich zu lesen lohnte, mit welchen Äußerungen sie ihre anderen Schwestern aus der Fassung bringen konnte und natürlich allerlei Kunststücke mit Strandmann. Als Marijke noch klein war, zog Wanda sie mit dem Bollerwagen durchs Dorf oder den Deich entlang oder bettete sie in eine Mulde in den Dünen; später, wenn die Ältere aus dem Internat oder Berlin nach Hause kam, quasselten und kicherten die beiden bis zum frühen Morgen in Wandas Bett.

Als Wanda nicht mehr da war, hielt Marijke die Stille in ihrem Leben kaum mehr aus und flüchtete sich in permanente Unruhe.

Die Wahrheit war, dass ihrer Jüngsten die Angst im Nacken saß, mehr als jeder anderen ihrer Töchter, und wenn Marijke vor ihrer Angst davonlief und sich in schwarze Klamotten, Männerarme oder fremde Länder flüchtete, Hauptsache, weit weg von sich selbst, dann deshalb, weil sie verzweifelt nach Auswegen suchte, die ihr halfen, zu verdrängen und den Schmerz irgendwie zu betäuben. Lieber fügte sie sich selbst immer wieder neue Wunden zu, als die eine große Wunde zu betrachten und zu versorgen.

Es lief immer auf dasselbe unlösbare Problem hinaus, dachte Adda: Welche ihrer Töchter konnte sie opfern, um eine andere zu retten? Sie hatte sich längst entschieden. Doch was war, wenn sie sich geirrt und das falsche Kind geopfert hatte? Sie beruhigte sich, wie sie sich immer beruhigt hatte: Was einen nicht umbringt, sagte sie sich, macht einen stark, im wahrsten Sinne des Wortes.

Adda atmete tief ein und richtete den Blick zurück auf Marijke.

»Tut mir leid, dass ich meinen Termin nicht verschieben kann«, sagte Marijke, und in ihren Augen lag eine ungewohnte Weichheit.

Es war nicht so, dass Adda überrascht von ihrem Abgang war.

Ihre Jüngste war eine Reisende, sie kam und ging, wie es ihr passte, war schon als Kind in die Dünen, dann als Teenager aufs Festland geflohen, wenn ihr etwas querlief. Als würde sie ihre Vergangenheit zurücklassen können, jedes Mal, wenn sie die Segel hisste.

Aber sie konnte ihrer Tochter nicht verübeln, dass sie auch in der jetzigen Situation ihrer Wege ging. Auch wenn sie es schade fand, dass nun die Zeit fehlen würde, mit ihr Krabben zu fangen wie früher.

»Du hast deine Gründe und kannst gehen, wohin du willst.« Sie nahm Marijkes Hand.

Ein groß gewachsener Mann in Pilotenuniform lief an ihnen vorbei und zuckte bei Marijkes Anblick merklich zusammen. Sie nickte ihm kurz zu und drehte den Kopf dann wieder zu Adda. Ihre Tochter war an solche Blicke gewöhnt. Doch Adda fragte sich immer wieder, wie Marijke es schaffte, höflich zu bleiben, wenn sie wegen ihrer Schönheit wie ein Tier im Gehege begafft wurde.

Sie musterte sie. »Kein Mann, der dich nicht anstiert.«

»Ach was«, erwiderte Marijke. »Der hat *dich* angeschaut. Kein Wunder! Wenn ich mit knapp siebzig nur halb so umwerfend aussehe wie du, dann starte ich eine zweite Modelkarriere«, sagte sie kichernd und begann, Adda zu fotografieren. »Du würdest jeden Mann kriegen, wenn du nur wolltest.«

Adda lachte auf. »Vergessen, dass ich mit deinem Vater verheiratet bin?« Sie schaute auf die Landebahn, wo gerade eine kleine Maschine anrollte.

»Ich sehe doch, dass du nicht glücklich bist mit Vati«, sagte Marijke und fotografierte weiter.

»Wirklich?«, erwiderte Adda ironisch. »Und was genau siehst du?«

»Die Wahrheit, durch die Linse.«

Adda schüttelte den Kopf. »Lass das doch bitte.«

»Das Fotografieren oder die Wahrheit?«

Adda schwieg.

»Du sollst das Leben genießen, Mutti.« Marijke schoss ein weiteres Foto. »Und auf deinen guten Ruf pfeifen. Du bist nur dir selbst verpflichtet, nicht diesen Dagebliebenen hinter ihren biederen Pensionsfassaden.«

Für Marijke waren die »Dagebliebenen« all jene, die es nie von der Insel weg geschafft hatten.

»Ach Marijke, was ist falsch daran, zu seinem Wort zu stehen?«

»Worte, nichts als Worte! Du hast dein Leben nach Beständigkeit, nicht nach Liebe ausgerichtet.« Sie drehte die Kamera zum Watt und knipste zwei Vögel, die nebeneinander fast identische Wendemanöver vollzogen. »Dabei ist sie da, die Liebe, siehst du sie nicht?«

»Du nun wieder«, sagte Adda augenrollend. »Es ist nicht so einfach, gerade wenn man so lange verheiratet ist und Kinder hat …«

»Die allesamt erwachsen sind. Du musst dich trauen, auch mal was kaputtzumachen.«

»So wie du, mein Schatz?«, fragte Adda ohne Vorwurf. Um Marijkes Augen huschte etwas, das wie Schmerz aussah.

In diesem Moment wurde ihr Flug aufgerufen. Sie packte die Kamera weg und trat ganz nah zu ihrer Mutter. Die Arme umeinandergelegt, standen sie da und sahen sich an.

»Und der Mann, ist es was Ernstes?«

»Welcher Mann?«

»Der gerade am Telefon, du wirktest so traurig?«

»Es ist so viel komplizierter, Mutti. Ich wünschte, ich könnte dir alles erzählen.«

Adda ließ sie los und trat einen Schritt zurück. »Ist er verheiratet?«

»Wer?«, fragte Marijke, als wäre sie mit den Gedanken schon woanders. »Ach Mutti«, sagte sie und blinzelte in die Sonne. »Männer sind gerade mein geringstes Problem.« Sie wartete einen Moment und fügte dann hinzu: »Kein Mann. Ich muss ein paar andere Sachen klären.«

»Beruflich?«

Marijke seufzte. »Manchmal gerät man in Dinge hinein, und je länger es dauert, desto schwerer findet man wieder hinaus.«

Adda hatte keine Ahnung, wovon ihre Tochter sprach, und wusste es zugleich ganz genau.

Hätte sie Wanda von ihrem Entschluss abhalten können, wenn sie mit ihr geredet hätte? Wenn sie nicht immer alles geschluckt, verdrängt, verschwiegen und ignoriert hätte und so immer tiefer ins Dickicht der Unwahrheiten geraten wäre?

»Manchmal hilft Vertrauen und Aufrichtigkeit, mein Schatz«, sagte sie. Doch wie hohl ihre Worte klangen. Was würde passieren, wenn sie selbst alles auf den Tisch legen und ungeschönt Tabula rasa machen würde?

»Ich bin für dich da«, fügte sie hinzu.

Marijke nickte. »Ich denke darüber nach, okay?«

»Natürlich.«

Für mehr blieb keine Zeit, denn der Pilot winkte Marijke, um ihr zu bedeuten, dass sie einsteigen konnte.

Warum machte sie immer so ein Geheimnis um alles? Was für eine Frage. Vermutlich hatte Adda ihrer Tochter den Drang zur Heimlichtuerei genauso vererbt wie Johanne ihr. So wie sie alle in ihren Spuren folgten.

Marijke drehte sich noch einmal um. »Sag Vati, dass ich ihm, sobald ich angekommen bin, das Foto maile, o. k.?« Sie winkte ihr munter zu und eilte mit dem Piloten und zwei anderen Passagieren davon.

Adda blickte ihr nach. Bevor Eduard sich mit Johanne auf den Rückweg gemacht hatte, hatte er Marijke gebeten, das Negativ eines Fotos für ihn herauszusuchen, das sie vor langer Zeit von ihm und einem kleinen Seehund gemacht hatte. Er wollte es Helen als Titelbild für die Kießling'sche Chronik vorschlagen und ihr die Geschichte seiner »Verwandlung« erzählen, die darin seiner Meinung nach sichtbar wurde. Adda konnte darüber nur den Kopf schütteln. Noch immer machte er die kleine Robbe zur Hauptfigur der Erzählung seiner ach so märchenhaften Veränderung. Es würde sie nicht wundern, wenn er der Robbe am Ende seiner Rede für das Bundesverdienstkreuz danken würde. »Unser Land, die Insel Juist und ich, die wir der Robbe so viel zu verdanken haben! Gott habe sie selig!«

Der lauwarme, salzig schmeckende Wind hinterließ Spuren auf ihren Lippen. Ach, wie oft war sie diese Geschichte in Gedanken durchgegangen, die auch die Geschichte ihrer endgültigen Entfremdung von ihm war! Die Verwandlung, von der er sprach, hatte aber nicht mit dem Seehund begonnen, sondern mit Wandas Tod, in dessen Folge er nicht nur mürrisch und reizbarer geworden war, sondern auch einige äußerst fragwürdige Entscheidungen getroffen hatte.

Schon vor Wandas Tod hatte er seinen Liebeshunger in Machthunger verwandelt. Und dann in seiner Trauer mit diesem gigantischen Projekt etwas Großes, Bleibendes erschaffen, das mit seinem Namen verbunden bleiben würde. Ein Zeugnis seiner Existenz.

Er hatte seine ganze Energie in den Ausbau des Hafens vor dem Deich gleich beim Ortskern gesteckt, ein Projekt, von dem er wusste, dass Wanda es verabscheut hätte. Kompromisslos wie mit sich war er auch mit denjenigen Juistern, die dagegen votierten und die Inselbahn retten wollten – sicherlich aus nostalgischen Gründen, aber auch aus Sorge um eine unkontrollierbare Woge von Tagesgästen über Dünen und Deich und um unkalkulierbare Schäden im ohnehin schon fragilen Ökosystem der Insel. Eduard hörte ihnen nicht zu. Nicht seinem Vize, der sich gegen ihn stellte, nicht Adda und Onno, die ihn mit guten Argumenten zum Umdenken bewegen wollten, auch nicht seinen Wählern. »Die Natur hilft sich schon selbst«, war seine Antwort. Adda hatte geahnt, dass er nicht zu stoppen sein würde, weil er anbaute gegen die Trauer. Das Leben musste weitergehen. Er brachte schließlich acht der zwölf Gemeinderatsmitglieder auf seine Seite. Manchmal dachte sie, dass er die Abstimmung zugunsten der Abschaffung der Inselbahn am Ende als eine Abstimmung über sich betrachtete, als Sieg seiner Standfestigkeit über die Trauer. Nichts konnte ihn aus der Bahn werfen, keine verlorene Tochter und schon gar keine Inselbahn.

Für ein paar Jahre war dann Ruhe eingekehrt, bis Eduards Parteikollege Albrecht, der niedersächsische Ministerpräsident, mit der Idee eines Nationalparks um die Ecke gekommen war. Eduard hatte vor Wut gekocht. Erst der Ärger mit dem Hafen, der ihm mindestens die Hälfte der Sympathien auf der Insel gekostet hatte, dann der Nationalpark, der ihn um ein Vermögen brachte, weil er nun auf seinem wertvollen Grundstück zwischen Hafen und ehemaliger Mülldeponie keinen Neun-Loch-Golfplatz mehr bauen lassen konnte, wie er es eigentlich vorgehabt hatte. Das Stück Land wurde genauso zur Schutzzone erklärt wie fast der gesamte Westen der Insel, Hammersee, Wäldchen und Bill sowie der Kalfamer. Man müsse nur aus dem Haus treten, und schon stolpere man über ein »Betreten verboten«-Schild, schnaubte er. Was ihn aber besonders ärgerte, war, dass man diesen Otto Leege wieder aus der Schublade zerrte und ihn, weil es der Sache diente, auf einmal zum Inselheiligen und zum Schutzpatron der Bäume, Pflanzen und Vögel krönte. Wie solle man gegen einen Toten ankommen? Adda sagte nichts dazu. Ihr Mann hatte keine Ahnung, was der Naturforscher für die Insel getan hatte. Oder es war ihm egal. Leege war nicht nur das Naturschutzgebiet an der Bill zu verdanken, das er noch weit vor dem Krieg auch gegen den Widerstand der Juister durchgesetzt hatte. Er hatte auf dieser fast baumfreien Insel im Naturschutzgebiet ein Wäldchen mit fünfzigtausend windresistenten Schwarzerlen, Karpatenbirken und anderen Bäumen anpflanzen lassen. Onno meinte, dass er ohne Otto Leege, auf dessen Schoß er schon in Mutter Olsens Küche gesessen hatte, niemals Wattführer geworden wäre. Er hatte ihm nicht nur den Namen von jedem Vogel und jeder Pflanze beigebracht, sondern ihn auch gelehrt, sie in ihrer Einzigartigkeit zu achten und zu bewahren. Und so war Adda in der Frage von Leeges Bedeutung, wie auch bei vielen anderen Dingen, die die Insel betrafen, gänzlich anderer Meinung als ihr Mann.

Was Eduard aber noch schwerer ertrug als die Einschränkung seiner Bewegungsfreiheit, war der Machtentzug. Jahrzehntelang hatte er wie ein Alleinherrscher geschaltet und gewaltet, und nun untersagten irgendwelche Heinis vom Festland das Segeln, das Surfen, das Blumenpflücken, das Freilaufenlassen von Hunden – und das Bauen sowieso. Alles verboten in der Schutzzone, die er von da an nur noch DDR nannte. Aber es nützte nichts: Der Nationalpark wurde 1986 begründet, da konnten Eduard und die Hoteliers, Fischer und Kaufleute, die um ihre Einnahmen fürchteten, auf die Barrikaden gehen, wie sie wollten. Selbst als man ein Jahr zuvor für einen Augenblick hatte befürchten müssen, aus Juist würde die neue Bhagwankommune, damals in den Wochen, als des Sektenführers Gefährtin Sheela Silverman mit angeblich 50 Millionen Dollar und mehr als einem Dutzend orangerot gekleideter Jünger vom US-amerikanischen Oregon ins Hotel »Pabst« umsiedelte, hatte man Eduard nicht so hilflos gesehen. Fast bekam man den Eindruck, er genoss die Aufmerksamkeit, als mit Fähre, Helikopter und Flugzeug Horden von internationalen Reportern einfielen und er bei Interviews mit dem Spruch kokettierte: »Die Sheela ist beim Pabst im Bett.«

Und dann, 1988, war neuer Ärger aufgeblüht, als Norderneys Strände wegen angeblichen Salmonellenbefalls gesperrt wurden. Erst lachte Eduard sich ins Fäustchen: Endlich hatte es mal den überheblichen Nachbarn getroffen. Und überhaupt sei alles halb so schlimm mit der Verschmutzung auf Juist. Er trommelte die Fotografen zusammen und stieg im dunklen Ganzkörperbadeanzug und mit gelber Bademütze lachend in die Fluten. Doch am nächsten Tag wurde auch für Juist ein Badeverbot erlassen und Eduard zur Lachnummer. Neue Ostfriesenwitze machten noch am selben Tag die Runde: »Was macht ein Ostfriese bei Verstopfung? – Ein Salmonellenbad nehmen.«

Der Schaden war enorm, selbst der ihm gewogene *Ostfriesenkurier* titelte: »Juists Bürgermeister geht baden – in Salmonellen und Idiotie.« Adda übte sich in Nachsicht und verkniff sich jeden Kommentar. An den Salmonellen trug ihr Mann keine Schuld, und wenn er Pech hatte, würde ihn diese Aktion sogar die nächste Wahl kosten. Doch Eduard klammerte sich an den Posten wie ein Matrose an den Mast seines sinkenden Schiffes. Er war seit fünfundzwanzig Jahren Bürgermeister. Ginge es nach ihm, würde er die dreißig voll machen.

Als ihm kurz darauf Kinder einer Hannoveraner Schulklasse eine tote Robbe ins Rathaus brachten, war das eigentlich der Tropfen, der das Fass zum Überlaufen hätte bringen können. Selbst wenn man sein Bade-PR-Desaster außen vor ließ: Noch mehr schlechte Nachrichten von der siechen Nordsee, von eitrigen Kadavern, Muschelvergiftungen und Eiweißbergen am Strand konnte Eduard sich nicht leisten, weder als Bürgermeister noch als Geschäftsmann und Hotelier. In Addas Beisein beratschlagte er sich mit Johanne, die ihm sagte: »Es reicht nicht, deine Leute morgens um vier an den Strand zu schicken, um die toten Tiere wegzuschaffen, nur damit die Gäste beim Anblick nicht in ihrem Erholungsbedürfnis gestört werden. Tu endlich was! Hättest du dich damals bei der Sturmflut so verhalten, du wärst nie Bürgermeister geworden!«

Eduard verstand und rief kurzerhand seine gesamte Familie zusammen. Er ließ einen Journalisten vom *Ostfriesenkurier* und einen Fotografen kommen und sich von ihm im Kreise seiner Lieben sowie der Schulklasse samt Kadaver ablichten. Dann hielt er eine Rede, die vor Lügen nur so strotzte. Mit ungläubigem Staunen verfolgte Adda, auf welch gefühlige Weise er, während der Journalist eifrig mitschrieb, davon berichtete, wie er damals, Mitte der siebziger Jahre, an einem eiskalten Morgen zum Kalfamer marschiert war – »mein morgendlicher Gang durch mein Töwerland seit nun bald dreißig Jahren« – und dort am Ufer ein verletztes Seehundbaby gefunden hatte, das ihn mit großen Augen ängstlich ansah und leise winselte. Wie er eine Wunde an seinem Bauch, vermutlich von Möwen verursacht, vorsichtig mit Wasser säuberte und mit seinem Schlips abband, es im Anschluss behutsam in seine Anzugjacke bettete (»das erste Mal, dass ich Jacke und Schlips in der Öffentlichkeit ausgezogen habe«) und das Kleine sofort aufhörte zu heulen. Wie er es ins de Tiden mitnahm und zunächst gegen den Willen der Familie und Belegschaft in der Waschküche in einer großen Zinkwanne voll Wasser unterbrachte, es erst mit einem Nahrungsschlauch aus Butter, Milch und Lebertran und schließlich mit kleinen Heringsstückchen fütterte. Und dann dieser unvergessliche Moment, als das Tier Tage später unbeholfen, aber quicklebendig umherrobbte, immer ihm hinterher, und wie er es dann irgendwann schweren Herzens gehen lassen musste und auf einer vorgelagerten Sandbank auswilderte. Er reichte ein Foto von sich mit »seinem kleinen Freund« herum und stellte es, nach kurzem Zögern, da es sich um ein privates Bild handele, der Zeitung zum Abdruck zur Verfügung. Seit diesem Erlebnis hätte ihn das Schicksal der kleinen Heuler nicht mehr losgelassen, er spende viel Geld, anonym natürlich, für Naturschutzverbände und für die Station zur Aufnahme von am Strand gefundenen mutterlosen Seehunden in Norddeich. Ein kollektives Seufzen erfasste den Rathaussaal, und auch Adda nickte betroffen, wenn auch aus anderem Grunde als alle anderen. Es war nämlich nicht Eduard gewesen, der die kleine Robbe gefunden hatte, sondern Wanda, und der Plan, sie im de Tiden wieder aufzupäppeln, war nicht von der Familie, sondern von ihm abgelehnt worden, der dieses »glitschige, blutende Wildvieh« erst nicht in seinem Haus hatte haben wollen.

Denn Eduard war noch immer wütend gewesen über das kürzlich in Kraft getretene Verbot der Robbenjagd. Schließlich ließen die in der Regel sehr solventen schießwütigen Gäste viel Geld auf der Insel und im de Tiden. Als Wanda, die sich gemeinsam mit Onno jahrelang gegen den »Meuchelmord« an den Robben eingesetzt hatte, dann mit dem Stein des Anstoßes vor ihm stand, schaltete er auf stur, bis er wegen des geballten Familienprotestes unter Johannes Führung kapitulierte. Und selbst das Foto von ihm und seinem Freund war einem Überraschungsangriff geschuldet und bebilderte mitnichten die traute Harmonie zwischen Retter und Gerettetem. Marijke hatte ihrem Vater das Robbenkind einfach in den Arm gelegt, weil sie ein besonderes Motiv für das erste Foto mit ihrer neuen Kamera suchte.

Während Adda sich fragte, wer ihm diese Mär abnehmen sollte, schaute Eduard zufrieden in die Runde und fixierte dann die Schüler. »Als ihr vorhin mit der toten Robbe in meinem Büro auftauchtet, hatte ich nur einen Gedanken …« Er machte eine bedeutungsschwangere Pause. »Was, wenn das meine Robbe ist? Was, wenn ich diese Robbe vor dem Hungertod bewahrt habe, nur um sie dann einem viel grausameren Gifttod anheimfallen zu lassen?«

Wäre Adda nicht so angewidert gewesen, sie hätte Eduard bewundern müssen, wie er da aus der Niederlage wiederauferstand.

Er schwadronierte weiter, dass diese eine, tote, mit Quecksilber, Kadmium, Blei, Zink und Kupfer und chlorierten Kohlenwasserstoffen vollgepumpte Robbe seinen Blick auf das, was vorher gewesen war, ein für alle Mal verändern würde, und bedankte sich bei den Schülern: »Von ihrem Tod können wir alle fürs Leben lernen!« Und er ließ anklingen, was von nun an anders laufen würde, denn Geld und gute Worte allein würden die Probleme vor der Haustür nicht lösen, sondern nur tatkräftiges Handeln, wie auch damals bei der großen Flut. Er kündigte an, von nun an voll und ganz hinter dem Nationalpark zu stehen, den er noch Wochen zuvor als die größte Geißel seit dem Bau der Mauer bezeichnet hatte.

Adda fiel vom Glauben ab. Sie hatte gewusst, dass ihr Mann zu Übertreibungen neigte, aber wie er sich diesmal an der Unwahrheit berauschte, fand sie ungeheuerlich. Als sie ihn später damit konfrontierte, sagte er: »Siehst du nicht, dass Wanda das wollen würde, wo sie sich so für die Seehunde eingesetzt hat? Manchmal heiligt der Zweck die Mittel. Und was, wenn der Zweck eine bessere Welt ist?« Ihm war jedes Mittel recht, diese Geschmacklosigkeit zu entschuldigen.

Nach Erscheinen des Artikels war die Badepanne schneller vergessen, als Eduard seinen Kurs gewechselt hatte. Er war wie die Fähre, wenn sie bei Sturm haarscharf an den Pricken vorbeischrammte.

Schon bald musste er sich jedoch den Vorwurf gefallen lassen, dass seine Taten zugunsten der Natur hinter seinen Worten zurückblieben. Als Bürgermeister und Geschäftsmann war er äußerst beschäftigt damit, Änderungen im Nationalparkgesetz im Sinne der Insulaner durchzusetzen, sich Privilegien zu sichern, und natürlich damit, Werbung für das neue Juist und indirekt für seine Wiederwahl zu machen. Wo bitte blieb sein Engagement für die Schutzgebiete?, fragten laut hörbar Mitglieder des Fördervereins Nationalpark. Das hatte sich auch Adda ein ums andere Mal gefragt.

Eduard wusste: Wenn er seine Glaubwürdigkeit nicht wieder verspielen und naturnah rüberkommen wollte, dann brauchte er die Unterstützung dieser grünen Spinner, Heulpeter und Trottel, wie er sie bezeichnete und denen gegenüber er auf Bürgerversammlungen behauptet hatte, dass das Wattenmeer nicht überfischt oder überdüngt, sondern lediglich überschützt sei. Nun diskutierte er mit den Naturfreunden friedlich und sachlich, wie das Watt und Flora und Fauna der Insel künftig besser zu schützen seien.

Wie gelassen Onno diese Kehrtwende hinnahm, war typisch dafür, was ihren alten Freund ausmachte und von ihr unterschied. Er dachte nur an die gute Sache, der mit Eduards Sinneswandel gedient war, und zog sich dafür eine Elefantenhaut an.

»Ist es denn wirklich so wichtig, aus welchen Motiven er das macht? Zählt nicht das Ergebnis?«

Das einzig Gute, was Adda an der Situation finden konnte, war, dass sie deutlich mehr Zeit mit Onno verbrachte – mit Eduards Segen und sogar auf seinen Wunsch hin.

Er beauftragte Onno, dem er sonst kaum Beachtung geschenkt hatte, der aber in Umweltfragen einen tadellosen Ruf genoss, das geplante Nationalpark-Haus mit einer Ausstellung zu füllen. Und er bat Adda, ihm dabei zu helfen. Es konnte nicht schaden, meinte er zu ihr, aus seinem Engagement eine Familienangelegenheit zu machen. Sie stünden schließlich unter Sippenbeobachtung. Dass Onno für Adda innerlich weitaus mehr Familie war als er selbst, übersah er. Genauso, wie die Arbeit, wie das Zusammensein mit Onno sie wieder zum Leben erweckte. Das Nationalpark-Haus war ihr gemeinsames Kind, und um nichts in der Welt wollte sie das wieder hergeben.

Eduard war derweil im Begriff, Juist »zukunftsfähig« zu machen, wie er sagte. Unter den ehemaligen und aktuellen Küstenbürgermeistern galt er bald als Hardliner in puncto Nationalpark. Er erkannte nämlich schneller als andere, dass sich mit dem Label »Naturinsel« gutes Geld machen ließ. Was sei so schlimm daran, zumindest auf ein paar Quadratmetern Watt, Wiesen und Dünen unberührte Wildnis zu bewahren, wenn am Ende viel mehr Quadratmeter Fremdenverkehrsbetriebe genau davon profitierten? Juist war die »heilere Welt«, und wenn mit der verdreckten Nordseeplörre keine Reklame mehr zu machen war, dann ganz sicher mit der guten Luft, dem Reizklima, der Stille und intakten Natur auf der Insel, der Abwesenheit von Autoabgasen (natürlich Eduards Verdienst). Und weil es zum Politikerhandwerk gehörte, Themen zu setzen, legte Eduard sich mit den Muschelfischern an, die mit ihren schweren Netzen die oberen Schichten des Watt- und Meeresbodens umpflügten. Da kaum ein Insulaner unter den Fischern war, konnte er sie ohne Sorgen um seine Wiederwahl anprangern, das ökologische Gleichgewicht am Meeresgrund durcheinanderzubringen. Die Zeitungen nahmen das Thema dankbar auf. Vorausgegangen war dem eine Provokation Marijkes, die zu Besuch gewesen war und sich über sein Engagement lustig gemacht hatte.

»Du sagst, dass wir nicht nur mit dem Watt, sondern auch vom Watt leben. Weißt du denn auch, dass wir neben dem Watt leben?«

Seit Adda denken konnte, hatte ihr Mann das Watt gemieden. Ihm war es zu »schwabbelig«. Er liebte festen Boden unter seinen stets elegant besohlten Füßen, und die Vorstellung, seinen Anzug mit braunem Schlamm zu bespritzen, behagte ihm genauso wenig, wie seine glänzenden Budapester auszuziehen und herrenlos an der Wattkante stehen zu lassen. Ohne sie fühlte er sich nackt.

Doch den Spruch seiner Jüngsten wollte er nicht auf sich sitzen lassen. Adda fand, es war ein Bild für die Götter, wie er mit großen Schritten, roboterhaft, im Zickzackkurs vorwärtsstakte, als wäre das Watt gespickt mit Fallgruben. Weil Eduard nicht aufhörte, über die wabbelige Bodenbeschaffenheit zu nörgeln, wandte Onno bei ihm eine Methode an, die sich bei ungeduldigen Schülern als erfolgreich herausgestellt hatte.

»Wie wäre es mit einem kleinen Experiment?« Er holte zwei Marmeladengläser aus seiner Tasche und befüllte sie mit grauem, trübem Wattwasser. Nur in eines legte er eine Handvoll

Herzmuscheln. Während Eduard nervös die Hände beschirmte, um nach der Flut Ausschau zu halten, warteten sie. Eine Viertelstunde später war das Wasser mit den Muscheln rein wie ein Bergsee, während das andere noch immer schmutzig trüb war.

Onno entfernte die Muscheln und reichte Eduard das saubere Glas. »Bestes gefiltertes Trinkwasser gefällig?«, fragte er.

Eduard setzte zu einem Schluck an und trank es in einem Zug aus. »Wirklich erstaunlich«, meinte er. »Schmeckt wie aus der Leitung!«

»Ganz genau«, fügte Marijke hinzu. »Je mehr Muscheln im Watt, desto weniger Schadstoffe im Wasser.«

Das sei ja besser als jede Kläranlage, stellte Eduard beeindruckt fest.

Auf dem Rückweg erzählte Onno Eduard dann von jahrelangen Studien, die seine Kollegen und er zur Erforschung von Nutzen und Schäden durchgeführt hatten, und von den mehr als vierzigtausend Unterschriften, die sie inzwischen gesammelt hatten, um die Herzmuschelfischerei verbieten zu lassen.

»Richtig so!«, meinte Eduard und schlug im gleichen Atemzug vor, sich als Bürgermeister mit überregionalem Ruf zum »Gesicht der Resolution« zu machen und die Unterschriften eigenhändig seinem Parteikollegen Albrecht zu übergeben, unter Anwesenheit der Presse, versteht sich.

Adda gab es auf, Entschuldigungen für ihren Mann zu finden, der sich wieder einmal wie ein Herdenchef aufführte.

Und als sie ihr Ziel erreicht hatten und die Herzmuschelfischerei tatsächlich verboten wurde, war Onno zufrieden und Eduard noch mehr. Ohne ihn, davon war ihr Mann überzeugt, hätte es noch in hundert Jahren kein Fangverbot gegeben.

Danach interessierte ihn das alles nicht mehr – weil es auch die Gäste kaum interessierte. Sie wollten auf Juist Stille, Natur und gutes Gewissen tanken. Und das konnten sie, auch ohne auf Miesmuscheln in Weißweinsauce oder die inzwischen heimische Auster mit Zitronensaft zu verzichten. Eine Wattwanderung und eine Fahrradtour zum Nationalpark-Haus – und ihr Gewissen war rein wie das muschelfiltrierte Wattwasser.

Doch dann bekam Eduards Interesse wieder Auftrieb. Geschuldet war das der Aussicht, dass Juist vielleicht bald in einem Atemzug mit dem Great-Barrier-Korallenriff und den Galapagosinseln genannt werden könnte. Das Wattenmeer mit seinen Schutzzonen war seit kurzem als UNESCO-Weltkulturerbe im Gespräch. Und damit auch sein Name als der eines der (wenn nicht geistigen, so zumindest vitalen) Väter des Nationalparks. »Kaum auszumalen«, erklärte er Adda gestern beim Mittagessen, »wenn mein Name automatisch mit dem Weltkulturerbe fällt.«

Was würde als Nächstes kommen?, dachte Adda. Nach außen stand und blieb sie an seiner Seite, wie man es von ihr erwartete. Doch innerlich fremdelte sie immer mehr mit ihm. Sie spürte Ärger in sich aufsteigen. Aber nicht Eduard war der Grund. Jedenfalls nicht nur. Sie ärgerte sich über sich selbst, darüber, dass sie tatenlos dabei zugesehen hatte, wie er sich jahrelang ohne schlechtes Gewissen mit fremden Federn geschmückt hatte. Mit Wandas, mit Onnos und ihren und wer weiß mit welchen noch. Ihn sich jetzt auf der Bühne seines Lebens vorzustellen, selbstgefällig und von oben herab, wie er vielleicht sogar das Weltkulturerbe für sich reklamieren würde, vor großem Publikum, verursachte ihr auf einmal Übelkeit.

WANDAS TAGEBUCH

Juist, 2. Juli 1975

Liebes Tagebuch,
ich bin noch keine vierundzwanzig Stunden auf Juist, und schon würde ich am liebsten wieder abreisen. Ich liege bäuchlings auf dem Bett, neben mir Strandmann, der seine Schnauze unter meinem Bauch vergräbt, und frage mich, wie ich es hier noch sechs Wochen aushalten soll, bis die Schule wieder beginnt.

Dabei fing heute alles so schön an. Mutti und ich haben mit Käpt'n Strandmann einen langen Spaziergang zur Bill gemacht und uns über Gott und die Welt und Westberlin unterhalten. Ich habe ihr alles über unsere Abiturfahrt erzählt, na, zumindest fast alles: von der Energie, die einen in der Stadt erfasst, und dem Gefühl, dass plötzlich Gedanken und Gefühle rausdrängen, von denen man gar nicht wusste, dass sie in einem steckten. Später, als wir in der Domäne Bill saßen und Stuten aßen und eine Kanne Tee tranken, lachte sie und sagte, dass sie genau dasselbe Gefühl von ›alles sei möglich‹ ergriffen hatte, damals, vor zwölf Jahren, als sie Joost dort zum ersten Mal besuchte. Sie nannte es das »Berlinvirus«, das einen mit dem Freiheitsgedanken infiziert, und meinte lächelnd, dass es nur an Orten gedeiht, die von Unfreiheit durchdrungen sind. (Vielleicht fühlt sich für mich darum alles außerhalb von Juist so frei an, dachte ich.)

Leider hat ihr Immunsystem das Virus so wirkungsvoll bekämpft, dass sie noch vor ihrer Abreise von umwälzenden Gedanken kuriert war.

Später auf dem Weg zurück wollte ich von ihr wissen, ob sie nach Berlin ihr Leben geändert hat. Sie überlegte und sagte, die Dinge liefen nie exakt so, wie man sie plant. Dann sah sie wohl meinen Zweifel, denn sie nahm mich in den Arm und meinte: »Manche Dinge brauchen Zeit, manche Menschen aber auch.«

Wieder zuhause, bin ich schnurstracks zu Vati ins Büro marschiert und habe ihm gesagt, dass ich nicht Lehrerin werden will, nie im Leben! »Ach so«, hat er geantwortet, »das Fräulein hat also andere Pläne.« Nein, hatte ich nicht, deshalb wollte ich aufs Geratewohl Jura sagen, da kam mir genau in diesem Moment ein Geistesblitz oder besser eine Erinnerung zu Hilfe: das Gespräch mit Sartre und die Bilder von den kranken Kindern in Vietnam. Ich sagte, dass ich sicher nicht Lehramt studieren werde, wenn es weitaus wichtigere Dinge auf der Welt zu tun gibt, als satte, verwöhnte Westkinder zu unterrichten. Nämlich Menschen in Not zu helfen, zu ihrem Überleben beizutragen und ihnen eine Zukunft zu ermöglichen. Den kriegsversehrten vietnamesischen Kindern zum Beispiel.

Und dass ich darum Medizin studieren werde. Und während ich es aussprach, wusste ich, dass es die reine Wahrheit ist, dass ich nichts lieber werden würde als Ärztin. Und diese Gewissheit war (und ist!) so beglückend, dass ich ihn lächelnd ansah. Was er natürlich als Affront verstand, weil er nicht wissen konnte, dass er unwissentlich Zeuge meiner Quasi-Offenbarung geworden war. Seine Antwort: »Du fühlst dich also mal wieder zu Höherem berufen? Gefällt es dir eigentlich, immer wieder das Feuer unterm Kessel zu entfachen und dich in einer Weise mir gegenüber respektlos zu gebärden wie keine andere meiner Töchter?«

In seinen Augen ist schon eine andere Meinung als seine offene Meuterei. Vielleicht sollte ich es wie Miejke machen, immer artig Ja sagen und dann trotzdem machen, was ich will.

Ich versicherte ihm, dass ich nicht respektlos sein will, aber ein Recht auf meine eigene Entscheidung habe, wenn es um meine Zukunft geht, und die steht, auch wenn es ihm nicht gefällt, unwiderruflich fest. Das Recht hätte ich nicht, meinte er im Brustton der Überzeugung. »Und ob«, entgegnete ich mit derselben Überzeugung in der

Stimme und verwies auf Recht und Gesetz. (Der Bundestag hat mir zuliebe am 1. Januar die Altersgrenze der Volljährigkeit von 21 auf 18 Jahre herabgesetzt, so dass ich schon bald meinen Wohnort frei bestimmen, eine Ausbildung ganz und gar nach meiner Wahl beginnen kann und nicht auf die Zustimmung meines lieben Vaters angewiesen bin. Danke, lieber Bundestag!)

Seine lahme Erwiderung in Zuckerbrot-und-Peitsche-Manier: Ich sei undankbar, wo er mir immer alle Fisimatenten habe durchgehen lassen und mir trotzdem ermöglicht habe, Abitur zu machen, ja, sogar mir ein Studium bezahlen würde. Er hingegen wäre damals frisch von der Schulbank weg eingezogen worden, um auf Russen zu schießen. »Bei mir ging es darum, zu überleben, nicht darum, mich auf Kosten anderer und einer eigenen Familie selbst zu verwirklichen.« Warum also Medizin, fragte er, wenn ich doch einen wunderbaren Beruf ergreifen könnte, der sich mit der Ehe vereinbaren lässt, solange noch keine Kinder da sind.

Immerhin führte er nicht den angeblichen weiblichen Unverstand ins Feld, da ist er zumindest schon weiter als manch anderer seiner Generation. Ich habe dann gefragt: »Wo steht geschrieben, dass die Anwendung von Gehirnwindungen unwichtiger ist, als den Vater zufriedenzustellen und zu heiraten?«

»Heiraten?«, fragte er höhnisch. »Welcher Mann will schon eine Frau, die nur an sich denkt?« Wenn es nicht Lehramt sein soll, meinte er dann etwas versöhnlicher, kann er sich für mich ebenso eine Zukunft im de Tiden vorstellen. Er schmierte mir Honig um den Bart und meinte, dass ich das Zeug dazu habe, später eine Rolle im Hotel und den anderen Unternehmungen zu spielen. Dafür solle ich aber Vernunft annehmen und mit den Spinnereien aufhören.

Ich erinnerte mich daran, was Sartre gesagt hatte: dass man üben müsse, ungehorsam zu sein, wenn man Fortschritt statt Rückständigkeit, Wahnsinn und Ignoranz wolle. Nicht auf die zerstörerische Art der RAF, sondern mit friedlichem Ungehorsam.

Also verwies ich ganz friedlich auf Artikel 12 des Grundgesetzes, das er als Jurist ja bestens kennt, nämlich dass alle volljährigen Deutschen das Recht haben, Beruf, Arbeitsplatz und Ausbildungsstätte frei zu wählen, und dass niemand zu einer bestimmten Arbeit gezwungen werden darf. Ich dankte ihm für sein Vertrauen und machte ihm klar, dass er sich auf den Kopf stellen kann, denn ich werde Medizin studieren, und die Ausbildungsstätte, die ich ebenfalls frei zu wählen gedenke, liegt nicht in irgendeinem Kaff, sondern in Berlin. Ich wusste, dass ich ihn mit meiner Beharrlichkeit zur Weißglut trieb. Und tatsächlich, er wurde ganz blass und schlug mit der Faust so doll auf die Schreibtischplatte, dass ich vor Schreck zusammenzuckte. »Du wirst nicht in Westberlin wohnen unter lauter Terroristen und Perversen!«, schrie er, als herrschte dort Anarchie.

Was um Himmels willen ist so schlimm daran, in Westberlin zu studieren? Er ist doch selbst gebürtiger Berliner und könnte es ja auch als Kompliment verstehen, dass ich nun auf Kießling'schen Pfaden wandeln will. »Vielleicht gibt es ja noch andere Kießlings in Berlin, entfernte Cousins oder Cousinen von dir, die ein Auge auf mich haben können?«, schlug ich vor.

Er sah mich an, als sei ich von allen guten Geistern verlassen, und brüllte, dass es nicht um Familienzusammenführung gehe, sondern darum, dass Westberlin nichts für anständige junge Mädchen sei und ich keinen Pfennig Geld bekäme, wenn ich so stur bliebe.

»Und wenn ich bei Onkel Joost wohne?«, fragte ich.

Und da wurde er erst richtig bleich. Er holte eine Flasche Dornkaat aus dem Schrank, kippte zwei Gläser herunter und sagte dann ganz ruhig, dass Onkel Joost doch das wahre Problem sei und er sich lediglich um mein seelisches Wohl und meine Gesundheit sorge.

Dann flüsterte er, dass er mir und den anderen diese unschöne Geschichte eigentlich ersparen wollte, ich ihn aber mit dem für mich typischen Starrsinn dazu zwinge. Und erzählte mir, dass er Joost Ende der fünfziger Jahre mit einem sehr jungen männlichen Hotelgast, fast noch einem Kind, in flagranti erwischt habe. Doch statt ihn nach Paragraph 175, wie es seine Bürgerpflicht gewesen wäre, einsperren zu lassen, habe er ihm die Chance gegeben, seine Sachen zu packen und die Insel auf Nimmerwiedersehen zu verlassen.

»Joost ist ein gewissenloser Mann, ein Perverser, krank und zutiefst verdorben«, meinte er allen Ernstes, »der seine widernatürlichen Triebe mit jungen, unerfahrenen Männern auslebt. Und so jemanden dulde ich nicht in der Nähe meiner Töchter!«

Da hätte ich beinahe losgelacht und gesagt, dass ich längst wisse, dass Joost schwul sei, und ich als Mädchen doch gerade deshalb nichts zu befürchten hätte von seinen »widernatürlichen Freunden«. Aber stattdessen zuckte ich nur mit den Schultern und meinte: »Ich finde ihn sehr anständig!« Aber schon das hätte ich nicht sagen dürfen. Dieser Provinzfürst lief rot an und sagte wortwörtlich: »Alles ist ein Kampf mit dir, schon immer! Schon vor deiner Geburt hast du nichts als Unglück über deine Mitmenschen gebracht!«

Da habe ich schon schlucken müssen, auch wenn ich nicht recht verstand, was er damit meinte. Als ich ihn das gefragt habe, sagte er nur:

»Irgendwann wirst du auf offener Strecke allein auf dem Gleis stehen, und dann brauchst du nicht darauf zu warten, dass ich oder irgendjemand sonst dich herunterholt, wenn ein Zug mit voller Fahrt auf dich zurast.«

Da bin ich weggerannt. Wie kann er mich nur so sehr hassen?

Juist, 3. Juli 1975

Liebes Tagebuch,
während ich aus dem Fenster schaue und überlege, was ich Dir schreiben möchte, dampft vor mir eine heiße Tasse Kaffee. Ich kann diesen verdammten Ostfriesentee nicht mehr riechen, der für diese ganze

spießige, verstaubte, schlafmützige Gemütlichkeit von Vati und Konsorten steht. Die sehen ja schon in einer Tasse Kaffee einen Angriff auf die guten alten Sitten!

Schon bei Vatis verächtlichem Blick auf meinen Kaffee heute Morgen hätte ich aufstehen und gehen sollen. Aber das wagte ich natürlich nicht. Das Eis ist dünner als sonst, und wenn Vati etwas nicht haben kann, dann ist es respektloses Benehmen.

Normalerweise gehört das Frühstück zu den entspannteren Familienzusammenkünften, weil der Herr Provinzfürst weitgehend schweigt – als Teil seines morgendlichen Rituals. Dazu gehört auch, dass er am Kopf des Tisches seine präsidiale Haltung einnimmt, Auguste zunickt, damit sie ihm Tee eingießt, zwei Scheiben Schwarzbrot mit grober Mettwurst bestreicht und sich dreimal räuspert, wie um den Morgen und uns offiziell zu begrüßen. Hernach schnappt er sich seine Zeitungen (erst den Ostfriesenkurier, könnte ja was über ihn drinstehen, dann die Bild und schließlich die FAZ), kaut seine Brote, nippt am Tee und seufzt, wenn ihn etwas aufregt, oder »mmht«, wenn er einverstanden ist, besonders laut beim Lesen des Geschreibsels der Schmierfinken von der Bild. Er sagt kaum ein Wort, es sei denn, wir reden für seinen Geschmack zu viel oder lachen zu laut. Dann ruft er »Favete linguis!«. Was Lateinisch ist und »Haltet andächtiges Schweigen!« bedeutet. Wenn es ihm allzu arg wird, gibt es auch schon mal ein scharfes »Silentium!«. Dann wissen wir, dass jetzt wirklich nur noch Schweigen angesagt ist. Sein Ritual und damit unser Frühstück ist beendet, wenn er die Zeitungen beiseitelegt, uns zunickt und so schweigend aufsteht, wie er sich hingesetzt hat. Beim Mittagessen, wenn er die Nachrichten verdaut hat, ist er dafür umso redseliger. Dann beginnt er mit der öffentlichen Nachlese des Gelesenen, monologisiert über die Welt und ihre Abgründe, wobei er weglässt, was nicht in sein Weltbild passt, und ausschmückt, was er uns verdeutlichen will. Nach der großen und kleinen Politik kommt der Klatsch, »das Dessert zum Dessert«, wie Vati dann amüsiert sagt, und *er tauscht mit Oma und Mutti oder uns Insel- und Gasttratsch aus. So ist es, seit ich denken kann.*

Nur heute nicht! Schon als er mit leichtem Humpeln zum Frühstücken hereinkommt, weiß ich, dass sein Beinbarometer angestiegen ist und er die Nachrichten, meine Nachrichten, noch längst nicht verdaut hat.

Als er an mir vorbeiläuft, blickt er angewidert auf meine Kaffeetasse und fragt, ob Madame etwa keinen Schwarztee mehr trinke. Dann setzt er sich, lässt sich Tee einschenken, präpariert seine Mettwurstbrote und hebt an, mit dieser pedantischen Stimme einen Artikel aus dem Ostfriesenkurier *vorzulesen – etwas, was er sonst nie macht! Es ist ein Artikel, der anlässlich des RAF-Prozessauftakts in Stammheim erschienen ist und Berlin als die Wurzel allen Übels hinstellt: Dort habe der Terror nach der Erschießung von Benno Ohnesorg an der Deutschen Oper 1967 begonnen, dort habe sich vor fünf Jahren die gewaltsame Befreiung des verurteilten Brandstifters Andreas Baader zugetragen, aus der am Ende die Rote Armee Fraktion hervorgegangen sei. »Was für ein Sündenpfuhl, diese Stadt!«, endet er stöhnend, und es ist so glasklar, dass er mit dieser Geschichte den Druck auf mich erhöhen und vor allem Mutti auf seine Seite ziehen will. Frauke fragt ganz scheinheilig: »Und da willst du also studieren?« Und auch Theda, der die Panik ins Gesicht geschrieben steht, lässt sich instrumentalisieren und fragt ängstlich: »Willst du nicht irgendwohin, wo es etwas weniger gefährlich zugeht?« Vati platzt beinahe vor Genugtuung.*

Nur Miejke zeigt sich entzückt von meinen Berlin-Plänen und fragt, ob sie mich in den Ferien besuchen könne, Westberlin klinge so viel aufregender, als immer nur auf Juist zu bleiben und zu reiten und zu segeln. Sie sei jetzt zwölf und habe das Recht, endlich mal was zu erleben, findet sie. Und ich finde, sie hat das Recht, sonst baut sie eh nur Mist. Sie ist da wie Strandmann, der sämtliche Kabel anknabbert, Schuhe zerpflückt und Blumen ausgräbt, wenn sich keiner mit ihm beschäftigt. Darum fährt er jetzt, wenn er Langeweile hat, mit der Fähre von Juist nach Norddeich und zurück und leistet Kapitän Uetersen Gesellschaft. (Er hört nur noch auf Käpt'n Strandmann.) Vielleicht sollte Miejke das auch tun. Mutti hat mir gestern lachend erzählt, dass sie letzte Woche die Schuhe von Onnos Wattgästen, die in Reih und Glied am Ufer auf die Rückkehr ihrer Besitzer warteten, an den Schnürsenkeln zusammengebunden und sie mit Algen und Gräsern gefüllt hat. Das war aber nicht alles: Sie hat dann die befüllte, nach Farben sortierte Schuhschlange wie eine Lichterkette um einen Busch gewickelt und hinter einem anderen ihren Beobachtungsposten bezogen. Onno hat sie dann gestellt, weil ihr Kichern bis ins Watt zu hören war, und sie aufgefordert, die Schuhe auseinanderzutüdeln und auszuklopfen und mit dem Einverständnis seiner – zum Glück amüsierten – Gäste hernach die passenden Besitzer beziehungsweise Füße zu finden. Onno hat Mutti erzählt, dass alle nach Betrachtung des Regenbogenschuhbusches einhellig der Meinung waren, Miejke würde über eine künstlerische Ader verfügen, die sich ausbauen ließe.

Die künstlerische Ader habe ich nicht so, wenn überhaupt eine soziale, die mit einem Medizinstudium auszubauen Mutti für eine ebenso fantastische Idee hält wie die, Miejke in der Weiterentwicklung ihres Kunsttalents zu unterstützen. Vati hat Mutti von meinen »aberwitzigen« Plänen unterrichtet, aber anders als er ist sie regelrecht gerührt davon. Was sonst als Medizin, sagte sie immer wieder, als wäre das so etwas wie Schicksal. Sie stellt auch keine Sekunde lang in Frage, dass Berlin die richtige Stadt für mich ist. Sie meint, ich solle Vati einfach etwas Zeit lassen, sich mit dem Gedanken anzufreunden. Vermutlich sei er nur so vehement dagegen, weil die Stadt so weit weg ist und er Angst hat, was mit mir noch alles verschwinden würde. (»Seine Kleine wird erwachsen und geht ihrer eigenen Wege, das ist für viele Väter schwierig, Wanda!«)

Dann soll er sich halt wie viele Väter daran gewöhnen, finde ich.

Ich weiß doch, dass Vati nicht herzlos ist, er unterstützt mich in vielen Dingen, ist großzügig und so weiter. Aber er verweigert sich kategorisch anderen Meinungen. Wenn er etwas möchte, duldet er kein Nein. Selbst ein Ja ist ihm noch zu wenig, er will ein Jawohl! hören, mit Ausrufezeichen! Ob von seiner Familie oder von seinen Angestellten.

Nur Oma gibt ihm Kontra. Und nur von ihr lässt er sich etwas sagen. Ich frage mich, warum. Auch jetzt bezieht sie Position und meint, dass die Springer-Presse immer gerne etwas übertreibt und das gelte auch für diesen Fall. Außerdem wäre ich wohlerzogen genug, um mich gegen Anfechtungen aller Art zur Wehr zu setzen.

Vati kontert, dass aus gutem Hause zu kommen noch lange nicht bedeutet, auf dem rechten Pfad zu bleiben. Besonders wenn man sich im falschen Umfeld bewegt, wie man an der Pfarrerstochter Gudrun Ensslin sehen kann. Wobei er mich mahnend ansieht, ganz so, als handele es sich bei mir um eine jüngere Ausgabe der »Gute-Tochter-Terroristin«.

Klar, dass sich da Frauke einmischen muss. Ob ich etwa damit sympathisieren würde, dass die Baader-Meinhof-Bande Dutzende Menschen ermordet habe, fragt sie mich scheinheilig. Wenn überhaupt, sympathisiere ich mit Sympathisanten von Sympathisanten Westberlins, aber keinesfalls von denen der RAF, gebe ich zurück. Woraufhin sie sauer wird und sagt, ich würde immer so klug tun, aber in Wahrheit würde ich mich wie ein kleines Kind benehmen, das den Lolli nicht bekommt. Ich solle endlich erwachsen werden. So wie sie, frage ich zurück, und Frauke faucht, dass sie im Weberhof jedenfalls ihr eigenes Geld verdient und den Eltern nicht mehr auf der Tasche liegt – so wie ich in den kommenden Jahren.

Wie immer ruft Vati dann laut »Silentium!« und macht dabei diese Geste wie ein Dirigent. Und dann schweige ich auch, denke mir aber meinen Teil.

Juist, 5. Juli 1975

Liebes Tagebuch,
ich kann kaum mehr die Augen offen halten. Um kurz nach vier Uhr habe ich mich schon mit Onno getroffen. Die Sonne war genauso verschlafen wie ich, als sie dann endlich rauskam. Ansonsten war es bewölkt und windig. Aber das war gut, ich brauchte frische Luft, um mir den Kopf durchpusten zu lassen. Onno glaubt nämlich, dass sich die Seele in der endlosen, ruhigen Öde des Watts ordentlich ausdehnen kann und dass das für mich jetzt genau das Richtige ist. Leider war meine Seele heute Morgen noch zu müde, um sich auszudehnen, nachdem Marijke sich nachts in mein Bett geschlichen und mich mit ihren vielen Fragen zum Internat und zu Westberlin wach gehalten hat. Und die halbtote, ölverschmierte Möwe, über die wir dann gestolpert sind, kaum dass wir ein paar Meter gegangen waren, trug dann leider eher dazu bei, meine Seele auf Tränengröße zusammenzuschrumpfen. Es war so schrecklich, wie die kleine Möwe hektisch auf dem Wattboden flatterte und versuchte, sich mit ihrem Schnabel und der Zunge das klebrige Öl aus ihrem Gefieder zu putzen – und dadurch dieses giftige Zeug verschluckte und röchelte wie Strandmann, wenn sich sein Halsband zuzieht. Ich wollte sie hochnehmen und streicheln, aber Onno war schneller, hockte sich neben sie und drehte ihr den Hals um, ohne Ansage, ganz kurz und schmerzlos. Ich weiß, wie schwer ihm das fiel, aber was hätte er machen sollen? Er findet zurzeit jeden Tag Vögel, meinte er, die qualvoll an Unterkühlung oder Vergiftung sterben, die ertrinken oder verhungern. Wenn ihnen den Hals umzudrehen das Einzige sei, was man für diese Vögel tun könne, dann sei das schon zum Verzweifeln, klagt er. Ich finde es zum Verzweifeln, dass es noch immer so viele Idioten da draußen auf See gibt, die öliges Bilgenwasser von ihren Schiffen ablassen oder ihre Tanks auf See ausspülen. Von wegen, eine Seefahrt, die ist lustig! Jedenfalls nicht für die vielen verseuchten Vögel und toten Strandkrabben, für die Butterfische, Aale,

Zwergzungen und Knurrhähne, die teilweise mit so ekligen Geschwülsten und Geschwüren behaftet sind, dass einem richtig schlecht wird. Und noch immer tun alle so, als sei das alles normal. So normal, wie sich als Feriengast nach dem Strand jedes Mal mit einem terpentingetränkten Lappen den Teer von den Füßen abzuwaschen oder sich auf dem Weg zum Strand durch diese widerlich faulig riechenden Schaumalgenberge, durch Plastikmüll, Glasscherben und Kadaver kämpfen zu müssen. Ich kenne kaum einen Fischer, der noch seinen eigenen verseuchten Fisch isst oder sich seinen Kaffee mit der zum Himmel stinkenden Nordseebrühe zubereitet. Irgendwann wird auch kein Kurgast mehr Lust haben, in dieser ranzigen Pampe zu baden, die, da würde ich meine (tote) Urgroßmutter drauf verwetten, nicht nur Fischkrankheiten auslöst. Ich jedenfalls nicht. Ich war noch nicht ein einziges Mal im Wasser, seit ich Ferien habe. Nicht mal Käpt'n Strandmann geht da mehr rein. Schon im letzten Sommer haben mich da keine zehn Pferde mehr reingekriegt. Früher gab es kaum einen Tag, an dem ich nicht schwimmen gegangen bin, ob im Sommer oder im Winter. Und Vati und auch die meisten Gäste aus dem de Tiden, die wegen der ach so sauberen Nordseeluft kommen, tun so, als sei alles wie immer.

Was bringt es da, wenn Onno das noch abwenden will und die Leute durch Wattwanderungen aufklärt, Daten erhebt und mit deformierten Fischen und ölverschmierten oder anderweitig verseuchten Vögeln im Gepäck zu Politikern nach Hannover pilgert, wenn am Ende doch nur Bonn zählt und der schnöde Mammon?

Onno meinte, dass die Möwen jedenfalls nicht dadurch zurückkommen, dass wir fröhlich »Alle Vöglein sind schon da« singen. Man müsse laut und unentwegt trommeln, weil die Politiker meist eh erst verstehen wollten, was auf dem Spiel steht, wenn das Spiel schon längst verloren scheint. Darum findet Onno es richtig, die Menschen dafür zu sensibilisieren, was genau es ist, das da auf dem Spiel steht, und sie vor Ort zu überzeugen, dass wir nur leben, wenn die Natur lebt, dass wir leiden, wenn sie leidet, und dass wir sterben werden, wenn sie irgendwann stirbt.

Und als ich ihn dabei beobachtete, wie er die gerade noch leidende, sterbende und dann tote Möwe in eine Plastiktüte einwickelte und in seinem Rucksack verstaute, dachte ich, dass er natürlich recht hat. Was er tut, bringt etwas, und wenn ich höre, was Sartres Aktionsgruppe mit dem Anti-AKW-Camp in Wöhrl auf die Reihe gekriegt hat, dann ist Miesmachen und Nichtstun natürlich keine Option.

So pessimistisch oder fatalistisch kenne ich mich eigentlich gar nicht. Als würden sich die heimischen Schlechtwetterwolken über mein sonst so sonniges Gemüt schieben und meinen Blick aufs große Ganze verdüstern. Aber will ich eine so dunkle Zukunft voller Hungersnöte, Dürren, Meeressterben, Ressourcenknappheit, Kriege und so weiter einfach hinnehmen? NEIN! Und deshalb versprach ich Onno, wahrscheinlich aber eher mir selbst, als eine Art Selbstversprechen oder in der Hoffnung, mich davon zu überzeugen: »Ich will idealistisch bleiben und mich engagieren, etwas bewegen, Lösungen suchen! Ich will moralisch handeln und für das Gute und Gerechte kämpfen, statt anderen zu schaden und sie zu verletzen. Und ich will mich auf das Schlimmste vorbereiten …«

Als ich das ausgesprochen hatte, konnte ich mich kaum noch rühren, denn ich steckte plötzlich fast bis zu den Knien im Schlick fest. Onno lachte laut auf, ob der unfreiwilligen Komik, schätze ich. Vor lauter Reden hatte ich nämlich nicht bemerkt, wo ich hintrat. Ich hatte weder registriert, dass der Boden immer weicher wurde, noch Onnos warnende Handzeichen. Normalerweise erkenne ich diese schlammigen Fallen schon von weitem an ihrer glatten, glänzenden Oberfläche. Zum Glück hatte Onno seine Ausrüstung dabei, warf mir das Rettungsseil wie ein Lasso zu und zog mich heraus. Als wir zurück zum Ufer stapften, beendete ich meinen Satz: »Und ich will mich auf das Schlimmste vorbereiten – wenn auch auf das Beste hoffen! Danke fürs Seil!«

Onno meinte dann augenzwinkernd, er wisse nicht, wer besser geeignet sein sollte, die großen Probleme unserer Zeit anzupacken und zu lösen, als diejenigen, die wie ich für eine Sache so brennen, dass sie fast jedes Hindernis überwinden können und sich auch von Rückschlägen nicht von ihrem Weg abbringen lassen.

Dann lud er mich auf einen Tee ein. Mette gab mir eine ihrer Hosen, und dann haben wir noch lange in der Küche geredet, bis spätabends, wie so oft. Mette kommt aus Hamburg und hat mich ermutigt, nach Berlin zu gehen. (Manchmal frage ich mich, wie sie es hier aushält. Sie war kaum älter als ich, als sie Onno im Urlaub auf Juist kennengelernt hat – und ist hiergeblieben, obwohl sie eigentlich als Au-pair-Mädchen weit weggehen wollte. Wie verliebt kann man nur sein?) Wenn ich mir sicher sei, dass ich mich nicht von den Lichtern der Großstadt blenden lassen würde, sollte ich das unbedingt ausprobieren.

Das ist eine gute Frage: Bin ich mir sicher? Will ich dahin, weil ich glaube, gespürt zu haben, dass ich da hingehöre? Will ich dahin, weil ich es toll finde, wie engagiert Sartre ist, was er alles weiß und wie viel da möglich scheint? Oder weil es niemand anders will, aus Trotz, weil insbesondere Vati mir davon abrät? Und die vielleicht interessanteste Frage: Will ich es überhaupt immer noch?

Die Gedanken und Gefühle hüpfen in meinem Hirn wie Millionen Sandflöhe herum. Ich weiß es einfach nicht. Vati macht mich mit seinem Wirbel noch ganz verrückt. Nichts, was ich tue, ist je gut genug. Es ist, als ob er mich nie als die sieht, die ich bin, sondern mich zu jemand anderem machen will, der ich aber nicht sein will.

Mette sagte dann, dass ich immer ich sein soll und mein eigenes Leben führen muss.

Und wenn es schon zu spät dafür ist?, fragte ich. Und ich habe gemerkt, dass es stimmt. Vielleicht sollte ich einfach aufgeben. Vielleicht hat Vati recht. Manchmal kommt es mir so vor, als würde ich gar nichts mehr fühlen.

Mette hat mich auf diese Mette-Art angesehen, die dir sofort Vertrauen einflößt, und mich vorsichtig gezwickt. Als ich aufschrie, hat sie mich gefragt, ob ich wirklich nichts fühlen würde. Ich habe laut aufgelacht. Siehst du, hat sie gesagt, solange du fühlst, was zwickt, was schneidet, was brennt, was kitzelt, so lange schafft es keiner, dir einzureden, nicht mal du selbst, dass du nichts fühlen kannst oder sollst. »Du wirst merken: Wenn du bereit bist, fühlst du, dass du fühlst!« Obwohl sie nicht mal zehn Jahre älter ist als ich, ist sie weise wie eine Greisin.

Vielleicht muss ich die Dosis erhöhen, um mehr zu fühlen (oder zu fühlen, dass ich fühle). Ich bin dann los in die Welle und wollte ein bisschen tanzen. Da spielte eine Band, und als ich eine Cola an der Bar bestellte, stand plötzlich ausgerechnet Mattes neben mir, Julias Bruder, und fragte, ob er mich einladen dürfte. Früher hatte er ganz viele Pickel und so komischen Flaum auf der Oberlippe. Inzwischen sieht er ganz passabel aus, die Quaddeln haben sich verzogen, und er hat ziemlich Muskeln bekommen. Erst stotterte er ein wenig, dann erzählte er mir, dass er jetzt Wehrdienst bei der Luftwaffe mache. Ich hörte ihm nur mit halbem Ohr zu. Mit den restlichen anderthalb Ohren und beiden Augen verfolgte ich die Band oder besser den gutaussehenden Sänger, der Haare bis zum Po hatte und eine unglaubliche Lederjacke trug. Aber das schien Mattes nicht zu stören.

Momentan hat er Urlaub und arbeitet als Segelfluglehrer in der Jugendbildungsstätte Theodor Wuppermann. Pilot, das hätte ich diesem Dussel gar nicht zugetraut!

Er fragte mich dann, ob ich Lust hätte, morgen eine Runde mit ihm im Segelflieger zu drehen. Und ob ich Lust habe! Das ist die erste richtig gute Idee, seit ich auf die Insel zurückgekommen bin. Vielleicht fühle ich da oben?

21. Kapitel

Juist 2008, Adda

Mit einem tiefen Seufzer ließ sich Adda in den Sand fallen. Wie immer wanderte ihr Blick zuerst aufs Meer hinaus. Träge lag es da, nur kleine Wellen schwappten an den Strand. Sie bekam Lust, ihre müden Füße im Wasser zu beleben. Nach dem langen Marsch zum Flughafen mit Johanne drückten ihre Schuhe.

Sie zog sie aus. Aus dem Nichts kam ein Labrador angerannt und beschnüffelte ihre nackten Füße. Sie wandte sich nach allen Seiten um, aber es war niemand zu sehen. Vermutlich war der Hund vom ein paar Kilometer ortseinwärts gelegenen Hundestrand ausgebüxt, um die Gegend zu erkunden.

Kurz streichelte sie ihm den Kopf und erhob sich. Mit den Schuhen in der Hand schlenderte sie zur Wasserlinie und tauchte ihre Füße in das angenehm kühle Wasser. Das tat gut. Nach einem Moment des Verweilens schritt sie über den nassen Sand, wobei sie darauf achtete, dass der Saum ihrer Hose nicht nass wurde. Ihr Begleiter rannte im Zickzack vorneweg und drehte sich ab und zu um, wie um sich zu vergewissern, dass sie noch da war. Gelegentlich knurrte er Wellen oder Möwen an, die plötzlich aufflogen.

Ein leichter Windstoß fuhr in Addas Haar. Sie dachte an *Käpt'n* Strandmann, der sich auch immer aufgeführt hatte wie ein Strandwart und Leute angebellt hatte, die unerlaubt Fußball spielten oder ihr Territorium rund um den Strandkorb mit Handtüchern, Strandmuscheln und Sandspielzeug so erweiterten, dass kein Durchkommen mehr war.

Nach Wandas Verschwinden war er wie ausgewechselt gewesen. Obwohl ihre Tochter in ihren letzten Jahren kaum mehr auf der Insel gewesen war, schien er gespürt zu haben, dass sie diesmal gar nicht mehr zurückkommen würde. Als ob er den Kießlings mitteilen wollte, dass er in diesem Fall lieber allein durchs Leben gehen wollte, quittierte er von einem Tag auf den anderen seinen Fährdienst und knurrte jeden weg, der ihm zu nahe kam. Selbst von Marijke ließ er sich nicht mehr anfassen.

Adda konnte ihn gut verstehen. Auch sie hatte lange Zeit Menschen und Orte gemieden, die sie mit Wanda in Verbindung brachte. Ihre Tochter fehlte ihr jede Sekunde. Wochenlang wartete sie darauf, dass sie wieder auftauchte und plötzlich vor der Tür stand. Aber das tat sie nicht. Das Wunder blieb aus und Wanda weg. Kein Lachen, kein Quasseln, keine Vorträge mehr im Haus, keine alles wissen wollende, wache Wanda, die so wunderbar staunen konnte.

Adda fand keinen Trost. Nicht bei ihren anderen Töchtern, nicht bei Eduard oder ihrer Mutter, nicht im Betasten von Wandas persönlichen Dingen, die dort liegen geblieben waren, wo sie sie gelassen hatte. Aber wie sollte man überhaupt Trost finden nach dem Verlust eines Kindes?

Onno hatte Eduard gesehen an jenem Morgen. Er sei vom Watt gekommen, habe ausgesehen wie ein Geist und Wandas Fahrrad geschoben, das später am Aufgang zu jener Strandstelle gefunden wurde, wo sie immer gebadet hatte. Offensichtlich hatte ihr Mann Adda schützen wollen und in dem Glauben gelassen, dass es ein Badeunfall gewesen war, kein Selbstmord. Dass Wanda keine Wattwanderung gemacht haben konnte, musste ihm klar gewesen sein. Die Flut hatte an jenem Tag bereits um vier Uhr morgens eingesetzt. Als Onno ihr davon berichtete, hatte Adda begriffen, dass Wanda tatsächlich für immer verloren war, und wäre am liebsten hinterhergestorben.

Sie grub sich in ihrem Zimmer ein, wie eine Muschel sich im Schlamm verbarg, um Schutz vor Feinden zu suchen. Addas schlimmster Feind waren ihre Erinnerungen. Sie dachte wieder viel an Dresden, als die Bomben über ihrem Kopf explodiert waren, sie dachte an ihre Großmutter, die sie im Stich gelassen hatte, und an Jan, der sie im Stich gelassen hatte. Und lange ließ sie ein Bild nicht los, das sie nie gesehen hatte und das dennoch in aller Klarheit vor ihrem inneren Auge stand: Wanda, die im Wasser verzweifelt um ihr Leben kämpfte. Die Düsternis zog Adda tiefer und tiefer, bis es tiefschwarz um sie herum war.

Nachdem sie, die so viel Licht brauchte, orientierungs- und appetitlos in der Finsternis umhergetaumelt war, war es Onno gewesen, der sie vom Abgrund weg und hinein ins Watt gezogen hatte. Er führte sie an den Ort, den Wanda geliebt und der sie verschluckt hatte.

»Sieh hin, Adda, sieh genau hin!«

Ja, das Watt konnte das Verderben bringen, wenn man nicht aufpasste oder das Risiko bewusst auf sich nahm. Es war eine Gefahrenzone gigantischen Ausmaßes: Seenebel, in dem man sich verlor; schlickige Fallen, die einen in die Tiefe zogen, geriet man hinein; scharfkantige Schwertmuscheln, die einem die Füße aufschlitzten; Priele, die zu tiefen, reißenden Strömen wurden und einen auf Nimmerwiedersehen ins Meer spülen konnten.

Onno zeigte Adda aber, dass es im Watt nicht nur Schatten gab, sondern dass etwas Unbesiegbares in einem aufleuchten konnte, wenn man nur lange genug durch sein diffuses Licht schritt.

»Um das Watt wirklich zu verstehen, musst du Teil der Stille werden«, erklärte er ihr, als sie schweigend auf festem Sandwattboden fast bis nach Norddeich marschierten, wie Pilger auf dem Jakobsweg.

Natürlich meinte er nicht das Watt, sondern Adda selbst. Er kannte sie und wusste, dass er ihr einen Umweg anbieten, sie ihre eigenen Schritte auf dem Pfad der Trauer gehen lassen musste, in ihrem Tempo, damit sie sich auf die Stille einlassen und sich mit ihren Gespenstern auseinandersetzen konnte.

Sieben Stunden ohne den geringsten Laut brachten Adda die Erkenntnis, dass sie sich in der Weite des Watts nicht länger klein und verloren fühlte. Die Stille, die zunächst schwer und bedrückend auf ihr gelastet hatte, fühlte sich nun leicht und quicklebendig an. Auf dem Boden wimmelte es von Leben – und eine Ahnung vom Wesen des Werdens und Vergehens wehte sie an.

Nach der Zeit in vollkommener Ruhe überkam sie mit einem Mal das Bedürfnis zu reden, wie ein übermächtiger Hunger. Adda hob an zu erzählen und hörte für eine ganze Weile nicht mehr auf. Sie redete von Wanda, von ihrer Schwäche für Zimtschnecken, ihren Gedanken über Gott und ihrer Abneigung gegen das Boßeln in Gruppen. Sie fragte Onno, ob Wanda es gemocht hatte, wenn der Schlick weich durch ihre Zehen quoll, ob sie eher auf ihren Sehsinn, ihr Gehör oder ihre Sprache verzichtet hätte, hätte sie sich entscheiden müssen, und ob sie jemals ihren Namen ins Watt geschrieben habe wie einen Fingerabdruck. Sie fragte ihn, ob er Wandas geheime Gedanken gekannt habe.

»Die kennt gottlob nur ihr Tagebuch!«, meinte er. Und sie fragte sich und ihn, wo es abgeblieben war, das Tagebuch, das Mette und Onno ihr zum zwölften Geburtstag geschenkt hatte.

Und dann kamen die Tränen, zum ersten Mal. Zuerst liefen sie ihr nur leise die Wangen hinunter. Dann wurde sie von einem tonlosen Schluchzen geschüttelt, das aus ihrem tiefsten Inneren zu stammen schien und ihren ganzen Körper erbeben ließ. Und schließlich weinte sie laut und lauter. Schrie und wälzte sich dabei auf dem Wattboden wie eine Kegelrobbe, schlug dabei um sich, als müsse sie Fausthiebe abwehren.

Onno ließ sie gewähren. Erst als Adda langsam leiser wurde, nahm er sie fest in die Arme, hielt sie und weinte mit ihr.

Und als diese ersten richtigen Tränen versiegt waren, hob Adda den Kopf und fühlte sich, als sei sie aufgewacht. Nichts war von Dauer. Nicht die Wattplaten, nicht die Priele und Rinnen, die die Strömung jeden Tag veränderte, nicht die Finsternis, nicht mal die Art der Selbstvorwürfe. Es lag ein merkwürdiger Frieden in dieser Erkenntnis, der Adda mal tröstete und mal wütend machte. Aber sie spürte, dass sie auf ihrem Weg durch die Trauer einen Schritt weitergekommen war. Auch wenn sie von diesem Tag an nie wieder schwimmen ging. Das blieb zurück, für immer.

Irgendwann, drei Monate nach Wandas Verschwinden, gab ihr Onno etwas, das ihre Welt erneut komplett auf den Kopf stellte. Die Grünsteinkette ihrer Tochter, die sie nie abgelegt hatte und die sie beschützen sollte vor den Gefahren des Wassers. Sie war unversehrt und ohne Spuren eines Überlebenskampfes, und das war zu viel für sie. Sie deponierte die Kette auf Nimmerwiedersehen in dem Geheimversteck des alten Sekretärs und warf nie wieder einen Blick darauf. Was hatte Wanda nur zu diesem Schritt bewogen? Was konnte so ausweglos gewesen sein, dass sie derartig grausame Entscheidungen getroffen hatte, die sie alle in tiefer Trauer und Ratlosigkeit zurückließ.

Wenig später lieferte ihr Mattes zumindest ein mögliches Motiv für Wandas Verzweiflungstat. Am Abend, als Frauke in Norden auf die Geburt von Arne gewartet hatte, war er Adda entgegengetorkelt gekommen und hatte sich bei ihr entschuldigt. »Ich bin schuld, dass Wanda tot ist.« Sie erinnerte sich noch an jedes Wort. »Verzeih mir, dass ich sie weggeschickt habe. Warum bin ich nicht mit ihr verschwunden …«, lallte er. »Ich will kein Baby mit Frauke, sondern mit ihr.« Adda schüttelte ihn, damit er zur Vernunft käme, doch er sprach wie von Sinnen weiter: »Seit dem Polterabend weiß ich, dass sie mich liebt.« Adda fragte ihn, wie er sich so sicher sein könne, und da antwortete er ihr: »Hätte sie sonst mit mir geschlafen?« Dann krümmte er sich zusammen und weinte wie ein Kind. Und mit einem Mal verstand Adda alles: Wanda hatte den Betrug an ihrer Schwester nicht verkraftet und war ins Wasser gegangen, um sich reinzuwaschen.

Adda wäre ihr am liebsten gefolgt. Denn sie allein hatte Schuld an alledem! Sie war es, die Wanda in die Verzweiflung getrieben hatte, sie war es, die ihr Versprechen als Mutter nicht gehalten hatte, die ihr Kind nicht vor sich selbst beschützt hatte. Einzig und allein der Gedanke an ihre drei anderen Kinder brachte sie dazu, auf festem Boden zu bleiben. Sie musste für sie weiterleben, musste ihnen eine Stütze sein und zeigen, dass Aufgeben keine Option war.

Und das tat sie, von Tag zu Tag. Diese Schritthaftigkeit war ihr Rettungsanker. Nie fühlte sie sich so lebendig wie an diesen Tagen, wenn sie mit allen Sinnen das Watt erfuhr. Onno füllte ihren Kopf mit neuen Bildern. Ließen die Gezeiten es zu, marschierten Onno und sie bei Sonnenaufgang los, wenn noch alles schlief, auch bei Schietwetter. Diese morgendlichen ersten Schritte auf dem Wattboden mit seinen täglich neuen Mustern aus Wellen, Rillen, Rippeln und dunklen Farben, frisch und unverbraucht, und damit das Gefühl, immer wieder von vorne anfangen zu können, gaben Adda den Glauben zurück, Einfluss auf den Lauf der Dinge zu haben.

Immer wieder neu anfangen?, dachte sie jetzt. Galt das wirklich auch für sie? Sie alle hatten immer wieder neu angefangen, ihre Mutter, Eduard, Wanda, Marijke. Aber hatte auch sie neu angefangen? Hätte, sollte, würde, wollte – hatte sie nicht längst alle Chancen vertan?

Plötzlich schwappte eine Welle hoch bis zu ihren Knöcheln. Ehe sie sich versah, spritzte eine weitere an ihrem rechten Bein hoch. Adda fluchte laut und musste im selben Moment über sich lachen. Als wüsste sie nicht, dass die Flut Wasser brachte. Der Saum und ein Hosenbein waren nass. Lächelnd ging sie auf dem trockenen Sand weiter.

Inzwischen hatte sie den Hundestrand hinter sich gelassen und dort auch ihren tierischen Begleiter. Sie hatte einen schrillen Pfiff aus einer Pfeife gehört und gesehen, wie der Hund in einer Ansammlung von Menschen verschwand.

Adda blieb stehen, bohrte ihre Zehen in den Sand und ließ ihn durch die Zwischenräume rieseln. Dieses Spiel war schon früher ihr Weg gewesen, den Blicken der anderen Strandspaziergänger auszuweichen und bei ihren Gedanken zu bleiben.

Manchmal fragte sie sich, ob sie das Watt so liebte, weil Onno und das Watt zusammengehörten und weil es sie wieder zusammengeführt hatte. Oder war es die Liebe, die sie immer wieder zueinanderführte? Schlicht die Liebe, so schlicht wie seine Antwort auf die Frage, warum Mette ihn verlassen hatte: Nicht etwa, weil Mette keine Kinder bekommen konnte, sondern: »Weil ich dich liebe. Weil es nie eine andere für mich gegeben hat. Und weil Mette es immer geahnt hat.« Natürlich hatte er es ihr im Watt gesagt, auf sicherem Boden, dort, wo er alle Vorsicht abschütteln konnte. Es war dieser Moment gewesen und die wenigen ihm folgenden, als auf einmal alles möglich schien, als er mit diesen knappen, wahren Sätzen ihre Deiche gebrochen hatte. Wie mit diesem Satz: Wer liebt, sieht die Welt durch vier Augen. Auf einmal sah auch sie das Watt, das Wasser und die Wolken anders, und es war doppelt schön, und sie musste ihn einfach küssen. Diesem Kuss, der ihre Welt aus den

Angeln hob, waren ein paar innige Stunden gefolgt und dann dieser schicksalhafte Kuss in den Dünen.

Natürlich wurde es danach unmöglich, und das Gefühl, das er in ihr ausgelöst hatte, ganz eins zu sein mit einer anderen Person und der Welt, verbarg sie von da an tief in ihrem Herzen.

Onno kannte sich aus mit dem Auf und Ab der Gezeiten und akzeptierte ihre Entscheidung. »Weißt du noch, was meine Mutter einmal zu uns gesagt hat? Dass jedes Werden in der Natur, im Menschen, in der Liebe abwarten und geduldig sein muss, bis seine Zeit zum Blühen kommt.« Dreißig Jahre waren es inzwischen. Adda liebte Onno. Sie spürte das jeden einzelnen Tag. Sobald er in ihrer Nähe war, wurde sie ruhiger, wurde sie sie selbst.

Adda musste daran denken, wie erschöpft sie mittlerweile von dem jahrzehntelangen Versuch war, ihre Empfindungen für sich zu behalten, ja, sie zu leugnen. Wie anstrengend sie den Abstand fand. Sie hielten sich fest, ohne einander zu berühren, sie wärmten sich an ihren Blicken und Worten, die nur ihnen gehörten, und waren glücklich über jede Minute, die sie miteinander verbringen konnten. Und doch war das kein Ersatz für wirkliche Nähe.

Was, wenn Marijke recht hatte und sie noch einmal neu beginnen könnte?

Von weitem erblickte sie oben auf der Promenade die Strandhalle. Früher hatte sie in dem Pavillon zu Livemusik getanzt. Inzwischen ging es dort gediegener zu. Es war ein solides Restaurant mit guter Küche, und für die Nostalgiker, die wollten, dass alles so blieb, wie es immer gewesen war, gab es weiterhin Milchreis zum Mitnehmen. Lange Zeit hatte sie diesen Ort gemieden, den Ort, an dem Frauke ihren Polterabend gefeiert hatte, nach dem alles den Bach runtergegangen war. Viele Jahre war das her. Nun trank sie dort mit Johanne hin und wieder einen Tee. Ihre Mutter liebte den Rundumblick aufs Meer, auf den Strand und auf die Dünen.

Sachte klopfte sie den Sand von ihren Füßen, zog die Schuhe wieder an und nahm den Weg an der Strandhalle vorbei. Zu ihrer Überraschung sah sie ihren Enkel dort sitzen, allein.

Arne trank ein Hefeweizen. »Ich grüße dich, Oma«, sagte er und prostete ihr zu.

Sein Gesicht war knallrot, ob von der Sonne oder vom Alkohol, vermochte sie nicht zu sagen. Sie fürchtete, dass er nach seinem Vater schlug. Mattes hatte schon drei Entzüge hinter sich. Während des letzten hatte er eine wohlhabende Schweizerin kennengelernt, mit der er inzwischen in Zürich zusammenlebte. Oder war es Basel? Sie hatte Mattes nie besonders gemocht, fand ihn blutleer und humorlos und störte sich an seinem schrillen Bierzeltlachen nach drei Jever Pilsenern. Er konnte einen schwindelig reden. Zu allem hatte er eine Meinung. Darin war er Eduard nicht unähnlich. Auch ihr Mann kokettierte gerne damit, stets einen Standpunkt zu haben, und brachte ihn genauso gern unters Volk wie sein Schwiegersohn. Mattes war aber immer klug genug gewesen, zu wissen, dass er in Eduards Gegenwart dem Ranghöheren den Vortritt lassen musste. Lange Zeit war es ihm recht gut gelungen, Eduard bei Laune zu halten. Er und auch Johanne bescheinigten ihm ein gutes Auge für Einsparpotenziale. Im Speisesaal bückte er sich nach heruntergefallenen frischen Servietten, um sie nochmal zu verwenden, er zeigte dem Küchenpersonal, dass die Restbutter vom Gästeteller nicht in den Mülleimer, sondern in die Pfanne gehörte, und er prüfte alte Lieferverträge und tauschte danach beinahe alle Stammlieferanten aus. Ihm läge die Hotellerie im Blut, sagte er, schließlich habe den Paulsens früher einmal der Juister Hof gehört, bis sein Großvater sich aus Lust oder Sucht am Glücksspiel so verschuldet hatte, dass Eduard das Haus für

’nen Appel und ’n Ei hatte übernehmen können. Was Johanne und Eduard übersahen, war, dass Mattes’ »gutes Auge« auch auf das weibliche Personal fiel. Schon bald nach der Hochzeit kamen erste Gerüchte auf, dass Mattes sich mit Aushilfskräften vom Festland vergnügte. Beweisen konnte Adda ihm nichts, und Frauke stellte sich auf diesem Ohr taub. Bis sie ihn Jahre später in flagranti erwischte und Eduard sowohl die Geschäftsbeziehung zu Mattes als auch Fraukes Ehe auf seine Weise beendete: rauf auf die Fähre und runter von seiner Insel. Hätte sie ihre Tochter warnen müssen, schon viel früher? Sie wusste doch, wie er tickte, dass er Frauke schon vor der Hochzeit betrogen hatte, mit ihrer eigenen Schwester, mit Wanda. Aber diese Wahrheit hätte alles auffliegen lassen, auch die größte Lüge von allen. Ach, das Ganze war so furchtbar und ausweglos, das es ihr wie ein böser Traum erschien.

Arnes Husten riss sie aus den Gedanken.

Er räusperte sich und lächelte sie dann unbeholfen an, während sein Blick unruhig über den Strand strich. »Setz dich doch!«

Adda schüttelte den Kopf. »Ich muss leider weiter. Aber geht’s dir gut?« Sie betrachtete ihn sorgenvoll. Er hatte etwas Trauriges in den Augen, selbst wenn er lachte.

»Läuft prima.« Seine Stimme schleifte schon.

»Sicher?«, fragte sie. »Und warum bist du nicht in der Reederei in Norden?«

Seine Lippen zitterten.

»Großvater kam persönlich vorbei, um mir kündigen zu lassen. Und jetzt ist Mutti auch noch auf hundertachtzig und hat mich vorhin vor die Tür gesetzt.«

Adda schwieg erschüttert.

»Das kann ich nicht glauben«, sagte sie dann. »Warum sollte er das tun?«

Arne zuckte mit den Achseln. »Ich vermute, weil ich der falschen Person bei der Juista anvertraut habe, dass ich es ekelhaft finde, dass mein Großvater für seinen Einsatz um die Umwelt geehrt wird, wenn er sie doch zusammen mit der Reederei jeden Tag zerstört. Dabei hätte ich noch ganz andere Dinge erzählen können.« Er verzog das Gesicht.

»Wovon redest du?«

Arne schnippte mit den Fingern.

»Der große Grundstücksverkauf im Loog vor zehn Jahren. Klingelt es?«, fragte er, und fuhr fort, ohne ihre Antwort abzuwarten. »Großvater hat jede Menge Geld dafür kassiert, dass der Zuschlag für dieses gemeindeeigene Filetstück an diesen Investor aus Emden ging – und der Bebauungsplan rechtzeitig so geändert wurde, dass man auf einmal bis in die Dünen hinein bauen durfte. Das hat Vater mir erzählt.«

Adda stutzte. Sie erinnerte sich an die hitzigen Diskussionen damals. Weil es kaum Bauland gab, wurde Wohnraum immer teurer. Der Investor hatte zugesichert, dass die Wohnungen ausschließlich für Insulaner gebaut würden. Doch am Ende hatten die Einheimischen in die Röhre geguckt. Die Objekte in der Neubausiedlung waren zu exorbitanten Preisen verkauft worden, und zwar ausschließlich an solvente Festländer. Eduard hatte sich damals entrüstet gezeigt über die Täuschung und öffentlich versprochen, sich gegen den Ausverkauf von Wohnraum einzusetzen.

»Geld regiert die Welt, so einfach ist das.« Arne zog vielsagend die Augenbrauen hoch.

»Das erzählt man sich«, sagte Adda. »Aber diese Gerüchte haben doch sicher Leute in die Welt gesetzt, die sich selbst den Zuschlag erhofft haben oder wütend waren, dass die Wohnungen zu teuer wurden.«

»Das ist kein Rufmord, sondern die Wahrheit!«, schnaubte ihr Enkel. »Vater hat den Deal in Großvaters Auftrag selbst miteingefädelt. Dabei ging es um Millionen. Das Emder Unternehmen wurde erst gegründet, als das Grundstück offiziell von der Gemeinde zum Verkauf ausgeschrieben wurde. Beziehungsweise erst sehr kurz davor!« Er blickte ihr tief in die Augen. »Und der Hauptgesellschafter, du wirst es nicht glauben, ist der Schwiegersohn vom Aufsichtsratsvorsitzenden der Juista, Großvaters Spezi.«

Adda setzte sich nun doch. Wenn das stimmte, dann hatte Eduard sich strafbar gemacht, dachte sie perplex. Und Mattes sich ebenfalls. Darauf stand Gefängnis, das wusste sie, weil erst vor einem Jahr einem Gemeindemitarbeiter der Prozess gemacht worden war, der einer Gartenbaufirma öffentliche Aufträge zugeschanzt hatte und sich dafür gratis von ihr den großen Garten der Familienpension hatte schick machen lassen. Aber das sah ihrem Mann eigentlich gar nicht ähnlich. Sicher, er war Politiker, er taktierte gerne und rückte sich stets in gutes Licht, und wenn er sich dafür die Wahrheit zurechtbiegen musste. Aber als Bürgermeister war er fast überkorrekt, was die Beachtung von Regeln anbelangte. Anders als ihr Schwiegersohn Mattes, dem sie durchaus zutraute, sein Insiderwissen zu nutzen, um so einen schmutzigen Deal einzufädeln. Es wäre nicht das erste Mal, dass er Eduard, der ihn gewissermaßen von der Insel geschmissen hatte, mit übler Nachrede überzog und seinen Sohn gegen den Großvater aufhetzte. Aber davon sagte sie ihrem Enkel nichts.

Arne fuhr leise fort: »Und statt für seine schmierigen Deals in Sack und Asche zu gehen, kreuzte er vorhin auch noch bei mir zuhause auf und warf mir vor, ich würde mit meiner üblen Nachrede sein Lebenswerk zerstören. Ich sei eine Schande für die Familie, und er bereut, dass er für mich seine Tochter ins Verderben geschickt hat. Keine Ahnung, was er damit gemeint hat. Sein verlogenes Lebenswerk kann er jedenfalls ohne mich feiern«, sagte er verächtlich, und sie hatte wenig Lust, ihm zu widersprechen. »Ich zieh Leine. Aber erst mal muss ich pinkeln!« Beim Aufstehen stützte er sich auf den Lehnen ab und wankte ins Restaurant.

Adda blieb sitzen. Auch sie konnte sich keinen Reim auf Eduards Aussage machen. Sollte er damit Wanda gemeint haben? Womöglich machte er sich insgeheim Vorwürfe, dass er sie mit seiner pausenlosen Kritik in die Ausweglosigkeit getrieben hatte. Schließlich war sein Verhältnis zu ihr stets getrübt gewesen. Auch an ihm mussten Schuldgefühle nagen. Aber was hatte das mit Arne zu tun?

Das Klingeln ihres Handys holte sie in die Gegenwart zurück. Sie nahm an, dass es Eduard war, der wissen wollte, wo sie blieb.

Doch auf dem Display sah sie eine andere Nummer.

»Onkel Karl, schön dass du dich zurückmeldest!«, sagte sie, als sie das Gespräch annahm. »Ich höre, du warst wandern?« Ihr Herz klopfte.

»Mit dieser lahmen Seniorentruppe? Wandern kann man das nicht nennen.« Karl schnaubte. »Eher ›In-Zeitlupe-einen-Schritt-vor-den-anderen-Setzen‹. Das nächste Mal nehme ich Finn mit.«

»Finn?«, fragte sie.

»Meinen Enkel.«

Adda horchte auf. »Du hast einen Enkel?«

»Sogar zwei.« Karl lachte.

»Und sie leben beide bei Monika? Wie alt sind sie?«, fragte sie, auf einmal aufgeregt.

Er sprach mit weicher Stimme. »Finn, sechsundzwanzig, hinter Gittern in Bautzen geboren und jetzt in Münster wohnhaft, und Theo, sechzehn, vor dem Eisernen Vorhang in Kassel geboren und nun bei Monika in Dresden gemeldet. Das ist die Kurzfassung. Was machen deine Kinder?«

Adda überhörte seine Frage. »Mehr Kinder hat Monika nicht?«

»Korrekt.«

Damit hatte sich mit nur einem Wort ihre heißeste Spur erledigt: Karls Tochter Monika konnte nicht Helens Mutter sein.

Adda lehnte sich erschöpft zurück. Ein junger Ober kam an den Tisch, doch Adda winkte ab.

»Ich freue mich wirklich sehr über deinen Rückruf und darüber, dass es dir gut geht«, sagte sie. Wenn sie Karl schon mal am Telefon hatte, wollte sie so schnell nicht auflegen. »Damals bist du so Hals über Kopf abgereist, ohne dich zu verabschieden, und ich konnte dich nicht mehr erreichen.«

»Du kannst dir doch sicher denken, warum.« Er machte eine Pause.

»Nein, das kann ich nicht«, sagte sie. »Ich zerbreche mir bis heute den Kopf darüber.«

»Schwamm drüber«, sagte er. »Ich freue mich, von dir zu hören. Leben und leben lassen, nicht wahr?«

»Schwamm drüber? Über was?«, fragte sie und erblickte am Tresen ihren Enkel, der mit einer hübschen Dame ein weiteres Bier trank. Sie schüttelte den Kopf.

»Weißt du, als ich Mitte der fünfziger Jahre aus dem Ural zurückkehrte, erwartete man uns hier nicht mit Blumen wie im Westen.« Karls Lachen ging in ein Husten über. »Wir wurden wie Kriegsverbrecher behandelt und noch Jahre später von der Stasi und der Volkspolizei überwacht. Nachdem sie uns ziemlich deutlich gesagt hatten, was wir sagen dürfen und was nicht, bin ich nach Dresden gefahren, direkt zu unserer Villa. Ich hatte keine Ahnung, was mit der Familie geschehen war. Doch da lag alles in Trümmern. Also bin ich in die Möbelwerke Lock, die zu meiner Überraschung nun *VEB Sozialistische Werkstätten Dresden* hießen. Im Büro saßen weder mein Bruder noch meine

Mutter, sondern der linientreue Herr Genosse und Werksleiter, der mich wie einen Staatsfeind empfing.« Karl redete immer schneller und schien dabei das Atmen zu vergessen.

Adda versuchte, ihn zu unterbrechen. »Onkel Karl, wenn es zu viel für dich wird …«

»Ach was«, sagte er. »Ich bin ja froh, dass du danach fragst. Damals wolltest du ja nichts davon wissen, was ich auch verstehen kann. Für mich ist es, als wär's gestern gewesen, das kannst du mir glauben.« Er schwieg kurz und fuhr dann mit neuer Kraft in der Stimme fort: »Der Genosse teilte mir dann unmissverständlich mit, dass das Unternehmen enteignet worden sei und die herrschende Klasse, sprich alle subversiven und faschistischen Subjekte, entfernt worden seien, wenn sie nicht, wie meine Familie, schon vorher das Zeitliche gesegnet oder Republikflucht begangen hätten. Ich erinnere mich genau an seine Worte: ›Was die Republik jetzt braucht, sind fleißige, sozialistische Persönlichkeiten, keine Klassengegner und Kriegsverbrecher! Oder Staatsfeinde wie ihre Schwägerin, die mit Volkseigentum geflüchtet ist.‹ Was für ein Mensch. Aber du kennst ihn ja selbst. Gut, dass ich noch am selben Tag Anna getroffen habe.«

»Kennen ist zu viel gesagt«, antwortete Adda. Sie hatte ihn von weitem gesehen, am Fenster, vielleicht dreimal, aber ihre Mutter hatte Privates und Berufliches erst zu vermischen begonnen, als sie das de Tiden übernommen hatte. Eigentlich hatte Johanne große Stücke auf ihn gehalten. Sie wäre sicher bitter enttäuscht, wenn sie erfuhr, wie ihr Schützling, den sie quasi im Munitionsgraben aufgelesen hatte, sich gegenüber Karl verhalten hatte.

Sie hörte Karl stöhnen, und es tat ihr leid, ihn mit diesen alten Geistern zu quälen. Sie erinnerte sich, dass er ihr damals erzählt hatte, wie er gleich nach seiner Ankunft seinen »Engel

Anna« kennengelernt hatte. Auf der Suche nach einem Schlafplatz hatte es ihn zu einem alten Kameraden verschlagen. Es war seine kleine Schwester gewesen, die ihm die Tür zur Wohnung und zu ihrem Herzen geöffnet hatte.

»Ach Adda!«, hörte sie ihn sagen. »Für meine Anna hätte ich auch wirklich alles getan.«

»Hast du darum keinen Neuanfang gewagt und bist in die Westzone geflüchtet?« Der Gedanke an Neuanfänge ließ sie nicht los.

Karl machte eine lange Pause.

»Dresden war Annas Zuhause und Anna meines. Nicht viele geben die heimische Scholle so leichtfertig auf.«

»Obwohl du dort so schlecht behandelt wurdest?«

»Ich habe versucht zu vergessen, das war besser so in der DDR – bis mich die Erinnerungen eingeholt haben. Du kannst dir sicher denken, warum?«

In diesem Moment torkelte Arne auf sie zu und stolperte über den freien Stuhl neben ihr. Er landete auf seinem Hintern und stöhnte laut. Adda bat Karl, ihn zurückrufen zu dürfen.

»Ab nach Hause«, sagte sie zu Arne und hakte ihn ein.

»Was soll ich jetzt nur machen?«, jammerte er.

»Erwachsen werden und Verantwortung für dich übernehmen. Und dich mit deinem Großvater und deiner Mutter vertragen.«

»Er ist doch an allem schuld … Ich will ihn nicht sehen. Nie mehr!« Es klang nach einem Versprechen.

Wie unterschiedlich sie alle waren. Manche kämpften, wie Karl oder Johanne, manche verzweifelten und wurden bitter wie Frauke und ihr Enkel. Und Wanda? Sie war die größte Kämpferin von allen gewesen. Was war passiert, dass sie aufgehört hatte zu kämpfen?

WANDAS TAGEBUCH

Juist, 6. Juli 1975

Liebes Tagebuch,
der Flug war unfassbar. Nur der Seeadler neben uns flog erhabener. Bevor es losging, hat Mattes mich auf dem Gelände der Jugendbildungsstätte herumgeführt, ein bisschen so, als gehöre sie ihm, und grüßte jeden mit Namen. Dann dozierte er ein bisschen sehr ausführlich über die verschiedenen Flugzeugtypen, über Höhenruder, Seitenruder und Querruder und über thermische Aufwinde, die man an den Quellwolken ablesen kann. Um seinen Monolog zu unterbrechen, meinte ich, dass ich genau wüsste, wovon er redete, weil ich als Kind mal Wolkenforscherin hatte werden wollen. Statt zu lachen, guckte er streng aus seinen grünblauen Augen und belehrte mich, dass es das Ziel der JuBi sei, die Teilnehmer durch das Segelfliegen zu eigenständigen und sozial kompetenten Persönlichkeiten auszubilden, die die Risiken und sich selbst einzuschätzen und vor allem nicht zu überschätzen lernten. Himmel, der versteht wirklich gar keinen Spaß! Nachdem ich mir den Rest der Einführung dann ohne Zwischenkommentare angehört hatte, stiegen wir endlich in den K7 Rhönadler, ich vorne, er hinten.

Wie die Naturkräfte das Segelflugzeug in die Höhe hoben und trugen, wie wir sanft dahinglitten übers Watt, wie wir Schleifen drehten, Juist und Norddeich von oben sahen und mit den Vögeln wettflogen, das war einfach atemberaubend! Es kam mir vor, als würden sich Himmel und Erde hier berühren. Ich hatte keine Vorstellung davon, was für ein magisches Bild die von Wellen und Wind geformte, wasserdurchzogene Wüste von oben abgibt. Es sieht aus, als hätte ein Maler die sich in weiten Bögen schlängelnden Wasserlinien mit dem Pinsel durch die Sand- und Schlickmassen gezogen. Und ich habe einen exklusiven Blick auf das schönste und größte Gemälde, das ich je gesehen habe. Wie der Seeadler, der mit seinen ausgebreiteten Schwingen immer wieder unsere Flugbahn kreuzte. Was für ein Glücksgefühl, wie er die Welt von oben zu betrachten. Kaum Geräusche hier oben, nur der Flügelschlag im Wind, alles Grelle verblasste, die Welt wirkte milder, und meine Sorgen, eben noch hoch wie der rechteckige Leuchtturm von Memmert, sahen jämmerlich aus von hier (wie übrigens auch der Leuchtturm, von oben zumindest). Das ist also die Freiheit der Lüfte! Ich schrie vor Begeisterung. Mattes rief mir von hinten zu, dass ich ja schon immer Höheres im Sinn gehabt habe.

Und ich denke, er hat recht. Ich fühlte mich tatsächlich wie Ikarus oder wie Sindbad auf dem fliegenden Teppich. Dass man sich dabei auch noch vogelgleich die Natur als Motor zunutze machen kann, ohne die Umwelt zu schädigen, lässt mich natürlich noch höher fliegen.

Als Mattes mich nach der Landung fragte, ob ich mir vorstellen könnte, einen Flugschein bei ihm zu machen, sagte ich sofort zu. Jetzt verstehe ich den Satz: Nur Fliegen ist schöner.

Juist, 16. Juli 1975

Liebes Tagebuch,
seit zwei Wochen (oder sind es drei?) bin ich jetzt schon hier auf der Insel, und es gibt eigentlich nicht so viel zu erzählen, außer dass ich jeden Tag fliege, nicht genug davon kriegen kann, und dass ich mich endlich wieder spüre. Ich habe Mette nach unserem letzten langen Gespräch natürlich von den Flügen berichtet und wie toll ich mich dabei fühle, so als wäre alles möglich. Und sie lachte und meinte, wer auf Mette hören will, MUSS fühlen, das hätte sie mir gleich sagen können.

Inzwischen habe ich mehr als fünfzig Starts hinter mir, und Mattes überlässt mir längst das Steuer. Ich bin »alleinflugreif«, und er bleibt unten und kontrolliert mich höchstens über Funk! Das Wetter ist seit Wochen perfekt. Jeden Tag gehe ich gut zehn Mal in die Luft. Mir sind die Handgriffe in Fleisch und Blut übergegangen. Ich erkenne die Thermik verheißenden Wolken, spüre, wann sie mich nach oben drücken, weiß, wie ich durch Kreisen im warmen Aufwind an Höhe gewinne, wie ich den Seitenflug meistere und wie ich wie ein Habicht auf Sinkflug abgleite, um zu landen.

Ich bin Oma so dankbar, dass sie den Segelflugkurs bezahlt hat! Sobald ich andere Menschen befördern darf, lade ich sie zu einem Rundflug über Juist ein. Sie soll sehen, dass das de Tiden von oben das mit Abstand imposanteste Gebäude Juists ist.

Vorhin hat mich Vati kurz vor dem Essen abgefangen und in den Speiseraum gewunken. Seit dem Streit sind wir uns aus dem Weg gegangen, was nicht schwer ist, da ich den ganzen Tag in der JuBi bin und er am Abend ständig in irgendwelchen Ratssitzungen oder anderen Treffen hockt. Doch er war zur Abwechslung richtig gut aufgelegt und meinte, kaum dass er die Tür geschlossen hatte, dass Schnaps manchmal bekömmlicher sei als Reden. Auguste brachte uns eine Flasche Dornkaat und zwei Gläser. Es war das erste Mal überhaupt, dass er mir Alkohol anbot. Das macht er sonst nie. Wahrscheinlich war es ein Friedensangebot. Er trank auf uns, wobei er mich lange ansah, dann auf »unser Juist« und darauf, dass die Insel dank seiner Bemühungen nun offiziell ein staatlich anerkanntes Nordsee-Heilbad geworden sei. Nun war auch klar, wo seine gute Laune herrührte. Aber die Absicht zählte, fand ich, also gratulierte ich ihm und prostete ihm zu. Später, als sich alle zum Abendessen setzten, blieb die Stimmung ausgelassen. Vati erzählte, dass Herr Barsch aus Zimmer 12 ihn vorhin mit »Herr Kießling« angesprochen habe. Bei der Unterschlagung seines Doktortitels versteht er normalerweise keinen Spaß und pocht darauf, dass die zwei Buchstaben und der Punkt ein Namensbestand-

teil seien, was meiner Meinung nach nicht zutrifft. Nun lachte er aber und sagte: »Was würde dieser Herr Barsch aus Zimmer 12 denn nun sagen, wenn ich bei ihm nur einen statt wie er bei mir zwei Buchstaben seines Namens wegließe?« Wobei wir alle lachen mussten, besonders Vati, der sich zum Glück nicht immer so furchtbar ernst nimmt. Vielleicht gewöhnt er sich doch irgendwann an den Gedanken, dass ich Medizin in Berlin studiere.

Marijke trat dann mal wieder voll ins Fettnäpfchen. Sie behauptete nämlich, Mattes wäre in mich verknallt. »Ihr hättet ihn sehen sollen!«, posaunte sie in die Runde. »Dem fallen die Augen raus, jedes Mal, wenn er Wanda anschaut!«

Frauke hat ein ganz komisches Gesicht gemacht und gesagt, dass ich also der Grund sei, warum Mattes sie nicht mehr zum Spazierengehen von der Arbeit abholte. Sie hat sich richtig aufgeregt. Ich verstand gar nichts mehr. Ich habe ja nicht mal gewusst, dass sie sich kannten. Frauke unterstellte mir dann tatsächlich, dass ich ihr den einzigen Jungen auf der Insel ausspannen würde, aus dem sie sich etwas macht, nur, um mich an ihr zu rächen. Zu rächen? Wofür?

Immerhin gebe es ja Leute, die lieber mit ihr als mit mir sprechen würden. Und nicht an meinen ach so interessanten Geschichten interessiert seien. (Sie meinte natürlich Vati, der ihr das erste Mal im Leben zuhört.) Auf meine Frage, ob Mattes und sie denn ein offizielles Liebespaar seien, zuckte sie nur blöd mit den Schultern.

Sie geht mir so auf die Nerven! Es gibt Tage, da verstehen wir uns so gut, dass wir sogar wie Freundinnen ins Kino gehen, mit Theda zusammen. Die Liebe zu amerikanischen Filmen eint uns. Aber seit Frauke ihre Ausbildung macht, nimmt sie sich so wichtig! Wenn sie von ihrer Schicht aus dem Weberhof kommt, legt sie weder die Uniform noch ihre Attitüde ab. Sie fachsimpelt mit Oma und Vati über Bettenbelegung, Frühstücksbuffet, à la carte oder Vollpension. Und wenn ich den Raum betrete, hört sie auf zu sprechen, als ob die Erwachsenengespräche nicht für meine kindlichen Ohren bestimmt seien.

Als sie mich jetzt aufforderte, die Finger von Mattes zu lassen, sagte ich, dass ein paar harmlose Spaziergänge nicht schon eine offizielle Verlobung seien. Da lief sie weinend aus dem Zimmer.

Und wenn schon! Mattes hat sie mit keinem Wort erwähnt. Außerdem ist er mir herzlich egal. Heute Morgen hat Sartre mir geschrieben. Ihm geht unsere Nacht nicht aus dem Kopf, schreibt er und fragt, ob ich ihn besuchen komme. Ich überlege es mir. Verrückter als hier kann es in Berlin nicht werden.

Juist, 18. Juli 1975

Liebes Tagebuch,
heute ist mein Geburtstag! Ich feiere die Achtzehn am Achtzehnten – und Juists Beförderung zum staatlich anerkannten Nordsee-Heilbad gleich mit. Denn meine Party findet im Rathaus statt, weil meine Gäste dort sind. Eingeladen sind der Ministerpräsident, ein paar Staatssekretäre, ostfriesische und andere Honoratioren und viel Presse. Nicht eingeladen: meine Freunde und Mitschüler, nicht mal Onno und Mette. So ist sie, die Welt der Erwachsenen: Das Private ist nicht nur politisch, sondern auch steif wie 'ne Brise. Der Empfang begann so früh, dass meine Bescherung und das Essen der traditionellen Waldmeistertorte verschoben wurden. Egal.

Frauke schmollt noch immer, Theda hat mir zumindest auf dem Weg nach draußen noch schnell ein Ständchen auf dem Klavier gespielt, und Marijke lädt mich heute Nachmittag ins Wellenbad ein. Eigentlich hatte ich nach unserem gemeinsamen Schnaps gedacht, dass Vati sich langsam mit meinen Zukunftsplänen abfände. Aber auf dem Weg zum Rathaus hielt er mir einen Vortrag, dass alle in ihrer Jugend Flausen im Kopf hätten, wobei er Mutti mit einem milden Lächeln anblickte, aber auch alle irgendwann zur Besinnung kämen, manche mit, andere ohne Beistand, wobei er Mutti wieder anblickte, diesmal mit einem gewissen Besitzerstolz, als sei sie sein Dackel, den er zum Männchenmachen dressiert hat. Er hoffe nun inständig, dass ich mit achtzehn Jahren endlich zur nötigen Reife gelange, kindlichen Trotz und naive Träume über Bord werfe und endlich die Vernunft regieren lasse (also ihn!). Wie ich es drehe und wende: Für ihn bleibe ich das Kind, das ich einmal war, und er ist und bleibt der Meinung, dass gegen meine »Hirngespinste« nur seine »Besonnenheit« hilft beziehungsweise sein Veto, was auf dasselbe hinausläuft.

Später saß er mit Willi Weyer am Tisch, der schon länger Innenminister in Nordrhein-Westfalen ist als Vati Bürgermeister auf Juist. Weyer kommt seit Jahrzehnten für seinen Sommerurlaub ins de Tiden und genießt die Privilegien eines exklusiven Gastes, dem jeder Wunsch von der Nasenspitze abgelesen wird. Für Vati ist er nicht nur eine Respektsperson, zu der er aufschaut, sondern auch ein Musterbeispiel von Beständigkeit, »genau wie Juist«. Womit er sich indirekt natürlich auch selbst und ihrer beider geistige Verwandtschaft meint, was es nicht besser macht.

Wenn er von Willi Weyer spricht, fängt er gerne jeden Satz mit »Wir« an. »Wir sind da einer Meinung, dass Juist einen Hafen im Dorf braucht.« »Wir, der Willi und ich, diskutieren über die Notwendigkeit eines größeren Flugplatzes.« Aber heute war mir das alles nur recht, sonst wäre Muttis Plan nämlich nicht aufgegangen. Denn natürlich unterstützt sie mich, wenn auch auf ihre Weise und in ihrem Tempo, und mein vorschnelles Urteil über sie tut mir mal wieder leid. Sie fing mich nämlich ab, flüsterte mir augenzwinkernd zu, dass Weyers Sohn als Professor im Klinikum Steglitz der Freien Universität Berlin arbeite, und zog mich zu den Männern an den Tisch. »Unsere Kleine ist nun endlich groß und seit heute volljährig. Können Sie das glauben?«, sagte sie zu Herrn Weyer, der mich ja schon in Windeln gekannt hatte. Er erhob sich sofort, um mir zu gratulieren. »Mein Gott, bis du groß geworden!«, meinte er dann sehr einfallsreich. Es fehlte nicht viel, und er hätte mir über den Kopf gestrichen.

»Und jetzt nur noch ein Jahr, dann hat unser Mädchen Abitur«, fügte Mutti listig hinzu.

Wie erwartet fragte Willi Weyer postwendend nach meinen Plänen für die Zeit danach, und bevor Vati uns in die Parade fahren konnte, beeilte Mutti sich zu sagen, dass ich in Westberlin studieren will, und zwar Medizin, aber dass Vati und sie Bedenken hätten, ob Berlin das richtige Pflaster für ein junges, anständiges Mädchen ist. Dann seufzte sie übertrieben und fügte hinzu: »Und dann auch noch Medizin, wo Eduard und ich doch nichts davon verstehen!« Hilflos warf sie die Hände in die Luft. »Was meinen Sie denn? Können wir das verantworten?«, fragte sie, während Weyer sich aufrichtete, Rauch aus seiner Zigarette ausstieß und wenig überraschend anhob, ausführlich von seinem Professorensohn zu erzählen. Der, dessen war er sich sicher, mich nur zu gerne unter seine Fittiche nehmen würde. Vatis Blick wechselte von Wut zu Unglauben, er schaute aber weiterhin nicht sehr überzeugt drein. Was mich an Berlin reizen würde, wollte der Minister von mir wissen, und ich antwortete in genau diesem Wortlaut: »Ich möchte nichts weiter als Position beziehen für unsere wahre Bundeshauptstadt.« Diesen Satz ließ ich ein paar Sekunden sacken, ehe ich mich neben ihn setzte und ihn so eindringlich anblickte, wie es mir möglich war. (Diese Art der Gesprächsführung habe ich mir von Poirot im Film Mord im Orientexpress *abgeschaut.) »Wir wissen doch alle, dass der Russe nichts lieber tun würde, als sich dieses steinerne Stück deutscher Geschichte einzuverleiben.« (So geschraubt hatte es unser Lehrer auf der Abiturfahrt formuliert, und ich bin im Nachhinein froh, dass ich diesem Altnazi zur Abwechslung mal zugehört hatte.) »Und darum müssen gerade wir jungen Leute Flagge zeigen, damit man unsere Hauptstadt nicht aufgibt und sie am Ende noch an die Kommunisten fällt.« Ich weiß, dass das etwas dick aufgetragen war, doch Weyer fand das wohl nicht. Seinen Blick hätte ich fotografieren sollen. (Und Muttis auch! Ihre Lippen bebten richtig, und ich hatte Angst, dass sie losprusten würde.) Weyer nickte so heftig, dass ihm sein Toupet vom Kopf gefallen wäre, hätte er eins gehabt. Und dann klopfte er Vati auf die Schulter und sagte, dass er stolz auf mich sein könne, da ich wie sein Sohn das Vaterland verteidige, und dass er sich in diesen Zeiten mehr junge Menschen mit so ausgeprägtem Patriotismus wünschte. »Wat ein tüchtijes Mädschen!«, sagte er. Er könne es kaum erwarten, im nächsten Sommer auf den neuesten Stand gebracht zu werden, und bot seine Hilfe an, falls es mit dem Studienplatz nicht auf Anhieb klappen sollte. »Wir kriegen das Mädchen schon unter, und wenn ich den Helmut persönlich anrufen muss!« Er meinte natürlich unseren Bundeskanzler Schmidt, was Vati zu einem zustimmenden Nicken und schließlich zu folgendem Satz veranlasste: »Wenn Willi keine Bedenken hat«, meinte er, »dann gibt es auch von meiner Seite nichts zu bedenken.« Ich wäre ihm am liebsten um den Hals gefallen, und Willi und Mutti gleich hinterher. Berlin ist also abgemachte Sache! Und ich hatte endlich einen richtigen Grund zu feiern, und zwar nicht mit irgendwelchen Offiziellen und Halboffiziellen, sondern mit Freunden. Nur blöd, dass ich nur einen einzigen Quasifreund auf der Insel habe, der nicht über dreißig ist.*

Darum habe ich nach dem Wellenbaden mit Miejke in einem Anfall von Übermut Mattes angerufen und ihn in die Welle bestellt. Theda wollte nicht mit, Frauke habe ich nicht gefragt, also bin ich allein hin. Wir haben Sekt auf meine Volljährigkeit und Berlin getrunken. Er spielte den Empörten und meinte, dass er auch erst seit einem halben Jahr volljährig sei, obwohl er schon einundzwanzig geworden ist. Der Gerechtigkeit halber würde ich ihm drei Jahre meines Lebens oder wahlweise drei Gläser Sekt schulden. Dabei visierte er mich schäkernd aus glasigen Augen an. So forsch kenne ich ihn gar nicht. Ich habe ihn im Verdacht, dass er sich schon vorher locker getrunken hat. Jedenfalls habe ich mich natürlich für den Sekt entschieden und mich gefreut, dass Vati mir großzügig 50 Mark zugesteckt hat, bevor ich loszog. (Er hat mir außerdem die Brosche seiner Mutter geschenkt und ganz bewegt dazugesagt, dass sie immer wollte, dass er sie seiner ältesten Tochter zur Hochzeit schenkt. Dann hat er zaghaft gelacht und gesagt, dass er sich bei meinen »emanzipatorischen Flausen« nicht mehr sicher ist, ob ich überhaupt je heiraten will. Darum habe er sich meinen Achtzehnten ausgesucht, und falls ich eines Tages wider Erwarten doch heiratete, könne er mir dann ja die dazu passende Kette schenken. Das fand ich richtig süß von ihm. Ich gab ihm einen Kuss auf die Wange und er mir seinen Segen für Berlin. Er nimmt mir meinen Patriotismus zwar nicht ab, meinte er, aber wenn Willis Filius ein Auge auf mich habe, was Weyer ihm nach telefonischer Rücksprache mit dem jungen Professor ausdrücklich versprochen hätte, dann könne er mit meiner Entscheidung leben. Ich spürte, wie lieb ich ihn habe, auch wenn wir uns so häufig in die Klotten kriegen.)

Mattes und ich tranken, bis Vatis Geld alle war. Zwischendurch tanzten wir zu Pink Floyd und Kraftwerk.

Als wir dann irgendwann nach wer weiß wie viel Sekt draußen bei unseren Fahrrädern standen, sagte Mattes aus heiterem Himmel, dass er in mich verliebt sei. Schon ganz lange, seit zehn Jahren, um genau zu sein. Dass er sich nur nie getraut hätte, es mir zu sagen.

Da war ich richtig platt, und noch platter war ich, als er sagte, er wüsste, dass es mir genauso ginge. Eindeutig nein, gab ich zurück und sagte ihm, dass er meines Wissens ohnehin Interesse an meiner Schwester Frauke angemeldet habe. Da knuffte er mich in die Seite, als ob ich seine Liebeserklärung nur aus Eifersucht hätte abprallen lassen, und sagte, dass er ein paarmal mit ihr spazieren gewesen sei, aber eigentlich nur, um von ihr etwas über mich zu erfahren. Mit seiner früheren Informantin, seiner Schwester Julia, hätte ich mich ja leider zerstritten. (Das stimmt allerdings. Diese Lästertante hatte mir vor ein paar Jahren vor den Latz geknallt, dass schon ihr Großvater über die Frauen in meiner Familie gesagt hätte, dass sie allesamt Flittchen seien. Hat man da noch Worte? Wahrscheinlich wollte er sich dafür rächen, dass Oma und Vati ihm den Juister Hof abgeluchst haben.)

Als Mattes sich zu mir herüberbeugte, wurde ich deutlicher und wiederholte, was Sartre mir gesagt hatte: »Ich kann nur mit jemandem zusammen sein, in dem ich mich selbst entdecke.« (Und Sartre hat sich sehr wohl in mir entdeckt, nämlich »in den schwarzen Pupillen« meiner dunkelbraunen Augen, in denen er »sich und unsere sich spiegelnden Seelen eng umschlungen tanzen sah«, so hat er es zumindest geschrieben.)

Ich sagte Mattes also, dass es mir leidtue, ich mich aber bei aller Liebe nicht in ihm erkennen könne. Da drehte er sich um, und ich dachte schon, dass er abhauen würde. Stattdessen beugte er sich über seinen Lenker und knickte den Fahrradspiegel ab. (Welcher erwachsene Mann hat bitte einen Spiegel am Fahrrad?) Dann hielt er ihn sich vors Gesicht, so dass ich mich quasi in ihm sehe konnte, und fragte: »Und jetzt?« Das fand ich ganz süß, und weil mir nichts anderes einfiel, küsste ich ihn. Aber je länger wir rumknutschten, desto langweiliger fand ich es dann doch. Ich hätte das Ganze abbrechen sollen. Aber seine Aufmerksamkeit gefiel mir irgendwie. Und auch wenn das schrecklich klingt: Durch ihn kann ich jederzeit segelfliegen – und ein bisschen meine Schwester ärgern.

22. Kapitel

Juist 2008, Helen

Vorsichtig klopfte Helen an Eduards Tür. Nichts rührte sich. Wieder klopfte sie, diesmal etwas lauter.

»Herein!«, klang es schließlich von innen.

Als sie eintrat, ließ er eine Zeitung sinken und warf ungehalten einen Blick auf seine Armbanduhr. »Viertel vor fünf?«, fragte er und faltete die Zeitung grob zusammen. »Hatten wir nicht halb fünf gesagt?«

Sie nickte. »Tut mir leid, Dr. Kießling«, sagte sie. »Auf dieser Insel gehen die Uhren irgendwie langsamer.« Besonders die von Theda, dachte sie. Es sah so aus, als hätte sie ihre Zeit mit ihr vertrödelt. Sie hatten bis eben im Hotelgarten zusammengesessen, ohne dass viel dabei herausgekommen war. Unauffällig ließ sie den Blick durch den Raum wandern. Das Büro wirkte, trotz der Sonne, die den Raum in fahles Licht tauchte, düster. Vor klobigen dunkelbraunen Regalen stand eine Sitzecke aus schwarzem Leder. Was ihr besonders ins Auge fiel, war das Bild an der Wand hinter dem schweren braunen Eichenschreibtisch, ein großes Porträt von Eduard Kießling mit einer imposanten Bürgermeisterkette um den Hals. Sie hatte das Gefühl, ihn doppelt zu sehen, als er sie bat, Platz zu nehmen, und auf den Stuhl vor seinem Schreibtisch deutete. Seine missbilligende Miene sagte ihr, dass er nicht zu Scherzen aufgelegt war. Aber vielleicht konnte sie ja mit ein wenig Charme die Stimmung auflockern?

»Diese *verhängnisvolle Ruhe des Seins* hier auf der Insel haben wir ja Ihnen zu verdanken, nicht wahr?«, sagte sie lächelnd, nachdem sie sich gesetzt hatte. Zumindest konnte er ihr nicht vorwerfen, ihre Hausaufgaben nicht gemacht zu haben. Zur Vorbereitung hatte sie Fraukes Unterlagen studiert, darunter ein paar Notizen von ihm, Zeitungsartikel und ein Interview, in dem er, humorvoll immerhin, die »verhängnisvolle Ruhe des Seins« auf Juist gerühmt hatte – nicht ohne Verweis auf seinen Anteil daran. Seine Züge hellten sich auf. Er nickte zustimmend. Das war offenbar ein für ihn akzeptabler Anfang, und sie fragte sich, wie sie das Thema auf ihre Elternsuche lenken konnte, ohne ihn gleich wieder zu verstimmen.

Helen deutete aus dem Fenster. »Diese Stille auf der Insel. Hier schläft sogar das Meer. Und keine Autos, einfach herrlich! So was wäre in Neuseeland nie vorstellbar! Meine Eltern zum Beispiel …«

»Darum bringen mich auch nicht mal zehn Pferde da hin«, unterbrach er sie. »Was glauben Sie, was es für einen Widerstand auf Juist gab, wo doch das Auto des Deutschen liebstes Kind ist.«

Sie nickte.

»Aber ich habe mich gegen diese Betonköpfe durchgesetzt! Und heute ist die Autofreiheit das Pfund, mit dem wir wuchern«, sagte er zufrieden.

Helen bat ihn, ihr mehr darüber zu erzählen, und er ließ sich nicht zweimal bitten. Sie schaltete die Aufnahmefunktion ihres Handys ein und legte es vor ihn auf den Schreibtisch.

»Darf ich?«

Mit erhobenem Finger bedeutete Dr. Kießling ihr, einen Moment zu warten, und rief Auguste, um bei ihr eine Kanne Schwarztee mit zwei Tassen zu bestellen.

Helen verdrehte innerlich die Augen. Schon beim Gedanken an Tee wurde ihr schlecht.

Sobald er gebracht und eingegossen worden war, ergriff Eduard das Wort. Weitschweifig erzählte er, dass er vor fünfzig Jahren Addas wegen aus Freiburg nach Juist gezogen und bereits fünf Jahre später Bürgermeister geworden war; er schwadronierte von seinen politischen und wirtschaftlichen Sternstunden, von seinem »Seehundsmoment«, in dem er das Potenzial für ein grünes Juist entdeckt und danach keinen Stein mehr auf dem anderen gelassen hatte. Wie er den Nationalpark so umgebaut hatte, dass er seinen Namen auch verdiente und nicht wie auf anderen Inseln zu einer Mogelpackung verkam. Und wie er in Hannover zu meisterhafter Form aufgelaufen war, als er das versammelte Parlament mit einem simplen Schüler-Experiment dazu brachte, die Herzmuschelfischerei verbieten zu lassen. Entgegen allen Unkenrufen habe er es binnen kurzer Zeit geschafft, die Gästezahlen durch kluges Marketing mit dem Natururlaubsparadies Juist zu verdoppeln und schließlich durch gute Öffentlichkeitsarbeit internationale Aufmerksamkeit auf das Thema Wattenmeer zu lenken. Stolz lehnte er sich in seinem Stuhl zurück. »Schon der Nationalpark ist ein Besuchermagnet!«, sagte er und sah sie aus seinen wässrigen Augen zufrieden an. »Und aus sicherer Quelle weiß ich, dass wir im kommenden Jahr sehr wahrscheinlich auch noch Weltkulturerbe werden. Eine wunderbare Anerkennung für meine Arbeit und ein enormes Potenzial für die Insel!«

Ihm stand die Freude über seine Triumphe ins Gesicht geschrieben, und sie kam nicht umhin, ihm Anerkennung zu zollen. Wäre ihre Hand von all dem Tee nicht so zittrig gewesen, sie hätte sie ihm glatt zur Gratulation gereicht, dachte sie amüsiert.

Eduard hob beide Hände. »Wollen Sie Großes, Helen?«, fragte er herausfordernd.

»Ich bin ja schon froh, wenn ich mein kleines Leben geregelt kriege«, sagte sie. »Gerade geht's mir in erster Linie darum, etwas über meine Herkunft zu erfahren. Haben Sie eventuell eine Idee, wie ich da weiter vorgehen könnte?«

»Auf meine Hilfe können Sie jedenfalls nicht zählen. Für dieses Schlamassel sind wir wohl kaum verantwortlich, junge Dame. Gehen Sie zurück, wo sie herkommen.«

Bleib ruhig, ermahnte Helen sich, sonst erfährst du gar nichts. Doch es fiel ihr nicht leicht.

»Wie können Sie sich da so sicher sein?«, fragte sie, betont freundlich, doch er war schon wieder bei seinem Lieblingsthema.

»Es genügt, wenn diejenigen die Welt verändern, die es mit ihr aufnehmen können«, sagte er. Wen er damit meinte, war klar. »Ich stehe jedenfalls noch voll im Saft. Ich laufe jeden Tag zwanzig Kilometer über meine Insel und spiele zweimal die Woche Tennis.«

Vielleicht sollte sie das Gespräch mehr auf die Wurzeln lenken, dachte sie.

»Sie fühlen sich als Einheimischer, als Juister?«

»Nach so langer Zeit? Dreimal ja! Im Gemüt, Herzen und Kopf.« Er lächelte. »Und so sehen es auch die Leute hier.«

Der redet wie ein Kolonialherr, dachte sie, nickte jedoch bekräftigend. »Wahrscheinlich nicht selbstverständlich für einen Fremden.«

»Da sagen Sie etwas. Wer auf Juist akzeptiert werden will, muss mehr Insulaner sein als alle anderen, der muss seine Wurzeln rigoros kappen. Und im übertragenen Sinne ihre Sprache lernen. Das ist wie bei einem Geheimbund, dessen Mitgliedschaft man sich verdienen muss.«

»Und wie macht man das? Seine Wurzeln kappen, wenn man sie nicht einmal kennt?«

Ein Marienkäfer setzte sich auf ihre Hand, krabbelte ihren Arm hoch und flatterte davon.

»Platt lernen!«, sagte Dr. Kießling, der auch diese Anspielung nicht verstand. Er zupfte an der Blume in seinem Knopfloch und wurde auf einmal ernst. »Wissen Sie, ich kam mit leeren Taschen und bin heute ein reicher Mann, weil ich hart gearbeitet habe. Und nicht nur für mich und meine Familie. Ich habe von Tag eins gefragt, was ich für die Insel tun kann, und nicht, was die Insel für mich tun kann. Verstehen Sie?«

Vor lauter Nervosität schenkte sie sich eine weitere Tasse Tee ein. »Ist es nicht schwierig, ein anderer Mensch zu werden und seine Identität aufzugeben?«

Selbst wenn Theda ihre Mutter wäre – sie konnte sich nicht vorstellen, alles hinter sich zu lassen und sich neu zu erfinden.

Er blickte sie nachdenklich an.

»Überhaupt nicht«, sagte er. »Was war, war. Wichtig ist nur, was ist, was kommt und was man draus macht. Ich glaube, dass man mehrere Leben haben kann.« Er lachte. »Man kann ja auch mehrere Lebensversicherungen abschließen!«

Helen glaubte nicht, dass sie so anpassungsfähig und flexibel war. Und noch weniger glaubte sie an Reinkarnation in ein und demselben Leben.

»Ist das auch das Geheimnis Ihres Erfolgs, dass Sie sich schnell auf neue Situationen einstellen können?«

Er nickte vielsagend. »Je weiter weg das Ziel, desto schneller laufe ich! Meine Devise war stets, das Unmögliche möglich zu machen.«

»Die Juister müssen stolz auf Sie sein!«, schmeichelte sie ihm, um sein Wohlwollen zu gewinnen und seine Aufmerksamkeit doch noch auf ihre Sache zu lenken. Sie nahm sie sich drei große Kluntjes. Je mehr Zucker, desto weniger schmeckte sie die Bitterkeit des Tee heraus.

Er schüttelte missmutig den Kopf.

»Ich kann Ihnen nur sagen, es ist keine Freude zu sehen, dass es hier leider auch eine Handvoll Menschen gibt, die mein Lebenswerk zunichtemachen wollen.«

Helen stutzte. »Was meinen Sie?«

Er sog scharf die Luft ein. »Menschen, die zu vergessen scheinen, dass Juist ohne mich ein Fliegenschiss auf der touristischen Landkarte wäre, ein bedeutungsloser Flecken Erde, verrammelt, verwittert und verfallen oder rummelig und laut wie Norderney oder Mallorca.« Sein eisiger Tonfall ließ sie aufblicken. Er nippte an seinem Tee, den Blick auf sie gerichtet.

»Fragen Sie sich, Helen: Warum ist Juist eine solche Erfolgsgeschichte? Warum hat unsere Insel anderen ostfriesischen Inseln den Rang abgelaufen? Weil Leute mit Weitblick am Ruder saßen! Vor allen anderen habe ich damit geworben, dass die endlose Natur und Stille hier befreit aus der Beengtheit des Geistes. Und jetzt sitzen die beengtesten Geister in unserem Rathaus. Allen voran Bürgermeister Lippert.« Er stellte seine Tasse ab und griff nach einem Kugelschreiber, mit dem er etwas auf ein Stück Papier kritzelte.

»So schnell kann ich gar nicht schauen, wie es momentan bergab geht mit Juist.«

Sie erkannte, dass er eine schräg abfallende Linie zeichnete, vielleicht, um das eben Gesagte zu verdeutlichen.

»Tut mir leid, das zu hören.«

Seine Miene verfinsterte sich.

»Mit ihrem beschränkten Inselhorizont machen sie aus Juist ein potemkinsches Ökodorf.« Er stöhnte. »Ich kann nur dabei zuzuschauen, wie das einfache Leben, Ruhe, Natur, entspanntes Nichtstun gegen diesen Öko-Zwang eingetauscht werden, der unseren Gästen, die wohlgemerkt freiwillig ihren Urlaub hier verbringen, gemeindlich verordnet wird. Herrgott, wir leben doch nicht mehr in der DDR!«

Er seufzte. »Die erwarten allen Ernstes, dass die Familien

Urlaub in energetisch sanierten Hotels verbringen, die allesamt Strom aus Pferdeäpfeln beziehen«, brummte er. »Und dann, wenn sie sich am Strand erholen, auch noch Plastikmüll aus dem Meer sammeln. Klingt das nach Erholung oder nach grünem Ablasshandel durch Selbstgeißelung? Es ist unfassbar!«

Helen brauchte etwas Zeit, um sich eine passende Antwort zurechtzulegen. Da er sie beifallheischend ansah, sagte sie aufs Geratewohl: »Sie haben doch selbst so viel für die Umwelt auf Juist getan. Das kann man doch auch als Kompliment sehen.«

Eduard Kießling machte ein gequältes Gesicht.

»Reden Sie nicht so einen Unsinn«, erwiderte er gereizt. »Die wollen Juist zur Klimainsel erklären lassen. Als wäre das Klima hier jemals schlecht gewesen!«

Helen glaubte nicht richtig zu hören. Wovon redete er eigentlich? Hitzewellen, Waldbrände, Sturmfluten und Gletscherschmelze, das gab es doch nicht nur in Neuseeland! Helen fand den Vorstoß der Gemeinde richtig gut. Sie überlegte einen Moment, und obwohl sie nicht glaubte, dass er an einer anderen Meinung interessiert war, versuchte sie es.

»Na ja, wenn man es von allen Seiten betrachtet, dann …«

Er hob seinen Zeigefinger, um sie zum Schweigen zu bringen.

»Dann drehen Sie sich im Kreis!«, beendete er ihren Satz und lachte verächtlich.

Doch Helen ließ sich nicht so leicht entmutigen. »Es ist doch ein bisschen wie bei Ihren Seehunden«, versuchte sie es noch einmal. »Meine Adoptivmutter erforscht seit Jahren den menschengemachten Umwelteinfluss auf die Gesundheit von Pinguinen. Wenn es den Tieren schlecht geht, geht es auch dem Ozean schlecht. Sie kann am Aussterben der bedrohten Gelbaugenpinguine leider ablesen, dass der Pazifik immer wärmer wird, dass er leergefischt und übersäuert ist. Dass das Land CO_2-neutral werden will und Obergrenzen für Emissionen eingeführt hat, findet die Mehrheit bei uns richtig.«

Eduard Kießling ließ an nichts erkennen, dass er ihr richtig zugehört hatte. Er sah sie lediglich mit gekränktem Blick an. »CO_2? Wirklich?«

»Ja. Der Kohlendioxid-Gehalt in der Atmosphäre senkt den pH-Wert der Ozeane.«

Eduard verdrehte die Augen und stöhnte. »Dann beweisen Sie mir doch bitte mal, dass tatsächlich das Kohlendioxid hinter den Klimaveränderungen steckt.«

Helen knetete ihre Hände. »Ich bin keine Klimawissenschaftlerin, aber die, die es sind, sind sich absolut sicher …«

»Sehen Sie«, unterbrach er sie. »Und genau darum geht es. Es gibt keine Beweise. Darum steigen Sie vermutlich auch ohne Gewissensbisse in ein Flugzeug von Neuseeland nach Juist. Ist es nicht so?«

Er ließ seinen rechten Zeigefinger vor ihrem Gesicht tanzen. »Kommen Sie mir also nicht dem erhobenen Zeigefinger, junge Deern!«, sagte er und zwinkerte ihr zu.

Sie hatte keine Lust, darauf zu antworten.

»Wie alt sind Sie? Zwanzig?« Er beugte sich vor und tätschelte ihre Hand, die sie reflexartig zurückzog. »In dem Alter steckt man noch voller Ideale, jagt seinen Träumereien hinterher. Das ist das Privileg der Jugend, nicht wahr?«

In Helen wuchsen Widerstand und auch Scham. Warum fiel es ihr so schwer, seine durchschaubaren Angriffe zu parieren?

Durch das Fenster hörte sie ein Wiehern und das Geklapper von Pferdehufen. Sie stand auf und sah hinaus. Das musste es sein, was die Juister unter einem Stau verstanden. An der Spitze ein Pferdewagen, beladen mit Bierfässern, von dem ein stämmiger, bärtiger Mann mit Lederschürze stieg. Gleich dahinter drei Fahrräder, zwei davon mit Anhängern, und eine Pferdekutsche, die auf der engen Straße alle nicht an dem Biertransporter vorbeikamen. Statt zu drängeln, warteten die Fahrer gelassen und plauderten miteinander wie alte Freunde, die sie vielleicht auch waren.

Eine solche Gelassenheit wollte sie jetzt auch an den Tag legen – statt ihre Selbstbeherrschung zu verlieren. Sie zwang sich zu einem professionellen Lächeln.

Eduard fuhr unbeirrt fort. »Kindchen, der Mensch ist anpassungsfähig, sonst wäre er längst ausgestorben.«

Sie schnappte nach Luft und nahm rasch einen Schluck Tee, um ihren Ärger herunterzuspülen. Für einen Augenblick glaubte sie, ermessen zu können, warum seine Töchter so duckmäuserten. Er gehörte offenbar zu den Menschen, die alles besser wussten und denen ständig Paroli zu bieten unglaublich anstrengend sein musste. Wie sollte man mit so einem Vater über sensible Dinge sprechen wie eine ungewollte Schwangerschaft? Geschweige denn Unterstützung erwarten? Vermutlich wusste er rein gar nichts über das, was seine Töchter taten und bewegte.

Eduard sah sie aus zusammengekniffenen Augen an. »Kommen Sie erst mal in mein Alter, und Sie werden sehen, dass nichts so heiß gegessen wird, wie es gekocht wird. Was gab es für eine Panik vor der Apokalypse! Vor dem Supergau, nach Tschernobyl. Vor dem Waldsterben, wegen des Ozonlochs«, zählte er betont gelangweilt auf. »Glaubt man der Grünen Armee Fraktion, ist seit fünfzig Jahren fünf vor zwölf!« Er lachte laut auf. »Und was ist passiert?« Er hob die Hände zum Himmel.

Sie biss sich auf die Zunge, verschluckte die Antwort, die ihn ja doch nicht erreichen würde, und beobachtete weiter das Treiben vor dem Hotel.

»Nichts als heiße Luft! Die ist nämlich reiner denn je. Die Nordsee sauber und unsere Wälder grün.«

Schweißtropfen rannen seine Stirn hinunter. Er öffnete den obersten Knopf seines Hemdkragens.

»Die Rechnung kommt irgendwann, weil sie die Leute für dumm verkaufen und der Umweltschutz kaum eines unserer Probleme löst, sondern nur neue schafft. Wie diese Windräder in der Nordsee, die die lieben Vöglein zerhacken.«

»Was für Probleme?«, fragte sie knapp.

»Kaum Spielplätze und Freizeitangebot, zu wenig Ärzte, kein betreutes Wohnen, geschweige denn bezahlbarer Wohnraum.« Er holte Atem. »Und wissen Sie, was mir noch sauer aufstößt?«

Sie schüttelte den Kopf. Was ärgerte ihn eigentlich nicht?

»Dass der Lippert und seine Schergen keine Scham kennen. Dass sie mich auf einmal wieder umgarnen, kaum dass bekannt geworden ist, dass ich das Bundesverdienstkreuz erhalte. Dass sie mich fragen« – er deutete mit dem Kopf auf den blauen Seehund aus Ton auf seinem Schreibtisch –, »ob ich mein Gesicht herhalte und die Schweizer vom Weltkulturerbe auf der Insel herumführe. Und hintenherum erfahre ich dann, dass sie bei den Goldfischteichen einen ökologisch-künstlerischen Lehrpfad anlegen wollen, von den Salzwiesen quer über die Ostdünen zum Strand!« Er verstummte mit einem Seufzen. »Den sie nach Otto Leege benennen wollen! Einem Naturschützer, der sich die Erde seit sechzig Jahren von unten anschaut.« Er schob den Briefbeschwerer an den Rand des Schreibtisches und stützte seine Ellenbogen auf die Platte. Sein Blick flackerte. »Die hätten noch die Traute, mir selbst eine Sitzbank mit silberner Namensplakette im Kurpark zu verwehren, selbst wenn ich sie spenden würde!«

Sie sah, wie sehr es ihn kränkte, dass sie ihm die Heiligsprechung verweigerten.

Die Hände wie zum Gebet gefaltet, sagte er: »Sie wollen mich damit zu einer Randfigur der Juister Geschichte machen.« Er seufzte. »Genau wie damit, dass sie meine Feier im Trauzimmer vom alten Warmbad ausrichten lassen wollten. Da passen fünfzig Leute rein. Fünfzig! Ich habe es dann ins de Tiden verlegen lassen. Da passen viermal so viele rein. Schade, dass ich die Knallchargen vom Gemeinderat nicht ausladen kann.«

Er atmete tief aus. »Ach, was erzähle ich Ihnen das alles«, knurrte er. »Ich sehne mich nach den Zeiten zurück, als Frauen noch Frauen waren, Männer noch richtige Männer und Politiker keine Weicheier.« Er setzte ein gequältes Grinsen auf. »Zeit für ein Gläschen! Wollen wir uns nicht länger dieser Freudlosigkeit hingeben, nicht wahr?«

Helen war inzwischen zu erschöpft, um abzulehnen.

Er öffnete eine Flasche Doornkaat und füllte zwei Gläser.

»Wann reisen Sie denn nun wieder ab?«, sagte er, als sie getrunken hatten.

Sie zuckte mit den Schultern und erhob sich.

»Wenn ich meine Eltern gefunden habe!«

Er sah sie lange an.

»Sie verschwenden Ihre Zeit – und unsere.« Er deutete mit der Hand zur Tür.

Sie blieb stehen. »Nichts für ungut, aber das glaube ich nicht. Ich spüre, dass ich sie hier finden werde.«

Ohne ihn noch einmal zu Wort kommen zu lassen, verabschiedete sie sich schnell. Vor der Tür atmete sie erst einmal tief durch, bevor sie sich auf den Weg in ihr Zimmer machte.

Als sie den zweiten Stock erreicht hatte, sah sie Adda oben am Treppenabsatz stehen. Sie wirkte müde. Seit ihrer Flucht gestern Nachmittag aus dem Museum hatte Helen sie nicht mehr gesehen. Sie überlegte, ob sie es wagen konnte, sie auf die Sache mit ihrem Bruder anzusprechen, ohne sie wieder aus der Fassung zu bringen.

»Ich habe gerade bei dir geklopft«, sagte Adda übers Treppengeländer gebeugt.

»Ich war bei deinem Mann.«

»Wie war es denn?«, fragte Adda mit aufrichtigem Mitgefühl in der Stimme. »Hat er sich über die schlechte Behandlung durch den Bürgermeister beschwert?«

Helen nickte lächelnd.

»Über den geplanten Otto-Leege-Pfad?«

Helen nickte und lächelte weiter.

»Über die Grüne Armee Fraktion und die Umwelthysterie?«

Helen lachte nur, als sie die Tür öffnete. »Willst du einen Augenblick hereinkommen?«, fragte sie.

Adda nickte. »Eduard hat leider auch manchmal etwas von einem ignoranten Prahlhans.«

»Ein bisschen vielleicht«, erwiderte Helen lächelnd. »Ich kann mir vorstellen, dass viele da nicht so fein unterscheiden.«

»Ach Helen«, sagte Adda. »Warum ich eigentlich hier bin. Ich habe leider eine schlechte Nachricht. Karls Tochter kann nicht deine Mutter sein. Das ist absolut ausgeschlossen.«

Helen brauchte einen Moment, um zu begreifen, was das bedeutete. Die Chancen, ihre Eltern zu finden, schwanden immer mehr. Sie sackte resigniert in sich zusammen. Und jetzt? Sollte sie Adda von Thedas Iren erzählen? Sie entschied sich, die Information erst mal sacken zu lassen.

»Hoppla«, entfuhr es Adda, als sie den Sessel entdeckte, den Auguste ihr hatte hochbringen lassen.

»Ich habe ihn im Garten entdeckt, wo er mit ein paar anderen Möbeln zum Abholen bereitstand«, erklärte Helen.

»Richtig«, sagte Adda. »Eduard möchte die letzten alten Möbel aus der Anfangszeit des de Tiden endlich entsorgen.«

Helen bot Adda den Sessel an und setzte sich auf die Bettkante.

»Mein Ex-Freund hat eine Schwäche für europäische Midcentury-Möbel, und in einem Anflug von Sentimentalität dachte ich, dass ich ihn vielleicht nach Neuseeland verschiffen lassen könnte.«

»Willst du ihn zurück?«, fragte Adda.

»Wie kommst du denn darauf?« Helen fühlte sich ertappt.

»Entschuldige«, sagte Adda und berichtete von ihrem langen Tag, von Gustavs Flucht und wie sehr sie die Beichte ihrer Mutter durcheinandergebracht hatte. Und sie erzählte, dass Wilhelm von Anfang an Bescheid gewusst hatte über Joost. »Ich bin offensichtlich die Einzige aus der Familie, die keine Ahnung davon hatte«, sagte sie bitter und musterte Helen eindringlich, als wäre sie nach etwas auf der Suche. Doch bevor sie etwas erwidern konnte, strich Adda über das Leder des Sessels und sagte auf einmal: »Dass das Zeug wieder modern wird, hätte ich nicht für möglich gehalten.« Sie lehnte sich zurück. »Bequem ist er jedenfalls«, sagte sie. »Aber auch schön? Er stand ein halbes Jahrhundert im Foyer. Immer, wenn ich als junges Mädchen auf Kundschaft wartete, saß ich in dem Sessel neben der Vitrine und band die beschrifteten Schildchen an die Weidenkörbe für unser ›Dreierlei vom Juister Sanddornglück‹.«

»Habt ihr ihn aus der DDR mitgenommen?«

»Oh nein, das war nicht möglich.« Adda lächelte. »Wir sind damals Hals über Kopf geflüchtet. Bis auf eine kleine Tasche hatten wir nichts dabei.«

Helen biss sich auf die Unterlippe. »Ich dachte nur, weil auf dem Aufkleber unter dem Sessel *VEB Sozialistische Werkstätten Dresden, 1952* steht.«

Adda öffnete verblüfft den Mund. »Unmöglich«, sagte sie. »Das kann nicht sein.« Sie sprang auf und ging vor dem Sessel in die Knie, um ihn anzuheben. Als sie wieder auftauchte, war sämtliche Farbe aus ihrem Gesicht gewichen. »Das ist der Name unserer alten Firma.« Sie schwieg lange.

Dann sagte sie mit zittriger Stimme: »Das kann doch kein

Zufall sein, Helen. Ich habe vorhin mit Onkel Karl telefoniert, und er hat mir erzählt, dass die Möbelwerke Lock nach unserer Flucht 1952 in *Sozialistische Werkstätten Dresden* umbenannt wurden.« Sie sah sie flehend an.

Helen zuckte ratlos die Achseln.

»Aber warum?« Sie verbarg ihr Gesicht in den Händen. »Warum sollte Mutti Geschäfte mit diesen Verbrechern gemacht haben? Das ist unmöglich! Die kamen damals mit einem vorgefertigten Schriftstück. Darauf sollte sie sich bereiterklären, ihren privaten Anteil am Betrieb für eine symbolische Summe zu verkaufen. Als sie sich weigerte, nahmen sie eine Hausdurchsuchung vor und drohten ihr mit einem Prozess wegen Wirtschaftsvergehen. Was so viel hieß wie Gefängnisstrafe und den Betrieb unter staatliche Verwaltung zu stellen. So erging es damals vielen, die auf einen angemessenen finanziellen Ausgleich für die Zwangsenteignung pochten.«

Helen musterte sie mit hochgezogenen Augenbrauen. »Das klingt furchtbar!«

Adda nickte. »Als kurz darauf die Vorladung eintraf, sind wir noch am selben Tag geflohen.«

Nach einer Pause fügte sie stirnrunzelnd hinzu: »Es ergibt keinen Sinn. Die Mauer gab es zwar noch nicht, aber 1952 wurde die innerdeutsche Grenze massiv abgeriegelt. Wer ohne Genehmigung die DDR verließ, wurde ins Gefängnis geworfen. Nur in Berlin war die Grenze noch offen, aber da machte man sich schon verdächtig, wenn man nur mit einem Koffer ankam. Mutti hat extra eine Geburtstagstorte gebacken und an der Grenze behauptet, ihre Großmutter zum Achtzigsten in Berlin-Charlottenburg besuchen zu wollen.«

»Ist es nicht denkbar, dass sie einen Vertrauten in der Firma hatte, mit dem sie vielleicht heimlich Kontakt gehalten hat?«, überlegte Helen laut.

Abwesend starrte Adda aus dem Fenster.

»Das würde zumindest erklären, warum es dieser Sessel nach der Umbenennung der Firma nach Juist geschafft hat«, fuhr Helen fort. »Vielleicht eine Art Dankeschön oder kleine Wiedergutmachung eines Freundes oder einer Freundin.«

»Meinst du?«, fragte Adda unsicher.

»Unten stehen noch mehr Möbel aus den Fünfzigern«, sagte Helen. »Vielleicht stammen noch mehr von ihnen aus Dresden!«

»Du könntest recht haben«, erwiderte Adda seufzend. »Ich erinnere mich an den Tag, als das Schiff mit dem Container ankam. Es war eine Woche vor der Eröffnung. Mutti engagierte sämtliche Flüchtlinge der Insel, gegen einen kleinen Obolus beim Ausladen und Einbau zu helfen. Und ich weiß ganz genau, dass der Sessel darunter war, weil Fritz, statt zu helfen, auf diesem Sessel saß und Kommandos gab. Hinterher gab es unser erstes Fest mit reichhaltiger Suppe und Korn.«

»Wenn du magst, renne ich kurz in den Garten und sehe mir die Möbel genauer an.«

Adda lächelte sie dankbar an, und Helen eilte die Treppen hinunter. Zum Glück waren die Möbel noch nicht abtransportiert worden.

Als sie kurz darauf wieder ins Zimmer trat, saß Adda noch immer in dem Sessel und sah aus, als verstünde sie die Welt nicht mehr. So war es ja vermutlich auch. Helen zögerte kurz. Sie hätte ihr gerne eine andere Nachricht überbracht, aber unter jedem Möbelstück klebte das gleiche Schildchen.

»Ich verstehe das einfach nicht!«, sagte Adda aufgebracht, nachdem Helen es ihr mitgeteilt hatte. Sie senkte ihre Stimme. »Davon abgesehen kann ich mir auch nicht vorstellen, dass man ganze Hoteleinrichtungen nach Westdeutschland importieren konnte.«

Die beiden Frauen sahen sich schweigend an.

Helen dachte hektisch nach. Möglicherweise hatte Adda recht. Aber die Möbel waren ja nun mal da, und sie stammten aus dem ehemaligen Familienbetrieb. Sie stand auf und streichelte Adda über den Arm.

»Johanne kennt die Antwort«, sagte sie in die Stille hinein.

Adda zuckte mutlos mit den Schultern.

»Ich fürchte, die habe ich in den letzten Tagen so gefordert, dass sie erst mal wieder für eine ganze Weile in ihre Welt abtaucht. Sie war ganz wirr, als Eduard sie nach unserem Spaziergang nach Hause brachte.«

Wieder schwiegen sie. Dann sagte Helen wacker: »Wo Fragen sind, gibt es auch Antworten. Vielleicht können wir erst mal auf eigene Faust recherchieren, was meinst du? Gibt es nicht irgendjemand, der in Johannes Firma gearbeitet hat, als ihr geflohen seid, jemand, den wir kontaktieren könnten? Einen Tischler, eine Sekretärin, den Portier?«, fragte sie.

Adda dachte nach. »Vielleicht der Vorarbeiter. Ob der einem allerdings die Wahrheit sagt?« Sie fuhr sich mit der Hand durch die Haare. »Ich hab's!«, rief sie plötzlich. »Berta Jahnke! Die hat lange mit uns zusammengewohnt. Eine seltsame, stille Person mit einem Baby, damals. Sie müsste jetzt Anfang achtzig sein. Soweit ich weiß, hat sie noch dort gearbeitet, als wir die Stadt verlassen mussten.«

Helen nahm ihr Notebook vom Sekretär und tippte den Namen in das Dresdner Adressverzeichnis ein. Adda stellte sich hinter sie und las mit. Drei Berta Jahnkes mit dazugehörigen Telefonnummern ploppten auf.

»Da könnte eine dabei sein«, sagte Helen. Sie reichte Adda das Telefon. »Willst du es versuchen?«

WANDAS TAGEBUCH

Juist, 28. Juli 1978

Liebes Tagebuch,
draußen schüttet es wie aus Kübeln. Bei Regen und Wind ist Juist nicht auszuhalten. Erst recht, wenn man eine Schwester um sich herum hat, deren Segel auf Dauersturm stehen. Ich wünsche mich in mein friedliches, sonniges Berlin zurück, wo ich jedenfalls konzentriert für mein Physikum lernen könnte. Seit ich auf Juist bin, bin ich dafür ständig zu müde.

Warum habe ich nicht auf Sartre gehört und die Feier für das David-Bowie-Konzert sausen lassen?

Stattdessen muss ich mir jetzt die absurdeste Hochzeit des Jahres antun. Und mir Redeverbot erteilen lassen: Berlin, mein Studium, meine Freunde – alles auf dem Index, weil Frauke es so will. O-Ton der Braut: »Tu mir den Gefallen, Wanda, und dräng dich diesmal nicht in den Mittelpunkt. Es geht hier ausnahmsweise mal nicht um dich.« (Sprich: Es geht ausschließlich um sie.) »Also erspar uns deine vermeintlich interessanten und ach so aufregenden Berlin-Geschichten, nur dieses eine Mal, o. k.?« So weit, so vertraut. Aber immerhin hat sie es jetzt mal laut ausgesprochen.

Na schön. Das hier, das ist ihr großer Moment, dieser »Einmal im Leben«-Moment, auf den sie so lange gewartet hat. Wo sie nach Lust und Laune alle herumkommandieren kann. Weil es schließlich ihr Tag ist, wie sie nicht müde wird zu betonen und eine Feier anordnet, die etwas von einer Märchenparade hat. Nichts überlässt sie dem Zufall, nicht mal ihren Ehemann. Ich sehe ja, wie sie strahlt und sich freut, aber sieht sie nicht, dass sie ihm oder sich selbst auf den Leim geht?

Theda hat mich nach Fraukes Ansprache zur Seite genommen, um Fraukes Verhalten wieder einmal zu entschuldigen. Sie versteht sich aufs Verstehen und aufs Kümmern wie keine andere. Und das ist schön, besonders wenn sie dich zum Objekt ihrer Aufmerksamkeit kürt. Aber sie neigt eindeutig zur Schönfärberei. Unsere Schwester, davon ist sie überzeugt, würde sich in meiner Gegenwart einfach schwach und unsicher fühlen. Ich solle mehr Nachsicht und Mitgefühl haben. »Sobald du in ihrer Nähe bist, wird sie zum Angstbeißer. Das ist schon ein richtiger Reflex. Noch bevor du ihr den Knochen wegnimmst, schnappt sie schon zu.« Ich musste lachen und versicherte ihr, dass ich nicht vorhatte, Frauke diesen trockenen Knochen wegzunehmen, wo ich ihn doch längst habe fallen lassen für frischeres, saftigeres Fleisch. Sie lief rot an und stotterte, dass sie das gar nicht gemeint habe, sie habe nur sagen wollen, dass Frauke so bissig eigentlich nicht sei. Nun ja. Wenn man sich Frauke unterordnet vielleicht. Ich bin immer wieder überrascht, wie missgünstig sie sein kann und wie blind Theda auf dem Frauke-Auge ist. Auch, was ihre Hochzeit angeht. Bin ich die Einzige, die das alles verlogen findet?

Mit neunzehn zu heiraten, das ist doch verrückt!

Mutti rechtfertigte Fraukes Entschluss damit, dass sie schon als Kind gar nicht schnell genug erwachsen werden konnte und am liebsten Vater–Mutter–Kind gespielt hat. »Außerdem war ich auch nicht älter als sie, als ich heiraten musste!« Sie würde den Tag nie vergessen, weil sie in Norden hatten heiraten wollen, aber die Fähre im Eis stecken blieb, so dass der Kapitän sie am Ende an Bord trauen musste.

Jetzt, wo ich das aufschreibe, fällt mir etwas Seltsames auf: Wieso Eis? Sie haben doch immer erzählt, dass sie im Herbst 1956 geheiratet haben, nicht lange nachdem Vati auf die Insel kam. Wenn sie bei Eis geheiratet haben, dann bin ich entweder ein Sechs- oder Fünfmonatskind (wer's glaubt, wird selig!) oder, viel wahrscheinlicher, ich war bereits unterwegs. Was bedeutet, dass Mutti und Vati (der immer so schrecklich tugendhaft tut) schon vorehelich intim waren. (Ich freue mich jetzt schon, Vati das unter die Nase zu reiben, wenn er mir das nächste Mal wieder moralisch kommt!) Aber die Frage, die sich mir stellt, ist: Mussten *sie heiraten? Oder war es Liebe? Oder beides?*

Dass es zwischen Mattes und meiner Schwester Liebe ist, bezweifle ich. Vielmehr habe ich den Eindruck, und das soll jetzt nicht anmaßend klingen, dass sie meinetwegen heiraten. Frauke, weil sie immer haben will, was ich habe, hatte oder will, und er aus Rache, weil er noch immer beleidigt ist nach meiner Abfuhr.

Vor ein paar Monaten stand er nämlich plötzlich vor meiner Tür mit einem großen Strauß Rosen. Oder besser in der Tür, ohne anzuklopfen, als ich gerade mit meinem (jetzt Ex-)Freund Pierre im Bett lag. Himmel, war das peinlich! Verstanden habe ich den seltsamen Auftritt erst, als Mutti mir ein paar Wochen später die Hochzeit ankündigte. Vermutlich hatte er bei seinem Besuch das Ruder nochmal herumreißen wollen, um nicht mit der falschen Frau in den Hafen der Ehe zu schippern.

Auf jeden Fall fühle ich mich momentan wie in einer griechischen Tragödie. Wenn ich Frauke davon erzählen würde, würde sie mir sicher nicht glauben, sondern mir nur Neid unterstellen und dass ich ihr Leben kaputtmachen wolle. Unterlasse ich es, rennt sie ins Unglück, ohne es zu merken. Obwohl wir nicht immer, oder meinetwegen auch: nur sehr selten, gut miteinander auskommen, ist sie doch meine Schwester, die ich trotz allem mag. Aber lieber habe ich meine Miejke, die, obwohl sie schon sechzehn ist, heute Nacht mal wieder in mein Bett geklettert ist, um mir ihr Techtelmechtel zu beichten. Es ist ihr Biologielehrer, zwanzig Jahre älter – und verheiratet! Miejke, Miejke! Wenn das die Eltern wüssten …

Juist, 29. Juli 1978

Liebes Tagebuch,
heute habe ich im Okke'schen Teehuus eine kleine Lernpause eingelegt – mit einer köstlichen Zimtschnecke und einer Tasse gesüßtem Kaffee. Das windige und wolkenverhangene Wetter war perfekt dafür. Ich liebe unser kleines reetgedecktes Insulanerhäuschen, das von außen und innen wie eine Puppenstube aussieht. Das Reetdach ist fast bis zum Boden gezogen, gedämpftes Licht dringt durch die kleinen Fenster, die Einrichtung der fünf verwinkelten kleinen Räume ist mindestens hundert Jahre alt, und der Tee wird natürlich nur aus Porzellan mit der Ostfriesenrose getrunken. Auf der ganzen Insel gibt es keinen gemütlicheren Ort. Das Teehaus fühlte sich für mich schon früher wie ein zweites Zuhause an, zumindest im Winter, wenn die Teestube offiziell geschlossen hatte. Dann öffnete Oma exklusiv für uns Mädchen und nahm uns mit ins »Winterwohnzimmer«, machte dann den Kamin an, bereitete uns eine heiße Schokolade zu und erzählte uns Geschichten von früher. Am meisten im Gedächtnis geblieben ist mir die von Tjark Honken Evers, dem jungen Studenten, der auf einer Sandbank ertrunken ist.

Mutti meinte mal, dass Oma ihr diese Geschichte als Kind so häufig erzählt hätte, dass sie sich das Watt, damals noch in Dresden, vorgestellt habe wie die Hölle, so wie sie sie aus der Bibel kannte. »... da zerriss die Erde unter ihnen und tat ihren Mund auf und verschlang sie ... und sie fuhren hinunter lebendig in die Hölle mit allem, was sie hatten.« Als sie dann nach Juist gezogen waren, hatte Mutti erst mal keinen Fuß ins Watt oder ins Wasser gesetzt. Erst Onno hätte ihr die Angst genommen. Denn er glaubt nicht an die Hölle, sondern nur an die himmlische Schönheit und die raue Kraft des Watts, und seit er sie davon überzeugen konnte, dass die Fluten einen nicht verschluckten, sofern man auf der Hut blieb, stürzt sie sich in die Fluten, wann immer sie kann.

Bei Oma verhält es sich anders. Sie versucht zwar, ihre Furcht vor dem Meer zu verbergen. Doch bei Sturmfluten verbarrikadiert sich meine starke, ansonsten sturmerprobte Oma in ihrem Zimmer. Ins Watt setzt sie grundsätzlich keinen Fuß (angeblich mag sie den Modder nicht an den Füßen haben), und Strand und Meer sind Vergnügungen für ihre Gäste. »Wie sieht das denn aus, wenn die Hotelchefin in den Wellen tobt!« Vielleicht liegt es daran, dass das Schiff ihres Großvaters bei Sturm gesunken ist, vielleicht aber auch wegen Okke. Das ist der Mann, dessen Porträt neben dem Eingang vom Teehuus hängt. »Die Dämonen haben ihn mit ins Wasser genommen!«, hat Oma mir einmal zugeflüstert.

Ich bestellte einen Okke'schen Bohnenkaffee und eine Zimtschnecke, als ich sah, wie Mattes sich angeregt mit dem Koch unterhielt. Was machte er denn hier?

»Wir ändern die Karte zum Herbst«, meinte er wichtigtuerisch, als er sich zu mir setzte. »Das muss ich dem Sturkopp nur klarmachen. Ist ja nicht so, als gäbe es nicht auch noch andere Köche auf der Insel.«

Ich sah ihn verdutzt an.

»Ach, du weißt es noch nicht? Ich bin in das Kießling'sche Familienunternehmen eingestiegen«, sagte er leichthin und ließ sich von der Bedienung einen Tee mit Rum einschenken, ohne auch nur einmal zu ihr aufzusehen. Irgendwie hatte ich ihn höflicher in Erinnerung.

»Seit wann?«, fragte ich.

»Seit ich vor drei Monaten zurück nach Juist gezogen bin.«

Was mit der Fliegerei sei, wollte ich wissen, und er berichtete, dass er nach einem epileptischen Anfall vor einem Jahr die Bundeswehr hatte verlassen müssen. »Pilotenträume ausgeträumt, so einfach ist das. Nicht mal ein Segelflugzeug darf ich mehr fliegen.« Er erzählte das so teilnahmslos, als betete er die Gästeliste seiner Hochzeit herunter.

»Das muss dir doch das Herz gebrochen haben«, sagte ich mit echter Anteilnahme und strich ihm über die Schulter. Erst griff er nur

nach meiner Hand, dann beugte er sich vor, so dass seine Nase fast meine berührte. »Ich hatte Glück im Unglück, mein Herz war nämlich schon vorher gebrochen«, sagte er betont langsam. Was sollte das denn heißen? Entsetzt schnellte ich zurück und erhob mich reflexartig. Im Hinausgehen sagte ich ihm, dass Frauke ihn liebe und ich nicht wolle, dass er sie verletzt. Da schüttelte er den Kopf und rief mir hinterher, dass man immer von den Menschen am meisten verletzt wird, die einem am meisten bedeuten.

Mit dieser Wendung habe ich nicht gerechnet. Ich frage mich, ob hier dieselben Dämonen am Werke sind wie bei Okke. Mattes zieht irgendwie Unglück an, und ich bin mir nicht sicher, ob Frauke das überleben wird.

23. Kapitel

Juist 2008, Adda

Adda schreckte schweißgebadet aus dem Schlaf. Regen klatschte laut gegen die Scheiben. Das erste Mal seit Wochen, dass es goss. Verwirrt warf sie einen Blick auf die Uhr. Fünf Uhr dreißig. Noch immer hielt sie die Kette, die Theda ihr vor einigen Stunden in Tränen aufgelöst gebracht hatte, fest umschlossen in der Hand. Sie hatten die halbe Nacht geredet, und es hatte Adda einiges an Überzeugungskraft gekostet, doch am Ende hatte sie ihre Tochter zur Einsicht gebracht, dass nichts und niemand Wanda in ihrem blinden Taumel davon hätte abhalten können, unterzugehen. Keine Gespräche, kein Versprechen, keine Kette. Und dass ihr Tod darum unvermeidbar war. Was war sie nur für eine Mutter?

Jetzt, müde von der kurzen Nacht, ließ sie den Stein durch die Finger gleiten, doch fand selbst keinen Trost darin. Weil sie wusste, dass sie gelogen hatte. Wieder einmal.

Sie hielt sich den grünen Stein vors Gesicht und starrte ihn an, als wäre er eine Kristallkugel. Was sie sah, war Wanda, in einem anderen Leben. Ihre Töchter, Onno und sich, in einer Welt, wie sie hätte sein können. Und sie sah plötzlich Mette, an die sie seit Jahren nicht mehr gedacht hatte. Ein flüchtiger Gedanke streifte sie plötzlich. Was, wenn sie nach der Trennung von Onno nach Neuseeland ausgewandert war und … Nein, das war alles viel zu abwegig. Sie ließ die Kette sinken. Aber an Schlaf war nicht mehr zu denken. Sie erhob sich und ging zum Fenster, das beschlagen war, und öffnete es. Im Garten sammelte sich der Regen in einer großen, öligen Pfütze, der Rasen war durchnässt und braun, und selbst die Blumen sahen von hier oben erbärmlich aus, wie sie unter dem heftigen Guss wegknickten. Sie betrachtete den dunklen, tiefhängenden Himmel, der vom ersten Tageslicht erhellt wurde. Wenn das so weiterging, konnten sie den Champagnerempfang morgen im Garten vergessen. Und Eduards gute Laune gleich mit. Sie dachte an den gestrigen Abend. »Weißt du, dass wir heute genau 18888 Tage verheiratet sind?«, hatte er ihr vor dem Zubettgehen gesagt. Und dass er keinen Tag davon bereue. Sie hatte nichts empfunden bei seinen Worten. Und sich wieder einmal für ihre Gefühlskälte geschämt. Es war, als hätte sie ihn mit ihrer Gleichgültigkeit leergesaugt und als würde er dieses Vakuum mit großen Worten und Gesten füllen.

Zurück im Bett, schob sie das Kissen hinter ihren Rücken und richtete sich auf. Sie fühlte sich erschöpft, von seinen Worten emotional ermattet. Die Wahrheit war, dass sie einen Abend mit ihm allein nur noch schwer ertrug. Und wenn er ihr dann noch diesen rührseligen, sehnsüchtigen Blick zuwarf, fühlte sie eine Beklemmung in der Brust, dass sie nur noch wegrennen wollte. Seufzend fischte sie sich den Roman von Arno Stadler vom Nachttisch, den Marijke ihr mitgebracht hatte, und begann die ersten Seiten zu lesen. *Komm, gehen wir* hieß das Buch passenderweise, und sie fragte sich, wie es wäre, einfach zu gehen. Viel später, als sie die Kirchturmuhr acht Uhr schlagen hörte, stand sie auf und bewegte sich ins Bad. Sie wusch sich rasch mit einem Waschlappen und zog sich an.

Auf dem Weg zu Johanne überlegte sie, ob ihre Mutter nicht recht gehabt hatte. Adda hatte Eduard nie wirklich eine Chance gegeben, und genau das machte ihn, der in der Zeit ihres Kennenlernens so freundlich, offen und liebenswert gewesen war, heute zu einem manchmal unerträglich selbstgefälligen und mürrischen Ekel. Wer er einmal gewesen war und hätte bleiben können, wenn er eine liebende Frau an seiner Seite gehabt hätte, blitzte in Momenten wie jenem am Vorabend auf. Aber sie konnte und wollte diese Frau nicht sein. Nicht jetzt und auch nicht in Zukunft. Irgendetwas war passiert. Als hätte die Welt um sie herum sich verändert, und sie war wieder ein Teil von ihr. Als würde sie nicht länger außen vor sein, sondern dazugehören und endlich das Leben sehen, das sie führen könnte.

Ein scheppernder Knall riss sie aus ihren Gedanken. Die Tür zu Johannes Zimmer wurde aufgerissen.

Frau Müller vom Pflegedienst stand im Rahmen. »Ihre Mutter hat die Teetasse fallen lassen«, entschuldigte sie sich. Sie holte einen Kehrbesen aus der Schrankwand gegenüber und bat Adda, sich mit ihrem Besuch noch ein wenig zu gedulden, bis Johanne fertig gefrühstückt hatte.

Adda setzte sich in den Sessel vor der Tür und entschied, die Zeit für die Suche nach Berta Jahnke zu nutzen. Sie zog den Zettel heraus, den Helen ihr gegeben hatte, und wählte die erste und nach einem kurzen Gespräch auch die zweite Nummer. Beide Bertas waren deutlich älter, als die Gesuchte es sein musste. Bei der letzten Nummer meldete sich ein Anrufbeantworter. Als sie die verhuschte Stimme der Sprecherin hörte, war Adda sich sicher, dass sie die richtige Berta gefunden hatte. Sie hinterließ eine Nachricht.

Kurz darauf öffnete sich die Tür, und die Pflegekraft ihrer Mutter verabschiedete sich mit dem leeren Frühstückstablett in der Hand. Johanne saß fertig angezogen in ihrem Rollstuhl. Adda genügte ein Blick, um zu erkennen, in welcher Verfassung ihre Mutter war: Der wache Ausdruck in ihren Augen und ihre Körperspannung verrieten, dass sie alles um sich herum mitbekam.

»Guten Morgen, Mutti«, begrüßte Adda sie erleichtert. »Hast du gut geschlafen?«

Johanne schüttelte den Kopf. »Sehe ich so aus?«, antwortete sie beißend.

Adda schenkte ihr eine Tasse Tee ein und setzte sich auf den Biedermeierstuhl mit den filigranen Beinen. »Vielleicht hebt ein Tee deine Laune!«

Johanne verschränkte die Arme und kniff den Mund zusammen. »Ich habe nicht danach gefragt.«

Adda nahm selbst einen Schluck und stellte die Tasse ab.

»Ich muss etwas wissen«, begann sie unvermittelt und rückte behutsam ihren Stuhl an Johannes Rollstuhl heran. Sie hatte jedes Mal Angst, sich darauf zu setzen, so zerbrechlich wirkte er. Der Stuhl gehörte zum kläglichen Rest der wertvollen Antiquitäten, die die Briten nach dem Krieg im de Tiden zurückgelassen hatten. Alle anderen Möbel waren konfisziert oder verfeuert worden. Johanne hatte den Stuhl, zwei Kommoden, einen Kleiderschrank und das Bett, in dem Erzählungen nach einst der österreichische Kronprinz gestorben war, restaurieren lassen und damit ihr Schlafzimmer eingerichtet. Es erinnerte Adda an ein Museum.

»Woher stammen die alten Möbel im de Tiden?«

»Dass du das ausgerechnet heute fragst«, sagte Johanne und seufzte. »Ich habe von ihm geträumt.« Sie schüttelte nachdenklich den Kopf. »Ich träume seit ein paar Tagen von ihm.«

»Von wem träumst du?«, fragte Adda verwirrt.

»Von Okke«, erwiderte ihre Mutter mit sanfter Stimme. »Von ihm stammen doch die alten Möbel hier«, sagte Johanne und deutete auf Bett und Kommode. Es war seltsam, aber wenn sie seinen Namen aussprach, fiel alles Schroffe von ihr ab.

»Nicht diese Möbel hier«, sagte Adda. »Ich meine die erste Hoteleinrichtung aus den fünfziger Jahren.«

»Warum sollte das wichtig sein?«, fragte Johanne verständnislos.

»Weil sie aus Dresden stammen, aus den *Sozialistischen Werkstätten*, dem Nachfolger der Möbelwerke Lock! Darum!«

Johanne zuckte zusammen.

»Na und?«, sagte sie dann, als sei das die normalste Sache der Welt.

Adda atmete tief ein. »Hast du mit denen Geschäfte gemacht, will ich wissen?«

Johanne riss die Augen auf, als würde sie schlecht hören. Dann drehte sie den Kopf weg und schwieg.

»Aber warum? Die wollten dich ins Gefängnis werfen!«, drängte Adda atemlos. »Du bist geflohen!«

»Gefängnis, Gefängnis«, murmelte Johanne und guckte abwesend aus dem Fenster. »Das hätten die Nazis mit Hein machen sollen! Aber sie ließen ihn ja lieber laufen.« Sie hielt kurz inne. »Und er konnte sich nicht schnell genug rächen.«

»Wovon sprichst du?«, fragte Adda erschrocken und legte ihrer Mutter die Hand auf den Arm.

»Heinsen senior hat nach Okkes Verschwinden behauptet, er wäre verhaftet worden.«

Adda zog die Hand zurück und legte sie in ihren Schoß.

»Aber das stimmte nicht«, fuhr Johanne fort. »Sein Sohn Hein hat ihn mit einem Stock erschlagen! Und Bojenkopp, sein Handlanger, musste ihm helfen, Okke wegzuschaffen und im Goldfischteich zu versenken.« Jetzt weinte sie leise.

Es war erst das dritte Mal in ihrem Leben, dass Adda ihre Mutter in Tränen sah. Nach Joosts Tod, dann bei Wandas Trauerfeier – und jetzt.

»Gott, wie entsetzlich.« Adda nahm Johannes zitternde Hand in ihre. »Woher weißt du das alles?«, fragte sie fassungslos.

Johanne atmete schneller. »Bojenkopp hat mich nach der Beerdigung meines Vaters im Sommer 1942 abgefangen und mir alles erzählt. Er glaubte, ich sei seinetwegen geflohen, und wollte mich überzeugen, dass er mit dem Mord nichts zu tun hatte. Stein und Bein schwor er mir, dass Okke bereits tot gewesen war, als Hein ihn in den Keller vom de Tiden geführt und ihm gedroht hatte, mich und ihn von seinem Vater in ein Lager schicken zu lassen, wenn er nicht helfen würde.«

»Und er kann sich das nicht ausgedacht haben?«, fragte Adda vorsichtig.

»So verzweifelt, wie er war, musste ich ihm einfach glauben. Außerdem war er so beschränkt – Lügen hätte ihn überfordert.«

Adda starrte ihre Mutter an. »Das muss so ein Schock für dich gewesen sein! Wann ist das passiert?«

»Am Tag nach Gustavs Flucht. Am Abend von Gustavs Flucht hat Okke mich noch mit dem Pferdewagen nach Hause gefahren. Am nächsten Tag war er unauffindbar. Da hieß es von offizieller Stelle, dass ein Hotelgast Okke und einen Juden von der Schule am Meer dabei erwischt hätte, wie sie Unzucht getrieben und die deutsche Ehre besudelt hätten. Die beiden seien noch in derselben Nacht verhaftet und aufs Festland geschickt worden.« Sie holte tief Luft. »Keiner hat das angezweifelt. Unverheiratet, wie Okke war, und mit seinem allseits bekannten Hang zur Exzentrik stand er bei den Einheimischen sowieso unter Verdacht, ein Hundertfünfundsiebziger zu sein.«

»Bitte?«, fragte Adda verwundert.

»Na, ein Homosexueller.«

»Und wer soll der Jude von der Schule gewesen sein?«

»Gustav natürlich. Für sein Verschwinden brauchte man schließlich eine Erklärung. Als wir das gehört hatten, wussten Wilhelm und ich natürlich sofort, dass die Geschichte von vorne bis hinten erlogen war. Und dass Okke etwas Fürchterliches zugestoßen sein musste.«

Sie schwieg einen Augenblick. Tränen rannen über ihre Wangen.

»Mutti«, sagte Adda sanft und reichte ihr ein Taschentuch. »Wenn du nicht mehr reden magst, verstehe ich das gut.«

Johanne tupfte ihre Tränen ab. »Ich habe keine Ahnung, was dieser widerliche Zwerg seinem Vater erzählt hat. Aber er muss den Mord gedeckt haben, schließlich stammte die Information über Okkes Verhaftung vom Bürgermeister persönlich.« Sie seufzte. »Und das Infamste: Angeblich hatte Okke seinem geliebten Neffen kurz nach der Verhaftung noch das Hotel überschrieben. ›Weil er es in guten Händen wissen wollte‹, wie Hein der Belegschaft am nächsten Morgen mit Tränen in den Augen mitteilte.«

»Zu der du gehörtest«, warf Adda kopfschüttelnd ein. »Hein hat an alles gedacht. Vermutlich gab es die Überschreibung gar nicht, was?«

»Okke hätte das nicht mal unter Folter unterschrieben. Aber wer war in jener Zeit dafür zuständig, zu prüfen, ob die Unterschrift echt war? Bürgermeister Heinsen!« Sie presste die Lippen zusammen.

»Aber du konntest doch nicht mehr im Hotel arbeiten, oder?«

»Natürlich nicht. Ich habe keinen Fuß mehr da reingesetzt. Es war alles so entsetzlich. Wilhelm und ich fühlten uns nicht mehr sicher auf der Insel und sind, sobald er ein paar Wochen später sein Abitur hatte, nach Dresden gezogen. Mein Vater war froh, mich los zu sein.«

Adda beugte sich vor. »Darum also seid ihr gegangen!«

Johanne lehnte sich zurück. »Als ich Jahre später bei der Beerdigung meines Vaters von Bojenkopp die Wahrheit erfuhr, war Hein irgendwo an der Ostfront, und ich musste meine Rache auf später verschieben.« Sie lachte bitter. »Aber sie kam, zehn

Jahre später, als wir 1952 nach Juist zurückkehrten. Ich bin geradewegs zu Bojenkopp gegangen und bat ihn, mir die Geschichte noch einmal zu erzählen, nur um sicherzugehen, dass er sich noch daran erinnerte. Dann sind wir zu Hein ins de Tiden gegangen. Schon von weitem roch ich seine Alkoholfahne. Das Hotel war in einem schrecklichen Zustand. Es war nach dem Krieg nicht wiedereröffnet worden.«

Adda konnte sich gut daran erinnern, in welch erbärmlichem Zustand das de Tiden damals gewesen war. Es war lange Jahre so gut wie unbewohnt gewesen und bis auf einige wenige Möbel leergeräumt. Überall stank es nach Zigaretten und Alkohol, und in den Räumen, in denen Hein gehaust hatte, türmte sich der Müll. In einigen Hotelzimmern waren Flüchtlinge untergebracht, die froh über den Abgang des cholerischen Hausherrn waren und Johanne gerne halfen, das Haus auf Vordermann zu bringen. Die meisten von ihnen, wie die liebe Magda, blieben ihnen lange Jahre treu verbunden.

Johanne riss sie aus ihren Gedanken, als sie fortfuhr: »Ich ließ alles Bojenkopp erzählen und erklärte Hein ruhig, dass ich meine guten Kontakte zu den britischen Besatzern aktivieren würde, wenn er mir das Hotel nicht für eine Mark fünfzig verkaufte und die Insel mit der nächsten Fähre auf Nimmerwiedersehen verließ.«

So war das also gewesen! Adda hatte Johanne damals erzählt, dass sie das Hotel geerbt habe.

Johanne lachte wieder bitter. »Sein elender Vater hatte wieder Ambitionen, Bürgermeister zu werden, und da die Entnazifizierung noch nicht abgeschlossen war, wusste er, was ein Wink an die Besatzer für seinen Vater und ihn bedeuten würde. Er ist dann auf mich losgestürmt und hat mich gewürgt.« Johannes Augen funkelten zornig. »Zum Glück war Bojenkopp da. Er hat ihn von mir weggezerrt und ihn ordentlich verprügelt. Er war ja selbst voller Wut, weil Hein ihn früher ständig gepiesackt hatte. Schließlich hat Hein den Kaufvertrag unterschrieben. Danach habe ich ihn nie wiedergesehen. Und wir sind noch am selben Tag eingezogen.«

Adda verstand ihre Mutter nicht, die Beherrschtheit, die sie damals an den Tag gelegt hatte. Da stand der Mörder ihres väterlichen Freundes vor ihr – und sie interessierte sich nur für das de Tiden.

»Warum hast du ihn nicht angezeigt? Er wäre für Mord doch sicher lebenslang ins Gefängnis gewandert!«

»Ich musste sehen, wo ich mit euch Kindern bleibe. Ich hatte keine Unterkunft und keine Freunde auf der Insel und gerade genug Bargeld, um ein paar Renovierungsarbeiten vorzunehmen. Vor allem aber fürchtete ich, dass sie Bojenkopp den Mord in die Schuhe schieben würden. Er war ja nachweislich verrückt – und Heinsen senior war bestens vernetzt, wie man 1956 an seiner Wiederwahl zum Bürgermeister sehen konnte.« Ihre Stimme brach, und sie trank einen Schluck von dem Tee, den Adda ihr trotz ihrer Weigerung hingestellt hatte.

»Ein paar Wochen später ist Bojenkopp an einem Herzinfarkt gestorben. Und dann habe ich im alten Sekretär, der im Dachzimmer steht, Okkes Testament gefunden. Die Ironie der Geschichte war, dass er mich als Alleinerbin eingesetzt hatte.« Wieder füllten sich ihre Augen mit Tränen. »Das de Tiden gehörte mir eigentlich schon seit Mai '34!«

Adda schwieg und ließ ihren Blick durch Johannes Zimmer streifen. Mit einem Mal war der Raum für sie nicht mehr ein Museum, sondern mehr ein Mausoleum, in dem Johanne Okkes gedachte.

Auch Johanne schwieg lange.

»Du hast mich früher manchmal gefragt«, sagte sie dann und betrachtete ihre Hände, »warum ich nicht wie andere Mütter mit dir auf den Goldfischteichen Schlittschuh fahren war.« Sie atmete tief durch. »Genau aus diesem Grund.« Sie hob den Kopf, und als sie Adda ansah, glänzten ihre blassblauen Augen. »Erst als Gustav wieder nach Juist kam, habe ich mich dort hingetraut.«

Adda wurde blass. »Gustav? Er war noch einmal hier?« Ihre Stimme stockte.

»Bekomme ich noch einen Tee?«, fragte Johanne.

Adda schenkte ihr ein und wartete, bis sie die Tasse geleert hatte.

»Er kam zu einer Gedenkfeier der Schule am Meer«, fuhr Johanne schließlich fort. »Damals, Ende der Sechziger, fing das mit der Aufarbeitung an, und man lud alle ehemaligen Schüler ein.«

Adda erinnerte sich daran. Eduard hatte die Feier eröffnen sollen und sie gebeten mitzukommen. Doch Marijke hatte Fieber gehabt, und Johanne hatte ihn statt ihrer begleitet. Am nächsten Tag war ihre Mutter von einem elegant gekleideten Herrn mit Hut abgeholt worden. Adda hatte sich gefragt, wer das sein mochte. Von seinem Gesicht hatte sie wegen des Huts nicht viel gesehen, aber irgendwie war er ihr bekannt vorgekommen, sie wusste nur nicht, woher. Als sie Johanne am nächsten Tag nach ihm gefragt hatte, hatte sie Adda damit abgespeist, dass er nur ein alter Bekannter auf der Durchreise sei. Adda erinnerte sich auch deshalb so gut daran, weil ihr der Terminus »Durchreise« so seltsam vorgekommen war. Wer reiste schließlich über Juist irgendwohin? Der, der nicht bleiben wollte! Jetzt wurde ihr auch klar, an wen er sie erinnert hatte: natürlich an Joost – seinen Sohn!

»Das war Gustav, der Mann im de Tiden, der dich zum Essen ausgeführt hat, nicht wahr? Joosts Vater.«

»Ich dachte, mich trifft der Schlag, als er plötzlich vor mir stand.« Johanne lächelte. »Mehr als dreißig Jahre später. Aber er kam nicht allein sondern mit Grete, seiner wunderschönen Frau. Ich habe dir von ihr erzählt.«

Adda überlegte fieberhaft, dann fiel es ihr wieder ein.

»Du meinst das Mädchen, das mit Vati die Sandburgen zerstört hat? Die schon damals in Gustav verliebt gewesen ist?«

»Genau die«, sagte Johanne mit Bitterkeit in der Stimme. »Sie sind sich nach dem Krieg in Buenos Aires über den Weg gelaufen, und da kam eins zum anderen: Sie haben geheiratet und vier Mädchen bekommen, so wie du.«

Grete hatte ihn also doch noch gekriegt.

»Hast du Gustav von seinem Jungen erzählt, von Joost?«

Ihre Mutter zögerte, bevor sie antwortete.

»Nein«, sagte sie. »Das konnte ich ihm nicht sagen. Ich hatte Joost schon einmal verloren, wir hatten gerade wieder vorsichtig Kontakt aufgenommen. Wie hätte ich ihm erklären sollen, dass Wilhelm nicht sein Vater war? Gustav hätte ihn sicher treffen wollen.«

Adda ließ die Schultern sinken. »Joost wusste es doch längst.« Zum wiederholten Male dachte sie, wie anders alles verlaufen wäre, wenn sie sich nicht alle immer wieder für Lügen und Halbwahrheiten entschieden hätten.

»Aber das war mir zu diesem Zeitpunkt nicht klar.« Johanne seufzte.

»Gustav und ich sind dann am nächsten Morgen zu zweit zu den Goldfischteichen gegangen und haben Abschied genommen von Okke, von Wilhelm und von …« Sie stockte.

Von ihren gemeinsamen Träumen, dachte Adda Johannes Satz zu Ende.

»Dort hat er mir meine Herzmuschel zurückgegeben«, fuhr ihre Mutter mit brüchiger Stimme fort, »und gesagt, dass er jeden Tag an sein mutiges Mädchen gedacht habe und froh darüber sei, dass Wilhelm und ich zusammengefunden hätten. Für einen Moment fühlte ich mich in eine andere Zeit versetzt. Als sei das alles nie passiert. Aber das war natürlich eine Illusion, wie unsere gemeinsame Zeit auch, die schon damals ihre Unschuld verloren hatte. Er war untröstlich wegen Okke, und es war schön, den Schmerz zumindest für einen Moment teilen zu können.«

Der Regen prasselte laut gegen die Scheiben, und der Wind rüttelte an den Fensterläden. Adda rückte näher an Johanne heran, um sie besser zu verstehen.

Johanne kämpfte sichtbar mit sich, doch dann flüsterte sie: »Ich hätte ihn gerne gefragt, ob er darüber nachgedacht hatte, mich zu suchen, mich zu sich nach Argentinien zu holen. Aber bis zum Ende des Krieges waren zehn Jahre vergangen, eine zu lange Zeit für eine so kurze Liebe, nehme ich an. Und dann war da auch längst Grete.« Sie hüstelte. »Vieles blieb ungesagt zwischen uns. Bis er vor zwei Jahren gestorben ist, haben wir uns regelmäßig Karten zu Weihnachten geschrieben.« Für Adda klang es, als hätte diese kurze Liebe in Wahrheit ein Leben lang gehalten.

»Und all die Jahre hast du das für dich behalten?«, fragte sie.

»Wenn nicht darüber gesprochen wird, ist es auch nie passiert. Und jetzt passiert das alles wieder, verstehst du, und die Erinnerungen fühlen sich furchtbar an.«

Adda nickte verständnisvoll.

»Ich wollte nicht an diesen entsetzlichen Erinnerungen festhalten wie an einem alten Haustier. Wie soll man damit weiterleben?« Sie schluchzte auf. »Wie soll ich jetzt damit weiterleben?«

Adda bekam ein schlechtes Gewissen.

»Mir geht's nicht gut, Adda, seit das alles wieder hochkommt. Ich wache nachts mit schrecklichen Träumen auf, voller Panik.

Und mein Magen, der Schmerz lässt mich kaum atmen. Es ist das erste Mal, dass ich mir wünschte, in diese andere Welt abzugleiten. Aber sie lässt mich nicht eintreten, denn ich bin hier, mit der Vergangenheit. Nach vorne schauen geht nicht mehr, weil da nur der Tod wartet.« Johanne war in ihrem Stuhl in sich zusammengesunken.

Adda strich ihr über die Wange. Immerzu war ihre Mutter in Bewegung gewesen, nie hatte man sie ausruhen sehen. Sie hatte stets herumgeräumt, gefegt, dekoriert, sich in neue Projekte gestürzt, bis sie der Rollstuhl irgendwann zur Ruhe gezwungen hatte. Hatte sie sich mit ihrer Geschäftigkeit von Erinnerungen abgelenkt, die sie lieber vergessen wollte?

Auf Johannes Gesicht lag ein Ausdruck, den Adda nicht kannte und der sie beunruhigte. Es war Mutlosigkeit. Ihre Mutter war immer stärker gewesen als die anderen. Sie war eine Frau, die nie aufgab, die sich auf trotzige Art von nichts und niemandem und schon gar nicht von der Demenz in die Knie zwingen ließ. Doch nun war Adda sich nicht mehr sicher, ob Johanne so unverwundbar war, wie sie ihr immer erschienen war. Man konnte förmlich dabei zusehen, wie die Kraft und ihr Wille aus ihr wichen. Und zum ersten Mal wurde Adda bewusst, dass ihre Mutter nicht mehr lange leben würde.

»Es tut mir so leid, Mutti. Das habe ich nicht gewollt.«

Johanne wandte den Kopf ab. »Wie hoch der Preis dafür ist, wenn man nicht alle beschützen kann, sagt einem niemand.«

»Mutti, du hast in bester Absicht gehandelt! Ich verstehe deine Not. Aber was auch immer du getan hättest – es hätte immer negative und positive Konsequenzen gehabt.« Adda schluckte. Sie wusste nur zu gut, was die inneren Konsequenzen so eines moralischen Dilemmas waren, aus dem es keinen Ausweg gab.

»Ich habe Okke geopfert, um Gustav zu retten. Und ich habe

dich geopfert, um Okke zu retten, zumindest sein Vermächtnis. Und zu welchem Preis?« Johanne lachte höhnisch und sah demonstrativ an Adda vorbei. »Für ein paar billige Ostmark!«

»Wovon redest du, Mutti?«, fragte Adda irritiert. Auf einmal war ihr klar, dass Johanne ihr noch weit mehr verschwieg. Dass sie bisher nur einen Bruchteil der Wahrheit kannte und dass eigentlich alles zusammenhing. Nur wie?

»Bitte, Mutti, bitte erklär mir, was du damit meinst«, flehte sie.

Aber Johanne drehte sich weg.

»Lass mich allein«, sagte sie. Ihre Stimme war mit einem Mal ganz dünn.

In der griechischen Mythologie gab es einen Fluss des Vergessens, der durch die Unterwelt floss. Wer aus der Lethe trank, wurde von leidvollen Erinnerungen befreit. Wie gerne hätte sie ihrer Mutter zur Aufmunterung ein Glas davon angeboten. Wusste sie doch nur zu gut, dass es Dinge gab, die zu vergessen sehr viel besser waren. Das galt für sie und für andere. Hätte Wanda etwa den Kuss zwischen Onno und Adda sofort wieder vergessen, wäre sie nach Berlin zurückgekehrt, um ihr Physikum zu machen. Und selbst wenn Mattes ihrer Tochter mehr bedeutet haben sollte: Wanda war niemand gewesen, der lange haderte. Sie hätte sich ins nächste Abenteuer gestürzt, und alles wäre gut ausgegangen.

Offenbar aber gab es ein Davor und ein Danach. Alles lief darauf hinaus, dass der Aufenthalt auf Juist während der Hochzeitstage Wandas Leben aus dem Gleis gehoben hatte.

»Prinzessin«, hatte Joost zu Adda gesagt, als sie sich in Berlin wiedergetroffen hatten. »Wanda hat den Kompass verloren. Wenn du ihn findest, wirst du auch den Weg zu ihr finden! Eines Tages wirst du Antworten bekommen. Und dann wird alles gut.«

Was gut werde, hatte sie gefragt. »Alles!«, hatte er geantwortet, und sie hatte ein weiteres Mal gestaunt, woher er diesen Optimismus nahm. Sie hatte sich längst in einem Strudel von Scham und Schuld verloren. Nichts war gut, nichts würde gut werden. Und tatsächlich wurde nichts gut. Schon gar nicht für Joost.

Doch selbst als kurz darauf seine Leidensodyssee mit diesem schlimmen Ausschlag am ganzen Körper begann, hatte er sein Lächeln nicht verloren. Die Krankheit zog sich endlos hin. Auf den Ausschlag folgte eine Hepatitis, dann verlor er dramatisch an Gewicht, als würde er sich auflösen. Schließlich kämpfte er sich von einer Lungenentzündung zur nächsten. Er verströmte selbst dann noch Heiterkeit und Zuversicht, als er die Bretter der Theaterbühne längst mit dem Linoleumboden des Krankenhauses getauscht hatte.

Eine der vielen Seiten, die sie an ihm liebte, war sein Humor gewesen. Er rezitierte den Ärzten frei aus Molières *Der eingebildete Kranke*, und sie konnten sich vor Lachen nicht mehr halten. Vermutlich gab es das nicht oft, meinte er belustigt, dass ein Todkranker auf der *Endstation* den Komödianten gab. Und als er keine Texte mehr behalten konnte, ließ er Henning Zitate in großen Lettern an die Wand heften. Jeden Tag ein neues Zitat, immer wieder Molière, der ihn in der letzten Phase seines Lebens am meisten amüsierte. Adda traf fast der Schlag, als sie morgens hereinkam und ihr Bruder vergnügt an die Wand deutete. *Der Himmel dürfte aus klimatischer Sicht angenehmer sein als die Hölle … Allerdings vermute ich, dass die Hölle in gesellschaftlicher Hinsicht weit interessanter ist,* stand dort geschrieben. Als sie ihn entsetzt ansah, sagte er aufgekratzt, dass er dem Ende dank dieser stoischen Haltung äußerst gelassen entgegensähe. »Bei mir geht's doch nur noch um die Frage, ob Himmel oder Hölle. Und wenn ich mit allem rechne, werde ich mich an beiden Orten rasch zuhause fühlen.« Er brach in Gelächter aus.

Selbst wenn er das Theater nur für andere veranstaltet hatte, wie damals, als er ihr die Bomben am Himmel wie ein eigens für sie inszeniertes Tannenbaumfeuerwerk verkauft und sich dabei vermutlich vor Angst heimlich in den Arm gekniffen hatte: Seine Lebensfreude erhielt er sich bis zum Schluss. Während Adda ihr Entsetzen und ihre Trauer nicht einmal in Worte fassen konnte.

Als er dann gestorben war und die ersten Berichte über eine neue Immunschwächekrankheit erschienen, fragte sie sich, ob Joost wohl eines ihrer ersten Opfer gewesen war. Aber sicher war sie sich nicht. Und als Opfer hatte er sich sowieso nie gesehen.

»Nicht traurig sein, Prinzessin«, hatte er ihr auf seinem Totenbett zugeflüstert, während Henning seine Hand hielt. »Ich sterbe, wie ich gelebt habe: im Reinen mit mir und glücklich!« Und er schärfte ihr ein, sie solle es ihm gleichtun und das Trauern nur für dieses eine Mal und ihm zuliebe überspringen.

Würde sie an ihrem Totenbett sagen können, dass sie mit sich im Reinen war? Sicher nicht. Auch weil sie einer Fantasie nachhing, die größer war, als Onno in die Arme zu schließen und für immer festzuhalten. Dieser Wunsch schlich sich manchmal ungefragt in ihre Träume. Und wieder dachte sie, ob Vergessen nicht segensreicher war, als sich zu erinnern und falsche Hoffnungen zu hegen. Mit langsamen Schritten ging sie den Flur entlang zum Speisezimmer.

Eduard war mit Theda bereits beim Frühstück, und zu ihrem Erstaunen saß auch Helen bei ihnen. Vor Eduard standen eine dampfende Tasse Tee und ein Teller mit Mettwurstbrot. In den Händen hielt er einen Schwung Papiere, offensichtlich handelte es sich um Helens Text. »Verschlafen?«, fragte er mit hochgezogenen Brauen.

»Guten Morgen«, entgegnete Adda, schnippischer, als sie

wollte, und wandte ihren Blick demonstrativ von ihm ab und zu Helen. »Bist du fertig geworden mit der Chronik?«

»Das ist sie«, antwortete Eduard an ihrer Stelle, feuchtete die Fingerspitzen an und begann zu lesen. Man hätte eine Feder fallen hören können. Adda beobachtete, wie er die Seiten umblätterte und anerkennend den Mund verzog.

»Vortrefflich«, sagte er schließlich, als er die Blätter beiseitegelegt hatte. »So viel Geschichte! Wo haben Sie nur die alten Zitate von mir ausgegraben?«

»Apropos Geschichte«, ging Adda dazwischen. Sie wartete, bis er sie ansah. »Weißt du, woher die alten Möbel stammen, die du dem Sperrmüll übereignet hast?« Helen wechselte einen komplizenhaften Blick mit ihr, während sie scheinbar unbeteiligt auf ihrem Brötchen kaute.

»Warum willst du das wissen?«, fragte Eduard. »Seit wann kümmerst du dich um das Hotel?«

Fast hätte sie auflachen müssen. Seit wann kümmerte *er* sich um das Hotel? Obwohl er seit ihrer Heirat offiziell gleichberechtigter Miteigentümer war, hatte Johanne bis zum Ausbruch ihrer Demenz vor drei Jahren fast alles allein entschieden. Und jetzt, wo er das Ruder übernommen hatte, bewegte er das Boot nicht von der Stelle. Er fand, dass das de Tiden »immer noch eine *bella figura*« machte, glaubte fest an das saisonale Geschäft und daran, dass alles, was in einem guten Hotel zählte, gediegener Komfort sei, persönlicher Service, bodenständige Küche und blitzblanke Sauberkeit – nicht irgendwelche kurzsichtigen Trends, die wechselten wie das Wetter auf Juist. Dass viele der moderneren Hotels inzwischen das ganze Jahr hindurch ausgebucht waren, während die Buchungen im de Tiden sogar in der Hauptsaison leicht zurückgingen, schien ihn nicht im Geringsten zu beunruhigen. Sie zweifelte, ob ein bisschen Politur ausreichen würde, um dem de Tiden einen modernen Anstrich zu verleihen.

»Ich wundere mich über den Aufkleber unter den Möbeln. Sie stammen aus Dresden«, sagte sie mit fester Stimme. »Hat Mutti dir mal etwas darüber gesagt?«

Eduards Blick wurde vorsichtig. »Warum sollte sie?«, sagte er langsam. »Das war vor meiner Zeit.«

Er lehnte sich zu ihr vor. »In weniger als vierundzwanzig Stunden ist hier Halligalli. Es gibt doch jetzt wahrlich Wichtigeres.«

Theda schenkte Eduard Tee nach und pflichtete ihm bei: »Mutti, wie wäre es, wenn wir uns darum kümmern, wenn die Feier vorbei ist?«

Eduard tätschelte seiner Tochter die Hand und fuhr mit salbungsvoller Stimme fort: »Ganz genau. Sei so lieb und kümmere dich lieber um die Blumengestecke. Die müssten jeden Moment eintreffen.« Adda ballte die Hände so fest zu Fäusten, dass sie die Nägel spürte. Wie sie es hasste, wenn er ihr mit ihren Pflichten in den Ohren lag. »Außerdem solltest du ein Auge auf die Aushilfskräfte haben. Kaum dreht man ihnen den Rücken zu, rauchen und schnacken sie auf meine Kosten. Die Feiertagszulage können sie jedenfalls vergessen«, sagte er und lächelte.

Sie blickte ihn an und wusste plötzlich, wie unumstößlich von diesem Moment an alles anders werden würde. Es reichte. Dieser eine Vorfall, der eine Satz und das eine Lächeln waren zu viel für ihre Ehe. Es war vorbei.

»Genug!«

Sie erhob sich und verließ ohne ein weiteres Wort den Raum. »Warum ist sie nur so aufgebracht?«, hörte sie Eduard noch sagen, als sie die Tür hinter sich schloss. Sie kannte die Antwort darauf. Weil sie ihn nicht mehr ertrug, keine Sekunde länger. Sie war mit ihren Nerven und ihrer Geduld am Ende. Wenn sie die Ehe auch schon vor langer Zeit innerlich verlassen hatte, jetzt würde sie sie endlich offiziell beenden, mit einem großen

Knall. Gleich nach der Feier würde sie ihre Sachen packen und gehen. Ein für alle Mal und endgültig. Alles hatte irgendwann ein Ende. Denn die offensichtlichste Lüge in ihrem Leben war diese Ehe gewesen.

Ruhelos wanderte sie den Flur auf und ab. Schließlich trat ans Fenster und sah auf die Straße hinaus. Unter dem Fenstervorsprung stand ein Mann, der eine brennende Zigarette wegschnippte und geradewegs vor den Eingang beförderte.

»Alles in Ordnung, Adda?« Helen war neben sie getreten.

Gemeinsam sahen sie zu, wie der Mann sich eine weitere Zigarette ansteckte. Vermutlich wartete er auf jemanden aus dem de Tiden. »Johanne wäre jetzt hinausgestürmt, hätte den Mann am Schlafittchen gepackt und ihn eigenhändig zu Boden gedrückt, bis er die Zigarette aufgehoben hätte.« Adda lachte auf. Wenn sie nur mehr von Johannes Entschlossenheit gehabt hätte. Dann läge das alles schon lange hinter ihr.

Sie sah forschend in Helens Gesicht. Sollte sie ihr von Wanda erzählen und ihr sagen, dass sie einen anderen Vater hatte, um zu sehen, was diese Enthüllung in ihr auslöste? Um dann an ihrer Reaktion abzuleiten, was sie ihren Töchtern zumuten konnte? Wäre es dann sogar denkbar, gänzlich reinen Tisch zu machen?

»Weißt du, was ich mich frage? Was Mutter mir noch alles verschweigt«, sagte sie und erzählte Helen von dem Gespräch.

»Ich habe das ungute Gefühl, dass sie mir die Geschichte mit Okke, so tragisch sie auch ist, eigentlich nur erzählt hat, um mir die Wahrheit über die Möbel nicht erzählen zu müssen. Was auch immer es damit auf sich hat.« Hinter dem Flurfenster verschwamm das Meer im Regen.

»Auf was willst du hinaus?«, fragte Helen.

»Sie sagte, dass sie mich für Okke geopfert hat. Was könnte sie damit meinen?«

Helen überlegte. »Vielleicht, dass sie so viel Zeit in Okkes Andenken investiert hat, dass für dich kaum Zeit blieb.«

Adda schüttelte den Kopf. »Da ist mehr, das spüre ich. Und es hat etwas mit den Möbeln zu tun«, sagte sie leise.

In ihrer Tasche klingelte das Telefon. Adda zog es heraus und schaute aufs Display. »Das ist eine Dresdner Nummer.«

Helen lächelte sie aufmunternd an und entfernte sich Richtung Treppe. Kaum war sie fort, nahm Adda das Handy ans Ohr. »Ja?«

Es war Berta Jahnke. Ihre Stimme klang ganz zart. Sie schien erfreut, Adda zu hören. Sie sprachen eine Weile über alte Zeiten, dann erzählte Adda ihr von ihrer Entdeckung.

»Das ist erst mal nicht ungewöhnlich«, antwortete Berta Jahnke. »Nicht nur wir, sondern fast alle Möbelfabriken haben damals hauptsächlich für den Export in das kapitalistische Ausland produziert. Das war legal.«

»Aber kannst du dir vorstellen, dass meine Mutter nach unserer Flucht noch Möbel von euch gekauft hat?« Sie merkte, dass ihre Stimme zitterte.

»Eigentlich nicht«, antwortete Berta. »Gegen deine Mutter wurde Klage erhoben wegen Wirtschaftsverbrechen. Offiziell hätte sie sicher keine Geschäfte mit der Firma machen dürfen.« Adda hörte sie tief ein- und ausatmen, bevor sie fortfuhr. »Aber wissen wir, was der Schneider mit ihr gemauschelt hat? Es wäre nicht ja nicht das erste Mal gewesen, dass er krumme Geschäfte gemacht hätte!«

»Was meinst du?«

»Dass er ein paar Jahre nach eurem Weggang wegen Hochverrat angeklagt wurde.« Sie sprach im Flüsterton.

»Was hat er denn verbrochen?«

Berta zögerte.

»Genau ein Jahr vor seiner Verhaftung«, erzählte sie dann,

»hatten wir schon im Herbst unseren Jahres- und Exportplan mit fünfundzwanzig Prozent übererfüllt. Als Sekretärin hatte ich Zugriff auf die Unterlagen. Schneider sagte aber auf der Weihnachtsfeier ein paar Wochen später, dass wir massiv im Rückstand seien. Er zweifle deshalb an unserem Siegeswillen und hielte unseren Einsatz der deutschen Arbeiterklasse für unwürdig. Dann verpflichtete er die Werksarbeiter, Sonderschichten und Hochleistungsschichten zu fahren, sogar an Heiligabend, um die Planrückstände rasch wieder aufzuholen.« Berta machte eine Pause. Adda spürte, wie unangenehm ihr diese Erinnerung war. »Und er ließ zur Produktionssteigerung sogar Häftlinge für uns arbeiten, die im Gefängnis Schubladen für uns zusammenschraubten.«

Adda hörte einen unterdrückten Seufzer.

»Mir kam das seltsam vor. Als ich ihn darauf ansprach, drohte er, meine ›zersetzenden Äußerungen über die Arbeiterklasse und ihren revolutionären Kampf‹ zu melden. Daraufhin habe ich mir die Bücher noch einmal genauer angesehen. Wir erfüllten unsere Arbeitsnorm nicht deshalb nicht, weil wir zu wenig herstellten, sondern weil wir zu viel Ausschuss hatten. Ein guter Teil der Möbel verschwand einfach. Aber wie sagt man so schön: Zu straff gespannt, bricht irgendwann der Bogen.« Sie machte erneut eine Pause.

»Irgendjemand musste ihn verpfiffen haben. Und als die Herren von der staatlichen Planungskommission die Bücher kontrollierten, war klar, dass er in großem Stil Devisen veruntreut hatte.«

»Wirklich?«, fragte Adda erstaunt.

»Auf unserer nächsten Weihnachtsfeier kam nicht der Schneider auf die Bühne, sondern ein Kontrolleur vom Zentralkomitee. Und sagte, dass der Genosse Schneider wegen Hochverrats verhaftet worden sei. Auf Betrug zum Nachteil sozialistischen Eigentums und Veruntreuung von DDR-Staatsvermögen standen drakonische Strafen.«

»In welchem Jahr war das?«, fragte Adda.

»Das weiß ich noch genau: Das war 1956, denn kurz darauf wurden wir dem Möbelkombinat Hellerau angeschlossen.«

»Wie hat er das gemacht?«

»Er hat tadellose Möbel, die Hälfte des Exports, als Ausschussware deklariert und sie zu Wucherpreisen verkauft. Außerdem deklarierte er auf dem Transport beschädigte Möbel, die reklamiert wurden, als Bruch, ließ sie reparieren und verkaufte sie als neu wieder in den Westen. Die eingenommenen Ostmarkbeträge ließ er in D-Mark umtauschen und parkte sie auf irgendeinem westdeutschen Konto. Dafür muss er im Westen einen Helfer gehabt haben.«

Adda schluckte. Ihr kam ein ungeheuerlicher Gedanke. Sie erinnerte sich, dass Johanne in den ersten Juister Jahren häufig aufs Festland gefahren war. Immer mitten in der Woche, immer nur für eine Nacht. Meistens hatte sie irgendetwas fürs Hotel mit zurückgebracht, neue Bettwäsche, schöne Seifen oder ein paar Geschenke für Adda. Wenn Adda sie gefragt hatte, was sie auf dem Festland gemacht habe, hatte sie stets geantwortet: »Geschäfte, mein Mädchen, Geschäfte!«

Was, wenn sie das Geld für Schneider eingezahlt und er ihr im Gegenzug die Hoteleinrichtung spendiert hatte?

»Als Schneider dann im Gefängnis war, witzelten die Werktätigen, dass er nun selbst Scharniere für uns zusammenbauen musste.«

Einen Augenblick schwiegen sie beide.

»Glaubst du, dass meine Mutter auch schon Geschäfte dieser Art gemacht hat, bevor sie in den Westen flüchtete? Und sich so ihr Startkapital verdiente?«, fragte Adda dann.

»Gut möglich, so umtriebig, wie deine Mutter war«, meinte

Berta. »Der Handel mit westtauglichen Ostwaren an der Sektorengrenze florierte. Die Wechselkursgewinne waren enorm. Und sie war zu dieser Zeit geschäftlich viel in Berlin.«

»Hast du ihn verraten?«

Addas Frage klang eher wie eine Feststellung. Statt einer Antwort beendete Berta das Gespräch. »Es war schön, mit dir zu sprechen. Grüß mir deine Mutter.«

Erst als sie aufgelegt hatte, fiel Adda ein, dass sie Berta nach Schneiders vollem Namen hatte fragen wollen. Falls er noch lebte, könnte sie ihn kontaktieren. Wenn jemand etwas wusste, dann er.

Sie schloss die Augen und versuchte die dunkle Ahnung, die sie während des Gesprächs befallen hatte, abzuschütteln. Irgendetwas störte sie. Aber sie wusste nicht, was. Wie hing das nur alles zusammen?

WANDAS TAGEBUCH

Juist, 30. Juli 1978

Liebes Tagebuch,
manche Katastrophen sind ein Dauerzustand, und man richtet sich dann mehr oder weniger gut in seinem Unglück ein (Frauke und ich! Vati und Mutti?).

Manche bahnen sich an, und man kann nur staunend seiner eigenen Untätigkeit zusehen (Frauke und Mattes).

Und wieder manche brechen plötzlich über einen herein ohne Vorwarnung (Onno und Mette).

Auf jeden Fall kommt ein Unglück selten allein. Zur Un-Hochzeit des Jahrhunderts gesellt sich die Un-Scheidung des Jahrhunderts. Mette ist weg, sie hat die Scheidung eingereicht, Onno und auch Juist verlassen. Es heißt, sie wäre ins Ausland gegangen. Den Grund will mir keiner verraten. Auch Onno nicht. Er sagte nur, dass es alles seine Schuld sei und dass er sie verstünde.

Was meint er damit? Ging sie, weil sie kein Kind bekommen konnte? Wenn es so etwas Kitschiges wie Liebe gibt, dann doch zwischen diesen beiden. Sie waren so zärtlich miteinander, so freundlich. Sie lachten über- und miteinander, redeten miteinander, ja, sie interessierten sich wirklich füreinander! Sie waren das Paar, das ich einmal sein wollte, zumindest eine Hälfte davon.

Am liebsten würde ich nur noch heulen – und tue es auch schon wieder.

Juist, 31. Juli 1978

Liebes Tagebuch,
ich war die ganze Nacht wach und habe mir den Kopf zerbrochen, was zwischen Onno und Mette schiefgelaufen sein könnte. Immer, wenn ich an die beiden denke, ist es, als ob mich jemand vom Bootsrand in Eiswasser geschubst hätte und mich nun aufforderte zu schwimmen.

Gleich heute Morgen war ich nochmal bei Onno, aber da war er gerade mit Mutti im Watt. Das erzählte mir Mutter Olsen und lud mich auf einen Schwarztee ein. Als ich dann auf einen Klönschnack in der Küche saß, wie so oft, wusste ich, dass diesmal keine Mette dazukam, und bei der Vorstellung, dass sie es nie wieder tun würde, liefen mir schon wieder die Tränen. Ich weiß, dass das alles furchtbar egozentrisch klingt, und ich schäme mich dafür, dass ich nicht an ihren, sondern nur an meinen Schmerz denke; aber er überrollt mich einfach. Es fühlt sich an wie Verrat. Sie haben mich alleingelassen. Mein Fels in der Brandung ist auf einmal gespalten und zwischen »wo auch immer sie steckt« und Juist aufgeteilt. Ich kenne nicht mal Mettes Adresse.

Wenn diese beiden es nicht schaffen, wer dann? Ich ganz sicher nicht. Nur durch Onno und Mette bin ich doch die geworden, die ich jetzt bin, und nur wenn sie bleiben, bleibt es gut, und ich bleibe, wie ich bin oder sein möchte. Puh – ich verstehe selbst nicht, warum ich so heftig darauf reagiere. Mir sind doch nicht die Eltern weggestorben! Außerdem lebe ich seit zwei Jahren in Berlin, weit weg und mit ziemlich wenig Kontakt zu Onno und Mette.

Mutter Olsen meinte nur trocken, als sie mir ein Taschentuch reichte: »Daar sünd al groter Schippen unnergahn!« Und schenkte mir Tee nach. Natürlich gibt es Schlimmeres, aber ich verstehe es einfach nicht. Vielleicht ist es das. Was kann so schlimm sein, dass es sich nicht kitten lässt?

Das habe ich später auch Mutti gefragt, aber sie druckste nur he-

rum und konnte oder wollte nichts dazu sagen. Auch sie wirkte mitgenommen und müde. Also gingen wir schweigend ins de Tiden und teilten uns einen Nusskuchen von Mutter Olsen. Irgendwann legte sie den Arm um mich und sagte: »Wer weiß, wozu es gut ist! Vielleicht kann Mette endlich ihre Träume leben – herumreisen, nochmal studieren. Und vielleicht findet sie dann ja auch einen Mann, der besser zu ihr passt.« Ist das ihr Ernst? Manchmal beschleicht mich der Eindruck, dass Mutti Mette nicht besonders mag. Auf jeden Fall ist sie eifersüchtig auf meine enge Beziehung zu ihr, war es schon immer. Wenn ich in den Semesterferien nach Hause kam und manchmal gleich schon am ersten Abend zu Mette verschwand, wartete sie manchmal bis spätnachts in der Küche auf mich. Dann wirkte sie so einsam, so traurig, dass es mir die Luft abschnürte. Ich sagte dann meist, dass ich müde sei, und vertröstete sie auf den nächsten Tag. Manchmal fragte sie mich, ob die beiden glücklich wären, und ich sagte, du bist doch Onnos Freundin, du weißt das doch viel besser als ich.

Juist, 1. August 1978

Liebes Tagebuch,
wo fange ich an?

Damit, dass mir immer noch kotzübel ist? Oder besser damit, dass ich Mutti und Onno erwischt habe beim Küssen, als ich auf dem Weg zu Fraukes Polterabend einen kleinen Umweg über die Dünen machte?

Damit, dass beide nach meinem entsetzten Schrei erschrocken auseinanderfuhren und Mutti vor lauter Scham nicht wusste, wohin sie schauen sollte? Dass ich ohne ein Wort abgehauen bin, um mich mit einer oder zwei Flaschen Sekt im Weinkeller vom de Tiden einzubunkern?

Damit, dass ich später doch noch in der Strandhalle aufgekreuzt bin, wo Mutti mit Vati plauderte, als wäre nichts gewesen? Wie ich dann am Blasorchester, an den tanzenden Paaren und an den freundlichen Fräuleins mit den Sekttabletts vorbei hinten wieder raus bin, wo Frauke und Mattes gerade dabei waren, den Besen zu schwingen? Um das alte angeschlagene Porzellan aus dem de Tiden wegzufegen, weil Scherben ja ach so viel Glück bringen und böse Geister vertreiben!?!

Damit, dass die Geschirrberge wie ein Hindernisparcours aufgebaut waren und mir der Sekt im Kopf leider »im Weg« stand beziehungsweise einer der Haufen, über den ich stolperte? Dass mir dabei leider mein Glas aus der Hand fiel und mitten im Porzellan in tausend Stücke zersprang?

Damit, dass Frauke schon immer abergläubisch war und mich anbrüllte, weil zersprungenes Glas laut Polterbrauch sieben Jahre Ehepech bringt? Warum ich ihr immer absichtlich alles kaputtmachen würde? Woraufhin ich laut loslachen musste, weil ja sowieso schon alles kaputt war, und mir damit böse Blicke von Oma einfing?

Damit, dass Frauke, nachdem sie mich unsanft vor die Tür gesetzt hatte, von ihren alten Lehrlingskollegen entführt wurde? (Noch so ein dämlicher Brauch, diese Brautentführung.)

Damit, dass sie das nicht hätten tun sollen, weil es dazu führte, dass Mattes auf der Suche nach seiner Verlobten mich gefunden hat? Kotzend, vor dem Rathaus!

Damit, dass er mich nach Hause brachte, mir das Gesicht wusch und mich dann in meiner kleinen, unschuldigen Kammer verführte? Oder ich ihn, weil mir alles, alles, wirklich alles mit einem Mal so egal war?

Juist, 1. August 1978

Liebes Tagebuch,
gleich läuten Fraukes Hochzeitsglocken, und mein Kater macht es mir unmöglich, mich anzuziehen. Ich würde mir am liebsten die Bettdecke über den Kopf ziehen und einfach weiterschlafen. Ich erinnere mich nur noch bruchstückhaft an die letzte Nacht, und als ich gerade meinen letzten Tagebucheintrag gelesen habe, ist mir klar geworden, dass alles sogar noch schlimmer ist, als ich befürchtet habe.

Es ist so verdammt schrecklich, was ich getan habe! Und genauso schrecklich, was Mutti und Onno getan haben. Ich schäme mich so. Ich kann unmöglich auf diese Hochzeit gehen – wenn sie denn stattfindet. Ich muss weg. Ich nehme den Inselflieger. Vielleicht schaffe ich es noch rechtzeitig zu David Bowie.

24. Kapitel

Juist 2008, Helen

Im Foyer standen ein paar Hotelgäste mit ihren Badetaschen, bereit für den Aufbruch zum Strand.

»Wird die Sonne heute noch rauskommen?«, fragte ein mit Kescher und Schaufel bewaffneter Familienvater die Rezeptionistin Gisela, als sei sie vom deutschen Wetterdienst. Die grinste nur. »Abwarten und Tee trinken!«

Helen schmunzelte. *Sturm ist erst, wenn der Deich bricht*, hatte sie auf einer Teetasse in einem Andenkenshop gelesen. Und solange die Deiche hielten, sprach offenbar nichts dagegen, an den Strand zu gehen. Wozu gab es schließlich wettererprobte Strandkörbe? Es gehöre schon einiges dazu, einen Juister aus der Ruhe zu bringen, hatte Adda gewitzelt und behauptet, dass dies nach spätestens drei Tagen auf die meisten Urlauber abfärbe.

Nicht auf Helen. Genau genommen kam für sie weder Tee trinken noch Abwarten in Frage. Den Samen säen und geduldig auf die Früchte warten führte bei den Kießlings zu nichts, das musste sie sich eingestehen. Eduard hatte jeden Versuch, das Thema zur Sprache zu bringen, jäh abgewürgt. Und Theda? Beim Frühstück war sie ihrem Blick mehr als einmal ausgewichen, das war ihr nicht entgangen. Irgendetwas verschwieg sie ihr. Fast hätte sie sie vor versammelter Mannschaft konfrontiert und sie nicht wie am Vortag aus falscher Rücksicht vom Haken gelassen. Doch als Adda, kaum war sie aufgetaucht, schon wieder verschwunden war, war es für derartige Gedankenspiele zu spät gewesen. Sie hatte sie nicht allein lassen wollen und war ihr nach draußen gefolgt.

In diesem Moment ging Eduard an ihr vorbei, ohne ein Wort an sie zu richten. Sollte sie noch einmal einen Versuch starten? Sie winkte ihm zu, aber er bemerkte sie nicht. Was wusste er schon? Er schien sich nur um sich selbst zu kreisen. Der einzige Mensch, den er sonst noch bemerkte, war seine Frau. Der traurig-flehende Blick, den er Adda beim Frühstück hinterhergeworfen hatte, ließ sie an einen kleinen Jungen denken, der sich nicht sicher war, was er nun wieder verbrochen haben mochte.

Helen konnte sich ihre Eltern nicht ansatzweise so sprachlos miteinander vorstellen. Bei ihnen schien jede Geste, jeder Blick für den anderen bestimmt zu sein. Ihre Eltern – wo steckten sie bloß, wieso riefen sie nicht zurück?

Sie versuchte es noch einmal bei beiden, in der Hoffnung, sie doch noch zu erreichen, bevor es in Neuseeland wieder mitten in der Nacht sein würde. Aber es meldete sich wieder nur die Mailbox. Sie schaute nach, wann sie das letzte Mal in Kontakt gewesen waren, und stieß auf die Nachricht, die Vera ihr vor ein paar Tagen geschrieben hatte.

Hast du schon mein Päckchen geöffnet, mein Schatz?, las sie. *Wenn du mich brauchst, ich bin immer ganz in deiner Nähe.*

Das Päckchen – das hatte sie ganz vergessen! Vielleicht fand sie da eine Antwort auf die Frage, warum Vera nicht erreichbar war. Zurück in ihrem Zimmer, zog Helen das flache Paket aus der Seitentasche ihres Rucksacks heraus und öffnete es. Eine Tafel ihrer Lieblingsschokolade und zwei nummerierte Briefe lagen darin.

Neugierig nahm sie das erste Kuvert und riss es auf.

Meine liebe Helen,
wenn Du diese Zeilen liest, bist Du entweder irgendwo über dem Pazifik, über dem Atlantik, über Indien oder Finnland oder bereits auf Juist. So oder so vermissen wir Dich schon jetzt.

Zuerst sollst Du wissen, dass Du das Kostbarste bist, was Dein Vater und ich auf der Welt haben, und dass wir nie die Absicht hatten, Dich zu verletzen oder zu belügen. Alles, was Dir wehtut, tut auch uns weh. Und das war so vom ersten Tag an, seit Deine Mutter Dich uns in Auckland anvertraut hat.

Solange es Dir gut ging, habe ich mich tragen lassen von dem Gefühl, dass es nichts gibt, was uns trennen kann. Deine Fröhlichkeit, Deine Unbeschwertheit, die Freude, die Du uns Tag für Tag bereitest, und die Angst, Dir wehzutun, das alles reichte mir, um mir einzureden, dass keinem mit der Wahrheit gedient sein würde. Wenn ich nicht daran rührte, so hoffte ich, würden Deine Fragen nach Deinen leiblichen Eltern wie von selbst verschwinden. Wahrscheinlich wollte ich einfach nicht wahrhaben, dass Du nicht meine leibliche Tochter bist – weil Du nicht weniger meine Tochter sein könntest, als hätte ich dich selbst geboren. Und weil wir Dich so sehr lieben, seit Du auf diese wunderbare Weise in unser Leben und unsere Herzen getreten bist.

Als ich aber erkennen musste, wie Dich dieses Gefühl quält, von Deiner Mutter verlassen worden zu sein und Deine Identität, Deine Herkunft nicht zu kennen, wusste ich, dass es ein großer Fehler gewesen war, Dir die Wahrheit vorzuenthalten. Wir sind nun mal keine wurzellosen Wesen.

Ein Teil Deiner Geschichte spielt auf Juist, und wenn sie sich nun Stück für Stück vor Deinen Augen entblättert, wirst Du sicher begreifen, warum ich Dich auf diese lange Reise geschickt habe, statt Dir hier bei uns einfach nur einzelne »Puzzleteile« zu zeigen. Denn ich möchte, dass Du das ganze Bild zusammensetzen kannst. Aber dafür musst Du vor Ort sein, die Kießlings kennenlernen.

Denn ihre Geschichten sind Deine Geschichte, und ihre Erlebnisse beeinflussen Dein Leben, ob du es willst oder nicht. Wenn du Deiner leiblichen Mutter begegnest, wirst Du hoffentlich verstehen, dass sie Dich nur weggegeben hat, weil sie Dich liebte.

Bitte frag im Hotel nach Adda Kießling. Sie braucht nur einen Blick auf Dich und sich zu werfen, um zu verstehen, dass sie Dir helfen muss. Bitte sie, Dir die kleine Dachkammer im Familientrakt zu öffnen und den alten Sekretär zu zeigen. Öffne die Schublade, und schaue unter den doppelten Boden. Und öffne erst dann den zweiten Brief.

Deine Dich immer liebende Mum

PS: Ich habe einmal auf Juist gelebt, vor langer Zeit, und ich weiß, wie verschlossen und wortkarg die Insulaner sein können. Lass Dich nicht entmutigen, und habe Geduld mit ihnen. Gerade weil sie nicht unnötig Worte verlieren, zählt jedes Gesagte doppelt und dreifach.

Mit pochendem Herzen ließ sie den Brief sinken. Was hatte ihre Mum mit Juist zu tun? Warum hatte sie einmal hier gelebt und wann? Und wieso hatte sie sie nicht vorher eingeweiht, sondern sie ohne Vorwarnung dieser Familie ausgesetzt? Sie sollte das Puzzle also selbst zusammenfügen, um zu verstehen. Aber dieser Satz klang in ihren Ohren nach einer Ausrede. Ihre Mum wusste, wer ihre leibliche Mutter war, und hatte in Kauf genommen, dass sie sich von den Kießlings demütigen ließ und sich wie eine Bittstellerin und Hochstaplerin vorkam. Hatte ihre Mum es aus Feigheit getan? Hatte sie sie leiden lassen, um sich selbst von irgendwelchem Leid zu befreien? Weil sie Angst vor den Kießlings hatte oder davor, wie Helen reagieren würde, wenn sie von ihr die Wahrheit erfuhr? Was hatte das alles zu bedeuten?

Mit zitternden Fingern tippte sie Addas Nummer, erhielt jedoch nur das Besetztzeichen. Ein paarmal probierte sie es noch, dann gab Helen auf und machte sich auf den Weg ins Dachgeschoss. Es gab nur eine Tür, die von dem kleinen Flur abging. Vorsichtig drückte sie die Klinke herunter. Glücklicherweise war der Raum nicht verschlossen. Sie sah sich um. Die Kammer war schlicht, aber gemütlich. Ein grüngepolsterter Lehnstuhl, über dem sich ein kleines rechteckiges Fenster befand, ein alter Sekretär aus dunklem Mahagoni unter einem ovalen Spiegel, der Kleiderschrank in der Wand und ein Holzbett, mehr nicht. Sie ging zum Sekretär und zog die Schublade heraus. Zuerst tastete sie nach der Ausbuchtung, von der Adda erzählt und in der Theda die Kette entdeckt hatte. Doch der Hohlraum war leer.

Nun fuhr sie mit der Hand über den Schubladenboden. Unter dem Druck ihrer Finger gab das Holz nach. Neugierig hob sie die Platte an. Darin lag ein Buch. Sie nahm es heraus und befühlte den roten Samt. Schweiß rann ihr von der Stirn. Noch einmal versuchte sie es bei Adda. Aber bei ihr war weiter besetzt.

Schließlich schlug sie das Buch auf.

Wer wagt, Wandas Tagebuch zu lesen, wird in der Hölle schmoren und verwesen! Helens Herz trommelte heftig gegen ihre Brust. Hektisch blätterte sie mehrere Seiten um. Dabei segelte ein loses Foto zu Boden. Sie bückte sich, um es aufzuheben. Ein flüchtiger Blick auf die Gesichter genügte, und der Raum um sie herum begann sich zu drehen.

WANDAS TAGEBUCH

Juist, 27. September 1978

Liebes Tagebuch,
Lungenentzündung (Luftnot und Husten), Verdacht auf Magendurchbruch (Oberbauchschmerzen, Krämpfe, Übelkeit), Herzmuskelentzündung (Kurzatmigkeit, Brustenge, Müdigkeit), Diabetes (großer Durst und häufiges Wasserlassen), Speiseröhrenkrampfaderblutung (Übelkeit und Bauchschmerzen), leichter Schlaganfall (Kopfschmerzen, Müdigkeit, Bluthochdruck), Gehirntumor (Kopfschmerzen, Schwindel, atypische Gedanken), Parkinson (Tremor) und Darmverschluss (Übelkeit, Blähbauch, Verstopfung).

All das könnte es sein, aber nichts davon würde Vati als Entschuldigung gelten lassen, wenn ich seinen fünfzigsten Geburtstag schwänze. Lieber würde er mich im Festsaal zusammenbrechen und sterben lassen, als erklären zu müssen, warum die Familie nicht vollständig ist an seinem großen Tag. Der äußere Schein ist ihm wichtiger als mein Leben, und darum bin ich als gute Tochter jetzt auch hier auf Juist, aber nur für zwei Nächte, mehr kann ich mit meinem schlechten Gewissen Frauke gegenüber nicht vereinbaren und vor allem mir selbst nicht zumuten. Denn es ist ernst. Ich habe diese Symptome, all diese Symptome, und es wird jeden Tag schlimmer. Angefangen hat es mit einem Tremor vor drei Monaten gleich nach meiner Rückkehr von Juist. Ich habe mir als Akuttherapie Ruhe verordnet und viel und lange geschlafen, so lange, dass ich sogar das Physikum verschlafen habe.

Sartre unterstellt mir eine postfamiliäre somatische Störung infolge von zu viel Kießlinggemenge. Und gegen zu viel Familie, hätte seine Großmutter immer gepredigt, helfe nur Eierlikör. Ich hasse Eierlikör und habe es stattdessen mit Cuba Libre probiert, aber abgesehen davon, dass meine Kopfschmerzen und der Tremor schlimmer wurden, hatte diese Medikation keinen Effekt. Nach ausführlicher Anamnese bin ich zu der Überzeugung gelangt, dass Sartre recht hat und auch wieder nicht. Es liegt nicht an zu viel Familie. Sondern an zu wenig Familiensinn. Ich weiß, dass mein Zustand die gerechte Strafe Gottes ist und, weil Kopf und Herz sich drücken, mein Körper jetzt die Verantwortung für mein Handeln übernimmt und sich gleichsam in einer Autoimmunreaktion gegen sich selbst wendet. Angst und Schuld fressen mich buchstäblich von innen auf – der Magen muss schon fast vollständig vertilgt sein. Denn ich kann nichts mehr bei mir behalten.

Jedenfalls habe ich das erste Mal seit Wochen das Bett verlassen, bin rechtzeitig in den Zug nach Norden und in die Cessna nach Juist gestiegen. Keine Ahnung, woher ich die Energie nehme für diese halbe Weltreise. Vermutlich liegt es an dem prallen Beutel Cappies, den ich mir aus Sartres Zimmer gemopst habe. Das Captagon, das er irgendwann mal gegen Depressionen verschrieben bekommen hat, besorgt er sich jetzt illegal zum Aufputschen, weil er es besser verträgt als Speed. Ich hingegen mag die Müdigkeit, nicht aber die negativen Gedanken, die mich immer mehr runterziehen. Auch dagegen sind die Cappies gut, sie lassen alles Bedrückende auf Knopfdruck verschwinden und als positiven Nebeneffekt auch irgendwie mich selbst. Ich fühle mich ganz weit weg von mir und auf positive Art aufgedreht und gewappnet …

… mich Frauke zu stellen, die mir auf der Rückseite ihrer Danksagungskarte (Foto vom glücklichen Brautpaar vor Meerkulisse) mitgeteilt hat, wie wahnsinnig enttäuscht sie ist wegen ihrem Polterabend (»Wie konntest du dich nur so betrinken?«) und ihrer Hochzeit (»Was habe ich dir bloß getan, dass du mir den schönsten Tag meines Lebens ruinierst und fernbleibst?«),

... mich Mutti zu stellen, deren Anrufe ich ignoriere und deren Briefe ich ungelesen der Mülltonne überantworte. (Was soll ich ihr sagen? Glückwunsch, dass du bei Onno freie Bahn hast, jetzt, wo du Mette verjagt hast, mich und bald auch Vati?),

... mich Oma zu stellen, die mir ein Telegramm mit einem keinen Widerspruch duldenden Befehl geschickt hat (»Mein liebes Fräulein – Stopp – Egal, was los ist, du erscheinst zu Vatis 50. Geburtstag – Stopp – Basta! – Stopp – Deine Oma«. Wenn sie sieht, wie meine Krankheit körperlich an mir zehrt – strähnige Haare, abgemagert bis auf die Knochen, picklige Haut –, wird sie verständnislos den Kopf schütteln und sagen: »Herrje Kindchen, lass dich nicht so gehen!«),

... mich Vati zu stellen, der nicht weiß, dass er von Mutti betrogen wird, und von mir, weil ich ihm aus einer dummen Idee und aus Gefallsucht heraus telegraphiert habe, dass ich das Physikum mit Auszeichnung bestanden habe,

und nicht zuletzt,

... mich mir selbst zu stellen, bevor mein Körper vollends die Kontrolle über meine Gefühle und Gedanken übernimmt.

Juist, 27. September 1978, mittags

Liebes Tagebuch,
das Mittagessen habe ich ausgelassen und mich stattdessen in meine Kammer geschlichen, um mir noch etwas Galgenfrist zu verschaffen. Gut eine halbe Schachtel Camel, eine Cappi und leider kein bisschen Schlaf später, weil mich diese Pillen nicht mehr richtig zur Ruhe kommen lassen, habe ich mich entschieden, mich nun den Wölfen zum Fraß vorzuwerfen. Ich brauchte drei Versuche, um die Tür des Salons zu öffnen. Nach einer weiteren halben Cappi (und der Zeit bis zum Einsetzen der Wirkung), die den Teil meines Ichs mit den blöden Gedanken ausschaltete, bin ich dann schließlich halbwegs locker

rein, auch wenn mein Leben natürlich nach wie vor im Zeichen des Leidens steht, was man mir äußerlich bestimmt ansieht, weil ich weder geduscht noch frisiert oder anständig angezogen bin. Bei meinem Anblick verstummte das fröhliche Geplauder jedenfalls, und ich registrierte allenthalben irritierte Blicke. Mutti sah mich traurig an (ob wegen meines desolaten Äußeren oder meiner monatelangen Weigerung, mit ihr zu sprechen, weiß ich nicht), doch ich schaute schnell weg. Vielleicht schaffe ich es, später mit ihr zu reden. Zum Glück sprang Frauke ein – oder auf. Ohne mich richtig zu begrüßen, sagte sie: »Du platzt mitten in unsere Ankündigung!« Ich konnte ihrer Stimme anhören, wie viel Freude es ihr bereitete, mich auf diese Weise »willkommen zu heißen«. Sie zog Mattes hoch, legte ihm den Arm um die Taille, ohne den Blick von mir abzuwenden, und sagte: »Mein Mann und ich erwarten unser erstes Kind.« Sie lachte schrill. »Es wird das allererste Kießling'sche Enkelkind werden und das allererste Urenkelkind. Wir sind wahnsinnig stolz und glücklich!« Auch Mattes lachte und klatschte in die Hände wie ein Hampelmann.

Alle standen auf, beglückwünschten die Baldbilderbuchfamilie, und ich fühlte mich plötzlich sehr erleichtert, als würde mir die Nachricht eine große Last von den Schultern nehmen. Das Leben, Mattes' und Fraukes Leben, schien ungetrübt durch den unschönen Zwischenfall und ganz nach dem perfekten Ehedrehbuch weitergegangen zu sein. Wenn Mattes es vergessen kann, dann vielleicht auch ich? Trotzdem schaffte ich es nicht, ihm in die Augen zu sehen, und auch ihm schien meine Anwesenheit ziemlich unangenehm zu sein. Er stand die ganze Zeit weit weg von mir. Nur ab und zu spürte ich seine Blicke in meinem Rücken. Theda stieß dann mit mir an. »Schön, dass du zuhause bist!« Wie das klingt. Zuhause! Zwischen mir und der Inselfamilie liegt ein Abstand, eine Fremdheit von solcher Tiefe, dass ich mich hier eher wie ein ungebetener Gast als zu Hause fühle.

Mit Verweis auf starke Kopfschmerzen habe ich mich dann rasch verzogen. Vielleicht schreibe ich Mette zurück. Ich habe endlich Nach-

richt von ihr. Wer hätte gedacht, dass aus Onnos Inselpflänzchen eine richtige Weltenbummlerin wird! Vielleicht sollte ich wie sie die Brücken abbrechen. Ich ertrage diese Familie nicht mehr.

Juist, 27. September 1978, nachmittags

Liebes Tagebuch,
Oma hat mir gerade einen Besuch abgestattet und die Scham über mich selbst, die Scham über meinen Betrug und meine Lügen mit einem knappen Satz ins Unermessliche gesteigert. Aber der Reihe nach.

»Freust du dich, hier zu sein?«, fragte sie, als sie sich auf die Bettkante setzte.

»Ich weiß gar nicht mehr, wann ich mich zuletzt gefreut habe«, hätte ich ihr am liebsten geantwortet. Aber ich nickte, sicherlich wenig überzeugend, und zog die Bettdecke bis unter mein Kinn. Mir war schon den ganzen Tag kalt, aber jetzt bekam ich richtig Schüttelfrost.

Oma musterte mich und sagte, dass ich schlecht aussähe, ungepflegt und blass, und zog mir die Decke weg, um mich von oben bis unten zu begutachten. »Und dünn bis du geworden!« In ihrem typischen Ton, der keinen Widerspruch duldete, forderte sie mich auf, mich neben sie zu setzen.

Weil sie mir die Strapazen der Krankheit unbestritten ansah, versuchte ich es mit Ehrlichkeit. »Ich bin krank, Oma, schwer krank«, flüsterte ich und schilderte ihr die Symptome, zusammen mit einem Überblick über die Krankheiten, die in Frage kamen.

Ihre Augen wanderten von meinem Gesicht zu meinem knappen T-Shirt, während ich mir eine Zigarette vom Nachttisch nahm und sie ansteckte.

Der Blick, den sie mir dann zuwarf, fuhr direkt in mein Innerstes.

»Unsinn, du dummes Ding, du bist schwanger!«

Es war einfach lächerlich. In nichts von dem, was Oma sagte oder tat, blitzte je ein Funken Unsicherheit auf. Sie wusste immer, was richtig und falsch war, was sich gehörte und was nicht und offensichtlich auch, wer in welchem körperlichen Zustand war. Sie ist dermaßen rechthaberisch! Mutti behauptet, dass ich meinen Dickschädel von ihr geerbt habe, aber gegen sie bin ich ein Waisenmädchen.

Oma ließ sich von meinem wütenden Blick kein bisschen irritieren, sondern fuhr über meinen Bauch, der im Vergleich zum Rest meines Körpers an Umfang gewonnen und nicht verloren hat. Was für einen Blähbauch nicht unnormal ist. Darum schüttelte ich vehement den Kopf, nahm einen tiefen Zug aus meiner Zigarette und hob an, ihr erneut zu erzählen, was ich ihr schon anvertraut hatte, dass der Grund für diese Symptome in …

Doch sie ließ mich nicht ausreden.

Wer der Vater sei, fragte sie scharf, und als ich ihr aufrichtig antwortete, dass mir schon wegen meiner Krankheit seit Monaten kein Mann mehr nahegekommen wäre, schlug sie sich an den Kopf. »Sag, dass das nicht wahr ist, Wanda! Sag, dass nicht Mattes der Vater ist.«

Sie sah mich so eindringlich an, dass mir heiß und kalt wurde. Mein Herz raste, und meine Arme und Beine kribbelten wie verrückt. Es fühlte sich an, als hätte sie die Fähigkeit, direkt in mein Innerstes zu blicken, und als hätten sich ihr dabei all ihre Fragen von selbst beantwortet. Ich konnte dem nicht mehr standhalten und bohrte meinen Kopf ins Kissen.

»Das ist also der Grund, weshalb der Bräutigam dich beim Polterabend nicht aus den Augen gelassen hat! Warum er sich wie ein Dieb aus dem de Tiden gestohlen hat! Ich hab ihn gesehen, gegen Mitternacht, als ich nach Hause kam, und da hat er mir doch tatsächlich weismachen wollen, er könne seine entführte Braut nicht finden. Während Frauke schon längst wieder auf dem Polterabend gesessen und sich gewundert hat, wo ihr Zukünftiger nur steckte. Jetzt verstehe ich, warum du bereits vor der Hochzeit abgereist bist und ihr beide euch vorhin nicht in die Augen sehen konntet, du und Mattes!«

Was hätte ich dem noch entgegnen können? Dass die Symptome zwar zu einer Schwangerschaft passten, aber nicht zu mir? Einfach weil ich kein Kind am selben Tag wie Frauke kriegen möchte, vom selben Mann?

Wenn ich tatsächlich schwanger sein sollte, dann kommt nämlich nur Mattes in Frage. Dies und vieles andere von jenem Abend habe ich Oma dann gebeichtet und bin schlagartig so traurig geworden, dass die Tränen nur so kullerten. Mein ganzer Körper wurde von Schluchzern geschüttelt. Mein armer, armer Körper …

Ich weiß nicht, ob es jemals schon so dunkel in mir gewesen ist.

25. Kapitel

Juist 2008, Adda

Adda zog den Reißverschluss ihres Friesennerzes hoch und trat ins Freie. Ihre Stimmung war so finster wie die grauen Wolken über ihr. Sie war erschöpft. Die letzten Stunden hatten sie ausgelaugt. Nach dem Gespräch mit Berta wollte sie nur noch allein sein. Der Regen hatte sich zwar weitgehend verzogen, aber es tröpfelte von den Häusern. Was, wenn sie sich darunterstellte und sich berieseln ließ, wie sie es als Kind getan hatte, oder wenigstens durch die Regenpfützen sprang? Aber selbst bei diesem Gedanken regte sich keine positive Empfindung in ihr, nur dieses drückende Gefühl, das sie so lange schon wie ein dunkler Schatten begleitete. Sie ging weiter. Doch sie merkte, wie ihr die Energie fehlte. Jeder Schritt tat weh. Hotelgäste mit aufgespannten Schirmen kamen ihr entgegen, die sie jedoch nur knapp grüßte. Vor wenigen Minuten musste die Fähre angelegt haben. Als sie am Kurplatz vorbeigelaufen war, hatte sie selbst aus dieser Entfernung vor dem Anleger auf der Wiese einen Haufen hin und her laufender Gäste gesehen, die in dem Durcheinander der vielen Handkarren versuchten, denjenigen ihrer Ferienwohnung oder Pension zu finden. Sie vermutete, dass die Hotelkutsche mit den ersten Honoratioren schon auf dem Weg ins de Tiden war; sie beschleunigte ihre Schritte und bog rechts in die Carl-Stegmann-Straße zum Nationalpark-Haus ein. Am alten Inselbahnhof hielt sie ihre Nase in den frischen, salzgetränkten Wind und blickte hoch. So viel Zeit hatte sie hier mit Onno verbracht. Ursprünglich hatte Eduard den Inselbahnhof abreißen und an die Stelle ein gigantisches Gebäude in Herzmuschelform bauen lassen wollen. Um dem Nationalpark, aber vermutlich auch sich selbst, ein Denkmal zu setzen. Aber nachdem die Proteste nicht abgeebbt waren – die ausrangierte Inselbahn blieb ein heikles Thema bei den Juistern –, hatte er nachgegeben und beschlossen, das alte Bahnhofsgebäude mit dem markanten Uhrenturm stehen zu lassen und es als Bank, Gaststätte und Museum zu nutzen. Er hatte Adda und Onno den Auftrag erteilt, hier den Lebensraum Watt auf ansprechende Weise zu präsentieren. Schon nach wenigen Monaten konnten sie das Haus eröffnen. Sie hatten Schautafeln und kleine Filmsequenzen erstellt, die zeigten, wie und warum das Wattenmeer geschützt wurde, wie Tiden, Deiche und Lebensräume entstanden und sich auswirkten. Gemeinsam entwickelten sie vielbeachtete Exkursionen ins Watt und Naturschutzgebiet. Zudem setzte Onno eine Idee von Wanda um, die sie auf einer ihrer Wattwanderungen mit ihm gehabt hatte. Sie hatte das goldene Wattlicht einfangen und für die Ewigkeit konservieren wollen. Onno tüftelte monatelang an einem interaktiven Modell, das die Lichtstimmungen im Wandel der Gezeiten erlebbar werden ließ.

Was würde Wanda wohl dazu sagen, dass ihre Mutter Eduard verließ? *Es gibt kein richtiges Leben im falschen*, diesen Satz hatte Wanda auf einen Zettel geschrieben und auf ihrem Schreibtisch hinterlassen, bevor sie ins Watt gegangen war. Für wen? Für sie? Adda war er immer wie ein Vermächtnis vorgekommen, eine Warnung an sie, von Onno die Finger zu lassen. Doch nun erschien er ihr zum ersten Mal wie ein freundlicher Zuspruch, eine Absolution. Warum hatte sie den Satz damals nur nicht als Aufforderung gelesen, ein aufrichtiges, wahrhaftiges Leben zu führen?

Sie sperrte die Tür auf und entdeckte zu ihrer Überraschung

Onno, der mit dem Rücken zu ihr stand und an einer Vogelbox herumschraubte, die auf einem Pfahl befestigt war.

Sie hatte ihn nicht erwartet, heute, am Ruhetag. Er drehte sich um, und ihre Blicke trafen sich. Für einen Moment schaute er durch sie hindurch, als hätte er an etwas anderes gedacht. In ihr zog sich alles zusammen. Sein breites Lächeln zerstreute ihre Zweifel. Sie brauchte diese Art Versprechen. Solange er sie so anlächelte, wusste sie, dass er sie liebte. Solange konnte alles gut werden. Manchmal, wenn er sie mit gequältem Ausdruck ansah, durchfuhr sie die Angst, dass er, der Mensch, der ihr der allernächste auf der Welt war, jemanden finden könnte, der nicht nur Fantasie blieb wie sie. So wie Mette, mit der er immerhin viele Jahre glücklich gewesen war, was weit mehr war, als sie für sie beide behaupten konnte.

»Was machst du denn hier?«, fragte sie Onno.

»Manchmal müssen Dinge kaputtgehen, damit wir sie reparieren können«, sagte Onno und lächelte weiter, und sie dachte, dass er ihr aus der Seele sprach. Wie so oft. Als könne er ihre Gedanken lesen. Wenn er ihre Gedanken tatsächlich kannte, dann wusste er, dass sie das mit ihm reparieren wollte, jetzt, wo ihre Ehe mit Eduard endgültig in die Brüche gegangen war. Aber dass sie befürchtete, von ihm eine Antwort zu hören, die sie nicht hören wollte. Menschen warteten nicht, schon gar nicht ein halbes Leben; sie zogen weiter. Was, wenn er ihre Beziehung nach all den Jahren so belassen wollte, wie sie war, weil ihn inzwischen allein das Dasein der Liebe schon restlos ausfüllte? Sie war nicht geübt darin, zu vertrauen, und obwohl es keinen Menschen gab, dem sie mehr vertraute als ihm, brachte sie es nicht fertig, ihre Zweifel zu vertreiben. Sie, die Ängstliche, die keine Dunkelheit ertrug, sorgte sich mit einem Mal, dass die Wahrheit das Licht nicht vertragen würde. Aber davon sagte sie nichts.

»Was ist los?«, fragte Onno. Sie wich seinem bohrenden Blick aus. »Nichts weiter«, sagte sie. »Wollen wir ins Watt?« Er sah sie erstaunt an, einen langen Moment lang, dann nickte er.

Über dem Watt hing ein zarter Nebel. Sie zogen die Schuhe aus. Adda starrte in die Luft, wo zwei Möwen sich um einen Fisch stritten, und konnte endlich wieder durchatmen. Weiter draußen sah sie die *Juista*, die in ihrem Priel auf dem Weg zurück nach Norddeich war. Als sie ein paar Schritte gegangen und außer Sichtweite von Menschen waren, griff sie nach Onnos Hand. Eine harmlose, die einzige und deshalb umso wichtigere Intimität, die sie sich manchmal erlaubten und die ihr den Halt gab, den sie jetzt brauchte. Sie spazierten schweigend nebeneinanderher, bis sie nur noch das Schreien der Möwen, den brausenden Wind und das Knirschen des Sandes unter ihren Füßen hörten.

Mit ihm fiel das Schweigen ebenso leicht wie das Reden. Doch heute kam ihr Geist nicht wie sonst zur Ruhe. Ihre Gedanken wanderten immer wieder zurück zu Eduard und Onno. Und gleichzeitig drängte sich ein anderer Gedanke in den Vordergrund: der nach dem Zusammenhang zwischen Johanne und Schneider. Was übersah sie nur? Sie spürte ihr Herz gegen die Rippen schlagen und blieb stehen. Sie atmete tief ein und aus. Als es ihr gelungen war, das Gefühl von starker Unruhe einigermaßen abzuschütteln, lief sie weiter.

Onno zog besorgt die Augenbrauen zusammen. »Nun sag mir endlich, was los ist, Adda.« Er ließ ihre Hand los.

Sie zuckte die Achseln.

»Keine Ahnung. Es ist nur so ein Gefühl, als würde sich gerade meine Welt auflösen.«

Sie fuhr sich mit der Hand durchs Haar.

»Was genau löst sich auf?«, erkundigte er sich.

»Alle Gewissheiten.« Sie zog die Jadesteinkette aus der Tasche. »Stell dir vor, Theda hat den Hei Matau schon vor Ewigkeiten im alten Sekretär gefunden und nie etwas gesagt. Nach dem Fund ist sie nicht wieder zurückgekehrt zu ihrem Orchester.«

Er schaute sie abwartend an.

»Merkst du, was diese Geheimnisse im Verborgenen anrichten?«, redete sie weiter. Ihre Stimme nahm einen verzweifelten Unterton an. »Warum haben wir geglaubt, dass wir damit davonkommen? Nicht nur Wanda, alle haben sich entfernt. Theda, Frauke, Marijke – sie alle fühlen sich schuldig, und das kostet so viel Kraft.«

Onno erwiderte nichts, sondern blickte zur *Juista* hinüber, die langsam hinter dem Horizont verschwand.

»Und das nur, weil ich sie in dem Glauben gelassen habe …« Ihre Stimme brach. »Aber habe ich Wanda nicht mein Schweigen geschuldet?«

Onno nickte leicht. »Oder umgekehrt allen anderen die Wahrheit?«, fragte er, natürlich rhetorisch. Dieser Satz traf sie an einem wunden Punkt. Schon damals hatte er sie gedrängt, mit der Jadesteinkette die Karten auf den Tisch zu legen. Er fand, dass es sich für alle besser mit den Folgen der Ehrlichkeit leben ließe als mit denen der Lügen, die doch nur immer weitere nach sich zogen. Doch Adda hatte nichts davon hören wollen.

Doch die Wahrheit zu verbergen, seit einem halben Leben, hatte einen Preis. Adda krümmte sich buchstäblich unter der Last. Probleme mit dieser Steifheit im Rücken war nur die körperliche Folge.

Um nicht jeden Tag daran erinnert zu werden, hatte sie bald nach Wandas Verschwinden alle Fotos von ihr abgehängt und die Familienalben versteckt. Seitdem wagte es keiner in der Familie, in ihrem Beisein über Wanda zu sprechen. Zu sehr fürchteten sie die ständige Gegenwart von Addas Schmerz.

»Was würde schlimmstenfalls passieren, wenn alles herauskäme?« Sie dachte nach. »Dass die Welt zusammenbricht?«

Onno legte den Kopf schief. »Gut möglich«, sagte er. »Vielleicht ist die Wahrheit, wenn sie erst einmal ans Licht kommt, aber auch gar nicht so vernichtend.«

»Genau das geht mir gerade durch den Kopf.«

»Bist du denn sicher, dass du überhaupt die gesamte Wahrheit kennst?«, fragte Onno.

»Zumindest die halbe.«

»Du weißt so gut wie ich, dass halbe Wahrheiten nicht existieren«, erwiderte er.

Sie schaute blinzelnd zu ihm hoch. »Dieses andauernde Verschleiern ... Wie soll man da noch man selbst bleiben.« Sie lachte matt. »Die Mädchen ... Theda hat das mit dem Stein jahrelang verborgen, aus Angst, dass ich Wandas Selbstmord nicht verkrafte. Frauke ist längst geschieden; sie weiß, dass Mattes ein Schuft ist. Glaubst du nicht, dass sie es überstehen würde, zu erfahren, dass er und Wanda verliebt waren? Und was ist mit Marijke? Vielleicht wäre sie weniger unstet, wenn sie die Wahrheit gekannt hätte? Wenn es keinen Grund mehr für Schuld und Scham gäbe, dann könnte es doch für alle so etwas wie eine Erlösung, einen Neuanfang geben. Und dann könnte ...« Sie seufzte und hielt den Hei Matau hoch. »Ach Onno, wenn der Stein den Weg zurückfindet zu uns, dann vielleicht ... Was ist, wenn die Wahrheit endlich ans Licht will, wie er? Wenn das ein Zeichen ist?«

Onno nahm den Anhänger und wog ihn in der Hand. »Wir beide wussten, dass dieser Moment kommen würde, oder?«

Er drehte den Stein zur Sonne. »Siehst du, wie das Licht die Farbe verändert hat?«

Sie stutzte. »Er ist ja jetzt ganz schwarz!«

»Man sagt: Wenn der Jadestein seine Farbe ändert, steht eine wichtige Veränderung bevor. Vielleicht hast du recht.«

Sie gingen weiter. Während die Stille zurückkehrte, dachte sie, welche Veränderungen das nach sich ziehen konnte. Aber Erleichterung wollte sich nicht einstellen.

Plötzlich schrie sie auf. Sie war in eine Auster getreten und blutete am großen Zeh. Onno schob seinen Arm unter ihren, um sie zu stützen.

»Lass mich sehen.«

Er holte ein Pflaster aus seinem Rucksack. Als er sich zu ihr hinunterbeugte, hatte sie Tränen in den Augen. »Ach Onno«, sagte sie und verspürte auf einmal den Drang, sich ihm zu offenbaren.

»Du hast recht, manchmal müssen Dinge kaputtgehen, damit wir sie reparieren können«, wiederholte sie seinen Satz und dachte, dass man nichts bekam, ohne etwas anderes herzugeben. Sie dachte, dass sie um den Preis von Onnos Seelenheil und dem ihrer Töchter ihr Leben geben würde. Aber wenn sie ihn jetzt anblickte, wollte sie unbedingt leben, wollte ihn berühren, spüren, riechen und ihn nie wieder loslassen. Seit fünfzig Jahren wollte sie das, wollte nachholen, was sie versäumt und von sich gewiesen hatte, und ihm sagen, wie sehr sie ihn liebte.

»Meinst du deinen Fuß?«, fragte er sanft und klebte ihr ein Pflaster auf die blutende Stelle. Seine unaufgeregte, sanftmütige Art gab ihr den Mut, sich tatsächlich zu offenbaren.

»Eduard«, sagte sie.

»Wovon redest du?«

»Ich verlasse ihn.« Sie wunderte sich, wie selbstverständlich ihr dieser Satz über die Lippen ging.

»Diesmal verlasse ich ihn«, bekräftige sie. »Ich will nicht mehr. Ich halte es nicht mehr aus!«

Onno verharrte einen Moment, dann öffnete er den Mund.

»Was hältst du nicht mehr aus?«

»Dich«, sagte sie, und ihre Lippen bebten.

»Mich?« Er runzelte die Stirn.

»Dich zu belügen, mich zu belügen, meine Kinder zu belügen, Eduard zu belügen.« Sie spürte, wie sich ihre Atmung beschleunigte. »Ich habe versucht, dich nicht zu lieben. Ich habe versucht, einen anderen zu lieben, obwohl ich nicht aufhören konnte, dich zu lieben. Und ich habe sogar versucht, ohne dich zu sein, in meinem Kopf. Aber die Wahrheit ist: Du bist immer da, und ich liebe dich. Ich habe dich immer geliebt.« Ihre Stimme wurde brüchig. »Und ich könnte es nicht ertragen, dich nicht zu lieben.« Tränen rannen ihr übers Gesicht. »Liebst du mich?«, flüsterte sie nervös jetzt und fühlte sich wie eine Halbwüchsige.

Er nahm ihre Hände. »Das war sehr viel Liebe in einem Satz«, sagte er und lächelte. »Und es klingt auch ganz wunderbar aus deinem Mund.«

»Aber?« Auf ihrem Gesicht lag ein ängstlicher Ausdruck. Sie holte tief Luft.

»Ob ich dich liebe, fragst du?« Er zog sie fest an sich. »Solange ich lebe«, sagte er.

Es klang kein bisschen kitschig.

»Aber willst du mich auch noch?«, fragte sie zaghaft, als er sie sanft von sich wegschob, um ihr in die Augen zu blicken. Nach ihrer Frage herrschte einen Augenblick lang befangenes Schweigen. Er schob eine Strähne zurück, und Adda hielt gespannt die Luft an und den Blick gesenkt.

»Ich weiß nicht, ob ich mir nochmal umsonst vorstellen mag, wie du neben mir aufwachst, und ich am Ende doch nur wieder geträumt habe. Sag es Eduard, schon der Fairness halber, und dann sehen wir weiter. Einverstanden?« Er strich ihr zärtlich über die Wange. »Und solange wahren wir den gebotenen Abstand.«

Sie verstand seine Unsicherheit, war berührt von ihr. Sie versetzte sie zurück in jene Momente, als sie fest entschlossen gewesen war, Eduard zu verlassen. Das erste Mal, nachdem sie kurz nach Onnos Rückkehr und Marijkes Geburt ihren Bruder in Berlin besucht hatte. Das zweite Mal vor Fraukes Hochzeit. Beim ersten Versuch waren es Joosts Bedenken gewesen, die sie gestoppt hatten; beim zweiten Mal Wandas Enttäuschung und dann das, was danach kam.

Adda lächelte schwach. »Einverstanden«, sagte sie und hielt seine Hand an ihre Wange.

Es war eine Sache, dachte sie, sich zeit seines Lebens nach dem Unmöglichen zu sehnen, nach Dingen, die man nicht erlangen konnte, weil man sie nicht in der Hand hatte. Sich aber nach etwas zu sehnen, das man sich erfüllen konnte, es aber aus den falschen Gründen nicht tat, war eine Verschwendung von Zeit. Zeit, die ihr nicht mehr unbegrenzt zur Verfügung stand.

Er schwieg einen Augenblick und sah sie an.

»Was hat sich verändert?«

»Dass ich nicht will, dass die schönsten Tage schon hinter uns liegen. Dass ich vor lauter Sehnen und in der Trauer darum, was sein könnte, vergessen habe zu leben.« Sie holte kaum Luft zwischen ihren Sätzen. »Dass wir ein Recht auf ein neues Leben haben. Ein Leben zusammen … Von dem heute der erste Tag sein könnte.« Sie atmete so schwer, als hätte sie mit den letzten Worten auch noch den letzten Rest Luft aus ihrer Lunge gepresst.

»Diesmal ist es anders, und ich beweise es dir!«

Er legte ihr die Hand auf den Mund. »Es ist nicht so, dass ich an deinem Mut zweifle, an deiner Entschlossenheit. Aber …« Er deutete nach unten. »Du weißt es ja selbst, überall und jederzeit kann deine Welt einstürzen.« Er lächelte.

»Geht's denn wieder?«, fragte er.

Sie wackelte mit dem Zeh. Er fühlte sich nicht mehr taub an. »Gut genug, dass die Einbeinige wieder gehen kann.«

Onno nahm schmunzelnd ihre Hand. »Selbst mit einem Bein würde ich mit dir durchbrennen. Aber vorher machst du reinen Tisch, ja?«

Adda spürte Hoffnung in sich aufkeimen. Nichts musste umsonst gewesen sein, schon gar nicht das Warten.

Als sie viel später auf dem Rückweg waren, hielt sie plötzlich inne. Was hatte Karl am Telefon gesagt? »Ich habe versucht zu vergessen … bis mich die Erinnerungen eingeholt haben. Du kannst dir sicher denken, warum?«

Auf einmal wusste sie nicht nur, warum, sondern vor allem, wo ihn die Erinnerungen eingeholt hatten.

In Eduards Büro.

Die Vorstellung war so ungeheuerlich, dass sie weiche Knie bekam. Auf einmal wusste sie, warum er damals Hals über Kopf von der Insel abgereist war. In ihrem Kopf hämmerte es.

»Mir kommt ein furchtbarer Gedanke, Onno«, sagte sie, während sie in die Ferne blickte. Sie dachte, dass manche Lügen ein Leben überdauern konnten, aber dass es manchmal nur einen klitzekleinen Moment brauchte, und schon holte die Wahrheit die Lüge ein.

Daher also stammte das Kießling'sche Vermögen.

Sie erzählte Onno von ihrem Telefonat mit Karl und verstummte dann. Wie sollte sie ihren Verdacht in Worte kleiden?

Doch das brauchte sie gar nicht. Onno sah ihr fest in die Augen. »Ich weiß, was du denkst. Du musst Karl anrufen.«

WANDAS TAGEBUCH

Juist, 27. September 1978, abends

Liebes Tagebuch,
meine Tragödie hat viele Facetten: Sie ist erbarmungswürdig und tragisch, aber sie ist auch so lächerlich in ihren aberwitzigen Wendungen, dass sie Stoff für einen Konsalik abgäbe. Sie ist selbstverschuldet und fremdverschuldet, vorauszusehen und überraschend. Eine Glückspille später sehe ich klarer, auch wenn ich nun gar nichts mehr verstehe.

Gerade als ich mich mit meiner kleinen Reisetasche hinausschleichen will, um heimlich die nächste Cessna zu nehmen, nur weg von hier, ruft Vati mich durch die offene Tür in sein Arbeitszimmer und fügt meinem selbstverschuldeten Unglück überraschend noch einen tragischen Aspekt hinzu. Als wollte er mir zum Abschied das Gesetz der Serie mit auf den Weg geben, wonach ein Unglück auf das andere folgt.

Mit hochrotem Kopf fragt er mich zunächst, warum er von Freund Willi, der soeben zu seinem Geburtstag angereist ist, habe erfahren müssen, dass ich nicht zum Physikum erschienen sei? Und das nach dem, wie sich der Willi und sein Sohn für mich eingesetzt hätten?

Was hätte ich ihm antworten sollen? Dass ich schwer krank bin und ihn nur deshalb angelogen habe, weil ich mich genau vor dieser Reaktion gefürchtet habe, dass aber aufgeschoben nicht aufgehoben bedeutet? Oder dass Oma nicht glaubt, dass ich krank bin, sondern schwanger vom Mann meiner Schwester, und ich vielleicht andere Sorgen habe als dieses dumme Physikum und Willis Enttäuschung?

Aber ich komme sowieso nicht dazu, mich zu verteidigen, weil er einfach weiterbrüllt. Was mir einfällt, was ich glaube, wie er jetzt da-

steht vor Willi, dass es schon immer ein Kreuz mit mir war, dass ich verlogen bin, faul, eine Traumtänzerin und mein Leben vertrödele, anstatt etwas Anständiges zu lernen, und er schon immer wusste, dass der ganze Humbug mit Medizin und Berlin Gift für mich ist.

Da kommt Oma ins Zimmer und fragt, was um Himmels willen los sei, dass er die versammelten Gäste mit seinem Gebrüll unterhalte.

Und dann ... ich dachte, ich wäre in einem schlechten Stück, einem Schmierentheater, bei dem man nur darauf wartet, dass der Vorhang endlich zugeht. Die Hauptrollen haben Vati und Oma, und ich, ich stehe zwischen ihnen und schaue von einem zum anderen.

Oma (kopfschüttelnd): »Das Mädchen hat es dir also gesagt!«

Vati (erbost): »Das Mädchen hat es mir nicht gesagt, ich habe es herausgefunden!«

Oma (resigniert): »So wie ich.«

Vati (herablassend): »Ich wusste von Anfang an, dass es ein böses Ende nimmt, aber auf mich hört ja niemand!«

Oma (erzürnt): »Hier geht es jetzt ausnahmsweise mal nicht um dich und deinen siebten Sinn, Eduard, hier geht's um Frauke! Und wenn sie erfährt, dass Mattes der Vater von Wandas Baby ist, dann weiß ich nicht, was sie tut. Von Adda mal ganz abgesehen.«

Vati (irritiert): »Wovon redest du?«

Oma (verzweifelt): »Dass sich die Geschichte wiederholt und sie dieses Kind unmöglich bekommen kann, wenn sie nicht die Familie zerstören will!«

Vati (schlägt die Hände über dem Kopf zusammen): »Du bekommst ein Kind von Mattes? Du bekommst ein Kind von Mattes? Sag, dass das nicht wahr ist!«

Mädchen (verwirrt): ...

Oma (vorwurfsvoll): »Leider doch!«

Vati nimmt ein Glas und pfeffert es auf den Boden.

Dann wirft er einen hasserfüllten Blick auf das Mädchen und wiederholt brüllend: »Sag, dass das nicht wahr ist, verdammt!«

Das Mädchen fragt sich, warum man in solchen Situationen immer aufgefordert wird zu lügen.

Vati: »Sag, dass das nicht wahr ist!«

Was wäre, wenn sie sagen würde: »Du hast recht, es ist nicht wahr!« Wäre dann alles wieder gut? Wäre dann alles wie früher? Und würde der Bauch verschwinden, das Kind und die Nacht mit Mattes?

Vati (zur Großmutter, selbstmitleidig): »Ich habe dieses Mädchen aufgenommen und behandelt wie mein eigen Fleisch und Blut!«

Oma (mit scharfer Stimme): »Eduard, es reicht!«

Mädchen (verwirrt): »Wie mein eigen …?«

Vati (verächtlich): »Ich habe Adda geheiratet, als sie mit dem Kind eines anderen schwanger war! Ich habe das Balg als mein eigenes Kind ausgegeben und nie irgendetwas dafür verlangt! Ich habe dieses Mädchen geliebt, habe mir seine Mätzchen gefallen lassen, mich zum Hanswurst gemacht! Und zum Dank macht es alles kaputt, was ich geschaffen habe!«

Mädchen (kaum hörbar): »Kind eines anderen? Balg?«

Da fällt der Groschen. Er fällt so laut, dass es ihr in den Ohren schrillt. Sie ist nicht die, die sie ist, und sie war es nie. Sie ist eine andere, die sie nicht kennt. Und die würde sich am liebsten die Ohren zuhalten und so laut singen, dass sie nichts mehr hört und versteht, und dabei ihren Kopf im Schoß der Mutter verstecken.

Oma (heftig): »Du hast nichts dafür verlangt? Ein neues Leben, eine neue Identität, ein Hotel, das nennst du ›nichts‹? Stell dich hier bloß nicht dar als der Erlöser! Wo du in Wahrheit nichts weiter als ein Hochstapler bist!«

Der Mann, der nicht mehr der Vati des Mädchens ist, der es nie war, und den Oma einen Hochstapler nennt, nimmt ein weiteres Glas vom Schreibtisch und feuert es gegen die Tür, wo es mit einem lauten Knall in tausend Stücke zerbricht. »Es reicht!«, brüllt er, bevor er sich direkt an das Mädchen wendet: »Du gehörst hier nicht mehr her! Das

Beste wird sein, dass du aus unserem Leben verschwindest, und zwar für immer!«

Ein einziger Satz, vielleicht zwei, die alle Gewissheiten für immer zerstören und die Zukunft gleich mit.

Oma (lässt sich auf den Stuhl neben das Mädchen fallen, legt den Arm um es): »Wie kannst du so etwas von Wanda verlangen?« Ihre Stimme ist leise und traurig.

Vati: »Sie ist ein Bastard und bekommt einen Bastard. So jemand gehört nicht zu den Kießlings!«

Mit diesen Worten reißt er die Tür auf und knallt sie hinter sich zu.

»Herr! Dr.! Kießling! Dass ich nicht lache!«, ruft Oma ihm hinterher.

Das Mädchen, Wanda, ICH, wie im Nebel: »Wer ist denn mein Vater?«

Oma sieht mich schuldbewusst an und nimmt meine Hände: »Jan, ein Medizinstudent, den Adda auf einer Kur kennengelernt hat. Er ist verunglückt auf dem Weg zu ihr nach Juist.«

Sie macht eine Pause, steht auf und schenkt uns einen Sanddornsaft mit Schuss ein. »Adda glaubt bis heute, er habe sie sitzen gelassen.« Tränen stehen ihr in den Augen. »Dabei hat er sie sehr geliebt und sie ihn. Monate später, am Morgen ihrer Hochzeit mit Eduard, erreichte uns die Nachricht von seinem Tod. Offenbar hatte er auf dem Weg nach Juist in Oldenburg eine Nacht Aufenthalt. Keiner weiß genau, was passiert ist. Vermutlich ist er überfallen worden. Man fand seine Leiche in der Hunte, ohne Papiere, ohne Gepäck. Ob er darin ertrunken ist, weiß ich nicht. Bis man seine Identität geklärt hatte und uns die Nachricht von seiner ehemaligen Hausdame erreichte, samt Addas gesammelten Liebesbriefen, war so viel Zeit vergangen, dass sie bereits mit Eduard verlobt war.« Fünfmonatskind, da war doch was?, überlegt das Mädchen und erinnert sich. Jan? Ertrunken?

Oma trinkt derweil ihr drittes Glas, als sie schließlich endet und das Mädchen in ein neues Leben entlässt: »Weißt du, ich konnte deiner Mutter das nicht sagen. Sie war doch so glücklich mit Eduard und hat endlich wieder nach vorne gesehen! Die Wahrheit hätte ihr das Herz gebrochen. Und du wärst die Leidtragende gewesen.«

Ich wäre die Leidtragende gewesen? Ich WÄRE die Leidtragende gewesen? Dass ich nicht lache! Dass ich nicht LACHE! Aber ich lache nicht. Ich weine.

Juist, 27. September 1978, spätabends

Liebes Tagebuch,
auf einmal macht alles Sinn. Das Gefühl der Fremde zwischen mir und Vati, die Unwahrheit, die mich umgibt wie eine zweite Haut.

Ich komme mir immer noch vor wie in einem billigen Theaterstück. Das de Tiden ist die Bühne, das Ensemble besteht aus der Familie, und das Textbuch ist an Melodramatik nicht zu überbieten.

Ich habe mich immer schon wie eine Art Fehlbesetzung gefühlt, habe die Lüge gespürt und bin nie so ganz das Gefühl losgeworden, nicht zum Ensemble zu gehören.

Und jetzt? Wer bin ich jetzt? Ich kenne meinen Text nicht, weiß nicht, was von mir erwartet wird, wie es weitergehen soll. Wer bin ich?! Ich fühle mich betrogen und verraten, so wie auch früher schon. Wem soll ich vertrauen, wenn ich von Anfang an belogen wurde?

Diese Wunde wird nicht heilen. Das weiß ich. Und weil ein Drama nur mit der Katharsis, der inneren Reinigung, enden kann, gibt es nur eine Lösung. Ich muss dieser Farce ein angemessenes Ende bereiten.

26. Kapitel

Juist 2008, Helen

Helen stürmte die Treppe hinunter und raus auf die Straße. Der Himmel war noch immer grau, und der Wind blies unangenehm kühl. Sie fröstelte. Ans Meer wollte sie nicht, auch nicht ins Watt. Also begann sie zu laufen, mit kleinen, schnellen Schritten, ohne Richtung, als könnte dieses ziellose Hin und Her ihr Gedankenwirrwarr überlagern.

Sie hatte eine Antwort auf eine Frage bekommen, die sie nie gestellt hatte – wer ihre Adoptivmutter war. Nachdem sie die ersten Worte gelesen hatte, ahnte sie es schon. Die Handschrift kam ihr bekannt vor. Als sie aber auf dem Foto Marijke und Vera erkannte, sickerte das Ausmaß ihrer ungeheuerlichen Entdeckung in ihr Bewusstsein. Vera. Sie war Wanda. Für einen Moment hörte die Welt auf sich zu drehen.

War Wanda am Ende auch ihre biologische Mutter? Sie überlegte. Doch wie sie es auch drehte und wendete, es ergab keinen Sinn. Warum hätte sie sie dann als ihre Adoptivtochter ausgeben sollen? So oder so – wie konnte ihre Mum ihr diese Bürde aufladen? Und warum hatte sie alle glauben lassen, sie wäre tot? Wer tat so etwas bloß? Wie von Sinnen hatte sie das Tagebuch zugeklappt, es tief in ihrer Tasche vergraben und war losgerannt.

Über ihr kreischte höhnisch eine Möwe. Helen blickte zum Himmel. Jetzt, wo sich der Regen verzogen hatte, blitzten Sonnenstrahlen durch die Wolkenfetzen.

Auf der Mole sah sie sich um. Am liebsten hätte sie die

nächste Fähre genommen und den Heimweg angetreten. Doch die eine, die heute fuhr, war bereits auf dem Weg zurück nach Norddeich. Abrupt schlug sie eine andere Richtung ein und lief zum Schiffchenteich, wo sie sich erschöpft neben einer jungen Mutter auf eine Bank sinken ließ, die ihr Baby stillte. Sie fühlte sich, als würde sie mit einem kümmerlichen Floß durch einen Sturm paddeln, mit letzter Kraft, doch ohne vom Fleck zu kommen. Alles war anders, als sie gedacht, als sie es sich vorgestellt hatte. Sie wollte jetzt nicht allein sein.

»Störe ich?«, fragte Helen und zwang sich zu einem freundlichen Lächeln.

Die Frau rückte wortlos an den rechten Rand der Bank.

Helen atmete tief durch. Wie klar die Luft nach dem Regen war. Ihre Gedanken wankten hin und her wie nach einer Flasche Weißwein: Wanda, Vera, Wanda, Vera. Zwei Namen, zwei Inseln, aber nur eine Person. All diese Fragen, die in ihrem Kopf herumwirbelten. Verrückt. Das Einzige, was sie sicher wusste, war, dass sich für sie mit einem Mal alles verändert hatte. Doch die Inselwelt sah noch genauso aus wie vor ihrer Entdeckung. Kinder, die ihre kleinen Schiffe im Teich fahren ließen; Mütter, die am Rand mit anderen plauderten, während sie aus Thermoskannen Tee oder Kaffee tranken und verzückt ihren Nachwuchs beobachteten; Paare, die zur Musik der Kurkapelle im Takt schwoften wie in einem Tanzwettbewerb. Wie sehr sehnte sie sich nach klaren Verhältnissen!

Sie nahm ihr Handy und versuchte erneut, Vera zu erreichen. Es war ihr egal, dass es bei ihr inzwischen mitten in der Nacht war. Doch sie hob wieder nicht ab. Ohne nachzudenken, rief sie Alex an. Seine Stimme sagte, sie könnte eine Nachricht auf seine Mailbox sprechen. Das tat sie mit klopfendem Herzen. Stockend, wirr, nach Worten suchend, erklärte sie ihm, dass sie ihn vermisste und wünschte, er wäre hier, bei ihr, dass sie ihn und sich belogen hatte, weil sie ihren eigenen Gefühlen wie eine Fremde gegenübergestanden hatte, die sie irgendwie auch sei, aber nur noch halb. Dass dafür aber plötzlich ihre Mum eine Fremde war, tot und mit falscher Identität. Dann hörte sie, wie es am Ende der Leitung piepte. Die Zeit war vorüber, und sie wünschte auf einmal, dass das nicht für Alex und ihre Zeit galt.

»Pst!«, zischte die Frau neben ihr in die Stille. »Merlin schläft!«

Helen zuckte zusammen. »Tut mir leid«, flüsterte sie.

Die junge Mutter antwortete mit einem Brummen, und Helen packte beklommen ihr Telefon weg.

Diese Schroffheit. Es fiel ihr schwer, sich vorzustellen, dass ihre Mum in Deutschland groß geworden war. Sie war stets freundlich und zugänglich. Begegnete jedem Menschen mit Respekt. Aber war es respektvoll ihrer Familie gegenüber, sich tot zu stellen und Helen ihr Leben lang über ihre Herkunft zu belügen? Sie fühlte sich verloren und einsam und hätte sich gerade über irgendjemanden an ihrer Seite gefreut. Und wenn es Frauke wäre. Die sagte zumindest, was Sache war, selbst wenn ihre Worte manchmal wie Pfeile waren und sie ihre Liebenswürdigkeit unter einer rauen Schale versteckte.

Ihre Mum hatte ihr einmal gesagt, dass sie sich in Neuseeland vom ersten Moment an zuhause gefühlt habe, weil es ein Land der Einwanderer sei. Es interessierte dort niemanden, woher man kam und wer man war, nur was man tat und was man beherrschte. Mut und Einfallsreichtum zählten mehr als Herkunft und Name. Natürlich hatte Helen das damals nicht wörtlich genommen. Fernab von ihrer Heimat war ihre Mum jemand anderes geworden. Oder endlich sie selbst. Aber wer war sie vorher gewesen? Die Antwort steckte in ihrer Tasche. Sie sprang auf und machte sich auf den Weg zum Strand. Weit weg von dem ganzen Rummel.

Von weitem schon sah sie Theda vor der Apotheke anstehen.

»Moin, Helen«, sagte sie, als Helen sie erreichte. »Ich muss Baldrian besorgen. Meinem Vater gehen die Nerven durch, und meine Mutter ist seit heute Morgen spurlos verschwunden.« Sie trat aus der Schlange heraus und flüsterte ihr zu. »Mutti war so seltsam beim Frühstück.«

»War sie das?«, fragte Helen abwesend.

Theda nickte nachdenklich. »Irgendwie habe ich den Eindruck, dass ich etwas klarstellen muss.« Sie zögerte kurz. »Callahan und ich haben uns damals getrennt, weil er eine Familie wollte, ich aber nicht«, hörte Helen sie wie durch eine Wand aus Nebel sagen.

Da war er, der Moment, auf den Helen seit Tagen wartete, und sie dachte nur an das Tagebuch. »Schon gut«, sagte sie.

»Nee, nee«, beharrte Theda und senkte den Blick zu Boden. »Bei meiner Geburt wäre ich fast gestorben. Das muss bleibenden Eindruck bei mir hinterlassen haben, obwohl ich mich natürlich nicht daran erinnere. Wenn ich etwas schon mein ganzes Leben lang wusste, dann, dass ich keine Kinder haben wollte.«

Die Nachricht löste nichts in Helen aus, als ginge sie das nichts mehr an. Ihre Hand fuhr in die Tasche, tastete nach dem Buch und strich vorsichtig über den Samt. »Ich muss dann weiter«, sagte Helen und setzte ihren Weg fort, als wäre sie gar nicht da.

Kaum hatte sie sich abseits des Hauptstrandes in einen leeren Strandkorb gesetzt, holte sie mit zitternden Händen das Tagebuch aus der Tasche. Sie betastete den roten Samt, zögerte kurz. Sie blickte aufs Meer, holte tief Luft und begann zu lesen.

Einige Einträge ließ sie aus, manche las sie sogar mehrfach, ein paar musste sie mittendrin abbrechen, um die Fassung nicht zu verlieren. Und der letzte Eintrag war dann mehr, als sie ertragen konnte.

Ich frage mich, wie es sich anfühlen wird, wenn mein Geist meinen Körper für immer verlässt. Werde ich ein helles Licht sehen, in einen langen Tunnel gesaugt werden und einem strahlenden Stern entgegenschweben?

Die endgültige Antwort darauf bekomme ich bald, sehr bald. Nur berichten kann ich Dir dann nicht mehr davon.

So endete Wandas Tagebuch. Helen verspürte einen heftigen Schmerz in der Magengegend, als hätte sie einen Schlag abbekommen. Ihre Brust bebte. Niemals zuvor hatte sie jemandes Verzweiflung so stark gespürt. Tränen stiegen ihr in die Augen, während sich in ihrem Kopf alle Szenarien auflösten und neu zusammensetzten. Wanda schien so entschlossen gewesen zu sein, ihrem Leben ein Ende zu setzen. Was war passiert? Hatte sie am Ende der Mut verlassen? Was auch immer es gewesen war: Wanda war an jenem Morgen nicht gestorben. Sie hatte überlebt. Und ihre Vergangenheit beerdigt. Sie hatte ihren eigenen Tod inszeniert und war dann irgendwie nach Neuseeland geraten. Dort hatte sie als neue Person ein neues Leben begonnen und Helen adoptiert.

Helen schloss die Augen, umfasste ihre Knie mit den Armen und wiegte sich hin und her. Sie wusste so viel über ihre Mum. Und gleichzeitig wusste sie gar nichts.

Eine Weile blieb sie so sitzen. Sie holte sich die Wasserflasche aus ihrer Tasche und trank sie in einem Zug aus. Alles, was ihre Mum schrieb, war ihr so fremd und gleichzeitig so vertraut. Tränen rollten ihr über die Wangen. Sie ließ sie laufen.

Schließlich wurde sie ruhiger und trocknete ihr Gesicht. Der Tränenstrom hatte sie erleichtert, vielleicht war es aber auch das Gefühl, Wanda/Vera ein bisschen besser verstehen zu können. Helen dachte daran, wie sie mit Vera einmal am Cape Reinga, an der Spitze der Nordinsel, gewesen war. Ihre Mum hatte ihr auf einem kahlen Felsvorsprung, der weit ins aufgewühlte Meer hinausragte, einen Kahika-Baum gezeigt. Sie hatte ihr gesagt, dass der karge Baum seit Hunderten von Jahren Sonne und Wind getrotzt hätte, dem rauen, salzigen Seewind und den Überschwemmungen. Und dass sie, wenn sie ein Baum wäre, sicherlich auch ein Kahika wäre. Jetzt verstand Helen auch, warum.

Bei dem Gedanken, dass all die schrecklichen Dinge, die ihrer Mum widerfahren waren, sie nicht verbittert hatten, ihr anscheinend nicht mal dauerhaft etwas hatten anhaben können, stellte sich weitere Erleichterung ein. Vera war robust, voller Schwung und Ideen, und ihre Freude, ihre Lebenslust und Liebe waren zweifellos nie gespielt gewesen.

Kurzentschlossen nahm sie den zweiten Brief aus ihrer Tasche.

Liebe Helen,
jetzt kennst Du den Anfang meiner Geschichte. Das alles muss sehr verstörend für Dich sein, und ich entschuldige mich aus tiefstem Herzen für dieses unglaubliche Durcheinander, das ich angerichtet habe und in das ich Dich nun hineinziehe.

Du weißt nun, wie ich aufgewachsen bin, Du kennst Frauke, Theda und Miejke, Du kennst meine Großmutter Johanne, meinen Vater Eduard und natürlich meine geliebte Mutter Adda. Und Du weißt, wenn Du es auch vermutlich nicht verstehst (was ich wiederum völlig verstünde), was mich zu diesem drastischen Schritt bewogen hat. Ich verstehe es ja selbst nicht mehr. Es heißt, dass man das Leben nur rückwärts verstehen kann, es aber vorwärts leben muss. Ich habe Jahre gebraucht, um rückwärts zu verstehen, was meine Welt ins Wanken gebracht hat und was genau damals in mir vorgegangen ist. Du warst schon immer schneller als ich. Aber meine Schuldgefühle waren so übermächtig, dass ich damals keinen anderen Ausweg gesehen habe, als auf diese inakzeptable Weise dem Ausschluss aus der Familie zuvorzukommen.

Nachdem ich gerettet wurde und dabei mein Baby verloren habe, fand ich bei Mette, die gerade von ihrer Weltreise zurückgekehrt war, ein paar Wochen Unterschlupf. Auch wenn sie anderer Meinung war, hielt ich es für besser, dass mich alle für tot halten, wo ich innerlich doch sowieso längst tot war. Ich war überzeugt davon, dass sie ohne mich alle besser dran waren. Alles, was ich tun wollte, war, neu anzufangen. Dort, wo mich niemand kannte und mich daran hätte erinnern können, was für eine Person ich gewesen war, was ich getan und wen ich alles unglücklich gemacht hatte. Und was ich verloren hatte: meinen Glauben, meine Familie, mein Baby.

Als Mutter weiß ich, wie feige und brutal diese Entscheidung war. Für die, die man zurücklässt, aber auch für mich – und für Dich. Denn man kann ans andere Ende der Welt ziehen und trotzdem seine Familie nicht hinter sich lassen. Weil man ein Teil von ihr ist. Weil es ist, als würde man sich selbst verleugnen. Und vor allem, weil diese Familie eine liebenswerte Familie ist, trotz ihrer Schrullen, Launen, Kanten und ihrer Geheimnisse, eine, die es nicht verdient hat, dass man ihr solche Schmerzen zufügt.

Frauke mit ihrer unvergleichlichen Art, die Augenbrauen hochzuziehen, wenn sie beleidigt spielt, und die, wenn man sie erst in den Arm nimmt, anfängt zu gurren wie eine Taube.

Theda, die eine Wärme und Güte in ihre Worte und ihren Blick legen kann, dass man sich für jeden bösen Gedanken schämt, den man jemals gedacht oder ausgesprochen hat.

Omas schonungslose Direktheit und ihre heiße Schokolade.

Und Mutti. Ach, meine Mutti. Die mit ihrem hellen Lachen jeden Raum zum Leuchten bringen kann. In deren Augen ich immer ihre Liebe zu mir sah. Und zugleich ihre tiefe Traurigkeit.

Am Anfang dachte ich jeden Tag an sie alle. Sie fehlten mir so sehr, dass ich sie in den ersten Monaten überall gesehen habe, auf der

Straße, im Fernsehen, in einer Touristengruppe, einfach überall. Mit den Jahren aber verblassten die Erinnerungen, und die Sehnsucht nach dem alten Leben wurde schwächer, je mehr ich mir ein neues aufbaute. Bis Deine Mutter plötzlich in mein Leben hereinbrach, wie eine Sturmflut, wieder einmal!

Das Telefon klingelte fast genau in dem Moment, als sie die letzte Zeile nochmals durchlas. Sie sah aufs Display. Es war Adda. Augenblicklich schnürte sich ihr die Kehle zu. Wie nur brachte man einer Mutter bei, dass ihre totgeglaubte Tochter lebte?

»Ja«, meldete sie sich zögerlich.

»Ich muss dich sprechen. Sofort!«

27. Kapitel

Juist 2008, Adda

»Eduard … Er ist …« Addas Stimme versagte, als sie sich neben Helen in den Strandkorb setzte.

Helen griff nach ihrer Hand, und Adda spürte, dass sie zitterte. »Was ist mit Eduard?«, wollte Helen wissen.

Addas Kopf dröhnte. Eigentlich rauchte sie nur ganz selten, und auch immer nur allein und an der frischen Luft, als könnte die salzige Seeluft den würzigen, unangenehmen Geruch neutralisieren. Doch jetzt brauchte sie eine Zigarette. Sie nahm eine aus dem silberfarbenen Etui in ihrer Tasche. »Darf ich?« Sie warf Helen einen Blick zu.

Helen nickte, während sie sie fragend musterte. »Du rauchst?«

»Manchmal.« Adda zündete die Zigarette an. »Wenn es nötig ist.« Sie blies den blaugrauen Rauch wieder aus und begann zu erzählen.

»Karl hat ihn also auf dem großen Porträtbild in Eduards Büro wiedererkannt und ist deshalb von der Insel verschwunden«, sagte Helen, nachdem Adda geendet hatte. »Aber warum hat Berta gesagt, dass er verhaftet wurde?«

»Das habe ich Karl auch gefragt. Er sagte, dass die offizielle Version der Partei oft abwich von der Realität, weil sie wegen solcher Fluchtgeschichten nicht das Gesicht verlieren wollte. Und als Abschreckung natürlich. Man behauptete, der Delinquent würde im Gefängnis verrotten, und schickte gleichzeitig Schergen in den Westen, um die Abtrünnigen aufzuspüren und verschwinden zu lassen.«

»Darum hat er eine neue Identität angenommen. Um sein Leben zu retten«, stellte Helen leise fest. Sie betrachtete Adda mit verschleiertem Blick.

»Er war ein Fremder auf Juist«, erwiderte Adda. »Niemand außer Johanne hätte Eckhard Schneider, wie er vorher hieß, mit ihm in Verbindung gebracht.« Sie nahm einen letzten Zug und drückte die Zigarette im Sand zu ihren Füßen aus. »Und ich schon gar nicht. Ich habe ihn in Dresden nur ein, zwei Mal von weitem gesehen.«

Helen nestelte an ihrer Umhängetasche. Unruhig. Ängstlich. »Glaubst du, dass er dich nur darum geheiratet hat, wegen der neuen Identität?«

Adda überlegte. »Er wird sagen, dass er das Vermögen der Locks gerettet und in den sicheren Westen transferiert hat, für unsere Familie, und dass er seinen Namen ändern musste, um uns zu schützen.« Sie drehte das Zigarettenetui in den Händen. »Er wird sagen, dass er mich aus Liebe geheiratet hat …« Sie brach ab, als sie sah, dass Helen Tränen in die Augen traten. Der Kummer in ihren Augen war nicht zu übersehen.

»Es tut mir so leid, Adda. Hätte ich gewusst, was unsere Recherche zutage fördert …«

»Dann hättest du es hoffentlich trotzdem getan«, fiel sie ihr sanft ins Wort.

»Aber dann, aber dann hättest du niemals erfahren …« Helen schluchzte auf. Langsam legte Adda den Arm sie. So, in dieser Haltung, blieben sie. Es fühlt sich richtig an, dachte Adda und drückte sie noch fester an sich. »Was ist denn los, meine Kleine?«

»Ich weiß nicht. Es ist … Es ist so …« Helen stockte. »Wenn du nicht schwanger gewesen wärst und …«

Adda zuckte zusammen.

»Woher weißt du das?«

Helen sah auf den Boden. »Von Wanda«, entschlüpfte es ihr leise. »Aus ihrem Tagebuch.«

»Ihr Tagebuch«, wiederholte Adda langsam. Ihr Herz hämmerte. »Du hast ihr Tagebuch gelesen? Wie …« Sie hielt inne. »Wo …?«

»Du verstehst nicht«, antwortete Helen mit tränennassem Gesicht. »Sie lebt, Adda. Wanda lebt! Sie lebt in Neuseeland und heißt jetzt Vera. Sie ist meine Adoptivmutter.«

Adda spürte einen Stich im Magen wie von einer Klinge. Alles in ihr versteifte sich.

»Du musst dich irren«, stieß sie heiser hervor und hielt sich die Hände vor die Augen. Ihre Gedanken rasten. Wanda lebte in Neuseeland und hatte Helen adoptiert? Das ergab keinen Sinn. Oder doch? Lange Zeit herrschte Stille. Adda hörte ihren Atem über dem Klang der Wellen.

»Hier ist ein Brief von ihr, der alles erklärt«, sagte Helen in das Schweigen hinein und reichte ihn ihr. Adda zögerte, dann nahm sie ihn vorsichtig mit spitzen Fingern entgegen, ließ ihre Augen kurz über die Zeilen fliegen, um sich zu vergewissern, ob er tatsächlich von Wanda stammte, dann drückte sie den Brief an ihre Brust.

Sie erhob sich und sagte, den Blick aufs Wasser gerichtet: »Ein paar Wochen nach ihrem Tod bekam Onno eine grüne Jadesteinkette zugeschickt, so eine, wie du sie trägst.« Adda zögerte und holte die Kette aus ihrer Tasche und zeigte sie ihr. »*Die Kette hat ihre Prophezeiung erfüllt, Mama*, stand darauf in Wandas Schrift. *Ich muss gehen, um zu vergessen, und ihr müsst mich vergessen, damit ich gehen kann. Bitte sage niemandem etwas davon. Es ist besser so.*« Ihre Stimme brach. »Der Brief wurde in Hamburg abgestempelt. Ich bin noch am selben Tag aufgebrochen, zu Mette. Doch da war Wanda schon weg. Mette erzählte mir, dass sie gerettet worden war, von einem Hummerkutter, und stark unterkühlt gewesen sei. Aber sie musste ihr bei ihrem Leben versprechen, uns nicht zu informieren. Obwohl Mette sie bedrängte, wich sie nicht davon ab. Jedenfalls konnte sie sie überreden, Onno die Kette zu schicken. Irgendwann hat Wanda auf einem Containerschiff in der Kombüse angeheuert und ist aufgebrochen.«

Adda spürte einen Kloß im Hals und schluckte mühsam. »Und bis heute wusste ich nicht, wohin.«

Helen sah Adda fest in die Augen, während sie sich heftig über das Gesicht rieb. »Du wusstest, dass sie lebt?« Sie klang aufgebracht. Ruckartig erhob sie sich und lief ein paar Schritte zum Wasser.

Ja, Adda hatte es gewusst. Vorsichtig, fast zärtlich strich sie mit den Fingern über den Stein und folgte Helen.

»Ich konnte es damals niemandem sagen«, flüsterte sie, als sie neben ihr stand. Der Schmerz überrollte sie erneut. »Weil Wanda es nicht wollte. Es hätte Fraukes Leben, ihre junge Familie zerstört. Das Leben unserer Familie.« Adda hatte das Gefühl, dass ihre Beine sie nicht mehr trugen. Sie ließ sich langsam in den Sand fallen und wischte die Tränen weg. »Wanda wollte das nicht!«, wiederholte sie, wie um sich selbst jetzt noch zu überzeugen. »Sonst hätte sie den Brief doch nicht an Onno geschickt. Oder?« Doch der Satz kam ihr plötzlich falsch vor. So wie ihre eigene Entscheidung, Wandas Wunsch über alles andere zu stellen. Sie hätte damals eine Notlüge erfinden können, eine, die zwar auch geschmerzt, die Wanda aber zumindest am Leben gelassen hätte.

Warum um alles in der Welt konnte sie das jetzt erst sehen? Weil ihr die Mischung aus Trauer, Unglaube und schlechtem Gewissen viel zu lange die Sicht vernebelt hatte, dachte sie. Und ihre Lügen ungehindert wachsen und gedeihen konnten, bis Helen eine Schneise durch das Gestrüpp geschlagen hatte.

Sie richtete den Blick auf das graublaue, aufgeraute Wasser. Weit draußen tanzte ein Schwarm Wasservögel auf den Wellenkämmen. Wanda hatte Helen großgezogen und zu ihr geschickt, nach all den Jahren. Bedeutete das, dass sie sie wiedersehen würde? Vielleicht schon bald? Ihr Herz machte einen Sprung. Aus Helens Erzählungen wusste sie, dass sie glücklich verheiratet und eine wunderbare Mutter war. Man brauchte Helen nur anzusehen, um zu wissen, dass es stimmte. Wieder kamen ihr die Tränen.

»Ihr geht es gut, Adda«, sagte Helen sanft, als hätte sie ihre Gedanken erraten, und setzte sich neben sie. »Sie liebt meinen Vater über alles, die Arbeit mit den Pinguinen, unser Leben. Sie ist glücklich geworden.«

Sie schwiegen beide. Dann gab Adda Helen den Brief.

»Lies du ihn bitte vor«, forderte sie sie auf. Ein Satz schwerer als der andere. Dann dieser: *Nachdem ich gerettet wurde und dabei mein Baby verloren habe …* Eine Eröffnung, die Adda traf wie ein Schlag: Ihre Tochter war schwanger gewesen, von Mattes? Bevor ihr die Bedeutung für Wanda, für sie alle ganz zu Bewusstsein kam, der nächste Satz: *Bis Deine Mutter plötzlich in mein Leben hereinbrach, wie eine Sturmflut, wieder einmal.* Als Helen zum nächsten Satz ansetzte, bedeutete Adda ihr zu schweigen. Sie atmete hörbar aus.

Natürlich. Ihre Geburt, die Sturmflut, Wanda, die half, sie auf die Welt zu holen, die besondere Verbindung ihrer beiden Flutmädchen, Mutter Olsens Worte. *Flut bringt Mut und Sturmflut Übermut.* Es konnte nicht anders sein, und es passte.

»Marijke!«, sagten beide wie aus einem Mund.

28. Kapitel

Juist 2008, Helen

»Die sieben Wunder dieser Welt, wisst ihr, wo man sie find?«, sang der Juister Shantychor im Kießling'schen Festsaal einstimmig.

»Ostfrieslands Inseln an der Küst', mit Sonne, Sand und Wind, die sieben zum Verlieben im Nordseeparadies! Borkum, Baltrum, Langeoog und auch die Insel Juist – die sieben zum Verlieben, hier bist als Mensch du frei!«

Helens Blick war auf das Podium gerichtet. Am Bühnenrand vor dem im Halbkreis aufgestellten Chor stand Eduard. Doch er wirkte alles andere als frei. Eher fremd und gequält, obwohl der Festsaal gerammelt voll war und der Ministerpräsident bereits auf die Bühne kam. Seit sie wusste, dass er ihr Großvater war, konnte sie nicht anders, als ihn anzustarren – als könne sie diesen rätselhaften Menschen von außen ergründen, wenn sie nur gründlich genug hinsah.

Hier und da unterbrach ein gedämpftes Husten die ostfriesische Inselhymne. Während die Sängerinnen und Sänger den Refrain anstimmten und das Publikum rhythmisch mitklatschte, schaute Eduard von der ersten Reihe zur verschlossenen Tür, dann hinter sich zu Theda und Frauke, die als Teil des Chors mit ihm auf der Bühne standen. Zum ersten Mal erkannte Helen so etwas wie Unsicherheit auf seinen Zügen. Vermutlich hoffte er noch immer, dass Adda und Marijke endlich eintreffen würden. Da auch Johanne und Arne fehlten, waren bislang sämtliche Plätze in der Familienreihe leer geblieben. Helen selbst hatte sich unauffällig in eine mittlere Stuhlreihe gesetzt. Weder war ihr danach, ihrem Großvater zu huldigen, noch offiziell in der Mitte der Familie Platz zu nehmen, schon gar nicht, wo sie jetzt allein dort gesessen hätte, ungeschützt den Blicken aller ausgesetzt. Nicht, dass Eduard sie offiziell dazu eingeladen hätte.

Helen lächelte. Vielleicht würde sie ja eines Tages das Gefühl haben, Teil dieser Familie zu sein, und mit in die erste Reihe gehören. Jetzt, wo sie nicht nur wusste, wer ihre leibliche Mutter war, sondern auch, in welchem Verhältnis ihre Adoptivmutter zu ihr stand.

Es fiel ihr inzwischen leichter, die Motive ihrer Mütter von allen Seiten zu betrachten. Am Abend zuvor hatte sie lange mit ihrer Mum telefoniert, die bei ihrer alten Freundin Mette in Hamburg seit Tagen auf ihren Einsatz wartete. Es war ein befreiendes Gespräch gewesen, voller Ehrlichkeit und Tränen an beiden Enden der Leitung. Ihre Mum und der holprige Lauf des Lebens, der Sternenhimmel, das Rauschen des Meeres oder der Wein, irgendetwas davon oder alles zusammen hatten Helen so rührselig werden lassen, dass sie ihr verziehen hatte, ohne Wenn und Aber. Und als dann Alex nach ihrer kryptischen Nachricht vom Mittag zurückgerufen und andersherum er ihr verziehen hatte, ohne Wenn und Aber, entsann sie sich noch einmal, wie sie sich gefühlt hatte, bevor sie nach Juist aufgebrochen war, wie erschöpft und unglücklich sie gewesen war.

Und jetzt? War sie erschöpft. Aber nicht mehr unglücklich. Ein wenig enttäuscht vielleicht, doch jetzt, wo *die leibliche Mutter* endlich ein Gesicht bekommen hatte, empfand sie eine Ruhe wie schon lange nicht mehr.

Tosender Applaus riss Helen aus ihren Gedanken. Der Chor war verstummt, und Eduard nickte dem Ministerpräsidenten zu, der sich zum Rednerpult bewegte und mit seiner Laudatio begann. Als er Eduards Frau Adda, seine Schwiegermutter Johanne, seine Töchter sowie den Enkel namentlich begrüßte und vergeblich Blickkontakt mit den Genannten aufnehmen wollte, war offensichtlich, wie unangenehm Eduard die Situation war. Auf seiner Stirn glänzte der Schweiß.

Der Blick des Ministerpräsidenten blieb kurz an der unbesetzten Stuhlreihe hängen, dann fuhr er fort: »Sieben Zutaten sind nötig, um die Welt zu verändern, heißt es. Bildung, Kreativität, Inspiration, Intuition, Unabhängigkeit, Beharrlichkeit. Und ein Quäntchen Glück. Als Visionär und manchmal auch als einsamer Rufer in der Wüste haben Sie die Inselwelt verändert.« Zwischenapplaus brandete auf. Die Anstrengung in Eduards Gesichtsausdruck verschwand mit jedem Wort mehr.

»Die Welt braucht brillante Köpfe wie Sie, Dr. Eduard Kießling, um den Bewusstseinsprozess auch in anderen Köpfen in Gang zu setzen. Denn so wie Sie sollten wir alle unseren Kindern eine bessere Welt hinterlassen.« Als er Eduard im Namen der Bundesrepublik Deutschland dann den Orden umhängte, erhob sich der ganze Saal zu Standing Ovations.

Helen sah, wie Eduard zuerst eifrig nickte, nach einem weiteren Blick zur Tür aber das Strahlen in seinem Gesicht erlosch. Langsam, geradezu widerstrebend stieg er, die Papiere mit der Dankesrede in der Hand, das Treppchen zum Pult hinauf. Doch plötzlich stolperte er, vermutlich über das auf den Boden geklebte Kabel, das das Mikrofon mit Strom versorgte, so genau konnte Helen das von ihrem Sitz aus nicht erkennen. Sie sah nur, wie er sich in letzter Sekunde fing, am Podest abstützte und ihm dabei die Dankesrede aus der Hand flatterte.

Helen widerstand dem Impuls, aufzuspringen und sie aufzuheben. Doch Theda, die noch auf dem Podium stand, war bereits zur Stelle, kniete sich hin und sammelte die Seiten auf, während Eduard sich mit beiden Händen auf das Pult stützte und Frauke ihm ein Glas Wasser reichte.

Diese Familie glich der Insel, auf der sie lebte: Die Kießlings waren rau, tosend, verschwiegen. Sie waren voller Überraschungen, freundlich, geheimnisvoll wie der Nebel über dem Watt und manchmal auch unbarmherzig wie das Juister Wetter. Sie merkte, wie sich beim Gedanken daran ein Lächeln in ihre Züge schlich. Sie hatte ihre Familie gefunden. Sie hatte Wanda gefunden – und Marijke, auch wenn sie noch immer nicht genau wusste, ob die auch gefunden werden wollte.

Vier Generationen Kießling-Frauen auf Juist, und sie war eine von ihnen. Alex hatte eine interessante Frage gestellt: ob es unter diesen sehr speziellen Bedingungen überhaupt ein Richtig oder Falsch geben konnte. Am Ende, das musste Helen eingestehen, versuchten sie alle ihr Bestes, soweit es ihnen unter den schwierigen Umständen eben möglich war. Und dabei schlugen sie sich nicht schlecht. Sie hatten der Insel etwas abgetrotzt, Stürme überwunden und Helen gezeigt – wenn auch auf etwas eigentümliche Weise –, dass es sich lohnte, auf seine innere Stimme zu vertrauen, wenn man etwas vom Leben wollte. Und sie hatten ihr noch etwas gezeigt: die Kraft einer Sippe, im Guten wie im Schlechten. Helen dachte an die Maoris in Neuseeland, bei denen nicht die Mutter, sondern die Sippe der wichtigste Bezugspunkt war. Mehr noch: die erweiterte Sippe, die die Maoris als Whānau bezeichneten wegen ihrer physischen, emotionalen und spirituellen Dimension. Erst durch sie wurden Werte, Geschichten und Traditionen der Vorfahren überliefert und an das Heute angepasst. Vielleicht war genau das passiert in diesen aufregenden vergangenen Tagen, als sie sich mit Johannes und Addas Lebenswegen beschäftigt hatte, mit denen von Eduard, Wanda, Onno und Mette, allesamt Mitgliedern ihrer eigenen Whānau. Vielleicht waren sie endlich mit ihrer Geschichte in der Gegenwart angekommen. Helen mochte den Gedanken.

Ein lautes Räuspern von Eduard brachte sie in die Gegenwart zurück. Er stand am Mikrofon.

»Sehr geehrter Herr Ministerpräsident«, begann er.

Helen versuchte sich vorzustellen, was geschehen würde, wenn Wanda plötzlich zur Tür hereinkäme. Wie die Insulaner reagieren würden auf die plötzliche Auferstehung. Vermutlich würden sie wie auch die Familie glauben, ein Gespenst vor sich zu haben. So wie Marijke damals, als Wanda in Auckland plötzlich vor ihr stand. Wanda war der Überzeugung gewesen, dass das Universum sie zusammengeführt hatte, als sie in der Zeitung von der Modenschau gelesen und plötzlich den Namen und das Bild ihrer kleinen Schwester entdeckt hatte. Natürlich hatte sie sich sofort auf den Weg zu ihr gemacht. So wie Helen, als sie ins Flugzeug gestiegen war nach Juist, nur dass sie bis gestern nicht gewusst hatte, dass sie ebenfalls nach Marijke suchte. Beim Gedanken daran fing sie an zu kichern, was genau mit dem ersten Satz von Eduards Seehundsoffenbarung zusammenfiel. »Erst stirbt der Seehund, dann der Mensch!«, hörte sie ihn sagen. *Fake it till you make it*, dachte Helen und musste noch mehr lachen. Sie spürte plötzlich alle Blicke auf sich ruhen. Entschuldigend lächelte sie ihrer Sitznachbarin zu und drängte sich an ihr vorbei, Richtung Ausgang. Sie öffnete die Tür, durch die sie vor wenigen Tagen zum ersten Mal gegangen war, auf der Suche nach ihrer leiblichen Familie. Da stand plötzlich Marijke vor ihr, mitten auf der Schwelle. Helen blieb die Luft weg. »Willst du rein?«, fragte sie unsicher und hielt ihr die Tür weit auf.

»Nein. Ich suche dich.«

29. Kapitel

Juist 2008, Adda

Addas Kehle ist ganz eng, ihr Herz pocht gegen den Brustkorb, setzt einen Schlag aus. Vor einer Sekunde ist die Cessna gelandet und zum Stehen gekommen. Sie starrt gebannt auf die Flugzeugtür. Ganz langsam öffnet sie sich, und eine Frau steigt aus. Wanda. Ihr roter Mantel bildet einen hübschen Farbtupfer im Grau von Himmel und Meer.

Wie wunderschön ihre Tochter ist. Diese kraftvolle Ausstrahlung, ihr kleiner, schlanker Körper, ihr kurzes, gewelltes Haar, dunkler als früher. Die vielen Jahre haben sie nicht sehr verändert. Als sie Adda entdeckt, strahlt sie wie ein Kind.

Wie viele Jahre hat Wandas Bild sie verfolgt? Reglos steht Adda da und versenkt sich ganz in diesen Anblick. Eine Welle der Liebe und Rührung steigt in ihr hoch, und für einen Moment vergisst sie zu atmen. Als hätte die Zeit stillgestanden, als stünde sie auch jetzt still. Hinter ihr geht Marijke von Bord. Sie hat ihre Kamera um den Hals hängen. Eilig kommen sie auf sie zu, dann winkt die Jüngere ihr mit entschuldigendem Blick und einer Kusshand zu und geht rasch vorbei, wie um Mutter und verlorener Tochter den Raum zu geben, den sie jetzt brauchen.

Lange stehen Wanda und Adda voreinander und schauen sich in die Augen. Beide weinen. Irgendwann öffnet Adda den Mund, um etwas zu sagen, schließt ihn aber wieder, weil kein Ton über ihre Lippen kommen will. Dieser Moment ist so viel größer als jedes profane Wort. Was soll sie sagen? Wie sagt man seiner »verstorbenen« Tochter, dass man froh ist, dass sie lebt?

Vielleicht, denkt sie, sollte ich sie einfach umarmen. Aber die Gefahr besteht, dass sie ihre Tochter dann nie wieder loslässt. Schließlich ist es Wanda, die sie umarmt, lange und fest, und ihr Geruch ist Adda so vertraut, dass sie ihn unter Tausenden wiedererkennen würde. Sie weiß jetzt wieder, wie es sich anfühlt, ganz zu sein. Da, wo es wehtat, wo all die Jahre eine Leere schmerzte, fühlt sie Glück. Und da, wo sie nichts fühlte, tut es weh.

Irgendjemand muss anfangen zu reden. Aber es bleibt dabei: Was erzählt man sich, wenn man sich so lange nicht gesehen hat? Wie man sein Leben gelebt hat? Nein. Addas erste Frage lautet nicht, was gewesen ist. Sie platzt mit der Frage heraus, welches Buch Wanda gerade liest. Ihre Tochter lächelt dankbar und zieht den neuen Roman von Arno Stadler aus der Tasche, der auch bei Adda auf dem Nachttisch liegt.

Sie schüttelt lachend den Kopf. »Marijke hat mir dasselbe Buch geschenkt. Man merkt, dass ihr Schwestern seid.«

Sie gehen Hand in Hand in Richtung Strand, während der Taxikutscher Wandas Koffer verlädt und in die kleine Ferienwohnung ins Loog bringen wird, die Onno ihnen zur Verfügung gestellt und in der Adda die letzte Nacht verbracht hat.

Als sie dann im Sand sitzen, blättert Wanda das Buch auf und beginnt vorzulesen: »Und so war Capri von Anfang an ein wenig dies alles: Kindheit, Liebe, Nähe und Ferne, Vergangenheit und Zukunft.« Sie sieht Adda an, deren Herz bei dem Wort Zukunft einen Sprung gemacht hat. »Genau das ist Juist für mich«, sagt Wanda.

Und dann schiebt sie einen Satz hinterher, wie um Adda das schlechte Gewissen zu nehmen und die Vergangenheit ein für alle Mal zu begraben: »Es war nicht vergeblich, Mutti, wenn es jetzt aufhört.«

Sie drückt fest ihre Hand, und Adda weiß, was ihre Tochter

meint. Dass sich die Geschichte wiederholt, immer und immer wieder, wenn man keinen Schlusspunkt setzt. Dass es Dinge gibt, die man vergessen muss, um weiterzuleben, und Dinge, die man beim Namen nennen muss. Damit sie nicht Geheimnisse bleiben und toxische Wirkung entfalten. Seit dem Telefonat mit Marijke, die sich wie früher zu Mette geflüchtet hat, um mit Wanda gemeinsam den Sturm abzuwarten, der nicht kommt, weiß Adda, dass auch ihre jüngste Tochter viel zu jung schwanger geworden war. Von einem irischen Fotografen oder einem spanischen Gitarristen, sie weiß es selbst nicht so genau, weil der Nebel von Drogen, Partys und ständig wechselnden Orten damals ihre Sicht eingeschränkt hat. Dass sie aber trotzdem das einzig Richtige tat, Helen vor sich und ihrer eigenen Unzulänglichkeit in Sicherheit zu bringen, dort, wo sie am besten aufgehoben war – erst mal jedenfalls; so lange, bis sie sich selbst gerettet haben würde. Irgendwann, etwa ein Jahr nach der Geburt, hatte es klick in ihrem Kopf gemacht, erzählte Marijke ihr, und sie hörte auf, sich selbst zu zerstören. Sie hörte auf, sich fotografieren zu lassen, und nahm die Kamera selbst in die Hand. Und sie hörte auf, sich weiter einzureden, ihrer Tochter Wurzeln und Beständigkeit geben zu können. Sie erkannte, dass Helen bei Wanda und ihrem Mann zuhause war. Ein Zuhause, das sie ihr nicht bieten konnte. Sie dort zu lassen war das größte Geschenk, das sie ihr machen konnte.

Auch wenn es wehtut, dies alles zu hören: Adda glaubt ihr. Sie weiß, die Furcht, für die großen Dinge ungeeignet zu sein, verfolgt ihre jüngste Tochter bis heute. Auch wenn Adda anders gehandelt hätte, so bemüht sie sich doch, sie zu verstehen. Sie kennt diese Furcht ja selbst, seit sie ein junges Mädchen war. Unablässig hatte Johanne auf sie eingeredet, damals, als Adda sich zur Frau entwickelte, dass man standhaft und tugendhaft bleiben müsse, weil man tiefer als Mädchen nicht sinken könne, als sich auf Dummheiten mit Jungen einzulassen. Aber Adda schaffte es nicht. Keine schaffte es. Als hätte sich das ungewollte Schwangerwerden tief in die DNA der Familie gegraben. Etwas, das ihnen vermacht wurde, noch bevor sie auf die Welt kamen. Großmutter, Mutter, Wanda und Marijke, sie alle glaubten, einen Makel zu tragen, und fanden bis auf Marijke alle Männer, die sie ›trotzdem‹ retteten und liebten. Adda lacht beinahe auf. Welcher Makel überhaupt? Wenn sie je einen Makel getragen hat, dann den, an seine Kraft zu glauben. Dabei wird er unsichtbar, sobald man genau hinsieht. Verstummt, wenn man über ihn spricht, statt zu schweigen.

Man muss laut sein, denkt Adda. Nur so nimmt man dem Unglück die Macht.

Aber wie Wanda gesagt hat: Es war nicht vergeblich, wenn es jetzt aufhört. Und das tut es. Es ist geschehen, und es ist vorbei. Aber das alles ist kein gutes Thema für das erste Wiedersehen.

Lieber bleiben Mutter und Tochter im Jetzt, weil die Vergangenheit zu sehr schmerzt und das, was an ihr gut war oder gut hätte werden können, sowieso nicht wiederkommt. Nichts soll diesen Moment verdunkeln, nicht der Gedanke an die verlorene Zeit, nicht der Gedanke daran, dass Wanda, als sie die vielfältigen Möglichkeiten des Lebens nicht mehr sehen konnte, einen tiefen Krater in ihr Herz und ihre Familie gerissen hat, und erst recht keine falschen Hoffnungen, dass wie im Märchen nun alles gut werden wird und sie für immer bei ihnen bleibt. Wanda ist hier, jetzt, und alles andere ist in diesem Moment bedeutungslos. Adda muss immer wieder zu ihr hinübersehen, wie um sich zu überzeugen, dass sie nicht träumt. Obwohl sie, das gesteht sie sich nun ein, irgendwie immer ahnte, dass sie sich wiedersehen würden.

Adda merkt, dass sie keine Angst vor Gesprächspausen haben muss. Als sie den Strand entlangschlendern, erzählt Wanda vom Paarungsverhalten der Gelbaugenpinguine, von James' Arbeit in der Klinik für Brandopfer und der Unfähigkeit der Neuseeländer, einen vernünftigen Hartkäse herzustellen. Adda weiß gar nicht, ob sie vor lauter Lächeln alles hört, was Wanda erzählt.

Die Zeit löst sich auf.

Irgendwann muss Adda dann doch zurückblicken. Sie schaut sie an, in sie hinein, und sieht mit einem Kloß im Hals auf ihren Bauch.

»Es tut mir leid um das, was das Meer dir genommen hat.«

Wanda nimmt ihre Hand. »So ist es nun mal, das Meer. Es gibt und nimmt.« Sie stockt. »Und auf gewisse Weise hat es mir dann ja doch noch eine Tochter geschenkt.«

Nach einem Moment des Schweigens sagt Adda:

»Weißt du eigentlich, dass du eine ganz außergewöhnliche Mutter bist?«

Wanda schüttelt den Kopf.

»Helen ist ein so wunderbarer Mensch geworden, so echt, offen und freundlich.« Und sie denkt, dass sie dieser jungen Frau, ihrer Enkelin, so vieles verdankt. Die Wahrheit über sich selbst und ihre Familie. Und dass Helen Wanda zur Umkehr bewegt hat, dass sie ihre Tochter wiederhat.

»Ach Mutti.« Wanda seufzt. »Ich habe viel zu lange gewartet.«

»Du hast ihr mit deinem Tagebuch gezeigt, wer du wirklich bist, du hast ihr den Schlüssel zu deinem Innersten gegeben.« Und mir, denkt sie und streicht Wanda über das Haar. »Was kannst du jemandem Kostbareres geben als die Wahrheit? Welche Mutter tut das schon?«

Wanda schaut sie an und gibt ihr einen Kuss auf die Wange. »Genau das habe ich am meisten vermisst!«

Adda gibt sich große Mühe, nicht in Tränen auszubrechen.

Kein Mensch ist eine Insel; und auch ihre Töchter brauchen einander. So stark, unanfechtbar und ihrem eigenen Rhythmus gehorchend sie auch sind, ihre »vier Gezeiten«, so gehören sie doch zusammen, und zu ihr.

Wanda sagt: »Es ist, wie es ist: Das Schlechte ist schlecht, das Schwierige schwierig. Warum konzentrieren wir uns nicht auf das, was gut und besser ist?«

Und das werden sie tun. Sie werden einander nichts vorhalten, weil sie sich längst alles verziehen haben. Und Adda wird ihr, nicht heute, aber bald, endlich von ihrem Vater erzählen. Wie wunderbar, charmant, wissbegierig, witzig und großherzig Jan war. Von ihren Plänen, in München zu leben, von ihrem Traum, Eltern zu werden, von ihrem Polarstern, den sie sich zusammen anschauen werden. Vielleicht werden sie dann gemeinsam Abschied von ihm nehmen, nur sie beide, als seine engste Familie. Etwas, das sie nie tun konnte. Etwas, das Johanne und Eduard ihr genommen haben, als sie entschieden, die Nachricht über seinen Tod für sich zu behalten. Wie viele Jahre hatte sie gedacht, er hätte sie verlassen! Aber auch das ist heute nicht wichtig. Sie wird Wanda von Johanne erzählen, von ihrem Leben, von ihrer Liebe, und von Joost, der einen anderen Vater hatte. Vielleicht wird Wanda dann verstehen, dass Johanne aus ihrer Sicht keine andere Wahl hatte, als Adda in die Ehe mit Eduard zu drängen, und sich selbst als Teil dieser Geschichte verstehen. Verstehen, dass auch Wanda selbst keine andere Wahl hatte, als zu tun, was sie getan hat, und sich endlich verzeihen.

Sie wird ihr von Eduard erzählen, dem Scheinriesen, der endgültig seiner Macht beraubt ist, und sie wird ihn verteidigen, weil er nichts mehr zu verteidigen hat. Denn während sie schon auf dem Sprung in ein neues Leben ist, bleibt Eduards altes Leben nur noch Erinnerung oder Fantasie, wie seine wunderbaren Reisen nach Mailand oder New York, seine Karriere als Jurist, seine Verlobte Marianne und selbst sein Humpeln in Stresssituationen. Eduard ist ein Blender, und er wird auch weiterhin alle blenden, die sich blenden lassen wollen. Ihr ist es recht, soll er doch seine Version der Geschichte erzählen. Sie hegt keine Rachegefühle, sondern nur die eine Hoffnung, ihn, den es offiziell ja gar nicht gibt und der darum per Gesetz auch nicht ihr rechtmäßiger Ehemann sein kann, hinter sich zu lassen. Vielleicht wird sie dann eines Tages den Mann heiraten, der schon vor einem halben Jahrhundert ihr Ehemann hätte werden sollen.

Aber das Allerwichtigste ist ihr, Zeit mit Wanda zu verbringen. Mit ihr ins Watt zu gehen, Strandkrebse zu fangen, zur Domäne Bill zu radeln und Erbsensuppe und Rosinenstuten zu essen, Zimtschnecken bei Remmers zu kaufen und sich dabei von ihrer vorlauten, munteren, lebendigen, unbestechlichen Wanda diese wunderbaren Geschichten erzählen zu lassen, die sie so vermisst hat.

Das Leben ist ein Abschiednehmen von Möglichkeiten, heißt es. Doch heute ist es ein Willkommenheißen. Heute glaubt Adda nicht an verpasste Chancen. Sie glaubt an die Lebenskraft. Und ein bisschen auch an Wunder.

Danksagung

Dieses Buch hat eine lange Reise hinter sich, im wahrsten Sinne. Zum größten Teil entstand es in Napier in Neuseeland, in der schönen Bücherei an der Marine Parade und im Tenysson Café. Dank an meine dortigen Freundinnen Monika Guertl, Rebecca Moses und Pia Rhodes, die mich zu jeder Zeit mit ihrem Humor, mit Villa Maria und Flat White versorgt haben.

Für aufmerksames Testlesen, die vielen schlauen Vorschläge und aufmunternden Worte danke ich zuallererst meiner Mutter Ursula Prettin und meiner Schwester Kirsten Brangs. Dann natürlich Insa Axmann, Constanze Bossemeyer, Meike Herr, Anke Landgräber, Katja Nitzsche und ganz besonders meiner Freundin Nadja Pini-Lifschitz.

Und schließlich darf eine nicht fehlen, die mit mir herumgesponnen und mitgefiebert hat und immer weiterwusste, wenn ich feststeckte: Tina Storey. Danke, dass du immer da bist, wenn ich dich brauche!

Tiefer Dank geht auch an meine Freunde Kirsten Schneider und Jacky Caquet von La Haute Minotais für das bretonische Schreibasyl, für ihre Zeit, für »Martina«, für das gute Essen (danke Angela!) und das rituelle Glas Pastis zum Feierabend. Eine bessere Gesellschaft zum Arbeiten kann man sich nicht wünschen.

Und natürlich an Mieke Haase für die Meyerstraße, für Matcha Tee und #Miekebana.

Ein besonderer Dank gilt auch meiner Agentin Elisabeth

Ruge, der ein paar wage Gedanken über dieses Buch reichten, um an die Idee zu glauben, lange bevor ich es tat.

Stefanie Zeller, die alles ist, was man sich von einer Lektorin wünschen kann. Sie hat mich begeistert mit ihrem sicheren Gespür für Handlung und Sprache und mit ihrer Geduld, mit der sie Fassung um Fassung begleitet hat. Und natürlich Dr. Ann-Catherine Geuder für ihr scharfes Auge und die Fähigkeit, in meinem Chaos eine Struktur zu erkennen. Und nicht zuletzt und von Herzen Kristina Dörlitz für ihre Sorgfalt und ihr unübertroffenes Sprachgefühl.

Großen Dank schulde ich unbedingt auch den vielen sympathischen Juistern, die sich die Zeit genommen haben, all meine Fragen über die Insel zu beantworten.

Mein ganz besonderer Dank aber gilt meiner Familie. Tammo dafür, dass er mich für Juist, den Wind und das Watt begeistert hat, für die Idee zu diesem Buch und seine klugen Gedanken, und dass er mir das Schreiben dieses Romans ermöglicht hat, als er sich einen Job in Neuseeland gesucht hat, dem entspanntesten Flecken zum Rumgucken, Träumen und Fantasieren. Ihm und unseren Kindern Siebo, Ida, Luzie und Aenne danke ich dafür, dass es sie gibt, für ihre Nachsicht, Geduld und freundlichen Weckrufe während langer Phasen gedanklicher Abwesenheit. Ohne euch wäre dieses Buch nicht möglich gewesen!

Ich habe mir einige Freiheiten erlaubt, was Juist betrifft. So unverwechselbar, abwechslungsreich und geheimnisvoll die Insel auch ist, so freundlich man mir stets begegnet ist, die Juister und ihre Geheimnisse, viele Orte, Geschehnisse, historische Ereignisse und ausnahmslos alle Persönlichkeiten, ob von Juist oder auch von anderswo, sind in meiner Version überzeichnet, wenn nicht ausgedacht. So wie alle Figuren und die Handlung ohnehin frei erfunden sind. Ähnlichkeiten mit lebenden oder verstorbenen Personen sind darum reiner Zufall und von mir nicht beabsichtigt. Außer die zu Juists legendärem Wattführer Heino. Er kann das Watt zum Leben erwecken wie kein zweiter, und seine Geschichten und die Leidenschaft für Natur und Nordsee haben mich zweifellos zu der Figur des Onno inspiriert – beabsichtigt und ohne Zufall. Danke Heino Behring!